MAJA WINTER

Die Drachenjägerin 3

Das unterirdische Reich

Maja Winter

Die Drachenjägerin 3

Das unterirdische Reich

Roman

Originalausgabe

blanvalet

MIX
Papier aus verantwortungsvollen Quellen
FSC® C014496
FSC
www.fsc.org

Verlagsgruppe Random House FSC-DEU-0100
Das FSC®-zertifizierte Papier *Super Snowbright*
für dieses Buch liefert Hellefoss AS, Hokksund, Norwegen.

2. Auflage
Originalausgabe Oktober 2011 bei Blanvalet,
einem Unternehmen der
Verlagsgruppe Random House GmbH, München

Umschlaggestaltung: Umschlagmotiv:
© Illustration Marion Hirsch/HildenDesign
Lektorat: Angela Troni
Karte: © Jürgen Speh
HK · Herstellung: sam
Satz: Buch-Werkstatt GmbH, Bad Aibling
Druck und Einband: GGP Media GmbH, Pößneck
Printed in Germany
ISBN: 978-3-442-26823-8

www.blanvalet.de

Königin Irana löste die goldene Kette von ihrem Hals. »Hier«, sagte sie. »Aber ich verstehe immer noch nicht, was Ihr damit vorhabt, Ritter Harlon.«

Ehrfürchtig nahm er das Schmuckstück entgegen. Der grüne Stein, von verschlungenen goldenen Ornamenten eingefasst, leuchtete matt. Ein schwaches Pulsieren, nur dank seines magischen Talents wahrnehmbar, ging davon aus. »Ich bin mir nicht sicher«, sagte er vorsichtig. »Ich müsste mir die Kette außerhalb des Schlosses ansehen, um jeden Zweifel auszuräumen. Hier drinnen gibt es zu viele Schutzzauber, die fremde Blicke fernhalten sollen. Gestattet Ihr mir, sie mitzunehmen?«

»Was habt Ihr denn vor, wenn dieser grüne Stein das ist, was Ihr glaubt?«, fragte die Königin.

»Dann stehen ein paar Entscheidungen an«, sagte Harlon. »Wichtige Entscheidungen, deren Tragweite wir nicht ermessen können. Würdet Ihr Euren schlimmsten Feinden die Macht geben, die Welt zu vernichten? Würdet Ihr sämtliche Ungeheuer von der Kette lassen?«

Irana wurde blass. »Das kann niemand verlangen. Mögen die Götter Euch und mich davor bewahren, so etwas auch nur in Erwägung zu ziehen!«

»Und doch«, sagte Harlon bedächtig, »ist das der einzige Weg, um ihnen unsere Freundschaft anzubieten. Um ihnen einen angemessenen Platz zu geben zwischen den Königreichen südlich des Stillen Meeres. Wir werden eine Gefahr schaffen, die wir nicht wieder eindämmen können – aber wenn alles gut geht, gewinnen wir Verbündete, die von unschätzbarem Wert sind. Die Welt ist seit achthundert Jahren aus dem Lot, und wir haben die Macht, Dinge in Ordnung zu bringen, die im Großen Krieg schiefgelaufen sind.«

Irana wurde noch blasser, nervös nestelte sie an ihrer kunstvollen Frisur herum. Trotz ihrer Jugend blickten aus ihren Augen die Klugheit und Weitsicht einer erfahrenen Frau, die sich nur vor wenig fürchtet.

»Von wem sprecht Ihr eigentlich?«, erkundigte sie sich.

»Von den Drachen«, sagte er ernst.

»Aber … wieso wagt Ihr auch nur zu hoffen, diese entsetzlichen Bestien könnten unsere Verbündeten werden?«

»In diesem Stein«, Harlons Hand schloss sich darum, »liegt ein Versprechen. Die Drachen sind mehr als das Feuer, das Wälder und Dörfer verbrennt. Sie sind mehr als Räuber, die Gold zusammenraffen und dafür Tod und Verwüstung hinterlassen. Sie sind mehr als Tiere. Sie sind … Es gibt keine Worte dafür, nicht in unserer Sprache. Ich habe geschworen, nicht darüber zu reden, was sie wirklich sind.« Seine Augen leuchteten, während er sprach, sein Gesicht strahlte.

Irana blinzelte verwirrt. »Das sagt Ihr, der beste Drachenjäger meines Mannes? Es ist Euer Geschäft, sie zu töten! Und nun schwärmt Ihr von ihnen wie ein kleiner Junge von seinem neuen Spielkameraden. Oder wie ein Sänger von der Frau, die er liebt. Was ist nur in Euch gefahren?«

Der Ritter antwortete nicht. Er betrachtete versonnen den grünen Stein.

»Ihr hättet die Kette stehlen können«, sagte Irana nachdenklich. »Ihr könntet mich umbringen und damit fliehen … stattdessen kommt Ihr mit diesem unglaublichen Anliegen zu mir. Werde ich Euch jemals begreifen, Ritter Harlon?«

»Die Welt kann sich zum Besseren wenden«, sagte er.

»Die Welt gefällt mir eigentlich ganz gut, so wie sie ist«, gab sie zurück. »Ihr dürft nicht auf der Seite der Drachen stehen. Dafür landet Ihr am Galgen! Ihr werdet alle enttäuschen, die auf Euch zählen und an Euch glauben. Das ist Wahnsinn!«

Er lächelte nur, aber sein Lächeln war nicht das eines Wahnsinnigen. »Es gibt keine Gewissheiten«, sagte er. »Nur Chancen. Ich schenke mein Vertrauen einem Wesen, das mein Feind sein müsste. Alles, woran ich je geglaubt habe, hat es durcheinandergebracht, und das Einzige, was ich weiß, ist dies: Ich bin kein Drachenjäger mehr. Ich bin ...« Er lachte auf. »Ja, was bin ich? Sein Freund? Sein Diener? Ich war ein Mann des Königs, doch jetzt ...«

»Nehmt.« Irana legte ihre Finger um seine Hand, die den Stein umschloss. »Nehmt und geht und schweigt still, bevor ich überhaupt nichts mehr begreife. Überprüft, ob dieser Stein der richtige ist, und dann versucht mir zu erklären, ob es sich lohnt.«

Der Ritter nickte. Erst als er schon im Hof war, fiel ihm ein, dass er sich gar nicht bedankt hatte. Er trug seinen Schatz nach draußen, und je weiter er kam, umso stärker schien das Leuchten in seiner Tasche zu werden, ein Licht, das nicht seine Augen, sondern sein Herz zum Schwingen brachte. Ein Licht wie eine mächtige Woge, die alles überschwemmte, wie ein Sturm, der über das Land fegte, ein Ruf, der in seinen Ohren gellte. Er ritt den Hang hinunter und zwischen die Hügel, und mit jeder Stunde wurden das Licht und das Lied und der Sturm stärker. Er fürchtete, die Hitze, die der Stein ausstrahlte, würde den Stoff verbrennen und seine Haut zum Glühen bringen, doch als er die Hand darauflegte, war der Stein glatt und kühl. Seine Zauberersinne narrten ihn; was er fühlte, war reine Magie, stärker als alles, was ihm je begegnet war.

Der Drache wartete in einem verborgenen Tal auf ihn. Selbst seine Macht, die eines ausgewachsenen, lebendigen Drachen, kam nicht gegen das an, was Harlon bei sich trug, obwohl es nur ein winziges Stück von einem Toten war.

»Du hast es!«, rief Gah Ran ihm entgegen, außer sich vor Freude. »Endlich. Hebe den Fluch auf! Tu es. Worauf wartest du noch? Befreie mich!«

»Wie?«, fragte Harlon. »Was muss ich dafür tun?«

»Weiß ich es?«, fragte der Drache. »Du bist der Zauberer, nicht ich.«

Der Ritter legte die Hände um den Stein. Den Zauber jeder anderen Schuppe konnte er mit Worten der alten Drachensprache bändigen, ihm seine Bestimmung auferlegen, seinen eigenen Zauber, doch wie sollte er die Macht, die in seiner hohlen Hand pulsierte, in ein einziges Wort bannen?

»Ich weiß nicht, wie«, musste er zugeben. »Es ist, als hätte ich ein lebendiges Tier in der Hand, das zappelt und beißt und sich wehrt. Ich hatte keine Ahnung, dass irgendein Zauber so stark sein könnte.«

Der riesige rote Drache starrte auf die leuchtende grüne Schuppe. »Du musst nach Steinhag gehen«, sagte er schließlich. »Dort wirst du die Antwort hoffentlich finden. Aber bis du ankommst, musst du es verbergen. Lege einen Schutzzauber darüber, irgendetwas, oder sie werden sich bald alle auf dich stürzen, um dir dieses Kleinod abzunehmen!«

»Wie?«, rief Harlon. Er hob die Stimme, um gegen den Sturm anzukommen, den nur er hörte. »Wie soll ich das verzaubern? Es verbrennt mich!«

Am Himmel über ihnen erschien bereits ein dunkler Punkt. Rasch wurden Flügel sichtbar. Ein weiterer tauchte auf.

»Schnell«, rief Gah Ran. Er wandte den Kopf und riss sich eine seiner eigenen blutroten Schuppen aus dem Panzer. »Zaubere!«

»Was soll ich tun?«, schrie Harlon.

1

Der Sarg war bemerkenswert schlicht. Nur eine grob gezimmerte Kiste aus Holz, darüber ein weißes Tuch mit dem königlichen Wappen: Schwert und Flamme. Prunkvoll glänzten dagegen die Soldaten, in voller Rüstung, mit blitzenden Helmen, Schilden und Schwertern. Die geschmückten Pferde schritten würdevoll im Takt der Trommeln, an jeder Straßenecke bliesen die Herolde in die Hörner, Handglocken läuteten Sturm, Schlagstöcke und Tamburine erfüllten die Herzen mit Lärm; beinahe gelang es ihnen, die Trauer zu vertreiben. Bis in die Mitte der Stadt vor den großen Brunnen marschierte der Zug mit Spektakel, dann wurde es mit einem Schlag still.

Die Ritter stiegen von den Pferden, lösten die Schleifen aus den Mähnen, die Schmucksteine vom Zaumzeug, nahmen ihre Helme ab und neigten die Köpfe. Die Instrumente verstummten. Der Prinz, der als Einziger vor dem Karren geritten war, wandte sich um und kniete nieder.

»Nicht Rüstung und nicht Schild, kein Gold und kein Schwert bahnt dir den Weg«, sagte er. Obwohl Arian nicht laut sprach, waren seine Worte in der Stille weit zu hören. »Wen die Götter lieben, den führen sie durch Dunkelheit und Feuer bis ans Tor in ihr Reich. Wir blicken deiner Seele nach, Vater, auf ihrer Reise ohne Wiederkehr.« Er lehnte die Stirn gegen den Sarg und verhielt so, dann kämpfte er die Tränen nieder und führte den Zug weiter, diesmal zu Fuß. Sechs Soldaten hoben den Sarg vom Karren und trugen ihn dem Königssohn nach, die übrigen folgten schweigend, demütig die Köpfe gesenkt.

Agga, bestimmt das hübscheste, blondeste und unverschämteste Dienstmädchen der Stadt Lanhannat und möglicherweise sogar des Königsreichs Schenn, hielt sich die Hand vor den Mund und unterdrückte ein Schluchzen. Yaro stieß sie vorsichtig an und reichte ihr zuvorkommend ein Taschentuch. Dankbar nickte sie ihm zu und tupfte sich über die Augen.

»Weinen können wir später immer noch«, knurrte der alte Kasidov ein wenig zu laut. Einige der Umstehenden drehten sich um und bedeuteten ihm zu schweigen.

»Kommt«, flüsterte Mora. »Wir haben genug gesehen.«

Die Verschwörer zogen sich aus der Menge zurück, die immer noch gebannt verharrte, obwohl der Trauerzug längst weitermarschiert war. Sie waren zu siebt – drei alte Männer, zwei junge Kerle und zwei Frauen. Unbestrittene Anführerin war Mora, die Zauberin, bei der sie alle wohnten; schon seit vielen Jahren kümmerte sie sich um die drei unzertrennlichen Alten Kasidov, Borlin und Lireck, ehemalige Knappen, denen die Zeit nichts anhaben konnte, drei ständig streitende Greise, die einen manchmal wünschen ließen, früher zu sterben als sie. Auch Agga ließ es sich nicht nehmen, überall dabei zu sein, während sie überdies Moras Haus in Schuss hielt und den beiden jungen Männern vom Land den Kopf verdrehte.

Yaro war verlobt und leistete natürlich Widerstand, aber Rinek war ungebunden. Dafür sah er leider nicht ganz so gut aus, wie er sich ehrlich eingestehen musste. Auf seine langen schwarzen Haare, die er im Nacken zusammengebunden trug, war er schon immer stolz gewesen. Dazu war er groß und breitschultrig, und sein Gesicht hätte man vielleicht »kühn« und »irgendwie recht gut aussehend« nennen können. Aber das war eben nicht gleichbedeutend mit »unwiderstehlich attraktiv«.

Gegen Yaro hatte einfach niemand eine Chance, aber das konnte Rinek seinem besten Freund nicht übel nehmen.

»Mir hat es wirklich in den Fingern gejuckt«, sagte er. »Am liebsten wäre ich hinzugesprungen, hätte den Sarg geöffnet, König Pivellius herausgezerrt und ihn auf die Beine gestellt.«

»Gesprungen?«, fragte Agga verächtlich und wies auf die Krücke und das Holzbein. Offenbar hatte sie sich schon von ihrer Trauer um den vermeintlich toten Herrscher erholt. »Das will ich sehen.«

»Oh, ich könnte dir so einiges zeigen«, meinte Rinek munter, »noch viel beeindruckendere Dinge als den Sprung eines einbeinigen Mannes.«

»Hört auf, Kinder«, befahl Lireck mit belegter Stimme. »Jetzt ist nicht die Zeit zum Scherzen. Wir haben noch viel zu tun.«

Rinek lächelte ungläubig. Der Alte hatte ebenfalls gerötete Augen. Wieso weinten sie alle um einen Mann, der nicht zu ihrer Familie gehört hatte – und der außerdem nicht einmal richtig tot war?

»Seid ihr traurig, weil Pivellius so jung war?«, erkundigte er sich. »Sich vorzustellen, dass er in diesem Sarg liegt, obwohl seine Haare noch nicht weiß sind, bloß grau, keine hundert Jahre alt …«

»Seid still, Herr Rinek«, befahl Borlin. »Das ist unser König. Euch in der hintersten Provinz bedeutet das vielleicht weniger, aber wir haben hier mit ihm gelebt. Er war ein guter Herrscher, einer der besten.«

»Es gibt keine guten Könige«, murmelte Rinek verdrossen.

Seine Erfahrungen mit der Ungerechtigkeit der Obrigkeit behielt er meist lieber für sich. Nicht, weil er sich dafür schämte, dass er ganze Monde im Gefängnis verbracht hatte, sondern weil er wusste, dass die meisten seine Wut auf den Adel nicht nachvollziehen konnten. Ungerechte Steuereintreiber, Fürsten, die junge Männer aus ihren Familien herausrissen, um sie in aussichtslose Eroberungsschlachten zu schicken – das waren für die Menschen entweder Einzelfälle oder notwendige Übel und hinderte die wenigsten daran, den König, den von den Göttern auserwählten Erben des Heiligen Brahan, rückhaltlos zu verehren. Die Leute fanden es normal, unter der Willkür der Höhergestellten zu leiden, denn so hatten die Götter die Welt eingerichtet.

Rinek dagegen verzieh nicht so schnell. Derselbe König, den sie hier retten wollten, hatte schließlich seine Schwester aus der Stadt geworfen. Linnia, die beste Drachenjägerin der Garde … Oder hatte der Prinz das als Hauptmann der Drachenjäger entschieden? Es spielte keine Rolle. Natürlich konnte niemand begreifen, warum Linn sich auf die Seite eines Drachen gestellt hatte – auch Rinek verstand es nicht, zumal es hieß, es sei ein rotes Ungeheuer gewesen. Zu gut erinnerte er sich daran, dass ein flammend roter Drache sein Dorf niedergebrannt hatte, dass er ihm seine Behinderung verdankte … Entweder hatte man Linn verleumdet, oder sie hatte ihre Gründe. Gute Gründe, daran glaubte er fest. Ein gerechter Herrscher hätte sie wenigstens danach gefragt!

Die Betroffenheit, die sich von der Menschenmenge auf die Freunde übertragen hatte, ließ merklich nach, während sie auf ihr Heim zuhielten. Die drei Greise begannen, Scherze darüber zu machen, wer wohl als Nächster im Sarg liegen würde.

»Du, Kasidov«, behauptete Lireck. »Wetten, dass die Götter dich bald holen?«

»Warum er?«, wollte Borlin wissen, während Kasidov es bei einem Knurren bewenden ließ. »So hübsch ist er nicht, dass irgendein Gott ihn unbedingt in seinem Reich bräuchte. Dieser Bauchansatz, diese spärlichen Haare! Sie sehen aus wie ein Nest, in dessen Mitte ein riesiges Ei liegt. Eine richtige Glatze wie meine ist mir tausendmal lieber und den Göttern wohl auch, sonst hätten sie nicht entschieden, dass reife Männer ihre weisen Schädel unverhüllt präsentieren dürfen. Warum sollten sie nicht mich nehmen?«

»Weil du nie zufrieden bist«, meinte Lireck. »Wetten, dass du sogar am himmlischen Reich etwas auszusetzen hättest?«

»Ich doch nicht!« Borlin wies diese Anschuldigung weit von sich. »Dort wird alles vollkommen sein. Wann bequemen die Götter sich, mich endlich mal reinzulassen?«

»Vermutlich fürchten sie deine spitze Zunge. Ich sag's doch, sie nehmen zuerst Kasidov, der wird ihnen weit weniger Ärger machen als du.«

Aus Kasidovs Kehle kam ein tiefes Grollen.

»Siehst du?«

»Ach ja, und warum lebt er dann noch? Er ist älter als ich.«

»Gar nicht«, ließ Kasidov sich herab zu sagen.

»Und ob! Ich bin sechsundneunzig, und du warst immer ein Jahr älter als ich, oder hat sich das mittlerweile geändert?«

»Freunde«, mischte Mora sich ein. »Wir sollten uns der Würde des Augenblicks angemessen verhalten.«

Der Einwand brachte die Alten dazu, in ein meckerndes Lachen auszubrechen. Nur Agga spielte weiterhin die Untröstliche und ließ sich von Yaro, dem hilfsbereiten Schmiedesohn aus Brina, stützen. Verlegen tätschelte er ihren Arm.

Mora schloss die Tür auf und ließ die drei Greise, das Dienstmädchen und ihren schönen Begleiter und als Letztes Rinek ein, der ein paar Schritte zurückgefallen war. Der Stumpf juckte wieder einmal unerträglich. Die vielen Gänge über das harte Pflaster der Stadt taten ihm nicht gut, aber Rinek hatte nicht vor, sich das anmerken zu lassen.

»Geht es?«, fragte Mora leise.

Ihm fielen ihre besorgten Augen auf, die Müdigkeit in ihrer Stimme. Nein, die Zauberin wirkte nicht wie eine Frau, die den Streich ihres Lebens vorbereitete.

»Natürlich«, sagte er und fragte sich, ob sie sich von seiner gespielten Munterkeit täuschen ließ.

»War hier nicht irgendwo noch ein Fläschchen?« Hoffnungsvoll erklang Lirecks Stimme aus der Küche.

Mit letzter Kraft kämpfte er sich die Stufen zum Haus hinauf. Nivals Haus. Nein, solange Moras Neffe nicht zurück war, würde sie sich nicht über einen Sieg freuen, der noch viel zu unsicher war, um jetzt schon gefeiert zu werden. Rinek blieb vor der Zauberin stehen und legte ihr seine Hand auf die Schulter. Sie war so klein, dass sie den Kopf in den Nacken legen musste, um zu ihm aufzublicken.

»Nival wird es schaffen«, versprach er.

Mora seufzte. »Ein riskantes Spiel wie dieses kann man auch leicht verlieren. Vielleicht ist es bereits verloren, und wir wissen es nur nicht.«

»Aber«, wandte er ein, »bisher ist doch alles nach Plan gelaufen. Euer Neffe hat den König vergiftet, mit Eurem Zaubermittel, damit man ihn für tot hält. Das hat funktioniert, wie wir gesehen haben. Nun sitzt Nival als Mörder unten im Verlies und kann von dort aus leicht an die Gruft der Könige herankommen, sobald der Sarg dort hingebracht wird. Bald sind sie beide hier, und Chamija hat das Nachsehen.«

Die ganze Geschichte war Nivals Idee gewesen. Nival, Moras Neffe und der außergewöhnlichste Mensch, den Rinek je getroffen hatte. Er war perfekt in seiner Rolle als Jikesch, als Narr des Königs – und dabei war er von seiner Gauklerfamilie zum Kämpfen ausgebildet worden. Kämpfen konnte Nival, das hatte Rinek selbst erlebt. Ein äußerst gefährlicher junger Mann, wenn man sich gegen ihn stellte, und ausgerechnet ihn hatte die Zauberin Chamija, die sich im Schloss breitgemacht hatte, mit einem Bann dazu zwingen wollen, den König zu töten, um selbst an die Macht zu gelangen. Stattdessen hatte Nival sie höchst geschickt ausgetrickst und seinen Herrn nur zum Schein umgebracht. Immer, wenn Rinek an seinen Freund dachte, spielte ein kleines Lächeln um seine Lippen. Ja, Nival war stets für Überraschungen gut. Kein Wunder, dass Yaro und er ihn zuerst für einen Gauner gehalten hatten.

Er stützte sich wieder schwer auf seinen Krückstock, lange würde er nicht mehr stehen können. Besser, er setzte sich hin, bevor es gar nicht mehr ging. Rinek fluchte, als er über die erhöhte Küchenschwelle stolperte. Yaro sprang ihm entgegen, um ihn aufzufangen und stieß dabei seinen gerade erst gefüllten Becher um. Polternd stürzten sie beide zu Boden.

»Jungs, bringt euch nicht um«, empfahl Agga.

Yaro rappelte sich mit rotem Gesicht auf, doch Rinek blieb sitzen, wo er war, auf den rauen Bodenbrettern.

»Ich hoffe, es stört niemanden, wenn ich dieses Ding hier mal kurz abnehme.«

Wenn Agga nicht so entsetzt gestarrt hätte, wäre es ihm nicht einmal peinlich gewesen. In den vergangenen Jahren hatte er auf die harte Tour lernen müssen, dass seine Behinderung ihm weder Mitleid noch sonst irgendwelche Vergünstigungen einbrachte. Im Gefängnis machte er den anderen Häftlingen immer rasch klar, dass mit ihm nicht zu spaßen war und seine Krücke eine gefährliche Waffe sein konnte. Wenn die Wärter ihm den Stock abnahmen, blieben ihm noch seine Hände. Dass er nun schon ein ganzes Jahr in Freiheit verbracht hatte, durfte ihn nicht dazu bringen, sich selbst mit den Augen anderer Menschen zu sehen – sonst würde er irgendwann einen Krüppel erblicken und erschrecken.

Er schnallte die Lederbänder ab und lehnte sich erleichtert zurück.

»Branntwein?«, fragte Lireck ungerührt.

»Für die Schmerzen«, fügte Agga hinzu.

»Wie, für die Schmerzen?«, fragte Rinek. »Für mehr ist es

nicht gut? Wenn ihr mir das Zeug einverleiben wollt, weil es euch nicht schmeckt, könnt ihr es behalten.«

Aber er griff nach dem Becher und ließ es sich nicht nehmen, ihre Hand sanft zu berühren. Kein Mädchen, das so hübsch war wie sie, sollte in ihm einen hilfsbedürftigen Kranken sehen, oder er konnte sich gleich zu dem König in den Sarg legen.

»Hat jemand Chamija im Trauerzug entdeckt?«, fragte Borlin.

»Diese böse Hexe wird Augen machen, wenn wir mit ihr fertig sind«, prahlte Yaro. »Hätte sie sich mal lieber nicht mit Nival angelegt.«

Mora seufzte laut, woraufhin alle verstummten und sie anstarrten.

»Frau Mora?«, fragte Agga vorsichtig. »Was ist mit Euch?«

Die Zauberin stand verloren mitten im Raum, wie eine Fremde, die nicht zu dieser fröhlichen Gruppe dazugehörte.

»Was, wenn Nival mich getäuscht hat, damit ich ihn gehen lasse? Wenn er niemals vorhatte, den König nur zum Schein zu töten – wenn Pivellius, wie er da im Sarg liegt, wirklich tot ist?«

»Oh, aber nein«, widersprach Lireck. »Das würde Nival nicht tun. Kennt Ihr ihn so schlecht?«

»Nicht der Nival, der mir wie ein eigener Sohn ist«, stimmte Mora zu, das Gesicht grau vor Angst und Sorge. »Aber der Nival, der unter Chamijas Bann steht – was weiß ich schon über ihn? Er hat getan, als wäre er wieder Herr seiner selbst, als wir ihn in die Enge getrieben haben, doch wie kann ich jemandem vertrauen, der verzaubert ist? Ich habe keine Ahnung, zu welcher Hinterlist und Heimtücke er fähig ist. Was, wenn wir uns lachend von einem Sarg abgewendet haben, in dem sich ein echter Toter befand?«

»Nival wurde als Mörder verhaftet. Das sollte doch so sein«, wandte Yaro ein.

»Vielleicht ist er wirklich ein Mörder«, sagte Mora leise. »Ach, mein armer Junge! Was, wenn es nie seine Absicht war, den

Schlafzauber zu benutzen? Ich fürchte mich, wie ich mich noch nie gefürchtet habe. Die Soldaten haben den Sarg an uns vorbeigetragen, und mir war schlecht vor Angst und Entsetzen. Bin ich schuld am Tod meines Königs? Habe ich den Attentäter ins Schloss gehen lassen, ohne ihn zurückzuhalten?«

»Nival ist stark und gewitzt.« Ausgerechnet Yaro, der ihn nur kurze Zeit gekannt hatte, setzte sich für Moras Neffen ein. »Es war sein Plan, und er wird sich daran halten. Fürchtet Euch nicht. Wir müssen bloß noch eine kurze Zeit warten, die wir dafür nutzen sollten, alles für das Eintreffen des Königs vorzubereiten. Wenn wir ihn aus der Stadt schaffen wollen, brauchen wir einen Karren und Kleidung, auch ein Barbier wäre hilfreich, um Pivellius' Aussehen zu ändern.«

»Ich bin der beste Barbier von ganz Schenn«, behauptete Borlin. »Das hätte ich euch längst bewiesen, wenn ihr mich nur lassen würdet.«

»Du haarloser Tölpel?«, höhnte Lireck. »Du hast doch schon seit Jahrzehnten vergessen, was Haare überhaupt sind! Wann hast du die letzten gesichtet, vor einem halben Jahrhundert? Dich lasse ich nicht mal meinen Bart stutzen.«

Nach und nach verließen sie die Küche, und am Schluss blieben nur noch Agga und Rinek übrig. Das Mädchen seufzte und setzte sich neben ihn auf den Fußboden.

»Wie sie immer alle über Nival reden«, murrte sie. »Wie über einen kleinen dummen Jungen. Dabei ist er ein Mann. Ein interessanter Mann. Nur leider sind die in dieser Stadt alle für Linnia reserviert!« Sie warf Rinek einen feindseligen Blick zu.

»Ich nicht«, versicherte er. »Ich bin bloß ihr Bruder. Wenn du dich für Yaro erwärmst, musst du ihn selbst fragen.«

Sie musterte ihn misstrauisch. »Ihr würdet also keine Zäune errichten, um den Verlobten Eurer Schwester zu schützen?«

»Wir sind den weiten Weg hergekommen, und Linn hat ihn kaum eines Blickes gewürdigt. Wenn sie sich inzwischen für jemand anders entschieden hat, was soll ich mich da einmischen?«

»Und ob Ihr Yaro schützen wollt«, sagte Agga. Herausfordernd starrte sie Rinek an. »Er ist der Einzige, der zu unschuldig ist für diese Stadt voller Wölfe und Zauberer, und das wisst Ihr genau.«

»Ja«, sagte er und lächelte sie an, weil er merkte, wie unangenehm ihr das war, »aber für dich würde ich eine Ausnahme machen.«

»Ach was. Wieso, wenn ich fragen darf?«

»Dein liebreizendes Wesen ... deine spitze Zunge ...« Er streckte die Hand aus und strich ihr eine vorwitzige blonde Strähne hinter das Ohr. »Deine unvergleichliche Schönheit ...«

Er hatte es übertrieben. Agga schlug seine Hand weg, ihre Augen blitzten. »Nicht nur Yaro hat eine Mauer um sich errichtet«, fauchte sie. »Ihr solltet die Grenzen anderer ein wenig besser akzeptieren. Nicht jedes Schloss lässt sich mit Eurem Krückstock einschlagen!«

Rinek lachte in sich hinein. Er konnte nicht anders, als die Wortgeplänkel mit Agga zu genießen. Vielleicht sollte er Yaro lieber nach Hause schicken. Lester, der Müller von Brina und Rineks Vater, brauchte Hilfe, und hier in Lanhannat wurde es von Tag zu Tag gefährlicher. Yaro fühlte sich in der großen Stadt nicht wohl – und es würde auch nicht schaden, die Konkurrenz aus dem Weg zu haben.

Gefahr. Schöne Frauen. Ein toter König, den es zu retten galt.

Rinek war in seinem Element.

»Dieses Warten macht mich ganz verrückt.«

Yaro verschränkte die Arme hinter dem Kopf und lehnte sich in dem Schaukelstuhl der Hausherrin zurück, die gerade irgendetwas für den König vorbereitete – oder für ihren Neffen, wer wusste das schon zu sagen?

»Warum bist du Linn nicht gefolgt?«

Diese Frage lag Rinek schon seit Tagen auf der Zunge. Immerhin waren sein bester Freund und seine Schwester seit ihrer Kindheit miteinander verlobt. Als sich in der Stadt herumsprach, dass die herausragende Drachenjägerin der königlichen Garde mit Schimpf und Schande hinausgeworfen worden war, waren sie alle fassungslos gewesen. Ihre liebe Linnia, verbannt, weil sie sich mit den Drachen verbündet hatte und schuld am Tod eines Ritters war? Es war kaum zu glauben.

»Du wolltest sie nach Hause holen«, sagte Rinek. »Aber jetzt, da sie gehen musste, bleibst du hier. Erzähl mir nicht, dass es wegen der Verbannung ist.«

Yaro sackte in sich zusammen. »Nein, deswegen nicht. Und irgendwie doch. Ich weiß nicht mehr, wer sie eigentlich ist. Für dich als ihren Bruder ist es anders. Egal, was geschieht, du bist und bleibst ihr Bruder. Aber wir wollten heiraten.« Traurig schüttelte er den Kopf. »Sie hat sich so verändert.«

»Das war zu erwarten, als sie Brina verließ, um eine Drachenjägerin zu werden. Du hast ja wohl nicht angenommen, dass aus einer Müllerstochter eine erfolgreiche Ritterin wird und sie trotzdem dieselbe bleibt.«

Yaro hob die Schultern.

»Ihr solltet das klären«, bestimmte Rinek. »Reite ihr nach. Ich hab mit meinen Wetten genug Geld verdient, für ein kleines Pferd müsste es reichen. Vielleicht holst du sie nicht mehr ein, aber dann triffst du wenigstens nicht viel später ein als sie. Soll sie nach Hause kommen und das Dorf leer vorfinden? Meine Eltern brauchen dich in der Mühle. Wenn das Heer dich einziehen will, kannst du dich immer noch verstecken. Außerdem …« Er zögerte.

»Der Krieg wird hierherkommen.«

»Ganz recht. Du warst beim Laranstag dabei. Scharech-Par wird die Stadt angreifen, um zu untermauern, dass er wirklich

Larans Erbe ist.« Seit Hunderten von Jahren saßen die Nachkommen des Heiligen Brahan auf dem Thron, aber der wahre Held des Volkes war dessen ältester Sohn Laran gewesen, der legendäre Drachentöter. Bis vor kurzem waren noch alle davon ausgegangen, er hätte keine Kinder gehabt – und erst recht hatte niemand auch nur im Traum damit gerechnet, ein solcher Erbe könnte aus dem verfeindeten Tijoa kommen. »Auf keinen Fall wird Prinz Arian ihm den Thron freiwillig überlassen. Das heißt, früher oder später wird es hier schlimmer als irgendwo sonst in Schenn. Wenn dieser Mann tatsächlich den Drachen befehlen kann, wird Lanhannat in Flammen aufgehen. Verschwinde von hier, Yaro. Ich kann nicht zulassen, dass meine Schwester ihren zukünftigen Mann und meine Eltern ihren besten Helfer verlieren.«

Yaro nickte langsam. »Das klingt nicht so, als hättest du die Absicht mitzukommen.«

»Das Geld wird bloß für ein Reittier reichen.«

»Ach!« Sein Freund schüttelte den Kopf. »Wenn es nur das wäre – dann reitest du, und ich gehe eben zu Fuß.«

»Nein, Yaro, ich bleibe.«

»Was willst du hier denn noch? Du hast dich doch nicht etwa in Agga verguckt?«

Wie sollte er es erklären? Er hatte sein ganzes Leben in seinem Heimatdorf Brina verbracht, und als er sein Bein verloren hatte, hatte er weitergemacht, als wenn nichts wäre. Aber der Weg in die Hauptstadt hatte ihm die Augen geöffnet. Hier war ein anderes Leben möglich, das über harte körperliche Arbeit hinausging, und er war sich durchaus darüber im Klaren, dass er die Mühle irgendwann würde aufgeben müssen. Um noch ein anderes Handwerk zu lernen, das er im Sitzen ausüben konnte – Schuster vielleicht? –, war er zu alt, und immer deutlicher wurde ihm, dass nichts davon für ihn in Frage kam. Nicht, seitdem er das Brennen geheimer Worte auf der Zunge gespürt hatte.

»Ich muss sie beschützen. Mora und die alten Männer. Sie haben sonst niemanden. Ich glaube kaum, dass es reichen wird, wenn Agga den Soldaten aus Tijoa die Augen auskratzt.«

»Mora kann zaubern. Sie kann sich bestimmt besser verteidigen als du.« Yaro stöhnte auf. »Das ist es, oder? Die Zauberei? Willst du, dass sie dich unterrichtet?«

»Zu Hause in Brina müsste ich mich verstecken. Ich könnte mit überhaupt niemandem darüber reden.«

»Rede mit mir«, schlug Yaro vor. »Oder mit Linnia. Wenn sie wirklich eine Zauberin ist, wäre sie bestimmt froh darüber zu erfahren, dass du ebenfalls Talent hast. Geheim halten musst du es hier wie dort, in ganz Schenn steht auf Magie die Todesstrafe.«

»Zu Hause war ich schon oft genug im Gefängnis. Das Verlies unter dem Schloss kenne ich wenigstens noch nicht.«

»Verlies? Wenn man dich erwischt, unter den Augen des Königs, bist du tot!«

Rinek musste sich eingestehen, dass er genauso gedacht hatte, als er noch nichts von seinem magischen Blut gewusst hatte. *Versteck es. Verheimliche es, und alles ist in Ordnung.* Aber seitdem er geschmeckt hatte, wie es war zu zaubern, seit er geheilt und dabei ungeahntes Vergnügen empfunden hatte, war er nicht gewillt, damit aufzuhören. Zu Hause in Brina hatte er keine Chance, an die wichtigen Zutaten heranzukommen, die man zum Zaubern brauchte: Schuppen oder Hörner von Drachen. Zwar würzte man auch in der Provinz Nelcken die Speisen mit *Caness* – obwohl niemand dort ahnte, dass es sich dabei um Drachenstaub handelte, um den feinen Abrieb der harten Schuppen –, doch das genügte ihm nicht. Wer sollte ihm die Wörter beibringen, die man brauchte, um ganz neue Zauber zu bewirken, um Dinge zu erreichen, von denen er nicht einmal zu träumen wagte?

»Du kannst kein Zauberer werden, mein Freund«, sagte Yaro kopfschüttelnd.

»Wenn es Krieg gibt, hat der Prinz bald Besseres zu tun, als Magier zu jagen.«

»Nein, denn das werden die Feinde aus Tijoa erledigen, wenn sie mit ihren Soldaten und ihren eigenen Zauberern herkommen. Aber was diskutiere ich hier mit dir. Du warst noch nie Argumenten zugänglich. Immer mit dem Kopf durch die Wand!«

»Tja«, meinte Rinek. Ihm wollte partout keine schlagfertige Antwort einfallen.

»Ich sollte wenigstens abwarten, bis wir den König in Sicherheit gebracht haben.« Yaro musterte Rineks Gesicht und seufzte. »Dazu braucht ihr mich gar nicht, stimmt's? Wenn Nival erst wieder da ist ...«

»Ich schicke dir eine Nachricht«, versprach Rinek.

»Und das Duell zwischen unserem Prinzen und dem tijoanischen König?«

»Wartest du auch nicht ab.« Er konnte sich kaum erklären, warum es ihm auf einmal so wichtig war, Yaro nach Hause zu schicken. Früher hätte Rinek nicht einmal darüber nachgedacht, seinen Freund den langen Weg nach Brina alleine bewältigen zu lassen, schließlich war der Schmiedesohn und Müllergehilfe kein Kämpfer. Was, wenn er angegriffen wurde? Trotzdem musste er aufbrechen. Woher kam dieses Gefühl drohenden Unheils? War es dasselbe, das auch Mora umhertrieb, eine Ahnung, die jeden befiel, der sich seinem magischen Erbe geöffnet hatte?

Irgendwie wusste Rinek, dass die Zeit knapp wurde.

»Diese Drachenschuppe nimmst du mit, um dich notfalls zu verteidigen.«

»Aber ...«

»Komm heil nach Hause, Yaro. Kümmere du dich um die Mühle. Einer muss es tun, und wir haben nur dich.«

Yaro nickte langsam. »Ja«, sagte er, »einer muss es tun.«

Rinek hätte sich erleichtert fühlen müssen, als Yaro aus dem Stadttor ritt. Doch die böse Ahnung lag wie ein schwerer Stein auf seiner Brust. Er schüttelte sich wie ein nasser Hund – als könnte er die unguten Gefühle aus seinem Herzen wie Wassertropfen aus seinem Haar herausschleudern.

»Ist er weg?«, fragte Lireck.

Der Karren stand an der Straße, zugedeckt mit einer Plane aus dickem Sacktuch. An die Deichsel war ein riesiges, borstiges Schwein gespannt.

»Wo habt ihr denn das her?«, wollte Rinek wissen. »Ich dachte, ihr hättet ein Pony gekauft?«

Agga trat aus der Haustür und schlang ihr Wolltuch enger um die Schultern. Der Wind, der um die Ecken fuhr, trug schon den Geruch des Herbstes mit sich.

»Sie haben das billigste Pferd gekauft, das es auf dem Markt gab«, sagte sie und kraulte dem Schwein den Rücken. »Es hat uns einen Haufen Pferdeäpfel hinterlassen und ist danach tot zusammengebrochen.«

Das Gefühl drohenden Unheils konnte sich doch wohl nicht auf solche Kleinigkeiten bezogen haben?

»Wir haben kein Geld mehr«, sagte sie. »Pferde sind teuer wie nie; eine Menge Leute fliehen aus der Stadt.«

»Das habe ich gemerkt, als ich für Yaro eines kaufen wollte.« Rinek betrachtete das Schwein. »Vielleicht ist das hier bald mehr wert als jedes Pferd, wenn der Krieg erst begonnen hat.«

»Krieg?«, schnaubte Lireck. »Unser Prinz wird diesem dahergelaufenen Betrüger schon zeigen, wie ein echter Nachkomme Brahans aussieht! Wie ein geprügelter Hund wird Scharech-Par nach Tijoa zurückschleichen. Es gibt keinen Krieg!«

»Wir müssen aufbrechen, es wird dunkel«, zischte Borlin. »Wenn ihr weiter so trödelt, kommen wir noch zu spät zum Treffpunkt!«

Nur Mora und Kasidov, der mit einem Gichtanfall im Bett

lag, blieben zu Hause. Die übrigen vier begleiteten den Karren durch die Straßen; sie durchquerten das Stadttor, gerade bevor es geschlossen wurde. Draußen in den Hügeln wurde der Wind schärfer.

»Ist es noch weit?« Lireck blieb keuchend stehen.

»Ihr hättet ja nicht mitkommen müssen«, schimpfte Agga.

Auch das Schwein versuchte zwischendurch, sein Unbehagen kundzutun. Der Versuch, mitsamt dem Karren davonzurennen, misslang jedoch, sodass das Borstentier sich in sein Schicksal fügen musste. Das Mädchen tröstete es und zog es danach unerbittlich weiter.

»Dort, um den Hügel herum, am Waldrand. Da soll der Zugang sein.«

Rinek sagte nichts. Er war zu sehr damit beschäftigt, sich mit Hilfe der Krücke vorwärtszubewegen. Die Schmerzen wurden fast unerträglich, doch um nichts in der Welt hätte er diesen Augenblick verpassen wollen. Außerdem würde der König möglicherweise übellaunig sein und sich wehren, und in dem Fall brauchten die Verschwörer jemanden, der dem entthronten Herrscher einen kleinen Dämpfer verpassen konnte.

»Hier«, sagte Agga.

»Es ist absolut nichts zu sehen. Wo ist hier denn bitte schön ein Eingang?«

Es war inzwischen so dunkel, dass ihre an die Nacht gewöhnten Augen zwar die Umgebung und die Umrisse ihrer Freunde, aber keine Einzelheiten wahrnehmen konnten. Sie waren allein in der hügeligen Landschaft, weder das Schloss noch die Stadt war von hier aus zu sehen.

»Keine Ahnung«, bekannte Agga. »Aber wenn Nival nicht gelogen hat, müsste einer der unterirdischen Gänge ganz in der Nähe enden. Wir müssen einfach warten, bis die beiden auftauchen.«

Sie warteten. Über ihnen zog der Mond seine Bahn. Das

Schwein, abgeschirrt und an einem kleinen Pflock angebunden, schnarchte friedlich, doch keiner der Verschwörer tat ein Auge zu.

Nebel senkte sich über die Wiesen.

Als die Dämmerung langsam über den Himmel kroch, warteten sie immer noch.

2

Moras kleine Gestalt erschien auf der Schwelle. Aufmerksam, ja nahezu gierig, wanderte ihr Blick über die kleine Gruppe. Rinek. Agga. Lireck und Borlin. Das Schwein und der Karren.

Die Zauberin starrte auf die Falten der Plane, als könnte sie durch die Macht ihrer Augen ihren Neffen dort erscheinen lassen.

»Sie sind nicht gekommen.« Agga seufzte. »Wir haben die ganze Nacht durchgehalten, umsonst.«

»Vielleicht haben sie sich verspätet«, meinte Mora. Ihre Stimme zitterte verräterisch. »Ihr hättet länger warten sollen!«

»Wie lange denn?«, fragte das Mädchen.

»Bis sie gekommen wären!«

»Frau Mora.« Lireck fasste sie sanft am Ellbogen. »Ihr wusstet es die ganze Zeit, nicht wahr?«

»Nein«, stöhnte Mora. »Nein, das glaube ich nicht. Ich lasse das nicht zu.«

»Ich gehe hoch ins Schloss«, kündigte Agga an. »Vielleicht erfahre ich etwas.«

»Die Wachen werden dich nicht in den Hof lassen.«

»Vielleicht doch, wenn Ihr mir etwas mitgebt, was ich in der Küche abliefern kann. Es duftet hier so verräterisch – Ihr habt die ganze Nacht gebacken, wetten?«

»Ich wollte dem König etwas anbieten können«, murmelte Mora. »Aber es sind keine Pasteten.«

»Macht nichts. Wo ist der Korb?« Trotz der durchwachten Nacht gab Agga sich betont munter. Die Alten halfen ihr, den Korb mit den einfachen Brötchen zu füllen, die Mora hergestellt hatte. Sie besaß keinen Steinofen mehr und hatte die Teiglinge einfach über dem Herdfeuer gegart. Offenbar hatte sie die Backwerke mit *Caness* behandelt, denn sie dufteten einfach unwiderstehlich.

»So, ich bin bereit.« Die blonde Magd band sich ein Tuch ums Haar und war schon halb aus der Tür. »Wenn der Verurteilte aus seiner Zelle entflohen ist, erfahre ich davon.«

Rinek hatte sich auf der Küchenbank niedergelassen und kämpfte gegen die Schmerzen und seine Erschöpfung an. Dankbar nahm er den Tee an, den Mora ihm reichte.

»Ich muss Euch heilen«, sagte sie.

»Ihr solltet Eure Kräfte schonen«, gab er zurück. »Für Euren Neffen und den König.«

Sie seufzte schwer. »Es hat nicht geklappt. Machen wir uns doch nichts vor.«

Er ließ zu, dass sie sich über ihn beugte und das Holzbein abschnallte. »Ihr braucht Ruhe«, befand sie streng.

Und Ihr, hätte er am liebsten entgegnet, braucht jemanden, um den Ihr Euch kümmern könnt. Aber er ließ sie gewähren, und mit Erleichterung stellte er fest, dass der Schmerz abebbte und schließlich verschwand. Die Müdigkeit überwältigte ihn, ihm fielen die Augen zu, und das Letzte, was er hörte, war Moras Seufzen.

Das Schweigen war lauter als alles, so laut, dass es ihn weckte. Er fuhr hoch und fand alle in der Küche versammelt. Agga stand mitten im Raum und weinte. Ihre Schönheit und Fröhlichkeit schmolzen dahin, während die Tränen ihr die Wangen herabrannen.

Einer nach dem anderen schlichen die alten Männer aus der

Küche. Mora wehrte Aggas ausgestreckte Arme ab; sie fiel in sich zusammen, als hätte jemand sie geschlagen, und floh.

»Was ist passiert?«, fragte Rinek, aber ihm war, als ob er es schon wusste.

»Nival ist tot«, sagte Agga. »O ihr Götter, habe ich das gerade eben gesagt? Kann es wirklich sein? Er ist tot. Sie haben ihn nicht einfach nur ins Verlies gesteckt. Sie haben ihn gefoltert und draußen an den Turm gehängt, und der Prinz hat die vorgeschriebene Zeit überhaupt nicht abgewartet, um sich am Mörder seines Vaters zu rächen. Unser Plan ist so sehr missglückt, wie er es schlimmer nicht konnte. Aber wenigstens wissen wir jetzt, dass Nival uns nicht verraten hat. Er konnte den König nicht retten, und so sind sie nun beide tot.«

Rinek setzte sich auf und befühlte sein wundes Bein. Die entzündete Stelle war dank Moras magischer Behandlung geheilt, doch dafür saß ein neuer Schmerz in seiner Brust. Er hatte Nival nicht lange gekannt, aber in der kurzen Zeit war ihm der junge Mann ans Herz gewachsen – sein Mut, seine Dreistigkeit, sein unnachahmlicher Kampfstil. Ein Freund, gerade erst gewonnen und schon wieder verloren.

»Wenn Nival uns nicht verraten hat, ist Pivellius nicht tot.«

»Er sollte ihn vergangene Nacht befreien. Das hat er jedoch nicht getan, und er wird es auch nicht mehr können, wie Ihr wüsstet, wenn Ihr mir zugehört hättet!«, fuhr Agga ihn an, als wollte sie ihn dafür verantwortlich machen.

»Der König ist wach, ja, und mit Sicherheit missfällt es ihm, in einen Sarg eingeschlossen zu sein, aber daran stirbt man nicht gleich«, sagte Rinek. »Er hat noch ein paar Tage.«

»In einem Sarg!«, schrie Agga.

»Dann müssen wir ihn da rausholen.« Er hätte es gleich tun sollen, nachdem der Trauerzug durch die Stadt marschiert war. Seine spontanen Einfälle waren meist die besten.

»Und wie? Wollt Ihr ins Schloss spazieren und lauthals verkünden, dass Pivellius gar nicht tot ist? Niemand würde Euch glauben. Man würde Euch bloß für einen Verrückten oder für einen Unruhestifter halten und hinauswerfen. Es gibt überhaupt keinen Grund, warum irgendjemand so etwas Unsinniges glauben sollte.«

»Die Alten leben seit nahezu hundert Jahren in dieser Stadt«, überlegte Rinek. »Sie werden doch wohl jemanden kennen, der sie für vertrauenswürdig hält – am besten jemanden mit Einfluss.«

Agga verzog höhnisch das Gesicht. »Dass jemand über neunzig ist, trägt nicht gerade zu seiner Glaubwürdigkeit bei, findet Ihr nicht?«

»Was ist mit dir?«

»Bei Belim, ich bin eine Dienstmagd! Soll ich einem Wächter schöne Augen machen und säuseln: Ach übrigens, der König, der neulich zu Grabe getragen wurde, ist lebendig und wartet darauf, dass man die Gruft öffnet? So hübsch bin ich nun auch wieder nicht.«

Rinek legte die Stirn in Falten. Es musste einen Weg geben, Pivellius zu retten, statt ihn diesem grausamen Schicksal zu überlassen.

»Wir können uns nicht einmal sicher sein, ob Nival den Gifttrank benutzt hat. Sein Tod ist kein Beweis dafür, dass er sich an unsere Verabredung gehalten hat. Vielleicht hat er den König ja doch umgebracht und für dieses Verbrechen bezahlt.«

Jemand müsste nachsehen, dachte Rinek. *Nur wer? Wer könnte ins Schloss gelangen, hinunter ins unterirdische Labyrinth, die Gruft öffnen und den Sarg aufbrechen?*

Die Alten? Wohl kaum. Mora? Sicherlich nicht. Verdammt, warum habe ich Yaro weggeschickt? Den könnte ich jetzt gut gebrauchen.

»Ich«, murmelte er.

»Was?«

»Ich werde den König da rausholen, wenn er noch lebt.«

Agga starrte ihn an.

»Und du«, fügte er hinzu, »wirst mir dabei helfen.«

Die Stadt befand sich in Aufruhr. Heute sollte das Duell zwischen Prinz Arian und seinem Herausforderer, König Scharech-Par von Tijoa, stattfinden. Menschenmassen drängten sich in Richtung Tor und trafen auf die Soldaten und Schaulustigen, die aus dem Schloss kamen. In dem Gedränge fiel das ungleiche Paar – die niedliche Blondine und der große Mann mit den langen schwarzen Haaren und der Krücke – nicht auf, ebenso wenig ihr Schwein und der kleine Karren. Sie wanderten im Strom der Menge mit, bis an die Wegkreuzung, von der aus es hoch ins Schloss ging. Hier mussten sie warten, während die letzten Nachzügler vorüberhasteten.

»Zu einem anderen Zeitpunkt hätte es mich durchaus interessiert, wie dieses Zusammentreffen abläuft«, meinte Agga. »Immerhin könnten wir bald einen neuen König haben.«

»Sorgen wir uns lieber um den alten«, sagte Rinek.

»Ich dachte immer, Ihr seid kein Freund des Königs«, merkte sie an.

»Das bin ich auch nicht. Aber deshalb muss ich ihn noch lange nicht in einer Kiste verdursten lassen.«

Sie schüttelte den Kopf. »Ihr werdet bei diesem Versuch sterben«, prophezeite sie. »Dann gibt es noch einen Toten mehr, und was haben wir damit gewonnen?«

»Wie schön, dass du dir Sorgen um mich machst.« Er grinste sie an, bis sie errötete.

»Seht zu, dass Ihr die Steigung hier bewältigt. Wenn Ihr im Verlies zu lange braucht, müsst Ihr selber wissen, wie Ihr klarkommt, ich werde jedenfalls nicht warten. Wenn Scharech-Par gewinnt und hier ins Schloss einzieht, werde ich …«

»Auch nicht warten«, ergänzte er. »Liebste Agga, mir ist durchaus klar, wie ungern du das tust.«

Sie schnaubte unwillig, packte den Strick fester, mit dem sie das Schwein führte, und zerrte es hinter sich her, den Hügel hinauf.

Sobald sie ihm den Rücken zuwandte, holte er das magische Pulver aus seinem Gewand und streute es sich über den Kopf.

Natürlich hatte der Prinz das Schloss nicht unbewacht gelassen. Als Rinek am Tor ankam, war Agga gerade dabei, lang und breit zu erklären, dass sie Wäschekörbe abholte.

»Das Leben der einfachen Leute geht weiter, auch wenn die edlen Herren sich in den Haaren liegen. Selbst an einem Tag wie diesem muss jemand die Arbeit erledigen.«

Der Wächter hob die Plane an und vergewisserte sich, dass der Karren leer war, dann winkte er sie durch.

Sie warf einen Blick über die Schulter.

»Seid Ihr da?«

»Ja«, flüsterte er, »das bin ich.«

Agga zog den Karren in Richtung der Säulen, während Rinek sich auf die Suche nach dem Eingang zu den Verliesen machte.

Schnell merkte er, dass er auf dem riesigen Gelände nicht ohne Hilfe fündig werden würde. Wie lange der Unsichtbarkeitszauber anhielt, wusste er nicht; ein Grund mehr, sich zu beeilen.

Er näherte sich einem Wächter, der gegen eine Wand gelehnt dastand und unruhig mit den Füßen zuckte. Die Bedrohung durch einen möglichen Erben Larans ließ niemanden kalt. Besonders intelligent sah der Kerl allerdings nicht aus, was für Rineks Vorhaben umso günstiger war.

»Alle Wege in Lanhannat wurden gesegnet«, flüsterte Rinek dem Posten ins Ohr.

»Hä?« Der Mann war mit einem Schlag hellwach und blickte sich unruhig um. »Ist da wer?«

»Jeder Weg wurde am Laranstag gesegnet«, raunte der Unsichtbare, »doch was ist mit dem Labyrinth? Wer hat es gesegnet? Hat irgendjemand daran gedacht, den Weg zur Gruft der Könige zu segnen?«

Der Wachmann bohrte seinen Zeigefinger ins Ohr – ob er es reinigen oder ihm nicht länger zuhören wollte, war für Rinek nicht ersichtlich.

»Ich bin die Seele des Königs!«, zischte er. »Gehorche mir. Segne den Weg bis zur Gruft, sonst kann ich nicht zu den Göttern gehen!«

Verzweifelt blickte der Wächter sich um, als wollte er jemanden um Rat fragen, doch niemand war in der Nähe.

»Äh – ich muss die Wachablösung abwarten! Ich kann hier nicht weg!«

»Ich bin der König! Du gehst sofort, oder dich wird ein übler Fluch treffen!«

Um die Drohung zu untermauern schlug Rinek ihm die unsichtbare Krücke gegen das Schienbein.

»Au! Ist ja gut, ich gehorche ja schon!«

Der Wächter sah sich hektisch um, zog die Schultern hoch und marschierte los, begleitet von dem angeblichen Geist des Königs. Sie hatten beinahe einen der Nebeneingänge erreicht, als der Mann stehenblieb. »Was sind das für Geräusche?«

Unsichtbar zu sein und unhörbar waren zwei verschiedene Dinge, und mit Krücke und Holzbein ließ es sich beim besten Willen nicht gut schleichen. Wie schon einmal hatte Rinek beides zwar mit Stoff umwickelt, lautlos war er dennoch nicht.

»Mein Zepter«, erklärte er.

»Ihr durftet es behalten?«

»Natürlich. Stell keine dummen Fragen, Unwürdiger! Erfülle deine Aufgabe!«

Der Mann duckte sich erschrocken und führte Rinek ins Schloss, bis sie vor einem großen verriegelten Portal anlangten, das ebenfalls bewacht war. Dieser Wächter sah gefährlich misstrauisch aus.

»Was machst du denn hier? Warum bist du nicht auf deinem Posten?«

Rinek beschloss einzugreifen, bevor die Situation ihm entgleisen konnte. Er schlug nur einmal zu, und sein Auserwählter starrte verblüfft auf den Kollegen, der plötzlich und ohne ersichtlichen Grund vor ihm zusammenbrach.

»Weiter«, drängte er. »Die Seele des Königs ist mit dir. Lass dich nicht aufhalten.«

Kühle Luft wehte ihnen aus der Tiefe entgegen. Rinek folgte dem Wächter mit immer größer werdendem Abstand die Stufen hinunter. Als er endlich am Absatz angekommen war, rechnete er damit, dass er seinen Helfer verloren hatte, doch dieser wartete auf ihn.

»Majestät?«, flüsterte er.

»Hier bin ich.«

»Ihr stützt Euch immer noch auf Euer Zepter. Sind Seelen denn alt und krank?«

Ah, der Mann hatte mit dem Denken angefangen.

»Erst bei den Göttern sind wir wieder jung und kräftig. Was meinst du wohl, warum ich endlich dort hinwill? Also los, weiter. Vergiss nicht, den Weg zu segnen.«

Rinek folgte ihm weitere Treppen hinunter, die zum Glück recht breit und nicht allzu steil waren, und danach durch einen langen, sanft abfallenden Gang.

Wer einmal Geschmack am Denken gefunden hatte, hörte jedoch leider nicht so schnell wieder damit auf. Der Wächter hielt abrupt inne. »Das verstehe ich nicht. Wenn Ihr in den Hof hinausgehen konntet, warum kann Eure Seele dann nicht aus der Gruft heraus und zu den Göttern? Ich meine, sie ist ja schon draußen?«

»Das verstehst du nicht, solange du noch lebst.«

Im Licht der Fackeln, die hier in regelmäßigen Abständen an den Wänden hingen, funkelten die Augen des Wächters misstrauisch. »Eure Stimme«, beschwerte er sich, »klingt gar nicht nach der des Königs.«

»Weil sie körperlos ist, darum. Du kapierst auch gar nichts, du Trottel«, gab Rinek zurück.

Er schwang seine Krücke rechtzeitig, gerade als der Mann sich umwenden wollte, um Hals über Kopf zu fliehen. Voller Bedauern blickte er auf den Bewusstlosen hinunter.

»Du solltest nicht so viel denken, mein Lieber.«

Jetzt musste er die Gruft alleine finden. Weit konnte sie nicht sein, immerhin hatte die Trauergesellschaft den Sarg nach hier unten getragen. Also ging es dort hinten, wo eine steile Wendeltreppe noch tiefer hinunterführte, bestimmt nicht weiter. Rinek bog um eine Ecke und fand sich einer ungewöhnlich aussehenden Tür gegenüber. Sie war zwei Gildreks hoch und ebenso breit, mit altertümlich aussehenden Ornamenten aus Eisen beschlagen. Weder Drachenmuster noch Schuppen waren hier verarbeitet worden, weshalb das Portal wie ein Fremdkörper wirkte – weder ähnelte es den groben Zellentüren, an denen er vorbeigekommen war, noch war es so prunkvoll wie die oberirdischen Türen. Es wirkte uralt, älter als alles, was er hier bis jetzt gesehen hatte. Ein einfaches Vorhängeschloss verband die beiden Flügel.

Rinek blickte sich nach beiden Seiten um. Keine Wächter weit und breit. Das Unbehagen, das ihn von dieser Stelle her anwehte, machte ihm klar, warum. Niemand wollte sich den Toten in den Weg stellen, und Schätze gab es hier drinnen auch nicht zu holen. Außer ihm war wohl noch nie jemand auf die Idee gekommen, einen König zu stehlen. Das simple Schloss brach mit einem leisen Knirschen auseinander, als er die Krücke ansetzte. Das Knarren der Tür ging ihm durch Mark und Bein; er zog sie einen schmalen Spalt auf und schlüpfte hindurch.

Absolute Finsternis empfing ihn, nur sein Gefühl verriet ihm, dass er sich in einem großen Raum befand. In weiser Voraussicht hatte er Nachtglanz mitgebracht, und als er sich das praktische Zauberpulver, das es einem ermöglichte, im Dunkeln zu sehen, in die Augen streute, überwältigte ihn der Anblick. Unter einer Gruft hatte er sich eine Art Kellerraum vorgestellt, doch dies hier war ein riesiges Gewölbe. Zwei lange Reihen von Särgen auf unterschiedlich hohen Podesten begannen an der Eingangstür und verloren sich irgendwo weit hinten im Dunkeln. Rineks Schritte hallten durchs Gewölbe, als er den Mittelgang entlanghinkte und die Särge zu beiden Seiten betrachtete. Die vorderen waren sehr groß, aus Stein gehauen, dann kamen einige Generationen vergoldeter Prunkkisten, und schließlich siegte wieder die Schlichtheit. Rinek mochte sich nicht vorstellen, dass hier die sagenumwobenen Könige früherer Jahrhunderte lagen; er kam sich vor wie ein Grabschänder, weil er, der einfache Müllerssohn, es wagte, die alten Herrscher in ihrer Ruhe zu stören. Auch wenn ihre Seelen längst bei den Göttern waren, überkam ihn ein komisches Gefühl. Was, wenn es eine dieser vielen Seelen nicht geschafft hatte und immer noch hier unten verweilte?

Beinahe wäre er an Pivellius' Sarg vorbeigeeilt, den er am hintersten Ende der Reihe vermutet hatte und der sich wider Erwarten mittendrin befand. Ob sie ihn einfach in irgendeine Lücke geschoben hatten? Oder – der Gedanke schreckte ihn noch mehr – war es gar nicht der Sarg des jetzigen Königs, sondern bloß einer, der jenem ähnlich sah, und er würde, wenn er den Deckel öffnete, eine uralte Leiche freilegen?

Bang horchte er auf ein Geräusch, irgendein Lebenszeichen. Alles blieb still.

»Pivellius? König Pivellius, seid Ihr da drin?«

Er klopfte vorsichtig.

Keine Antwort.

Bei Arajas, das hier war schlimmer, als er befürchtet hatte. Viel schlimmer.

Sorgfältig nahm er den Sarg noch einmal in Augenschein. Das Nachtglanz ermöglichte es ihm, alle Konturen wahrzunehmen, die gebrochenen Kanten, die Verzierungen. Das war der Sarg, den er bei der Prozession durch die Stadt gesehen hatte, todsicher. Oder sollte er nachschauen gehen, ob sich am hintersten Ende des Gewölbes ein ähnlicher befand?

Ja – aber erst würde er diesen hier öffnen, da er schon einmal hier war.

Wieder leistete ihm seine Krücke unschätzbare Dienste, als er sie unter die leicht vorspringende Kante des Deckels schob und dazu benutzte, diesen aufzuhebeln. Mit einem lauten Poltern fiel der schwere Holzdeckel zu Boden.

Wenn hier irgendjemand noch nicht tot war, müsste ihn das eigentlich geweckt haben.

Im Sarg lag ein Mann mit einem grauen Bart. Rinek hatte Pivellius nie gesehen, doch dieser Tote hatte eine äußerst ungewöhnliche Schlafposition gewählt – statt würdevoll auf dem Rücken zu liegen, gebettet auf die Kissen aus schimmerndem, dunklem Samt, hatte er sämtliche Decken und Kissen zerwühlt und die Füllung herausgerissen. Er hatte sich wie ein Kind auf der Seite liegend zusammengerollt, die Hände um Fetzen aus Seide gekrallt, die er aus der Verkleidung des Sarges herausgerissen hatte.

»Komme ich zu spät?«, fragte Rinek betroffen, da der König sich nicht rührte, und streckte die Hände aus, um nach dem Puls zu fühlen.

Sobald er den Hals des Mannes berührte, stieß Pivellius einen gellenden Schrei aus, riss die Augen auf und packte ihn.

»Beruhigt Euch, Majestät«, sagte Rinek und versuchte, die Finger des Königs von seinem Ärmel zu lösen. Dann wurde ihm bewusst, dass für den alten Mann immer noch völlige Dunkelheit herrschte. Eingeschlossen in seinem engen Gefängnis, hatte er fürchterliche Stunden hinter sich, und dass nun plötzlich Hände nach seinem Hals griffen, musste ihn einfach in Panik versetzen.

»Beruhigt Euch, auf der Stelle!«, fuhr er ihn an. »Seid still und hört mir zu!«

»Wo bin ich?«, krächzte der König. Er hob die Hände über sich, als erwartete er, den Sargdeckel dort zu finden, und setzte sich vorsichtig auf.

»Ihr seid gestorben. Erinnert Ihr Euch nicht? Ich bin ein Abgesandter der Götter. Ihr müsst jedem meiner Worte Folge leisten, dann wird alles gut. Zuerst einmal: Haltet ganz still! Ich werde gleich Eure Augen berühren, danach könnt Ihr sehen.«

Er holte das zweite Tütchen Nachtglanz aus der Tasche und streute es über den König.

»Wir sind in der Gruft! Ich bin also wirklich tot?«

»So ist es.« Im Augenblick war es besser, Pivellius das glauben zu lassen, damit er ihm keine Schwierigkeiten machte.

»Wo seid Ihr? Ich kann Euch nicht sehen.«

»Das haben wir gleich.« Rinek opferte die nächste Portion Unsichtbarkeitspulver nur ungern, aber anders würde er den König nicht hier rausschaffen können. Im Gegensatz zu Nival kannte er den Weg durch das Labyrinth nicht und musste den öffentlichen Ausgang nehmen.

Der König verschwand nicht, trotz des magischen Mittels, stattdessen musterte er seinen Retter. Ein gutes Zeichen; jetzt waren sie beide unsichtbar.

»Ihr seid ein Bote der Götter?«, fragte er zweifelnd.

»Natürlich«, sagte Rinek selbstbewusst. »Ihr wollt mir doch nicht weismachen, dass Ihr die Geschichte nicht kennt, nach der ein Mann mit einer Krücke die Seelen bis zur Himmelspforte bringt?«

Er half Pivellius, vom Podest herunterzusteigen. Der Alte schwankte und taumelte gegen den nächsten Sarg.

»Wenn ich tot bin, warum habe ich dann so einen unerträglichen Durst?«

»Der Weg zu den Göttern ist qualvoll und anstrengend«, erklärte Rinek, »umso himmlischer wird Euch der Trank der Götter munden. Kommt. Ihr müsst mir folgen, und sobald wir diese Gruft verlassen haben, dürft Ihr kein einziges Wort sagen. Das ist sehr wichtig. Ihr werdet Menschen begegnen, die wie Eure Soldaten aussehen, doch glaubt mir, sie sind es nicht, sondern böse Mächte, die Euch von der Pforte zum Himmel fernhalten wollen, sobald sie auf Euch aufmerksam werden. Solange Ihr sie ignoriert, werden sie auch Euch ignorieren. Habt Ihr das verstanden?«

»Ja«, sagte Pivellius, der ihm den Gang hinunter folgte. »Was tut mir die Hüfte weh, genau wie sonst auch! Für mich habt Ihr keine Krücke mitgebracht?«

»Nein«, beschied ihm Rinek schroff, der immer nervöser wurde. Wenn der König nicht bald Ruhe gab, würden sie kaum ungeschoren aus dem Schloss entkommen. Normalerweise gestattete er sich nicht, seine Behinderung zu beklagen, aber heute wäre er gerne ein Mann mit zwei Beinen gewesen – dann hätte er Pivellius einfach gefesselt und geknebelt und in Moras Haus geschleppt.

Er achtete darauf, dass sein Begleiter das zerstörte Vorhängeschloss nicht zu sehen bekam, den bewusstlosen Wachtposten im Gang dagegen konnte er nicht verbergen.

»Was …«

»Still«, wisperte Rinek. »Vergesst nicht, nichts davon ist real. Wir sind nicht in Eurem Schloss, sondern in einem Traum voller Täuschungen, und Ihr müsst jetzt alle Prüfungen bestehen, sonst erreichen wir die Pforte nie.«

Pivellius nickte. Er hatte Schwierigkeiten damit vorwärtszukommen, die Gefangenschaft hatte ihn geschwächt, und die Schmerzen beim Gehen machten ihm zu schaffen. Doch er hielt sich tapfer und wahrhaft königlich. Sie durchquerten die unterirdischen Gänge, stiegen ins Schloss hinauf, wo ihnen einige hektische Soldaten entgegenrannten, die einen Eindringling vermuteten – der Wächter am oberen Portal hatte offenbar Alarm geschlagen. Dass niemand ihn bemerkte, überzeugte Pivellius wohl davon, dass er nur noch eine Seele war, denn er versuchte nicht, mit jemandem zu sprechen.

Unbehelligt gelangten sie in den Hof, nur einmal zog Rinek den König hastig zur Seite, als ein Küchenjunge dicht an ihnen vorbeischlenderte. Agga wartete immer noch mit dem Karren auf sie. Der König öffnete den Mund, als er das Mädchen und das große Schwein sah, doch Rinek schüttelte warnend den Kopf.

Er hob die Plane und ließ Pivellius darunterkriechen. Auch wenn es einfacher gewesen wäre, unsichtbar den Hügel hinunter und in die Stadt zu gelangen, war Rinek froh, dass er an dieses kleine Gefährt gedacht hatte. Der König war jetzt schon am Ende seiner Kräfte.

»Ist alles glattgegangen?«, fragte Agga leise.

»Ja«, flüsterte er zurück.

Das Schwein setzte sich schnaufend in Bewegung, unterstützend schob Rinek den Karren. Sie rumpelten über den Hof, durch das Tor und machten sich an den Abstieg.

»Auch das noch.«

Das Duell mit Scharech-Par war offenbar frühzeitig beendet worden. Vom Ort des Geschehens kamen die Ritter schon zurück, an der Spitze Prinz Arian und eine blonde Frau. Das musste Chamija sein, Linnias beste Freundin, die Zauberin, die Nival dazu gezwungen hatte, den König umzubringen. Agga zog den Karren vom Weg auf die steinige Wiese, um die Edelleute vorbeizulassen. Chamija trug ein merkwürdiges Lächeln zur Schau, grimmig und zugleich triumphierend, während der Prinz beunruhigt wirkte.

»Ich muss die Fürsten dazu bringen, mich zu krönen«, sagte er vernehmlich. »Wir können nicht länger warten; ich brauche unbedingt den Rückhalt der Stadt und des Volkes.«

Beim Klang von Arians Stimme steckte Pivellius den Kopf unter der Plane hervor und starrte sehnsüchtig auf seinen Sohn. Er streckte die Hand nach ihm aus, doch Arian wusste nichts von dem unsichtbaren Mann auf dem Schweinekarren. Ohne Agga oder irgendjemanden sonst vom niederen Volk eines einzigen Blickes zu würdigen ritt er vorüber. Rinek hielt den Atem an, als Chamija den Kopf wandte. Die Zauberin konnte ihn doch nicht etwa sehen? Sie war viel schöner, als er sie sich vorgestellt hatte; nach Nivals Beschreibung hatte er eine böse Hexe erwartet, der die Niedertracht ins Gesicht geschrieben stand. Doch die Tijoanerin war überraschend jung und kindlich, sie konnte kaum älter als sechzehn sein. Ihre blonde Lockenpracht wurde von keinem Zopf, keinem Haarschmuck gebändigt, sondern flutete ungehindert über den weißen Pelz, den sie über den Schultern trug. Haare, so weich und glänzend, dass sie dazu einluden, sie zu berühren und ihren Duft einzuatmen.

»Schaut sie nicht so an«, zischte Agga wütend, sobald der Zug der Reiter vorüber war. »Helft mir lieber, den Karren auf die Straße zurückzubekommen.«

»Bin ich etwa wieder sichtbar?«, fragte Rinek.

»Ich weiß auch so, wo alle Männer hinstarren.«

Durch den Aufruhr in den Straßen dauerte es länger als gedacht, das Viertel zu erreichen, in dem Mora und die Alten warteten und sie wahrscheinlich schon vermissten. Es wurde bereits dunkel, als sie in die Gegend kamen, in der ein schönes Mädchen einen bewaffneten Begleiter brauchte. Mehrere zwielichtige Gestalten schlug Rinek mit seiner Krücke in die

Flucht, dann erst merkte er, dass Pivellius ihn mit großen Augen dabei beobachtete.

»Ich sagte Euch doch, sie würden versuchen, uns am Weiterkommen zu hindern. Schweigt schön still, wie bisher. Ihr macht das fabelhaft.«

Sie bogen um die Ecke – dort hinten stand schon Moras Haus. Dann ging alles ganz schnell. Diesmal waren es vier Angreifer gleichzeitig. Der eine packte das Mädchen, zwei schnappten sich das Schwein, einer versuchte, sich des Karrens zu bemächtigen. Rinek eilte Agga zur Hilfe, drosch auf ihren Widersacher ein, doch die Banditen hatten möglicherweise schon selbst einmal die Erfahrung gemacht, unsichtbar zu sein, denn sie ließen sich nicht so leicht erschrecken. Stattdessen stürzten sie dorthin, wo sie ihn vermuteten; einer trat ihm das Bein weg, brachte ihn unsanft zu Fall und warf sich auf ihn. Agga kreischte, während Rinek am Boden lag und zappelte.

Ein Schrei ertönte, dann ein weiterer sowie ein heiseres Krächzen, das sich wie »Nimm das!« anhörte. Rinek blinzelte, als er den König mit erhobenem Schwert vor sich stehen sah, während die Räuber, sofern sie noch dazu in der Lage waren, das Weite suchten.

»Ihr habt ein Schwert«, stellte Rinek fest und tastete nach seiner Krücke.

»Könige werden immer mit ihrem Schwert bestattet«, gab Pivellius zurück.

»Wie praktisch.«

»Ja, nicht wahr? Um sich den Weg zur Himmelspforte freizukämpfen – oder habe ich durch mein Eingreifen die Prüfung nicht bestanden? Oder, und diese dritte Möglichkeit scheint mir mittlerweile durchaus denkbar«, der König funkelte ihn an, majestätisch und ganz und gar königlich, »ich bin gar nicht tot, und diese Stadt kommt mir deshalb so echt vor, weil sie es wirklich ist.«

Er bückte sich zu einem der Angreifer, den er getroffen hatte. »Er blutet – ob auch das eine Täuschung ist?«

Pivellius packte das Schwert fester. »Erkläre dich, Mann! Welche Maskerade veranstaltest du hier mit mir?«

In diesem Moment sauste etwas durch die Luft – und der König brach auf der Straße zusammen. Hinter ihm stand Agga, Rineks Krücke in beiden Händen.

»Habe ich ihn getroffen? Lebt er noch?«

»Was sollte das denn?«, fragte Rinek. »Ja, er lebt, aber jetzt wird es schwierig, ihm zu erklären, dass wir seine Freunde sind.«

»Erklären können wir noch stundenlang, aber nicht hier. Nachdem wir ihn hierhergebracht haben, dürfen wir nicht riskieren, dass er zurück ins Schloss rennt. Kommt, helft mir, ihn auf den Karren zu legen.«

Zum Glück war es nicht mehr weit. Wie schon am Morgen öffnete Mora und ließ den Blick über die Gestalten vor ihrer Haustür wandern. Agga. Das Schwein. Der Karren.

»Wo warst du bloß?«, fragte sie.

Die Zauberin sah nicht gut aus, gebückt und alt, und die Leere in ihrem Gesicht erschreckte Rinek. Mora in ihrer gewohnten Form hätte eine Dienstmagd, die es wagte, einen ganzen Tag zu verschwinden, gehörig ausgeschimpft, doch heute würde sie ganz sicher kein lautes Wort über die Lippen bringen.

»Es tut mir leid, wenn Ihr Euch Sorgen gemacht habt«, meinte Agga. »Rinek meinte, wir sollten Euch vorher nichts verraten, damit die Enttäuschung nicht so groß ist, wenn es nicht gelingt. Aber es ist gelungen, und hier sind wir.«

»Wir?«, fragte Mora schwach und spähte in die dunkle Gasse hinaus. »Wer, wir?«

»Wie hebt man die Unsichtbarkeit wieder auf?«, fragte Rinek.

Die Zauberin seufzte. »Damit spielt man nicht«, sagte sie viel zu müde und traurig, um vorwurfsvoll zu klingen. »Kommt erst einmal herein.«

»Wir brauchen Hilfe«, verlangte Agga. »Wo sind die Alten?«

»Du verlangst doch wohl nicht, dass sie dieses Riesenschwein in den Hof tragen?«

»Ein breites Brett, damit es selbst die Stufen hinaufsteigen kann, würde schon reichen.«

Es dauerte eine geraume Weile, bis Schwein, Karren und der unsichtbare König sicher im Haus waren und Mora die Tür hinter ihnen abgeschlossen hatte. Bis sie ein Pülverchen hervorgeholt hatte, mit dem sie die Verzauberung rückgängig machte, und sie alle staunend vor dem neuen Gast standen.

Die Alten übten sich in Begeisterung, doch Moras Gesicht blieb versteinert.

»Haltet Ihr es für eine gute Idee, den König herzubringen, nachdem ich seinetwegen gerade meinen Neffen verloren habe?«, fragte sie grimmig.

3

Nival war tot. Linn beugte sich über ihn, über den geschundenen Körper, der ihre ganze Welt war, aber er atmete nicht mehr.

Sie wollte es nicht glauben. War er nicht bereits auf dem Weg zur Genesung? War er nicht schon fast geheilt?

»Nein! Ich lasse nicht zu, dass du stirbst. Atme! *Wintika.* Das ist ein Befehl! Bei Arajas, du musst atmen! – Gah Ran!«

Der rote Drache neben ihr schüttelte besorgt den Kopf. Die junge Frau, die es wagte, das riesige Ungeheuer anzuschreien, trug einen leichten, gewebten Mantel und darunter immer noch die schwarze Tunika und die weiten Beinkleider der königlichen Drachenjäger, doch dermaßen staubig und verdreckt, dass man sie ebenso gut für eine Bettlerin hätte halten können. Ihr langes rötlich-braunes Haar fiel ihr zerzaust in die Stirn, doch zum Glück stammten die vielen blutigen Spuren auf ihren blassen Wangen nicht von ihr selbst. Es war lange her, dass sie sich um ihr eigenes Wohlbefinden gekümmert hatte. Der Verletzte war der einzige Mann, den sie je geliebt hatte, und alles drehte sich nur noch um ihn. In ihren strahlend blauen Augen lag grimmige Entschlossenheit, als sie den Drachen drohend anfunkelte.

Diese junge Frau war die beste Drachenjägerin des Königreichs Schenn, doch der Drache wich nicht vor ihr zurück, und auch das vergoldete Schwert an ihrer Seite interessierte ihn nicht. Skeptisch verfolgte er ihre Bemühungen. Trotz aller Unterschiede und der Feindschaft zwischen ihren Rassen waren sie Freunde.

Im Moment scherte es Linn jedoch herzlich wenig, dass sie ihn nach Kräften ausnutzte. »Was ist das Wort für Atmen? Sag es mir!«

»*Zahija*«, erwiderte der Rote. »Aber meinst du wirklich …«

Sie wollte es nicht hören. Sie erlaubte nicht, dass er sie zurückhielt, dass er ihr mit Vernunft kam. Es ging nicht um Vernunft. Nichts daran, einen Gefolterten, Geschwächten, halb Toten zu retten, war vernünftig. Der Tod hatte diesen Mann berührt, hatte ihn für sich beansprucht, aber seit einem halben Mond kämpfte sie mit ihm um das Recht, Nival zu behalten. Sie war schon immer stur gewesen, und in dieser Hinsicht durfte sich ihr niemand in den Weg stellen. Nicht einmal der Tod. Erst recht nicht der Tod.

»*Zahija.*«

Das Wort brannte auf ihrer Zunge, es glühte an ihrem Gaumen, ein Wort wie eine Blume aus Feuer, die in den Lungen wurzelte. »Atme. *Zahija. Zahija!*«

Der Kranke bäumte sich auf, während er nach Luft schnappte, und Linn konnte ihn nicht einmal dabei festhalten, denn sie taumelte zurück, von einer Kraft geschlagen, die zu stark war, um sie zu bändigen. In Panik stopfte sie sich Schnee in den Mund, um das Feuer zu löschen, diese Blüte mit dem Namen »Zahija«, die wachsen wollte und wachsen, bis alles atmete, selbst die Steine und der Schnee und die Berge und der Himmel …

Linn sank auf die Knie und verlor das Bewusstsein.

Als sie wieder zu sich kam, war es dunkel. Der Drache wachte über ihr, und neben ihr lag der Kranke und atmete ruhig wie jemand, der bloß schlief, der dem Grauen nie begegnet war.

»Er lebt«, sagte sie, ihre Stimme vorsichtig benutzend; sie

war sich nicht sicher, ob sie überhaupt noch vorhanden war. »Bei Arajas, was war das für ein Wort?«

»Ein Wort, um zu erschaffen«, flüsterte Gah Ran. »Ein mächtiges Wort, das dich ebenso gut hätte töten können, statt dich zu Boden zu werfen. Atem. So begann einst das Leben. Wer bist du, der Schöpfer? Willst du SaiHara nachahmen und Gestein zum Atmen bringen? Wenn dein Freund wirklich tot gewesen wäre, was hättest du dann bloß getan – ihn aus dem Reich hinter den Sternen zurückgezerrt? Spiel nicht mit Dingen, die du nicht begreifst.«

»Er war nicht tot«, sagte sie. »Noch nicht. Sein Herz schlug noch. Warum gibst du mir ein solches Wort, wenn du glaubst, ich bin zu schwach, um es zu gebrauchen?«

»Jaja«, murmelte er missmutig. »Ich bin schuld, wie?«

Linn wandte sich Nival zu und horchte auf seinen Atem, der so kräftig war, so gleichmäßig wie schon lange nicht mehr. Ein Geräusch, herrlicher als die schönste Musik. Ein Wunder, das ihr Herz tanzen ließ.

»Tanz mit mir«, sagte sie leise. »Nicht mit ihm, dem dunklen Boten, der dich dorthin führen will, wohin ich dir nicht folgen kann. Bleib hier. Nival?« Sie nannte ihn niemals Jikesch, denn Jikesch war in Lanhannat gestorben. Jikesch hatte den König ermordet und war dafür am Turm aufgehängt worden. Dabei vermisste sie ihren Freund so sehr, dass ihr manchmal schwindlig wurde vor Sehnsucht nach seiner Stimme, nach seinen vielen unsinnigen Worten und Liedern.

Dieser Kranke würde niemals reden und singen, denn der Prinz hatte ihm die Zunge herausschneiden lassen. Sie konnte sich nur vorstellen, wie Jikesch, der Narr des toten Königs, den Tod zum Narren halten würde, wie er ihm davonsprang und lachte. *Schlagen wir dem Tod ein Schnippchen, heißa!*

»Nival«, flüsterte sie.

Er hatte nie viel geredet. Schweigend waren sie durch die

verschneiten Straßen der Stadt gegangen, damals, als sie ihn noch für einen königlichen Schreibergesellen gehalten hatte und nichts von seinem geschwätzigen anderen Ich wusste. Stumm saß sie neben ihm und hoffte, und das einzige Wort, das sie zu ihm sagte, war ein Drachenwort; das war jetzt ihre einzige Sprache.

Linn merkte, wie ihre Kräfte schwanden. Nicht die Müdigkeit ließ sie immer langsamer gehen. Manchmal verlor sie den Drachen aus den Augen und trottete dennoch stumpf weiter, den steinigen Weg entlang, weiter und immer weiter. Sie hatte Gah Ran versprochen, alles zu tun, was er verlangte, alles, was möglich war, um den Fluch von den Drachen zu nehmen, einen uralten Fluch, der seit den Tagen von Brahan und Laran auf ihnen lag. Für die Hilfe des Drachen bei ihrem Vorhaben, Nival zu heilen, war sie in die Fußstapfen ihres Vaters Harlon getreten und hatte sich wie er mit dem Feind verbündet. Auch er war vom gepriesenen Drachenjäger zum Verräter abgestiegen, auch er hatte sich mit diesem roten Ungeheuer namens Gah Ran angefreundet und dadurch alles verloren. Für ihn war die Geschichte tödlich ausgegangen – wie konnte sie hoffen, dass es bei ihr anders sein würde? Manchmal fragte sie sich, ob sie sich nicht etwas zu viel vorgenommen hatte.

Es war nicht die Erschöpfung und auch nicht das wenig abwechslungsreiche Essen. Gah Ran jagte und brachte ihr stets etwas mit: Fleisch, das ihr eigentlich Kraft schenken sollte und es doch nicht vermochte. Lange Strecken zu wandern war ihr noch nie schwergefallen. Nein, es war, als würde etwas versickern, von dem sie bis vor kurzem nicht einmal gewusst hatte, dass sie es besaß. Die Fähigkeit, zaubern zu können, rann wie Schweiß aus ihren Poren, während sie heilte. *Wintika,* das Wort der Heilung, brannte wie Glut auf ihrer Zunge und verzehrte ihr Talent.

Tag für Tag wurde sie schwächer.

Linn tat, als merkte sie nichts davon. Manchmal ruhte der Blick des Drachen auf ihr, nachdenklich, und nahezu jeden Abend sagte er: »Es genügt, findest du nicht?«

»Nein«, entgegnete sie dann, »das tut es nicht.«

Wenn sie nach ihrer Verbannung einfach nach Hause gegangen wäre, wäre sie schon längst angekommen. Stattdessen hatte sie den Mörder des Königs gekauft, ihren besten Freund, nachdem seine Folterer ihn schon fast an den Rand des Grabes gebracht hatten. Chamijas Plan, Linn zum Heilen zu zwingen und sie dadurch zu schwächen, war aufgegangen. Linn wusste, dass sie in die Falle getappt war, die ihr die Zauberin gestellt hatte, sobald sie herausgefunden hatte, wem das Herz der Drachenjägerin gehörte. Jikesch, der Narr, ihr bester Freund. Und zugleich Nival, der junge Mann, in den sie sich Hals über Kopf verliebt hatte. Beide steckten in diesem geschundenen Körper, den sie für den größten Preis erworben hatte, der vorstellbar war: die Schuppe des alten Drachenkönigs, die mehr Macht beinhaltete als irgendetwas anderes.

Linn bereute es nicht. Nival war ihr wichtiger als der Kampf gegen Chamija. Immer hatte die Drachenjägerin gegen etwas gekämpft, aus Hass, aus Rache, aus Zorn – jetzt kämpfte sie für etwas, und wie früher, als sie noch gegen Drachen ausgezogen war, kümmerte sie sich nicht um das Risiko.

Wenn jeder Atemzug eine Ewigkeit war, eingetaucht in glühendes Feuer, dauerte Nivals Heilung Jahrtausende. Doch nach den Maßstäben gewöhnlicher Ärzte geschah an ihm ein Wunder. Selbst Linn, die die Wirkung der magischen Heilsalben kannte, war überrascht, wie viel ein lebendiger Drache an ihrer Seite ausmachte. Gah Rans Macht wurde selbst in seinem Speichel offenbar, und Linns Anstrengungen blieben nicht unbelohnt. Schon nach einem Viertelmond hatte sich auf Nivals ganzem Körper eine neue, junge Haut gebildet. Sein Gesicht tauchte langsam wieder aus den Schatten auf, als würde er aus einem dunklen Teich emporschweben. Zarter blonder Flaum spross auf seinen Wangen. Er war immer noch schwach und viel zu mager; sie hatte ihm Wasser einflößen können, aber keine Nahrung. Doch sein Herz schlug bald kräftiger, er atmete tief, und hin und wieder bewegte er sich im Schlaf und seufzte leise. Manchmal erwachte er, aber nie für lange, und Linn war sich nicht sicher, ob sein Zustand ihm wirklich bewusst war oder ob er irgendeine Erinnerung an das besaß, was geschehen war. Eines Nachts schrak sie auf, als etwas sie berührte; er hatte sich umgedreht und war näher gerückt. Seine Wange ruhte auf seinem Arm, seine Stirn lehnte an ihrer Schulter. Er schlief mit leicht geöffnetem Mund, und auf einmal fühlte sie eine solche Angst, dass sie kaum atmen konnte.

»Es ist Zeit, ihn aufwachen zu lassen«, sagte der Drache leise. »Wir müssen weiter.«

Tijoa, schaltete sich sofort die Stimme ein, die ihr ständiger Begleiter war, seit der Prinz ihr die grüne Maske geschenkt hatte, die sie immer noch trug. Sie schien aus Schlangenhaut zu sein, doch tatsächlich handelte es sich, wie Gah Ran ihr offenbart hatte, um die magische Haut eines jungen Drachen. *Nicht Lonar und nicht Khanat und nicht Samaja.* Die Stimme zählte sämtliche Nachbarländer auf sowie ferne Königreiche, von denen Linn bisher nur seltsame Gerüchte gehört hatte, und wie immer schloss sie mit dem dringenden Appell, sich in Feindesland zu begeben. *In Tijoa ist der Mittelpunkt von allem, das Auge des Sturms.*

»Ich halte nichts von deiner Idee, nach Tijoa zu gehen und dich Scharech-Par als Zauberin anzubieten«, meinte Gah Ran, als könnte er ihre Gedanken lesen. »Man muss dich nur ansehen – von Tag zu Tag wirst du schwächer. Wenn du genug Magie übrigbehältst, die sich erholen kann, sollte das in Steinhag geschehen. Ich war lange nicht mehr dort. Viel zu lange. Ich brauchte einen Menschen, denn die Eingänge sind viel zu eng für einen wie mich. Du wirst mir helfen; das wenigstens solltest du für mich tun können. Wir werden beide etwas davon haben: Es wird sehr lange dauern, bis du dich erholt hast, und dort bist du in Sicherheit. Wir werden erst am Rand des großen Gebirges entlanggehen und dann in die Schneeberge. Es ist ein weiter Weg für jemanden wie dich, und du musst dich beeilen, denn in den Bergen kommt der Winter sehr früh. Also weck Nival. Wir lassen ihn hier zurück, er kann von nun an selbst für sich sorgen.«

»Nein, es ist zu früh.« Mit Händen und Füßen wehrte sie sich gegen das Unvermeidliche. »Er ist zu schwach. Seine Haut ist zu frisch, zu jung.«

»An seiner Haut gibt es nichts auszusetzen. Weck ihn. Wenn du es nicht tust, dann tu ich es.«

»Nein!« Linn dämpfte hastig die Stimme. Wenn sie den Schlafzauber nicht erneuerte, konnte Nival jederzeit aufwachen, auch ohne ihr Zutun. »Er hat nichts anzuziehen. Solange er schläft, stört ihn das wenigstens nicht.«

»Willkommen zurück!«, dröhnte der Drache. »Im Reich der Lebenden!«

Nival ächzte im Schlaf.

»Nein!«, flehte Linn. »Hör auf!«

»Du glaubst immer noch, du könntest mir Befehle erteilen? Wir haben schon genug Zeit verloren. Er muss aufwachen, und wir müssen weiter.« Gah Ran sprach so laut, dass der Kranke zusammenzuckte.

»Sei still!«, zischte Linn. »Bitte!«

Doch da setzte der junge Mann sich bereits auf. Sein Leib schimmerte hell durch die Dunkelheit. Sie konnte ihn nicht deutlich sehen, nicht gut genug, um zu erkennen, ob sein Gesicht das heftige Mienenspiel von Jikesch zeigte oder die Zurückhaltung des königlichen Schreibers Nival.

»Nival.« Sie wollte nach seinen Händen greifen und wagte

es doch nicht, bang, als wäre etwas Heiliges unter ihnen aufgetaucht, über das sie und der Drache bislang nur gesprochen hatten. »Nival, ich bin's, Linnia. Du bist in Sicherheit. Du bist nicht mehr in Lanhannat, sondern wir sind weit draußen im Gerin-Yan-Gebirge. Du warst schwer verletzt, aber ...«

Er stieß ein Geräusch aus, wollte etwas sagen, und die Unmöglichkeit verwandelte sich in ein seltsam heiseres Heulen. Nival wich zurück, wehrte ihre ausgestreckten Hände ab, stolperte rücklings. Seine Beine wollten ihn noch nicht tragen, aber er rappelte sich auf und stürzte davon. Wieder kam dieser seltsame Laut über seine Lippen, wie ein angeschossenes Tier, dem noch der Pfeil in der Wunde steckte.

»Warte!«, rief Linn. »Ich kann es dir erklären. Bitte! Bitte, die Heilung ist noch nicht abgeschlossen, Nival!«

Er wankte von ihr fort, in die Dunkelheit. Sie wollte ihm nacheilen, doch Gah Ran hielt sie zurück. »Lass ihn.«

»Aber ...«

»Er braucht ein wenig Zeit«, knurrte der Drache. »Merkst du das nicht?«

»Ich muss ihm nach! Er kann sich verletzen, oder er verirrt sich, oder ...«

Trotz ihrer Sorgen blieb sie bei Gah Ran, sie erlaubte ihren unruhigen Füßen nicht, Nival nachzulaufen. Sie hockte sich hin und umklammerte ihre Knie; stumm wie er ließ sie die Stunden durch ihre Hände gleiten wie eine Gebetskette.

Am Morgen war er nicht da. Die Decke war verwaist. Nival war geflohen, verwirrt und voller Angst und Schmerz wie ein Tier, das aus seinem Käfig ausgebrochen war, noch lange nicht zahm.

»Siehst du«, sagte sie zu Gah Ran, ihre Stimme bitter vor Zorn und Leere.

Aber als Linn zum Bach ging, fand sie Nival dort. Er kauerte am Ufer und schaute auch nicht auf, als sie sich neben ihn setzte. Seine Haut glühte rosa im Licht der Morgensonne. Er hatte den Kopf gesenkt, die blonden Haare fielen ihm über Augen und Wangen.

»Nival«, flüsterte sie.

Da endlich sah er zu ihr hin. Sein Gesicht kam ihr reglos vor wie eine Maske. Seine Augen waren unendlich grau, in ihnen spiegelte sich seine Qual; es war, als würde ein Gefangener durch die Gitterstäbe seines Gefängnisses spähen. Sie wollte ihm versichern, dass alles gut werden würde, dass diese schlimme Zeit bald vergessen war und nicht nur seine körperlichen Wunden heilen würden, doch in seinem Blick war etwas, das es ihr verbot, ihn zu trösten.

»Gah Ran wartet«, sagte sie stattdessen. »Wir müssen aufbrechen. Kommst du mit?«

Er machte eine Handbewegung, die sie zuerst nicht deuten konnte. Dann fiel ihr ein, dass er keinen einzigen Fetzen Stoff am Leibe trug.

»Ich hole dir die Decke«, versprach sie hastig und eilte zurück zum Lager, wo der Drache sich ausgiebig streckte.

»Menschen«, murmelte er verächtlich. Aber als der junge Mann erschien, eingehüllt in das Tuch, mit langsamen Schritten, wie ein uralter Greis, und ohne die geringste Furcht zu ihm aufschaute, nickte er anerkennend. »Hüte dich, Linnia«, sagte er zu ihr, während Nival ihnen nachging. »Das ist nicht dein Kind, dem du das Leben geschenkt hast. Das ist ein Mann, jenseits aller Angst. Es gibt nichts, was ihn noch schrecken könnte. Und welche Gefühle er auch immer aus seinem Elend mit in dieses neue Leben hinübergerettet hat, Dankbarkeit scheint nicht dazuzugehören.«

Sie hatte ihn gekauft, aber er gehörte ihr nicht. Nachts schliefen sie so weit voneinander entfernt wie möglich, Linn auf der einen Seite des Drachen, Nival auf der anderen. Wenn er aß, nahm er sich einen Teil der Mahlzeit und verschwand damit. Sie versuchte sich vorzustellen, wie es war, ohne Zunge zu essen, doch sie vermochte es nicht. Eines Tages war er fort, und Linn wartete bang auf ihn, so unruhig, dass sogar Gah Ran nervös wurde. Endlich kam Nival zurück, in fremden Kleidern; sie hatte keine Ahnung, von wo er sie gestohlen hatte. Bauernkleidung, grober Stoff, der auf der empfindlichen neuen Haut kratzte. Sie sah das Blut durch den hellbraunen Stoff sickern und biss die Zähne zusammen, aber es war zu viel; das konnte sie einfach nicht mit ansehen. Hals über Kopf lief sie davon und versuchte sich zu beruhigen.

»Oh Arajas … oh Siaweh …« Sie wollte beten, aber immer wieder sprang ihr der falsche Name auf die Zunge, und schließlich gab sie es auf und saß nur da, die Hände auf den Knien, die Handflächen nach oben, als wartete sie auf den Segen, den irgendjemand über sie schütten könnte.

Als sie schließlich innerlich ruhig wurde, kehrte sie zurück und hörte, wie Gah Ran zu Nival sprach.

»Ich will es nur wissen«, sagte der Drache. »Ich denke mal, ich habe ein Recht darauf zu erfahren, mit wem ich mich abgebe. Ich kenne dich besser, als du glaubst, so gut, wie Linnia dich kennt, denn ich war immer dabei. Aber vermutlich kennt nicht einmal sie dich richtig. Sag es mir endlich.«

Nival hob den Kopf und erwiderte den flammenden, dunklen Blick mit Augen, nicht weniger finster. Man konnte kaum glauben, dass sie jemals grau gewesen waren. Dann nickte er.

Ein tiefes Grollen kam aus der Kehle des Drachen.

»Also haben wir uns tatsächlich Pivellius' Mörder ins Nest gesetzt«, knurrte er. »Soll ich es ihr sagen? Sie hat den König nicht besonders geliebt, aber was Verrat angeht, ist sie ziemlich empfindlich. Die Wahrheit könnte sie vielleicht doch übel auffassen.«

Nival hob die Hände in einer Geste, die wohl besagte: Das

ist mir gleich. Für einen Moment lag auf seinem Gesicht ein Schatten wie aus tiefster, finsterster Verzweiflung, dann erblickte er sie, und sämtliche Gefühle verschwanden aus seinem jungen Antlitz, als würde er sich alle Wahrheiten nur für den Drachen aufsparen und für sie nichts als eine Maske bereithalten.

Sie schluckte und nahm schweigend am Feuer Platz, und nie wieder sprachen sie über den Tod des Königs.

Dafür nahm sie an diesem Abend all ihren Mut zusammen und wagte es, sich neben Nival zu setzen, als er sich im trockenen Gras eine Kuhle zum Schlafen zurechtklopfte.

»Nival?«

Natürlich antwortete er nicht. Er vermied es, überhaupt irgendein Geräusch von sich zu geben.

»Ich muss dich weiterbehandeln. Deine Haut ist noch viel zu dünn. Du weißt sicher noch, wie es mit der Salbe immer war, wie lange die Narben brauchten, um zu verschwinden.« Sie versuchte zu lachen, irgendetwas in seinem Gesicht zu entdecken, das ihr verriet, dass er sich daran erinnerte. An die Nähe. An die verbotenen Stunden in ihrem Zimmer. An die Zärtlichkeit seiner Hände auf ihrer Haut, ihrem Haar.

»Darf ich?«, fragte sie. Wieder war da diese Angst, die sie seit Tagen begleitete, die nicht abebben konnte, als sei sie es jetzt, die gefoltert wurde, Stunde für Stunde, von seinem Schweigen.

Er hätte wenigstens nicken können, irgendein Zeichen seines Einverständnisses geben. Aber er stand nur da, ergeben wie ein Tier, das sich tot stellt vor seinem Angreifer, gelähmt, während sie ihn aus seiner Kleidung schälte. Doch sein Blick strafte diese Ergebenheit Lügen; in seinen Augen brannte der Zorn, ein solch steinerner, glühender Zorn, dass sie ihn am liebsten einfach stehen gelassen hätte, nackt und verwundet. Aber Linn war es gewöhnt zu kämpfen und die Tränen hinunterzuschlucken, und ihr eigener Zorn regte sich.

»Ich werde mich nicht dafür entschuldigen, dass du lebst«, stieß sie hervor und klatschte ihm eine Handvoll Drachenspeichel auf die Brust. »Darauf kannst du lange warten. Ich habe dich gekauft für das Erbe meines Vaters, und, verdammt noch mal, ich will meinen Freund dafür. Ich habe nicht für ein Stück Fleisch alles weggegeben, sondern für dich, Jikesch.«

Sie hätte ihm noch viel mehr sagen können, doch es war zu viel, sie erstickte fast daran. Wütend verlegte sie sich darauf, ihn einzureiben, seinen zitternden, ausgemergelten Körper. Da war nichts Begehrenswertes an ihm, trotzdem fand sie merkwürdigerweise Trost darin, ihn zu berühren.

»Wintika …«

Immer wieder dieses Wort, als würde sie ihn damit verfluchen, ihn retten, ihn heilen, ihn an sich ketten und ihn fortschicken, irgendwohin, wo seine Existenz ihr nicht mehr solche Schmerzen zufügen konnte. Als würde sie ihn an sich ziehen und von sich stoßen, alles mit einem Wort, das noch viel mehr zu zerreißen schien als zu heilen. Früher hatte Linn nicht gewusst, dass Heilen Gewalt ausüben bedeutete, den Sieg des Tages über die Nacht, den Sieg des Lebens über die Vergänglichkeit, eine Art Vergewaltigung des natürlichen Zerfalls. Ein Kampf, wild und zornig und brutal. Sie wollte ihn heilen, um ihn zu besiegen. Sobald er stark genug war, konnte sie ihn endlich fortschicken. Nein, das musste sie nicht; er würde von selbst gehen, und sie würde nichts tun können, um ihn aufzuhalten. Auch das wusste sie. Darum war jedes heilende Zauberwort zugleich ein Schritt auf dem Weg zum Abschied, der unweigerlich kommen musste. Es konnte keinen Jikesch geben ohne seine Stimme und keinen Nival ohne seine Träume, ohne seine Zuneigung zu Mora und den Wunsch, den König zu ändern, ohne sein Zögern und Stammeln. Diesen Mann hier kannte sie nicht, er war weder der eine noch der andere. Ein Fremder, den nicht sie, sondern Arian geschaffen hatte. Sie wusste überhaupt nichts von ihm, und sie konnte ihn nicht zurückhalten, wenn er gehen wollte.

Ihre Fingerspitzen berührten sein Gesicht, fuhren über den Nasenrücken, die Brauen, die flatternden Lider. Seine Wangenknochen, der weiche Bart – noch ein Beweis dafür, dass sie diesen Mann nicht kannte –, die Ohren. Der Hals. Ihre Hände verhielten auf jener Stelle, die ihn einmal verraten hatte, doch jetzt war sie genauso glatt wie überall. Keine Narbe mehr. Nein, andersherum, jetzt war alles Narbe.

Er zitterte so stark, dass er gegen sie taumelte.

»Leg dich hin«, befahl sie und kniete sich am Boden neben ihn. Ihre Tränen tropften heiß auf ihre Hände und seine Haut. Irgendwann war sie zu müde, um noch ein einziges Mal dieses Wort auszusprechen, das sie mittlerweile schon hasste. Sie schloss die Augen und konnte nicht einmal fühlen, wie nah sie neben ihm lag, ob sie ihn berührte oder nicht. Obwohl sie sich zu elend zum Schlafen fühlte, kamen die Träume doch.

Jikesch stürzte vom Turm … Es war immer Jikesch, der fiel. Niemals der andere, dessen Namen sie nicht einmal träumen wollte.

»Wach auf. Leise.«

Gah Rans heiseres Flüstern weckte sie.

»Was ist?«, fragte Linn.

Alles schien unverändert. Das Feuer war heruntergebrannt, über ihnen strahlten die Sterne, als würden sie gleich vom Firmament herunterfallen.

»Da kommt jemand. Die Grenzpatrouille, nehme ich an. Ich werde fliegen, aber du musst jetzt im Dunkeln rüber.«

»Du meinst, wir sind schon an der Grenze zu Gerin? Sie fürchten doch wohl nicht, dass der Krieg auch zu ihnen kommt?«

»Jedenfalls müssen wir leise sein.« Der Drache wandte sich an den Kranken, der sich aufrichtete und näher trat.

»Wir werden am östlichen Rand des großen Gebirges entlangwandern. Das heißt, Linn wird das tun. Das ist der einfachste Weg für einen Menschen, aber die Bergvölker schlafen nicht, und man muss sich die ganze Zeit über vor ihnen in Acht nehmen. Wir werden an der Grenze zu Schenn, Yan und schließlich Tijoa bleiben, wobei ich zumeist fliegen werde und Linn sich verstecken muss, aber das ist immer noch vielversprechender, als sich durch den Schnee zu quälen. Danach erst wenden wir uns nach Westen, nach Berat. Durchs Hochgebirge muss sie auch noch, aber das kommt ganz am Schluss. Unser Ziel kann man nur unter vielen Schwierigkeiten und mit größter Anstrengung erreichen, und niemand erwartet von dir, dass du mitkommst. Es ist Zeit für dich, deinen eigenen Weg zu gehen, mein Junge. Lass dich von ihnen aufgreifen, sie werden dir schon nichts tun. Die Geriner sind stolz und nicht gerade für ihre Gastfreundschaft bekannt, aber jemand in deinem Zustand ist keine Bedrohung für sie.«

Nival – obwohl es Linn immer noch schwerfiel, ihn als Nival zu sehen, diesen Fremden – trat noch ein Stück näher und zeigte mit der Hand dorthin, wo sie hergekommen waren. Er machte eine Bewegung, die sich unschwer deuten ließ.

»Ich soll euch tragen?« Gah Ran lachte leise. »Ich habe dich schon lang genug geschleppt. Wofür hältst du mich? Ich bin nicht dein Esel. Außerdem«, fügte er hinzu, »selbst wenn ich wollte, könnte ich euch nicht nach Steinhag bringen. Tausend Flüche und Banne schützen diesen Ort, immer noch. Wisst ihr denn nicht, wie es Brahan ergangen ist? Wenigstens in der Hinsicht lügen die alten Legenden nicht. Er kam zu Fuß und musste die Waffen ablegen, und das gilt für alle. So alt die Magie dort auch ist, man kann sie weder überlisten noch umgehen.«

Auch die nächste Geste war unschwer zu erraten.

»Nein«, sagte Linn leise, »wir werden nicht kämpfen. Nicht

für Schenn und vor allem nicht jetzt. Wir können ihnen nur helfen, wenn wir weitergehen.«

»Wem willst du bitte schön helfen?«, schnaubte der Drache. »Chamija und Arian, nach allem, was sie dir angetan haben? Sicherlich nicht. Oder Scharech-Par? Einem Zauberer, der über Drachen gebietet? Viele Menschen heutzutage glauben, das sei die bessere Wahl, aber wer möchte schon als Verräter gelten? Willst du das Papier sein zwischen den Klingen der Schere? Wir befinden uns jetzt außerhalb, und nur weil das so ist, können wir handeln. Aber dir steht es natürlich frei, zurückzugehen und dich anzuschließen, wem du magst.«

Selbst im Sternenlicht konnte sie Nivals Augen funkeln sehen, zum Äußersten entschlossen, und es war klar, wem er sich anschließen wollte.

»Du musst nicht mitkommen«, sagte Linn, aber es rührte sie, dass er bei ihr bleiben wollte. Er war ihr so abweisend erschienen in letzter Zeit, dass sie schon gefürchtet hatte, er würde das Weite suchen, sobald sich die Gelegenheit ergab.

Er brauchte keine Worte. Er brauchte nicht einmal Licht. Selbst hier im Dunkeln spürte sie seine finstere, entschiedene Gegenwart, seinen stummen Wutschrei.

Dieses wilde Lächeln in seinen Augen, spöttisch und aggressiv zugleich. Vielleicht nicht Jikesch, vielleicht nicht einmal Nival, sondern eher noch ein Mann, den sie bloß zweimal gesehen hatte, bei den verbotenen nächtlichen Kämpfen in den Hinterhöfen von Lanhannat. Dort hatte er eine Ledermaske vor dem Gesicht getragen, ein Netz in der Hand, eine Leichtigkeit in sich, die ihn unangreifbar machte, unbesiegbar, die es nicht zuließ, dass irgendjemand ihn zu fassen bekam, weder seine Gegner, die wie er unter einem fantasievollen Tiernamen antraten, noch seine Freunde. Seine Kraft hatte ihn nicht verlassen, nicht unter der Folter und auch nicht jetzt; sie konnten seinen Körper zerstören und verstümmeln, aber nicht sein Herz.

Der Mann mit den tausend Gesichtern, und sie alle waren hinter Masken versteckt. Der Affe von Lanhannat.

»Dann los«, sagte Gah Ran und warf sich in die Nacht.

Im nächsten Moment sah Linn, warum es ihm so eilig war: Unter einer Grenzpatrouille hatte sie sich ein paar Männer vorgestellt, jedoch nicht einen ganzen fackelschwingenden Zug, der an die hundert Mann stark sein mochte. Das Lagerfeuer musste sie auf die Spur gebracht haben. Wie eine glühende Schlange schoben sie sich durch die steilen Hügel immer näher heran, gerieten kurz aus dem Blickfeld und waren schon wieder ein ganzes Stück näher.

»Wir sollten verschwinden«, schlug Linn vor.

Seite an Seite erklommen sie den Hang, doch bald wurde es so steinig, dass sie unmöglich ohne Tageslicht weiterklettern konnten. Bei jedem falschen Schritt hätte man sich den Fuß brechen können. Sie kauerten sich hinter einen großen Stein und beobachteten den Fackelzug, der sich den Berg hinaufwand.

4

Der König fuhr mit einem Aufschrei hoch. Er fuchtelte herum, als erwartete er, an Wände zu stoßen, die ihn einschlossen. Er keuchte, dann fiel sein Blick auf Rinek, der auf einer Matte auf dem Fußboden saß und den Griff seiner Krücke polierte.

»Du!«

»Ihr seid wach, Majestät«, bemerkte Rinek. »Ich nehme an, dass Ihr Euch über eine ordentliche Mahlzeit freuen werdet.« Die Dachkammer war klein; er musste sich nicht einmal aufrappeln, um mit dem Stock gegen die Tür zu pochen.

»Mir schmerzt der Schädel.« Pivellius berührte seinen Kopf und schrie auf. »Meine Haare! Und – und mein Bart!«

»Borlin hat Euch rasiert«, erklärte Rinek. »Er ist vielleicht nicht der beste Barbier, aber das mag ihm keiner seiner Freunde sagen. Nein, anders: Sie sagen es ihm durchaus, er glaubt ihnen jedoch leider nicht. Wünscht Ihr einen Spiegel, Majestät?«

»Was soll das?«, tobte der König. »Wie könnt ihr es wagen!« Er schwang die Beine über den Bettrand und richtete sich schwankend auf.

Rinek saß vor der Tür, daher wandte Pivellius sich zum Fenster hin. Es war nur ein kleines Eulenloch im Giebel, durch das der Wind ein paar verirrte Regentropfen hereinwehte.

»Es zieht«, gab Rinek zu, »außerdem regnet es leider durchs Dach. Wir werden alle Löcher abdichten, so gut wir können, aber keiner von uns klettert gerne auf Dächern herum. Also bitten wir Euch inständig, uns alle Unannehmlichkeiten zu verzeihen.«

Der König spähte durch das kleine Loch. »Was sind denn das für verfallene Häuser dort draußen? Wo sind wir?«

»In Lanhannat. Ich glaube Euch gerne, dass Ihr dieses düstere Viertel nicht so gut kennt, wie es der Herr dieser Stadt eigentlich sollte.«

Es klopfte. Agga trat ein, mit einem Tablett beladen. Sie warf dem König einen vorsichtigen Blick zu, während sie das üppige Frühstück auf dem Bett abstellte.

»Leider gibt es hier keinen Tisch«, sagte sie zaghaft. »Ihr müsstet das Tablett auf die Knie stellen, damit Ihr bequem essen könnt. Aber es wird Euch schmecken! Wir haben uns die größte Mühe gegeben.«

Pivellius musterte sie finster.

»Herr Rinek? Braucht Ihr noch etwas?«

»Ein Küsschen auf die Wange?«, schlug Rinek grinsend vor. Sie floh aus dem Zimmer, ohne ihm Paroli zu bieten, was ungewöhnlich für sie war. Als hätte der König eine ansteckende Krankheit, weshalb sie so schnell wie möglich aus seiner Gegenwart entkommen wollte.

»Dafür werdet ihr alle am Galgen landen«, sagte Pivellius. Er näherte sich dem Tablett, offenbar angezogen von dem köstlichen Duft des frischen Brotes, aber Rinek war sich nicht sicher, ob er es essen oder durch die Gegend werfen würde. »Das sollte euch klar sein.«

Nicht zum ersten Mal fragte Rinek sich, warum er sich das antat. Die Mächtigen waren nie dankbar. Wenn man nicht aufmuckte oder ihnen gar eine Gefälligkeit erwies, nahmen sie das als selbstverständlich hin, doch wenn sie sich gekränkt fühlten, übten sie grausam Rache. Mit dem mächtigen Herrscher von Schenn würde wohl kaum besser zu reden sein als mit diversen Vögten und Bütteln.

»Aus diesem Grund werden wir Euch erst dann freilassen, wenn Ihr begreift, worum es geht.«

»Wen wollt ihr erpressen?«, fragte der König, während er den Inhalt seines Tellers inspizierte. »Meinen Sohn? Selbst wenn er euch die größten Schätze auszahlen sollte, um meine Freiheit zu erkaufen, werdet ihr nicht lange Freude daran haben. Glaubt ihr ernsthaft, ihr kommt mit so einem Verbrechen davon? Dem abscheulichsten, niederträchtigsten Verbrechen, das man sich vorstellen kann?«

Mit beiden Händen packte Pivellius das Tablett, schleuderte es auf Rinek, und während Becher und Teller, Brot und Eier, Tee und Schinken auf den Müllerssohn regneten, stürzte er mit einem Hechtsprung zur Tür. Rinek hatte damit gerechnet. Ungerührt sammelte er die Scherben und Brocken auf und häufte sie wieder auf das Tablett. Während der König noch am Riegel zerrte, rappelte er sich auf.

»Wenn Ihr doch noch Hunger bekommt, bedient Euch. Wir haben kein Geld, um Nahrungsmittel zu verschwenden. Das hier ist kein Palast, wie Ihr unzweifelhaft bereits bemerkt habt.«

Pivellius funkelte ihn hasserfüllt an. »Du bist ein Zauberer!«

»Ja, das bin ich.« Rinek trug absichtlich etwas dick auf. »Ein mächtiger, äußerst gefährlicher Zauberer, deshalb rate ich Euch, mir jetzt aus dem Weg zu gehen.«

Wild vor Hass und Zorn wich der König zurück, sodass Rinek durch den Türspalt schlüpfen konnte.

Drinnen tobte der Gefangene wie ein Berserker.

Rinek flüchtete sich in den Hof, wo die Affendrossel, Lirecks sprachbegabter kleiner Vogel, im Käfig gegen den kälter werdenden Wind ansang. Der Sturm heulte in allen Ecken, und aus den tief hängenden Wolken tropfte es.

Die Drachen kamen in den frühen Morgenstunden. Es war noch dunkel, als Rinek hochfuhr, weil jemand über ihm gegen die Dielenbretter klopfte.

»Es brennt!«, schrie Lireck. »Die Stadt brennt!«

Rinek tastete nach seinem Holzbein. Es dauerte eine Weile, bis er es festgeschnallt hatte und aufstehen konnte. Nur das Herdfeuer verbreitete einen warmen Schein, im Hof war es dunkel. Der Briner eilte an die Haustür und riss sie auf. Jetzt sah er es: einen roten Schein über dem dunklen Himmel, die Wolken merkwürdig von unten beleuchtet, und von ferne ertönte ein Krachen und Knistern, das er nur zu gut kannte.

Agga tauchte hinter ihm auf, mit wirrem Haar und weit aufgerissenen Augen. »Wie schlimm ist es? Müssen wir die Alten wegbringen?«

»Es scheint recht weit weg zu sein«, sagte Rinek. In diesem Moment glitt ein riesiger schwarzer Schatten über die Häuserschlucht. Er duckte sich unwillkürlich, als ein Dutzend der Ungeheuer knapp über die Dächer hinwegsegelte. Ihr Fauchen ließ ihm die Haare zu Berge stehen.

Agga stieß ein Wimmern aus, sie hielt sich die Hand vor den Mund.

Der Ruf der Feuerhörner gellte durch den Morgen, Brandgeruch wehte zu ihnen herüber, vom Wind so verdünnt, dass er eher wie der angenehme Duft eines Lagerfeuers anmutete.

»Weck Mora. Die Alten sind schon wach?«

»Dafür hat Lireck gesorgt. Was ist mit dem König?«

»Er sollte ebenfalls angezogen und bereit sein, aber lasst ihn noch nicht aus der Kammer. Bleibt im Haus. Der Wind treibt den Brand auf uns zu, ich werde nachsehen gehen, wie schlimm es ist. Zur Not müssen wir sofort fliehen können.«

»Sie werden die ganze Stadt abbrennen«, flüsterte Agga, starr vor Schreck. »Wir können sie nicht aufhalten.«

»Scharech-Par will diese Stadt haben, also wird er sie wohl

kaum vollständig zerstören.« Das hoffte er jedenfalls. Die finstere Gegenwart der Drachen, die über sie hinweggeflogen waren, versetzte auch ihn in Panik. Der Moment rief alte Erinnerungen zurück, zu schmerzhaft, um sie je zu vergessen. Doch er kämpfte die aufsteigende Beklommenheit nieder.

Tu etwas.

»Worauf wartest du?«, fuhr er das Mädchen an. »Sorge dafür, dass alle fertig sind!«

Agga nickte, rührte sich aber immer noch nicht vom Fleck. Er packte ihre Schultern und schüttelte sie sanft. »Kümmere dich«, befahl er. »Vergesst den Vogel und das Schwein nicht. Ich bin bald zurück.«

Er hastete durch die dunklen Straßen. Immer mehr Menschen erwachten und strömten aus den Häusern. Viele ergriffen sofort die Flucht und zogen Karren und Wagen hinter sich her, auf denen ihre Kinder saßen oder sich Berge von Habseligkeiten türmten. Der Brand schien irgendwo vor ihm zu sein, in der Stadtmitte, wo sich auch die Häuser der Reichen befanden – von seinen zahlreichen Besuchen in der königlichen Amtsstube kannte Rinek sich dort mittlerweile recht gut aus. Wieder einmal verwünschte er sein Holzbein; er kam einfach nicht schnell genug voran, und im Strom der panisch Flüchtenden, die ihn fast umrannten, wurde ihm mehr als einmal die Krücke um ein Haar weggerissen. Schließlich bog er in eine schmalere Gasse ab. Dort war es stiller, und deshalb konnte er hier hören, was ihm in der Menge entgangen wäre. Ein Heulen, das er erst dem Wind zuschrieb, dann dem Feuer – war es doch näher als gedacht? –, bis die Drachen selbst ihm die Antwort lieferten. Sie stürzten mit einem Gebrüll, das in den Ohren schmerzte, auf die breite Straße herunter und hüllten die Menschen und Wagen in Feuer.

Er war froh, dass er von hier aus kaum etwas sah, doch er

hörte das Flattern der Schwingen, die Dächer und Fenster beschädigten, das Schreien der Menschen, das Tosen der Flammen. Blindlings stürmte er weiter, hinkte über das schlüpfrige Pflaster einer ruhigen Straße, die ihn weiter in die Mitte Lanhannats hineinführte. Eine Weile kam er gut voran, dann begegnete er der nächsten Gruppe Flüchtlinge.

»Nein!«, rief er ihnen zu. »Kehrt in eure Häuser zurück! Helft löschen! Die Drachen werden euch nicht durchlassen!«

Aber die Menschen eilten weiter, ohne auf ihn zu achten, und als er sich ihnen in den Weg stellen wollte, stieß ihn ein Mann grob zur Seite.

Rinek musste warten, bis sie vorbei waren, damit er seine Krücke suchen konnte.

Hinter der nächsten Ecke erreichte er das Gerichtsgebäude, und von hier aus sah er endlich, was die Drachen angerichtet hatten. Ein ganzer Straßenzug stand in Flammen, einige größere alte Häuser brannten lichterloh. Eine Schar Bürger versuchte den Brand einzudämmen, sie schöpften Wasser aus dem Graben, der das Gericht umgab, doch gegen die Gewalt des Feuers hatten sie keine Chance. Der Wind sorgte dafür, dass sich das Unheil immer weiter ausbreitete. Wenn kein Wunder geschah, würde die ganze Stadt abbrennen.

Hufschläge hinter ihm ließen das Pflaster erzittern. Rinek wich rechtzeitig aus, um die Bahn für die Drachengarde freizumachen. Der Prinz ritt voraus, dicht hinter ihm der Mann mit dem zerstörten Gesicht, der berühmte Ritter Okanion. Ihre weißen Umhänge waren von Brandflecken durchlöchert.

»Wo seid Ihr?«, schrie Arian. »Scharech-Par, stellt Euch mir!«

»Er ist nicht hier«, sagte der Mann an seiner Seite. »Er hat nur seine Drachen geschickt.«

»Der Kerl soll mir entgegentreten!«, rief der Prinz wutschnaubend.

»Die Drachen sind jetzt nicht unsere größte Sorge«, entgegnete Okanion. »Wir brauchen jeden Mann zum Löschen. Außerdem sollten wir zu den Göttern beten, dass der Wind nachlässt.«

»Mir ist nicht nach Beten«, knurrte Arian.

Sein Gefährte war schon abgestiegen und reihte sich in die Gruppe der Helfer ein.

»Wir brauchen mehr Leute! Mehr Eimer! Löscht, bei Belim und Bellius, löscht!«

Ein gewaltiger Drache löste sich aus den tief hängenden Wolken und segelte über die Ritter hinweg. Die Pferde scheuten, nur Arian behielt sein Ross im Griff. Er duckte sich, das Gesicht grimmig entschlossen, und schleuderte seine Lanze, als der Drache direkt über ihm war.

Einen kurzen Moment lang war Rinek von ehrlicher Bewunderung erfüllt, einen Herzschlag lang schien alles möglich. Die Waffe stieg in die Luft, sie traf – und prallte am Schuppenpanzer des Untiers ab. Das Fauchen der Bestie klang wie Gelächter, als sie im Rauch verschwand.

Rinek schloss die Haustür hinter sich. Er sah aus, als wäre er durch Asche gekrochen, und so roch er auch.

»Sie bekommen den Brand in den Griff«, sagte er.

Die ängstlichen Gesichter der Alten entspannten sich etwas.

Mora, die auf dem Tisch schon Lebensmittel gepackt hatte, stieß einen tiefen Seufzer aus. »Belim sei Dank.«

»Es hat angefangen zu regnen«, meinte Rinek. »Die Drachen sind abgezogen, aber es war wohl kaum die Garde, die sie vertrieben hat. Nicht einmal Prinz Arian und seine Jäger können etwas gegen einen Drachenschwarm ausrichten, der alles niederbrennt.«

»Wo soll das nur enden?« Mora ließ sich auf die Küchenbank fallen, wo zu Rineks Überraschung schon der König saß.

»Ihr habt ihn rausgelassen?«

»Mit Schwertern bedroht haben sie mich«, knurrte Pivellius.

In der Tat waren die Alten bewaffnet, wie Rinek jetzt erst bemerkte. Kasidov stand dicht neben dem König, ein uralter Leibwächter, der aufpassen würde, bis er tot umfiel.

»Einen denkbar schlechten Zeitpunkt habt ihr euch ausgesucht für eure Spielchen«, meinte der König. »Meine Stadt brennt? Ihr dürft mich nicht länger hier festhalten, Lanhannat braucht mich jetzt.«

»Euer Sohn tut sein Bestes.«

»Du hast ihn gesehen?«, fragte Pivellius begierig.

»Angst schien er jedenfalls nicht zu haben.«

»Ich muss bei ihm sein! Wir haben Krieg! Oder arbeitet ihr etwa für den Feind? Hast du vor, mich an Tijoa zu verkaufen?« Misstrauisch beäugte er Rinek, den er wohl für den Drahtzieher des Komplotts hielt.

Der Briner wischte sich den Schweiß von der Stirn; dankbar nahm er den Becher Wasser entgegen, den Agga ihm reichte.

»Chamija …«, begann er, doch der König ließ ihn nicht ausreden.

»Sie steckt dahinter?«, rief er. »Ich hab's gewusst! Trau niemandem aus Tijoa. Was zahlt sie dir dafür, dass du dein Volk und deinen König verrätst?«

Natürlich würde Pivellius kein Wort glauben, das war Rinek klar, trotzdem konnte er sich jetzt keine andere, glaubwürdigere Geschichte ausdenken.

»Chamija hat Euren Tod geplant, Majestät«, sagte er. »Schon seit langem. Der einzige Weg, Euch zu retten, war, sie glauben zu lassen, Ihr wärt bereits tot. Hier bei uns seid Ihr in Sicherheit. Wir können Euch nicht gehen lassen, denn dann wäre all unsere Mühe umsonst gewesen. Ihr müsst hierbleiben, Majestät, bis diese Frau keine Gefahr mehr für Euch darstellt. Dann könnt Ihr an der Seite Eures Sohnes gegen Tijoa kämpfen und Eurem Volk den Mut zusprechen, den es dringend benötigt.«

»Ich dachte, das wolltet Ihr ihm erst später mitteilen, Herr Rinek«, meinte Borlin.

»Aber er hat recht, Lanhannat braucht ihn jetzt dringender denn je. Wir müssen uns beeilen, was Chamija angeht.«

Pivellius blickte von einem zum anderen. »Chamija wollte mich also umbringen? Kennt ihr sie so gut? Woher wollt ihr das sonst wissen?«

»Von einem guten Freund.«

»Von wem? Soll ich daraus schließen, dass ihr einen Spion in meinem Palast habt? Wer versorgt eine Bande Halsabschneider mit Informationen?«

Mora hob den Kopf. Ihr Blick war kühl und beherrscht, als sie sagte: »Euer Narr hat Euch das Leben gerettet.«

»Jikesch?« Der König blinzelte überrascht.

»Dafür ist er gestorben.« Mora musterte den Gefangenen ohne jedes Zeichen von Hochachtung. »Ihr seid hier, weil er es so wollte. Wenn Ihr das nicht würdigen könnt, tut es mir leid für Euch.« Sie wandte sich brüsk ab.

»Kommt, Majestät«, sagte Agga betont freundlich. »Ich bringe Euch zurück in Eure Dachstube.«

Borlin packte den Griff seines Schwertes fester, aber der König folgte der Magd ohne Widerstand zu leisten nach oben.

»Wir haben nicht mehr viel davon.« Mora zog die Stirn kraus. »Ihr solltet sparsam damit umgehen.«

»Wofür soll ich es denn aufsparen?« Rinek schraubte sämtliche Töpfchen mit Zauberpulver auf und überprüfte den Inhalt. »Beim nächsten Angriff kann unser Haus an der Reihe sein. Es war einige Tage ruhig, das macht mich nervös.«

»Ihr glaubt, es wird ein nächstes Mal geben?«

»Wir befinden uns im Krieg«, gab Rinek zurück. »Nur weil die Drachen nicht die ganze Stadt zerstört haben, bedeutet das nicht, dass sie es nicht noch könnten. Die Leute draußen gehen jedenfalls davon aus. Der Strom der Flüchtlinge reißt nicht ab.«

»Es stürmt und regnet. Wo wollen sie denn alle hin?«

»Weiß ich es? In die Berge? Der Prinz kann sie nicht aufhalten, der König dagegen könnte es vermutlich. Wir müssen Chamija so schnell wie möglich aus dem Schloss entfernen.«

Die Zauberin schüttelte sorgenvoll den Kopf. »Also macht Ihr Euch unsichtbar und zieht los, um Chamija zu töten. Ein wunderbarer Plan, Herr Rinek. Ihr seid ihr nie begegnet, Ihr habt keine Ahnung, was sie vermag. Sie ist eine unendlich mächtige Zauberin! Nicht einmal ich könnte mich ihr einfach so entgegenstellen!«

»Eine Zauberin?« An der Schwelle stand der König; er wirkte ertappt, als sie beide aufsahen.

»Wolltet Ihr Euch gerade davonschleichen?«, fragte Mora. »Wie seid Ihr aus der Kammer herausgekommen?«

Pivellius antwortete nicht. Er trat näher und betrachtete misstrauisch die Töpfe. »Ihr seid also auch eine Zauberin? Was ist das hier, ein Krieg zwischen Magiern?« Voller Abscheu wich er vor ihnen zurück. »Mein Narr wusste, wie ich über Magie denke«, sagte er. »Nie und nimmer hätte er mich hierher geschickt – in ein Nest voller Zauberer, die üble Ränke schmieden!«

»Wartet!«, rief Rinek, doch Pivellius war schon an der Haustür. »Haltet ihn auf! Agga! Lireck!«

Während der König noch mit dem Türriegel kämpfte, erschienen die Alten; wütend schüttelte Pivellius sie ab, als sie nach seinem Arm griffen.

»Wagt es nicht, mich anzufassen!«

Agga saß auf der obersten Treppenstufe und hielt sich den Kopf. »Er hat ganz freundlich getan und mich dann niedergeschlagen«, beschwerte sie sich. »Das hätte ich nun wirklich nicht von Euch gedacht!«

Der König bekam einen Wutanfall, während ihn die Alten wieder nach oben verfrachteten.

»Er wird uns niemals verzeihen«, sagte Mora. »Selbst wenn wir Chamija besiegen, werden wir die Stadt verlassen und uns im hintersten Winkel des Landes verkriechen müssen. Sind wir nicht die Einzigen, die überhaupt etwas gegen Chamija unternehmen können? Trotzdem hasst er uns von ganzem Herzen.«

»Ich staune vor allem, wie munter Eure Hausgenossen sind«, meinte Rinek. »Diese Aufgabe verleiht ihnen neue Kraft. Sie scheinen von Tag zu Tag jünger zu werden.«

»Versucht Ihr etwa, mich aufzumuntern? Ihr verschwendet Eure Worte an die Falsche.«

»Dann gibt es in diesem Haus nichts zu tun«, sagte er. »Also haltet mich bitte nicht auf, wenn ich nach einer Möglichkeit suche, dort draußen etwas zu bewirken.« Vorsichtig schüttete er aus einem der Töpfchen etwas Pulver in eine kleine, sorgfältig gefaltete Tüte.

»Wartet«, bat Mora. »Ich habe hier noch etwas für Euch.« Sie holte einen Tiegel aus einem Versteck hinter dem Ofen hervor.

»Ist es dort nicht zu warm für magischen Staub?«, fragte er, neugierig darauf, was sie noch für Mittel besaß.

»Es braucht die Nähe des Feuers, um wirksam zu sein. Ich habe es schon vor längerer Zeit hergestellt, weil ich von einer neuen Art von Waffe geträumt habe.« Mora betrachtete ihn nachdenklich, und zum ersten Mal seit langem lächelte sie wieder. »Ihr habt keine Ahnung, wozu Magie alles fähig ist. Ich habe Gemüse in meiner Küche tanzen lassen, und vor meinen Augen schlugen Blätter und Blüten aus trockenen Zweigen. Ich habe meine Küchenschürze in einen Prügel verwandelt, der stets zu mir zurückkehrt. Unsichtbar zu sein ist schon unfassbar genug … und es ist noch so viel mehr möglich, Dinge, die keiner von uns je erleben wird … aber manches vielleicht doch. Setzt Euch hierhin.« Sie schob ihm einen Stuhl hin, rückte einen Hocker daneben. »Legt Euer Bein dort ab.«

Rinek gehorchte schweigend. Er hatte keine Ahnung, was sie vorhatte, und plötzlich durchzuckte ihn die Hoffnung, sie könnte dafür sorgen, dass sein Stumpf nie wieder schmerzte.

Mora kümmerte sich jedoch nicht um den lebenden Teil seines Beins. Sie öffnete das kleine Töpfchen und ließ den Inhalt, eine zähe, honigartige Masse, auf sein Holzbein tropfen, auf diesen Stock, der dort begann, wo sein Knie hätte sein sollen. Die Zauberin murmelte etwas, das heiser klang wie das Fauchen eines Drachen und in seinen Ohren ein merkwürdig brennendes Gefühl hinterließ.

Gespannt schaute er auf sein Holzbein, konnte aber keinen Unterschied feststellen.

»Ähm – was genau habt Ihr getan, Frau Mora? Habt Ihr versucht, es in ein richtiges Bein zu verwandeln?«

»Das geht nicht«, sagte sie leise, »nicht so, wie Ihr denkt. Ich kann Euch keine neuen Gliedmaßen wachsen lassen. Aber immerhin … Bewegt Eure Zehen, wackelt damit.«

»Mit welchen Zehen?«, fragte Rinek trocken und versuchte sich vorzustellen, sie wären noch da. Wie es sich anfühlen würde, sie zu benutzen, den Fuß zu drehen, die Kraft der Muskeln zu spüren.

Erschrocken stieß er einen Schrei aus, als am unteren Ende des geschnitzten Stocks etwas wie eine krallenähnliche Wurzel ausfuhr und die Bewegungen ausführte.

»Steht auf«, sagte Mora. »Langsam. Es wird vielleicht nicht sofort klappen.«

Er stürzte fast nach vorne und musste sich am Tisch abstützen, aber er lachte. »Das ist ja unglaublich.« Seine neuen Zehen – lange Wurzeln – kratzten über den Fußboden. Er starrte auf sein verlorenes Kniegelenk. Die Anschnallvorrichtung war verschwunden, stattdessen schien das Holz in seinen Oberschenkel hineinzuwachsen. Schlingpflanzen wucherten um seine Haut herum.

»Ein Teil von Euch«, sagte sie. »Das sollte Euch die Kraft und die Schnelligkeit verleihen, die Ihr so dringend braucht. Aber es ist nicht aus Fleisch und Blut. Es ist und bleibt ein Holzbein, und in ihm steckt der Baum, der es einmal war.«

Mit Entzücken betrachtete Rinek den ungewöhnlichen neuen Fuß, der eher an eine hölzerne Klaue erinnerte als an ein menschliches Körperteil. Er ließ sich mühelos bewegen.

»Verkraftet Ihr das?«, fragte die Zauberin besorgt.

»Oh ja, das tue ich«, versicherte er, auf einmal von der Angst gepackt, sie könnte ihm dieses Geschenk wieder wegnehmen.

Vorsichtig stakste er durch den Raum. Seine Hand vermisste die Krücke, fühlte sich verwaist ohne sie. Mehrmals stürzte er fast, hielt sich an Wänden und Stuhllehnen fest, dann griff er nach Mora und tanzte mit ihr durch die Küche.

»Gemach, gemach, junger Mann!«, schimpfte sie.

»Ihr seid wundervoll!« Er drückte ihr einen Kuss auf die Wange.

Gerührt wischte sie sich über die Augen.

»Das ist mehr als dieser Drachenstaub, den wir für *Caness* verwenden, stimmt's? Was enthält Euer Wundermittelchen? Drachenschuppen, Hörner?«

»Herz«, antwortete sie ehrfürchtig. »Ich habe einmal eine winzige Menge davon kaufen können, aber es reicht aus, wie man sieht. Das Pulver hat den Brand meines ersten Hauses überstanden, durch Hitze scheint seine Kraft sogar größer zu werden.«

»Was könnte man damit alles machen!«

»In dieser Stadt? Kaum etwas, denn diese Art von Zauber lässt sich schlecht verheimlichen. Wenn Ihr unsichtbar seid, ist es eine Sache. Doch wenn Ihr sichtbar seid für andere Menschen, müsst Ihr den Fuß einziehen – das könnt Ihr doch? Sonst erkennt man sofort die Magie, und Ihr würdet im Verlies landen. Ich fürchte also, Ihr werdet die Krücke behalten müssen.«

Daran hatte er noch gar nicht gedacht. »Könnte ich nicht einen Schuh darüberziehen?«

»Versucht es, aber ich fürchte nein. Etwas Lebendiges, erst recht etwas, das auf diese Art lebendig ist, wird sich wohl kaum in Stiefel pressen lassen.«

»Das kann ich später ausprobieren«, entschied er. »Jetzt werde ich hinter Chamija herjagen wie der Wind, unsichtbar und gnadenlos.«

5

Rinek lief, manchmal noch etwas wackelig, hin und wieder sprang er sogar. Das Gefühl in dem lebendig gewordenen Holz war neu und ungewohnt – nicht wie in seinem anderen Bein, nicht wie früher. Er fror nicht, während er über das nasse Pflaster rannte, über schlammige Seitenwege und durch Pfützen, aber er konnte die Nässe wahrnehmen – zugleich wie ein eigenes Gefühl und das eines Fremden. Rinek war sich nicht sicher, ob Mora wusste, was sie da überhaupt getan hatte, oder ob er selbst es verstand. Belebtes Holz, das Wurzeln schlagen, wachsen und blühen wollte und sich dennoch in diese neue Form, diese Aufgabe fügen musste. Es verlieh ihm eine ungeahnte Schnelligkeit, denn es war ungleich stärker als menschliche Muskeln und katapultierte ihn so stark vorwärts, wenn er nicht aufpasste, dass er sich mit dem gesunden Fuß kaum abfangen konnte.

Nach einer Weile hatte er heraus, wie er sich am geschicktesten bewegen konnte. Doch seine Freude wurde gedämpft, als er an einer verkohlten Ruine vorbeikam, und je weiter er in Richtung Stadttor vordrang, umso schlimmer sah es in den Straßen aus. Die Drachen hatten an verschiedenen Stellen Brände entfacht und mehr Zerstörung angerichtet, als Rinek gedacht hatte. Manche Straßenzüge waren vollständig verlassen, und er überholte immer wieder Familien, die all ihr Hab und Gut mit sich schleppten, auf dem Weg in eine ungewisse Zukunft.

Alle rechneten mit einem neuen Angriff. Auch die Drachengarde, wie er feststellte, als er das Tor erreichte. Hier luden ein paar Männer unter der wachsamen Aufsicht des Prinzen gerade Baumstämme ab, die sie frisch geschlagen aus dem Wald hergekarrt hatten.

»Wir müssen sie aufrichten und an die Stadtmauer lehnen«, wies Arian die Arbeiter an.

»Wozu?«, murrte einer und wischte sich über die schweißnasse Stirn.

Rinek bemerkte, dass bereits mehrere Stämme dort aufgerichtet waren; er konnte die Frage des Mannes gut verstehen, denn auch ihm erschloss sich der Sinn dieser Maßnahme keineswegs.

»Weil ich es befehle!«, rief der Prinz ungehalten.

In einiger Entfernung standen die Drachenjäger beisammen und tuschelten verstohlen miteinander.

»Habt ihr etwas anzumerken?«, fragte Arian wütend. »Dann sagt es mir.«

»Verzeiht, Herr.« Okanion löste sich aus der Gruppe. »Wir sind alle etwas verwirrt über diesen ungewöhnlichen Auftrag. Wenn Ihr uns vielleicht erklären könntet, was das zu bedeuten hat? Die Mauer zu verstärken ist bei einem Feind, der fliegen kann, nicht gerade angemessen.«

»Angemessen?« Arian lachte wild auf. »Was ist heutzutage denn noch angemessen? Dass wir angegriffen werden, von unseren eigenen Verbündeten? Dass Drachenjäger sich vor ihrer Beute fürchten? Dass mein Volk aus dieser Stadt flieht, in der Brahans Erben seit Jahrhunderten den Schennern Schutz bieten?« Seine Stimme wurde lauter und schriller. »Was, werter Ritter, hilft, wenn nichts mehr hilft?«

»Aber …«, begann Okanion verwirrt, doch der Prinz schüttelte den Kopf.

»Ich habe eine Aufgabe für Euch. Für meine Garde. Etwas,

das ich nur den Besten anvertrauen kann. Chamija ist im Schloss und löst Drachenschuppen von den Wänden. Dazu hat sie meine ausdrückliche Erlaubnis. Jeden Moment wird sie herunterkommen, und dann müsst Ihr ihr helfen, die Schuppen an den Baumstämmen anzubringen. Außerdem brauche ich Soldaten, um die Schuppen zu bewachen, damit niemand dieser verdammten Flüchtlinge auf die Idee kommt, er könne mit einem Beutel glänzender Edelsteine seine Reise antreten.«

»Da kommt sie schon«, meinte Okanion, dessen verzerrtes Lächeln keine Rückschlüsse darüber zuließ, was er wirklich dachte.

Chamija näherte sich auf einem kleinen, edlen Pferd. Die Männer vor dem Tor betrachteten sie mit einer Mischung aus Bewunderung und Abscheu; der Prinz starrte sie völlig hingerissen an.

»Ist es so recht, meine Dame?«, fragte er.

Rinek, obwohl unsichtbar, zog sich instinktiv etwas weiter zurück. Die Zauberin schien ihn nicht wahrzunehmen, aber nach allem, was er von Mora über sie wusste, graute ihm vor ihr.

Er schlich davon, um in Sicht- und Hörweite das Geschehen weiterzuverfolgen, als ihn ein Aufschrei innehalten ließ.

»Drachen!«

Sie kamen vom Gebirgshang her, wie ein Sturm waren sie über ihnen und segelten schon wie unzählige bunte Blätter im Wind über die Stadtmauer. Rinek duckte sich und dachte angstvoll an Mora und ihre Hausgenossen. Er musste zurück!

Offenbar hatte der Prinz Wachen und Hornbläser in der ganzen Stadt verteilt, denn im selben Moment erklangen die Hörner, die sonst vor Feuer warnten. Jetzt konnte Rinek nur hoffen, dass seine Freunde den König in Sicherheit brachten – und vor allem, dass ihr Haus verschont blieb.

»Verdammt!«, rief Chamija. »Zu früh! Beeilt Euch – nein, nehmt die Schuppen mit!«

Doch keiner der Drachenjäger achtete auf sie. Sie ritten los, in die Stadt hinein, Lanzen und Schwerter angriffslustig erhoben.

»Nein!«, rief die Zauberin. »Nein, Arian, warte!«

In diesem Moment flog einer der Drachen, ein flinkes silbergrünes Exemplar, eine Schleife und kehrte zurück; offenbar hatte er die Feindin erkannt, denn er griff sie ohne zu zögern an. Das Pferd stieg, warf das Mädchen ab und floh. Chamija landete auf dem Rücken, streckte die Hand nach dem fliehenden Tier aus und schrie: »Die Schuppen!«, doch dann lenkte der Drache sie ab. Er öffnete das Maul und kreischte. Sein Feuer hüllte sie ein.

Rinek wollte seinen Augen nicht trauen – immer noch stand Chamija aufrecht, unverletzt.

»Glaubst du, es ist so einfach?«, rief sie dem Drachen höhnisch zu. »Da musst du dir schon mehr einfallen lassen! Richte deinem Herrn aus, dass ich seine große Hoffnung vernichte, wenn er nicht mit mir verhandelt!«

Das Ungeheuer brüllte vor Wut.

Rinek blickte sich um. Das Pferd war ein kurzes Stück den Hügel hinaufgaloppiert, heimwärts, doch jetzt kam ihm von dort ein Trupp Soldaten entgegen. Es zögerte und stand mit bebenden Flanken da.

Er nutzte die Gelegenheit. Das Tier bemerkte ihn nicht, als er den Beutel, den Chamija offenbar vermisste, an sich riss. Tatsächlich – er war mit vielfarbigen glänzenden Schuppen gefüllt.

Rinek hastete zurück. Er hatte keine Ahnung, was die Zauberin mit den Baumstämmen vorhatte, doch wenn es der Stadt im Kampf gegen die Drachen nützte, würde er ihr helfen. Deshalb fischte er eine Schuppe heraus und drückte sie in die Rinde. Einen Baumstamm präparierte er so, dann den nächsten und noch einen dritten.

»Du kannst mich nicht verbrennen«, sagte Chamija gerade, »du kannst mich nicht einmal anfassen, um mich zu zerschmettern. Also, was willst du? Einen Blick werfen auf das, was du nicht haben kannst?«

Aus der Stadt ertönte ein lautes Krachen. Schreie. Rinek hätte sich am liebsten die Ohren zugehalten, stattdessen rief er: »Drei Stämme sind bereit, genügt das?«

Chamija warf einen Blick zu ihm hinüber, ließ sich jedoch nicht davon irritieren, dass der Sprecher nicht zu sehen war. Sie nickte, ein feines Lächeln spielte um ihre Lippen.

»Du kannst nicht siegen, das weißt du«, sagte der Drache gerade. »Deine mickrigen Drachenjäger sind Spielzeug für uns, nie im Leben können sie die Stadt beschützen.«

»Sie vielleicht nicht«, meinte die Zauberin. »Aber ich schon. Eine gute Freundin hat mir gezeigt, dass mit ein bisschen Fantasie die einfachsten Dinge genügen.«

Sie hob die Hände und sprach den Zauber aus.

»Pai Ri Ko Res!«

Die Erde vor dem Tor, aufgewühlt vom Regen, stieg wie eine Wand in die Höhe, wie eine Woge, die sich auftürmte und die Luft erfüllte. Rinek ergriff die Flucht, als alles um ihn herum in Bewegung geriet und sich ein Wirbelsturm aus Schlamm und Steinen bildete. Die drei Baumstämme, so schwer und dick, dass zwei Männer kaum ausreichten, um sie zu umfassen, wurden mitgerissen und tanzten in dem Sturm. Es wurde dunkel vor Rineks Augen, er floh um sein Leben, doch der Wirbel erfasste ihn und riss ihn mit in die Höhe. Dort, zwischen Himmel und Erde, begegnete er dem Drachen, der gegen den Sog ankämpfte. Ein Baumstamm zerfetzte ihm den Flügel. Einen Moment flog Rinek direkt vor dem Auge des Drachen und blickte in einen Brunnen aus Feuer. Der Wind wollte ihn weiter forttragen; er streckte die Arme aus, um sich irgendwo festzuhalten, sein Fuß krallte sich um das Nächstbeste, was ihm Halt bot, er fuhr die Zehen aus und versenkte sie zwischen Hörnern und Schuppen. Etwas schlug dicht neben ihm gegen den Leib des Drachen, und das Untier stieß einen heiseren, angstvollen Schrei aus. In den flammenden Augen wohnte auf einmal die Furcht.

Dann stürzten sie gemeinsam durch die Nacht.

»Ich weiß, dass du da bist«, flüsterte die Stimme. »Wer bist du, Zauberer? Freund oder Feind?«

Rinek brauchte eine Weile, um zu sich zu kommen und sich darauf zu besinnen, wo er war. Sein Kopf schmerzte unerträglich – kein Wunder, merkte er, da er kopfüber hing. Mit dem verzauberten Fuß steckte er immer noch in dem Drachen fest, irgendwo an seiner Flanke. Die Schuppen fühlten sich kalt an, und ein Schmerz wucherte in seinem neuen Bein, dumpf und taub wie Zahnschmerzen.

Mit Mühe löste Rinek die wurzelartigen Zehen aus der Ritze, an der sie sich festgeklammert hatten; sie wollten ihm kaum gehorchen. Er fing sich gerade noch mit den Händen auf und kletterte rasch wieder auf den Drachen, bevor er zwischen den rollenden Baumstämmen zerquetscht wurde.

Sie hatten einen riesigen Karren gebaut, indem sie die gefällten Bäume zusammengefügt hatten; jeder einzelne von ihnen drehte sich, während das Gebilde vorwärtsrollte. Der Drache lag gefesselt auf diesem Wagen, der offenbar von Zauberkraft bewegt wurde, denn nicht ein Pferd war zu sehen. Nur ein Trupp grimmig aussehender Soldaten umringte den Gefangenen – nicht die Drachengarde, wie Rinek bemerkte. Er sah kein einziges bekanntes Gesicht.

»Freund oder Feind?«, fragte der Drache noch einmal. »Ich kann fühlen, dass du da bist, Herzdieb. Schneide die Stricke durch. Ich werde dich reicher entlohnen als die Alte. Egal, was sie dir angeboten hat, ich biete dir mehr.«

»Stricke?«

Nun bemerkte Rinek, dass das silbergrüne Ungeheuer mit seltsamen bunten Schnüren gefesselt war. Wie einen Schal trug es diese Bänder um den Hals, mehrfach um den Leib, sogar um die Beine und den Schweif, doch da es nicht an irgendetwas festgebunden war, hätte es eigentlich mühelos fliehen können.

Er streckte die Hand aus und berührte eins der Bänder, das sich unter seiner Haut unerwartet weich anfühlte. Die Schuppen daneben waren noch kälter als die übrigen. Der Drache zitterte, und Rineks Wurzelfuß durchlief ein Beben.

»Schneide es auf. Entferne es von mir. Beeil dich.«

Noch nie zuvor hatte ein Drache zu Rinek gesprochen. Er fühlte, wie die Stimme zugleich in seinen Ohren und in seinem ganzen Kopf vibrierte, wie sie bis in sein Herz drang; auf einmal schien es ihm fast unmöglich, dieser harmlosen Bitte nicht zu entsprechen.

Gerade rechtzeitig erinnerte er sich daran, dass die Drachen dabei gewesen waren, die Stadt zu verbrennen. Er wandte sich um; Lanhannat war hinter den Hügeln verborgen. Das seltsame Gefährt rollte über die schlammigen Wiesen der Gebirgshänge, die das Schloss umgaben, bis sich vor ihnen das dunkle Innere des Berges auftat. Rinek schauderte. Ihm war, als sei er in einen Albtraum geraten, in dem nichts einen Sinn ergab, doch die Soldaten stapften unbeirrt weiter auf das schwarze Loch zu.

»Bitte!«, flehte der Drache.

Rineks widerstreitende Empfindungen machten ihn schwindlig. *Die Drachen über der Stadt. Die Drachen über Brina. Das Feuer. Der Schmerz. Die Schreie.* Gleichzeitig empfand er Mitleid, so tief und stark und unfassbar, dass es kaum auszuhalten war.

Der Silbergrüne schrie, als der Karren ins Innere des Hügels rumpelte, schrie, als gelte es sein Leben. Er wand sich und schien in den Fesseln zu kämpfen, zuckte jedoch nur, obwohl er immer lauter heulte. Hinter ihnen begann das Tor sich zu schließen.

Rinek sprang vom Wagen und hechtete auf den Streifen Licht zu, der immer schmaler wurde. Er warf sich hindurch, gerade noch rechtzeitig, dann fiel es krachend zu. Ungläubig beobachtete er, wie Gras über die Türflügel wucherte, in den Ritzen spross und die Öffnung versiegelte. Schließlich stand er auf dem Hügel und starrte verwundert auf die schlammige Wiese vor ihm; nichts deutete darauf hin, dass hier gerade ein weinender Drache verschwunden war.

Auch dieses Mal war Moras Haus verschont geblieben. Nicht vollständig allerdings; Agga hatte das Dach löschen müssen, das von einem brennenden Span getroffen worden war, und der König saß jetzt wieder schmollend in der Küche. Das Wichtigste war, dass die Wände noch standen, und über dem Herdfeuer köchelte eine Suppe, die appetitanregend duftete.

Rinek hatte geklopft und sich an Agga vorbeidrängen wollen, doch die Magd hielt ihn fest.

»Wer da?«, blaffte sie ihn an. »Unsichtbares Gesindel, wie?«

»Du weißt genau, dass ich es bin«, sagte er.

An der Schwelle stand der König und blickte finster drein. »Zauberer«, knurrte er. »Sie werden brennen. Alle.«

»Im Moment brennt nur die Stadt«, sagte Rinek trocken. »Die Drachen sind fortgeflogen. In den Straßen liegen die Toten.«

»Eine Stimme ohne Körper. Das ist das Werk der dunklen Götter, die von Wesen ohne Herz angebetet werden.«

»Ja, ja«, murmelte Rinek, dem nicht der Sinn danach stand, mit dem König zu diskutieren. Er suchte das Töpfchen mit dem Gegenzauber heraus und atmete eine Prise davon ein.

»Wie seht Ihr denn aus?«, entfuhr es Agga.

Rinek blickte an sich herunter. Die Kleidung hing ihm in Fetzen am Körper, er war schlammbespritzt, von blutigen Striemen und blauen Flecken übersät.

»Ich bin in einen Sturm geraten und mit einem Drachen zusammengeprallt«, erklärte er. »Etwas zu trinken wäre schön.«

Während Agga ihm kopfschüttelnd etwas eingoss – oh ja, sie hatte die richtige Wahl getroffen, fand er –, hatte der König seinen ungewöhnlichen Fuß entdeckt.

»Was ist das? Eine Kralle?«

Rinek schob Pivellius seinen Becher zu. »Bedient Euch, wenn Ihr mögt.«

»Ich trinke nicht mit dir. Missgeburt des Bösen!«

Das war selbst für Agga zu viel. »Ihr benehmt Euch gefälligst!«, schnauzte sie ihn an. »Das ist der Mann, der Euch das Leben gerettet hat!«

Pivellius funkelte sie wütend an, setzte sich auf die Bank und schwieg trotzig.

»Läuft er nicht weg?«, fragte Rinek. Ohne den König, nur mit Agga allein, wäre es in dieser Küche geradezu gemütlich gewesen.

»Er kann nicht. Mora hat einen Zauber über die Tür verhängt.«

»Sie zaubert immer mehr«, stellte er fest. »Wo ist sie?«

»Erschöpft«, erklärte Agga. »Sie schläft. Die Vorräte, die Ihr aus dem Keller der Ziege geholt habt, sind so gut wie verbraucht.«

Rinek langte in seine Tasche und holte eine Drachenschuppe heraus, die er auf den Tisch legte. »Eine. Und noch eine. Trara. Nummer drei.«

»Woher habt Ihr …?«

»Fünf«, zählte er. »Alle aus Chamijas Beutel entwendet, sie hat sie übrigens von der Schlosswand.«

»Wie könnt Ihr nur!«, entrüstete sich der König.

Aggas Grinsen verriet Rinek, dass sie genau wusste, welchen Schatz er da mitgebracht hatte. »Was tun wir damit?«

»Wir?«

»Ihr, Herr Rinek«, sagte sie. »Habt Ihr schon einen Plan?«

Er war dabei gewesen, als Chamija in den Flammen eines Drachen stand, ohne zu vergehen. Als sie gezaubert hatte – mit einer Macht, die schier unbegreiflich war. Selbst der Drache hatte zugeben müssen, dass er ihr nichts anhaben konnte. Wie um alles in der Welt sollte ein gewöhnlicher Mensch mit dieser Zauberin fertig werden? Dazu hatte er ihr auch noch geholfen. Ob das ein Fehler gewesen war? Er hatte erwartet, sie würde die Drachen irgendwie vertreiben. Was konnte sie mit einem gefangenen Ungeheuer anfangen?

Rinek hatte, in Gedanken versunken, gar nicht gemerkt, dass er unablässig seine Zehen bewegte. Erst als ihm das wütende Starren des Königs auffiel, wurde es ihm bewusst.

»Ein Wunder«, sagte er glücklich.

»Was für ein übler Frevel«, knurrte Pivellius.

»Ihr geht dort auf die Mauer«, bestimmte Chamija. »Diese Gruppe Bogenschützen auf den Verteidigungsturm im hinteren Bereich der Stadt, jene an die Südmauer. Wir postieren die besten Schützen auf den höchsten Dächern. Und …«

»Halt.« Arian blinzelte, als kämpfte er gegen den Schlaf oder einen Traum an, den er nicht abschütteln konnte. »Ich befehlige die Truppen. Was nehmt Ihr Euch heraus, Prinzessin?«

»Dummkopf!«, fuhr sie ihn an. »Ich bin dabei, deine Stadt zu retten.«

»Ihr wisst nichts über Drachen«, murrte er. Immer noch sprach er, als wäre seine Zunge gelähmt, als watete er durch Morast, der ihm an den Füßen haftete. »Pfeile richten rein gar nichts gegen sie aus. Wir werden die Katapulte einsetzen, die ich habe bauen lassen. Dafür brauchen wir jeden Mann.«

»Mit diesen Pfeilen …«, setzte Chamija an, doch er unterbrach sie sofort.

»Noch sind wir nicht verheiratet, aber selbst wenn Ihr meine Königin wärt, könntet Ihr nicht über meinen Kopf hinweg Entscheidungen fällen. Wir bestücken die Katapulte mit Steinbrocken, beschmieren sie mit brennendem Pech …«

»Was nur noch mehr Feuer zur Folge haben wird«, prophezeite Chamija. »Die Bogenschützen sind mit speziellen Pfeilen ausgerüstet, die den Drachenpanzer durchschlagen werden. Verzauberte Pfeilspitzen, versteht Ihr?«

Arian war jedoch schon dabei, Chamijas Anweisungen zu widerrufen und seine eigenen Befehle zu erteilen. Die Männer beeilten sich, ihm zu gehorchen; der eine oder andere warf der Zauberin hämische Blicke zu.

Mit einem unguten Gefühl beobachtete Rinek, wie der Prinz das Kommando übernahm und die Tijoanerin wegschickte. Die Verzauberung, die den Königssohn dazu brachte, ihr zu gehorchen, wirkte offenbar nicht unfehlbar; wenn es um seine Macht ging, war Arian durchaus fähig, sich ihr zu widersetzen. Aber war es sinnvoll? Rinek hatte den Eindruck, dass Chamija durchaus wusste, was sie tat. Mit Drachen kannte sie sich jedenfalls aus.

Finster starrte sie dem Prinzen nach und stieß einen wüsten Fluch aus.

Rinek folgte ihr, als sie wutschnaubend davonmarschierte.

Er hatte kaum zu hoffen gewagt, dass sie sich auf den Weg in die Hügel machte. Schon einige Male war der Briner dort gewesen und hatte nach dem Eingang gesucht. Nun erfasste ihn eine prickelnde Aufregung, als er erkannte, dass die Zauberin ihn geradewegs in ihr geheimes Versteck führen würde. Sie war allein, aber den Fehler, sie unvorbereitet anzugreifen, würde er nicht machen. Mittlerweile wusste er nicht einmal, ob es wirklich sinnvoll war, Chamija zu beseitigen. Sie hatte

Nival etwas Schreckliches angetan, und ihr Bestreben, über Lanhannat zu herrschen, war offensichtlich, doch ihre Pläne schienen weitaus durchdachter und erfolgversprechender als Arians hilflose Versuche, gegen die Übermacht der Drachen anzukommen. Auf leisen Sohlen folgte Rinek der Zauberin, als sich das Gras auflöste – offenbar war es nur eine Illusion – und das Tor dahinter mit einem leisen Knarren aufschwang.

Er huschte kurz nach ihr durch den Eingang.

Einen Moment lang war es stockfinster. Dann flüsterte Chamija zwei Worte, und Licht strahlte auf.

Sie befanden sich in einer geräumigen Höhle, deren Ausmaße im Zwielicht nicht zu erkennen waren. Vor ihnen lag, immer noch mit den bunten Stricken gebunden, der silbergrüne Drache. Nur an seinen rollenden Augen war zu erkennen, dass er bei Bewusstsein war. Hasserfüllt starrte er Chamija an. Sie trat auf das Ungeheuer zu und berührte seine Schnauze, von der, wie Rinek erschrocken bemerkte, Blut tropfte.

»Wie geht es dir heute, Sion Rah?«, säuselte sie, als würde sie einen bettlägerigen Verwandten besuchen.

»Verdammt sollst du sein«, keuchte der Drache.

Chamija ging um den gewaltigen Leib herum, begutachtete ihn hier, streichelte dort eine Tatze, tätschelte da ein Bein. Der Gefangene kochte vor Wut, doch er rührte sich nicht von der Stelle und versuchte nicht einmal, Feuer zu speien.

»Deine Hände sind kalt«, sagte die Bestie leise. »Was willst du mir beweisen? Dass du länger widerstehen kannst als ich?«

»Wann werden die Drachen wieder fliegen?«, fragte sie. »Will Scharech-Par uns so lange zermürben, bis wir aufgeben?«

»Meine Schuppen werden dir nichts nützen«, zischte der Drache.

Rinek sah beim Näherschleichen, dass das, was er für dunkle Flecken auf dem Panzer gehalten hatte, in Wirklichkeit fehlende Schuppen waren.

»Oh, da täuschst du dich. Die Magie fragt nicht nach Wollen oder Nichtwollen. Was bist du in seinem Heer – ein Fürst, ein wichtiger Mann? Freu dich, in meiner Armee stehst du an der Spitze. Du bist der Tod in jedem Pfeil, der sich von der Bogensehne löst. Du bist die Vernichtung in jeder Lanze und jeder Klinge. Du bist mein Sieg, Sion Rah.« Sie lachte leise. »Wenn das überhaupt dein richtiger Name ist. Hast du versucht, deine edle Herkunft zu vertuschen – Sion Ran?«

Der Drache schwieg.

»Glaubst du, ich hätte mich mit jemandem zufriedengegeben, der nicht wenigstens ein paar Tropfen Ran-Blut in seinen Adern hat? Ich hätte auch Ojia Ban haben können, den besten Freund des Königs, aber ich wollte dich. Deinen Familiennamen finde ich auch noch heraus.«

»Du hast keine Macht über mich«, grollte der Drache. »Mein Name nützt dir gar nichts.«

»Ich weiß, aber es tut dir weh, wenn ich ihn in den Mund nehme, nicht wahr? So wie es dir wehtut, wenn ich dir Schuppen entferne. Doch das bringt dich nicht so schnell um, wie du vielleicht hoffst. Glaub nicht, ich ließe dich hier sterben, Sion·Ran.«

Sie hielt ein funkelndes Messer in der Hand und bohrte es tief zwischen die Schuppen. Der Drache zuckte zusammen, als sie ihm eine der Schuppen herausriss, und stöhnte qualvoll.

Blut lief über Chamijas hellen Unterarm. Wie ein gerade geangelter Fisch lag die Schuppe auf ihrer Handfläche, blutig; es hätte Rinek nicht gewundert, wenn sie gezuckt hätte.

»Was werde ich wohl damit tun?«, fragte sie. »Einen weiteren Schlag gegen deinen Herrn führen?«

»Verrecke«, zischte der Drache.

Chamija lachte. Sie drehte sich um, dorthin, wo Rinek im Schatten kauerte.

»Ich weiß, dass du da bist«, sagte sie. »Ich kann die Magie fühlen, die du mit dir herumträgst. Wer bist du?«

Der Briner erschrak.

»Einer der Männer der Ziege, habe ich recht?«, fragte sie weiter. »Es war eure Aufgabe, in der Stadt zu spionieren, allerdings nicht hinter mir her.«

Rinek fasste Mut. Anscheinend konnte sie weder durch den Schleier seiner Unsichtbarkeit blicken noch hatte sie eine Ahnung, wer er war.

»Die Ziege ist tot«, sagte er vorsichtig.

»Tatsächlich? Deshalb hat sie sich also nicht mehr gemeldet.«

»Ich war ihr Leibwächter«, fantasierte Rinek weiter. Er erinnerte sich rechtzeitig an den massigen Kerl im Haus des Wetteintreibers, der nach einem unglücklichen Zusammenstoß mit einer dekorativen Marmorsäule das Zeitliche gesegnet hatte.

»Und jetzt kann Ziege dich nicht mehr sichtbar machen. Ah, ich verstehe dein Dilemma. Du hoffst also, ich würde dir helfen. Läufst du mir deshalb nach?«

»Könnt Ihr mir denn helfen?«, fragte er vorsichtig. Das fehlte noch, dass Chamija ihn jetzt sichtbar machte, denn hier in der Höhle konnte er nicht fliehen; er musste warten, bis sie die Eingangstür wieder öffnete.

»Natürlich«, antwortete sie freundlich. »Jederzeit, und das werde ich auch machen – nachdem du mir einen kleinen Gefallen getan hast.«

»Was wünscht Ihr Euch denn von mir?«

»Töte den Prinzen.«

»Was?«, entfuhr es Rinek, bevor er den Ausruf zurückhalten konnte.

»Du hast richtig gehört. In deinem … Zustand, sagen wir mal, sollte das kein Problem für dich sein.«

»Aber … warum denn? Ich hörte, Ihr seid mit ihm verlobt?«, stammelte er.

»Natürlich wartest du, bis wir geheiratet haben, das versteht sich von selbst. Als die Königin muss das Volk mich akzeptieren. Ich dachte, es würde auch anders gehen, aber dieser Dummkopf lässt mir keine Wahl. Er hat keine tiefen Gefühle, die mir helfen könnten, einen wirksamen Bann anzusetzen, keine wahre Liebe, keinen echten Hass. Er ist nicht lenkbar, weil er nicht weiß, was er will – einmal Rache, dann Ehre, dann Beliebtheit, dann wieder die Wünsche seines verstorbenen Vaters erfüllen. Einen Tag liegt er mir zu Füßen, am nächsten spuckt er vor mir auf den Boden. Er wird es noch schaffen, die ganze Stadt zu zerstören und den Krieg gegen Scharech-Par zu verlieren. Das kann selbst jemand wie du nicht wollen. Er muss weg, und zwar so schnell wie möglich, dann kann ich mir endlich einen richtigen Mann suchen. Bist du hübsch? Deine Stimme klingt interessant.«

»Oh … ich … äh …«

»Warte also die Hochzeit ab. So lange wirst du es wohl noch unsichtbar aushalten. Hör auf, mir nachzuschleichen, sondern besorge dir lieber Waffen, um Arian zu erledigen. Er ist ein ausgezeichneter Kämpfer, also musst du schnell und leise sein und es rasch zu Ende bringen.« Sie umklammerte die blutige Schuppe. »Damit ist mir sein Jawort sicher.«

Rinek rührte sich nicht von der Stelle, als die Zauberin auf das Tor zutrat und den Befehl zum Öffnen murmelte. Er schlüpfte an ihr vorbei, wie von einem Rudel wilder Hunde gehetzt.

Der Drache blieb allein im Dunkeln zurück.

»Er darf sie nicht heiraten!« Wutentbrannt marschierte der König auf und ab. »Lasst mich endlich hier raus, damit ich ihm den Kopf zurechtrücke!«

»Das wird nichts nützen, Majestät«, sagte Agga. »Wenn er unter Chamijas Bann steht, hat er keine Wahl. Es ist um ihn geschehen, ob wir das wollen oder nicht.«

»Das erlaube ich nicht!«, wütete Pivellius. »Das lasse ich nicht zu! Der Kerl hat doch gesagt«, ungeduldig wedelte er in Rineks

Richtung, »sie kann Arian nicht bändigen. Er würde auf mich hören, das weiß ich!«

Die junge Frau strich sich mit dem Ärmel das Mehl aus dem Gesicht. Sie knetete Teig, walzte ihn auf der Tischplatte aus und teilte ihn in gleich große Stücke.

Lireck näherte sich vorsichtig. »Was wird das?«, fragte er hoffnungsvoll. »Du backst doch nicht etwa Pasteten?«

»Und wenn?«, fragte sie schroff.

»Du bekommst sie niemals so hin wie Frau Mora, nie im Leben. Außerdem haben wir keinen Ofen.«

»Ich kenne aber eine Frau, die einen hat, und gegen ein kleines Entgelt lässt sie mich dort backen. So machen das alle hier. Seid Ihr immer noch nicht in diesem Viertel angekommen? Niemand hat hier einen eigenen Ofen.«

»Hm.« Der alte Mann blieb unschlüssig stehen und sah zu, wie Agga die Füllung verteilte.

»Raus jetzt!«, befahl sie. »Wer nicht mithilft, hat hier nichts zu suchen.«

»Gilt das auch für mich?«, fragte Rinek. »Ich wohne in diesem Raum!«

»Na gut, aber dann müsst Ihr mir helfen. Ihr verteilt die Füllung. Immer ein kleines Häufchen in die Mitte. Und Ihr«, sie wandte sich an den König, »streut das Gewürz darüber.«

Unwillig kam Pivellius näher. Rinek erwartete, der edle Herr würde sich weigern, aber unter Aggas resoluter Anleitung ließ er sich dazu herab, die Finger in das Töpfchen zu tauchen.

»Und eine Prise *Caness.* Das müsst Ihr sagen.«

»Warum?«

»Weil man das eben so macht. Kennt Ihr die Traditionen Eures eigenen Königreichs nicht?«

»Na, meinetwegen. Und eine Prise *Caness.*« Pastete für Pastete verteilte der König den Drachenstaub auf der Fleischfüllung, während Rinek tat, als merkte er nichts. Er stellte sich auch blind für Aggas Augenzwinkern. Eigentlich hätte sie ihn fragen müssen, schließlich wusste sie, dass er ein wenig zaubern konnte. Sie selbst besaß nicht einmal für *Caness* ausreichend Talent, obwohl der Großteil der Schenner Bevölkerung das geringe Ausmaß der magischen Gabe, das dafür nötig war, besaß.

Rinek schnupperte möglichst unauffällig, konnte jedoch nicht feststellen, ob der König tatsächlich gezaubert hatte.

»Warum grinst Ihr so, mein Herr?«, fragte Agga unschuldig.

»Tu ich gar nicht.«

»Oh doch, Ihr habt gegrinst. Hegt Ihr etwa unzüchtige Gedanken?«

»Natürlich«, sagte Rinek. »Immer.«

»Eure Turtelei verschiebt auf später«, beschwerte sich der König. »Stört das Fräulein nicht beim Backen. Ich habe schon viel zu lange keine guten Pasteten mehr gegessen.«

»Wurdet Ihr nicht einmal damit vergiftet?«, fragte Rinek, der die Geschichte gehört hatte. Dafür fing er sich einen vernichtenden Blick von Agga ein.

»Damals glaubte ich, ich würde die Dinger nie wieder essen. Doch heute ist es eher ein Becher Wein, bei dem sich mir der Magen umdreht.«

Das Mädchen schichtete die Teiglinge rasch in eine große Schüssel, deckte ein Tuch darüber und stand auf. »Nun geht es zum Ofen. Bis bald.«

»Seltsam«, meinte der König, sobald er und Rinek allein waren, »*Caness.* Das Wort hinterlässt so ein Prickeln auf der Zunge. *Caness* – nein, jetzt nicht mehr. Vorhin war es so.« Er rieb Daumen und Zeigefinger aneinander. »Was starrt Ihr mich so an, als wolltet Ihr mich ermorden?«

»Ich bin nur ein wenig überrascht«, sagte Rinek. »Das ist alles.«

»Worüber?«

»Dass Ihr … Essen zubereiten könnt, Majestät.«

»Warum? Ich war Drachenjäger in meiner Jugend. Wir waren in der Wildnis unterwegs, in den Bergen und Wäldern. Wir mussten jagen und über dem Lagerfeuer kochen. Ich habe mehr Talente, als du glaubst, Zauberer.«

»In der Tat«, murmelte Rinek, »das habt Ihr. Möglicherweise sogar mehr, als Ihr selbst für möglich haltet.«

»Sie sind es!«, jubelte der König. »Das sind genau die Pasteten, die es früher immer gab!«

Mora blickte scharf über die Runde der Esser hinweg. Die Alten stopften sich die Backen voll. Agga sah mit glänzenden Augen zu. Nur Rinek saß etwas abseits; er wollte niemanden sehen lassen, dass er Wasser auf den Boden geschüttet hatte, damit sein Holzfuß es aufsaugen konnte.

»Er hat sie gewürzt«, erklärte die Dienstmagd und strahlte Mora triumphierend an.

Die Zauberin wurde bleich. »Er? Du meinst Rinek?«

»Nein, er. Unsere Hoheit, Erbe von Brahan und so weiter.«

»Ein wenig mehr Respekt, wenn ich bitten darf.« Der König war ausgesprochen guter Laune. Es gab Wein und Pasteten, wie bei einem Fest. Entgegen seiner Behauptung hatte Pivellius offenbar doch kein Problem damit, Wein zu trinken.

»Nein«, flüsterte Mora. »Ihr seid … Ihr könnt …? Nein!« Sie schlug die Hand vor den Mund und rannte davon.

»Was hat sie denn? Sie ist nicht gut auf mich zu sprechen, das ist mir schon aufgefallen.«

Der Rest der Runde schwieg betreten.

»Vielleicht«, sagte Kasidov schließlich, »wird sie Euch das eines Tages selbst erzählen.«

6

Der Herbst kam mit großen Schritten, und sie wanderten ihm entgegen. Die Berghänge färbten sich rotgolden und warfen dann mit einem Schlag ihr Blätterkleid ab. Nur Gah Ran blieb rot und feurig, und wenn er bei ihnen landete, setzte Linns Herz jedes Mal kurz aus. Es war unmöglich, sich an ihn zu gewöhnen, an seine Größe, seine Schönheit, die geballte Magie, die er nicht nur mit sich trug, sondern die er war.

Trotzdem war Linn von Ehrfurcht weit entfernt.

»Kannst du uns nicht mal was anderes mitbringen als Kaninchen?«, beschwerte sie sich, während sie die Beute bratfertig machte. Nival hatte Feuerholz gesammelt und aufgeschichtet. Der Drache setzte es in Brand, wandte sich demonstrativ ab und rollte sich gemütlich zusammen.

»Kaninchen«, wiederholte Linn. »Das hängt mir schon zum Halse heraus. Trotz *Caness.*«

Durch die Gegenwart des Drachen mangelte es nie an Zauberstaub. Die ganze Luft war von feinsten Teilchen Magie erfüllt, die Linn nutzte, ohne darüber nachzudenken. Trotzdem verbesserte es nicht ihren Appetit.

Gah Ran hob den Kopf. »Wenn es dir nicht schmeckt, ist deine Mühe umsonst«, bemerkte er. »Du weißt, was das heißt.«

»Dass du mal etwas anderes mitbringen solltest?«

»Wenn der *Caness*-Zauber nicht wirkt, hast du keinen einzigen Funken Magie mehr im Leib.« Der Drache musterte sie, als könnte er bis auf den Grund ihrer Seele blicken. »Also kannst du es gleich lassen.«

»Es wirkt!«, protestierte Linn. »Was du gleich wieder denkst. Ich wünsche mir nur etwas anderes als Fleisch. Brot. Moras Pasteten. Früchte. Eine Schale Milch. Oder Käse. Für ein Stückchen Käse würde ich mich prügeln.«

Linn wollte nicht glauben, dass ihre gesamte Zauberkraft aufgebraucht war. Seit sie die Grenze zu Gerin überquert hatten, hatte sie Nival nicht mehr behandelt. Er war gesund, das hatte sie daran gemerkt, dass er schneller klettern konnte als sie. Es tat fast weh, dass er sie nicht mehr brauchte, dass sie keine Rechtfertigung mehr hatte, ihn anzufassen. Manchmal mochte sie kaum glauben, dass er derselbe Mann war wie der Nival, mit dem sie durch die verschneiten Straßen Lanhannats gewandert war. Er glich ihrem Freund – aber irgendwie auch nicht. Etwas war anders an ihm, das sie nicht in Worte fassen konnte. Ein Fremder – zu dem sie etwas zu oft hinsah, immer wenn sie glaubte, er würde es nicht bemerken. Seine blonden Haare waren gewachsen, ebenso sein Bart, der jedoch so hell war, dass er nicht wirklich störte. Nival sah jetzt männlicher aus, vielleicht war das der Unterschied. Kein Junge mehr, sondern ein Mann von Mitte zwanzig. Allerdings hätte ihm wärmere Kleidung gutgetan, und auch Linn merkte, dass sie für den Winter nicht passend ausgestattet war.

»Wir brauchen Menschen«, sagte sie. »Einen Markt. Oder wenigstens ein Dorf.«

»Ohne Geld?«, fragte Gah Ran. »Willst du dich tatsächlich um die Sachen prügeln, die du brauchst?«

»Besitzt du keinen Schatz?«

Der Drache stieß eine Rauchwolke aus und lachte. »Ein Schatz. Sie fragt mich nach meinem Schatz! Wie dreist bist du, Linnia Harlon, dass du es wagst, einen Drachen nach seinen Besitztümern auszuhorchen?«

»Ein paar Goldmünzen wirst du sicher übrig haben«, meinte Linn ungerührt.

Weder Ärger noch Zorn des Roten konnte sie mittlerweile schrecken. Er brauchte sie viel mehr, als sie ihn brauchte. Nur weil sie es ihm versprochen hatte, war sie auf dieser Wanderung, als Dank dafür, dass er sich an Nivals Heilung beteiligt hatte. Ansonsten hätte sie nach ihrem Scheitern am Königshof genauso gut auch nach Hause gehen können, zurück in ihr Dorf Brina. *Wo Yaro auf mich wartet.* Dieser Gedanke begleitete sie nun schon seit Jahren, wie eine unumstößliche Wahrheit, einer uralten Legende gleich, die man für wahr hielt, ohne sie überprüfen zu können. Dass ihr Verlobter in Brina noch auf sie wartete, konnte sie eigentlich schon lange nicht mehr voraussetzen. Er hatte versprochen, ein Haus für sie beide zu bauen, als sie das Dorf nach dem Drachenüberfall verlassen hatte, um zu lernen, wie man gegen die Ungeheuer kämpfte. Doch nachdem sie es tatsächlich geschafft hatte, zur besten Drachenjägerin der königlichen Garde aufzusteigen, war sie nicht nach Hause zurückgekehrt. Schließlich war Yaro selbst in die Stadt gekommen. Sie hatte nur ganz kurz mit ihm an einem Tisch gesessen und war dann geflohen.

Nein, er würde nicht länger warten. Auch für ihn war es an der Zeit, eine Familie zu gründen und Kinder in seinem Haus aufwachsen zu sehen.

Selten war Linn so deutlich gewesen, dass sie mit leeren Händen dastand. Was hatte sie erreicht? Der Prinz hatte um sie geworben, das Volk von Lanhannat hatte sie geliebt und bejubelt – doch dass sie sich mit Gah Ran angefreundet hatte, statt ihn zu töten, hatte ihre Karriere jäh beendet. Er schuldete ihr etwas – so wie sie ihm. Sie waren durch ein Bündnis aneinandergekettet, das keiner von ihnen so schnell auflösen würde. Da musste schon mehr passieren als ein Streit über die Reisekasse.

»Über meinen Schatz sprechen wir dieses eine Mal und nie wieder«, beschied ihr Gah Ran.

»Und?«

»Was, und?«

»Sag etwas dazu. Wenn du jetzt darüber reden willst, sollten wir das tun. Wo ist er, woraus besteht er? Hast du achthundert Jahre lang Burgen und Schlösser ausgeraubt? Da sollte sich doch etwas angesammelt haben.«

»Du hältst mich für einen Räuber?«, fragte der Drache grimmig.

Nival lachte leise. Linn war so überrascht, dass sie Gah Ran völlig vergaß. Der junge Mann bemerkte ihren Blick und hob wie um Entschuldigung bittend die Schultern. Sie starrte ihn an und fühlte sich völlig erschlagen von ihren eigenen Gefühlen. Errötend wandte sie den Kopf ab.

Nun lachte auch Gah Ran. »Hauptsache, man hat einen Schatz, nicht wahr?«

Linn fand die Anspannung, die auf einmal in der Luft lag, unerträglich. »Ich warte nicht auf deine Almosen«, fuhr sie ihn an. »Dort hinten im Tal liegt ein Dorf; ich habe am Nachmittag Rauch aufsteigen sehen. Dort werde ich heute Nacht hingehen, Geld oder kein Geld. Wir brauchen wärmere Kleidung und bessere Stiefel, oder wir können unseren Weg bald überhaupt nicht mehr fortsetzen. Willst du mir das ausreden? Nur zu, versuch es!«

Der Drache lachte nicht mehr. »Es wäre besser, mit möglichst wenigen Menschen in Berührung zu kommen. Besser für uns alle.«

»Wie recht du hast. Es wäre auch besser, im Sommer zu reisen, besser, eine schlagkräftige Truppe dabeizuhaben statt eines selbstgefälligen Drachen, und besser, sich irgendwo einen Unterschlupf zu suchen, bis der Winter vorbei ist. Es gibt viele Dinge, die ich lieber tun würde, als unschuldige Leute in einem Bergdorf auszurauben, aber wenn wir auf dieser Reise nicht alle tun, was getan werden muss, kommen wir nie ans Ziel.«

»Du willst also auf einen Raubzug gehen?«, erkundigte sich der Drache. »Ach, Linn, du bist nicht ganz bei Trost.«

»Willst du mich daran hindern? Am Ende sagst du ja doch immer: Tu, was du willst.«

Ein verbrannter Geruch lenkte ihre Aufmerksamkeit auf das Kaninchen, das an einem Stock über dem Feuer hing und dringend gedreht werden musste. Linn schabte die verkohlte Stelle ab, obwohl sie am liebsten den ganzen Braten ins Feuer geworfen hätte. Doch vor ihrem geplanten Unternehmen musste sie sich stärken. Konnte sie tatsächlich nicht mehr zaubern? Nein, das glaubte sie nicht. Jedenfalls konnte sie immer noch Gah Rans magische Aura wahrnehmen. Auch das würde verschwinden, hatte er ihr mitgeteilt, als sie vor zwei, drei Viertelmonden, zu Beginn des Reifmondes, über ihren Ehrgeiz bei Nivals Heilung gestritten hatten. Sie würde keinerlei Magie mehr spüren können. Dabei war ihr diese Fähigkeit umso kostbarer, als sie neu für sie war.

Die Silberkette, die sie seit frühester Kindheit getragen hatte, bis sie das Schmuckstück Chamija ausgehändigt hatte, war mit drei roten Steinen bestückt – Schuppen Gah Rans, von denen jede mit einem besonderen Zauber belegt war. Eine davon ließ den Drachen am Leben der Trägerin Anteil haben und ihn alles sehen und hören, was sie erlebte – so hatte Gah Ran stets zur Stelle sein können, wenn Linn in Schwierigkeiten geraten war. Die zweite hielt Magier und Drachen davon ab, die Kette zu stehlen – sie musste freiwillig abgegeben werden. Und die mittlere, die größte, verbarg den grünen Stein, die mächtige Schuppe des ValaNaik, und hemmte dessen gewaltige Ausstrahlung. Gleichzeitig war dadurch Linns eigenes Empfinden für Zauber gedämpft worden, das jeder Mensch mit magischem Blut in unterschiedlichem Ausmaß besaß. Um diese neu entdeckte Fähigkeit tat es ihr besonders leid.

Nein, diesmal würde sie das Fleisch nicht würzen. Sie nahm sich vor, äußerst sparsam mit den Resten ihrer magischen Kraft umzugehen, um nicht alles zu verlieren. Kaninchen ohne *Caness* war zwar kaum essbar, aber von nun an wollte sie …

Überrascht blickte sie sich um. »Nival? Wo ist er hin?«

Der Drache entrollte sich mit einem gequälten Stöhnen. »Was ist denn jetzt schon wieder?«

»Er ist weg. Ich hab mich hier mit dem Braten beschäftigt, und nun ist Nival verschwunden!«

»Na und? Vielleicht muss er mal. Reg dich nicht immer gleich so auf, er ist nicht dein Hund, der angerannt kommen muss, wenn du ihn rufst.«

»Nein, natürlich nicht.« Trotzdem spürte sie eine wachsende Unruhe. Stumm, wie er war, konnte Nival nicht erklären, was er vorhatte, aber ihm stand eine sehr lebhafte Zeichensprache zur Verfügung. Wenn er wollte, konnte er sich durchaus verständlich machen. Linns Unbehagen wuchs. Hatte sie ihn vertrieben, weil sie ihn so lange angestarrt hatte?

»Riecht gut«, bemerkte der Drache. »Du solltest jetzt essen.«

»Er ist immer noch nicht zurück. Was, wenn er in irgendeine Felsspalte gestürzt ist?«

»Dann hätten wir einen Schrei gehört, oder? Dein Freund ist kein Kleinkind, das sich von Wölfen aus dem Gebüsch zerren lässt. Er ist dir überdies keine Rechenschaft schuldig.«

Linn sah das anders; wenn man gemeinsam unterwegs war, hatte man seinen Reisegefährten mitzuteilen, was man plante, damit diese nicht ihre Zeit mit unnötigem Warten oder Suchen verbringen mussten. Wer zusammen wanderte, achtete auf den anderen und erklärte auch seine eigenen Vorhaben, und wenn man fortging, verabschiedete man sich.

»Ich wünschte, ich hätte meine Kette noch«, murmelte sie.

»Dann könnte er sie tragen, und du könntest verfolgen, wo er ist und was er tut.«

»Ich würde nicht hinsehen«, meinte der Drache grimmig. »Was interessiert mich Nival. Außerdem, da liegt er doch, siehst du? Du machst dir immer viel zu schnell Sorgen.«

In der Dunkelheit war die in die Decke gehüllte Gestalt kaum auszumachen. Erleichterung durchströmte sie, die sofort von Ärger abgelöst wurde.

»Es ist zu kalt dahinten. Er muss in der Nähe des Feuers bleiben!«

»Wenn er lieber frieren möchte, als bei uns zu sein, ist das seine Sache, oder?«

Es versetzte Linn einen Stich, dass Nival sich eingeigelt hatte, ähnlich wie zu Beginn ihrer Reise, als er noch so krank gewesen war. Natürlich, er war empfindlich, aber wenn er sich durch das stumme Eingeständnis ihrer Gefühle derart bedrängt fühlte – was durfte sie dann überhaupt noch tun und sagen? Wie sollte sie ihr Herz dazu bringen, nichts zu empfinden? Ebenso wenig konnte man beschließen, das Atmen zu lassen.

Schlagartig hatte sie keinen Hunger mehr. »Du kannst das Kaninchen haben, wenn du magst. Oder essen Drachen nur rohes Fleisch?«

Vor dem riesigen Maul des Ungeheuers wirkte das knusprig gebratene Kaninchen winzig, kaum mehr als ein Happen.

»Drachen schon«, sagte Gah Ran leise. Er ließ seine Zunge vorschnellen und leckte vorsichtig an der fettigen Haut. »Es ist lange her ... Fast hätte ich es vergessen. Die langen Speisetafeln ... Berge von Früchten und Beeren. Die köstlichsten Schneelandbeeren von Berat, klein und dunkelrot. Sie wachsen so hoch, dass kein Mensch sie ernten kann. Sion hat sie manchmal gesammelt, wenn sie oben auf dem Gipfel war. Sie sollte auf Visionen warten und hat stattdessen den Schnee weggekratzt und ihren Korb gefüllt ...« Sehnsucht vibrierte in seiner

Stimme. »Sion Ran VeaCorik ging nicht den Weg, der für sie vorgesehen war, sie wollte keine Priesterin sein. Es war für sie undenkbar, dem ValaNaik zu sagen, was er tun sollte, und deshalb nahm sie es in Kauf, dass man diese Ehre einer anderen übertrug. So wurde Raja die Auserwählte. Ach, Sion. Widerspenstig wie keine zweite … ob du dich erinnerst?«

Sprach er von Drachen? Linn versuchte sich vorzustellen, wie ein Drache Beeren pflückte und in einen Korb füllte. Das war, wenn man die Größe von Drachentatzen berücksichtigte, schlichtweg unmöglich.

»Sion war ein Mensch, oder? Ein Mädchen, das du früher kanntest?«

Er hörte nicht zu, sondern schwelgte in Erinnerungen. »Wein aus Samaja, von den Weinbergen am Großen Fluss … Das Beste für den König, aber Dairan wusste einen guten Tropfen gar nicht zu schätzen. Er war immer viel zu ungeduldig, um etwas richtig zu genießen. Mit einem Schluck? Dabei muss man diese Köstlichkeiten auf der Zunge prickeln lassen, bis man die Sonne von Samaja schmecken kann … Nur jemand wie Dairan ließ sich volllaufen und stieg dann hoch in die Wolken wie ein Schlachtschiff in einem Orkan. Er konnte es sich leisten, sich danebenzubenehmen, und nie hat irgendjemand das so ausgenutzt wie er.«

Er zermalmte den Braten samt Knochen zwischen den Zähnen.

Linn überließ ihn seinen Erinnerungen und schlich in die Dunkelheit davon.

Bald stieß sie auf die Bergstraße, die ihr am Tag aufgefallen war. Ein unförmiger silberner Mond hing über ihr und beleuchtete den Weg hinunter ins Tal.

Das Dorf schmiegte sich unter einem überhängenden Felsen an den Hang, es waren nur wenige Häuser, die sich kaum vom steinigen Untergrund abhoben. Die Luft war von bitterem Rauch erfüllt.

Noch waren nicht alle schlafen gegangen; Licht leuchtete aus den Fenstern und verbreitete eine heimelige Atmosphäre. Es war so kalt, dass Linn ihre Zehen kaum noch spürte. Mit klappernden Zähnen wankte sie auf das kleine Bergdorf zu. Bisher war sie den Gerinern immer ausgewichen, denn von den bewaffneten Patrouillen im Grenzgebiet hatte sie den Eindruck gewonnen, dass es ein grimmiges Volk war, mit dem nicht gut Kirschen essen war, ganz anders als die leutseligen Yaner, für die jeder, der ihrem Gesang zuhörte, schon ein Freund war.

Doch von Grenzhütern ließ sich wohl nicht auf die gewöhnlichen Leute schließen. Lärm und Gelächter drangen aus der größten Hütte, einem niedrigen, langgestreckten Gebäude. Vielleicht fand dort eine Dorfversammlung oder sogar eine Feier statt? Die Drachenjägerin pirschte sich näher heran. Sie wollte keinem Nachzügler in die Arme laufen. Fröhliche Menschen konnten genauso schnell über Fremde herfallen wie übellaunige, außerdem beherrschte Linn nicht einmal ihre Sprache. Sie sollte die Gelegenheit nutzen, eine der unbeleuchteten Hütten aufzusuchen und sich dort nach warmer Kleidung und Nahrungsmitteln umzusehen. Doch die Neugier siegte. Sie musste wenigstens einen flüchtigen Blick auf diese Leute werfen.

Durch die beschlagenen Fenster war nichts zu erkennen. Sie hauchte auf die dicke Kristallscheibe – so starkes Glas war in Schenn ein Vermögen wert – und rieb eine kleine Stelle blank.

Gasthäuser waren überall gleich, in aller Herren Länder. Die Geriner waren in Pelze gekleidet, die ihnen jedoch größtenteils von den Schultern rutschten. Ihre Gesichter waren gerötet. Männer und Frauen tanzten am Feuer vorbei, weiter hinten krümmten sich einige über den dunklen Tischen – vor Lachen. Oder hatten sie einem Getränk zugesprochen, das sie nicht vertrugen?

Linn sehnte sich so sehr danach, im Warmen zu sitzen, dass sie für einen Moment vergaß, warum sie hier war. Bis ihr jemand auf die Schulter tippte.

Hinter ihr standen zwei Geriner. Ihre spitzen Kinnbärte verliehen ihnen ein jugendliches Aussehen, aber sie lächelten nicht, sondern starrten die junge Frau nicht minder grimmig an als die misstrauischste Grenzwache.

Der eine stellte ihr in seiner melodischen Sprache eine Frage. Linn hob die Schultern und zeigte ihre offenen Handflächen; ihr Schwert hatte sie am Lagerplatz gelassen, um beim Stehlen nicht behindert zu werden. Die Männer schienen zum Glück unbewaffnet, notfalls würde sie mit ihnen fertig werden. Die zwei berieten sich miteinander, dann fasste der eine Linn am Ellbogen und führte sie in Richtung Tür. Sie wollte ihn abschütteln, aber sein Griff war fest, und eine Schlägerei zu riskieren, bevor sie die Absichten dieser Leute kannte, war unklug. Also ließ sie sich in die Gaststube geleiten.

Hitze. Fremdartige Gerüche. Gesichter, die sich ihr neugierig zuwandten und dann doch wieder das Interesse verloren, denn vor ihnen zog ein Mann aus dem Volk der Gaukler die Aufmerksamkeit sämtlicher Anwesenden auf sich.

Linn blinzelte. Konnte das Nival sein, den sie doch oben am Lagerplatz glaubte, schmollend in seine Decke eingewickelt?

Er sah aus wie ein Fremder, unzweifelhaft wie einer vom Volk der Spielleute, die überall und nirgends zu Hause waren. Auf dem blonden Haar trug er eine Kappe, die eigentlich nur aus einem verknoteten Tuch bestand. Seine bäuerliche Tracht war kaum wiederzuerkennen, mit unzähligen kleinen Knochen und Kaninchenschädeln, Fellstücken, Federn und Steinchen verziert. Hatte er die Überreste ihrer Mahlzeiten stets aufbewahrt und gesammelt, ohne dass sie es mitbekommen hatte? Den Bart hatte er zu lächerlich kurzen Zöpfen geflochten, die

Augen mit Asche geschwärzt. Es war unglaublich, wie er sich mit diesen einfachen Mitteln aus einem Wanderer in eine grelle, groteske Figur verwandelt hatte. Übermütig spielte er auf einem bauchigen Saiteninstrument, legte es beiseite und wirbelte ein weißblondes Mädchen im Kreis herum, dann sprang er auf einen Tisch und erschreckte die Trinker. Als er Linn an der Tür entdeckte, schwirrte er durch die Menge der Tänzer auf sie zu, packte sie am Handgelenk und zog sie zwischen die anderen.

»Was machst du hier?«, zischte sie.

Wenn er bereits zu dem Zeitpunkt hergekommen war, als sie ihn verschwunden glaubte, hatte er reichlich Gelegenheit gehabt, mit den Dorfbewohnern warm zu werden. Sie drehten sich im Kreis, bis Linn schwindlig wurde, dann schubste er sie auf eine Bank und schob ihr einen großen Becher hin, aus dem Dampf aufstieg.

»Wir können das nicht bezahlen«, protestierte sie.

Aber die Leute ringsumher nickten ihr zu, und so kostete sie von dem Getränk. Hustend stellte sie den Becher rasch wieder ab. Gelächter ertönte, heiter tranken ihr die Tischnachbarn zu.

Nivals Augen glänzten, seine Wangen waren gerötet. Er hielt es kaum ein paar Augenblicke auf der Bank aus, sprang wieder auf und turnte weiter über die Tische. Er schien überall gleichzeitig zu sein. Hier spielte er auf fremdartigen Instrumenten, dort jonglierte er mit Holzlöffeln, da nahm er an einem Spiel teil, das Linn von ihrem entfernten Platz nicht durchschaute, kurz darauf war er wieder bei ihr und ermunterte sie zu trinken. Wärme durchzog ihren durchgefrorenen Körper; nicht die Hitze hier drinnen und das würzige Gebräu, das wer weiß was enthalten mochte, sondern die Gemeinschaft so vieler Menschen wärmte sie innerlich auf.

Viel zu lange waren sie einsam durch die Berge gezogen. Sie, der stumme Nival und der grantige Drache, und es war so lange her, dass sie Ausgelassenheit und Gelächter erlebt hatte.

Seltsamerweise fühlte Linn sich hier, inmitten von Fremden, deren Sprache sie nicht verstand, besser aufgehoben als zwischen den Gardisten am Königshof. Dort war sie immer ein Fremdkörper geblieben – die Tochter des Verräters, weder reich noch aus einer vornehmen Familie; hier war sie zwar auch eine Fremde, fühlte aber nicht den Druck auf sich, so tun zu müssen, als wäre sie es nicht.

Wieder nahm sie ein Schlückchen. Scharf und brennend floss flüssiges Feuer ihre Speiseröhre hinab. Nival beugte sich über den Tisch, trank aus demselben Becher und schenkte ihr einen funkelnden Blick aus seinen hellgrauen Augen. Er schien betrunken zu sein, aber vielleicht tat er auch nur so, denn er legte seine Hand auf ihre und lächelte; im nächsten Moment war er wieder fort, und sie hörte die Rufe der Leute am Nebentisch, die ihn bei irgendeinem Spiel anfeuerten.

Dann kam er wieder zu ihr, in den Händen einen Holzteller, den er mit unergründlicher Miene vor ihr abstellte.

Linn traute kaum ihren Augen, als ihr der würzige Duft von Käse in die Nase stieg. Eines unbekannten Käses zwar, aber dieses goldgelbe Stück, an den Rändern geschmolzen, von einem Kanten kräftigen Brotes begleitet, weckte so viele Gelüste in ihr, dass ihr der Atem stockte. Nival nickte ihr aufmunternd zu, aber sie konnte nicht essen, so gerührt war sie von dieser Geste.

»Danke. Du bist …«

Er wartete das Lob nicht ab, sondern tollte wieder fort. Ein Wahnsinniger, so schien es ihr, einer, dem es auch ohne Stimme mühelos gelang, einige Dutzend Fremde zu unterhalten und in seinen Bann zu ziehen. Während Linn den Duft des Käses einatmete, konnte sie, wie auch alle anderen hier, den Blick nicht von ihm lassen. Er war der Narr, aber ohne das flotte Mundwerk wie ein Spiegelbild seines alten Ichs. Nival, aber ohne die unterschwellige Aggressivität, die sie immer an ihm wahrgenommen hatte. Dieser Mann tat nicht so, als wäre er glücklich, er war es.

Die Nacht schritt fort, doch keiner machte Anstalten, nach Hause zu gehen. Die Leute schliefen auf den Bänken ein, das Gesicht auf dem Unterarm oder der Tischplatte, andere bauten sich aus ihren Pelzen ein Lager auf dem Fußboden. Linn stand auf und merkte, dass dies ein Fehler gewesen war. Obwohl sie sich überhaupt nicht betrunken fühlte, konnte sie nicht geradeaus gehen, sie schwankte und fiel halb gegen ein anderes Mädchen. Auf einem der Felle vor dem Kamin war noch Platz. Kaum hatte sie sich dort niedergelassen, war sie auch schon eingeschlafen.

Eine Weile bestand die Welt aus einem Übelkeit erregenden Geschmack in ihrem Mund und dem Dröhnen von tausend Stimmen in ihren Ohren. Dann rückte alles wieder an seinen Platz. Die Gaststube. Die Dörfler. Nival.

Linn stand auf und rieb sich die Augen. Die anderen Schläfer waren alle verschwunden, sie war allein vor der Feuerstelle. Ein junger Bursche legte gerade Holzscheite nach und schenkte ihr ein verschwörerisches Grinsen. Ein anderer Mann, in einen üppigen Pelz gehüllt, kam durch den Mittelgang auf sie zu. Erst als er vor ihr stand, erkannte sie Nival. Er reichte ihr ein Kleiderbündel, das, wie eine kurze Inspektion ergab, sogar fellgefütterte Stiefel enthielt.

»Woher hast du das denn bloß?«

Hinter Nival erschien ein Mann mit Spitzbart und grinste. Er knuffte den Gaukler kameradschaftlich in den Rücken und zog ihm die Pelzmütze ins Gesicht.

Am Tisch wartete das Frühstück auf sie beide. Brot und Käse, Milch und Honig.

»Bist du sicher, dass wir am Leben sind?«, fragte Linn, während sie kräftig zulangte. Die Kopfschmerzen waren wie weggeblasen. Auch das war wohl ein Vorteil des ungewohnten Getränks – es hatte keine üblen Nachwirkungen. Deshalb ignorierte sie den gewöhnungsbedürftigen Geschmack der warmen Milch und begegnete dem fragenden Blick des Wirtes mit einem dankbaren Lächeln.

Der Mann wandte sich an Nival und sagte etwas, woraufhin Nival nickte. Sie lachten beide; der Geriner dröhnend, Nival gluckste leise in sich hinein. Linn hatte das Gefühl, dass sie der Gegenstand des Vergnügens war, doch nicht einmal das konnte ihr Wohlbehagen schmälern.

Sie zuckten alle zusammen, als auf einmal von draußen lautes Geschrei ertönte. Der Wirt rief etwas, zu Tode erschrocken, und rannte los, doch Nival war als Erster an der Tür.

Linn beeilte sich, ihnen nachzukommen.

Mitten im Dorf, aufgeplustert wie ein Kampfhahn, hatte Gah Ran sich breitgemacht. Wie ein aufgeschreckter Ameisenhaufen schwärmten die Dorfbewohner durcheinander und versuchten sich in Sicherheit zu bringen, während die wehrhaftesten Männer sich mit eilig zusammengesuchten Waffen formierten.

»Wartet!«, rief Linn. »Gah Ran! Hier sind wir!«

Der Drache schwenkte das Haupt. Lässig wischte er den ersten Angreifer fort. »Wo bei SaiHaras Knochen seid ihr gewesen? Ich dachte schon, ich müsste hier sämtliche Häuser abdecken, um dich zu finden! Und du«, wutschnaubend wandte er sich an Nival, »findest dich wohl sehr schlau, wie?«

»Du hast gesagt, ich soll tun, was ich nicht lassen kann«, verteidigte sich Linn.

»Das habe ich nicht gesagt!«

»Aber so ähnlich. Du wusstest genau, dass wir warme Kleidung brauchen. Also beschwer dich nicht.«

»Du wolltest sie stehlen und zurückkommen!«

»Ich hab sie aber nicht gestohlen!«, schrie Linn zurück.

Aus den Augenwinkeln bemerkte sie, wie die Geriner mit

offenen Mündern zuhörten. Offenbar hatten sie noch nie erlebt, wie jemand einen Drachen anbrüllte. »Es war ein wunderschöner Abend!«

»Ach. Ohne mich ist es also wunderschön, wie?«

Linn bemühte sich um Fassung. Ein beleidigter Drache war das Letzte, was sie jetzt gebrauchen konnte. Sie wandte sich Nival zu, der kein Hehl daraus machte, wie sehr er sich amüsierte.

»Jetzt sag doch auch mal was!« Zu spät fiel ihr ein, dass er das nicht konnte. Sein Lächeln verblasste. Er zog den neuen Mantel enger um die Schultern und marschierte los, aus dem Dorf heraus. Linn wollte ihm nach, aber um nichts in der Welt hätte sie auf ihre neuen Sachen verzichtet. »Ich komme gleich«, erklärte sie dem Drachen, bevor sie in die Gaststube zurückkehrte, wo ihr Bündel lag. Der Wirt wirkte sowohl verblüfft als auch voller Ehrfurcht, als er sie mit Zeichen und Worten bat, die Mahlzeit zu beenden, und ihr sogar einen Korb mit weiteren Lebensmitteln aufdrängte. Eine Frau, der ein Drache zu gehorchen schien, imponierte nicht nur ihm, sondern dem ganzen Dorf, und am Ende war Linn so mit Geschenken beladen, dass sie kaum alles tragen konnte.

7

»Heute habe ich sie auch vermisst«, sagte Gah Ran grimmig. »Deine verdammte Kette. Tu das nie wieder, hörst du? Jage mir nie wieder eine solche Angst ein!«

Linn stapfte neben dem Drachen durch den Schnee und vermied es, sich zu Nival umzudrehen, der mit größerem Abstand hinter ihnen her marschierte. Sie fühlte sich satt und zufrieden, ihr war nicht nach Streiten zumute. Gestern noch hatte Gah Ran sich darüber aufgeregt, dass sie immer wissen wollte, wo Nival steckte, und jetzt wünschte er sich selbst, sie Tag und Nacht überwachen zu können.

»Ich würde sowieso nicht wollen, dass du mich beobachtest. Außerdem …« Sie blieb stehen, als ihr ein Gedanke kam. »Was ist mit Chamija? Du kannst doch alles mitverfolgen, was sie tut. Ist das etwa nichts?«

»Ich sehe gar nicht hin«, knurrte der Drache. »Wozu? Sie ist in Lanhannat, und wir sind hier, davon abgesehen kann ich sie nicht ausstehen.«

Linn wusste, dass er die Fähigkeit der magischen Schuppe nach Belieben nutzen konnte, aber sie hatte eigentlich damit gerechnet, dass er ihre Feindin regelmäßig überwachte.

»Interessiert dich denn gar nicht, was sie treibt? Schau nach, bitte!«

Der Drache verengte die Augen, er schien nach innen zu horchen. »Rauch über der Stadt«, flüsterte er. »Chamija steht am

Fenster und sieht hinaus. Schwarze Qualmwolken. Lanhannat brennt. – Willst du noch mehr hören?«

»Nein«, sagte sie rasch. »Es reicht.«

»Ich will es nicht sehen«, sagte Gah Ran. »Ich will nicht bei ihr sein. Von ihrer Gegenwart wird mir übel. Von ihrem Lächeln und ihrer Stimme. Und von ihrem Herzen, das hinter meiner Schuppe schlägt. Wenn ich mich auf sie konzentriere, kann ich es fühlen, dieses Herz, das ihr nicht gehört.«

»Tut mir leid.« Linn hatte die verzauberte Kette für ein nützliches Werkzeug gehalten, nichts weiter. »Ich wusste nicht, dass die Verbindung so … persönlich ist«, bekannte sie.

»Natürlich. Meine Schuppen sind ein Teil von mir. Ich bin dort – dabei will ich dort nicht sein. Verstehst du?«

»Aber bei mir warst du gerne?«

Er schnaubte nur, eine Stichflamme zischte aus seinen Nüstern.

»Warum?«

»Du bist Harlons Tochter«, antwortete er schließlich, und das war Antwort genug.

Gut ausgerüstet marschierten sie in den Winter hinein. Die Stiefel der Geriner hielten selbst im Schnee warm. Trotzdem kehrten sie so oft wie möglich unterwegs in den Dörfern ein, worüber Gah Ran sich ausdauernd beschwerte. Linn hatte den Eindruck, dass er eifersüchtig war. Nival gelang es nicht jedes Mal, die Herzen der Einwohner zu erobern, aber oft genug, um ihnen beiden abwechslungsreiche Mahlzeiten und eine Unterkunft zu bescheren.

Mit gesenkten Köpfen stapften sie durch das Schneetreiben. Der Drache war wieder einmal verschwunden und hatte sie sich selbst überlassen. Ein Gedanke, der Linn schon seit längerem beschäftigte, landete wie ein vom Flug müder Vogel auf ihrer Zunge.

»Drachen dürften doch keinen Alkohol trinken können, oder?«

Nival warf ihr einen überraschten Blick zu.

»Das Feuer in ihrem Rachen verträgt sich bestimmt nicht damit, oder? Würden sie nicht in Flammen aufgehen?«

Seine Hände steckten in dicken Handschuhen, daher konnte sie seine Bewegungen nicht richtig deuten, aber sie versuchte es. »Du meinst, ich will das zum Kampf benutzen? Einem Drachen ein Fass Branntwein in den Rachen schieben? Nein, auf so etwas bin ich gar nicht gekommen. Ich denke darüber nach, was Gah Ran mir erzählt hat. Dass er früher gebratene Speisen gegessen hat, an einer langen Tafel. Dass er und sein Freund, der Drachenkönig, dem Wein zugesprochen haben. Wie soll das gehen? Es klingt, als würde er Menschen beschreiben. Sie haben kleine rote Beeren gegessen. Wie könnte denn ein Drache Beeren essen, wenn man sie ihm nicht körbeweise ins Maul schüttet?«

Nivals klugen Augen waren auf sie gerichtet, und mehr als alles wünschte Linn sich, sie könnten gemeinsam darüber diskutieren. Sie vermisste seine Stimme. Sie wollte teilhaben an seinen Gedanken.

»Gah Ran verschweigt uns etwas. Wie kann ein Drache Erinnerungen haben, die so … menschlich klingen? Aber immer, wenn ich nachfragen will, weicht er mir aus oder wird wütend. Gibt es«, sie zögerte, »ein Zauberwort, das ihn zum Reden zwingen könnte? Eine Art Wahrheitstrank oder etwas Ähnliches?«

Er sah sie forschend an. Schneeflocken krönten seine Wimpern. Einen Moment war sie versucht, die Hand auszustrecken und an seine Wange zu halten, doch da bückte er sich und schrieb in den Schnee.

»Ob ich genug Zauberkraft habe? Ich denke schon. Dafür müsste es reichen.«

Sie hoffte es jedenfalls. Ihre körperliche Schwäche hatte nachgelassen. Dafür, dass sie jetzt schon so lange unterwegs waren, ging es ihr recht gut, und sie fühlte sich tatkräftig und gesund. Inwieweit ihr magisches Talent noch vorhanden war, wusste sie nicht, da sie schon länger auf jede Zauberei verzichtet hatte.

Nival malte mit den Fingerspitzen ein weiteres Wort.

»*Bari-Hes?* Spricht man es so aus?«

Ertappt sprangen sie beide auf, als vor ihnen der Drache aus den fallenden Schneeflocken hervortrat. Hatte er sie gehört?

Doch Gah Ran war blendender Laune. »Jetzt ist es an der Zeit, dass wir uns nach Berat wenden. Bald sind wir in Steinhag! Ich bin über die Berge geflogen, es war herrlich!«

»Unsere Begeisterung, bei diesem Wetter durchs Hochgebirge zu wandern hält sich in Grenzen«, wagte Linn anzumerken. »Es sei denn, du lässt dich endlich dazu herab, uns zu tragen.«

Er rollte mit den Augen. »Stell dir vor, du wärst mit einem Menschen unterwegs, der dir bis zur Hüfte reicht. Einem Erwachsenen. Würdest du ihm anbieten, ihn zu tragen, weil der Schnee ihm bis an die Brust reicht und ihr seinetwegen nur langsam vorwärtskommt?«

»Warum nicht?«, fragte Linn.

»Pah!«, schnaubte der Drache. »Das würdest du ganz bestimmt nicht. Es wäre eine Beleidigung.«

»Wenn er mich aber nun darum bitten würde?«

Gah Ran schüttelte unwillig den Kopf. Mit einem Feuerstoß schmolz er den Schnee im Umkreis fort und schuf ihnen ein Lager, indem er einen Ring um sie bildete. Sein warmer Körper spendete ihnen Schutz gegen die Kälte, doch er konnte die Schneeflocken nicht davon abhalten, sich von oben auf sie zu stürzen. Auf ihren Köpfen und ihrer Kleidung schmolzen die Flocken rasch. Linns Haare wurden unangenehm nass, aber sie beschwerte sich nicht. Es hatte keinen Zweck; Gah Ran fand solche Unannehmlichkeiten nicht der Rede wert.

»Gibt es kein Dorf in der Nähe?«

»Nein«, knurrte er.

Sie zog ihre dicken Handschuhe aus und legte die Hände auf seinen dampfenden Schuppenpanzer.

»Was soll das? Willst du mich streicheln? Ich bin nicht dein Schoßtier!«

Durch die harten, glänzenden Schuppen spürte sie die Magie. Eine Glut wie ein unberechenbares Feuer, wie etwas Lebendiges. Ihre Fingernägel kratzten über die Oberfläche. Sie brauchte etwas zum Zaubern, aber das musste er ja nicht wissen. »Soll ich dich nicht ein bisschen kraulen?«

»Nein! Hör sofort auf damit. Geh und kraule deinen Freund.«

»Alle Tiere mögen es, wenn man sie krault.« Linn fürchtete sich nicht davor, ihn zu reizen. Heute würde sie der Wahrheit auf die Spur kommen, so oder so.

»Ich bin kein Tier! Würdest du einem fremden Mann den Kopf tätscheln? Also bitte, lass es!«

»Du bist nicht fremd.«

»Darum geht es doch gar nicht. Deinem stummen Gaukler da kratzt du auch nicht den Rücken.«

»Bist du ein Mensch?«, fragte sie geradeheraus.

»Ich bin ein Drache!«, rief er. Funken sprühten aus seinem Maul.

Diese Frage hatte sie ihm schon einmal gestellt. »Was *ist* ein Drache? Wie konntest du an einer Tafel sitzen und Wein trinken? Warum brauchst du mich, wenn du deine alte Heimat besuchen willst, warum sollten dort die Türen zu eng sein, wenn die Drachen da gelebt haben? Wie haben sie gelebt?« Sie flüsterte das Wort kaum hörbar über ihren Händen – *»Bari-Hes«* – und verteilte den Staub auf seinem glitzernden Leib. Ihre Zunge brannte so stark, dass sie einen Aufschrei unterdrücken musste.

»Seid ihr verzauberte Menschen?«

»Nein«, sagte er.

»Was dann?«

Gah Ran schnaubte. Sie wusste nicht, ob er die Verzauberung spürte.

»Drachen«, sagte er, und in seiner Stimme schwang eine Sehnsucht mit, eine Wehmut, die größer schien als alle menschliche Traurigkeit. »Zwei Gestalten. Das war SaiHaras Geschenk an uns. Verwandlung. Fliegen, bis über die Wolken. Und dann wieder klein zu sein, klein genug, um den Boden unter den Füßen zu spüren, den Fels um uns her. Achthundert Jahre ist es her, dass ich mir einen Ring an den Finger stecken konnte, dass ich mir einen Umhang über die Schultern warf ... Ach, Sions Lächeln! Man braucht ein Gesicht, um zu lächeln, weißt du. Man braucht einen Mund zum Küssen und Haut, um sich zu lieben ...«

»Dann können Drachen sich nicht lieben?«, fragte sie vorsichtig. »Sie können sich nicht ... paaren?«

»So, wie ich momentan bin, bin ich ein Drache, kein Mann! Wir sind Wesen aus Magie, keine Männer und Frauen! Hast du je einen weiblichen Drachen getroffen? Es gibt nur wenige. Sehr wenige. Wir mussten immer menschliche Mädchen rauben, damit sie uns Drachensöhne gebären. Kinder waren sehr selten. Aber Töchter? Die größte Kostbarkeit, ein Wesen, so wunderbar, dass jeder von uns in Verzückung geriet. Sion VeaCorik. Ich bildete mir etwas darauf ein, dass sie mich mochte – sogar über meine Schande hinaus. Alle jungen Drachen haben um sie geworben, sie hatte die Auswahl aus Hunderten. Aber dann ...«

Er seufzte schwer.

»Du würdest einen Drachen, der eine Frau war, nicht einmal erkennen, Mensch. Du hättest selbst die seltensten aller Drachen gejagt und ausgelöscht, ohne es zu merken! Fürstinnen und Prinzessinnen. Für Raja VeaZear haben Dairan und Laran die Welt in Flammen aufgehen lassen! Für eine Priesterin, die Hay Ran Birayik diente, die keinem Mann gehören sollte, ein Mädchen mit flammend rotem Haar. Keine kam ihr gleich, wenn sie durch Steinhag schritt mit ihrer goldenen Maske … Die Liebe der Drachen ist wie ein Brand und wie eine Glut und wie ein Erdbeben, das Berge aufwirft, wo Ebene war, und Gebirge glättet, eine Gewalt, die die Erde vernichtet. Wir sind SaiHaras Herzschlag, und welches Geschlecht hätte ein Herz? Willst du dem Drachen zwischen die Beine schauen?« Er lachte wild, dann richtete er sich abrupt auf und rief: »Warum erzähle ich dir das alles? Was hast du getan? Zauberin!«

Er breitete die Flügel aus und wich vor ihr zurück.

»Zauberer!«, schrie er. »Ich hasse sie! Diebe!« Er taumelte fort, bis das Schneetreiben ihn ihrem Blick entzog. Sein wütendes Toben und Kreischen war noch lange zu hören.

Nival legte Linn die Hände auf die Schultern, und sie lehnte sich an ihn.

»Ich wollte ihn nicht verletzen«, sagte sie. »Ich wollte doch nur … Oh Arajas! Hast du verstanden, was er erzählt hat? Sie waren beides, Menschen und Drachen? Sie konnten die Gestalt wechseln – und jetzt nicht mehr? Ist das der Fluch, der auf ihnen liegt, den Gah Ran aufheben will?«

Sie drehte sich zu ihm um. Der Schnee bildete einen Vorhang aus Stille um sie herum, als wären sie die einzigen Menschen auf der Welt. Auf einmal war es ganz leicht, die Hände auszustrecken und sein Gesicht zu berühren. Ihre Fingerspitzen streichelten über seine kalten Wangen und hinterließen glitzernden Drachenstaub in den Bartstoppeln.

»Es gibt keine männlichen oder weiblichen Drachen? Macht er sich da nicht etwas vor?«, fragte sie. »Nat Kyah war jedenfalls eindeutig ein Mann. Und Gah Ran ist es auch. Es gibt erstaunlich wenige Frauen in dieser Welt der Männer. Trotzdem glaube ich nicht, dass die Drachen stärkere Gefühle haben als wir Menschen.«

Linn zog ihn näher zu sich heran, ihre Lippen berührten sich. Sie waren kalt und aufgesprungen, doch sein Atem, der auf einmal stoßweise ging, mischte sich warm mit ihrem.

Dann fuhr Nival zurück, Erschrecken glänzte in seinen Augen auf – oder waren es Tränen? Er stolperte davon, und sie konnte nicht einmal seinen Namen rufen, plötzlich ebenso stumm wie er.

Sie stand allein im Schnee.

Man braucht einen Mund zum Küssen. Haut, um sich zu lieben. Eine Zunge, um zu sprechen.

Ein Mensch muss man sein, um sich einen Ring an den Finger stecken zu können …

»Was war das für ein Ring?«, fragte sie in die weiße Stille hinein.

Gewaltig und drohend schob sich der massige Leib des Drachen in ihr Blickfeld.

»Ein Verlobungsring?«

Ihr fiel ein, was er einmal darüber gesagt hatte, dass die Drachen keinen Nachwuchs hatten, dass der Fluch sie daran hinderte, sich fortzupflanzen.

»Hast du Sion geliebt, und dann … geschah es, und ihr konntet eure menschlichen Gestalten nicht mehr annehmen?«

»Nie wieder«, keuchte Gah Ran, »wirst du einen Zauber gegen mich anwenden, hast du verstanden? Das ist schlimmer, als mich wie ein Tier zu behandeln – damit machst du mich zu deinem Feind. Ich werde dich töten, Linnia Harlon, wenn du es noch einmal wagst, meine eigene Magie gegen mich zu benutzen.«

»Warum hast du es mir nie gesagt?«, fragte sie, ohne auf die Drohung einzugehen. »Es erklärt so vieles. Wenn ihr Menschen wart …«

»Wir sind keine Menschen«, berichtigte er. »Wir haben mit zwei Gestalten gelebt, keine davon wahrer als die andere. Auch in menschlicher Gestalt sind wir nie Menschen gewesen. Wir haben nie gefühlt wie Menschen. Wir waren immer viel mehr als ihr.«

Diese Einstellung erinnerte sie stark an den selbstgefälligen Nat Kyah. »Woher weißt du denn, wie Menschen fühlen?«

»Hüte dich«, sagte er drohend. »Treib es nicht zu weit. Wir sind als Verbündete losgezogen, doch heute hast du mir bewiesen, dass du nicht davor zurückschreckst, dich gegen mich zu wenden, jetzt, da du mich nicht mehr für die Heilung deines kleinen Liebhabers brauchst.«

»Er ist nicht mein Liebhaber! Ich verstehe nicht, warum du dich so aufregst. Wir sind Verbündete? Warum hältst du dann solche wichtigen Informationen zurück?«

»Das ist nicht wichtig!«, rief er. »Nicht für dich!«

Sie versuchte zu begreifen, warum er so empfindlich war. Was war das für ein Fluch, der ihn in einer Gestalt festhielt, die ihm offenbar nicht genügte, während er für die andere, die verlorene Gestalt nichts als Verachtung übrig hatte?

»Und ob es das ist!«, rief sie zurück. »Ich habe Drachen getötet, verstehst du? Drachen, die mir nichts getan haben! Ich dachte, ich wäre eine Jägerin, dabei habe ich … gemordet? Warum hast du mir das nicht längst gesagt, schon vor Jahren?«

»Mord«, sagte er bitter. »So nennt ihr das, was ihr euren eigenen Artgenossen antut. Ich gehöre nicht dazu, egal in welcher Gestalt. Ich war nie ein Mensch, ich …«

Er brach ab. Wenn er Hände besessen hätte, sie hätte sie ergriffen und gedrückt, um ihn zu trösten. Sie hätte ihm auf die Schulter geklopft. Sie hätte genau das getan, was er so vehement abwehrte, weil er nicht wie ein Tier behandelt werden wollte – sie hätte ihn angefasst, denn Menschen berührten einander, um sich Trost zu spenden.

»Steinhag war also nur für die Drachen in menschlicher Gestalt. Das erklärt einiges.« Sie dachte an Nat Kyah, der davon gefaselt hatte, er wolle endlich nach zu Hause zurück. Wenn er nur den grünen Stein hätte.

»Dafür ist also die Schuppe des ValaNaik? Um euch die Verwandlung wieder zu ermöglichen? Mir hast du gesagt, ich würde Kräfte entfesseln, die ich nicht verstehe. Ist denn ein Drache in Menschengestalt schlimmer als … so?«

»Als ein Ungeheuer?« Gah Ran lachte grimmig. »Wir wurden von unserer eigenen Magie getrennt. Nur mit ihr können wir den Gestaltwechsel vollziehen. Seit Jahrhunderten sind wir Fremde in uns selbst. Manch einer hat sich verloren und ist wirklich kaum mehr als ein Tier, andere haben ihre Sprache vergessen und sich den Instinkten hingegeben, die sie aufs Fressen, Rauben und Kämpfen beschränken.«

»Sagst du das, um mich zu trösten?«

Linn fand, dass ihn das Schicksal seiner Artgenossen recht wenig kümmerte. Ging es ihm nur um seine eigene Erlösung?

»Ich habe mit Wesen gekämpft, von denen ich nichts wusste. Warum haltet ihr das geheim? Es ändert alles. Sogar die Legenden! Als Laran mit dem Drachenkönig kämpfte – war dieser zu dem Zeitpunkt ein Mensch? Konnte Brahans Sohn deswegen siegen?«

Gah Ran musterte sie, er schien zu überlegen. »Die alten Geschichten«, flüsterte er. »Sie lügen und lügen doch nicht. Was zählt es, was Dairan war, groß oder stark, klein oder schwach? Du stellst die falschen Fragen. Frag nicht, was Dairan war, frag nach Laran.«

»Ich soll …« Linn verstummte. Ihr Herz setzte für einen Moment aus. »Aber …«

»Hast du dir nie Gedanken über die Namen gemacht? Gah Ran. Dairan.«

»Das kommt nicht in allen Drachennamen vor! Nat Kyah, Ojia Ban …«

»Stimmt. Es deutet auf die Stellung unserer Familie hin. Nur die Abkömmlinge der fünf edelsten und mächtigsten Familien von Steinhag schmücken sich mit einem Ran im Namen.«

»Aber Laran ist gar kein Drachenname! Ich meine, das kann kein Drachenname sein! Er war Brahans Sohn, er war unser Held, er hat Schenn gerettet!«

»War er tatsächlich Brahans Sohn? Das älteste Kind einer Prinzessin, die aus dem Reich der Drachen befreit wurde? Die Legenden dichten ihr einen wunden Fuß an, aber es gab einen anderen Grund, warum sie so langsam durch die Berge vorwärtskam.«

»Nein! Das glaube ich nicht!«

Linn hatte von ganzem Herzen an die alten Geschichten geglaubt. Sie war damit aufgewachsen, sie kannte sie sogar auswendig. Sie diente Brahans Erben mit voller Überzeugung – und nun stellte sich heraus, dass alles ganz anders war?

»Verstehst du jetzt, warum niemand wissen darf, wer wir sind? Alle Gewissheiten zerbrechen, wenn man sich nicht darauf verlassen kann, wen man vor sich hat, ob Mensch oder Drache. Ungeheuer sind schlimm genug, aber wie würdet ihr damit leben, dass euer Gegenüber in Wahrheit ein Drache sein könnte?«

Linn versuchte immer noch, mit dem Schock fertig zu werden. Es war ja schon schwer genug gewesen, sich auf den Gedanken einzulassen, dass Gah Ran die Helden der Legenden gekannt hatte. Was hieß das für die Gegenwart? »Lebt er noch?«

»Laran? Nein, er ist tot. Der letzte ValaNaik, der Erbe der Macht … Es geht nie gut aus, wenn ein Drache von Menschen erzogen wird. Er wusste viel zu lange nichts von seiner wahren Natur, und als er es schließlich herausfand, war es zu spät. Sie hatte ihm so viele Lügen in den Kopf gesetzt, dass es unausweichlich war – er musste mit seinem Vater aneinandergeraten. Ihr Streit vernichtete unsere Welt.«

»Sie?«

»Chamija«, erklärte Gah Ran. »Wer sonst hätte es gewagt, Drache gegen Drache aufzuhetzen und sich einen Thron aus den Trümmern unserer Existenz aufzubauen? Chamija, Bor Chains Frau.«

Linn schwirrte der Kopf. »Du hättest es mir sagen müssen!«

»Gar nichts muss ich«, versetzte der Drache. »Im Vergleich zu mir bist du so jung wie ein frischgeschlüpftes Entenküken. Wir, die wir überlebt haben, träumen von den alten Zeiten – wie könnte ich erwarten, dass du das verstehst? Dass du es nicht fürchtest? Ungeheuer sind das eine, aber Menschen, die jederzeit die Gestalt eines Untiers annehmen können? Gib es zu, das ist auch für dich ein bisschen zu viel.«

Linn wollte ihm widersprechen, aber sie fand keine Worte.

Laran, der Held. Brahans Sohn. Der, den ihr Volk seit vielen hundert Jahren verehrte und seine Rückkehr beschwor – ein Drache?

»Es gibt also keine Drachen mehr in Menschengestalt«, sagte sie. »Aus diesem Grund wusstest du, dass Scharech-Par lügt. Er kann nicht Larans Erbe sein, denn dann wäre auch er ein Drache, oder?«

»So ist es. Außerdem ist er ein Zauberer, und Drachen zaubern nicht. Wir konnten es noch nie, in keiner Gestalt. Dass wir zwischen unseren beiden Formen hin und her wechseln konnten, das war unser Zauber. Unsere Magie hat uns nie zu etwas anderem befähigt, als ein Leben zu leben, wie wir es wollten – mit allen Möglichkeiten des Seins.«

Linn fand Nival im Schnee. Wie ein eingeschneiter Stein saß er da, von Kopf bis Fuß weiß, und rührte sich nicht. Seine Lippen waren blau, kleine Eiszapfen schmückten die Haarsträhnen, die aus seiner Pelzmütze heraushingen.

»Nival, bist du verrückt? Komm mit!«

Er wehrte sich nicht, als sie ihn hochzerrte und zu Gah Rans warmem Leib schleppte. Zum ersten Mal konnte sie den brennenden Blick des Drachen deuten.

Er ist tatsächlich eifersüchtig, dachte sie plötzlich. *Nicht auf unsere Freundschaft, sondern auf unser Menschsein. Deshalb kann er es kaum ertragen, wenn wir uns in den Dörfern unter Menschen aufhalten – er möchte dabei sein. Er möchte mit uns am Tisch sitzen und auch aus einem Becher trinken.*

Ein solches Mitleid überfiel sie, dass sie für einen Moment davon überwältigt wurde. »Wie hast du ausgesehen?«, fragte sie. »Als Mensch, meine ich.«

»Musst du noch in den Wunden herumstochern?«, fuhr Gah Ran sie an.

Danach herrschte Schweigen zwischen ihnen. Lange Zeit. Es hörte auf zu schneien, und die Sterne wurden sichtbar. Nival hockte neben dem Drachen, die Knie umschlungen und das Kinn aufgestützt, in seinen eigenen Gedanken gefangen. Sie hatte ihn in ein Leben gezwungen, in dem er niemals vollständig sein würde. Er würde immer so sein wie Gah Ran – jemand mit einer Wunde.

Sie konnte die Gegenwart des mächtigen Drachen spüren, seine Herrlichkeit, die jener der Sterne nur wenig nachstand. Das hieß, dass ihre Magie noch nicht ganz erloschen war.

Es gab nur eine Möglichkeit. Sie war bereit dazu. Willig, die Konsequenzen zu tragen.

Immer noch befand sich Drachenstaub an ihren Händen, unter ihren Fingernägeln, am Drachen und auch an Nival.

»Jagian.«

Der Schlafzauber wirkte an beiden. Sofort. Gah Ran hatte keine Gelegenheit, sich dagegen zu wehren, als der schwere, dunkle Zauber über ihn kam, dieser Zauber, aus dem keiner von ihnen so schnell erwachen würde, weder der Drache noch der Mann.

Der nächste Schritt war vielleicht der schlimmste. Linn packte ihr Messer und trat an das halb geöffnete Maul des schlafenden Drachen. Obwohl sie nur ein winziges Stück seiner Zunge brauchte, würde seine Wut – da machte sie sich nichts vor – grenzenlos sein. Er hatte ihr angedroht, sie zu töten, wenn sie ihre Macht noch einmal gegen ihn einsetzte, und Linn zweifelte nicht daran, dass sie hiermit die Grenze dessen, was er ertragen konnte, mehr als überschritt.

Ein Zauberer konnte Gegenständen eine Bestimmung geben, nichts Neues schaffen. Nival hatte akzeptiert, dass sie ihn nicht vollständig heilen konnte, er hatte nie darum gebettelt, dass sie es doch irgendwie versuchen sollte. Ob wohl schon mal irgendjemand vor ihr den Heilzauber auf diese Weise eingesetzt hatte?

Sie legte dem jungen Mann das Stück Drachenzunge in den Mund und gab ihm seine Bestimmung.

»*Wintika.*« Heilen. Ganz machen. Vervollständigen. So hatte ihr Nat Kyah dieses Wort übersetzt. In ihrem eigenen Mund brannte der Zauber stärker als je zuvor.

Dann herrschte Stille. Es war, als hätte sie ihre Kette angelegt – die Welt veränderte sich. Der Drache hörte auf, in einem unirdischen Licht zu leuchten, ihr Blick prallte an seinen Schuppen ab. Linn fühlte sich wie abgeschnitten vom Rest der Welt, eingehüllt in Schweigen. Sie war allein im Schnee.

Als sie sich ein letztes Mal zu Nival hinunterbeugte und ihm die nassen blonden Strähnen aus der Stirn strich, als sie ihm zärtlich einen Kuss auf die Wange hauchte, war dies bereits die Absage an einen gemeinsamen Weg.

»Nimm das hier, Gah Ran, mein Freund«, flüsterte sie und legte ihre kostbare grüne Maske vor den Drachen in den Schnee. Er wusste, wie viel ihr dieses Geschenk des Prinzen bedeutete, und vielleicht würde er daran erkennen, dass auch sie bereit war, Opfer zu bringen.

Einen Moment lang zögerte sie, ihre Hand verhielt über dem

glänzenden Stück Drachenhaut, dann wandte sie sich abrupt um. Sie war nicht sicher, wie lange der Schlafzauber anhalten würde; vermutlich nicht mehr allzu lange, bei ihrer eingeschränkten Kraft. Zeit, zu verschwinden.

Sie riss sich los und versuchte, an den Sternen die Richtung abzulesen, in die sie gehen musste. Nach Osten. Von den Bergen herunter. Nicht nach Steinhag, sondern in die entgegengesetzte Richtung. Nach Tijoa.

8

Ojia Ban war blau wie der Himmel und grün wie ein stiller Teich in einem Wald, der dunkel ist und tief und kalt. Seine Augen waren kleiner als bei den meisten anderen Drachen, sie kamen Linn falsch und tückisch vor.

Als sie das Schlagen der Schwingen gehört hatte, hatte sie zunächst gedacht, Gah Ran habe sie gefunden. Natürlich war sie schon aus der Ferne zu sehen, auf diesem schneebedeckten Feld gab es keine Deckung. *Soll er mich doch töten,* hatte sie gedacht.

Nur aus diesem Grund hatte sie sich zu spät umgedreht. Und war überrascht, als der feindselige Drache sich vor ihr in den Schnee senkte. Sie suchte in ihrem Herzen nach Angst oder Hass, denn dieses Untier hatte ihr Dorf heimgesucht und später auch noch ihren Lehrer Bher getötet, aber nach dem, was sie für Nival getan hatte, war nur noch dumpfe Erschöpfung übrig.

»Was willst du?«, fragte sie und legte die Hand an den Schwertgriff. Wenigstens würde sie ihr Leben teuer verkaufen.

»Darauf kommt es nicht an«, entgegnete der Blaugrüne. »Nur darauf, was Scharech-Par will. Mein König wünscht, dass ich dich zu ihm bringe.«

Wütende Verachtung lag in seiner Stimme, und einen Moment lang war sie verwirrt, denn sie wusste nicht, ob er sie so sehr verabscheute oder seinen Herrn.

»Er zwingt dich also, ihm zu dienen?«

Der Drache warf stolz den Kopf hoch. »Bist du bereit?«

»Zum Kampf? Immer.«

Er lachte abfällig. »Stell dich nicht dümmer, als du bist, Menschenfrau. Steck die Nadel da weg. Ich bringe dich nach Quint, wie Scharech-Par es befohlen hat. Seit vielen Monden halten wir Ausschau nach dir, du hast dir reichlich Zeit gelassen. Hast du den Ruf nicht gehört?«

»Doch, aber …«

Den Drachen interessierten ihre Ausreden nicht. Er fuhr auf sie herab, schlang seine Krallen um sie und stieg wieder hoch. Einen ähnlichen Flug hatte sie schon einmal erlebt, mit Nat Kyah, als er sie von Burg Ruath über die Ebene der Wilden Reiter bis nach Lanhannat getragen hatte, damit sie dort die grüne Schuppe des ValaNaik für ihn stahl. Jetzt war es wesentlich kälter, und trotz ihres dicken Mantels und der Pelzmütze fror sie erbärmlich. Die Landschaft glitt unter ihr hinweg, doch sie hielt sich die Handschuhe vors Gesicht, um dahinter Wärme zu finden, deshalb entging ihr der Anblick Tijoas.

Halb erfroren saß Linn in seiner Tatze, als er sie schließlich öffnete, und erst allmählich wurde ihr bewusst, dass sie angekommen waren.

Vor ihr lag das Meer. Eine eisengraue Wasserfläche, die bis zum Horizont reichte. Weißer Schaum krönte die Wellen. Unbekannte Vögel schrien. Benommen wandte sie sich um und blickte an dem Felsen empor, in dem sie erst nach längerem Starren ein Gebäude erkannte. Es war dunkel und kam ihr merkwürdig geformt vor, gebaut auf einem Gerüst aus Balken, die aus dem Sand ragten. Das gesamte Schloss ruhte auf Pfählen und war ebenfalls aus Holz gebaut – doch nicht aus geraden Brettern, sondern aus merkwürdig schiefen und unförmigen Baumstämmen, die aufeinandergetürmt ein nicht minder unförmiges Gebäude ergaben.

»Ganz Quint ist auf Holzpfählen erbaut«, erklärte jemand hinter ihr.

Diese Stimme kannte sie. In ihrem Kopf hatte sie anders geklungen, dunkler, samtiger, geheimnisvoller, doch es war dieselbe Stimme, die sie schon im Palast in Lanhannat gehört hatte.

»Nexin«, sagte sie und berichtigte sich sofort. »König Scharech-Par.«

Er trug ein schlichtes dunkelgraues Gewand. Der kalte Wind von der See zerrte an seinem Haar, aber er schien nicht zu frieren. Sein ebenmäßiges, nicht ausgesprochen schönes, aber dennoch irgendwie anziehendes Gesicht war zu einem Lächeln verzogen, das Linn nicht zu deuten wusste.

»Ihr kommt spät, Ritterin Linnia. Inzwischen habe ich eine andere Zauberin.«

Sie wusste nicht, ob sie enttäuscht oder erleichtert war.

»Dann braucht Ihr mich also nicht mehr?«

Kameradschaftlich legte er ihr den Arm um die Schultern und führte sie auf das Schloss zu. »Ich habe Euch eingeladen, weil Ihr in Tijoa frei leben könnt«, erinnerte er. »Nicht für meine selbstsüchtigen Zwecke.«

»Deshalb habt Ihr mir die Maske gegeben? Damit ich frei bin?«

Er lachte, und sie wünschte sich, er würde sie loslassen. Nirgends waren Wachen zu sehen. Brauchte er keine Soldaten, keine Torhüter? Die Stufen hoch zum Eingang waren rutschig und mit einer weißen Kruste bedeckt. Muscheln klebten in großen Trauben am Geländer.

»Also habe ich mich nicht getäuscht. Ihr habt sie bekommen. Tragt Ihr sie denn gar nicht? Ist sie nicht weich wie Eure eigene Haut, glatt und kühl wie Seide?«

Einen Moment lang war sie versucht, ihm alles zu erzählen. Wie sie Nival geheilt hatte und dass Gah Ran nicht länger ihr

Freund war. Doch sie biss sich rechtzeitig auf die Lippen. Ihr kam in den Sinn, was Chamija ihr verraten hatte: Er ist der mächtigste Zauberer von Tijoa, womöglich der ganzen bekannten Welt zwischen Fluss und Gebirge, Meer und Ebene …

»Wie konntet Ihr Schenn angreifen, nachdem wir gerade erst ein Bündnis geschlossen hatten?«, platzte sie heraus.

Man sprach mit Königen nicht wie mit Freunden. Doch Scharech-Par war so ganz anders als Pivellius, der immer ernst und grimmig auf dem Thron gesessen hatte. Er kam ihr eher vor wie ihr alter Meister Bher – immer ein wenig von oben herab, wenngleich voller Verständnis für die Sorgen junger, unbedeutender Menschen. Bher war dabei jedoch eine gute Seele gewesen und hatte sie ernst genommen. Der Tijoaner dagegen blieb völlig undurchschaubar.

Auch durch ihre unverschämte Frage ließ er sich weder zu Wut noch zu sonst einer Regung provozieren, die ihr einen Blick hinter seine unsichtbare Maske erlaubt hätte.

»Unter Freunden sollte man über die Wahrheit sprechen dürfen«, entgegnete er. »Auch über unangenehme Wahrheiten.«

»Wie die, dass Ihr Brahans wahrer Erbe seid? Dass Ihr als Nachkomme Larans Anspruch auf unser ganzes Königreich habt?«

Wie ein Bauer, der ihr einen Schlafplatz in seinem Haus angeboten hatte, öffnete er eigenhändig das schwere Holztor. Vor ihnen stand ein weiterer Mann, den Linn kannte – Charrin, der ehrwürdige Botschafter von Tijoa. Ihm reichte Scharech-Par ihren dicken Mantel.

»Eure Stiefel sind eisverkrustet. Legt sie ab. Wir laufen hier nicht über Marmor wie in Lanhannat.«

Der Botschafter eilte mit ihren Sachen davon. Linn fühlte sich fast nackt nur mit Strümpfen und dem groben Wollkleid. Immer noch zitterte sie, doch der Raum war von einer angenehmen Wärme erfüllt. Ein wohltuendes, fruchtig-blumiges

Aroma lag in der Luft, aber sie konnte kein offenes Feuer sehen. Der König führte sie über dicke Felle zu einem mit Pelz und Stoff bezogenen Sofa. Sie sah sich verstohlen um. Dieser Raum war kleiner als Arians Gemach, mit dem Thronsaal hatte er nicht das Geringste gemeinsam. Die Stämme, aus denen die Wände errichtet waren, hatten die Baumeister nicht einmal verkleidet, man sah noch die Astlöcher oder die Maserung des Holzes, und an vielen Stellen ragten aus den Wänden ganze Äste, an denen Lampen hingen, die ein schimmerndes Licht verbreiteten.

Charrin kehrte zurück und reichte Linn eine Schale, in der eine heiße Flüssigkeit dampfte. War er doch nur ein Diener?

»Trinkt, dann wird Euch warm«, lud Scharech-Par sie ein. »Euer Gemach werdet Ihr gleich zu sehen bekommen, es steht schon lange bereit. Außerdem freut Ihr Euch sicherlich, eine alte Bekannte wiederzutreffen.«

Linn hob überrascht die Brauen, tat ihm jedoch nicht den Gefallen nachzufragen. Vorsichtig kostete sie von dem unbekannten Getränk. »Es ist doch nicht irgendwie – magisch?«

»Magie«, sagte er. »Überall. Meine Drachen hocken auf den Türmen und Zinnen dieses Schlosses. Glänzender Staub flirrt durch die Luft. Uralte Worte auf der Zunge. Warum sollte nicht alles verzaubert sein, was es hier gibt? Ein wenig Illusion, ein Hauch *Caness* und ältere, stärkere Zauber, von denen Ihr nie etwas gehört habt. In Tijoa leben wir mit der Magie, statt sie zu fürchten.«

»Warum seid Ihr dann nicht zufrieden mit diesem wunderbaren Land?«

Er lehnte sich zurück in die Kissen. »Ist es so verwerflich, dass ich haben will, was mir gehört? Ich bin Larans Erbe.«

»Nein, das seid Ihr nicht. Schenn gehört Prinz Arian.«

»Was macht Euch da so sicher?«

»Ihr seid Tijoaner.« Sollte sie ihm erzählen, was sie von Gah

Ran wusste – dass Laran ein Drache gewesen war? »Es sollte Euch reichen, König von Tijoa zu sein.« War es sein Zauber, der sie dazu brachte, so offen ihre Meinung kundzutun? Oder löste das prickelnde Getränk ihre Zunge? Sie setzte die Schale ab.

»Ich bin beides, meine Liebe. Ich stamme von zwei Königshäusern ab. Bor-Chain, dieser finstere Tyrann, den ihr Schenner so verabscheut, hatte eine liebliche Tochter. Ein Mädchen, sanft und still, stark und mutig, ein Mädchen, zart und süß, mit Haar wie Schnee, auf dem die Sonne glänzt. Sie war ein wenig wie Chamija – nur damit Ihr wisst, wie Ihr sie Euch vorstellen könnt –, lieblich, aber mit einem Willen wie ein sturer Ochse. Laran dagegen war das genaue Gegenteil. Sein Haar so schwarz wie Rabenfedern, er war schön und stolz, zum Kämpfen geboren, aber viel zu verwirrt, um zu wissen, wofür er kämpfen sollte. Er entbrannte in Liebe zu jeder schönen Frau, die ihm begegnete. Denkt an Arian, und Ihr habt ein recht gutes Bild von Laran. Leider malen uns die Überlieferungen kein tragisches Pärchen vor Augen, auch wenn sie beide auf unglückliche Weise zu Tode kamen. Zuvor jedoch hatte Bor Chains Tochter ihren Willen durchgesetzt und Larans Liebe errungen – wenn auch, das verdirbt zwar die Geschichte, doch bleiben wir bei der Wahrheit –, nur für einige wenige Nächte. Vielleicht sogar nur eine. Bevor sie starb – ihr ganzes Leben lang war sie sehr kränklich gewesen –, schenkte sie einem Kind das Leben, einem Sohn. Sein Name war Rean Tar.«

Unwillig schüttelte Linn den Kopf. »Eine rührende Geschichte, wenn sie denn wahr wäre. Mit Verlaub, aber Ihr bringt alles durcheinander. Prinz Rean Tar war der Sohn von Het Kijon, dem zweiten Kind des Heiligen Brahan, und er starb im Großen Krieg, gemeuchelt von Bor Chains Soldaten.«

»Seid Ihr sicher?«

»Natürlich bin ich das!«

»Vielleicht schoben sie dem jungen Onkel das Kind nur unter, um die peinliche Tatsache zu vertuschen, dass der untadelige Laran sich mit der Tochter des Feindes eingelassen hatte.«

»Selbst wenn! Sie waren nicht verheiratet, also wäre dieses Kind in der Erbfolge übergangen worden.«

»Verheiratet? Ach, wer fragt denn danach? Die Bräuche damals unterschieden sich von denen heutzutage. Das ist achthundert Jahre her.«

»Eben«, stimmte Linn zu. »Also, was wollt Ihr mit dieser Geschichte beweisen? Dass Ihr ein Anrecht auf beide Königreiche habt? Wobei ich, wie ich anmerken darf, immer noch nicht glaube, dass Ihr Larans Erbe seid. Warum wollt Ihr mich überhaupt davon überzeugen? Was interessiert Euch meine Meinung? Ihr werdet diesen Krieg ja doch führen.«

Er lächelte in sich hinein. »Eure Meinung, werte Linnia, war einmal ganze Königreiche wert. Warum habt Ihr Chamija den grünen Stein gegeben?«

»Obwohl ich herkommen und ihn Euch geben sollte?«

Scharech-Par seufzte und strich sich nachdenklich über das glatte Kinn. »Das hätte die Dinge sehr vereinfacht. Nun müssen wir einen Weg finden, ihr die Kette wieder abzunehmen. Ich habe da schon eine Idee … doch darüber sprechen wir ein anderes Mal. Ihr seid sicher müde. Herr Charrin wird Euch Euer Zimmer zeigen.«

Linn folgte dem grauhaarigen Mann durch verwinkelte Flure, über Gänge, in denen man aufpassen musste, nicht über die runden Balken zu stolpern, aus denen der Fußboden gefertigt war, bis zu dem von einem gefleckten Fell verhängten Eingang.

»Seid Ihr wirklich ein Botschafter?«, erkundigte sie sich, nachdem sie sich im Zimmer umgesehen hatte. Ein mit üppigen Fellen und Kissen bestücktes niedriges Bett. Eine Lampe, in der kein Öl brannte, sondern ein weiches Licht, das magischer Natur sein musste. An knorrigen Ästen hingen mehrere

Gewänder, die ihr offenbar zur Verfügung standen. Ein Wasserbecken in der Mitte. Sie tauchte den Finger hinein und staunte dankbar darüber, wie verheißungsvoll warm das Wasser war, das überdies nach Kräutern und Harzen duftete.

»Gewiss«, antwortete Charrin. »Seine Hoheit, Scharech-Par, schickt mich häufig aus, um Verhandlungen zu begleiten und für Tijoas Interessen zu sprechen, und ich bin auch schon einige Jahre in den Küstenländern rund um das Stille Meer gereist und habe Handelsabkommen getroffen.«

»Verzeiht meine Frage. Mir kam es nur so vor …«

»Als ob ich ein Diener wäre?« Charrin verbeugte sich leicht. »Der König lebt mit einem sehr kleinen Hofstaat. Die Adligen wohnen in der Stadt, dort finden die Feste statt und das ganze Brimborium, ohne das reiche Leute nicht auszukommen meinen. Aber Scharech-Par ist ein wenig … eigen. Er spricht lieber mit seinen Drachen als mit anderen Menschen. Er duldet nur wenige ausgewählte Personen in seiner Nähe. Betrachtet es als eine Ehre, dass Ihr dazugehört.«

Das überraschte Linn, weil sie sich das Leben an einem Königshof anders vorstellte – so, wie sie es aus Lanhannat gewohnt war. Andererseits passte es zu diesem merkwürdigen Mann. Immer noch kroch ihr ein Schauer über den Rücken, und so freundlich der König auch war, konnte sie nicht gegen ihr Unbehagen ankommen.

Charrin verabschiedete sich mit Bedauern, wie ihr schien; offenbar fehlten ihm andere Menschen mehr als dem eigenbrötlerischen König. Linn atmete tief durch. Sie fragte sich, wo sie bloß hingeraten war und ob ihr Traum, die Kette mit Scharech-Pars Hilfe wiederzugewinnen, überhaupt durchführbar war. Jemand wie er war sicherlich weder leicht zu manipulieren noch zu hintergehen. Außerdem gab es da eine zweite Zauberin, sodass sie gleich zwei mächtige Magier gegen sich hatte.

»Linnia!« Ein Mädchen schob den Vorhang zur Seite, tänzelte auf sie zu und schloss sie in die Arme. Ein blondes Mädchen mit sanften Augen.

»Wea? Wie kommst du denn hierher?«

Wea. Mit der sie sich auf Burg Ruath angefreundet hatte, als sie beide Gefangene Nat Kyahs gewesen waren. Da der Drache darauf aus gewesen war, eine Zauberin zu finden, hatte er Mädchen mit magischem Talent entführt, und dadurch hatte Linn in Ruath mehr über ihre Gabe herausgefunden, als ihr lieb gewesen war. Wea hatte ihr dabei geholfen. Wea, die dort ihr eigenes Zaubertalent unter Beweis gestellt hatte, als sie Linn nach der Attacke der missgünstigen Gräfin Rania geheilt hatte.

»Ihr Mädchen seid also aus der Burg entkommen? Ich habe immer wieder an euch gedacht!«

»Wir haben ein Lager der wilden Reiter gefunden, und von dort aus bin ich nach Khanat zurückgekehrt«, erzählte Wea mit leuchtenden Augen. »Wo wir allerdings bald von Truppen aus Schenn belagert wurden. Tijoa hat uns im Kampf unterstützt. Scharech-Par hat meine Heimatstadt gerettet, und so bin ich seine Zauberin geworden.«

»Was? Du?« Linn konnte es nicht fassen. Wea war also die alte Bekannte, die Scharech-Par angekündigt hatte! »Du arbeitest für ihn?«

Wea zog sie zu den Wänden und pflückte ein Gewand mit Pelzbesatz von einem Ast. »Die Kleider habe ich für dich ausgesucht. Wir haben so lange auf dich gewartet! Ich freue mich riesig, dass du endlich gekommen bist.«

»Du zauberst also für ihn?« Linn fragte sich, wie sie diese Tatsache nutzen konnte, um die grüne Schuppe zurückzuerlangen. »Was könntest du zaubern, was er nicht selber tun kann?«

»Oh, so einiges. Ich schütze das Schloss, wenn er nicht da ist. Ich bereite ein paar Dinge vor.«

»Was für Dinge?«

»Hier, zieh das an. Willst du vorher baden? Du musst hungrig sein, wollen wir nachher gemeinsam essen?«

Wea sprudelte über vor Ausgelassenheit, doch sie beantwortete keine konkreten Fragen. Linn würde behutsam vorgehen müssen, um herauszufinden, was in diesem merkwürdigen Schloss vor sich ging.

Die Drachen waren allgegenwärtig. Wenn man durch ein Fenster schaute, um das Meer zu sehen, saß bestimmt einer auf einem Giebel und versperrte die Sicht. Sie kreisten über der Stadt und über dem Wasser wie ein Bienenschwarm über seinem Heimatstock.

»Beeindruckend, nicht wahr?«, fragte Wea.

»Wie macht Scharech-Par das? Wie bringt er sie dazu, ihm zu gehorchen und immer zur Verfügung zu stehen? Dieses Schloss ist aus Holz – sie könnten es einfach niederbrennen, wenn ihnen danach ist. Hat er mit ihnen das Hohe Spiel gespielt?«

Das musste die Lösung sein. Dieses Duell, bei dem der Verlierer dem Sieger eine Zeit lang dienen musste, würde das seltsame Verhalten der Drachen erklären. In dem Fall hätte Scharech-Par jedoch die Regeln des Spiels gebrochen, denn der Bund zwischen Herr und Diener konnte nicht auf weitere Personen ausgedehnt werden.

»So wie du mit Nat Kyah? Das muss er gar nicht. Es ist eine Art Bann, glaube ich. Der alle umfasst und zu ihm ruft. Ich bin hier, obwohl ich Khanat nie wieder verlassen wollte, es ist sogar gegen meine Tradition, einem König zu dienen. Wir sind alle hier, für ihn. Auch du, Linnia. Wie sollten diese armen Ungeheuer dagegen ankommen, wenn nicht einmal wir dazu in der Lage sind?«

Linn hätte nie gedacht, dass Wea einen Drachen jemals als »armes Ungeheuer« bezeichnen könnte. Offenbar war sie sich völlig im Klaren darüber, wie gefährlich der Mann war, der über sie alle herrschte.

»Du würdest also weggehen, wenn er dich ließe? Deine übergroße Dankbarkeit hält dich nicht hier?«

Um Weas Mundwinkel zuckte es. »Müssen wir immer über so etwas reden? Erzähl mir lieber, wie es dir ergangen ist! Dabei zeige ich dir das Schloss.«

An jeder Ecke warteten Überraschungen. Bunte Lichter, die die Räume zauberhaft verwandelten. Ausgestopfte Tiere, wie Linn sie noch nie gesehen hatte. Zimmer aus dunklem Holz, die man auf Zehenspitzen durchqueren musste, oder Säle, deren Wände mit bleicher Rinde verkleidet waren, die Böden mit weißen Fellen ausgelegt, sodass sie wie für Chamija geschaffen schienen. Vielleicht hatte die Zauberin sogar hier gewohnt?

»Was ist denn dort?«, fragte Linn und deutete auf eine Tür, die nur angelehnt war und durch die der Wind pfiff.

»Ich habe einen Schutzzauber daraufgelegt«, erklärte Wea zufrieden. »Du kannst sie nicht öffnen. Je stärker deine Kräfte sind, desto mehr würde sie sich dir widersetzen. Der Zauber wirkt gegen andere Magier. Scharech-Par hat mir beigebracht, wie das geht.«

»Warum soll ich nicht hindurchgehen?«

»Ach, kannst du ja ruhig, wenn ich dabei bin. Er muss sich nur gegen andere Zauberer absichern. Du weißt bestimmt, wie Könige in Tijoa gewählt werden?«

»Die besten Zauberer bringen einander um, bis einer übrig bleibt?«

»Ja, aber natürlich gibt es immer noch ein paar andere, die zu feige waren, sich am Königsduell zu beteiligen. Ihnen muss der Zutritt zum Schloss verwehrt bleiben. Nur seine eigenen Leute dürfen hinein und hinaus.«

Die Tür führte auf eine Galerie. Wie in einem gewaltigen Innenhof lief sie um einen Schacht herum, der von den Ausmaßen her dem Inneren eines Berges glich. Das Geländer auf der anderen Seite war kaum zu erkennen. Tief unten schlug das Meerwasser gegen die Pfähle, auf denen das Schloss ruhte, hoch über ihnen ließ eine Kuppel aus einem grobmaschigen Geflecht Licht herein.

»Du bist beeindruckt«, stellte die Khanaterin fest.

»Dann gibt es hier gar nicht so viele Räume, wie ich dachte. Kein Wunder, dass die Adligen woanders leben. Das Schloss ist … hohl!«

»Es ist wunderbar«, sagte Wea ehrfürchtig. »Man hört hier das Meer rauschen. Die Flut kommt herein, siehst du?« Weit unter ihnen schäumten die Wellen gegen die Pfosten. Sie befanden sich ungefähr auf halber Höhe des Schachts, vielleicht im zehnten Stockwerk, ohne dass sie überhaupt Treppen gestiegen waren. Wie in einer riesigen Spirale wanden sich die Schlosszimmer um den Schacht.

»Man kann die Decke öffnen«, verriet die junge Zauberin, »dann fällt das Licht herein. Du müsstest die Drachen sehen, wenn sie über uns hinwegfliegen. Sie sind so schön, dass man weinen könnte. Komm, wir haben noch etwas anderes vor.« Sie schob Linn zurück in den Gang und versiegelte die Tür wieder.

»Was denn?«

»Scharech-Par will dich sehen – und dir seinen Plan unterbreiten.«

Der König saß auf dem Boden, vor sich ein Brett, auf dem er Spielsteine hin und her schob. Gab es überhaupt einen Thron in diesem Schloss? Linn hatte jedenfalls noch nichts entdeckt, was auch nur annähernd einem Thronsaal ähnelte. Aber Scharech-Par brauchte wohl auch nichts dergleichen. Seine Macht ruhte in ihm. Sie musste ihm nur in die Augen sehen und fühlte sich sofort in der Falle.

»Gut, dass Ihr da seid, Ritterin Linnia.«

»Ich bin keine Ritterin mehr.«

»Umso besser. Kommt, setzt Euch hierher.« Er wies sie an, neben ihm Platz zu nehmen, und legte eine grüne Perle in die Mitte des Spielbretts.

»Die grüne Schuppe. Ihr wisst, worum es sich dabei handelt?«

Linn nickte. »Ich glaube schon – auch wenn ich nicht begreife, was Ihr damit wollt. Die Macht der Drachen … habt Ihr sie ihnen etwa versprochen? Gehorchen sie Euch deshalb?«

Er lächelte seidig. »Chamija weiß, dass selbst die mächtige Schuppe des ValaNaik nur ein einziges Mal für einen Zauber benutzt werden kann. Ich bezweifle, dass sie das schon getan hat. Will sie einen Toten zurück ins Leben rufen? Königreiche unter sich zwingen? Alle Weisheit der Welt?«

»Das alles könnte sie damit?« Linn schnappte nach Luft.

»Ihr hättet dasselbe gekonnt. Tut es Euch nicht doch allmählich leid, dass Ihr das kostbare Stück so leichtfertig fortgegeben habt? Wie dem auch sei. Die Schuppe ist, solange sie sich im Schloss befindet, gegen Zauberer und Drachen geschützt, und meine ganze Armee nützt mir nichts. Wenn wir Chamija allerdings nach draußen locken, sieht sie Sache schon anders aus. Die Kette ist mit Bannen versehen, die es uns schwer machen, sie mit Gewalt zu erringen. Doch Ihr wart ihre Trägerin, gegen Euch müssten die Zaubersprüche wirkungslos sein.«

»Ich soll einfach hinmarschieren und ihr die Kette abnehmen? Soll ich sie umarmen, um Verzeihung anflehen und zugreifen? So dumm ist Chamija gewiss nicht.«

»Im Feuer ist sie blind«, sagte er. »Sie kann dadurch nicht verletzt werden, aber einen Herzschlag lang ist sie geblendet. In diesem Augenblick müsst Ihr handeln. Auch Ihr seid durch Drachenblut geschützt, Ihr könnt Euch also ins Feuer begeben und ihr die Kette abnehmen. Ojia Ban wird den Angriff mit Euch abstimmen.«

»Was, wenn ich nicht schnell genug bin?«

»Tja …« Er zuckte die Achseln. »Es ist ein Risiko. Seit wann scheut Ihr die Gefahr?«

Danach gebe ich die Kette Gah Ran, und er wird mir verzeihen, dachte sie.

»Ich werde in der Nähe warten. Glaubt nicht, dass Ihr mit der Schuppe entkommen könnt. Ihr seid eine Zauberin, aber ich bezweifle, dass Ihr gegen ein paar hundert Drachen ankommt. Zumal sie wissen, wo Euer geliebtes Dorf liegt.«

»Was?«

Sein glattes Gesicht wirkte freundlich, fast gütig. Nicht wie das eines Tyrannen, der bereit war, über Leichen zu gehen und Städte sowie ganze Landstriche in Schutt und Asche zu legen.

»Waren das Eure Drachen in Brina? Oder Chamijas?«

»Mein armes Kind.« Scharech-Par beugte sich etwas vor, und sie konnte den seltsamen Geruch wahrnehmen, der von ihm ausging. »Wie übel, wenn man so viele Jahre damit verschwendet, nach seinem wahren Feind zu suchen, und ihn nicht erkennt, wenn man ihn vor sich hat.«

»Ihr wart es?«, flüsterte sie.

»Wir haben beide nach der Schuppe gesucht. Chamija, um mir zuvorzukommen, wie ich nun leider erfahren habe. Auch sie hat Drachen für sich arbeiten lassen, immer mit dem Versprechen, alte Träume zu erfüllen und damit ein Verlangen zu stillen, das in den uralten Seelen der Drachen brennt. Sie wollen nach Hause. Ich kann ihnen das bieten – und Chamija kämpft mit Zähnen und Krallen, um es zu verhindern. Euer Dorf wurde zerstört, Linnia? Was kümmert mich das? Die Drachen waren wütend und enttäuscht, als sie die Stärke des Schutzzaubers erkannten. Haben sie eigenmächtig gehandelt oder auf Befehl? Was wisst Ihr schon von ihrer Wut? Ihr seid eine Drachenjägerin, aber habt Ihr je den Zorn erlebt, der Wälder und Städte verschlingt, und vor dem ein Mensch weniger wert ist als ein Blatt an einem Baum oder ein Holzscheit im Feuer?«

Seine Worte erinnerten sie an die Stimme ihrer Träume.

Schenn ist nichts als ein Blatt am Baum …

Vielleicht war die Stimme in der Maske doch nicht seine, sondern die Stimme unzähliger Drachen, magisch, verlockend, süß, zwingend.

»Fürchtet Euch nicht«, sagte er, »ich werde da sein, und mir vertrauen sie.« Er nahm ihre Hände in seine. »Gut, dass Ihr hier bei mir seid. Jetzt wird es nicht mehr lange dauern.«

Mitten in der Nacht erwachte sie. Ihr war, als hörte sie eine Stimme, ein Lied, das durch die Wände drang und in den Ästen vibrierte und raunte. Linn lauschte eine Weile, dann siegte die Neugier. Sie tastete sich aus dem Bett, schob das Fell am Eingang zur Seite und spähte auf den dunklen Gang. Wieder ertönte der Gesang, ließ ihre Haut erschauern.

»Wer ist da?« Das war Scharech-Par, zornig und aufgeregt. »Mach Licht, Wea.«

Die Leuchtkugeln im Gang begannen zu schimmern. Von rechts kamen Schritte. Linn machte einen Satz nach vorne, auf eine der Türen zu, die auf den Schacht zuführten. Sie ließ sich mühelos aufschieben – nun erwies es sich als Vorteil, dass sie keine magischen Kräfte mehr besaß. Von hier aus wurde der Gesang noch lauter, bald hallte er durchs ganze Schloss.

Hastig duckte sie sich hinter das Geländer, als in einem der unteren Stockwerke der König und seine Zauberin erschienen. Auch Charrin tauchte auf, er lächelte, doch als Scharech-Par ihm einen finsteren Blick zuwarf, setzte er rasch ein missbilligendes Gesicht auf. Alle gemeinsam blickten sie in den Schacht, aus dem das Lied hochstieg, sich mit dem Rauschen der Wellen mischte und ausklang.

»Was war das?«, verlangte Scharech-Par zu wissen.

»Ich habe keine Ahnung, Herr«, meinte der Diener.

Wea zuckte die Achseln. »Vielleicht hat eine der Arbeiterinnen gesungen.«

»Ich verbiete es!«, zischte er. »Sag ihnen, sie sollen still sein, Charrin!«

»Sehr wohl, ich gehe sofort.« Er verschwand von der Galerie.

»Ihr braucht keine Angst um Eure Seide zu haben, Hoheit«, sagte Wea. »Alles läuft, wie es soll.«

»Angst?«, fragte er scharf. »Ich habe keine Angst!«

Sie standen noch eine Weile auf der Galerie, und Linn spähte angestrengt durch das Astgeflecht des Geländers, damit ihr ja nichts entging. Der König streckte die Hand aus und berührte Weas Wange. Sie seufzte leise. Die junge Frau war doch nicht etwa in ihn verliebt?

Auf ein Murmeln der Zauberin hin erlosch das Licht. Linn horchte. Das leise Knarzen einer Tür.

Nun war sie allein auf dieser Seite des Ganges, allein mit dem Schacht und dem Meer tief unten. Wieder stiegen aus dem Rauschen Worte empor, ein Lachen, das direkt aus den Wellen zu kommen schien. Sie beugte sich über das Geländer und versuchte, die Dunkelheit zu durchdringen. Es hatte keinen Zweck. Die Töne kamen wie in einem Traum zu ihr, waren nicht zu greifen. Vorsichtig tastete sie sich am Geländer weiter nach unten, die endlose Spirale abwärts, bis sie hinter einer der Türen eine klagende Stimme vernahm. Mit dem Gesang hatte sie nichts gemeinsam.

Leise schob Linn die Tür auf. Anders als erwartet, führte sie nicht in einen Gang, sondern in einen langen, schmalen Raum, in dem es eisig kalt war. Durch die fensterlosen Öffnungen wehte Gischt herein, kalt und silbern stand der Mond am Himmel. In seinem Schein hockten zahlreiche dunkle Gestalten auf dem Boden. Eine davon weinte unterdrückt – das war das Geräusch, das Linn hergelockt hatte.

Sie stand da wie gelähmt. Auf keinen Fall wollte sie entdeckt werden, aber sie konnte auch nicht verschwinden, ohne zu wissen, was hier eigentlich vor sich ging.

Lautlos hockte sie sich neben eine der Gestalten – eine gebückt dasitzende Frau, die im Mondlicht etwas zu nähen schien.

»Was tut Ihr da?«, fragte Linn leise.

Die Näherin hob nicht einmal den Kopf. Verbissen arbeitete sie weiter. Ihre Hände zitterten in der Kälte, und die Frau daneben fing an zu husten. Sie krümmte sich, hörte aber nicht auf zu nähen.

»Was wird das?«, fragte die Drachenjägerin etwas lauter.

Das Entsetzen übermannte sie. Schließlich hatte sie gedacht, das Schloss sei so gut wie leer – hatte Charrin nicht behauptet, Scharech-Par sei menschenscheu? Doch hier befanden sich einige Dutzend Frauen, die bei schneidender Kälte und ohne Licht arbeiteten. Wer dachte sich so etwas aus?

Da keine der Anwesenden auf ihre Ansprache reagierte, zog Linn sich wieder zurück. Sie hatte kaum die Tür geschlossen, als sie gegen Wea prallte, die eine Leuchtkugel in der Hand trug.

»Hast du mich erschreckt!«

»Warum schleichst du hier herum?«, fragte die Zauberin streng. »Wie kannst du die Türen öffnen? Ich dachte wirklich, mein Bann wäre stark genug.«

»Was tun die Frauen da?« Linn war von ihrer seltsamen Entdeckung viel zu sehr gefangengenommen, um auf Weas Vorwürfe einzugehen. »Sie sind krank. Hast du gehört, wie sie husten?«

»Das ist eben so«, entgegnete Wea. »Die Gewänder müssen bei Mondlicht genäht werden.«

»Warum?«

»Das ist eine Magie, die du nicht verstehst.«

»Ich bin durchaus bereit zu lernen. Worum geht es hier, Wea?«

»Es muss genau richtig gemacht werden. Mehr kann ich dir nicht sagen. Du solltest wieder in dein Zimmer zurückkehren.«

»Es ist Drachenseide, nicht wahr?«

»Woher weißt du das?«, fragte die Zauberin erschrocken.

»Weil es irgendwie immer um Ferrans geht, wenn Scharech-Par im Spiel ist.« Ferrans waren die Seidenraupen, die jene kostbare Seide produzierten, für die Tijoa so berühmt war. Linns guter Bekannter Kesim hatte durch den illegalen Kauf einer Raupenzucht sogar einen Angriff Tijoas auf sein Heimatland Yan ausgelöst. »Was nähen diese Frauen da?«

»Gewänder.«

Linn seufzte. »Die eine hat mindestens eine Lungenentzündung. Du bist Heilerin, hilf ihr!«

»Dafür kann ich mein Talent nicht verschwenden.«

Linn fühlte sich ihrer alten Freundin auf einmal fremd, ganz und gar fremd, als sie sich gehorsam in ihr Zimmer begleiten ließ.

9

Wieder brannte die Stadt, und Chamija tobte vor Wut, weil Arian ihr jede Befehlsgewalt vorenthielt. Rinek beobachtete sie aus sicherer Entfernung; er hatte nicht vor, sich ihren Unmut zuzuziehen, weil er sich nicht an die Regeln hielt. Um den magischen Staub zu sparen verzichtete er auf Unsichtbarkeit. Seinen Fuß verbarg er unter einem bodenlangen Mantel – das entsprach zwar nicht der Mode, fiel jedoch bei dem vielfach geflickten Stück nicht groß auf.

Er beteiligte sich an den Löscharbeiten und erhaschte immer wieder einen Blick auf das ungleiche Paar. Der Hass zwischen ihnen war selbst für Außenstehende spürbar.

»Übermorgen ist die Hochzeit, und du triffst überhaupt keine Vorbereitungen!«, beklagte sich Chamija.

Um ihren Körper und ihr Haar war es wie ein Glanz. Rinek vermutete, dass sonst niemand das bemerkte, dass es sein magisches Talent war, das ihm diese Einsicht ermöglichte. Der Prinz konnte diesem Zauber nicht widerstehen, versuchte es jedoch immer wieder.

»Eine Hochzeit zu Kriegszeiten kann ruhig schlicht ausfallen«, meinte er. »Oder auch ganz.«

»Wie, ganz? Du meinst, ganz ausfallen? Ist dir denn nicht klar, wie wichtig diese Feier für die Stadt ist? Wir geben den Menschen Mut und Hoffnung, dass das Königtum über diese schweren Zeiten hinaus Bestand hat.«

Einen Moment lang glaubte Rinek, Arian würde der Tijoanerin widersprechen. Seine Augen funkelten wütend, er öffnete den Mund, gleich würde er ihr sagen, was er wirklich von ihr hielt – doch stattdessen sagte er nur: »Ja, meine Liebe. Mut und Hoffnung. Wir setzen ein Zeichen.«

Kopfschüttelnd reichte Rinek den Wassereimer weiter. Die Angriffe erfolgten nicht regelmäßig, aber oft genug, um die Lanhannater beständig in Atem zu halten. Manchmal gewährten ihnen die Drachen einige Tage oder gar einen Viertelmond Pause, dann schlugen sie wieder zu, ohne dass die Drachenjäger sie daran hindern konnten. Die Zustände in der Stadt wurden immer schlimmer – nicht nur weil alle, die noch nicht geflohen waren, mit Löschen beschäftigt waren, sondern auch, weil die Nahrungsmittel immer knapper wurden. Der Schwarzmond leitete den Winter mit klirrendem Frost ein; die kalte Jahreszeit versprach lang und unbarmherzig zu werden. Umso schlimmer, dass der traditionelle Herbstmarkt nicht stattgefunden hatte. Wie viele Vorräte die Drachen vernichtet hatten, wollte Rinek gar nicht wissen.

»Wir …«, begann der Prinz, dann riss er den Arm hoch und rief: »Da! O nein, nicht jetzt! Nicht schon wieder!«

Die Formation der Drachen segelte erneut über die Stadt, kaum ein paar Stunden nach dem letzten Angriff. Rinek erhaschte einen Blick auf Chamijas erschrockenes Gesicht.

»Was glotzt du so!«, schrie sie ihn an.

Er stolperte mit den anderen Flüchtlingen davon, wandte sich jedoch rechtzeitig um, um zu sehen, wie sie eine handliche kleine Armbrust von ihrem Sattel löste und einen Pfeil mit einer schillernden bunten Spitze einlegte. Sie schoss, als einer der Drachen direkt über ihnen war, ließ den Pfeil hochschnellen – und holte das Ungeheuer vom Himmel. Der Drache krachte in ein Haus, und die Welt ging in Rauch und Feuer unter.

Rinek arbeitete sich durch den Qualm. Wo war der Prinz geblieben? Dort vorne. Arian kletterte gerade eine Leiter hoch, die auf das Flachdach einer vierstöckigen Villa führte. Ein paar Drachenjäger drohten den Angreifern, indem sie ihre Lanzen schwangen; ein Mann mit einem Katapult versuchte sich in Schussposition zu bringen. Rinek zog sich in eine Nische zurück und genehmigte sich eine Prise magischen Staub, um ungesehen an die Leiter zu gelangen.

»Ihr!« Sobald er unsichtbar war, wurde für seine Augen eine ebenfalls verzauberte Gestalt sichtbar. »Was tut Ihr denn hier, Majestät?«

König Pivellius schickte sich gerade an, die Leiter hochzusteigen. »Ich muss mit meinem Sohn reden.«

»Nein!« Rinek packte den König am Ärmel. »Lasst das! Wenn er Euch für einen Geist hält, könnte er erschrecken und auf Euch schießen oder Euch aus Versehen mit dem Schwert durchbohren.«

»Warum sollte er mich für einen Geist halten?«, fragte Pivellius. »Es ist Zeit, die Maskerade zu beenden und ihm mitzuteilen, dass ich noch lebe. Er schafft es noch, die ganze Stadt abzufackeln.«

»Wie seid Ihr aus Moras Haus entkommen?«

»Wie wohl? Ich bin durch die Tür gegangen.«

»Ihr seid unsichtbar!«

»Das bin ich nicht! Du siehst mich doch, oder nicht?«

Wie hatte Pivellius es bloß fertiggebracht, verzaubert aus dem Haus zu gelangen, wenn Mora ihm nicht geholfen hatte? »Niemand hat Euch erkannt, habe ich recht?«

»Weil dieser verrückte Borlin mich rasiert hat!« Der König fuhr sich über den kahlen Schädel. »Jetzt lass mich endlich vorbei. Es wimmelt hier nur so von Soldaten. Das Spiel ist aus, junger Mann.«

Entschlossen stieg Pivellius die Leiter hoch, und Rinek folgte ihm rasch.

»Arian!«, begann der König, doch der Prinz reagierte nicht auf seinen Vater. Er war voll und ganz auf den Drachen konzentriert, der im Anflug war, und erteilte in rascher Abfolge Befehle.

»Schießt! Jetzt!«

Der Soldat am Katapult richtete die schlagkräftige Waffe aus und zündete die mit Harz beschmierte Kugel an.

»Das bringt doch nichts!«, rief der König. »Du zerstörst nur noch mehr Häuser! Halt!« Er versetzte Rinek einen Stoß. »Nimm den Idioten da vom Katapult weg!«

Der Briner gehorchte ohne Zögern. Er stürzte sich auf den Soldaten, gerade als dieser die brennende Kugel abfeuern wollte, und riss ihn zu Boden. Der Drache war jetzt direkt über dem Dach. Er öffnete das Maul, und Arian sprang todesmutig vor. Ungläubig starrte Rinek, der noch immer mit dem verblüfften Soldaten rangelte, auf die Szene – auf den Prinzen mit dem Schwert, den König, der neben seinem Sohn stand und mit ihm im Feuer sterben würde. Es gab keine Rettung, keine Möglichkeit zur Flucht.

»Das ist der Prinz!«, rief Pivellius. »Nimm ihn mit! Nimm ihn als Geisel! Bring ihn deinem König!«

Der Drache, überrascht von der Stimme, die da aus dem Nichts kam, zögerte einen Moment. Arian sprang vor, führte einen Schlag gegen die Brust des Untiers aus, da stürzte sich Pivellius auf ihn und riss ihm die Waffe aus der Hand. Das Schwert fiel klirrend zu Boden, und im selben Moment hatte die Bestie ihre Entscheidung getroffen. Sie packte den jungen Mann mit ihren gewaltigen Krallen im Flug und segelte mit ausgebreiteten Schwingen weiter. Arians Schreie wurden immer leiser und verstummten irgendwann ganz.

Der König brach zusammen. Er sank auf die Knie und stöhnte. Rinek eilte zu ihm. »Majestät? Seid Ihr verletzt?«

Pivellius kauerte auf dem Dach, das Gesicht grau vor

Schmerz und Elend. Aber seine Augen waren trocken, und seine Stimme klang seltsam rau, als er sagte: »Ich hätte diesen Drachen töten können. Ich stand genau vor ihm, und er konnte mich nicht sehen.«

»Das wisst Ihr nicht.«

Der König hob den Kopf. »Ich war ein guter Drachenjäger. Es gibt Dinge, die man nicht verlernt. Ich hätte es schaffen können, ich hätte meinen Sohn retten können.«

»Ich verstehe nicht ganz …«

»Ich habe meinen einzigen Sohn in die Gewalt der Drachen gegeben. Ich muss diesen Krieg führen, nicht Arian. Nicht Chamija. Ich.«

»Ja«, stammelte Rinek, der immer noch nicht ganz begriff, was er eben gesehen hatte.

»Ich musste das tun«, sagte Pivellius leise. »Seinetwegen und für Schenn. Ich war vorhin dort, ganz in deiner Nähe, Rinek – als Chamija mit ihm bei den Löscharbeiten zugesehen hat. Sie hat etwas mit sich gemacht, mit ihrer Schönheit. Sie glänzte. Was war es, welcher üble Trick? Arian darf sie nicht heiraten. Er darf diese Hexe nicht in unsere Familie hineinlassen, und er darf nicht sterben. Ihn jetzt vor diesem Drachen zu retten hätte bedeutet, ihn dieser Betrügerin und ihren Ränken auszuliefern und seinen Tod auf einen späteren Zeitpunkt zu verschieben. Ich musste ihn wegschicken.«

»Ja, Herr. Das musstet Ihr.« Verwundert fügte er hinzu: »Ihr seid der wahre König dieser Stadt.«

»Gehen wir«, sagte Pivellius. »Arian ist erst einmal in Sicherheit, jetzt ist Chamija dran. Was schaust du so, Kerl?«, herrschte er den Soldaten an, der nicht einmal im Traum mehr daran dachte, das Katapult zu bedienen.

Mit dem Aufschrei »Geister!« stürzte der Mann über das Dach zur Leiter.

»Hoffen wir nur, dass er sie stehen lässt«, meinte Rinek. »Wir mögen zwar Geister sein, aber für einen Flug nach unten sind wir entschieden zu schwer.«

Gesang erfüllte das Schloss mit fremdartigen Tönen. Zuerst schien es eine Klage zu sein, dann jubelte das Lied wie ein Vogel im Frühling. Linn hatte ein paar Nächte lang gelauscht, ohne sich zu rühren, doch diesmal hielt sie es wieder nicht im Bett aus. Sie schlich über den Gang zu einer der verzauberten Türen, die unter der Berührung ihrer Hand leicht vibrierte. Offenbar hatte Wea den Schutzbann verstärkt, aber der Zauber ließ Linn durch. Durch die Kuppel fiel Mondlicht in den Schacht. Ihr war, als wäre da eine Bewegung, irgendwo gegenüber. Etwas Dunkles, Schnelles huschte auf der anderen Seite über das Geländer.

»Warum singst du?«, rief sie leise. »Dieses Schloss ist ein Ort der Schmerzen, weißt du das nicht? Sie werfen die kranken Näherinnen dort runter, ins kalte Wasser, und sie werden hinaus ins Meer getragen. Andere treten an ihre Stelle.« Immer noch konnte sie nicht fassen, was sie vor ein paar Tagen mit eigenen Augen gesehen hatte. Das Grauen hielt ihr Herz mit eiskalten Klauen gepackt. Eine Weile war es ihr vorgekommen, als könnte es nicht schaden, Scharech-Par zu dienen, als sei jeder besser als Chamija, aber mittlerweile wurde sie von Abscheu geschüttelt, wenn sie auch nur in seine Nähe kam. »Hier gibt es nichts zu singen«, sagte sie und kämpfte gegen die Tränen an, »überhaupt nichts.«

»Sing den Sieg, bevor er da ist. Preise den Tag, bevor er anbricht.« Die Stimme wisperte ihr die Worte ins Ohr. Linn unterdrückte einen Aufschrei. Neben ihr auf dem Geländer saß eine dunkle Gestalt. Im weißen Licht des Mondes schimmerte helles Haar, aber über dem Gesicht lag ein Schatten. Ihr Herz machte einen Sprung.

»Lass mich singen. Ich habe lange genug geschwiegen.«

»Du kannst es nicht sein«, flüsterte sie.

Er streckte die Hand aus, und sie legte ihre hinein. Leichtfüßig sprang er von der Brüstung.

»Warum kann ich es nicht sein?«

»Aber du … der Weg ist so weit … und ihr seid unterwegs nach Steinhag.«

»Wege sind nicht weit«, widersprach er. »Der Himmel ist weit und das Meer, aber Wege? Sie sind immer nur eine Handbreit Erde unter unseren Füßen. Ich bin mit den Flügeln eines Drachen hergekommen, so wie du.«

Sie hielt seine Hand fest. »Gah Ran ist auch hier?«

»Dachtest du, wir lassen dich im Stich? Dachtest du, du könntest eine Galionsfigur werden am Bug unseres Feindes, ohne dass wir ihm den Wind aus den Segeln nehmen?«

Unvermittelt begann Linn zu weinen. Es brach aus ihr heraus, ohne dass sie dagegen ankam. Er legte die Arme um sie, und sie klammerte sich an ihn. Sein Gewand roch nach Meer und Holz und Schnee, aber es war weder der Mantel vom Bergvolk noch die wollene Tunika, die er darunter getragen hatte, sondern feine, fließende Seide.

»Woher hast du das?«, schniefte sie.

»Von den Näherinnen«, flüsterte er. »Seltsame Gewänder stellen sie her, aus reinster tijoanischer Seide, Stille und dem Rauschen des Meeres. Sie nähen mit blutigen Nadeln. Weine nicht, meine Liebe. In diesem Palast werden schon genug Tränen vergossen.«

Sie berührte sein Gesicht. Seine Wangen, seinen Mund.

»Nival«, flüsterte sie, diesen Namen, den sie hatte vergessen wollen. Sie hatte ihn abgelegt wie einen Schatz, der zu schwer war, um ihn mitzunehmen, doch hier war er wieder. »Verzeih mir.«

»Was soll ich dir verzeihen, Drachenmaid? Dass du bereit warst, meinetwegen mit Gah Ran Krieg zu führen?«

»Alles«, schluchzte sie. »Ich war so gemein zu dir.«

»Das war gestern. Es ist geheilt. Du hast alles geheilt, weißt du das denn nicht? Den Jungen, der sich im Labyrinth gefürchtet hat, der dem König Rache geschworen hat, den gibt es nicht mehr. Man kann jemanden nicht so lange und intensiv heilen, ohne die Wunden zu schließen. Mein Lachen war bitter, aber jetzt nicht mehr. Weine nicht.«

Er küsste ihr die Tränen von den Wangen.

»Du bist schon seit Tagen hier? Du Schuft!«

»Es schien dir gut zu gehen. Ich habe mit den Näherinnen gesprochen und …«

»Komm mit.« Sie zog ihn hinüber in ihr eigenes Zimmer. Hier mussten sie leiser sprechen, aber wenigstens nicht befürchten, dass jemand auf der Galerie auftauchte und sie entdeckte.

»Es geht mir überhaupt nicht gut!« Wie hatte er das bloß glauben können? Wie hatte er es ausgehalten, hier zu sein, ohne sich ihr zu nähern? Sie jedenfalls hätte das nicht gekonnt. »Was heißt, du hast mit diesen Frauen geredet? Ich habe nichts aus ihnen herausbekommen. Außerdem, warum trägst du eigentlich meine Maske?«

»Deine?« Wieder lachte er. »Überall, wo du gehst, lässt du Masken zurück. Sie ist schön. Ich fühle mich damit fast wie ein Drache, ein seltener Vogel mit Feuer in der Nase. Es ist praktisch, wenn man mehrere Sprachen beherrscht, deshalb konnte ich mich mit den Näherinnen unterhalten. Sie werden wie der letzte Dreck behandelt – gefangen und hergebracht, und sie arbeiten, bis sie erfrieren oder krank werden. Tausende von Gewändern müssen sie herstellen, alle aus Seide. Fast ausschließlich für Männer. Merkwürdige Schnitte, die nicht einmal in Tijoa modern sind. Sie nähen mit Nadeln aus Gold und ernähren sich von Tränen und Klagen.«

»Das ergibt alles keinen Sinn.«

»O doch. Hast du es nicht von Gah Ran erfahren? Die Drachen wollen ihre Verwandlung zurück. Scharech-Par wird sie ihnen geben – dafür sind die Kleider.«

»Sie erhalten auch noch besondere Kleider aus Seide? Das muss ein Vermögen kosten!« Eine weitere Erklärung dafür, warum Seide knapp war. Wenigstens war nicht nur Kesim, ihr alter Freund aus Yan, daran schuld. »Scharech-Par ist verrückt. Nein, er ist … unheimlich. Nimm die Maske ab«, bat Linn. »Ich will nicht, dass seine Stimme dich verfolgt, wie sie mich verfolgt hat. Jetzt, da ich am Ziel angekommen bin, ist sie verstummt, trotzdem graut mir davor.«

»Es ist nicht Scharech-Pars Stimme. Ich habe mit Gah Ran darüber gesprochen, was genau ich höre. Dieser Ruf nach Tijoa ist uralt. Es ist der Ruf, den Dairan ValaNaik aussandte, im Großen Krieg, um seine Drachen zu sich zu rufen. Sie mussten ihm alle folgen, aus aller Herren Länder zu ihm kommen – außer den Verbannten. Sogar dieses Drachenkind, das dabei sein Leben verlor. Ich habe Gah Ran beschrieben, wie die Stimme klingt, er hatte keinen Zweifel.«

»Aber … das hätte er mir doch gleich sagen können!«

»Er hat diesen Ruf damals nicht gehört. Wie er zugeben musste, ist selbst unser herrlicher Gah Ran, der neben seinem königlichen Freund zu speisen pflegte, ein Verbannter aus der Gemeinschaft des Schwarms. Wer hätte das gedacht?« Wieder lachte er. Er klang so anders dabei, wie ein Fremder. Seine Stimme hatte sich verändert, in ihr schwang etwas mit, was sie weder bei Nival noch bei Jikesch je gehört hatte, ein Lachen, ein Raunen, ein kaum wahrnehmbares Schwingen, das auf ihre Seele übergriff. Es war beinahe unerträglich, ihm zuzuhören, so unwiderstehlich war seine Stimme – von Drachenzauber durchtränkt und vergoldet. Wie süßes Gift drang jedes Wort an ihr Ohr, es schmerzte und verlockte, verführte und streichelte, es zerrte, es sang, es war wie ein Drache in der Luft, zugleich herrlich und schrecklich, vor dem man fliehen und mit dem man kämpfen wollte, vor dem man sich niederwerfen und mit dem man tanzen wollte.

»Hör endlich auf zu reden«, sagte sie, griff in sein blondes Haar und küsste ihn.

Sie versteckte Nival unter den Kissen und Decken in ihrem Bett. Die halbe Nacht flüsterten sie miteinander, wenn ihnen nach tausend Küssen noch genug Luft zum Sprechen blieb. Obwohl die Sehnsucht nach mehr in ihrem Blut hämmerte, war sie ihm dankbar, dass er sich zurückhielt. Dies war nicht der richtige Ort, um herauszufinden, wozu einen die Leidenschaft sonst noch führen konnte – das Zimmer hatte ja nicht einmal eine Tür.

»Du bist so anders«, wisperte sie ihm ins Ohr, nach einem dieser Küsse, bei denen ihr war, als würden sie gemeinsam versinken und die Welt um sie herum hörte auf zu existieren.

»Wie neugeboren. Ja, das bin ich.« Ein Nival ohne Furcht und Hemmungen – das war so neu, dass ihr war, als würde sie einen fremden Mann entdecken. Sie hatte ihn erlebt, wie er in den Bergdörfern die Herzen gewonnen hatte, doch nun, mit seiner Stimme, war er wiederum anders. »Wer hätte gedacht, dass ich glücklich sein kann? Ich nicht. Noch dazu in Zeiten wie diesen.«

»Keine Schmerzen, keine bösen Erinnerungen? Das muss der Himmel sein.«

»Ich habe nichts vergessen«, sagte er leise. »Es ist alles noch da. Aber mir ist, als wäre das Labyrinth in mir mein Schloss, und ich trete durch die Türen, wann ich es will. Hinter einer dieser Türen liegt der König in seinem Sarg, und ich habe ihn getötet. Glaub mir, ich weiß immer noch, was Schmerz ist oder Reue. Ich werfe einen Blick hinter diese Tür, und es packt mich mit glühenden Klauen, was ich getan habe. Doch ich kann sie schließen, verstehst du? Da ist eine Tür, hinter der alles Finstere liegt, was Chamija in mir entdeckt hat, allerdings kann ich den Riegel vorlegen und mich davon abwenden. Es geht mich nichts an, was ich früher gedacht und geplant habe. Ich bin wieder ein Tensi, ein Gaukler, und leicht genug, um mit dem Wind zu ziehen. Wenn ich hochspringe, weht mich der Sturm davon.« Er zog sie näher an sich heran. »Jemand müsste Gah Ran ebenso heilen. Er hängt in seiner Vergangenheit fest. Wo immer er ist, ist er gleichzeitig in Steinhag, bei seinem Drachenmädchen. Bei diesem Mädchen, das davor floh, eine Priesterin zu sein, und stattdessen Beeren sammelte und einen Ring trug. Wir haben geahnt, dass er hinter der grünen Schuppe her ist, aber jetzt weiß ich warum. Er will die Verwandlung so sehr, dass er stirbt, wenn es nicht geschieht.«

»Das wird schwierig.« Linn erzählte ihm von Scharech-Pars Plan. »Wenn ich ihm die Schuppe nicht gebe, wird er die Drachen auf Brina hetzen. Aber bekommt Gah Ran nicht so oder so, was er will? Es geht ihm ja nicht um die Schuppe, sondern darum, wie sie eingesetzt wird.«

Nival dachte darüber nach. »Scharech-Par wird sein Versprechen nicht einlösen. Er ist ein Zauberer, oder nicht? Mit der Rückgabe der Verwandlung an die Drachen gehört ihre Magie wieder ihnen, dann können die Zauberer sie nicht mehr benutzen. Würde Scharech-Par sich tatsächlich selbst seiner Macht berauben? Nein, ich glaube nicht, dass er das tun würde. Er vertröstet sie, er lässt die Gewänder nähen, um zu zeigen, dass er es ernst meint, aber sobald er den Stein hat, wird er sein wahres Gesicht zeigen. Vielleicht kann er die Drachen damit so versklaven, dass sie ihm gehorchen müssen, während sie es jetzt noch freiwillig tun.«

»Was soll ich denn tun? Wenn ich mir die Kette greife – angenommen, Chamija lässt sich überhaupt überrumpeln –, muss ich sie ihm geben!«

»Gib sie Gah Ran«, schlug Nival vor. »Wenn ihr zusammen die Drachen erlöst, gibt es für sie keinen Grund, sich an deiner

Familie zu vergreifen oder Groll gegen uns zu hegen. Sie wären ihm und dir zur Dankbarkeit verpflichtet und würden alle Loyalität gegenüber Scharech-Par verlieren.«

»Ich kann aber nicht mehr zaubern. Ich nütze Gah Ran überhaupt nichts mehr. Wenn Scharech-Par es nicht tut, wer dann?«

»Deine Freundin Wea? Ich hatte den Eindruck, ihr versteht euch ganz gut.«

»Ich glaube, sie ist in den König verliebt. Wenn ich ihn hintergehe, wird sie sich wohl kaum auf meine Seite schlagen.«

»Sonst kennst du niemanden, der zaubern kann?«

»Mora?«, fragte sie zaghaft.

»Ich weiß nicht, ob ihre Kräfte dafür noch ausreichen. Sonst niemand?«

Linn dachte an ihre Zeit in Burg Ruath zurück. Wenn alle Mädchen entkommen waren … ob sie einige von ihnen wohl aufspüren konnte? Miri. Pruni. Oline. Sie alle hatten Talent gehabt.

»Das würde eine gewisse Zeit brauchen. Eine gefährliche Zeit, wenn die Drachen uns auf den Fersen sind. Als mein Vater den Stein hatte, wurde er angegriffen und verfolgt. Die Drachen haben sich nicht damit zufriedengegeben, dass er und Gah Ran die Erlösung herbeiführen könnten.«

»Vielleicht haben sie nicht geglaubt, dass die beiden den Stein dafür einsetzen würden. Immerhin ist er ein Verbannter.« Er grinste. »Sie waren beide Verbannte, Harlon und der Rote. Vielleicht haben sie sich deshalb so gut verstanden?«

»Selbst wenn ich es schaffe, eine andere Zauberin für uns zu finden, müsste ich die Kette erst einmal an mich nehmen. Man kann sie mir nicht stehlen, und sobald ich sie trage, bin ich einigermaßen geschützt – aber nicht vollständig. Ich wurde immer wieder von Drachen angegriffen.« Linn runzelte die Stirn. »Gah Ran dürfte sich auch nicht in der Nähe aufhalten. Er ist bei seinesgleichen nicht gerade beliebt, und seine Farbe ist viel zu auffällig, sie würden sich sofort alle auf ihn stürzen. Hm. Das Beste wäre, die Drachen wären abgelenkt.«

»Von dem großartigen Kampf, der vor ihren Augen stattfindet«, ergänzte Nival.

»Chamija gegen Scharech-Par! Wie kämpfen Zauberer? Mit Blitz und Donner, oder wie soll man sich das vorstellen? Er wird gewinnen, denn er ist der stärkste Magier von Tijoa. Chamija hat einmal gesagt, dass sie gegen ihn wie eine Kerze gegen ein Feuer ist – oder so ähnlich. Es kann nicht in unserem Sinne sein, wenn er gewinnt und es niemand mehr mit ihm aufnehmen kann.«

»Spielt es denn eine Rolle? Sobald wir die Drachen erlöst haben, verliert er seine Kraft. Dann gibt es überhaupt keine Zauberer mehr.«

Linn erschrak. »Was geschieht mit der Magie, die ich bisher gewirkt habe?«

Nival küsste sie sanft. »Du meinst mich. Ich bin geheilt, warum sollte sich das ändern? Es ist etwas, das bereits geschehen ist.«

»Ja, aber … die Drachenzunge?«

»Ich hoffe, es bleibt so.« Mit einem besonders ausdrucksstarken Kuss überzeugte er sie von den Qualitäten seiner neuen Zunge.

»Sicher bist du dir aber nicht. Du würdest es riskieren, wieder stumm zu werden?«

»Ja«, sagte er. »Für Gah Ran würde ich das.«

»Aber ich vielleicht nicht.«

»Doch, du auch. Er verdient es, Linnia. Er ist eine geschundene Seele, seit achthundert Jahren, ein Getriebener. Es geht ihm schlechter, als es mir jemals ging, und das sage ich nicht leichtfertig dahin. Er glaubt, dass er schuld ist an dem Fluch, der auf seinem Volk liegt.«

»Warum? Ich dachte, das hat der Drachenkönig verbockt?«

»Mehr hat er mir nicht erzählt. Auch das habe ich eher aus seinen Andeutungen erraten. Für dich ist er ein Wesen aus reiner Magie – für mich ist er ein Mann, der im Körper einer Bestie gefangen ist. Wenn ich nur meine Stimme weggeben muss, meinst du, das ist er nicht wert?«

Nein, wollte sie sagen. Das ist er nicht.

Aber sie wollte Nival gegenüber nicht zugeben, wie selbstsüchtig sie in dieser Hinsicht war. Sie wollte ihn behalten, so wie er jetzt war. Ein Nival, der sang. Ein Nival, dessen goldene Stimme sie verzauberte und dessen Küsse in ihr die Frau weckten – eine Frau, die bereit war, mit Zähnen und Klauen zu verteidigen, was ihr gehörte. Vielleicht hatte er vergessen, wie unglücklich er vor der vollständigen Heilung gewesen war, wie abweisend und verzweifelt. Hatte es in seinem inneren Labyrinth eingeschlossen, hinter einer Tür, die er nicht öffnete. Doch sie wusste es noch viel zu gut. War es nicht erst wenige Tage her, nicht mal einen halben Mond, dass sie beschlossen hatte, ihre Freundschaft zu Gah Ran zu opfern, um dieses Leid zu beenden?

»Ich weiß nicht, ob ich das kann«, flüsterte sie.

»Du musst. Wir werden zwei Fliegen mit einer Klappe schlagen: unsere Feinde besiegen und Gah Ran zu seinem Glück verhelfen. Vergiss mich. Es geht hier um viel mehr.«

»Aber ich kann dich nicht vergessen.« Sie küsste ihn heftiger, drängender.

Das paradiesische Glück stürzte in sich zusammen. Sie hielt ihn fest; ihr war, als wollte er sich ihr schon wieder entziehen, sich aus ihrer Umarmung herauswinden und mit gesenktem Kopf fortgehen. Aber er rannte nicht fort. Er hielt sie fest und wischte ihr die Tränen von den Wangen.

»Chamija wird dich nicht spüren, wenn du dich ihr näherst, da du momentan über keine Magie verfügst. Du hast eine gute Chance, den Plan auszuführen. Hab Mut, Linn.«

»So hast du mich noch nie genannt«, murmelte sie und versuchte mit dem Heulen aufzuhören. Es war so widersinnig; sie hielt ihn in ihren Armen, er lag in ihrem Bett, und sie weinte jetzt schon, weil sie ihn wieder verlieren würde.

»Das muss ich mir von Gah Ran abgeschaut haben.«

Sie konnte ihn nicht sehen, hier im Dunkeln unter der Decke, aber das Lächeln war in seiner Stimme, und sie liebte ihn so sehr, dass sie in seinen Armen sterben wollte, solange er noch bei ihr war.

10

»Ich will meinen Thron zurück«, sagte Pivellius. »Jetzt.« Kleine Atemwölkchen verrieten, wo er sich befand.

»Jetzt passt's gerade nicht so gut«, meinte Rinek.

Der König war zu klug, um sich seinen Getreuen in unsichtbarem Zustand zu offenbaren. Brav folgte er Rinek zurück zu Moras Haus. Sie schritten durch Ascheregen und stiegen über schwelende Trümmer. Der Briner zog den König zur Seite, als dieser fast in ein paar Flüchtlinge hineingerannt wäre.

Als sie vor der Tür standen, zögerte Pivellius. »Ich kann nicht.«

»Wir sind nicht Eure Feinde. Wisst Ihr das denn immer noch nicht? Ihr habt Chamija gesehen, Ihr habt mitbekommen, welche Macht sie über Euren Sohn hat. Zweifelt Ihr daran, dass sie Euch längst unter die Erde gebracht hätte, wenn wir Euren Tod nicht vorgetäuscht hätten?«

Der alte Mann hob die Hand, um sich den Bart zu kraulen, berührte sein glattes Kinn und seufzte.

»Wir hatten Streit. Ich und Mora. Ich habe ein paar Töpfe nach ihr geworfen, und sie schleuderte sie zurück, und so bin ich … unsichtbar geworden. Sie hat mich angegriffen!«

Jetzt seufzte auch Rinek. »Ihr fürchtet, Ihr wärt nicht willkommen? Unsinn. Kommt mit, Ihr könnt nirgends sonst hin. Im Schloss seid Ihr nicht sicher, solange Chamija dort schaltet und waltet.«

»Mein Volk wird sie niemals akzeptieren!«

»Nein, das wird es nicht. Aber wenn Ihr tot seid, nützt das niemandem. Kommt.« Er wagte es, dem König die Hand auf die Schulter zu legen und so zu verhindern, dass dieser sich unauffällig verkrümelte, als Mora öffnete.

»Ich bin es.«

»Herr Rinek? Gut, dass Ihr kommt. Der König ist weg.«

Rinek schenkte Pivellius ein warnendes Kopfschütteln, während er ihn ins Haus lotste.

»Was ist denn passiert?«

Die Zauberin bemerkte nichts davon, dass sie zu zweit waren. Sie führte Rinek in die Küche und verabreichte ihm den Gegenzauber. Schlagartig konnte er seinen Begleiter nicht mehr sehen, aber noch war er nicht bereit, ihn zu verraten.

»Ach, es musste wohl so kommen.« Traurig ließ Mora sich auf einen Hocker fallen und nippte an dem Tee, der dort bereitstand. »Er hat mich als Zauberin beschimpft, und ich konnte nicht länger schweigen. Ich habe ihm gesagt, dass er meinen Neffen und meine Schwester auf dem Gewissen hat, die beide völlig unschuldig waren. Luzine und ich sahen uns so ähnlich, dass dieser Irrtum verzeihlich wäre, wenn er nicht so tragische Folgen gehabt hätte.«

»Ihr hättet Euch rächen können und habt es nicht getan. Hättet Ihr dem König nicht auch das sagen sollen?«

Mora drehte den Becher in den Händen und starrte hinein, als befände sich dort die Antwort auf alles.

»Wie hätte ich ihm das sagen können, mit einer Trauer, die so frisch ist, dass sie in jedem Atemzug brennt und sich wie Gewichte an meinen Herzschlag hängt? Wie kann ich von Vergebung sprechen, wenn der Groll in mir noch so stark ist, dass ich vom Aufstehen morgens bis zum Schlafengehen dagegen ankämpfen muss? Es ist, als hätte ich meinen eigenen Sohn verloren. Ich bin seine Mutter gewesen, auch wenn er mich bloß

Tante genannt hat. Nach Bhers Tod war er alles, was ich hatte. Ich hätte vor ihm sterben sollen. War ich nicht darauf vorbereitet, ihn zu verlieren? War ich nicht sogar bereit, ihn zu opfern, um Chamijas Pläne zu durchkreuzen? Die Antwort lautet nein. Ich war nicht bereit für diesen Schmerz.«

»Der König hat ihn nicht auf dem Gewissen«, wagte Rinek vorsichtig anzumerken. »Seid bitte nicht ungerecht, Frau Mora. Er lag in seinem Sarg – vielleicht hätte er sogar ein gutes Wort für seinen Narren eingelegt. Das könnt Ihr ja nicht wissen.«

»So wie er ihn immer behandelt hat? Keinen Finger hätte er für ihn gerührt. Für seinen Fußabtreter«, meinte Mora bitter.

Es wurde finster im Zimmer; dichte Rauchschwaden schwebten am Fenster vorbei. Die Antwort des Königs kam wie ein Flüstern aus dem Dunkeln. »Jikesch? Du sprichst von meinem kleinen Jikesch?«

»Er ist hier?«, rief Mora außer sich. »Er ist mit Euch zurückgekommen? Um mich zu belauschen und zu verspotten? Herr Rinek, das hätte ich nicht von Euch gedacht!«

»Ich fand, er sollte es hören«, erklärte Rinek. »Ohne Streit.«

»Dein Neffe war mein Narr?«, wollte der König wissen. »Wie das? Alle reden immer von Nival. Wie hieß er denn nun?«

»Jikesch!« Mora schrie fast. »Er hieß Jikesch, das ist sein Geburtsname. Jikesch, verstanden? Ob er Euer Narr war? O ja, er war der Eure, mit Haut und Haaren!«

»Was haben sie mit ihm gemacht?«, fragte Pivellius aus dem Nichts. Ein drohender Unterton schwang in seiner Stimme mit. Er war immer noch ein König, und auf einmal schien er zu fürchten, dass jemand seine Autorität missachtet hatte.

»Am Turm aufgehängt«, flüsterte Mora. »Nachdem sie ihn so geschlagen haben, dass keine heile Stelle mehr an ihm war.« Ihre Augen waren unendlich traurig. »Agga hat es von den Wachen erfahren. Sie wollte es mir zuerst nicht sagen, aber ich habe es ihr befohlen, ich habe sogar gedroht, dass ich sie rauswerfe, wenn sie mir nicht verrät, was sie weiß.«

»Sie haben ihn nicht befragt? Verhört? Ich hätte auch an einem Herzschlag sterben können, zufällig mit diesem Becher in der Hand. Hat niemand daran gedacht, er könnte unschuldig sein?«

»Nein«, sagte Mora. »Niemand.«

Der König knirschte vor Wut mit den Zähnen. »Jetzt wünsche ich mir, ich hätte Arian nicht einfach so von diesem Drachen entführen lassen. Das war mein Narr! Mein kleiner Spaßvogel, mein Glück! Arian hätte ihn fragen müssen! Er hätte auf ihn hören sollen, um vor Chamija gewarnt zu sein!«

Mora wischte sich die Tränen aus den Augen. »Euer Glück«, sagte sie bitter. »Das war er. Dennoch werdet Ihr nie wissen, wer er wirklich war und wie reich Ihr beschenkt wart.«

»Deine Schwester Luzine wurde also aus Versehen statt deiner verhaftet?«, fragte der König. »Das hast du zugelassen? Du hast diesen Irrtum nicht aufgeklärt, um sie zu retten?«

»Nein«, flüsterte Mora, und Rinek staunte darüber, dass Pivellius so leicht und zielsicher die wunde Stelle in Moras Geschichte gefunden hatte.

»Mach mich wieder sichtbar.« Seine Stimme troff vor Verachtung. »Wenn ich kein Gefangener bin, werde ich jetzt gehen.«

In diesem Moment riss Agga die Tür auf. »Seid ihr alle verrückt?«, schrie sie. »Was tut ihr hier noch? Das Feuer kommt die Straße herunter, das ganze Viertel steht in Flammen. Raus hier!«

Sie kämpften sich durch schwarzen Rauch. Die Alten hasteten hustend vorwärts. Im Käfig, den Lireck schleppte, zeterte sein geliebtes Haustier, die Drossel.

»Lasst doch endlich diesen dummen Vogel, er wird Euch noch das Leben kosten!«

»Alle oder keiner«, entgegnete der alte Mann würdevoll. »Lass dir das gesagt sein, junges Fräulein. Alle oder keiner.«

Er machte keine Bemerkung über das Schwein, das Agga an einem Strick hinter sich her zerrte.

Sie hatten Unterschlupf in einer Brandruine gesucht und richteten sich einigermaßen häuslich ein.

»Wie soll Nival uns jetzt bloß finden?«, klagte Kasidov und hob die Hände, als die anderen ihn wütend anstarrten. »Was? Was denn?«

In dieser Nacht hustete er stundenlang und murmelte wirres Zeug, und Rinek rechnete damit, dass er sterben würde, aber am Morgen ging es ihm schon wieder besser, und er beschwerte sich ausdauernd über Borlin.

Rinek hatte das verstörende Gefühl, dass etwas nicht so war, wie es sein sollte.

»Majestät?«, fragte er halblaut, doch niemand antwortete.

»Haben wir nichts mehr von dem Unsichtbarkeitspulver?«, fragte er Mora, die wie träumend vor dem Käfig saß und mit zitternden Händen die ascheverklebten Gitterstäbe reinigte. »Wenn ich Pivellius finden will, muss ich selbst unsichtbar sein.«

Sie antwortete nicht, schien ihn nicht einmal zu hören.

Also besaßen sie nichts mehr. Der Winter hatte gerade erst begonnen – wo und wovon sollten sie leben? Durch die Ruine pfiff der eisige Wind. Die Alten würden das nicht lange überstehen.

»Wo können wir hin?«, fragte er. »Mora! Kennt Ihr niemanden mehr in dieser Stadt? Habt Ihr keine Freunde?«

»Nein«, sagte sie leise. »Wer zaubert, ist besser beraten, keine Freunde zu haben.«

»Meine Schwester hat ein paar Jahre hier gelebt. Gibt es niemanden, der uns um ihretwillen helfen würde? Hatte sie keine Freunde?«

»Doch«, sagte Mora langsam, »da gibt es eine Töpferin, die

wohl ihre beste Freundin war. Steht das Handwerkerviertel denn noch?«

»Sehen wir nach! Kommt, Ihr seid nicht der Mensch, der tatenlos in der Ecke sitzt und trauert.«

»Vielleicht bin ich es geworden«, murmelte sie.

»Gehen wir«, bestimmte er.

Agga stützte ihre Herrin auf dem Weg. Es war nicht weit, aber es war, als hätte Mora ihre ganze Kraft verloren. Die Zerstörung ringsumher drückte sie förmlich in die Asche. Doch die Töpfergasse war unbeschädigt, und sämtliche Handwerkerläden existierten noch. Wie sanfter Regen fielen Ascheflocken über die Auslagen der Töpferin, die mit dunklen Ringen unter den Augen an ihrer Scheibe saß und drehte, als würde nicht die ganze Stadt um sie herum zerfallen.

Dass der Geschmack der Handwerkerin etwas gewöhnungsbedürftig war, durfte kein Hindernis darstellen. Womöglich malte sie diese abscheulichen Krüge nur für ihre Kunden so an.

Agga betrachtete die Tonwaren verzückt, also gab es tatsächlich Menschen, die diese Muster mochten.

»Nichts kaputt«, flüsterte sie. »Es ist alles heil. Wer hätte gedacht, dass es so etwas noch gibt?«

»Ja, bitte?« Die Töpferin, eine Frau mit einem langen, dunklen Zopf, wie ihn auch Linn früher getragen hatte, zauberte ein Lächeln auf ihr müdes Gesicht. »Ihr wünscht? Neuen Hausrat vielleicht?«

»Wir sind hier, um über Linnia zu reden«, erklärte Mora.

»Über wen?«

»Linnia. Eure Freundin.«

Verwirrung zeichnete sich im Gesicht der Frau ab. »Ihr meint doch nicht etwa die Drachenjägerin mit der Maske? Die verbannt wurde? Wollt Ihr mir einen Strick daraus drehen, dass sie einige wenige Male bei mir gekauft hat?«

»Nein«, versicherte Mora, »wir sind ihre Familie, ganz gewiss wollen wir Euch nichts Böses. Wir dachten nur ... da Ihr sie so gut gekannt habt ...«

»Sie ist nicht meine Freundin«, beharrte die Töpferin und schüttelte verwundert den Kopf. »Verbannt oder nicht, ich habe nichts mit ihr zu schaffen.«

»Danke sehr. Komm, Agga. Ich habe sowieso kein Geld dabei.«

Rinek wollte Einwände erheben, aber Mora fasste ihn am Arm und zog ihn weiter.

»Das hätten wir uns denken können«, sagte er. »Die Frau will nicht zugeben, dass sie etwas mit einer Verbannten zu tun hatte. Aber jemand, der so viel Angst hat, würde uns ohnehin nicht bei sich aufnehmen.«

»Ich bin mir gar nicht sicher, ob sie lügt«, murmelte Mora. »Nein, mir schien sogar, sie sagt die Wahrheit. Das würde bedeuten, dass Linnia gelogen hat.«

»Warum sollte meine Schwester eine Freundin erfinden?«

Die Zauberin machte ein nachdenkliches Gesicht. Vielleicht tat es ihr sogar gut, sich mit diesem Rätsel von ihrem Kummer abzulenken. »Abend für Abend ist sie ausgegangen – angeblich hierher. Aber wenn sie nicht hier war, wo war sie dann? Mit wem?«

»Wollt Ihr etwa andeuten, sie hatte einen Geliebten?«

»Nein«, wehrte Mora ab, »keineswegs, nur ...«

»Ich bin da nicht so empfindlich, wie Ihr vielleicht glaubt, Frau Mora«, sagte Rinek. »Jahrelang von Yaro getrennt ... Glaubt Ihr, ich würde irgendjemanden verurteilen? Ich habe bitter gelernt, dass das Leben nicht immer so einfach ist, wie wir es gerne hätten.«

»Ich kann das beim besten Willen nicht glauben.« Mora sank in sich zusammen, während sie versuchte, die neue Wahrheit zu verkraften. »Sie hat immer so brav getan ...«

»Meint Ihr?«, mischte Agga sich ein. »So wie sie und Nival sich andauernd mit den Augen verschlungen haben, wundert mich gar nichts.«

»Nival?«, ächzte Mora. »Du meinst doch wohl nicht, unsere Linnia und mein Nival? Sie war verlobt! Sie ist ein anständiges Mädchen! Und mein Neffe ist … war …«

Tränen liefen ihr über die Wangen, Agga stützte sie rasch, als sie gegen eine Hauswand sank und sich unter unhörbaren Schluchzern krümmte.

»Tut mir leid«, meinte Agga, »o bitte, Frau Mora, ich wollte gewiss nichts Schlechtes über ihn sagen. Ist Euch denn nie aufgefallen, wie die zwei zueinander standen?«

»Ich hab ihn aus ihrem Zimmer geschickt.« Mora wischte sich über die Augen. »Ich habe es ihnen verboten! Sie hätten mich doch nie hintergangen? Er ist ein braver Junge, er … er ist tot. Nival ist tot«, murmelte sie untröstlich.

»Er war kein Junge, sondern ein Mann«, widersprach Agga. »Sie waren beide keine Kinder mehr, und sie sind … waren … beide außergewöhnlich. Was dachtet Ihr denn? Dass Ihr Euch zwischen sie stellen könnt, während ihre Herzen füreinander entbrannten? Wie dumm seid Ihr, dass Ihr glaubt, Eure Macht hätte etwas dagegen ausrichten können?«

Verwundert starrte die Zauberin das Dienstmädchen an. »Wie redest du denn mit mir?«

»Entlasst mich doch, wenn Ihr wollt«, knurrte Agga. »Bezahlen könnt Ihr mich sowieso nicht mehr. Und wenn Ihr mich nicht bezahlt, bin ich bloß eine Freundin, die mit drinsteckt. – Was glotzt Ihr so, Rinek? Nehmt dieses Grinsen aus Eurem Gesicht. Merkt Ihr denn nicht, dass Ihr Mora verletzt mit diesem unpassenden Lächeln? Habt Ihr denn überhaupt kein Gespür für geeignete Gesichtsausdrücke?«

»Äh, aber …«

»Begreift Ihr nicht, warum sie so außer sich ist? Dass ihr Neffe sie so hintergangen hat, und nun ist er tot, und sie kann ihn nicht einmal bestrafen!«

»Agga!«, fuhr er sie an. Seine Augen waren auf einmal dicht vor ihren, und er spürte ihren Atem auf seinem Gesicht.

Mora trat einen Schritt zurück. Sie hob die Hände. »Drehen jetzt alle durch? Kommt, ihr zwei. Ich bin nicht immer blind für entbrannte Herzen, glaubt das ja nicht. Mein Leben ist zu Ende. Ich habe meine Schwester sterben lassen. Ich habe meinen Neffen elendiglich umkommen lassen. Aber wenigstens einmal werde ich etwas richtig machen. Irgendwo in dieser Stadt rennt ein unsichtbarer König herum oder liegt verwundet in einem Winkel – oder ist sogar tot. Wir brauchen dringend eine Drachenschuppe. Wir brauchen einen Plan, um Chamija zu vernichten.«

Die Löscharbeiten dauerten viele Tage, das Aufräumen noch länger. Sturm mit Eisregen ließ die Einwohner Lanhannats frieren, während sie sich abmühten, so viel wie möglich zu retten. Chamija hatte das Kommando übernommen, worüber in der Stadt verhalten gemurrt wurde. Während Mora, Agga und die Alten von Unterschlupf zu Unterschlupf zogen, auf der Suche nach einer geeigneten Bleibe, Kasidovs Husten schlimmer wurde, Borlin immer weniger aß und Lireck in Schweigen versank, beobachtete Rinek, wie die Tijoanerin die Streitkräfte ausrüstete. Ihre Strategie, die Arian so vehement abgelehnt hatte, bestand darin, die Bogenschützen und Drachenjäger mit speziell präparierten magischen Waffen zu versorgen.

Der nächste Angriff ließ nicht lange auf sich warten. Dieses Mal war Lanhannat gewappnet. Mit geröteten Wangen und blitzenden Augen blickte Chamija den Drachen entgegen.

»Zielt auf die Brust. Ihr werdet sie verletzen, ganz gleich, wohin ihr trefft, aber töten könnt ihr sie nur, wenn ihr das Herz erwischt.«

Es regnete Blut über der Stadt. Blut und Drachen. Sie stürzten zwischen die Häuser, rissen Dächer ein, zermalmten Menschen unter sich. Chamija schien nichts davon wahrzunehmen. Sie stand auf einem der Türme in der Stadtmauer und lachte.

Rinek duckte sich, als unweit von ihm eine der Bestien aufs Pflaster stürzte. Der Drache lebte noch, die Pfeile hatten ihm die Flügel zerfetzt, und er blutete aus zahlreichen Wunden. Die Soldaten, die hinzusprangen, waren keine ausgebildeten Drachenjäger. Das Feuer des Ungeheuers tötete einen nach dem anderen, während die nächsten vorpreschten, mit Waffen, an denen Stücke von Drachenschuppen glänzten. Waren die Männer verzaubert? Sie schienen keine Angst zu kennen. Für jeden Toten sprang ein anderer in die Bresche, und allein aufgrund ihrer Überzahl und ihrer wahnwitzigen Entschlossenheit gelang es ihnen, den Drachen zu töten. An wie vielen Stellen in der Stadt spielten sich wohl ähnliche Szenen ab? Rinek wollte es gar nicht wissen. Von hier unten zwischen den Häuserschluchten hatte er keinen Überblick über die Geschehnisse. Er wusste nur, dass sich das Blatt gewendet hatte, dass sie der Drachenarmee nicht länger ausgeliefert waren – doch zu einem furchtbaren Preis. Zum ersten Mal überlegte er, ob es nicht besser wäre zu kapitulieren.

Der tote Drache tat Rinek nicht leid. Die Überreste der Männer, gegen die er gekämpft hatte, verboten jedes Mitleid. Trotzdem hatte der Briner ein seltsames Gefühl, als er nach einem Schwert griff, das einem Toten gehört hatte, und sich daranmachte, ein paar Schuppen abzulösen. Er hatte Mora versprochen, etwas mitzubringen, aus dem sie einen neuen Zauber wirken konnte, und dieses Versprechen wollte er halten, ganz gleich, wie ekelerregend er diese Arbeit fand. Doch die erste Schuppe, die er in der Hand hielt, überraschte ihn mit ihrer glänzenden Schönheit. Wie ein makelloser Edelstein schmiegte sie sich in seine Hand, und er konnte die freie Macht darin spüren, gleich einem in ein Kästchen gesperrten Sturm. Von einer seltsamen Erregung ergriffen, brach er Hörner ab und sogar einen Zahn, weiß schimmernd wie eine riesige, sichelförmige Perle.

»Dafür, Mora«, murmelte er, »schuldest du mir ein paar Wörter.«

Als er sich aufrichtete, fiel ihm etwas Nasses in den Nacken, und zu seiner Verwunderung merkte er, dass es in großen Flocken zu schneien begann.

Mora richtete ihre Werkstatt in ihrem alten Haus ein, obwohl nur wenig davon übriggeblieben war. Ein paar Mauern, eine halbe Zimmerdecke. Ihre Zaubermittel bereitete sie in der zerstörten Küche zu, auf einem unruhigen Herdfeuer, mit ein paar zerbeulten Töpfen und einer zum Hackbrett umfunktionierten Treppenstufe.

Doch der Kellerraum bot Platz zum Schlafen und war wenigstens einigermaßen vor dem schneidenden Wind geschützt.

»Du musst Licht machen können. Waffen herstellen. Tödliche sowohl als auch solche, die nur verletzen. Der Schlafzauber ist ein äußerst nützliches Werkzeug, wenn man jemandem nicht wehtun will.«

Mora hatte die Trauer abgeworfen. Sie hantierte mit den Gerätschaften wie eine Pastetenbäckerin, die mit der Bestellung ihrer Kunden in Verzug ist – eilig, tüchtig, mit einer Spur Hektik, aber auch sehr zufrieden mit ihren Fähigkeiten. Ohne Umschweife hatte sie begonnen, Rinek zu duzen und wie einen Lehrling zu behandeln.

»Mit dem Heilzauber musst du vorsichtig sein, der kostet am meisten Kraft.« Sie blickte in den Keller hinunter, zu dem hustenden Kranken, der sich auf seiner Liege wälzte. »Aber ein wenig Linderung darfst du ihm durchaus verschaffen. Nicht mit *Wintika,* sondern mit *Wezir-Iess.* Den habe ich dir schon mal gezeigt, ein milder Zauber, der dem Körper einen Anstoß gibt, sich selbst zu heilen, ohne allzu stark in die normalen Vorgänge einzugreifen.«

»Ich weiß«, warf Rinek ein.

Mora schien ihn nicht zu hören. »Wärme ist wichtig.« Sie blickte sich in der zugigen Küche um. »Ich werde dir beibringen, wie du unseren Freunden da unten Wärme verschaffen kannst.« Kopfschüttelnd sortierte sie den Haufen Schuppen, den Rinek ihr gebracht hatte. »Wenn mir bloß früher so viel zur Verfügung gestanden hätte! Aber wir haben keine Zeit zum Lamentieren. Wie viele Männer sterben, um einen einzigen Drachen zu töten?«

»Viel zu viele«, antwortete er. »Zwei, drei Dutzend können es gewesen sein – und das war nur ein Kampf, den ich beobachtet habe. Diese Stadt blutet aus. Ich dachte schon …« Er zögerte.

»Dass wir uns ergeben sollten?«

»Ja«, sagte er, »genau das. Aber wer soll das tun? Chamija jedenfalls nicht. Der König, falls er noch lebt? Er ist niemand, der klein beigibt.«

Ihre Unruhe, ihre Eile waren ansteckend. Als ahnte sie, dass nicht mehr viel Zeit blieb. Dass etwas geschehen würde, etwas Unausweichliches. Sie fing an, ihm Dinge zu erklären, ließ ihn fremdartige Wörter wiederholen, bis er die Aussprache richtig hinbekam, vergaß ihn zwischendurch wieder, während er noch übte, beugte sich über eine Salbe, die sie anrührte, oder vertiefte sich in einen Zauber, den er nur über ihre Schulter hinweg beobachten durfte.

»Was genau tut Ihr da eigentlich?«, fragte er.

»Ich wirke einen Zauber«, erklärte Mora. »Einen, wie ich ihn noch nie versucht habe. Ich will, dass Chamija stirbt. Ich will, dass sie bezahlt für das, was sie uns allen angetan hat, und«, ihre Stimme wurde leiser, »für das, was sie Nival angetan hat. Sie hat sich abgesichert, das ist mir klar. Mit Wällen und Bannsprüchen gegen alle, die ihr schaden könnten. Man muss den Bann aufheben, verstehst du, selbst wenn man nicht weiß, wie er wirkt. Man muss etwas haben, wie einen Rammbock, mit dem man sämtliche Mauern zum Einsturz bringt. Ich konnte Nival nicht helfen, nicht gut genug. Aber jetzt habe ich so viele Schuppen wie nie zuvor. Jetzt werde ich ihr zeigen, was für eine Zauberin ich bin.« Sie murmelte weiter vor sich hin, bis es Rinek schließlich zu viel wurde. Es zog ihn nach draußen, hinaus in die Stadt, die ihre eigene Unruhe pflegte, eine Stadt wie im Fieber, die sich in Krämpfen schüttelte.

Auch hier hielt er es nicht lange aus. Straßen, in denen rauchschwarze Finsternis herrschte, wechselten sich mit Plätzen ab, wo aufgeräumt wurde, wo Laternen die Helfer in ein warmes Licht tauchten. Es war immer noch recht stürmisch, doch die Lampen schwankten nicht an ihren Haken. Die Schneeverwehungen an den Straßenecken glitzerten. Alles schien mit einem seltsamen Zauber belegt, der die Menschen dazu brachte, mit einer unnatürlichen Verbissenheit verkohlte Balken wegzuschleppen, Ziegel und Steine zusammenzuräumen, ohne zu klagen, ohne zu denken, vielleicht sogar, ohne irgendetwas zu fühlen.

Rinek fand das Stadttor offen. Tag und Nacht herrschte ein Kommen und Gehen zwischen Stadt und Schloss. Soldaten marschierten auf und ab. Jemand rief ihn an: »He, bleib, wo du bist!«

Er wandte sich dem Wächter zu, der ihn angesprochen hatte.

»Niemand verlässt Lanhannat«, sagte dieser. »Chamija verbietet es. Es sind schon zu viele geflohen, und die Menschen kommen bereits wieder von den Bergen herunter. Heute sind ein paar Hundert aus dem Gerin-Yan-Gebirge hier eingetroffen.«

»Warum das?«, fragte Rinek überrascht. »Alles scheint besser, als hier zu sein.«

»Nicht, seitdem unsere Pfeile die Drachen vom Himmel holen. Sie toben sich nun im Umland aus, dagegen ist es hier sogar relativ sicher. Die Flüchtlinge erzählen wilde Geschichten von Steinlawinen, die die Hänge herunterpoltern, von brennenden Dörfern. In den Bergen gibt es keine Drachenjäger, die unter dem Schutz der Königin stehen.«

Der Briner schüttelte den Kopf. »Königin nennt sie sich jetzt schon? Ich habe nicht mitbekommen, dass eine Krönung stattgefunden hätte.«

Der Mann senkt die Stimme. »Sie behauptet, der Prinz habe sie geehelicht, kurz vor seinem Verschwinden – aber bislang konnte das niemand bezeugen. Dafür sind ein paar Fürsten nicht mehr auffindbar, die natürlich bei einer solchen Zeremonie dabei gewesen wären. Also, guter Mann, bleib besser hier.«

Anscheinend hielt er Rinek für einen Bettler. Der im Schnee schleifende Mantel verbarg seinen Holzfuß, dessen lange Krallen sich unter dem Saum hervorwanden. Er merkte es gerade noch rechtzeitig, um die Zehen wieder einzuziehen.

»Ich will in den Hügeln nur ein paar Gräser unter dem Schnee suchen. Früchte wären noch besser, für mein Schwein.«

»Du hast ein Schwein?«, fragte der Wächter. »Glücklich bist du. Die meisten haben nicht einmal mehr das. Daran werden wir die Königin messen, wie sie uns durch den Winter bringt.«

Rinek nickte dem Mann zu und ging weiter. Das hörte sich nicht gut an. Chamija beanspruchte also schon den Thron? Das Verschwinden der Fürsten machte ihm Sorgen. Zu normalen Zeiten hätten die Lanhannater niemanden ohne Brahans heiliges Blut akzeptiert, doch in diesem Chaos ging es nur noch darum, die eigene Haut zu retten.

Er tastete in seiner Manteltasche nach einem Splitter. Um im Bedarfsfall immer etwas zum Zaubern zu haben hatte er das Drachenhorn zertrümmert. Heute würde er den Eingang in den Berg finden, wo Chamija ihren Drachen versteckte.

Hier war es gewesen, zwischen den jetzt schneebedeckten Hügeln, an diesem Hang. Rinek murmelte das Wort für Licht und hielt den Splitter wie eine Fackel vor sich. Er hatte auf Spuren gehofft, aber es gab leider keine. Um die Öffnung zu entdecken hätte er ein riesiges Feld vom Schnee befreien müssen. Da war es ja noch besser zu zaubern. Er forschte in seinem Gedächtnis nach dem passenden Zauberwort und fand doch nur wieder dieses eine, das für Erleuchtung stand.

»Qui Ebon.«

Der Span in seiner Hand flackerte heller auf und offenbarte mehrere Vertiefungen im Schnee. Die Umrisse eines Tors oder einer halb schräg in den Hang eingelassenen Luke.

Der Öffnungszauber: *»Diarai Erim.«*

Die Flügel schwangen auf.

Er schritt hindurch und befahl ihnen, sich hinter ihm zu schließen.

Der Drache wirkte auf den ersten Blick tot. Er lag da wie ein zerbrochener Felsen, die schillernden Schuppen an so vielen Stellen entfernt, dass seine Dunkelheit größer war als sein Funkeln, eine schmerzende Leere, die Abwesenheit des Panzers wie ein Himmel ohne Sterne.

Doch in der Stille hörte Rinek den schweren, schnaufenden Atem des verletzten Ungeheuers.

»Ich bin es«, sagte er.

Ein großes, rundes Auge öffnete sich. Ein Blick wie aus den Tiefen der dunkelsten Nacht. Schweigen.

»Wie geht es dir?«

»Was kümmert es dich, wie es mir geht?« Die Stimme klang müde und kraftlos, und doch glühte darin ein Feuer, das sich nicht auslöschen ließ, solange die mächtige Bestie lebte. »Bist du nicht der Unsichtbare, der sich geweigert hat, meine Fesseln zu zerschneiden?«

»Du hattest die Stadt angegriffen«, erklärte Rinek, den die

Qual des Drachen mehr mitnahm, als er sich selbst eingestehen wollte. Warum war er hier? Warum war das Erste, sobald er über die Möglichkeit zu zaubern verfügte, der Gang hierher gewesen? In den verschneiten Straßen Lanhannats litten und starben die Menschen, trotzdem hatte ihn der Gedanke an den gefolterten Drachen nie losgelassen. »Du warst der Feind. Aber jetzt … Ein Gefangener sollte nicht so behandelt werden. Ich bin gekommen, um dich loszuschneiden, Sion Rah. Oder Sion Ran? Wie soll ich dich nennen?«

»Was spielt das für eine Rolle?«, stöhnte der Drache. »Nichts davon bedeutet etwas in deiner Welt, Mensch. Die Hexe verbreitet meine Macht dort draußen und feiert ihren Sieg. Ich werde nie wieder fliegen können. Ich sterbe nicht schnell, aber wie soll ich so existieren, zwischen Leben und Dahinsiechen? Wenn du wüsstest, was der Name Ran bedeutet, würdest du es für mich beenden, um mir diese Schmach zu nehmen.«

»Erkläre es mir.«

»Ha! Dir, Herzdieb? Wozu?«

Rinek griff nach dem Strick, der sich um den Kopf des Drachen wand, und spürte ein seltsames kaltes Gefühl.

»Was ist das? Es ist voller Magie.«

»Was an dir besteht aus Drachenzauber?«

Rinek hob seinen Mantel und zeigte dem Drachen seinen knorrigen Fuß. »Das. Behandelt mit etwas …«

»… das das Herz eines Drachen enthielt.« Sion Rah fletschte die Zähne. »Ihr lebt von unserem Tod! Verflucht seist du!«

»Woher weißt du das?«, fragte Rinek. »Was hat das mit diesen Seilen zu tun?« Entschlossen schnitt er eins der Bänder entzwei. Es flatterte zu Boden. Ein buntes Tuch mit hübschen Mustern. »Was sind das für Fesseln?«

»Seide«, flüsterte der Drache. »Sie lähmt dich. Sie fesselt dich. Sie ist kalt auf der Haut und kriecht bis in dein Herz. Eisig. Als würden sich die Raupen durch dein Fleisch winden. Drachenbann nannten wir es früher. Fühlst du es? Es legt sich wie ein Schatten über dein Herz. Ich werde nicht fliegen, Fremder. Ich werde den letzten Flug zum Mond nicht antreten, und ich werde nie über dem spiegelnden Meer segeln … In meinen Träumen kriechen sie und zernagen alles. Den Mut und die Hoffnung und die Kraft. Alles, und was übrig bleibt, ist eine leere Puppe, vertrocknet an einem Ast.«

Rinek fühlte, wie das Entsetzen seinen Arm entlangkroch. Er ließ die Seide fallen.

Der Drache lachte höhnisch. »Drachenzauber. Die Segnungen der Magie sind zugleich dein Fluch. Du hast Drachenherz an deinem Bein? Dann nimmst du auch teil an unserer Schwäche, und dies ist sie. Wir sind Drachen, aber es gibt kaum etwas, das wir so fürchten wie die Ferrans.«

»Drachenseide«, murmelte Rinek nachdenklich, während er einen Knoten nach dem anderen durchtrennte. Die Kälte drang ihm durch die Haut. Sein Holzbein verkrampfte sich; es war ein Gefühl, als hätte er es in den Mühlbach gehalten – im Winter, während Eisschollen das sonst so springende, muntere Wasser hinuntertrieben und die schilfbestandenen Uferbereiche mit einer Schicht dicken Eises überzogen. »Ist das nicht diese unendlich teure Seide aus Tijoa? Trägt Chamija nicht Seidentücher im Haar?«

Er zog das letzte Seil von dem gemarterten Leib des Drachen ab. Dass er hier einen der schlimmsten Feinde Schenns befreite, war ihm sehr wohl bewusst. Dass Chamija die Schuppen dieses Drachen dazu benutzte, die Stadt gegen die Angreifer aus Tijoa zu schützen, ebenso. Deshalb hätte er Mora nie gesagt, was er vorhatte. Aber er hatte gesehen, dass der erfolgreiche Kampf gegen die Drachen genauso schrecklich und blutig und grausam war wie die aussichtslose Lage davor. Wenn jetzt schon die Flüchtlinge aus den Bergen herunterkamen – wie konnte man dann noch stolz darauf sein, Lanhannat zu verteidigen?

Dass ihn die Wirkung der Seide selbst betraf, verstärkte seine Entschlossenheit nur noch, denn ihm war bewusst, dass Sion Rah dies alles noch viel intensiver und viel schlimmer empfand. Er sammelte die Stricke mit beiden Armen auf und trug sie so weit wie möglich fort, in den hinteren Bereich des Gewölbes. An eine Wand stieß er dort nicht; das Licht zeigte ihm, dass die Höhle in mehrere Gänge mündete, dunkle Eingänge, die sonst wohin führten.

»Kannst du dich bewegen?«

Der Drache lag immer noch da wie tot.

»Du musst hier raus! Was, wenn sie zurückkommt? Wenn sie dich erneut fesselt? Hör mir zu, Sion Rah, du musst fliehen!«

»Ich werde sterben«, sagte der Drache leise. »Es kann noch viele Monde dauern, aber wie soll ich mich erholen? Mein Flügel ist zerstört.«

»Dann gehst du eben zu Fuß. Es ist dunkel draußen. Wenn niemand dich sieht, kannst du dich in die Berge retten. Heute Nacht fällt bestimmt neuer Schnee und verdeckt deine Spuren. Du bist nicht lebensgefährlich verletzt. Werden die Wunden nicht heilen? Irgendwann kannst du sicher wieder fliegen.«

»Fünf Familien dürfen sich Ran nennen. Die ValaNaiks natürlich. Sie sind die edelsten, die größten, sie sind diejenigen, die Hay Ran Birayik mit seiner göttlichen Hand berührte, denen er die Macht über uns alle verlieh. Aber wir lebten in ihrer Nähe, als ihre Freunde und Wächter, als Ratgeber und Diener.« Er sprach das Wort »Diener« aus, als sei es etwas Besonderes, als könnte es nichts Größeres geben, als einem Drachen aus dieser auserwählten Familie zu dienen. »Ein Teil ihres Glanzes floss auf uns über. Die ValaZahids. Die ValaKjins. Die ValaYessets. Ich bin ein ValaCorik. Ich bin Sion Ran ValaCorik.«

Rinek hatte das Gefühl, dass eine kleine Verbeugung angebracht war. »Rinek Lester. Aus Brina. Ich fühle mich, äh, geehrt.«

»Töte mich. Beende mein Elend, Rinek Lester. Chamija hat mich mit Bedacht ausgesucht, doch nun mache ich ihr einen Strich durch die Rechnung. Ich sterbe, da ich nicht fliehen kann, und dadurch bin ich nicht viel mehr wert als jeder andere tote Drache. Du bist ein guter Mensch – langsam und töricht, und niemals werde ich dir verzeihen, dass du Drachenherz benutzt hast, aber du bist hier, und ich will, dass du mir diese letzte Ehre erweist.«

»Bist du fertig mit dem edlen Geschwafel?«, fragte Rinek. »Ich denke nicht im Traum daran, dich zu töten. Du bewegst jetzt deine Beine. Versuch es wenigstens mal, Fürst Valadings oder wie auch immer.«

Das fehlte ihm noch, dass er einen adligen Drachen gerettet hatte. Ausgerechnet!

»ValaCorik!«

»Wenn du so schrecklich vornehm und mächtig bist, beweg deinen fetten Hintern und kriech um dein Leben, bevor Chamija wiederkommt und alles umsonst war.«

Ein feines Rauchwölkchen stieg aus den Nüstern des Drachen.

»Siehst du? Das Leben kehrt schon zurück.«

»Es geht nicht. Mir ist kalt.«

»Immer noch? Dann muss ich wohl noch erst ein bisschen zaubern. Ich hoffe nur, du bist auch zu edel, um einen ganz gewöhnlichen Müllergesellen mit einem Holzbein zu fressen oder zu verkohlen.«

»Ha!«, sagte der Drache, aber als er die Wärme spürte, die Rineks Zauberspruch über seinem Leib verteilte, stöhnte er wohlig.

Rinek überlegte, ob er gegen Moras ausdrücklichen Rat den Heilzauber benutzen sollte. Er hatte nicht vergessen, wie elend und schwach er sich gefühlt hatte, nachdem er Nival und Yaro behandelt hatte. Einen kranken Drachen zu heilen würde gewiss noch mehr Kraft kosten, Kraft, die er dringend selbst brauchte. Aber er konnte wenigstens versuchen, Sions Schmerzen zu lindern. »Besser?«

Der Drache streckte sich und richtete sich mühsam auf. Es war erschreckend, wie riesig er auf einmal war. Seine linke Schwinge streifte das Gewölbe und weckte ein paar Fledermäuse, die panisch davonstoben, während die rechte zerfetzt an seiner Seite hing.

»Ich werde jetzt das Tor öffnen. Mach dich vom Acker, wie man bei uns in Brina sagt, edler Herr ValaCorik.«

Schleppend und alles andere als elegant schlurfte das Ungeheuer zum Ausgang. Dort wandte es sich noch einmal zu Rinek um. »Du verlangst wirklich nichts dafür?«

»Verschwinde einfach.«

Sion Ran starrte in die neblige Dunkelheit zwischen den weißen Hügeln. »Ich müsste dich töten. Unseren Gesetzen nach. Du hast mir nicht einmal das Versprechen abgenommen, es nicht zu tun, bevor du die Fesseln gelöst hast.«

Ein ungutes Gefühl beschlich Rinek. Er hatte durchaus schon Gerüchte von der unwiderstehlichen Drachenzunge gehört. War er einem Zauber erlegen, der ihn dazu gezwungen hatte, das Untier zu befreien, und würde nun zum Dank dafür sterben müssen? Er musste schlucken. Wenn er sehr schnell rannte, hatte er vielleicht eine Chance, immerhin konnte die Bestie nicht mehr fliegen. Aber der Drache versperrte den Ausgang, und in einen der hinteren Gänge zu flüchten verlockte Rinek gerade nicht so sehr.

»Du kennst jetzt unser Geheimnis. Wenn du dieses Wissen gegen uns einsetzt, sind wir verloren. So wie Chamija es gegen mich angewandt hat. Kann ich zulassen, dass du meinem Volk denselben Schmerz zufügst? Sag nicht, du würdest es nicht tun. Wir haben Krieg – natürlich würdest du.«

Rinek wartete ab, während ihn das runde Auge des Drachen nachdenklich musterte. Die Entscheidung stand offenbar noch aus. »Ich muss es tun. Wenn ich gegen dieses Gesetz verstoße, verdiene ich es selbst nicht zu leben. Es widerstrebt mir allerdings, meinen Helfer für seine Tat büßen zu lassen.«

Der Drache neigte zu umständlichen Formulierungen. Rinek wurde langsam ungeduldig.

»Was denn jetzt?«

»Einen Ausweg gäbe es für uns beide. Das Hohe Spiel.«

»Was ist das?«

»Eine Art … Wette.«

»Ah. Im Wetten bin ich gut. Wir spielen also um mein Leben?«

»Nein«, widersprach der Drache. »Um drei Jahre. Drei Jahre lang wirst du mein Diener sein, und in dieser Zeit darf ich dir nichts antun. So kann ich meine Ehre behalten und du dein Leben, und sobald du mein Diener bist, kannst du meine Geheimnisse nicht mehr verraten, denn Hay Ran Birayik selbst wacht über den Spielern.«

»Na gut. Ich bin dabei. Wie spielt man?«

»Man kämpft. Hast du kein Schwert, mit dem du mich herausfordern kannst?«

Da musste Rinek passen. »Bin ich ein Ritter? Ein Soldat? Nein, ich habe kein Schwert. Nur dieses Messer hier. Armdrücken mit dir zu machen erscheint mir nicht ganz fair. Aber wie wäre es mit dem Kugelspiel?«

»Kugelspiel?«, wiederholte der Drache verblüfft.

»Ganz recht.« Aus seiner Manteltasche holte er ein paar kleine Holzmurmeln, die er dem Drachen zeigte. »Der Höhlenboden ist glatt genug. Ich rolle sie – siehst du? So. Und so. Wo ist die rote hin?«

»Unter deiner Hand.«

»Ah, du hast ein schnelles Auge, das hättest du gar nicht mitbekommen dürfen. Noch einmal, nur zur Probe. Wo ist die rote Kugel?«

»Linke Hand«, meinte der Drache listig.

»Ich merke, es wird gefährlich, gegen dich anzutreten. Versuchen wir es ein drittes Mal.«

»Nein«, widersprach Sion Ran. »Jetzt gilt es. Es wird Zeit, dass wir hier wegkommen.«

»Na gut. Besser, dein Diener zu sein, als in deinem Feuer zu sterben. Hay, hay, hay!«

»Rechte Hand.«

Rinek hob die Hand. Nichts.

»Dann eben links.«

Auch darunter herrschte gähnende Leere.

»Ich hab gewonnen, gib's zu.«

»Du hast mich reingelegt«, stellte Sion Ran fest.

»Dafür darfst du mich jetzt aber nicht umbringen, stimmt doch, oder?«

Der Drache starrte ihn an. »Gehörst du zu Chamija?«, fragte er schließlich, die Stimme tonlos vor Entsetzen. Für diesen einen Moment verließ ihn jeder Zauber. »Hast du mich auch in der Hinsicht hereingelegt? Willst du mich zwingen, ihr freiwillig zu dienen, meinen König zu verraten und seinen Sieg zu untergraben? Unser aller Hoffnung zu entsagen? Hast du mich deshalb glauben lassen, du seist mein Freund? Hat sie dich sichtbar gemacht und dir dafür das Versprechen abgenommen, mit mir zu spielen?«

»Ich gehöre nicht zu dieser intriganten Hexe«, verwahrte sich Rinek. »Sie hat einen meiner besten Freunde auf dem Gewissen, und was sie mit dieser Stadt treibt, geht mir gehörig gegen den Strich. Ich hätte dieses Biest schon längst mit meiner Krücke aus Lanhannat hinausgeprügelt, wenn sie nicht die mächtigste Zauberin weit und breit wäre.«

Der Drache machte, wenn überhaupt möglich, ein erfreutes Gesicht – ohne menschliche Züge konnte er nicht lächeln, und dennoch veränderte sich etwas in seinen Augen, und seine Mundwinkel hoben sich merklich. »Dann sage ich dir jetzt etwas, Rinek Lester, o mein Herr mit dem Holzbein«, meinte er. »Etwas, das nur wir Drachen wissen. Chamija ist genauso alt wie wir, und sie ist gefährlicher und hinterlistiger als der Schlimmste von uns. Doch aus diesem Grund teilt sie auch unsere Schwäche. Das Herz eines Drachen schlägt in ihrer Brust.«

Damit wandte er sich um, schlängelte sich ungeschickt durch das offene Tor und verschwand leise lachend in der Nacht.

Rinek kam frierend und völlig durchnässt nach Hause, mit einem großen Bündel, das er über der Schulter trug. Den ganzen Haufen seidener Schnüre hatte er in seinen Mantel eingeschlagen. Tücher aus Drachenseide. Er war stolz wie ein Ritter, der aus einer siegreichen Schlacht heimkehrt. Ausführlich stellte er sich vor, wie sie es Chamija heimzahlten.

Als er gegen ein unsichtbares Hindernis prallte, wachte er aus seinen Träumereien auf. Er war durch die dunklen Straßen gelaufen, leichtfüßig mit seiner kräftigen Kralle, die weder Bruchsteine zum Stolpern noch vereiste Stellen zum Ausrutschen brachten. Die Nacht verbarg ihr zauberhaftes Aussehen. Seine Statur hielt auch verzweifelte Plünderer von ihm fern, trotz des verlockenden Bündels, das vielleicht etwas Brauchbares enthalten mochte. Der Zusammenstoß mit unnachgiebiger Luft, dort, wo nicht einmal eine Tür den Zugang versperrte, verpasste seinem Höhenflug einen kleinen Dämpfer.

Was war das?, war sein erster Gedanke. Sein zweiter verkündete: *Autsch.* Der dritte lieferte die Lösung: *ein magischer Bann. Mora muss ihn geschaffen haben, um Sicherheit und Wärme zu gewährleisten.*

Er tastete über das Hindernis, das sich wie eine Mauer anfühlte, wo keine war.

Natürlich war Mora eine viel bessere Zauberin als er, aber immerhin hatte er die Tasche voller Drachenhornsplitter, und auch an seiner Kleidung mochte noch etwas hängengeblieben sein von seiner Begegnung mit Sion Ran. Wie hob man einen Bann auf? Das hatte Mora ihm nicht beigebracht. Aber musste er das überhaupt? *Denk einfach. Lass die Mauer stehen, öffne nur die Tür.*

»*Diarai Erim.*«

Er trat hindurch und stieß gegen eine Person, die gerade hinter einer geschwärzten Wand hervorkam. Es gab ein kleines Gerangel, sein Bündel landete auf dem Boden, und etwas Feuchtes streifte seine Wange.

Hastig machte er Licht. Agga starrte ihn an. Er war versucht zu fragen, ob sie ihn geküsst hatte, doch ihr fassungsloses Gesicht bremste ihn.

»Schläfst du noch nicht?«, erkundigte er sich vorsichtig. »Es ist mitten in der Nacht.«

»Ich wache.«

»Du wachst? Ich musste gerade einen Schutzbann überwinden, gegen Diebesgesindel vermutlich, also ist Wachen nicht nötig. Hast du etwa auf mich gewartet?«

Sie betrachtete die bunten, verdrehten Bänder, die sich über den rußigen Fußboden verteilt hatten, und schien zu überlegen, welche Frage sie ihm zuerst stellen sollte.

»Wart Ihr bei einer Frau?«

Nachdem sich in letzter Zeit eine vertrauliche Umgangsform bei ihnen eingeschlichen hatte, überraschten ihn diese strenge Frage und die Art, wie sie ihm diese Anklage entgegenschmetterte.

»Äh – nein. Warum?«

»Ich sehe es in Eurem Gesicht«, erklärte Agga und bückte sich, vielleicht, um ihre Verlegenheit zu überspielen. Sie betastete die seltsamen Schnüre. »Was ist das? Seide?«

»Meinst du, ich habe sie von einer Frau? Da irrst du dich gewaltig. Ich habe die Bekanntschaft eines Drachen gemacht.«

»Eure Augen leuchten. So habe ich Euch noch nie erlebt.« Sie zog einen Strick auseinander und betrachtete das zerknitterte Tuch, das als Fessel gedient hatte. »Allerfeinste Seide. Bei Belim, das sieht nach Lumpen aus, aber es muss ein Vermögen wert sein! Woher habt Ihr das? Nun, vielleicht sollte ich lieber nicht fragen. Wenn wir das auf dem Schwarzmarkt verkaufen, kommen wir nicht nur über den Winter, sondern können uns einen Palast in Werlis leisten, irgendwo am südlichen Meer.«

Dankbar griff er den Themenwechsel auf. »Ich habe nicht vor, das Zeug zu verkaufen. Kannst du nähen?«

»Nicht besonders gut.«

»Das macht nichts. Hauptsache, es kann als Gewand dienen. Ein hübsches Kleid. Nein, ein Überwurf. Man muss es ihr über die Schultern legen können.«

»Wem?«, fragte Agga misstrauisch. »Eurer neuen Bekanntschaft? Wollt Ihr sie in Seide hüllen, damit sie vergisst, dass Ihr ein verkrüppelter Müllersgeselle aus der Provinz seid?«

»Das hat wehgetan«, murmelte er. »Seit wann seid Ihr so hart zu mir? Ich habe keine Frau getroffen, und diese Seide ist für Chamija bestimmt. Ich habe heute etwas erfahren.«

»Aha, und was?«

Doch Rinek biss sich auf die Zunge. Das Geheimnis, wie man einen lebendigen Drachen bändigen konnte – und erstaunlicherweise auch Chamija –, wollte ihm nicht so recht über die Lippen. Seine Verbündeten mussten es wissen, und trotzdem hatte er das Gefühl, dass er den Drachen, von dem er es erfahren hatte, hinterging, wenn er offen darüber sprach.

»Das hier ist ein verzauberter Stoff«, sagte er, »der ihre Kräfte lähmen wird.«

»Ihr wart also bei einer Zauberin? Es gibt noch jemanden in dieser Stadt, der uns beistehen kann?«

»Ein Drache. Sagte ich das nicht schon? Ich habe mit einem Drachen gesprochen!«

»Aber denen kann man nicht trauen!« Agga fuhr zurück, sie ließ die Seide fallen, als könnte sie sich daran verbrennen. »Sie lügen! Sie verzaubern jeden, der ihnen zuhört. Sie sind falsch und hinterlistig.«

»Dieser nicht«, sagte Rinek. »Dieser Drache gehört mir, drei Jahre lang. Oder so ähnlich. Ich muss Mora fragen, was das Hohe Spiel bedeutet. Also, kannst du ein Gewand nähen, das eine so schöne, stolze Dame wie unsere zauberkundige Tijoanerin schmücken würde?«

»Du findest Chamija also schön«, maulte Agga und funkelte ihn beleidigt an.

Glitzerten da etwa Tränen in ihren Augen? Er seufzte. Mit einem eifersüchtigen Mädchen wollte er es jetzt wirklich nicht aufnehmen. Ihm stand mehr der Sinn nach etwas zu trinken und dann ein paar Stunden Schlaf unten im Keller. Streit kam in seinem Plan nicht vor.

»Wenn du dieses Gewand nähst, ist Chamija bald Geschichte. *Das* finde ich schön.«

Er stieg die Leiter hinunter – mit seinem neuen Fuß eine seiner leichtesten Übungen. Die Alten schlummerten friedlich auf ihren Matten. Nicht einmal Kasidov hustete. Hier unten war es warm und duftete vertraut nach Magie. Mora schlief hinter einem Wall aus Töpfen. Rinek lächelte, während er es sich auf seiner Matte bequem machte.

Agga brauchte mehrere Tage, um ein Kleid zu nähen, das sowohl einer Prinzessin als auch einer Bettlerin gestanden hätte. Die Seide schimmerte edel und fühlte sich so weich wie fließendes Wasser an, doch die unterschiedlich gefärbten und teilweise beschädigten Tücher ergaben ein ungewöhnliches Flickenmuster, und Agga konnte wirklich nicht besonders gut nähen. Rinek sagte ihr das natürlich nicht. Er lobte sie ausdrücklich und versuchte sie mit netten Bemerkungen aufzumuntern, während sie mit düsterem Gesicht die Nadel durch den Stoff stach.

»Bist du sicher, dass es magisch ist?«, fragte Mora. »Ich kann daran nichts Zauberhaftes spüren. Wie soll es wirken?«

»Es wird sie lähmen.« An diesem Punkt begannen die Probleme. »Dann muss jemand sie erstechen.«

»Aha. Und wer? Du etwa, Rinek? Du bist kein Krieger. Du schlägst dich ordentlich, aber könntest du eine gelähmte Frau abstechen?«

»Sie ist der Feind.«

Mora blickte ihn zweifelnd an. Die Wahrheit war, er wusste es nicht. Erst einmal musste er an die Tijoanerin herankommen und ihr die Seide überwerfen. Außerdem hatte Mora oft genug darüber gegrübelt, wie man die tausend Banne überwinden sollte, die Chamija mit Sicherheit um sich errichtet hatte.

»Ich muss mich irgendwo verstecken und dann hervorspringen. Sobald ich ihr den Umhang um die Schultern lege, kann sie mir nichts mehr tun. Es ist sicher, versprochen. Der Drache konnte nicht einmal Feuer speien!«

»Ach ja. Dein Drache. Das sagt alles.«

Er hatte ihnen nicht die ganze Geschichte erzählt. Es kam ihm irgendwie nicht recht vor zu verraten, dass sich ein verletzter Drache in den Bergen versteckte, der nicht fliegen konnte – auch wenn nur seine Freunde davon erfuhren. Würde Mora in diesem Drachen nicht eine Quelle besonders mächtiger Schuppen sehen, so wie Chamija? Wenn jemand das Tier fand, war es verloren. Ob Sion überhaupt jagen konnte? Wovon ernährte er sich?

Die Sorgen ließen Rinek keine Ruhe. Bald ertappte er sich dabei, dass seine Gedanken ständig um dieses Untier kreisten, für das er auf einmal verantwortlich war. Vielleicht hätte er lieber beim Spiel verlieren sollen – dann hätte der Drache sich für ihn verantwortlich gefühlt, oder?

»Wo willst du hin?«, fragte Mora scharf, als sie ihn dabei ertappte, wie er ein paar Sachen zusammenpackte, die vielleicht nützlich sein mochten. »Wir sind so dicht davor – vorausgesetzt, dein Zaubergewand hält, was es verspricht. Wir müssen nur den nächsten Angriff abwarten, damit Chamija aus dem Schloss in die Stadt kommt. Du kannst nicht wissen, wann dieser Angriff erfolgt. Bleib hier!«

»Man kann es nicht wissen«, bestätigte er. »Eben. Es kann noch Tage dauern. Soll ich solange hier rumsitzen? Das lag mir noch nie, Mora. Ich werde ein bisschen herumstreunen und … na ja, halt so herumstreunen.«

Sie stöhnte. »Yaro hätte hierbleiben sollen. Auf ihn hättest du vielleicht gehört.«

»Hätte ich das?«

Sie seufzte noch lauter. »Nein, wohl nicht. Bitte, Rinek. Hör auf eine Frau, die deine Mutter sein könnte. Gefährde nicht unseren Sieg, nur weil du nicht warten kannst.«

Sie hatte ja recht – aber hätte er je diese interessanten Dinge herausgefunden, wenn er immer nur dagesessen und abgewartet hätte? Wohl kaum.

Natürlich ging er, während sie ihm laut hinterherschimpfte. Seine Krücke nahm er mit.

Stundenlang marschierte Rinek durch die Hügel. Es schneite unaufhörlich, und bald war sein einziger Schuh durchnässt. Seltsamerweise zögerte er keinen Moment, eine bestimmte Richtung einzuschlagen – ihm war, als wüsste er genau, wo sein Drache zu finden war. Er lief immer schneller, die Ungeduld trieb ihn voran, nein, eine Unruhe, die immer überwältigender wurde. Mora hatte ihm erzählt, dass die Spieler des Hohen Spiels eine magische Bindung eingingen, dass diese Art Duell weitaus mehr war als ein Kampf, bei dem es keine Toten geben durfte, doch sie hatte ihn nicht darauf vorbereitet, dass sich sein Leben von heute auf morgen auf den Kopf stellen würde, dass dieser Drache, den er nur hatte befreien wollen, plötzlich so wichtig für ihn war.

Mit großen Sprüngen hetzte er einen Hang hinauf, kämpfte sich durch ein halb abgebranntes Waldstück und brach durch ein überfrorenes, dorniges Gebüsch auf eine freie Anhöhe, wo eine große silberdunkle Gestalt von einem Rudel Bergbären umkreist wurde. Rinek hatte noch nie so viele auf einmal gesehen. Sie trugen bereits ihr Winterfell, grau und zottig. In der Luft lag der Geruch frischen Blutes.

11

»Linnia?« Seit Linn ihr wegen der Näherinnen Vorhaltungen gemacht hatte, war Wea streng und unnahbar. »Schläfst du immer noch?«

»Ich komme gleich.«

Linn fühlte sich wie betrunken. Sie konnte kaum glauben, dass sie bald mit Scharech-Par und den Drachen nach Schenn fliegen würde – um Chamija die Kette zu stehlen, wie der König dachte. Um zwei Fliegen mit einer Klappe zu schlagen. Zwei Feinde auf einen Streich zu erledigen. Das Grauen mit dem Grauen zu bekämpfen, zwei Zauberer zu vernichten. Und danach mit dem Küssen weiterzumachen.

»Beeil dich«, befahl die Zauberin schroff. »Der König erwartet dich zum Frühstück an seiner Tafel.«

Linn kroch zurück unter die Decke.

»Du schaffst das«, flüsterte Nival und hauchte einen letzten Kuss auf ihre Lippen. Aber sie wollte nicht, dass es der letzte war, sie verlangte nach mehr. »Lass ihn einfach nicht merken, wie sehr du ihn verabscheust. Muss man seinen König mögen? Muss man überhaupt irgendjemanden mögen?«

»Mit wem sprichst du da?« Wea trat weiter ins Zimmer.

O gütiger Arajas, sie war ja immer noch da! Linn war einen Moment sprachlos, wie sie sich aus dieser Situation herauswinden sollte, da schlug Nival die Decke zurück.

Frech grinste er die Zauberin an. »Mit mir«, sagte er.

Vorher war Linn nicht so dankbar dafür gewesen, dass er vollständig angezogen war.

Nival kletterte aus dem Bett und verbeugte sich artig. »Nival Cassemin, gestatten, dass ich mich vorstelle.«

Wea beäugte ihn fassungslos, dann lächelte sie auf einmal breit. »Sieh an, Linnia«, meinte sie. »Das hätte ich jetzt nicht erwartet.« Vielleicht hatte sie stattdessen befürchtet, dass Linn sich an Scharech-Par heranmachen könnte, denn diese Entdeckung missfiel ihr offenbar keineswegs. »Wie gut, dass wir nicht in Schenn sind – in Tijoa gehört es zum guten Ton, nicht so schnell schockiert zu sein. Jeder darf tun, was er will. Doch wie kommt dieser Herr in dein Zimmer?«

»Der Palast ist gegen Magier abgesichert«, erklärte Nival unbekümmert, »jedoch nicht gegen gewöhnliche Menschen. Es gibt nicht mal Wachen.«

»Gewöhnliche Menschen machen normalerweise einen weiten Bogen um dieses Gebäude«, sagte Wea. »Die meisten Leute haben eine natürliche Scheu vor Zauberern.«

»Habt ihr hier deshalb so wenige Diener? Ich wollte den königlichen Hofmarschall um Arbeit bitten, sobald ich Zeit für ihn erübrigen kann.«

»Wo hast du denn den Kerl her?«, fragte Wea verwundert.

»Tja«, sagte Linn, die es schwierig fand, Nivals Anwesenheit zu erklären, ohne zu verraten, dass Gah Ran ihn hergebracht hatte.

Wie sonst sollte sie glaubhaft machen, dass ihr Freund so kurze Zeit nach ihr in Quint eingetroffen war? Wea interessierte sich jedoch nicht für dieses Kunststück. Womöglich nahm sie auch an, dass Linn ihn erst in Tijoa kennengelernt hatte, denn Nivals Stimme wurde jetzt von einem glaubwürdigen tijoanischen Akzent gefärbt.

»Du nimmst jede Art von Arbeit an? Das ist gut. Ich glaube, wir brauchen gerade jemanden für etwas … Spezielles. Der gute alte Charrin ist manchmal etwas widerspenstig.« Sie lächelte Linn an. »Entschuldige, dass ich dir deinen Liebhaber entführe. Du bekommst ihn bald zurück, keine Sorge.«

Linn hasste es, mit Scharech-Par zu speisen. Die königliche Tafel war kein langer Tisch wie in Schenn, sondern ein niedriges Tischchen, auf dem sich – ebenfalls anders als in Lanhannat – keine Berge von Essen türmten, sondern wenige Gerichte, die dafür jedoch besonders ausgefallen waren. Heute gab es Fisch, mit exotischen Früchten gefüllt und mit Gold bestäubt. Eine Herausforderung für ihren Gaumen.

Charrin stand mit düsterem Gesicht daneben, und Linn fragte sich, in welcher Hinsicht er wohl widerspenstig war.

Scharech-Par schien die schlechte Laune seines Dieners eher noch zu beflügeln. Er aß doppelt so viel wie sonst und erzählte abenteuerliche Geschichten über das Meeresungeheuer, das auf ihrem Teller gelandet war, als hätte er es selbst gefangen.

»Es geht doch nichts darüber, ein Netz über seine Feinde zu werfen und sie genüsslich auf kleiner Flamme zu köcheln.«

Charrin, der ihnen gerade einschenkte, erbleichte.

»Herr Botschafter Charrin«, sagte der König mit scharfem Spott in der Stimme, »ist der Ansicht, eine Geisel hohen Ranges müsste mit uns hier am Tisch sitzen. Ein Mann, dessen Wein ich getrunken und dessen Salz ich gegessen und dessen Verträge ich unterschrieben habe. Ist es nicht so?«

Linn keuchte, ihr war, als hätte sie einen Schlag in die Magengrube erhalten. »Ihr sprecht doch nicht etwa von Prinz Arian?«

»In der Tat, um genau diesen Widerling geht es.«

»Er ist hier im Schloss? In Quint?«

Scharech-Par lächelte geschmeidig. »Er wohnt im Palast, wie es einem Verwandten zukommt. Allerdings hat sein Zimmer nicht nur einen Vorhang aus Tierhaut, so wie Eures, liebe Linnia. Denn er weiß meine Gastfreundschaft weitaus weniger zu schätzen als Ihr.«

»Dass Ihr ihn nicht mögt, sollte keine Rolle spielen«, wagte Charrin zu bemerken und biss sich trotzig auf die Lippe.

»Mich wundert, dass du ihn magst, guter Charrin. Erinnert er dich an den kleinen, bissigen Hund, den du als Kind so geliebt hast?«

»Wir wurden in Schenn aufgenommen wie Ehrengäste«, erinnerte Charrin.

»Herr Charrin legt großen Wert auf Höflichkeit«, bemerkte Scharech-Par heiter. »Deshalb gibt er auch so einen hervorragenden Botschafter ab.«

»Arian ist immerhin ein Königssohn.«

»Er war bereit, sein eigenes Volk zu hintergehen. Was war dieses Bündnis mit mir sonst? Er wusste genau, dass die Schenner es nicht gutheißen würden, Krieg gegen Verbündete zu führen, Freunde vor den Kopf zu stoßen und mit dem Erzfeind zu paktieren. Ein ehrgeiziger Verräter ist er, sonst nichts. Das Blut des alten Brahan ist zu einer übelriechenden Jauche geworden nach all den Jahren. Wo ist übrigens Wea? Müsste sie mit der Fütterung nicht längst fertig sein?«

Linn, die dem Gespräch mit wachsendem Entsetzen gelauscht hatte, fühlte, wie ihr kalt wurde.

Arian. Und Nival. Bei Arajas, ausgerechnet die zwei!

»Habt ihr mir noch etwas übriggelassen?« Wea schwebte mit liebreizendem Lächeln heran.

»Nun, wie geht es unserem lieben Gast?«, fragte Scharech-Par.

»Ich habe einen neuen Diener eingestellt, der sich um ihn kümmern wird«, erzählte Wea und zwinkerte Linn zu. »Gerade habe ich ihm alles erklärt.«

»Ein neuer Diener?«, fragte der König misstrauisch. »Ist er denn zuverlässig und vertrauenswürdig?«

»Das will ich ihm geraten haben«, meinte die Zauberin. »Doch selbst wenn er über ungeahnte Kräfte verfügen sollte, die meine Banne überwinden können«, sie warf Linn einen scharfen Blick zu, »wird ihm das nichts nützen, denn die Zelle verfügt über ein ganz gewöhnliches Schloss, und ich habe ihm natürlich keinen Schlüssel ausgehändigt. Der Neue kann bloß mit dem Gefangenen sprechen und ihm das Essen durch die Stäbe reichen. Ich habe ihm die Küche gezeigt und mit ihm abgesprochen, was er dem Prinzen bringen darf und was nicht.«

»Ihr verspürt hoffentlich kein Bedürfnis, Arian zu befreien«, meinte der Zauberer zu Linn. »Hat er Euch nicht, wie ich hörte, aus dem Schloss geworfen? Doch wenn Ihr glaubt, Ihr könntet etwas an Eurem eigenen Königreich wiedergutmachen, seid versichert, dass meine Anweisungen für jeden hier gelten. Auch und besonders für Euch.«

Linn nickte, ihre Gedanken rasten. Arian hier. Wie hatte Nival bloß reagiert, als er erkannte, um wen er sich kümmern sollte? Er hatte behauptet, von allem Groll geheilt zu sein, aber konnte irgendjemand *so* geheilt sein?

Der König verputzte in aller Seelenruhe sein Meeresungeheuer, und sie musste warten, bis er den beiden Frauen die Erlaubnis zu gehen erteilte.

»Bestimmt möchtest du den Prinzen sehen«, meinte Wea. »Er ist so hübsch – und so wütend! Ob es ihn noch wütender macht, dich hier anzutreffen?«

»Du kannst ihn wohl nicht ausstehen?«, fragte Linn, die in ihrem Herzen danach forschte, was sie selbst empfand. Aber außer der dumpfen Angst davor, was geschehen würde, wenn Nival seinem Peiniger gegenübertreten musste, konnte sie rein gar nichts empfinden.

»Er hat meine Heimatstadt angegriffen, hast du das vergessen? Ich jedenfalls nicht. – Geh den Gang hinunter, die zweite Abzweigung links. Du wirst es nicht verfehlen.« Weas Gesicht verriet, dass sie gerne dabei gewesen wäre, wenn der Prinz erkannte, dass er nicht der einzige Schenner hier in Tijoa war.

Linn eilte über den abschüssigen Gang, der in einer weiten Spirale abwärts führte. Türen säumten ihn zu beiden Seiten, Abzweigungen gab es kaum, daher fand sie die richtige Kreuzung auf Anhieb. Mit hämmerndem Herzen stand sie vor der nächsten Tür und zog sie schließlich behutsam auf.

Der kleine Vorraum war mit Fellen ausgelegt. Nival saß in einer Ecke und rührte in einer kleinen Schüssel. Er trug die grüne Maske, trotzdem fragte sie sich, ob der Prinz ihn nicht einfach erkennen musste, so sehr war seine Körperhaltung die des Narren. Versunken zog er Kreise mit dem Löffel.

Sie beachtete Arian nicht, der bei ihrem Eintreten aufsprang. »Nival?«, fragte sie leise.

»Die Zauberin hat mir erklärt, dass es umso bitterer wird, je länger man rührt«, sagte er. »Es ist Wildberilie, wer hätte das gedacht? Sie können hier leider nichts Besseres damit anfangen, als Nahrungsmittel zu verderben.« In seiner Stimme war etwas Dunkles; was auch immer er da zubereitete, bitterer als dieses finstere Brennen in seinem Blick konnte es kaum sein.

Nein, er nahm es nicht leicht. Hatte sie das denn erwartet, es gehofft?

»Linnia!«, rief der Prinz. Er steckte in einem verrußten, zerrissenen Gewand, das immer noch nach Asche stank. Unrasiert und mit wirrem Haar hätte er ein Strauchdieb sein können, statt der Erbe des Heiligen Brahan. »Wurdest du auch gefangen genommen?«

Sie wunderte sich über die Aufregung, die Freude in seiner Stimme. Hatte er alles vergessen? Den Schmerz und den Hass und ihre letzte Begegnung, als er ihr Jikesch verkauft hatte?

»Du wagst es, mit mir zu sprechen? Du wagst es?«, rief sie, überrumpelt und mitgerissen von ihren Gefühlen, die wie ein Sturzbach über sie kamen. »Du elender Mistkerl. Oh, Schande über dich! Lügner!« Sie wischte sich über die Wangen und fragte sich, warum sie eigentlich weinte oder warum sie Arian anschrie. Damit Nival merkte, dass sie sich nicht darüber freute, den Prinzen zu sehen? Dass es für sie ebenso unerträglich war wie für ihn? Weil sie Arian nun mit seinen Augen sah? Nein, weil sie kaum imstande war, den Gefangenen wahrzunehmen, weil sich immer ein anderes Bild dazwischenschob.

Jikesch, blutend, in ein Netz gehüllt im Staub der Straße … *Entscheide dich schnell, solange noch etwas von ihm übrig ist, das du kaufen kannst. Der Preis sinkt mit jeder Minute, bald kannst du die Leiche umsonst haben …*

»Linnia!« Der Prinz wollte die Finger um die Stäbe legen und zuckte mit einem Schmerzensschrei zurück. »Sie hat irgendetwas damit gemacht, die Zauberin. Sie hasst mich, weil wir Khanat angegriffen haben.« Dann schien ihm einzufallen, dass auch sie eine Zauberin war. Er senkte die Stimme. »Linnia, bitte. Hilf mir. Sag dem Kerl da, er soll mir endlich mein Essen geben. Ich krieg es kaum runter, und er macht es nur noch schlimmer. Sie tun bittere Kräuter oder so etwas da rein, damit es mir nicht schmeckt. Das machen sie absichtlich. Meine Decke kratzt, in meiner Matratze sind Dornen, und die ganze Nacht hat mir jemand ins Ohr gehustet. Sogar das Wasser, das sie mir geben, schmeckt abscheulich. He, du! Jetzt reicht es aber, gib mir endlich den Teller!«

Linn kniete sich neben Nival. Er schien gar nicht zu merken, dass er noch immer rührte. Sein Blick war verhangen, als wäre er weit fort.

»Nival«, sagte sie leise. »Bitte, sieh mich an.«

»Du kennst diesen Kerl? Er hat deine Maske. Deswegen dachte ich mir schon, dass du irgendwo hier bist.«

»Nival.« Sie legte ihre Hände an seine Wangen. Horchte er gerade auf jene andere Stimme, die von Tijoa sang? Auf den Befehl des Drachenkönigs, der alle zu sich rief, mit einer Stimme voller Zauber. *Nicht Lonar und nicht Ghenai und auch nicht Samaja, sondern Tijoa. Hier bin ich. Hier ist das Zentrum, hier ist das Herz der Welt. Hier. Bin. Ich.*

Sie umfasste seine Finger, zwang ihn stillzuhalten.

»Gib ihm sein Essen. Jetzt. Es ist genug, verstehst du?«

»Ist er beschränkt?«, fragte Arian. »Lassen sie mich von einem Deppen bewachen? Das können wir ausnutzen, meine Liebe. Besorg den Schlüssel und lass uns verschwinden! Zaubere, was auch immer, nur bring mich bitte hier weg!«

Linn nahm Nival den Teller aus den bebenden Händen und reichte ihn durchs Gitter.

»Hier. Sei endlich still. Glaubst du, du hast ein Recht darauf, dass irgendjemand dir hilft?«

Der Prinz tauchte den Löffel in den Brei und spuckte aus. Wutentbrannt schleuderte er den Teller gegen die Stäbe. »Wollt ihr mich vergiften? Wenn ihr mir nichts anderes bringt, esse ich gar nichts!«

»Komm.« Linn zog Nival hoch. Wie einen Schwerkranken führte sie ihn aus dem Raum.

»Das ist so kleinlich!«, schrie Arian. »So niederträchtig, so … krank! Fällt euch nichts Besseres ein, um mich zu ärgern?«

Draußen im Gang atmete Nival tief ein und blieb stehen. Er lehnte sich gegen die Wand und wischte sich über die Stirn.

»Bei Barradas«, flüsterte er.

»Weg da!«, schrie Rinek. Er schwang die Krücke und rannte auf den Kampfplatz zu. Wenn er jemals darüber nachgedacht hätte, ob Bären einem Drachen gefährlich werden können, hätte er lachend verneint. Er hatte jedoch nicht darüber nachgedacht, er war nicht einmal auf die Idee gekommen. Schützte der undurchdringliche Panzer die feuerspeienden Ungeheuer nicht vor allem?

Doch Sion Ran besaß keinen vollständigen Panzer mehr.

An seiner Flanke hatte sich ein Bär festgebissen, der Drache schrie vor Schmerzen, während er sich drehte, um das Tier abzuschütteln. Die anderen näherten sich hinter seinem Rücken, einer sprang vorwärts und krallte sich in eine große offene Stelle an Sions Seite.

»Nein!« Hatte er jemals so laut geschrien? Rinek stürmte vorwärts und versetzte dem Bären einen Schlag mit der Krücke. Er wirbelte herum und erwischte den nächsten im Ansprung. Der Aufprall warf ihn um, er fiel schwer gegen den verletzten Drachen, war jedoch sofort wieder auf den Beinen. Mit der Holzkralle stieß er sich ab und landete auf dem Rücken eines weiteren Bären, eines riesigen Exemplars mit einer besonders langen Schnauze. Zwischendurch, während er kämpfte, fiel ihm ein, dass es nicht verkehrt sein könnte zu zaubern, doch der einzige Zauberspruch, der ihm in den Sinn kam, war der Öffnungszauber, den er in letzter Zeit einige Male benutzt hatte.

Rinek fingerte nach einem Drachensplitter aus seiner Tasche, während er sich mit der anderen Hand am zottigen Fell des Bären festhielt. Die Bestie schüttelte ihn ab, und während Rinek fiel, sprach er den Zauber.

»Diarai Erim!«

Die Erde tat sich vor seinen Füßen auf. Der Bär stürzte zusammen mit einer ganzen Ladung Schnee kopfüber hinein, in ein finsteres Loch; sein Gebrüll hallte lange Zeit zu ihnen hinauf und verstummte dann.

Die übrigen Bären waren von dem Todesschrei ihres Artgenossen so erschreckt, dass sie in Panik davonstoben.

Rinek strich sich den Schweiß von der Stirn. Er bewegte sich vorsichtig ein paar Schritte rückwärts, da er genau am Rand des Abgrunds stand. Das Loch maß ungefähr eine Manneslänge im Durchmesser und zeigte nichts als undurchdringliche Finsternis, nur vom Weiß des Schnees unterbrochen.

»Was ist denn das?«, murmelte er.

Sion schüttelte sich. Er reckte den Hals, um seine Wunden zu lecken. »Wolfsbären«, sagte er. »Sie kommen selten so weit herunter. Wir sind hier nicht weit von Lanhannat entfernt, was wollten die denn hier? Ein Rudel von denen könnte ein Dorf in einer Nacht auslöschen. Dieser Winter wird härter, als ich dachte. Seien eure Götter euch gnädig!« Der Drache bewegte vorsichtig den verletzten Flügel und seine Beine. »Bei SaiHara, was bin ich schwach! Es wird eine Weile dauern, bis ich wieder kämpfen kann.«

»Ich meinte eigentlich das hier.« Rinek kniete sich hin und robbte bis an die rutschige Kante, um hinunterzuspähen. »Ich wollte zwar, dass die Erde sich auftut, aber damit hätte ich dann doch nicht gerechnet.«

»Du bist ein Zauberer, oder? Bist du immer so überrascht, wenn dir etwas gelingt?« Der Drache beäugte ihn neugierig.

»Es ist so tief!« Rinek holte einen kleineren Splitter aus seinem Mantel und ließ ihn aufleuchten. Als er das Zauberlicht hinunterwarf, konnte er die Wände des Schachtes betrachten. Tief unten lag der tote Bär. Ein Wolfsbär, na gut, das erklärte zumindest diesen Kampf. Aus Nelcken kannte Rinek nur Bergbären, die immer alleine auftraten und auch nicht so lange Schnauzen besaßen. »Hast du das gesehen? Dort unten sind die Wände befestigt. Gemauert! Es geht weiter, ich glaube, der Schatten links ist der Eingang eines Tunnels.«

Das verzauberte Licht leuchtete, auf dem Grund angekommen, tapfer weiter.

»Wie komme ich da runter?«

»Du willst da rein? Unter die Erde?«, fragte Sion Ran skeptisch. »Aber du bist ein Mensch.«

Etwas in der Stimme des Ungeheuers ließ Rinek aufhorchen. »Du brauchst etwas gegen die Schmerzen. Tut mir leid. Lass sehen. Um dieses Loch kann ich mich auch gleich noch kümmern.«

Er sprach den milden Zauber, der nicht allzu sehr an seinen

Kräften zehrte. »Du hast Glück gehabt, dass ich ausgerechnet jetzt gekommen bin.«

»Glück?«, fragte der Drache. »Das ist unsere Verbindung, Zauberer.«

»Wir haben eine Verbindung. Aha.«

»Wir können spüren, wenn einer von uns in Gefahr ist.«

»Wie schön. Müsstest du nicht dafür zuständig sein, mich zu retten? Immerhin habe ich gewonnen.«

»Ein Herr muss seinen Diener retten. So wie ein König sein Volk schützt. Das war schon immer so.«

»Na wunderbar. Es reicht also nicht, dass ich dich einmal gerettet habe, ich werde es immer wieder tun müssen? Komme ich auch noch zu anderen Dingen, etwa zu dem Kampf gegen Chamija?«

»Ich halte dich nicht auf. Kämpf gegen sie, und du erweist uns allen einen großen Gefallen.« Sehnsüchtig starrte der Drache zu dem Eingang in die Erde. »Doch du solltest dieses Loch schließen, bevor jemand hineinfällt.«

»Ich werde hineinklettern, dann denke ich darüber nach.«

Sion Ran starrte ihn an. »Also, ich kann dich jedenfalls nicht retten, wenn dir da drin etwas passiert, das ist dir hoffentlich klar?«

»Hast du Angst, alleine hier oben zu bleiben? Du kannst gerne rufen, wenn die Bären zurückkommen.«

»Angst?«, schnaubte der Drache. »Du vergisst, mit wem du sprichst.«

Rinek überlegte noch immer, wie er am besten hinunterkommen sollte. Er zog einen Bindfaden aus seiner Tasche und betrachtete ihn kritisch.

»Was wird das?«, erkundigte sich der Drache. »Willst du daran hinunterklettern? An einem Faden?«

»Ich kenne nicht viele Zaubersprüche. Es muss doch einen geben, um etwas zu verlängern.«

Sion Ran schnaubte ungeduldig. *»Ang-Tiawh.«*

Nun war Rinek überrascht. »Du kannst zaubern?«

»Nein«, knurrte der Drache. »Kein Drache kann zaubern. Aber wir alle kennen unsere eigene Sprache. Das ist ein Wort in meiner Muttersprache. Nimm es. Ich schenke es dir dafür, dass du mir das Leben gerettet hast.«

»Dann halte das Ende zwischen den Zähnen. Geht das, ohne dass du es zerbeißt? Ich lasse mich langsam hinab, während ich den Faden nach und nach verlängere. Kann ich ihn verstärken, damit er nicht reißt? Dafür sollte es auch ein Wort geben.«

»Was bin ich? Der Gehilfe eines Magiers, der selbst nichts weiß?«

»Ich hab gewonnen«, erinnerte ihn Rinek, der vor Freude am liebsten laut gejubelt hätte, als ihm klar wurde, was dieser Drache für seine Zauberei bedeutete. Er brauchte Mora gar nicht. Mora mit ihrer Geheimnistuerei. Dieser Drache wusste alles, was man zum Zaubern brauchte.

Die Magie brannte auf seiner Zunge. Von Mal zu Mal wurde es leichter und zugleich intensiver, es war, als würde sein Körper sich an diese neue Belastung gewöhnen und stärker werden, und zugleich war es, als würde er immer empfindlicher in seiner Wahrnehmung.

Ob man mit Zauberei wohl auch sein Gehör verstärken konnte? Oder die Augen? Er war unten am Boden des Schachtes angekommen, neben dem Kadaver des zottigen Wolfsbären, und lauschte in die Dunkelheit. Das kleine Licht glomm immer noch, doch aus den Tunneln – einer vor ihm, einer hinter ihm, da er anscheinend ein Loch in die Decke gebrochen hatte –, strömte kühle, erdige Luft.

Rinek hob das Licht auf und wählte einen der Gänge. Er lauschte. Von irgendwoher ertönte ein stetes, kaum hörbares Tropfen.

Die Wände bestanden tatsächlich aus Ziegeln, die ohne Mörtel aufeinandergeschichtet waren. Dann kam er an eine Stelle, an der natürlicher Fels ausgehöhlt worden war – oder vielleicht war der Tunnel sogar natürlich, denn an den Wänden waren keine Spuren von Werkzeug erkennbar, und die Felsspalte war alles andere als gleichmäßig. An einigen Stellen näherten sich die Wände, sodass er sich kaum hindurchquetschen konnte, an anderen öffneten sie sich zu geräumigen Höhlen.

An der ersten Kreuzung beschloss Rinek umzukehren, bevor er sich in diesem Labyrinth verirrte. Seine Augen leuchteten, als er sich an den Faden krallte und dem Drachen befahl, ihn hochzuziehen.

Kurz darauf wuchtete er sich über die Kante und lag einen Moment erschöpft im Schnee, breitete die Arme aus, als wollte er die ganze Welt umarmen, und lächelte.

»Was hast du da unten gefunden?«, erkundigte sich Sion Ran. »Einen Schatz?«

»Besser.«

»Lass mich raten. Einen Weg, Chamija um die Ecke zu bringen.«

»Oh, du bist gut. Genau das ist es nämlich. Dieser Tunnel muss zu dem unterirdischen Labyrinth gehören, das bis unters Schloss führt. Warum bin ich nicht gleich auf die Idee gekommen, als ich deine Höhle entdeckt habe? Wir haben den Eingang damals nicht gefunden, meine Freunde und ich, aber das macht nichts. Jetzt weiß ich, wie ich selbst Eingänge schaffen kann, wann und wo ich will. Auf diese Weise werde ich ins Schloss gelangen.«

»Warum gehst du nicht einfach durch die Tür?«

»Ich habe nichts mehr, um mich unsichtbar zu machen. Oder gibt es ein schönes Wort dafür, das du mir sagen kannst?«

»Unsichtbar?« Sion Ran starrte ihn an.

»Ich bin ein Zauberer. Die machen sich nun mal hin und wieder unsichtbar, wenn es ihnen nützlich erscheint. Ich habe immer so ein lustiges Pulver benutzt, aber das ist leider verbraucht. Meine Meisterin kann kein neues herstellen.«

»Unsichtbarkeit«, flüsterte der Drache. »Damit haben selbst die Meister Schwierigkeiten. Ein Wort, das deine Zunge zu Asche verbrennen würde. Nein, ich sage es dir nicht. Ein Zauber dieser Art würde dich von innen verglühen lassen.«

»Ich dachte, es ist nur ein Schleier, den man über die Dinge legt. Ist das so viel schwerer, als Fäden reißfest zu machen und zu verlängern oder die Erde zu öffnen und Tunnel zu finden?«

»Nur eine kann das, und das ist Chamija selbst. Also, wie war dein Plan, durch das Labyrinth zu gehen?«

»Ich wollte Chamija den Umhang umlegen und sie dann, wenn sie gelähmt und bewegungsunfähig ist, erledigen.«

»Na, herzlichen Glückwunsch«, meinte Sion. »Umhang? Das klingt gut. Ins Schloss gelangen, das hört sich ebenfalls nicht schlecht an. Aber erledigen klingt am allerbesten, wirklich.«

»Warum höre ich da einen leisen Zweifel heraus?«

»Gar nicht.«

»O doch. Heraus mit der Sprache! Was stört dich an diesem Plan?«

»Du bist ein Zauberer«, sagte der Drache. »Trotzdem vermeidest du die wichtigen Wörter. Du kennst mittlerweile ihre Macht, nicht wahr? Nicht nur die unserer Sprache, sondern auch die eurer eigenen. Erledigen. Ein Ende machen. Du umschreibst die Wahrheit mit Ersatzwörtern, die lässig klingen sollen, aber was steckt wirklich dahinter, Rinek Lester? Kannst du es nicht aussprechen: Ihr die Klinge ins Herz bohren – denn das ist der einzige Weg, sie zu töten? Sie umbringen. Sie töten. Sie ermorden. Ah, ich sehe es in deinem Gesicht, das behagt dir schon weniger. Kannst du es? Dein hübsches Messer nehmen, mit dem du meine Stricke zerteilt hast, und es ihr in die Brust stoßen?«

»Du hast recht«, gab Rinek zu. »Es ist mir kaum möglich, es

auszusprechen. Aber ich gehöre nicht zu denen, die mehr reden als handeln. Vielleicht wirst du überrascht sein … möglicherweise werde ich selbst überrascht sein. Es wird schwer, da mache ich mir nichts vor. Wer wäre ich, wenn ich es so leicht könnte?«

Seine Schritte waren beschwingt, als er in die Stadt zurückkehrte. Die Tat, die ihm bevorstand, hätte ihn ernst machen sollen, lähmen, aber er fühlte mittlerweile eine Ungeduld in sich brennen, die es ihm wünschenswert erscheinen ließ, sofort loszustürmen und es hinter sich zu bringen.

Genau das würde er tun. Er brauchte nur noch den Mantel aus Drachenseide.

Agga starrte ihn an mit großen Augen, ihr Gesicht weiß.

»Willst du mir wieder vorwerfen, dass ich mich mit einer Frau getroffen habe?«, fragte er gut gelaunt, während er sich den Schnee vom Schuh bürstete.

»Der Umhang«, stammelte sie. »Der Umhang aus Drachenseide.«

»Ja«, sagte er, »was ist damit?«

Hinter dem Mädchen erschien Mora, auch sie blickte ihn an, als wollte sie ihm gleich mitteilen, dass jemand gestorben war. Einen Augenblick lang fürchtete er, es könnte Kasidov sein.

»Er ist weg. Jemand hat ihn gestohlen«, sagte Agga kleinlaut.

»Was?«

Mora trat näher. »Das ist noch nicht mal das Schlimmste. Es muss Chamija gewesen sein, Rinek. Nur ein Zauberer konnte den Bann aufheben, der um dieses Haus liegt. Sie beobachtet uns. Sie weiß alles. Und nun feiert sie ihren Sieg: Sie lässt sich krönen. Morgen. Morgen lässt sie sich die Krone von Schenn aufs Haupt setzen. Sie wird Königin von ganz Schenn, von Honau, Inidria und Nelcken.«

»Aber …«, stammelte er. »Das … geht nicht. Die Fürsten würden sie niemals krönen! Sie müsste sich die Krone selbst aufsetzen, und das gilt nicht.«

»Sie werden es tun. Es sind noch ein paar übrig, und die werden es tun. Chamija muss einen Bann über sie gelegt haben. Wer kann sich ihr schon widersetzen?« Mora wankte, und Agga musste sie rasch stützen. Aus der vorhin noch so tatkräftigen Zauberin war eine uralte Frau geworden. »Niemand«, flüsterte sie, »absolut niemand.«

»Wunderbar«, meinte Scharech-Par. »Das ist genau die Gelegenheit, auf die wir gewartet haben.«

Linn, die zu einer wichtigen Besprechung gerufen worden war, setzte sich folgsam auf einen der mit Fell bezogenen Hocker.

»Schön, dass Ihr da seid, Linnia«, sagte der Zauberer. »Chamijas Krönung steht unmittelbar bevor. Morgen. Wir müssen sofort losfliegen, um pünktlich da zu sein. Das ist die Gelegenheit. Um anerkannt zu werden, muss sie sich an die Traditionen halten, und dazu gehört unabänderlich der Ritt durch die Stadt. Sie wird das Schloss also verlassen müssen. Wir werden da sein. Sie in Feuer tauchen. Ihr die Kette abnehmen. Die kürzeste Amtszeit, die es je in Schenn gegeben hat. Na, wie klingt das? Morgen schon kann der Krieg vorbei sein. Das lange Warten. Morgen kann sich die Welt verändern und wir alle mit ihr.«

»Morgen«, wiederholte Linn tonlos. »Aber wie … und woher wisst Ihr das?«

Wea lachte leise. »Die vielen Mosaike im Schloss. Darunter sind einige Spiegelschuppen.«

»Was? Spiegel?«

»Schuppen, die bereits mit einem Zauber belegt sind. Durch die wir das Schloss und alles, was darin vor sich geht, beobachten können. Chamija wird morgen gekrönt, das ist eine Tatsache.«

»Die letzten verbliebenen Fürsten sind an sie herangetreten und haben es ihr angeboten«, ergänzte Scharech-Par. »O ihr Götter! Das wird eine Feier, wie es sie noch nie gegeben hat! Nehmt diesen Mantel hier, auf dem Flug wird es sicher kalt. Wir werden sehr schnell fliegen müssen. Ihr habt noch nicht gegessen, das ist gut, angesichts der Reise, die uns bevorsteht. Wir brechen sofort auf.«

»Ja, ich … ja.«

Linn wollte sich umdrehen und Nival suchen. Wo war Gah Ran? Er musste mit ihr nach Lanhannat, sonst hatte sie keine Chance, mit der Kette zu entkommen, und nur Nival konnte dem Drachen Bescheid geben. Doch Wea fasste sie am Arm und führte sie zum Fenster hin. Scharech-Par öffnete es weit, und dahinter, auf einer Art Balkon, stand die goldene Sänfte bereit, die Linn schon einmal gesehen hatte. Damals waren Charrin und der König von Tijoa darin geflogen, und Chamija war hinausgefallen. Heute war sie selbst an der Reihe.

»Damit? Jetzt?«

»Ganz recht«, bestätigte Wea. »Damit. Jetzt. Sofort.«

12

Trotz seiner anfänglichen Begeisterung hasste Rinek das Labyrinth mittlerweile. Er hasste die Dunkelheit, die hinter dem Schein der magischen Lampe lauerte, die Geräusche, deren Urheber nie sichtbar wurden, das leise Trippeln und Scharren, das Flüstern und Knistern. Der Wind sang und heulte in den Schächten und Höhlen. Obwohl eigentlich keine ängstliche Natur, blickte er häufig über die Schulter und stellte sich vor, dass arme Seelen hier umherirrten, die nie den Ausgang fanden, die im Netz der weitverzweigten Gänge im Kreis gingen, bis nichts mehr von ihnen übrig war als ihre Schritte und ein hoffnungsloses Stöhnen.

Auf seine eigene Befindlichkeit konnte er keine Rücksicht nehmen. Wenn Chamija den Zaubermantel gestohlen hatte, hieß das, dass sie die Verschwörer kannte. Warum sie noch keinen von ihnen festgenommen hatte, war ihm ein Rätsel. Wartete sie ab, bis sie die Macht in den Händen hielt, um dann ein Exempel an ihnen zu statuieren?

Die Zeit lief ab. Heute wurde die Zauberin gekrönt, also musste er heute dafür sorgen, dass ihre Herrschaft endete. Nein, schon wieder war er seinen eigenen Ängsten in die Falle gegangen. Richtig musste es heißen: Heute würde er sie töten.

Umhang hin oder her. Dann würde er sie eben überrumpeln, bevor sie merkte, was geschah. Ein sauberer Stich ins Herz, dazu musste sie nicht einmal gelähmt sein. Wieder bedauerte er, dass er sich nicht unsichtbar machen konnte.

»*Hara.*« Ein neues Zauberwort, das ihm Sion Ran verraten hatte, lenkte Rineks Schritte. Trotzdem durchströmte ihn die Erleichterung, als er an die erste Treppe kam, die eindeutig zum Schloss gehörte. Er stieg hinauf, gelangte in einen gemauerten Gang und arbeitete sich in belebtere Bereiche vor. Als er am Eingang zur Gruft der Könige anlangte, war es schon fast, als sei er zu Hause. Entschlossen schlich er vorwärts.

Ein paar bewachte Türen galt es zu überwinden, doch es genügte, sie einen Spalt breit aufzuschieben und hindurchzuschlüpfen, und wieder einmal war er für seinen lebendigen Fuß dankbar, der ihn nicht durch das laute Klacken verriet, wie früher das Holzbein. Einige Male musste er seine Krücke einsetzen, die er als Schlagstock dabeihatte. Mehr brauchte er nicht, um ein Krieger zu sein – die Krücke und das Messer. Es war zu schaffen. Er musste nur schnell sein. Und durfte nicht zögern.

Das Schloss befand sich in heller Aufruhr, überall herrschte ein Kommen und Gehen, und eine seltsame Aufgeregtheit hatte sich der Bewohner bemächtigt. Sie schienen fast vergessen zu haben, dass es die verhasste Tijoanerin war, die heute gekrönt werden wollte, um sich Larans leibhaftigem – angeblichem – Erben entgegenzustellen. Trotz der schweren Zeiten fand Rinek herausgeputztes Volk vor, Fahnen und Tücher mit dem Wappen des Königshauses, edelsteinbehängte Adlige scharten sich im Thronsaal zusammen und rangelten miteinander, um sich die besten Plätze zu sichern. Die Fürsten, die die Krönung vornehmen sollten, warteten zu beiden Seiten des Throns. Rinek kannte sie nicht. Ernst und blass standen sie da und wirkten alles andere als glücklich. Falls Chamija sie mit einem Bann belegt hatte, betraf er wohl nur ihr Handeln, nicht ihre Gefühle. Vielleicht, überlegte er, hatten sie aber auch von sich aus beschlossen, dass die Stadt unbedingt eine starke Führung brauchte, und fürchteten, dass in einer Zeit, in der alles brannte, ein Zwist der edlen Familien um die Thronfolge nur alles verschlimmert hätte.

Rinek verbarg sich hinter einer der Säulen, die das mächtige Gewölbe trugen, und umklammerte sein Messer fester. Die Fürsten wurden unruhig, und auch er merkte, wie er schwitzte. Bei Arajas, nun hing alles an ihm.

Was, wenn Chamija wusste, dass er hier war? Wenn sie jeden seiner Schritte kannte, ihn erwartete, wenn sie gleich die Wachen nach ihm ausschickte? Ihm war, als könnte er den Atem der Häscher schon im Nacken spüren.

Da kam sie. In einem langen Kleid mit einer wallenden Schleppe. Die Menge, so schwer es auch für jeden einzelnen Adligen sein musste, die eigene Hoffnung auf den Thron zu begraben, stieß Rufe der Bewunderung aus, als die Zauberin gemessenen Schrittes durch den Gang marschierte. Sie wirkte unglaublich jung, fast kindlich. Das schöne Gesicht von goldenen Locken umrahmt, den unvermeidlichen weißen Pelz um die Schultern, die blauen Augen voller Wärme und Freude, als wäre die Stadt da draußen nicht schon halb verloren, sondern als wäre dies der Beginn eines neuen, wunderbaren Zeitalters. Fast hätte Rinek ihr geglaubt.

»Kniet nieder, Prinzessin Chamija«, leierte einer der Fürsten, dessen Gewand prachtvoller war als seine Stimme.

Einer der Männer trat vor, er brachte ein Kissen, auf dem eine Krone lag.

Der nächste trug das Zepter, das Prinz Arian gehört hatte.

Der vierte Fürst entfaltete ein ungewöhnliches Kleid – nein, einen Umhang. Rinek schnappte nach Luft, als er die magische Drachenseide erkannte. Das Stück war hier!

»Bitte legt den Pelz ab«, sagte der Sprecher. »Als Erstes kleiden wir Euch in die Würde des Königshauses von Schenn.«

Als Tijoanerin wusste Chamija nichts davon, dass dieser Teil des Rituals nicht dazugehörte. Rinek warf einen Blick in die Menge; ihm entging nicht, dass mehrere Leute äußerst verblüfft reagierten. Er umklammerte sein Messer und machte sich bereit.

Die Zauberin hakte den Verschluss auf und ließ das weiße Fell zu Boden gleiten. An ihrem Hals wurde eine silberne Kette sichtbar, die drei Steine einfasste – zwei rote und in der Mitte einen großen grünen Edelstein. Unwillkürlich hob Chamija die Hand, um sie schützend darüberzulegen.

Da drapierte der Fürst den Seidenumhang um ihre Schultern. Sie ächzte auf, während er ihn mit einer Schnalle vor ihrer Brust schloss, und öffnete mühsam den Mund. Nur ein heiseres Krächzen kam heraus. »Nehmt … das … weg!«

Jetzt war die Zeit! Rinek sprang aus seinem Versteck. Er drängte die Fürsten zur Seite, die aufgeregt die Hälse reckten, um zu sehen, was los war, stieß eine Bank um und landete auf einmal in den Armen zweier Wachen, die sich erschreckend schnell auf ihn stürzten.

»Das ist Iranas Stein! Das ist von ihrer Kette!« Die Stimme des Königs hallte durch den Saal. Ungläubig sah Rinek zu, wie Chamija nach vorne fiel, als etwas an ihrem Hals riss. »Gib das her!«

Chamija lachte. »Sie wurde mir freiwillig gegeben. Du kannst sie mir nicht abnehmen, wenn du auch nur einen Funken Magie in dir trägst.«

Die körperlose Stimme ertönte wieder. »Stirb, Elende!«

Das hübsche Mädchen wand sich am Boden. Rinek konnte nichts sehen, nur einmal hörte er einen klirrenden Aufprall, wie von einem Schwert auf Stein.

Pivellius versuchte, seine Widersacherin zu töten – aber er wusste nicht, dass er ihr Herz treffen musste!

Rinek kämpfte gegen die Soldaten. Ein Aufschrei aus Hunderten von Kehlen ertönte. »Ein Geist! Chamija ist verflucht, der tote König selbst ist hier!«

Panik ergriff die Zuschauer, sie drängten nach draußen, da erscholl vom Tor ein weiterer Schrei.

»Drachen! Drachen über der Stadt!«

Die Soldaten wurden mit ihrem Gefangenen mitgerissen, aber Rinek kämpfte immer noch gegen sie. Es war, als müsste er gegen eine reißende Strömung ankommen, um den Thron zu erreichen. Normalerweise wäre er die Wächter recht schnell losgeworden, doch heute kam er nicht gegen ihre Kraft an. War sie magisch verstärkt? Das seltsame Funkeln in ihren Augen, das sie eher träumend aussehen ließ als wach und entschlossen, brachte ihn auf diesen Gedanken. Das fehlte noch, dass er sich mit Soldaten prügeln musste, die unter einem Zauberbann standen.

»Elende!«, schrie Pivellius. Die vier Fürsten waren nicht geflohen. Mit weit aufgerissenen Augen, schreckensstarr vor Entsetzen, beobachteten sie, wie Chamija am Boden zuckte, als hätte sie einen Anfall. Kein Blut färbte die Seide rot, obwohl die Schwertstreiche den Stoff zerfetzten.

»Das Herz!«, rief Rinek, während er dem nächsten Wächter einen Kinnhaken verpasste, im allgemeinen Lärm ging seine Stimme unter. Um den Thron herum wurde es leerer, er konnte jetzt besser sehen, was passierte.

Chamija richtete sich wieder auf. Sie war immer noch blass und konnte sich kaum rühren, doch ihre schönen Züge waren von Triumph und Hass verzerrt.

»Du kannst mich nicht töten! Du vermagst es nicht! Du bist schwach, aber ich bin immer noch Chamija, ich bin die Alte, ich bin die mächtigste Zauberin aller Zeiten. Dachtest du, es ist nur die Kette? Ha, es ist weitaus mehr! Niemand kann mich töten! Ich habe mich geschützt, mit Schutzzaubern, die keiner von euch überwinden kann. Wer mich tötet, stirbt selbst. Nun, wer wagt es, diesen Zauber zu riskieren? – Tötet sie alle!«, rief sie mit überschnappender Stimme den Wächtern zu. »Macht sie nieder, alle meine Feinde!«

»Nein!« Einer der Fürsten stellte sich den Soldaten entgegen.

Nun zeigte sich, dass sie tatsächlich unter einem Bann standen. Mit ausdrucksleerem Gesicht hob der Soldat sein Schwert und spaltete den Edelmann, den kein Helm, keine Rüstung schützte. Sämtliche Wachen drangen vor, um für die Zauberin zu kämpfen. Jemand warf sich dazwischen. Jemand, der nicht sichtbar war, der mit einem unsichtbaren Schwert focht. Der König versuchte, den Ansturm seiner eigenen Männer aufzuhalten.

»Kommt!«, befahl Chamija. »Nehmt mir den verdammten Mantel ab. Kommt endlich her!«

Von irgendwoher aus dem Gedränge tauchte auf einmal ein bekanntes Gesicht auf. Rinek erschrak, als er die kleine, alte Frau durch das Getümmel schreiten sah.

»Pass auf, Mora! Die Wachen stehen unter ihrem Bann!«

Die Zauberin hörte ihn nicht. Sie würden alle sterben. Die Fürsten, Mora, er selbst, wenn er Chamija die Klinge ins Herz jagte. Doch das kümmerte ihn nicht. Würde wirklich alles enden, heute? Er war bereit. In diesem Moment war er bereit dazu, sie zu töten, ohne Scheu, sich die Hände schmutzig zu machen. Mit letzter Kraft stieß Rinek die Soldaten von sich und stürmte vorwärts.

»Mora! Nicht!«

Mora schrie ihren Zauber hinaus, in der Hand eine gewaltige Schuppe. Sie hob die Hände, von denen ein glitzernder Nebel ausging. Die Soldaten, die Chamija zu Hilfe eilen wollten, gerieten hinein, torkelten benommen zurück und fielen zu Boden. Die Wolke breitete sich weiter aus und stieg langsam höher.

»Ich habe den Bann aufgehoben. Alle Banne, die dich schützen, die du über diese Menschen gelegt hast.«

So klein sie war vor der schönen Prinzessin – nie hatte Mora größer gewirkt, nie stärker und stolzer. Dennoch klang ihre Stimme sanft und leise, als sie hinzufügte: »Ich weiß, wie man einen Drachen tötet, Zauberin mit dem Drachenherz.«

»Närrin!«, höhnte Chamija. Sie hatte es geschafft, sich wieder aufzurichten. Mit beiden Händen klammerte sie sich an der Lehne des Throns fest. »Alle Zauber hast du aufgehoben – o Schande! Begreifst du nicht, was du getan hast? Nun hast du dieses Schloss den Drachen preisgegeben. Doch diesen Zauber, der mich selbst schützt, kannst du nicht bezwingen, Mora. Was glaubst du denn, warum Scharech-Par sich immer davor gescheut hat, mir entgegenzutreten? Mein Herz ist eine Falle.«

»Ich weiß«, sagte Mora. Sie hielt einen Dolch in der Hand, dessen Klinge aufblitzte. »Alle deine Zauber sind Netze und Fallen, alle deine Pfeile besitzen Widerhaken. Aber wisse, das gilt auch für dich. Es ist dir gelungen, das Kind, das ich wie mein eigenes geliebt habe, zu töten. Und genau deshalb fürchte ich den Tod nicht. Deine eigene Bosheit fällt auf dich zurück.«

»Nein!« Rinek lief schneller, er wollte sie aufhalten, aber er war zu weit entfernt. Mora trat einen Schritt vor und rammte Chamija den Dolch in die Brust.

Die Zauberin starb nicht sofort. Ungläubig fasste sie an den geschnitzten Messergriff – nur ein einfaches Messer aus der Küche – und betrachtete verwundert ihre blutigen Finger.

Mora schwankte und fiel nach hinten, in Rineks Arme.

Chamija blickte mit letzter Kraft auf ihre Widersacherin, die die Hände gegen ihre Brust presste.

»Das war ein Fehler«, höhnte sie, ihre Stimme kaum mehr als ein Hauch. »Denn nun gehört ihr ihm, ihr alle. Wer wird sich jetzt noch Scharech-Par in den Weg stellen? Er wird euch vernichten, und es geschieht euch ganz recht. Ich hätte euch gerettet …«

»Von dir gerettet zu werden, darauf verzichten wir, danke!«, entfuhr es Mora, sie richtete sich wieder auf. »Ich habe gesehen, wie du die Menschen opferst, die du vorgibst, retten zu wollen! Mit unseren Feinden werden wir selbst fertig.«

Chamija krümmte sich, doch sie hatte noch die Kraft zu einem letzten hasserfüllten Aufschrei. »Er war dein Kind? Jikesch? Dachtest du, ich wüsste nicht, was er alles war? Er ist gestorben, nachdem er getan hat, was ich von ihm verlangt habe. Gestorben unter unendlichen Qualen. Du konntest ihn nicht retten! Alle deine Versuche haben ihn nur noch tiefer unter meinen Bann getrieben!«

Mora zuckte zusammen, aber sie hielt sich weiter aufrecht, während Rinek sie stützte. »Du irrst dich. Er hat den König nicht getötet. Jikesch hat dir widerstanden. Der König lebt – hast du seine Stimme denn nicht gehört?«

Chamijas Gesicht verzerrte sich vor Wut, dann trat ein anderer Ausdruck in ihre Augen – Überraschung, als hätte sie bis jetzt nicht geglaubt, sie könnte wirklich sterben. Ihr Kopf fiel nach vorne, und sie sank zu Boden.

Rinek war, als nähme er das alles durch einen Schleier wahr. In seinen Armen lag Mora. Ihr Gesicht glänzte vor Schweiß, in ihren Augen brannte ein dunkles Fieber. Er hielt sie fest an sich gedrückt.

»Was machst du denn da?«, sagte er und wunderte sich gleichzeitig, dass ihm nichts Besseres einfiel als Vorwürfe. »Das war meine Aufgabe, ich wollte es tun. Ich bin hier der Held, hast du das vergessen?«

Sie lächelte wortlos. Schwach. Ihr Gesicht wurde grau, die Lippen verfärbten sich. Er drückte ihr einen sanften Kuss auf die Stirn.

»Stirb nicht«, bettelte er. »Bitte, Mora! Kann uns jemand helfen?«

Er sah sich um, der Thronsaal war wie leergefegt. Die Soldaten lagen da wie tot, Chamija vor dem Thron, unter dem seidenen Mantel.

Auf einmal erfolgte ein Stoß gegen die Wand, als würde jemand mit einem Brecheisen versuchen, ein Loch hineinzuschlagen. Die ganze Fensterreihe zerbarst, und dunkler Rauch strömte herein.

»Wir müssen hier raus!«, ächzte Rinek.

Er beugte sich zu der toten Zauberin hinunter und nahm ihr die Kette ab. Das war Linns Kette, er war sich ganz sicher. Der grüne Stein in der Mitte schien zu leuchten. Eine ungenutzte Drachenschuppe – das konnte noch nützlich sein. Er steckte sie sich in die Tasche und hob Mora behutsam hoch.

Mit der Sterbenden im Arm rannte er auf den Ausgang zu. Vor ihnen wurde das Tor aus den Angeln gehoben.

Im Schlosshof wanden sich feuerspeiende Drachen. Der Himmel war dunkel von den Ungeheuern, die dort flogen. Schwarzer Rauch stieg von der Stadt auf.

Ein Wärmezauber umgab die Sänfte, sicherer als dicke Mauern und Fensterglas und Vorhänge, und doch war Linn froh über den Mantel und ihre pelzgefütterten Stiefel. Die Drachen flogen schnell, wie versprochen, und unter ihnen verwischten das Weiß des Schnees und die dunklen Flecken von Siedlungen oder Wäldern zu einem zweiten wolkigen Himmel, sodass sie kaum noch wusste, wo oben und unten war. Ihr wurde so schwindelig, dass sie schließlich die Augen schloss, aber sofort verursachte ihr das stete Heben und Senken der Sänfte noch mehr Übelkeit.

Ihr gegenüber saßen Scharech-Par und Wea. Er wirkte angespannt und ernst, sie hatte etwas Kindliches, Strahlendes, als flögen sie einem herrlichen Abenteuer entgegen.

An das, was sie tun musste, konnte Linn zum Glück gar nicht denken, so sehr war sie mit ihrem Schwindel beschäftigt. Wahrscheinlich wäre es noch viel schlimmer gewesen, sich auszumalen, was passieren würde, wenn sie nicht schnell genug war, um Chamija die Kette zu entreißen.

Wea lächelte ihr aufmunternd zu. »Bald ist es geschafft«, prophezeite sie.

»Ja«, sagte Linn, »bald.«

Der Flug dauerte endlos.

»Seid Ihr je auf einem Schiff gewesen?«, fragte der König mit sanftem Spott. »Dann wärt Ihr das gewöhnt.«

»Ich plane keine Seereise, danke«, stieß Linn gepresst heraus.

Die Nacht brach an und verging wieder, und die Drachen flogen immer noch. Sie machten keine Pause, nur die Menschen in der Sänfte dösten. Wea hatte den Kopf gegen Scharech-Pars Schulter gelehnt, doch er saß starr da, unbeweglich wie eine Götterstatue im Schlosshof von Lanhannat. So ließ er sich durch die Nacht tragen, und am Morgen glänzte sein Gesicht im Licht der roten Sonne, und Linn fragte sich, warum es ihm so wichtig war, sein Versprechen gegenüber den Drachen zu halten, ob er wirklich ein Mann von Ehre war. Einen winzigen Moment lang schien es ihr beinahe denkbar, ihm den Sieg zu gönnen.

Am Morgen ragten die schneebedeckten Gipfel der Berge zu ihrer Rechten wie Inseln aus einem grauen Meer. Die Drachen flogen langsam tiefer und tauchten in die Wolkendecke ein. Dort vor ihnen lag das Gerin-Yan-Gebirge, fast ein wenig niedlich gegenüber den gewaltigen steinernen Riesen der Schneeberge.

Wea rieb sich die Augen. »Wir sind da«, stellte sie fest.

»Dort ist das Schloss«, sagte der König. »Ojia Ban wird uns außerhalb in den Hügeln absetzen, damit wir unbemerkt …« Er stutzte. »Was ist geschehen?«

Der blaugrüne Drache wandte den Hals. »Ich spüre es auch«, sagte er. »Jemand hat die Banne aufgehoben. Das Schloss ist nicht länger geschützt.«

Scharech-Par lächelte grimmig. »Dann ändern wir den Plan. Wir gehen direkt im Schlosshof runter.«

Wea fasste ihn am Arm. »Aber es ging doch darum, dass wir heimlich eingreifen, damit sie nicht weiß, dass wir da sind! Wollen wir nicht erst nachsehen, was Chamija damit bezweckt?«

»Dort unten ist die Schuppe«, sagte er. »Sie strahlt heller als ein Stern. Die Schutzbanne, die das Schloss umgeben, sind fallengelassen worden, und da ist es …« Gier leuchtete in seinen Augen auf. »Wir landen. Die Ran-Fürsten umkreisen das Schloss, die übrigen gehen runter in die Stadt.«

Eine Menschenmenge strömte zwischen den großen Torflügeln die Stufen hinunter. Die Leute schrien auf, als sie die Drachen erblickten. Zurück ging es nicht mehr. In Panik stürzten sie davon. Ein paar vereinzelte Soldaten nahmen all ihren Mut zusammen und griffen an, doch die Drachen fegten sie mit wenigen Feuerstößen zur Seite.

Scharech-Par stieg aus der Sänfte, er reichte Wea die Hand und befahl Linn mit einem Nicken mitzukommen. So berührten ihre Füße wieder den Ort, von dem sie mit Schande vertrieben worden war, und fast war ihr, als müsste der Narr auf sie zurollen und schreien: Drachenmaid! Sie ist wieder da!

»Brennt es nieder«, sagte Scharech-Par.

»Was?«, riefen Linn und Wea gleichzeitig.

Er wandte sich ihnen zu. »Wozu brauche ich dieses Schloss? Ich will nur den Stein. Er ist da drin, und wenn alles zu Asche zerfällt, wird er alleine übrigbleiben.«

»Nein!«, rief Wea. »Ich dachte, wir wollen hier wohnen, in diesem wunderschönen Schloss! Was ist mit Chamija? Ihr machen die Flammen nichts aus.«

»Chamija ist tot«, sagte Scharech-Par. »Wenn sie noch lebte, hätte sie niemals zugelassen, dass die Schutzbanne fallen. Jemand anders zaubert dort drinnen, und ob er ebenfalls gegen Drachenfeuer geschützt ist?«

Ojia Ban zerschmetterte das große Portal, das in den Thronsaal führte. Wo war die Drachengarde? Gab es denn niemanden mehr, der das Schloss verteidigen konnte? Linn tastete unwillkürlich nach ihrem Schwert, aber Wea hatte ihr verboten, es mitzunehmen, und was hätte es schon genützt gegen einen lebendigen Drachen?

»Kommt heraus!«, rief Scharech-Par. »Jetzt will ich doch mal sehen, wer sich hier als mächtigster Zauberer von Lanhannat aufspielt!«

Aus dem Rauch trat eine hustende Gestalt. Sie war groß, ein hünenhafter Mann mit langem schwarzem Haar, in seinen Armen trug er jemanden – ein Mädchen? Eine Frau?

»Rinek?«, fragte Linn ungläubig.

Die andere Gestalt war Mora. Mora!

»Tötet sie«, sagte Scharech-Par kalt.

»Nein!«, schrie Linn. »Rinek! Mora!« Sie wollte zu ihrem Bruder laufen, aber der tijoanische Zauberer packte sie am Haar und hielt sie eisern fest.

»Du kennst diesen Mann? Er hat den Stein bei sich, kannst du das nicht spüren? Wenn er ihn herausgibt, lasse ich die beiden gehen.«

Mora regte sich in Rineks Armen, sie blickte auf, und in ihren Augen las Linn die Wahrheit. Sie hatte sich verausgabt, und mehr als das. Ihre liebe alte Freundin lag im Sterben.

»Gib sie ihm nicht!«, rief Linn. O Arajas, warum war Gah Ran nicht hier, um sie alle zu retten?

Rinek kniete nieder und setzte Mora behutsam auf die Stufen. Dann fasste er in seine Tasche und holte die silberne Kette heraus. Die grüne Schuppe war für Linns Augen längst nicht mehr so zauberhaft wie beim letzten Mal. Der Verlust ihres Gespürs machte sie zu einem gewöhnlichen glänzenden Edelstein.

»Her damit«, befahl Scharech-Par und streckte verlangend

die Hand aus. »Die Macht des ValaNaik wird von keinem Zauber mehr geschützt. Ich kann sie mir auch einfach nehmen.«

Rinek konnte nicht wissen, was er da in der Hand hielt, und er war kein Zauberer, weshalb er es auch nicht spürte. *Er wird sie ihm geben, und dann?*

Doch Linns Bruder machte keinerlei Anstalten, dem Tijoaner die Kette auszuhändigen. Typisch Rinek! Er wurde stur, wie immer, wenn jemand etwas von ihm wollte. »Warum sollte ich?«, fragte er misstrauisch.

»Verbrenn die zwei, das ist das Einfachste«, sagte Scharech-Par zu Ojia Ban. »Sie können den Stein nicht nutzen, und er ist nicht länger gegen Angriffe geschützt.«

»Nein!« Linn zappelte in seinem Griff.

Der blaugrüne Drache öffnete das Maul.

Da warf sich ein anderer Drache auf ihn. Ein fremder Drache, kleiner, von fleckiger silbergrüner Farbe, ein Drache, wild wie ein tollwütiger Fuchs.

»Sion!«, schrie Rinek. »Nein, tu das nicht!«

Sie mussten alle zur Seite springen, und der König ließ Linn dabei los. Während die beiden Drachen kämpften, versuchte Linn, in einem Bogen um sie herum zu ihren Freunden zu gelangen.

»Mora! Rinek!«

Die Drachen hieben aufeinander ein, sie bissen einander. Ojia Ban spie Feuer, und der kleinere Drache kreischte. Er bewegte sich unbeholfen, Linn bemerkte, dass einer seiner Flügel zerfetzt war. Wie kam er dazu, hier einzugreifen? Der Silberne hatte keine Chance. Ojia Ban packte ihn und schmetterte ihn gegen die Schlosswand.

»Nein!«, brüllte Rinek. Immer noch die Kette in der Hand, rannte er zu dem verdreht daliegenden Drachen.

Einen Moment lang saß Mora allein auf der Treppe. Dicht neben ihr traf der peitschende Schwanz Ojia Bans die Stufen, und eine Lawine aus Geröll und Trümmern stürzte in den Hof.

Linn sprang über die Steine und eilte zu ihr. »Mora!«

Die Zauberin lächelte versonnen, als läge sie nicht im Sterben, doch die schwere Dunkelheit in ihren Augen verriet etwas anderes.

»Sie ist tot«, flüsterte sie. »Chamija. Ich habe den Bann aufgehoben und mich gerächt. Sie hat bezahlt für Nivals Tod.«

»Nival lebt! Ich habe ihn geheilt. Er lebt, verstehst du?«

Moras Augen leuchteten auf. »Er lebt?«

»Ja«, weinte Linn, »es geht ihm gut, er …«

Das Glück strahlte auf Moras Gesicht. Einen Moment lang sah sie so schön aus wie ein junges Mädchen, und auf einmal hatte Linn die Hoffnung, dass sie doch überleben könnte. Sie brauchte vielleicht nur einen Heilzauber. Nicht mehr zaubern zu können schmerzte in diesem Moment mehr als alles. Linn legte ihr den Arm um die Schultern. Mora war so klein und zart. Sie musste mit ihr fliehen, aber ohne Rinek konnte sie nicht gehen. Wo war er?

Suchend hob sie den Blick und sah Rinek vor dem silbernen Drachen knien.

»Töte ihn endlich«, sagte Scharech-Par zu Ojia Ban. »Rinek!«, schrie Linn. »Pass auf!«

Als Rinek plötzlich Sion vor sich sah, verletzt und unbeholfen, aber wild entschlossen, erfasste ihn eine solche Angst, dass er kaum atmen konnte. Eine Angst, die nichts mit Mora oder der Stadt oder dem König zu tun hatte.

Sein Drache. Sion.

Er fühlte die Gefahr bis mitten ins Herz, wie ein Dolchstoß, den irgendeine unsichtbare Gestalt ihm zufügte. Sion war hier, um ihm zu helfen – das konnte er nicht zulassen. Hilflos musste er den viel zu kurzen Kampf mit ansehen. Die Zeit, die ihm das zur Flucht verschaffte, konnte er jedoch nicht nutzen. Wie hätte er seine gute Freundin Mora, die immer noch schwach atmete, und seine Schwester im Stich lassen können? Auf der anderen Seite stand Linn und starrte ihn mit großen Augen an.

Alles ging viel zu schnell. Kaum hatte der Kampf begonnen, prallte Sion schon gegen die Mauer. Der prunkvolle Vorbau mit den schönen Mosaiken stürzte zusammen, als der blaugrüne Drache den silbernen gegen das Schloss schmetterte.

Rinek eilte zu seinem Freund. »Was machst du denn da?«, schrie er.

»Muss … dich … schützen, Herr«, stammelte der Drache.

»Verräter«, erklang Scharech-Pars kalte Stimme. »Wagst du es, dich gegen mich zu wenden, Sion Ran? Für Verräter ist in meinem Hofstaat kein Platz. Töte sie beide, Wea. Den Drachen mitten ins Herz.«

»Nein! Wea, bitte nicht, das ist mein Bruder!«

Linn ließ Mora los, sie sprang von den Stufen und hielt die junge Frau fest, die einen Dolch gezogen hatte. Sie rangelten miteinander, und die Zauberin sprach ein Machtwort, das Linn einige Yags nach hinten schleuderte.

Der Tijoaner schien nichts davon wahrzunehmen. Er streckte die Hand nach Rinek aus.

Nach der Kette.

Linns Kette. Mit einem grünen Stein statt des großen roten. Ein ungewöhnlicher Stein, der vor Rineks Augen flirrte, der glänzte, der einen Duft mit sich trug nach Meer und Himmel und Gestein, nach Drache, aber nicht nach Tier – nach allem, was an Drachen magisch war, eine Macht, die jener der Götter ähnelte.

Er schloss die Finger um die grüne Schuppe. Sie schmiegte sich an seine Haut, nein, sie war bereit, seine Hand zu zerfetzen, alles zu sprengen, die Wirklichkeit und den Tag und den Schrecken.

Es gab keine Wahl. Keinen Moment, in dem er sich entscheiden musste. Die Entscheidung war bereits getroffen worden, in jener Höhle, als er ein Spiel gespielt und dabei gemogelt hatte, in dem Glauben, es sei nichts als ein Spiel. Er hatte gewonnen, aber nicht einmal das zählte. Er war verantwortlich, er war verpflichtet, dieses Leben zu retten.

»Es tut mir leid«, flüsterte er mit einem letzten Blick auf Mora, und in diesem Moment, da er die Macht in den Händen hielt, wusste er, was möglich gewesen wäre.

Mora starb, aber er hielt sie nicht auf.

Rinek berührte den Kopf des Drachen. Seines Drachen, der immerzu Schmerzen litt und dennoch nie sterben konnte, dieses Drachen, der Flügel brauchte und neue Schuppen. Heilung.

»Wintika.«

Als der silberne Drache aufsprang, vollständig mit Schuppen bedeckt, und die Flügel entfaltete, schrie Scharech-Par auf. Linn hatte noch nie einen Schrei wie diesen gehört, so fassungslos, so voller Entsetzen.

»Er hat sie benutzt!«, brüllte er. »Bei SaiHara, er hat die Schuppe benutzt!«

Alle Drachen im Hof hielten inne. Sie schienen zu horchen, oder vielleicht bemerkten sie auch nur, dass die grüne Schuppe ihren Glanz verloren hatte. Tausend Kehlen stimmten in den Schrei ein.

»Tötet ihn!«, kreischte Scharech-Par. »Zerfetzt ihn!« Er hob einen Stein auf, um ihn auf Rineks Schädel zu zerschmettern.

Linn rappelte sich hoch. Alle Knochen taten ihr weh, aber sie achtete nicht auf den Schmerz. Sie stürzte sich auf Wea, entwand ihr den Dolch, flog fast die wenigen Schritte, die sie von Scharech-Par trennten, und rammte ihm die Klinge in den Rücken.

Er fiel nach vorne. Die Drachen kreischten so laut, dass Linn glaubte, sie würde taub werden. Dann stürzten sich sämtliche Ungeheuer vom Himmel herunter.

Der Silberne zögerte keinen Moment. Er packte Rinek, flog wie ein Pfeil flach über den Boden, huschte mit angelegten Flügeln zwischen den Götterstatuen hindurch und war längst über der Mauer, als der Schwarm in den Hof einfiel. Ein Teil der Drachen folgte ihnen, die übrigen zögerten. Sie flatterten über Scharech-Pars Leiche und griffen nicht an. Vielleicht fürchteten sie, ihren Herrn zu verbrennen. Ihr Entsetzen mischte sich mit einer Ehrfurcht, die nahezu greifbar war.

Einen Augenblick lang stand Wea reglos da, ungläubig, während die Drachen drohend über ihnen kreisten.

»Er ist tot. Du hast ihn getötet!«

Linn wich einen Schritt zurück.

»Du!«, schrie Wea. »Das wirst du büßen!«

Die junge Frau machte einen Schritt auf sie zu, mit ausgestreckten Händen, und Linn zweifelte nicht daran, dass ihre ehemalige Freundin sich mit einem tödlichen Zauber an ihr rächen wollte. Obwohl der Drachenjägerin noch alle Knochen von dem Sturz schmerzten, drehte sie sich um und rannte los.

»Lasst sie nicht entkommen!«, schrie Wea. »Sie war es! Sie hat ihn umgebracht!«

Hinter ihr rauschten unzählige Flügel, und dann stürzte etwas Rotes vom Himmel, erfasste sie mitten im Lauf und flog mit ihr davon.

Die Drachen waren direkt hinter ihnen. Der ganze Himmel war erfüllt von den Ungeheuern, wie ein Schwarm zorniger Hornissen dröhnte das Rauschen ihrer Flügel, das Summen ihrer Wut.

Rinek nahm Zuflucht zu dem einzigen Zauber, der ihm in dieser Bedrängnis einfiel. Er fischte eine unverbrauchte Schuppe aus seiner Tasche – ein Kunststück, denn Sion hielt ihn so fest, dass er sich kaum rühren konnte – und schleuderte sie mit aller Kraft nach unten auf den Hügel.

»Diarai Erim!«

Der Hang tat sich direkt vor ihnen auf. Die Öffnung war zu klein für einen Drachen, und einen Moment rechnete er damit, dass sie am steinigen Hang zerschellen würden. Sion flog trotzdem irgendwie in das Loch – oder war er verschwunden? Nein, Rinek spürte immer noch seine Krallen im Nacken. Das Loch schloss sich, und schlagartig war es dunkel. Und still. Gedämpft drang von irgendwoher ein Fauchen zu ihnen.

»Nun, wie war das?«, fragte er, und trotz des Schreckens, trotz der Toten, trotz Mora, die er nicht gerettet, und Linn, die er im Stich gelassen hatte, war ihm danach, hysterisch zu lachen.

»Du bist der dämlichste Zauberer, der mir in meinem Leben je begegnet ist«, sagte Sion Ran dicht neben seinem Ohr, doch irgendetwas stimmte nicht mit seiner Stimme. »Du hattest die Schuppe des ValaNaik in den Händen, und du hast sie dafür verwendet, um mich zu heilen! Einen einzigen Drachen! Wenigstens hast du mich so vollständig geheilt, dass ich mich nicht beklagen kann. Verdammt, ich hab nichts anzuziehen!«

»Nichts anzuziehen?«, fragte Rinek verwirrt. Er tastete nach dem Drachen und stellte verwundert fest, dass er den Körper einer Frau anfasste. Einer Frau, die tatsächlich nichts anzuziehen hatte.

»Du Idiot!«, schimpfte sie. »Du hättest mein ganzes Volk erlösen können. Du hättest dich zum Herrscher über ganz Schenn aufschwingen können. Stattdessen hast du bloß mich erlöst!«

»Sion?«, fragte er. »Äh?«

Dann machte er Licht.

Vor ihm stand tatsächlich eine Frau, genau wie sein Tastsinn ihm verraten hatte. Sie war etwas kleiner als er, hatte hellbraunes Haar, durch das sich ein paar glitzernde silberne Strähnen zogen, und zornige dunkle Augen. Zudem hatte sie eine erfreulich weibliche Figur.

»Möchtest du mir vielleicht deinen Mantel geben?«, blaffte sie ihn an.

»Ja. Ja, natürlich.«

Er zog seinen langen Mantel aus und reichte ihn ihr.

»Daran hättest du auch denken können, bevor du Licht gemacht hast!«

»Stimmt, hätte ich«, log er. »Und was jetzt?«

»Jetzt warten wir erst mal ab, bis die da oben sich beruhigt haben«, schlug Sion vor. »Das kann eine Weile dauern. Achthundert Jahre lang haben sie auf diesen Tag gewartet. Sie konnten ja nicht ahnen, dass du ihnen in die Quere kommen würdest.«

13

»Ich finde keine Worte!«, schrie Gah Ran. Er flog so schnell wie nie zuvor. Nur seine Schnelligkeit rettete sie vor dem Zorn der Drachen. Wie ein roter Blitz jagte er über den Himmel, in die Wolken hinein, und dort verloren sie ihn. Er flog, ohne anzuhalten, und wieder einmal musste Linn frieren. Als er die Wolkendecke erneut durchbrach, hatte sich die Landschaft gewandelt; sie befanden sich über den ausgedehnten Wäldern von Yan.

»Dein Bruder ist der größte Idiot, den es auf dieser Welt gibt! Warum hat er das gemacht! Warum nur!«

Seine Stimme klang irgendwie anders als sonst. Mit gespreizten Flügeln landete er auf einer Lichtung im Schnee und schlitterte ein paar Gildreks weit, bevor er zum Stehen kam. »Warum! Alle Hoffnung dahin. Jetzt werden wir nie erlöst, nie im Leben!«

»Ich wusste gar nicht, dass Rinek zaubern kann«, sagte Linn müde. Dieser Tag hatte anders enden sollen. Sie konnte kaum hoffen, dass ihr Bruder der Wut der tausend Drachen entkommen war.

Und Mora tot! Ausgerechnet Mora! Um wen musste sie denn noch alles trauern?

»Rinek ist verloren«, murmelte sie trostlos.

»Ist er nicht«, knurrte Gah Ran. »Die Kette ist in seinem Mantel. Meine Schuppe dort verbindet mich immer noch mit allem, was vor sich geht. Ich hab mal wieder hingesehen.«

»Er lebt?«

»Scharech-Par und Chamija hatten nicht so viel Glück«, sagte er. »Doch wen interessiert das jetzt noch? Mora hat die Schutzbanne der früheren Zauberer aufgehoben. Das Schloss wird abbrennen, wenn der Zorn der Drachen sich darüber entlädt – ganz Schenn ist dem Untergang geweiht! Und wir auch.«

»Dann müssen wir zurück! Ich muss zu Rinek!«

»Wozu?« Er beäugte sie, seine Stimme klang spöttisch, aber sie konnte seinen Schmerz fast körperlich spüren. »Was willst du jetzt noch tun? Die Schuppe des ValaNaik hat ihre Kraft verloren. Wir haben umsonst gekämpft, und dein Vater ist für nichts und wieder nichts gestorben. Alles war vergebens …«

Auf einmal schien er sich daran zu erinnern, was sie ihm angetan hatte, denn er verstummte und starrte sie an. Gleichzeitig fiel ihr ein, warum er so undeutlich sprach.

»Schmerzt dein Maul noch sehr?«, fragte sie kleinlaut. »Oh, es tut mir furchtbar leid!«

»Nein. Tut es nicht.«

»Gah Ran! Bitte! Es tut mir schrecklich leid für dich und deine Hoffnung, und du kannst mich gerne töten, wenn du willst, aber wir müssen zurück nach Lanhannat. Ich muss meinen Bruder finden, wenn er noch lebt.«

»Um ihm den Kopf abzureißen?«, fragte Gah Ran grimmig. »O SaiHara! Beim silbernen Mond und dem Schaum auf den Meereswellen! Mit einem einzigen Wort hat er mein ganzes Volk vernichtet.«

»Aber unsere Feinde sind tot. Das ist wenigstens etwas«, meinte Linn, die sich selbst nicht darüber freuen konnte.

»Na und? Wenn du Scharech-Par nicht umgebracht hättest, hätten es die Drachen getan. Glaubst du, danach hätten sie ihn am Leben gelassen? Übrigens habe ich durch die Kette die Stimme des Königs gehört, dort im Thronsaal.«

»Er lebt?«, fragte Linn fassungslos.

»Ich habe ihn nicht gesehen, aber es war eindeutig Pivellius' Stimme. Chamija war schockiert. Ich hatte ihren Herzschlag im Ohr, wie er aussetzte, als ihr klar wurde, wen sie da vor sich hatte. Der König lebt. Soll er seine Stadt wieder in den Griff bekommen.«

»Aber … was machen wir denn jetzt?«

»Nichts«, sagte er. »Wir sind am Ende. Es gibt nichts mehr, wofür wir kämpfen können. Die Drachen werden wüten und sich dann wieder in alle Lande zerstreuen, und es wird sein wie vorher. Alles wird sein wie vorher, bis auf die Hoffnung.«

Die Stimme des Drachen war von grenzenloser Traurigkeit erfüllt, von einer Leere, die wie Finsternis um seine Worte wucherte. Es kam ihr vor, als sei seine Macht erloschen wie eine Kerze im Wind.

»Und so geht es immer weiter«, flüsterte er. »Jahre. Jahrzehnte. Jahrhunderte. Eine Ewigkeit und noch eine Ewigkeit. Die Erlösung wird nicht stattfinden. Geh, Linnia.«

»Wie, ich soll gehen? Wohin?«

»Das ist mir egal«, murmelte er. »Wohin auch immer du willst. Geh einfach. Unser Bündnis ist hiermit beendet.«

»Wir müssen Nival sagen, dass der König überlebt hat. Das wird ihm viel bedeuten.« Dass sie ihm auch die Nachricht von Moras Tod bringen musste, daran wollte sie gar nicht denken.

Der Drache stierte dumpf in den Schnee.

»Gah Ran! Hör auf zu träumen!«

Er schwieg.

»Gah Ran!«

»Ich werde nicht mehr sprechen«, teilte er ihr mit. »Ich werde schweigen und meine Sprache verlieren. Vielleicht kann ich dann zu einem dieser stumpfsinnigen Tiere werden, die nur fürs Fressen und Schlafen leben. Ich werde mich auf einem goldenen Schatz ausstrecken und dahindämmern.«

»Gar nichts wirst du«, sagte Linn streng. »Du bringst mich

sofort zurück nach Tijoa. Wir müssen Nival da rausholen. Du hörst mir jetzt zu!« O ihr Götter, nun musste sie sich auch noch mit einem deprimierten Drachen herumschlagen. Sie war diejenige, die Kummer hatte. Sie wollte um Mora weinen, sie wollte getröstet werden. Vielleicht auch ein wenig gelobt, weil sie den mächtigsten Zauberer der Welt mit einem einzigen Dolchstich erledigt hatte. Eigentlich war es fast zu einfach gewesen, aber trotzdem. Stattdessen musste sie irgendwie versuchen, dieses riesige heulende Ungeheuer davon zu überzeugen, dass das Leben weiterging.

»Wir holen Nival, und dann suchen wir eine andere Drachenschuppe.«

»Es gibt nur die eine.«

»Der ValaNaik wird doch mehr Schuppen gehabt haben als diese! Wo sind die anderen? Was ist mit seiner Leiche passiert? Oder lebt er etwa noch?«

»Ich war dabei, als er starb«, sagte Gah Ran leise. »Als Mensch. Ihn betraf der Fluch nicht, schließlich war er nach Rajas Tod der Herr über alle Flüche. Er hat sich versteckt und ein anderes Leben geführt, still und heimlich. Er wollte nicht, dass irgendjemand es wusste, aber ich habe ihn aufgespürt. Zwischen uns bestand ein Band, das er nicht kappen konnte. Ich entdeckte sie eines Tages beide in den Bergen, in einer einsamen Hütte – ihn und Wani.«

»Wani? Brahans Prinzessin Wani?«

»Am Ende haben sie einander wiedergefunden. Ich dachte damals, ich täte ihr einen Gefallen, als ich sie aus Steinhag entkommen ließ, ich dachte, sie hasste ihn, weil er sie entführt hatte. Für einen großen Menschenfreund hielt ich mich. Brahan fand unser Tal, ausgerechnet ich war der Wächter in jener Nacht, und ich ließ sie zusammen entkommen. Ich dachte, ich würde das Richtige tun … Ich bin schuld, verstehst du? Dass ich verbannt wurde, geschah mir ganz recht. Ich hätte das niemals zulassen dürfen. Meinetwegen wuchs Laran unter den Menschen auf. Meinetwegen war er entfremdet von seinem eigenen Volk, und Chamija zog ihn groß, Chamija, die erkannte, was er war. Sie schickte ihn schließlich zu uns, um uns zu vernichten, um seinen eigenen Vater zu töten. Stattdessen verliebte Laran sich in eine Drachenfrau, und damit begann das Unglück. Sie wollten beide dasselbe Mädchen.«

»Wen wollte sie? Kommt es darauf denn gar nicht an?«

»Sie? Raja liebte Dairan. Deshalb verriet Laran den Drachenkönig an Bor-Chain, und dieser nahm Dairan gefangen. Er kannte das Geheimnis der Seide … Die Drachen flogen aus, um ihren König zu retten, und so kam es zu jenem gewaltigen Krieg, der als Drachenmond in die Geschichte einging. Dairan befahl sie zu sich, seine Drachen … ein Ruf, unwiderstehlich, und durch diesen Ruf wurde die halbe Welt vernichtet. Raja starb, die letzte Priesterin Hay Ran Birayiks. Könige kamen ums Leben. Zauberer und Drachen ließen die Welt in Flammen aufgehen. Am Ende stand Dairan da und sah, was geschehen war, und belegte uns mit dem Fluch, er selbst, eigenhändig. Eine einzige Schuppe hatte Dairan eingebüßt, im Kampf gegen seinen verräterischen Sohn. Denn niemand war je so stark und mächtig wie Dairan ValaNaik.« Er seufzte. »Nachdem er alles verloren hatte, im Rauch der brennenden Königreiche, ging er still davon, in die Berge, und er war nie wieder ein Drache. Es gibt keine Schuppen, die wir suchen könnten.«

Seine Traurigkeit erfüllte die Luft, seine zauberhafte Stimme war wie ein Klagegesang, bevor er sich hinlegte, um zu sterben.

»Du hast es also verbockt, weil Wani schwanger war und Laran als Brahans Sohn aufwuchs. Aber es gibt keine Garantie dafür, dass die beiden nicht genauso aneinandergeraten wären, wenn sie eine kleine, heile Familie geblieben wären. Vielleicht hätte Dairan die Prinzessin irgendwann selbst in die Wüste geschickt und sich der Drachenfrau zugewandt, und Laran hätte wegen seiner Mutter Streit angefangen. Du bist nicht schuld, Gah Ran. Du hast sehr edel gehandelt, als du einer gefangenen Menschenfrau die Flucht erlaubt hast.«

»Pah!«

»Doch, du bist edel. Deshalb wirst du mich jetzt auch nach Quint bringen, damit wir Nival holen können. Bevor irgendeiner der Drachen auf die Idee kommt, vor lauter Wut den Palast zu zerstören.«

Er sah sie an, und auf einmal wusste sie, dass er ihr nicht alles gesagt hatte, dass da etwas in ihm brannte, wie Drachenworte auf der Zunge eines Zauberers, eine dunkle Wahrheit, die er jahrhundertelang in seinem Herzen getragen hatte.

»Was ist es?«, fragte sie bang. »Was hast du noch getan?«

»Ich wollte ihn zwingen, den Fluch wieder aufzuheben. Ich wollte ihn provozieren, den Drachen in ihm wecken. Hätte ich denn ahnen können, dass er sich nicht wehrt?«

»Du … du hast Dairan getötet? O Arajas!«

Gah Ran schwieg, und diesmal wagte Linn es vorsichtig, ihn anzufassen. Sie streckte die Hand aus und legte sie auf seinen zitternden Leib. »Wenn er es zugelassen hat, dann wollte er sterben«, sagte sie. »Das weißt du doch, oder?«

»Ja«, sagte er leise, »ich weiß es. Wani war bereits zu den Göttern gegangen, und er wollte ihr folgen. Aber er war mein Freund, er war wie ein Bruder für mich.« Er stöhnte vor Qual. »Das ist noch nicht alles. Ein Teil seiner Macht ging auf mich über, als es geschah. Es gab diesen einen Moment der Klarheit, in dem das Feuer zwischen uns süß war und kühl, in dem kein Krieg herrschte, sondern absolutes Verstehen, und Dairan sah mir in die Augen. Dieser eine Moment. Ein Zustand der Gnade … bevor er verschwand, als die Flamme sich von Gold in Silber wandelte.«

Linn hielt den Atem an. »Seine Magie ist auf dich übergegangen? So wie bei … Harlon?« Sie hatte ihn nie wieder nach dem Tod ihres Vaters gefragt.

»Ja«, flüsterte er. »Ihr Tod hat mich verwandelt. Ich bin kein ValaNaik, und ich bin auch kein Zauberer, ihre Seelen sind unwiederbringlich fort. Dennoch ist etwas in mir geblieben, von beiden.«

Vielleicht war er ihr deswegen so vertraut. »Wenn ich sterben muss«, sagte Linn, »dann …«

»Nein!«, rief er. »Du nicht! Hast du nicht in Drachenblut gebadet? Du kannst nicht im Feuer vergehen! Du wirst nicht sterben, hast du verstanden? Ich verbiete es!«

Sie lehnte die Stirn gegen seine roten Schuppen. Eine Weile genügte es, zu atmen und seine Gegenwart zu spüren.

»Du bist der mächtigste Drache, den es gibt«, sagte sie schließlich. »Jetzt endlich weiß ich, warum. Du bist Dairans Vermächtnis. Niemand von uns wird sterben. Lass uns losfliegen und Nival retten, bevor sie uns finden.«

»Wir werden ja sehen, was passiert, wenn mich diese verfluchten Drachen erwischen«, knurrte Gah Ran, und sie wagte es, ein klein wenig Hoffnung für ihn zu schöpfen.

»Es ist dunkel«, sagte Rinek. »Ich kann nicht weitergehen. Da vorne kommt ein Luftzug. Ich habe keine Lust, in einen Schacht oder einen Felsriss zu stürzen.«

»Dann mach Licht, Zauberer!«, verlangte Sion.

»Ich habe keine Schuppen mehr. Deine Haare kann man wohl nicht zum Zaubern nehmen?«

»Finger weg!«, zischte sie.

Da erst merkte er, dass er die Hände etwas zu lange auf ihr Haar gelegt hatte.

»Hast du keine Frau? Keine kleine Freundin?«

»Nun ja – vielleicht«, meinte er leise. »Jedenfalls nicht auf eine Weise, die etwas damit zu tun hätte, ob ich deine Haare anfasse.«

Sion schnaubte wütend. »Dann lass mich vorgehen. Ich kann im Dunkeln sehen.«

»Ach, kannst du das?« Er hielt sie immer noch fest. »Sie wirken wie Silberfäden, aber nein, sie fühlen sich nicht anders an als die grauen Haare von alten Leuten.«

»Sie sind silbern, nicht grau!«, schnaubte Sion. »Behalt deine Hände bei dir. Und deine Meinung für dich. Ungehobelter Bursche! Ich bin eine Fürstin der Drachen, eine VeaCorik.«

»Hieß es nicht ValaCorik?«

»Das war nur eine kleine Täuschung. Es musste ja nicht jeder wissen, dass ich eine Frau bin. Drachen werden dann sofort zudringlich und wollen sich die Rechte auf mein Herz und meine Hand sichern, für den Fall, dass wir uns irgendwann wieder verwandeln können.«

»Ich bin aber kein Drache. Was kümmert mich dein Name? Ich kann es bloß nicht leiden, wenn du mich anlügst.« Ihm fiel etwas ein. »Beim Hohen Spiel darf man nicht lügen, hat Mora gesagt. Du hast die Regeln gebrochen, also bist du eigentlich des Todes.«

»Haha«, meinte Sion säuerlich. »Du hast gemogelt, ist das etwa besser?«

»Ich habe nicht gemogelt, ich habe mit meinen eigenen Waffen gekämpft!«

»Wenn du meinst. Hay Ran Birayik sieht das sicher anders. Wollen wir jetzt weiter? Mir macht es nichts aus, hier in finsteren Tunneln herumzukriechen, ich könnte mich jahrelang mit nichts anderem beschäftigen. Der Himmel kommt einem irgendwann sehr leer vor, wenn man immerzu fliegt und nie irgendwo zu Hause sein kann außer in einer Höhle oder einer Grube.«

»Also«, fragte er, »wenn du so gut siehst – ist da irgendwas, wo man hineinfallen könnte?«

»Nein.«

»Wieso überzeugt mich nicht, wie du das sagst?«

Sie lachte leise, nahm ihn bei der Hand und führte ihn weiter. Hin und wieder wies sie ihn darauf hin, dass er den Kopf einziehen sollte – meist einen Herzschlag zu spät.

»Aua.«

»Hier sind Stufen. Pass auf.«

»Was … tatsächlich. Sind wir schon so weit? Dann müssten wir bald unter dem Palast sein. Ich hoffe, die Drachen lassen ein paar Mauern stehen, in deren Schutz wir davonschleichen können.«

»Hm«, machte Sion, es klang nicht sehr überzeugt.

»Sie waren ganz schön wütend.«

»Hm.«

»Wir spähen ganz vorsichtig um die Ecke, wenn wir oben sind, ja?«

»Hm.«

Mehr bekam er nicht aus ihr heraus, aber sie wurde merklich langsamer, je höher sie hinaufstiegen.

»Was ist?«, fragte er schließlich. »Hast du Angst? Wir müssen nur irgendwie unbemerkt in die Stadt kommen. In Moras Haus.« Es war wie ein Schlag in die Magengrube, sich daran zu erinnern, dass Mora nie wieder nach Hause kommen würde. Zu ihnen allen, zu Agga und den Alten.

»Nein.« Sie lehnte an der Wand, ihr Atem ging unruhig. In der Finsternis war er blind, aber dass sie sich fürchtete, merkte er auch so. »Geh allein. Geh nach Hause. Sie dürfen mich nicht sehen.«

»Sie werden dich gar nicht erkennen.«

»Nein, wahrscheinlich nicht. Dein Mantel stinkt nach Mensch, vielleicht überdeckt er sogar meinen Geruch. Aber wenn mich trotzdem irgendein Drache erkennt, ein einziger? Niemals werden sie mir verzeihen, was ich heute getan habe. Wir könnten alle erlöst sein, wenn ich nicht eingegriffen hätte.«

Sie schwieg lange, und schließlich streckte er die Hand aus und berührte ihre Wange.

»Du weinst?«

»Gar nicht.«

»Nein, natürlich nicht. Komm. Ich bin ein mächtiger Zauberer, ich werde dich schon beschützen. Ich muss es sogar. Wir haben das Hohe Spiel gespielt. Kannst du dir vorstellen, dass ich wirklich dachte, es sei ein Spiel?«

»Du hättest die kleine alte Frau heilen können statt mich. Du hättest Chamijas Todesfluch aufheben können.«

»Ja, das hätte ich wohl. Aber ich bin für dich verantwortlich, nicht für sie. Ich hatte keine Wahl.«

»Nein«, widersprach sie leise. »Das Hohe Spiel schafft eine Bindung zwischen uns, aber es versklavt uns nicht. Wir können die Regeln brechen, wenn wir wollen und die Strafe nicht fürchten.«

Er räusperte sich. »Komm.« Sanft fügte er ihren Namen hinzu: »Sion Ran.«

In den Verliesen heulten die Gefangenen und schrien nach Brot. Rinek und Sion schlüpften durch die Gänge. Vereinzelt begegnete ihnen ein verstörter Wächter, der sich rasch im Schatten verbarg, als sei er selbst ein entflohener Verbrecher. Was ging da oben vor sich, dass selbst die Soldaten des Königs sich versteckten? War Pivellius nicht zurückgekehrt, hatte er sich nicht auf seinen Thron gesetzt?

Die oberste Tür existierte sogar noch, aber dahinter roch es beißend nach Asche. Vorsichtig schob Rinek sie auf. Keine Wachen. Hier standen die Mauern noch. Er zog Sion hinter sich her, sie huschten von einer Deckung zur nächsten, und schließlich wagte Rinek einen Blick in den Thronsaal.

Das große Eingangsportal war geborsten, aber eifrig waren

Diener und sogar Soldaten damit beschäftigt, Brandnester zu löschen, Trümmer aufzulesen und Asche zusammenzukehren. Auf dem Thron saß ein Mann, der sie dabei beaufsichtigte, ein Mann mit einem ausgesprochen finsteren Gesicht. Doch nicht deshalb erschrak Rinek.

»Linn hat ihn erstochen«, flüsterte er. »Ich war dabei. Ich habe mit eigenen Augen gesehen, wie die Spitze des Dolches aus seiner Brust herausgefahren ist. Was ist das für ein Zauberer, der selbst den Tod besiegt?«

Gah Ran landete auf einem Vorsprung, einem Balkon mit einer hölzernen Brüstung. Scharech-Par hatte das Schloss nicht unbewacht zurückgelassen. Einige Drachen erhoben sich von ihren Plätzen und flatterten aufgeregt näher.

»Er ist es! Der Rote, der Verbannte!«

»Was willst du hier?«, rief einer, ein mächtiger wolkendunkler Drache mit eisengrauen Hörnern. »Er hat dich nicht gerufen! Du gehörst nicht zum Volk!«

»Beeil dich«, sagte Gah Ran zu Linnia. Eine grimmige Vorfreude schwang in seiner Stimme mit. »Ich werde schon mit ihnen fertig, aber ich empfehle dir trotzdem, nicht zu trödeln.«

Linn stieß die Tür auf, die ins Innere des Schlosses führte – gegen magische Eindringlinge abgesichert, nicht gegen normale Menschen.

Sie hastete durch die Gänge. Wo war Nival? In ihrem Zimmer fand sie ihn nicht. Blieb eine andere Stelle, an der sie ihn suchen konnte: beim Prinzen. Sie hatte richtig geraten. Während Arian hinter den Gitterstäben unablässig vor sich hin schimpfte, saß Nival auf einem Fell. Einen Moment lang konnte sie ihn unbemerkt betrachten, und ihr Herz schmolz bei seinem Anblick. Die blonden Strähnen fielen ihm ins Gesicht. Wie immer, wenn er den Prinzen aufsuchte, trug er die grüne Maske. Mit seinen schlanken Händen rührte er in einer Schüssel.

»Es reicht«, beschwerte sich Arian. »Je länger du rührst, umso bitterer wird es. Du machst dir einen Spaß daraus, mich zu ärgern!«

»Mein Prinz«, sagte Nival mit seiner zauberhaften Stimme, »ich kann mir weitaus angenehmere Tätigkeiten vorstellen, als Euer Essen zuzubereiten.«

Linn hielt den Atem an. Sie hatte erwartet, dass Nival überhaupt nicht mit Arian sprach und ihn nur schweigend bediente.

Er kostete von dem Zeug, das so bitter sein musste, dass sich die Haare davon kräuselten, und ein feines Lächeln erschien auf seinem Gesicht.

»Nicht übel. Wenn man Galle mag und Wermut. Oder wenn man ein Prinz ist, der die Finsternis in seinem Herzen wohnen lässt. Hier, probiert, Eure Hoheit.«

Er reichte den Teller durch die Stäbe.

»Oh, Besuch«, sagte Arian. »Ritterin Linnia!«

Nival drehte sich zu ihr um. Jede seiner Bewegungen löste ein Feuerwerk an Emotionen in ihr aus. Würde sie ihn je ansehen können, ohne so viel zu fühlen, dass es kaum auszuhalten war? Begehren. Angst um ihn. Freude, dass es ihn gab. Und Kummer, weil sein Schmerz immer auch ihrer sein würde.

Nein, vor Arian konnte sie ihm den Tod seiner Tante unmöglich mitteilen.

»Komm«, sagte sie. »Es ist dringend. Wir müssen sofort hier weg, Gah Ran kämpft draußen mit den Wächterdrachen. Ich habe Scharech-Par getötet, und alle seine Getreuen sind hinter mir her.«

Nivals Lächeln war wie ein Sonnenaufgang. »Das hast du getan?«

»Komm.« Sie fasste ihn an der Hand.

»He!«, protestierte Arian. »Was ist mit mir? Ihr wollt mich doch nicht etwa hier zurücklassen?«

»Was fürchtet Ihr, wenn Scharech-Par tot ist?«, fragte Nival.

»Was fürchtest du denn? Lass mich endlich hier raus! Soll ich hier verhungern?«

»Er hat recht, wir sollten die Gunst der Stunde nutzen. Ich lasse die Näherinnen frei«, sagte Nival. »Du solltest rasch noch etwas essen, Linnia, du zitterst am ganzen Leib. Ich komme gleich zurück.«

»Warte!«, rief sie, doch er hatte ihre Hand schon losgelassen und schlüpfte durch die Tür.

»Was soll ich denn essen?« Erst jetzt merkte sie, wie hungrig sie war. Wie viele Tage hatte sie nichts zu sich genommen? Den ganzen Flug nach Lanhannat und wieder zurück. Drei Tage?

»Er meint wohl das hier.« Arian stieß mit dem Fuß gegen das Schüsselchen, das Nival ihm gegeben hatte. »Guten Appetit, Teuerste.« Er bückte sich und schob es zu ihr zurück. »Mit den besten Wünschen vom Koch.«

Linn war so hungrig, dass es ihr sogar egal gewesen wäre, wenn es sich um die abscheulichste Speise der ganzen Welt gehandelt hätte. Doch Nival hatte ihr gesagt, sie solle essen, also zögerte sie nicht.

Arian beobachtete, wie sie den Brei hinunterschlang.

»Schmeckt es?«

»Das ist köstlich.«

Er runzelte verwirrt die Stirn. »Ich rühre das Zeug nicht an. Man kann es nicht essen.«

Linn hatte immer noch Hunger, aber für ihren Magen war es wohl besser, wenn sie jetzt aufhörte. Sie reichte Arian einen Löffel voll.

»Es ist nicht bitter. Er hat dir etwas zubereitet, das sogar deinem Vater geschmeckt hätte.«

Arian zögerte, kostete und bettelte um mehr. »Wie ist das möglich? Ich hab genau gesehen, wie er diese widerlichen

Wurzeln hineingeschnitten hat! Ah, jetzt geht es mir besser. Mach die Tür auf. Lass uns gehen.«

»Ich kann dich nicht mitnehmen«, sagte sie.

»Warum nicht? Ich muss zurück nach Schenn! Du stehst doch nicht wirklich auf der Seite der Tijoaner? Was bist du hier, eine Gefangene oder eine Dienerin, eine Zauberin oder eine Ritterin? Lass mich frei. Du weißt nicht, was sie mit mir tun, wenn du weg bist.«

Das stimmte. Linn hatte keine Ahnung, was geschehen würde, wenn die Drachen kamen. Ein ungutes Gefühl überfiel sie. Was, wenn die Ungeheuer in ihrer grenzenlosen Wut den Palast abbrannten?

Wie zur Antwort vibrierte der Boden unter ihnen. Ein mächtiger Schlag erschütterte die Wände.

»Na gut. Aber wie? Es gibt hier nirgends einen Schlüssel.« Mit bebenden Fingern riss sie an dem Vorhängeschloss.

Nivals Stimme erscholl aus dem Gang. »Komm, Linnia. Die Drachen sind im Anflug, wir müssen uns beeilen.« Er schüttelte den Kopf, als er sie dabei ertappte, wie sie mit dem Schloss kämpfte.

»Was wird das? Du willst ihn befreien?«

»Wir müssen. Ich kann die Gefahr fühlen, verstehst du? Ich kann ihn hier nicht zurücklassen.«

Er schob sie beiseite. Mit geschickten Fingern fädelte er einen Draht in das Schloss und öffnete es – eine Sache von wenigen Augenblicken. Dann griff er nach Linns Hand und zog sie hinter sich her.

Sie rannten zum nächsten Balkon, der sie auf die Außenseite des Holzpalastes führte. Gah Ran schleuderte gerade einen Drachen, der anderthalbmal so groß war wie er, gegen die baumstammdicken Palastwände. Alles erzitterte, und mehrere Stockwerke gingen in Flammen auf.

»Gah Ran!«, schrie Linn. »Wir sind hier!«

Der Drache schwenkte ab und packte sie im Vorbeifliegen. Linn sah den Himmel im Süden dunkel werden; von dort kamen schon die anderen, Scharech-Pars wilde Drachenhorde. Diesmal gab es keine Wolken, in denen sie verschwinden konnten. Ohne zu zögern drehte Gah Ran bei und flog aufs offene Meer hinaus.

14

Linn fühlte sich alles andere als wohl in den Krallen des Drachen, aber ihr Unbehagen steigerte sich noch, als sie entdeckte, dass sie mit Arian zusammen in Gah Rans gewaltiger Klaue steckte.

»Was machst du denn hier?«, schrie sie gegen den Wind.

»Wo fliegt er hin?«, schrie Arian zurück.

Das hätte Linn selber gern gewusst. Der Himmel wurde noch dunkler und verfinsterte sich wie bei einem nahenden Gewitter, als sich der riesige Schwarm der Küste näherte. Ob diese Drachen ihren Herrn lieber selbst getötet hätten oder ihr nur grollten, weil die Schuppe verloren war, spielte keine Rolle. Wenn sie Gah Ran einholten, hatte keiner von ihnen eine Überlebenschance.

Achthundert Jahre lang hatten sie ihn gehasst, und genauso lange war er ihnen stets entwischt. Sie konnte nur hoffen, dass er dieses Spiel besser beherrschte als jeder andere.

Der Griff um ihren Körper verstärkte sich, als der Drache die Flügel anlegte und sich kopfüber fallen ließ. Linn hielt den Atem an, als sie ins eiskalte Wasser eintauchten. Alles wurde dunkel, rauschte um sie, riss an ihr. Ihre Lungen drohten zu bersten, der Schmerz wurde nahezu unerträglich. Grüne und rote Streifen zogen an ihr vorbei. Dann brodelte es wie unter einem Wasserfall, und sie brachen wieder an die Oberfläche. Der Klammergriff löste sich.

Sie fiel nach vorne, schnappte nach Luft, hustete. Neben ihr rappelten sich die anderen auf. Erst langsam wurde die Umgebung klarer. Eine Grotte. Über ihnen wölbte sich grünlich schimmernder Fels. Sie waren aus einem Wasserbecken aufgetaucht, das schwarz und sprudelnd schäumte. Der rote Drache prüfte seine Flügel und beäugte dann die drei Menschen.

»Was macht der denn hier?«, fragte er.

»Das frage ich mich auch«, sagte Nival.

Der Prinz schüttelte seine nassen Kleider.

»Ich stand direkt hinter ihr. Du hast mich einfach ergriffen, du Scheusal! Was wird das? Eine neue Entführung? Wen gedenkt ihr zu erpressen?«

»Ruhe!«, befahl Gah Ran. »Dieses Gewölbe ist recht hellhörig. Die Brandung schützt uns, aber ich will nichts riskieren. Wir sind gar nicht so weit vom Palast entfernt.«

»Hier hast du dich versteckt?«, fragte Linn. Sie suchte Nivals Blick. Er hatte ihr nie erzählt, wo der Drache sich verbarg, während sie beide im Palast gewesen waren.

Nival schüttete gerade das Wasser aus seinen Schuhen. Er wirkte blass und schien zu frieren.

»Hast du es ihm gesagt?«, wollte Gah Ran wissen.

»Was?« Nival hob den Kopf.

Linn seufzte. »Ich hatte noch keine Gelegenheit dazu.« Sie schälte sich aus ihrem vollgesogenen dicken Pelzmantel und trat auf ihn zu. Es hätte nicht so sein sollen. Vor den anderen. Nass und frierend. Aber noch länger konnte sie es ihm nicht verschweigen. »Es gibt eine gute Nachricht. Und mehrere schlechte.«

»Der Plan ist also missglückt«, sagte er.

»Ja, leider. Chamija ist tot, glaube ich. Und wie gesagt, Scharech-Par ebenfalls. Der Stein des ValaNaik ist wertlos geworden, und mein Bruder ist neben mir wohl der meistgehasste Mensch bei den Drachen … Aber das ist nicht alles. Nival, Mora ist … sie ist tot.«

Er schwieg. Er wurde still, so lange, bis sie Angst bekam und nach seinen kalten Händen griff.

»Nival?«

»Und die gute Nachricht?«, fragte er leise.

»Der König ist am Leben.«

»Was?« Arian trat näher. »Mein Vater lebt? Wie das? Ich habe ihn selbst zu Grabe getragen!«

»Ich weiß nicht.« Sie war nicht bereit, ihm Näheres zu erzählen oder irgendetwas, das ihn auf die Idee brachte, Nival könnte der Narr sein, den er so grausam hatte foltern lassen. Es war furchtbar genug, dass sie beide hier zusammen sein mussten.

»Tote stehen wieder auf«, sagte Gah Ran. »Das ist bald keine Seltenheit mehr. Ich habe deinen Bruder belauscht, Linn, und es gibt noch eine schlechte Nachricht. Scharech-Par ist nicht tot. Er macht es sich gerade auf dem Thron von Lanhannat bequem. Die Drachen sind nicht hinter uns her, weil wir ihnen in die Quere gekommen sind, sondern wir müssen davon ausgehen, dass Scharech-Par eine Klinge im Rücken nicht einfach so hinnimmt und dir diesen kleinen Ausrutscher keineswegs verzeiht. Nicht bis in alle Ewigkeit, würde ich sogar sagen. Er wird sich rächen wollen, glaub mir. Aber hier sind wir für eine Weile sicher, da …«

Der Prinz unterbrach ihn ungeduldig. »Mein Vater lebt? Lügt er? Alle Drachen lügen! Was ist das für eine grausame Täuschung?«

Linn hatte nur Augen für Nival. Der immer noch reglos dastand und die Nachrichten auf sich wirken ließ. Mora tot. Chamija tot. Scharech-Par nicht und ebenso wenig der König.

Sie wagte nicht, ihn zu berühren, obwohl sie ihn so gerne in den Arm nehmen wollte. Aber sie hatte nicht vergessen, wie er sie stets abwies, wenn er verletzlich war.

»Nival?«, flüsterte sie.

Er nickte langsam. »Es … es geht mir gut.« Er schüttelte sich, als könnte er so das Wissen um Moras Tod einfach abstreifen, und wandte sich an Gah Ran. »Was ist das für eine Geschichte mit Scharech-Par? Hat ihn ein Zauber geschützt?«

»Nichts hat meine Klinge aufgehalten«, sagte Linn. »Er hatte keinen Bann um sich. Ich habe das Blut auf seinem Rücken gesehen.«

»Ein Stich mitten ins Herz«, sagte der Rote. »Du hast ihn getötet, wie man einen Drachen tötet. Warum?«

»Keine Ahnung. Ich hatte nur diesen Dolch zur Hand, und er wollte Rinek erschlagen. Ich habe es einfach getan. Er war tot!«

»Es sei denn«, murmelte Gah Ran, »du hast sein Herz verfehlt, und er kann nur auf diese Weise umgebracht werden. Oder er hätte zwei Herzen.«

»Wie ein Drache?«, rief Arian. »Kein Mensch hat zwei Herzen!«

»Ich habe mich getäuscht«, murmelte Gah Ran. »Oh bitter, bitter getäuscht! – Hast du je gesehen, wie er zaubert? Das hat mich auf die falsche Spur gebracht, dabei hat er uns allen gesagt, wer er ist. Antworte mir, Linn! Hat er je selbst gezaubert?«

»Er ist der größte Zauberer von ganz Tijoa!«

»Sagt wer?«

»Er wäre doch sonst nie König geworden«, wandte Arian ein.

»Dich habe ich nicht gefragt!«, herrschte ihn der Drache an. »Also? Er hatte mit Chamija eine mächtige Zauberin an seiner Seite, bis vor kurzem. Kann sie nicht für ihn gezaubert haben?«

Linn erinnerte sich daran, wie Scharech-Par die Schatzkammer geöffnet hatte. Aber sie hatte nur mitbekommen, dass er etwas geflüstert hatte. Vielleicht war es auch bloß eine Anweisung gewesen – für eine unsichtbare Person, die ganz in der Nähe war? Könnte Chamija seine Duelle für ihn bestritten und ihn zum König gemacht haben? Selbst beim Kampf gegen

Ojia Ban, als Linn die Sänfte zum Absturz gebracht hatte, war Chamija zugegen gewesen. Wozu brauchte er Wea? Kein einziges Mal hatte Linn erlebt, dass Scharech-Par auch nur Licht gemacht hätte.

»Er hatte kein Messer, kein Schwert, überhaupt keine Waffe«, sagte sie. »Und er benutzt nur goldenes Besteck.«

»Da haben wir unseren Zauberer«, stöhnte Gah Ran. »Oh, ein Zaubertrick ganz besonderer Art! Deshalb folgen ihm die Drachen. Nicht, weil er ihnen etwas versprochen hat. Sondern weil sie es müssen, weil sie seinem Ruf Folge leisten müssen, wie schon seit unvorstellbaren Zeiten. Er ist der König, Linn, der König der Drachen. Scharech-Par hat nicht gelogen, er ist in der Tat Larans Erbe. Er ist ein Drache.«

»Aber ich dachte … keiner kann sich verwandeln?«

»Das kann er wohl auch nicht«, murmelte Gah Ran. »Warum hat ihn der Fluch nicht getroffen? Er muss noch ungeboren gewesen sein, im Leib seiner Mutter. Dort konnte ihn der Bann nicht berühren, aber nach seiner Geburt musste er teilhaben an unserem Schicksal, und auch ihm blieb der Zugriff auf seine Macht verwehrt. Seit achthundert Jahren ist er ein Mensch und sucht nach der Schuppe seines Großvaters, um seine Kraft zu erlangen und endlich ein Drache zu sein. Ein ValaNaik, hilflos wie ein Kind … o SaiHara! Wenn ich nicht verbannt wäre, hätte ich es gewusst!«

»Wenn ich meine Magie noch hätte, dann hätte ich gespürt, dass er kein Zauberer ist«, sagte Linn. Gah Rans Betroffenheit griff auf sie über. »Wenn kein Drache ohne seine Zustimmung handeln kann, dann war er es doch, nicht wahr? Der mein Dorf zerstören ließ. Die Wut der Drachen, die er als Grund anführte, war seine eigene Wut … Ach, Gah Ran! Was jetzt?«

»Wie, Scharech-Par ist ein Drache?«, fragte Arian verstört. »Was ist das schon wieder für ein seltsamer Betrug? Wovon sprecht ihr?«

Gah Ran starrte ihn mit wild rollenden Augen an. »Ich vergaß, dass unser Freund hier unsere Geheimnisse mit anhört. Ha!« Seinem Rachen entfuhr eine kleine Flamme, die Arian zurückspringen ließ.

»Wenn wir den König der Drachen gegen uns haben, werden wir unseres Lebens nicht mehr froh. Wir haben einen Gegner, der nicht ruhen wird, denn Drachen sind nachtragend, wer wüsste das besser als ich? Laran war ein arroganter, selbstgerechter Widerling, und wenn sein Sohn nach ihm geraten ist – was offenkundig der Fall ist, und ebenso unter Menschen aufgewachsen, noch dazu unter Chamijas Fuchtel! –, dann ist er eine schlimmere Plage, als wir befürchtet haben. Nicht irgendein Zauberer, gegen den die Drachen sich wenden könnten, wenn er sie enttäuscht, sondern eine Bestie, die nichts von Gnade oder Gerechtigkeit weiß.«

»Scharech-Par ist Larans Sohn?«, fragte Arian. »Was für eine absurde Behauptung! Laran ist seit achthundert Jahren tot und hatte keinen Sohn!«

»Ist er denn überhaupt sein Kind?«, fragte Nival. »Wer weiß, wie viele Generationen dazwischenliegen. Vielleicht gibt es noch mehr ValaNaiks, vielleicht ist einer dabei, der ihn in die Schranken weisen könnte.«

Gah Ran starrte Nival an. »Ich vergesse immer wieder, wie klug du bist«, sagte er anerkennend. »Drachen sind nicht besonders fruchtbar, aber achthundert Jahre sind eine lange Zeit. Selbst wenn es nur alle zwei, drei Jahrhunderte einen Nachkommen gegeben hätte, wären das schon vier weitere ValaNaiks. Ein einziger würde reichen, ein einziger, der den Drachen befiehlt.«

Nival bedankte sich mit einer leichten Verbeugung für das Kompliment. »Das Fehlschlagen unseres Plans könnte sich also im Nachhinein als Segen erweisen«, sagte er. »Wenn Scharech-Par den Fluch aufgehoben hätte, wäre seine Macht unvorstellbar groß. Was für ein Drache wäre er? Ein Drache, der die Fähigkeit hat, Vernichtung über uns alle zu bringen, weitaus mehr, als Scharech-Par es jetzt vermag! Und dann würde es keine Zauberer mehr geben, die Waffen gegen Drachen herstellen können. Keine Banne mehr, die ein Schloss oder eine Stadt schützen. Nichts. Nur noch die Macht der Drachen.«

»Das wäre alles nicht so schlimm gewesen, wenn es keinen Drachenkönig gäbe«, sagte Gah Ran. »Denn wir neigen nicht dazu, uns zusammenzurotten, wenn uns kein ValaNaik Befehle erteilt. Bei SaiHara, noch dazu ein König ohne eine Priesterin, die ihn überwachen könnte! Schlimmer geht es nicht. Wir hätten uns zerstreut, wären teilweise in unsere alte Heimat zurückgekehrt, hätten wieder unser eigenes Leben geführt … Es fällt mir schwer, es zuzugeben, aber du hast recht, Nival. Es ist ein Segen. Und trotzdem brennt in mir die Sehnsucht nach einem anderen König, einem, der wie Dairan ist. Der«, fügte er leiser hinzu, »auch meinen eigenen Fluch aufheben könnte, der mich ins Volk zurückführt.« Hoffnung brannte in seinen Augen auf.

»Wir müssen nach Steinhag. Wenn es noch weitere Drachen in Menschengestalt gibt, werden sie dort gewesen sein und Spuren hinterlassen haben. Welcher Drache würde nicht dorthin gehen, wenn er könnte? Vielleicht ist er sogar noch an diesem Ort!«

Er blickte von Nival zu Linn. »Ich bringe euch gleich nach draußen. Wir fliegen nach Hause.«

»Ganz recht«, warf Arian ein. »Nach Hause. Sag deinem Drachen, er soll mich nach Schenn bringen, Linnia.«

»Ich bin nicht ihr Drache«, schnaubte Gah Ran. »Sprich gefälligst mit mir, ich stehe direkt vor dir, und bei meiner Größe solltest du ruhig etwas höflicher sein!«

»Das ist doch absurd!«

»Ich fliege nicht nach Schenn«, sagte er. »Ist dir klar, was Linn getan hat? Sie hat einen ValaNaik getötet – oder es zumindest versucht. Und ich bin bekannt als derjenige, der bei ihr ist. Sie werden die Grenzen zu Schenn bewachen wie die Türen einer Schatzkammer, oder nein, sie werden uns erst durchlassen, und dann schnappt die Falle zu. Dieses Versteck hier ist ihnen unbekannt, aber da draußen sind wir unseres Lebens nicht mehr sicher. Nein, junger Mann, ich fliege dich nicht nach Schenn. Ich glaube nicht, dass ich gewillt bin, dich überhaupt irgendwohin zu tragen. Ich überlege noch, ob es gnädiger ist, dich gleich zu töten, oder ob ich dich einfach hier zurücklasse.«

»Mich töten?«, schnappte Arian. »Das ist ja wohl nicht … Linnia!« Er griff nach ihrem Arm. »Linnia, das kannst du nicht zulassen!«

»Nimm deine Hände weg«, sagte Nival drohend.

»Ist ja schon gut!« Arian trat einen Schritt zurück. »Wer ist der Kerl überhaupt? Ihr scheint euch ja blendend zu verstehen. Dein Liebhaber? Dein Vetter? Es fällt mir schwer, seinen Akzent einzuordnen. Ist er aus Schenn oder ein Tijoaner? Tust du dich jetzt in jeder Hinsicht mit dem Feind zusammen, sind die Drachen dir nicht genug? Verrätst du mich seinetwegen?«

»Diese Frechheiten stehen jemandem schlecht an, über dessen Schicksal gerade entschieden wird«, unterbrach Gah Ran. »Vielleicht ist der schnellste Weg wirklich der beste, dann hört dieses Gezeter wenigstens auf.«

Der Prinz erbleichte, als er merkte, dass der Drache es ernst meinte. »Nein! Ihr könnt mich nicht einfach umbringen!«

»Töte ihn nicht«, sagte Linn müde. »Wir können ihn am Strand aussetzen, dann hat er eine Chance, den Weg nach Schenn zu finden.«

»Glaubst du, daran hätte ich nicht gedacht? Aber er kennt unser Ziel, er wird uns an den erstbesten Drachen, der ihn einfängt, verraten!«

»Das werde ich ganz gewiss nicht«, versprach Arian.

»Soll das irgendjemand glauben?«, fragte Nival.

»Er wird schweigen, wenn ich es ihm befehle«, sagte Linn.

»Ach, und warum?«

»Wir haben das Hohe Spiel gespielt«, erklärte Arian stolz. »Ich schweige wie ein Grab, wenn sie es mir aufträgt. Ihr habt mein Wort.«

»Wann sollte ich deiner Meinung nach davon erfahren?«, fragte Gah Ran. »Du und dieser Kerl? Bei SaiHaras Knochen, das darf doch nicht wahr sein! Ich dachte, er hat gelogen, als er Scharech-Par mit dieser Ausrede kam!«

Nun wurde auch Nival blass. »Linnia?«

»Es ist wahr«, sagte sie. »Ich kann euch nicht erlauben, ihm etwas anzutun. Er wird schweigen.«

Sie sahen Arian an, und jedem von ihnen war klar, dass er vorhatte, sie alle bei der nächsten Gelegenheit zu verraten.

»Scharech-Par wird verhindern, dass wir Steinhag erreichen, wenn auch nur der Schatten eines Gerüchts aufkommt, wohin wir unterwegs sind«, sagte Gah Ran. »Was diese Information ihm wohl wert ist? Ein Zacken der Krone von Schenn, vielleicht eine Provinz? Ich kann Arian nicht gehen lassen, Linn, und wenn er noch so sehr mit dir verbunden ist. Oder … ja, warum nicht? Wir könnten ihm die Zunge herausschneiden.«

Linn nahm Nivals klamme Hand in die ihre, und diesmal entzog er sie ihr nicht.

»Nein«, sagte er. »So etwas sollte man keinem Menschen antun.«

Der Drache seufzte. »Also will er lieber sterben?«

Ich fasse es nicht, dass ich das auch nur in Erwägung ziehe, dachte Linn, bevor sie ihren nächsten Gedanken aussprach. Aber sie sagte es doch. »Wir nehmen ihn mit.« Sie hielt Nivals Hand fest.

»Du weißt, was du da vorschlägst?«, fragte Gah Ran und blickte von ihr zu Nival und wieder zurück.

»Ja«, sagte sie leise, »ich weiß es.«

»Dann müsst ihr auf ihn aufpassen. Lasst ihn nicht mit Fremden sprechen, lasst ihn nicht entkommen.« Er wandte sich direkt an Arian. »Wenn ich versuchen würde, dich zu töten, müsste Linn dich verteidigen. Darauf baust du, und du hast recht, keiner von uns will deinetwegen kämpfen. Aber wenn du versuchst zu verschwinden, dann betrachte ich die Regeln des Spiels als gebrochen. Wir Drachen nehmen das Hohe Spiel sehr ernst. Es ist ein Geschenk Hay Ran Birayiks an unser Volk. Wage es, dagegen zu verstoßen, und du bist tot. Hast du das verstanden?«

»Ja«, sagte der Prinz mürrisch. »Ich bin ja nicht auf den Kopf gefallen.«

»Dann werde ich jetzt nachsehen, ob die Luft rein ist.«

Der Drache tauchte in das brodelnde Becken und verschwand.

Die drei Menschen standen da und warteten; zwischen ihnen herrschte eine mehr als unbehagliche Stille.

»Also, wer bist du eigentlich?«, wiederholte Arian seine Frage.

Nival, das Gesicht halb hinter der grünen Maske verborgen, ließ sich eine Weile Zeit, bevor er antwortete.

»Ich bin dein Schatten«, sagte er. »Ich bin dein dunkles Geheimnis, das vor die Augen der ganzen Welt gezerrt wurde. Ich bin auf den Schwingen der Krähen geflogen, und unter meinen Füßen blühte der Tod. Ich bin derjenige, der die Wahrheit sagt, aber nicht einmal jetzt kannst du sie begreifen.«

In diesen Worten hätte der Prinz den Narren erkennen können, erkennen müssen, aber er wandte sich bloß hilfesuchend an Linn. »Was soll der Schwachsinn?«

»Das ist mein Verlobter aus Nelcken«, sagte sie. »Du wusstest doch, dass ich verlobt bin.«

»Ach. Deshalb kann er mich also nicht leiden.« Arian musterte Nival kritisch. »In eurem Dorf tragt ihr wohl alle diese Masken, wie? Ist das Tradition bei euch? Wie heißt du, Mann?«

»Nival«, sagte Nival. »Nival Cassemin.«

Linn hätte sich keine Sorgen darüber machen müssen, dass Arian dieser Name vielleicht bekannt vorkam. Wie war sie bloß auf die Idee gekommen, der Prinz würde sich an den Namen eines unbedeutenden Schreibergesellen erinnern oder gar an sein Gesicht? Auch ohne die Maske würde ihm Nival fremd vorkommen. Doch Linn verstand, warum er sie aufbehielt – wie einen Schutzwall gegen seinen Feind, einen Schleier, hinter dem er sich und seine Gefühle in Sicherheit bringen konnte.

Gah Ran tauchte wieder auf. »Es ist dunkel draußen. Sie kreisen am Himmel, immer noch. Wir müssen leise sein. Kein Laut! Ich werde mit dem Wind segeln, dicht über der Brandung. Ein Geräusch von dir, mein Freund, und ich stopfe dich in meinen Rachen und schlucke dich hinunter.«

»Oh«, sagte Arian.

Diesmal achtete Gah Ran darauf, dass er den Prinzen mit einer Klaue ergriff und Nival und Linn mit der anderen. Vor ihr schäumte das Wasser, und sie füllte ihre Lungen mit Luft.

Sie hatten die Dunkelheit abgewartet und liefen geduckt von einer Deckung zur nächsten. Rinek war sich darüber im Klaren, dass es böse aussah. Ein Zauberer, der so mächtig war, dass er von den Toten auferstand, konnte ihn bestimmt auch in der Stadt aufspüren.

»Ich habe doch gesagt, wir sollten da unten im Labyrinth bleiben«, zischte Sion, als sie sich wieder einmal in den Schatten eines Hauses drückten.

Die Stadt lag unter einer dicken Rauchwolke. Er hockte so dicht neben ihr, dass er ihre Wärme spüren konnte, ihr Arm an seinem. Dummerweise wurde er rot wie ein kleiner Junge; zum Glück war es dunkel. Dann fiel ihm ein, dass sie auch im Dunkeln sehen konnte.

Aber obwohl sein Herz tollkühne Sprünge machte, war er noch Herr seiner Stimme. »Ich muss zurück, wie oft soll ich dir das denn noch sagen? Ich kann sie nicht im Stich lassen.«

»In deiner Nähe ist jeder in Gefahr«, gab Sion zu bedenken. »Dadurch wird es für deine Freunde nur noch schlimmer, nicht besser.«

»Sie sind krank und alt. Sie brauchen einen Zauberer.«

»Ach ja. Du bist ja so ein wunderbarer Zauberer. Wie konnte ich das bloß vergessen.«

Er hielt den Finger an die Lippen, und sie verstummte. Ein Trupp Soldaten marschierte vorbei. Rinek hatte keine Ahnung, auf welcher Seite die einstigen Männer des Königs jetzt standen, nachdem Mora sie von Chamijas Bann befreit hatte. Besser, es nicht herausfinden zu müssen.

Sie huschten weiter. Sion beklagte sich kein einziges Mal, obwohl der Weg weit war und sie öfter über Trümmer und durch schwelende Ruinen steigen mussten. Auch bei völliger Dunkelheit leitete sie ihn durch die Straßen. Die schönsten Augenblicke waren jene, wenn sie seine Hand ergriff.

»Hier ist es«, flüsterte er. »Nur ein paar Mauern sind übrig, aber Mora hat den Unterschlupf geschützt. Ich kann den Bann nicht aufheben, ich habe nichts mehr zum Zaubern.«

»Was für einen Bann?«, fragte Sion. »Das ist alles weg. Sie hat ganze Arbeit geleistet, deine Mora.«

»Halt!« In der Dunkelheit bewegte sich etwas. »Ich habe eine Waffe! Keinen Schritt näher!«

»Agga?«, fragte er.

»Rinek? Belim sei Dank!« Ein Schatten stolperte durch die Finsternis und warf sich ihm um den Hals.

»Ich habe dir doch gesagt, sie brauchen dich nicht«, ließ sich Sions Stimme vernehmen. »Sie verteidigen sich selbst.«

»Wer ist das?« Agga prallte zurück.

Licht glomm auf. In der Luke zum Keller stand Lireck mit

einer kleinen Öllampe und spähte besorgt nach ihnen aus. »Alles in Ordnung?«

»Rinek ist wieder da. Er hat Besuch mitgebracht.« Aggas Stimme schwankte zwischen Begeisterung und abgrundtiefem Entsetzen. »Die Stadt ist völlig in Aufruhr, die wildesten Gerüchte machen die Runde. Was ist passiert? Die Drachen fliegen so tief wie nie, und keiner kämpft mehr. Wo ist Mora? Sie wollte dir folgen, ist ihr das gelungen?«

»Ist es«, sagte er und fühlte die Traurigkeit wie einen warmen Sommerregen auf sich. »Ich erzähle es euch.«

Er stieg zu ihnen hinunter in den Keller. Sion zog die Blicke auf sich. Sie war nicht so hübsch wie Agga, sondern hatte etwas Herbes, Wildes an sich, aus jeder ihrer Bewegungen sprühten Energie und Kraft, und ihre Blicke schienen alles in Flammen zu setzen. Rinek stellte sie nicht vor. Er setzte sich zu den Alten und kraulte die Drossel, während er so gut wie möglich zusammenfasste, was passiert war. Für vieles gab es keine Erklärung, weder eine gute noch eine schlechte. Er konnte ihnen nicht sagen, dass er den Drachen geheilt hatte statt Mora oder wie er entkommen war, oder dass Sion sich verwandelt hatte und wie sie sich darüber aufgeregt hatte, dass er die grüne Schuppe benutzt hatte. So blieb sein Bericht lückenhaft und verwirrend. Am Ende standen immerhin vier Dinge fest.

»Du hast Linnia gesehen.«

»Chamija ist tot, diese falsche Hexe.«

»Mora? Unsere Mora? Tot?«

»Scharech-Par sitzt jetzt auf dem Thron? O verdammt.«

Danach schwiegen sie alle.

»Sie hat ja gar nichts drunter«, sagte Agga plötzlich. »Bei Belim und Bellius, wo hast du dieses Weib aufgegabelt? Sie trägt nichts als deinen Mantel!«

Sion hatte bisher nichts zum Gespräch beigetragen. Sie hatte bloß angelegentlich die Waffen betrachtet, die an einer Wand aufgestapelt lagen, und sich dann mit sichtbarem Unbehagen in die entgegengesetzte Ecke zurückgezogen. Nun hob sie stolz den Kopf und schüttelte das Haar, das um ihre Schultern wogte. Die silbernen Strähnen blitzten auf.

»Möchtest du ihn zurückhaben, Rinek?«, fragte sie. »Jetzt gleich?«

Er war sich sicher, dass sie auch ohne jedes Kleidungsstück genauso stolz und selbstsicher wirken würde, erhaben wie eine Königin.

»Ich kann das erklären«, stammelte er, denn die anklagenden Blicke von Agga und den drei Alten waren selbst für ihn zu viel. »Das … das ist … Sion Ran. Wir kennen uns nur flüchtig.«

Selbst Agga wäre mittlerweile als Drache durchgegangen, deshalb beeilte er sich hinzuzufügen: »Nun ja, nicht ganz so flüchtig, es ist eher … äh … wir sind in gewisser Weise miteinander verbunden, aber … o gnädiger Arajas, wie sich das anhört …«

»Hast du kein Kleid für das Fräulein?«, fragte Lireck. »Na los, Agga, du wirst doch noch irgendetwas in deiner kleinen geheimen Truhe da oben haben!«

»Bring es mir«, befahl Sion Ran, als sei Agga nun auch ihre Dienstmagd. »Wir sollten sofort aufbrechen, solange es noch dunkel ist. Hier sind ein wenig Staub und ein paar Schuppen, nimm sie mit, Rinek, du wirst alles Magische brauchen. Ich werde darüber hinwegsehen.«

»Aufbrechen?«, fragte Kasidov und hustete. »Wohin?«

»Ins unterirdische Labyrinth«, erklärte die Drachenfrau. »Wohin sonst? Sie werden die ganze Stadt nach uns beiden durchkämmen. Und die Hügel. Vielleicht auch die Gerin-Yan-Berge. Scharech-Par verzeiht nicht. Das, was wir getan haben, vergisst er nicht in tausend Jahren. Das Tunnelsystem ist der einzige Ort, der uns einen gewissen Schutz bietet.«

»Es wird alle feindlichen Soldaten verschlucken, die sich hineinwagen«, prophezeite Rinek.

»Also«, schloss Sion, »bewegt eure greisen Knochen und bleibt dicht hinter mir.«

»Sie kann im Dunkeln sehen«, erklärte er. »Besser als jede Katze.«

»Sie ist eine Fürstin aus dem Schloss, oder?«, flüsterte Borlin ihm ins Ohr. »Vielleicht eine Thronfolgerin, wenn Brahans Erben nicht mehr wiederkommen?«

»Ja, sie ist eine Fürstin«, flüsterte er zurück. »Aber, verdammt noch mal, sie hat hier überhaupt nichts zu bestimmen. Das tu immer noch ich.« Und laut sagte er: »Also, bewegt eure Knochen und bleibt dicht hinter ihr.«

15

Sie flogen so tief über der Gischt, dass ihnen die feinen Tropfen die Kleider, die Gah Ran nach ihrem Bad im Meer getrocknet hatte, erneut durchnässten. Linn konnte sich nicht vorstellen, jemals wieder warm und trocken an einem Kaminfeuer zu sitzen und sich zu Hause fühlen. Der Wind blies scharf, und die Wellen schienen hochzuspringen, um sie zu beißen. Gah Ran flog so schnell, dass einem fast die Sinne schwanden, manchmal blieb ihr fast die Luft weg.

Dankbar torkelte sie von ihm weg, als sein Krallengriff sie endlich freigab, und ließ sich auf die Erde fallen – bis sie merkte, dass sie im Schnee lag.

»Auch nicht viel besser, oder?«, bemerkte Nival.

Er tauchte die Hände in den Schnee und warf ihn hoch. Im Gegensatz zu ihr schien er nicht von Übelkeit betroffen zu sein. Immer noch drehte sich alles um sie. Der Prinz klopfte sich mit rotem Gesicht den Schnee aus den Kleidern.

»Seht euch um«, sagte Gah Ran. »Das sind die nördlichen Ausläufer der Schneeberge.«

Es war Tag – der erste Tag seit langem, schien es Linn. Der Himmel hatte eine blassblaue Farbe und ging im Norden ins Meer über; sie verschmolzen miteinander und verwischten den Horizont. Der Wind hatte dünenartige Schneeverwehungen geschaffen, und bis hierhin war das Rauschen der Brandung zu vernehmen. Doch wenn man sich umdrehte, vergaß man das Meer und die Weite, denn bis in den Himmel ragten die gewaltigen Gipfel der Berater Berge.

»Dorthin müssen wir?«, fragte Linn und fühlte sich klein und verzagt.

»Fliegt der Drache uns denn nicht hin?«, fragte Arian, der es erstmals seit langem wagte, den Mund aufzumachen.

»Irgendein heiliges Gesetz gebietet, dass man selbst hingehen muss, zu Fuß, genau wie Brahan«, sagte Linn.

»So ein Unsinn«, höhnte Arian. »Was für Gesetze? Ich sag's doch, alle Drachen lügen. Trau niemals ihrer zauberhaften Zunge. Er lügt, frag ihn, warum.«

»Tut mir leid, Gah Ran«, sagte sie. »Lass dich von ihm nicht reizen. – Gah Ran?«

Der Drache schien noch roter zu werden, aber vielleicht war das auch nur Einbildung. »Er hat recht«, gab er zähneknirschend zu. »Es gibt kein solches Gesetz. Nur einen Bann. Jeder andere Drache könnte euch direkt dorthin fliegen, aber ich bin ein Verbannter. Ich vermag es nicht.«

Linn konnte es nicht fassen. »Du hast immer ›wir‹ gesagt. Du hast gesagt, wir würden nach Steinhag gehen!«

»Ich kann nicht!«, rief Gah Ran. »Ich kann nicht zurück!«

»Warum hast du dann nie … O Arajas! Jetzt verstehe ich es endlich. Deshalb musste mein Vater sterben! Ich habe mich immer gefragt, warum du ihn nicht einfach gepackt und nach Steinhag getragen hast.«

»Lass ihn in Ruhe«, sagte Nival. »Wir alle wissen, dass es Dinge gibt, über die man nicht sprechen kann. Wenn er nicht mitkommt, gehen wir eben alleine und suchen den ValaNaik.«

»Ein Ding der Unmöglichkeit«, befand Arian. »Da trete ich ja noch lieber Drachen entgegen als diesen Bergen.«

»Das wirft ein völlig neues Licht auf Brahans Heldentaten«, sagte Nival munter. »Wie hat er es geschafft? Es muss möglich sein, und er hatte auch keinen Drachen, der ihm geholfen hat.«

»Brahan hatte die Götter«, sagte Arian.

»Götter nehmen einen selten auf den Arm und tragen einen dorthin, wo man hinwill. Wir können davon ausgehen, dass Brahan es alleine geschafft hat. Kannst du uns sagen, wie, Gah Ran?«

»Ich habe keine Ahnung«, gestand der Drache. »Er kam in unser Tal und war auf einmal da. Es muss einen Weg geben, den man zu Fuß gehen kann. Immerhin ist er mitsamt der Prinzessin auch zurück nach Schenn gelangt. Allzu schwer kann es also nicht sein.«

»Also, wie hat er es gemacht?«

»Ich kann die Legende auswendig, ich bin quasi damit groß geworden«, sagte Linn. »Brahan hörte von Wanis Entführung und machte sich auf den Weg. Dann geht es so weiter: Übers Land zog er, dort ließ er sein Pferd, als ihn die Wölfe verfolgten. Über Wasser führte ihn die Suche, dort ließ er den Helm, als sein Boot fast versank in den tödlichen Strudeln. Übers Moor, da ließ er die Rüstung, die ihn hinunterziehen wollte in die Arme der Sumpfgöttinnen. Über die Berge, da ließ er den Schild, dessen Gewicht ihn lähmte. Nur noch sein Schwert besaß Brahan, als er den Ort fand, an dem die Drachen das Land mit Rauch und Gestank verpesteten.« Sie blickte sich um. »Hilft uns das weiter?«

»Übers Land zum Meer«, sagte Nival, »also muss Brahan von Schenn aus durch Yan und Tijoa bis an die Küste gereist sein. Vielleicht ist er sogar in der Nähe von Quint aufs Schiff gestiegen. Nur wo ging er wieder an Land? Hier ist weit und breit kein Moor.«

»Ich bin über keine tödlichen Strudel geflogen«, meinte Gah Ran, der sich langsam wieder beruhigte. »Wir müssen vielleicht noch weiter nach Westen.«

Arian seufzte ergeben. »Dann sollten wir das tun. Hoffentlich ist es da etwas wärmer.«

Rinek öffnete ihnen den Hügel. Sie stiegen alle nacheinander hinein, und sorgfältig schloss er den Zugang wieder zu.

»Wozu dient dieses Labyrinth überhaupt?«, fragte Agga, die sich unbehaglich duckte. »Wer hat sich die Mühe gemacht, diese vielen Tunnel zu graben?«

»Sie sind teilweise natürlichen Ursprungs«, antwortete Sion. »Hier, man erkennt es am Gestein.«

»Ach. Da haben wir also eine Expertin für unterirdische Tunnel bei uns.«

»Still. Ich höre was …«

»Es tropft? Wir werden hier doch nicht von einer Flutwelle überrascht?«, erkundigte sich Borlin.

»Eine Grotte«, erklärte Sion. »Wie herrlich! Ich kann mir denken, wofür dieses Gebilde angelegt wurde. Schaut, hier ist sogar ein kleiner See!«

»Wir sehen nichts«, beschwerte sich Kasidov.

»Licht«, flüsterte Rinek. »*Qui Ebonai!*«

Der flackernde Span in seiner Hand flammte auf und enthüllte ihnen eine geräumige Grotte. Sion hatte nicht übertrieben – ein See mit spiegelglattem schwarzem Wasser lag vor ihnen. Ein Rinnsal, das den Fels hinabströmte, speiste ihn.

»Hier bleiben wir«, befand die Drachenfrau.

»Sie versucht es schon wieder«, murrte Agga. »Seit wann entscheidet sie das?«

»Kann man es trinken?«, fragte Lireck. »Dann bin ich auch dafür, dass wir bleiben.«

»Es ist überraschend warm hier«, gab Borlin widerstrebend zu.

»Eine heiße Quelle. O wie wunderbar! Wie habe ich das vermisst!« Sion sprang ohne Umschweife ins Wasser, was die Alten zu besorgten Warnungen veranlasste, von denen keine einzige befolgt wurde.

»Ich habe noch nie in einem unterirdischen See gebadet«,

sagte Agga. »Aber zu behaupten, dass ich es vermisst hätte, wäre wohl übertrieben. Bei Belim, Rinek, was tut sie hier? Warum gehört sie jetzt zu uns? Sie stört, merkst du das nicht? Eine wie sie werden die Lanhannater nie im Leben akzeptieren.«

»Ich sagte doch, sie ist keine Anwärterin auf den Thron.«

»Was soll das dann? Ist sie hier, weil sie deine Geliebte ist?«

Rinek seufzte. Vermutlich würde er es sowieso nicht lange geheim halten können. Sion tat jedenfalls ihr Bestes, um aufzufallen. Sie plantschte wild im See herum und rief laut: »Das ist das Beste! Das Allerbeste seit tausend Jahren!« Er hätte schwören können, dass ihre Stimme irgendwie glitzerte.

»Sie übertreibt«, knurrte Agga. »Mit so ziemlich allem.«

»Tut sie nicht«, widersprach er. »Vermutlich kommt das mit den tausend Jahren sogar hin.«

»Eine Zauberin?«, vermutete sie. »Hast du Chamija gegen eine neue Hexe eingetauscht? Wirst du sie deshalb nicht los?«

»Sie ist mein Drache.«

Agga brauchte eine Weile, um diese Information zu verdauen. »Dein Drache.«

»Ganz recht. Gegen den ich beim Hohen Spiel gewonnen habe. Ich bin für ihr Leben verantwortlich und sie für meins, und da wir nun beide gejagt werden, wird sie bei uns bleiben müssen.«

»Stimmt irgendetwas mit deinen Augen nicht? Sion ist eine sehr lebendige junge Frau, an der mein einziges Ersatzkleid klebt, und ganz gewiss kein uralter Drache. Für mich sieht sie jedenfalls so aus.«

Er lächelte nur.

Sie sprachen nicht weiter darüber, während sie den Alten halfen, ihre Matten zu einem Lager aufzubauen. Es kam Rinek nicht nur wie ein Nachtlager vor, wie ein Unterschlupf vor ihren Feinden in Sicherheit und Wärme, sondern mehr noch wie ein Basislager, von dem aus sie ihren Kampf führen würden.

Dort oben war immer noch eine Aufgabe zu erledigen.

Lireck öffnete den Käfig und ließ die Drossel eine Runde über den See fliegen. Sie flötete trillernd, dann platschte es, und Stille trat ein.

»Oh«, sagte Sion laut. »Das ist eine dumme Angewohnheit von mir. Alles zu jagen, was in mein Blickfeld gerät.«

Die Alten starrten sie in stummem Entsetzen an, als sie triefend ans Ufer kam, in er einen Hand einen augenlosen Fisch, in der anderen den Vogel, dessen Köpfchen hin und her schwang. »Wer mag? Oder wollt ihr lieber das Schwein schlachten?«

»Sie konnte sprechen«, flüsterte Lireck fassungslos.

»Sie hat unsere Drossel umgebracht!«, brauste Agga auf. »Und sie lächelt dabei! Wie kann diese Person es wagen … Rinek!«

»Du hättest den Vogel nicht töten dürfen.«

Er empfand den Schrecken der Alten, als wäre es sein eigener Verlust, aber Sion lachte nur.

»Viel ist nicht dran an so einem kleinen Vieh, das ist wahr. So, wo ist das Feuer?«

»Wir haben keins«, sagte Lireck mit belegter Stimme. »Und kein Brennholz. Außerdem ist Rauch hier unten übel, wo er nicht abziehen kann. Ich habe genug von Rauch.«

»Für einen heißen Stein könnte ich sorgen«, sagte Sion.

Sie war so rücksichtsvoll, aus dem Lichtschein zu verschwinden. Rinek vermutete, dass sie das Kleid ausziehen musste, bevor sie sich verwandelte, aber um Agga nicht zu erzürnen, ging er nicht nachsehen. Es folgten einige merkwürdige Geräusche aus dem Dunkel, ein Rauschen und Fauchen. Das Schwein quiekte erschrocken.

Dann kehrte Sion zurück, einen glühend heißen Stein in den bloßen Händen, den sie vor dem Lager auf den Boden legte. Sie rupfte den Vogel, während die übrigen schreckensstarr zusahen. Am Ende teilten sie sich zu fünft den Fisch, keiner wollte auch nur einen Bissen von der Drossel probieren, sodass die Drachenfrau den winzigen Braten für sich alleine hatte. Zu trinken gab es hier genug. Sie füllten die Becher mit dem Wasser, das über die Felsen rann, und da Rinek Kasidovs Husten gelindert hatte und auf Borlins Klagen über die Gicht eingegangen war, herrschte nach der Mahlzeit Stille.

»Das ist ja wohl nicht wahr«, meinte Sion. »Das war nur eine dumme kleine Drossel. Werdet ihr mich jetzt mit Schweigen strafen für ein Versehen, für das ich mich bereits entschuldigt habe?«

»Wir trauern wegen Mora«, sagte Agga würdevoll. Die Alten seufzten und begannen, Erinnerungen auszutauschen. Lireck fragte, warum immer die anderen gehen mussten, Borlin beklagte sich bitterlich, warum sie immer noch hier waren und warteten, und Kasidov warf wieder einmal die Frage in den Raum, ob die Götter sie vergessen hatten.

Obwohl das magische Licht ausdauernd leuchtete, empfand Rinek die vielen Schichten aus Gestein und Erde über ihnen als drückend und dunkel. Es war, als wäre die Welt draußen eine andere, an der sie keinen Anteil mehr hatten, und als kämen alle Erinnerungen daran aus einer anderen Zeit, die viel, viel länger zurücklag als nur einen Tag.

Sion rückte immer näher an Rinek heran. Er wollte sie schon darauf aufmerksam machen, dass diese Nähe unangemessen war und vielleicht missverstanden werden könnte, da flüsterte sie ihm ins Ohr: »Wir werden beobachtet.«

Rinek erschrak. »Von wem?«

»Ich höre etwas. Ein Atmen. Ein leises Scharren. Irgendjemand ist hier bei uns.«

Ihn überlief ein Schauer. Für heute hatte er genug an Verfolgern, die ihm nach dem Leben trachteten, und jemand, der im Dunkeln lauerte, versprach keine angenehme Gesellschaft. Trotzdem bemühte er sich, ruhig zu bleiben.

»Mensch oder Tier?«

»Dem Geruch nach eindeutig ein Mensch.«

Wenigstens etwas. Rinek hatte schon befürchtet, der Wolfsbär wäre wieder zu sich gekommen und schlich hier unten durch die Gänge.

»Kannst du ihn erwischen?«

»Sobald ich aufstehe, wird er verschwinden, fürchte ich, und erst wiederkommen, wenn wir alle schlafen. Wir sollten es zu zweit versuchen. Ich schwimme über den See und komme von der anderen Seite her. Dann nehmen wir ihn in die Mitte. Das sollte dann der richtige Zeitpunkt sein, um Licht zu machen.«

Rinek nickte. Sein Herz schlug schneller. Er spürte, wie die Energie durch seine Adern strömte. Obwohl er sich eben noch erschöpft und traurig gefühlt hatte, war er jetzt hellwach und bereit zum Kampf.

Sion verkündete, sie wolle noch ein Bad nehmen, und verschwand im Wasser.

Rineks Aufmerksamkeit war nach hinten hin gerichtet. Atmete da wer? Hörte er, wie sich jemand anschlich? Wenn Scharech-Par ihr Versteck kannte, wenn er vielleicht gar seine Soldaten hergeschickt hatte … Gab es überhaupt schon tijoanische Soldaten in Lanhannat, oder musste er sie erst herbeordern lassen? Würden die Männer des Königs ihm freiwillig dienen, oder musste er sie unter einen Bann stellen, wie es auch Chamija getan hatte?

Er wartete eine Zeit lang und gähnte dann ausgiebig.

»Wir sollten jetzt alle schlafen gehen«, sagte er zu den Alten. »Zeit, dass wir diesen Tag beenden!«

Er stand auf, gähnte noch einmal laut und drehte sich dabei möglichst unauffällig um, hoffentlich ohne den Eindruck zu erwecken, als würde er nach feindlichen Angreifern Ausschau halten.

»Sion?«, fragte er zum See hin.

Ihre Antwort ertönte nur einige Gildreks von ihm entfernt. »Licht!«

»*Qui Ebonai!*« Sofort brannte das kleine Dämmerlicht taghell und erleuchtete den felsigen Abschnitt vor dem Seeufer. Dort stand Sion, genau wie er bereit, sich auf den Feind zu stürzen.

Nur, dass da niemand war.

Sie ließen sich beide nicht beirren.

»Da bist du ja«, sagte er, als hätte er sie schon schrecklich vermisst, und ging mit raschen Schritten auf sie zu.

Sion machte eine Wendung zur Seite, Rinek warf sich nach vorne.

»Ich hab ihn!«, schrie sie.

»Loslassen!«

Rinek seufzte. Die Anspannung fiel von ihm ab, und er war zugleich erleichtert und wütend. »Was fällt Euch ein, hier herumzuschleichen!«

Sion behielt die unsichtbare Person fest im Klammergriff. »Es reicht«, sagte er zu ihr. »Lass ihn los, es ist der König.«

Agga sprang auf. »Der König? Unser König?«

»Ja, ich bin's«, erklang Pivellius' mürrische Stimme.

»Wie kommt Ihr hierher?«

»Ich bin euch gefolgt.« Der Unsichtbare schüttelte Sion ab. »Ich war schon in Moras Haus bei euch und bin mit hierhergekommen. Ist noch etwas zu essen übrig? Ich habe den ganzen Tag nichts gehabt.«

»Was macht Ihr hier?«, wiederholte Agga. »Warum seid Ihr nicht oben in Eurem Schloss, warum …«

»Warum was?«, unterbrach er sie gereizt. »Warum ich nicht vor mein Volk trete und ihm mitteile, dass ich noch lebe? Warum ich es nicht im Kampf gegen Scharech-Par vereine? Weil jeder, mit dem ich sprechen will, mich für einen Geist hält, darum!«

»Ihr habt das seidene Gewand gestohlen!«, erkannte Rinek.

Er fragte lieber nicht nach, wie Pivellius Moras Bann aufgehoben hatte.

»Ja, das habe ich«, gab der König zu. »Ich habe meine Fürsten überredet, Chamija zu krönen, damit sie sich von ihnen das Gewand umlegen lässt. Ich wollte die elende Hexe töten und meinen Platz wieder einnehmen, doch nun sind die Einzigen, die mir geglaubt haben, tot. Und ich bin immer noch unsichtbar!«

»Ich weiß nicht, wie man diesen Zauber aufhebt. Es ist kein Bann, daher ist er bestehen geblieben, als Mora gegen Chamija angetreten ist. Es gibt keinen erfahrenen Zauberer, den ich fragen könnte, außer … Sion? Kennst du vielleicht das Wort dafür?«

Die Drachenfrau verschränkte die Arme vor der Brust, als alle sie erwartungsvoll anstarrten. »Warum sollte ich?«, meinte sie trotzig. »Ich bin keine Zauberin.«

»Du wirst ja wohl wissen, was *sichtbar* in deiner eigenen Sprache heißt.«

Sion starrte auf die Stelle, an der der König sich befand. »So leicht lässt sich die Wirklichkeit nicht bezwingen. Das Unsichtbare sichtbar machen – das ist keine Spielerei, Rinek. Das ist höchst gefährlich. Was würdest du damit noch alles erscheinen lassen? Würdest du Dinge herbeizwingen, die im Verborgenen leben, oder das nicht Greifbare an die Oberfläche zerren? Dieser Zauber würde dich von innen her in Flammen aufgehen lassen, wenn du nicht stark genug bist, ihn auf die eine Person zu richten, um die es dir geht. Und selbst das ist schwierig – was würde noch alles ans Tageslicht kommen, was dieser Mann lieber für sich behalten möchte?«

»Mit dem Pulver war es doch auch ganz einfach«, protestierte Rinek.

»Wer hat es hergestellt? Chamija vermutlich. Sie vermochte es auf sehr subtile Art, Dinge aus der Tiefe herauszuholen. Nicht umsonst hat jeder von uns die Begegnung mit ihr gefürchtet.

Vergiss es, Rinek. Das ist mehr als ein Trick, und ich werde dir gewiss keine Waffe in die Hand geben, mit der du, wenn es schiefgeht, alle Schatten ans Licht zerrst.«

»Wer ist sie?«, fragte Pivellius' Stimme. »Sie klingt wie eine verdammte Zauberin.«

Auch die anderen starrten Sion entgeistert an. So ernst hatte nicht einmal Mora je geklungen, wenn es um Magie ging.

»Unser Blut fließt durch die Adern der Welt«, sagte sie. »Unser Flügelschlag ist der Herzschlag der Welt, wir sind das Zentrum. Schon ein Wort kann Berge einebnen und Königreiche zerstören. Dass menschliche Zauberer uns diese Macht entrissen haben, Menschen, die von nichts eine Ahnung haben, die mit den Elementen spielen, von denen sie nichts verstehen, ist der größte Fehler, den sie je begangen haben.« Sion funkelte Rinek an, als wäre er ihr Feind. »Ihr seid alle Chamijas Nachfolger!«, zischte sie. »Ihr alle!«

Eine Weile herrschte Schweigen.

»Mich überrascht sehr, dass hier jemand meine Einstellung zur Zauberei teilt«, sagte der König schließlich. »Kann ich jetzt vielleicht etwas zu essen haben? Es riecht hier so gut nach Fisch, und auch eine verlorene Schlacht macht hungrig.«

Gah Ran flog nach Westen, immer die Küste entlang. Es gab hier keinen Hafen, keine Buchten, in denen ein Schiff hätte anlegen können. Auf der Suche nach einer Stelle, an der Brahan an Land hätte gehen können, flog der Drache viel langsamer als sonst, und Linn hatte Gelegenheit, sowohl das mächtige Gebirge zu ihrer Linken wie auch das graue, windgepeitschte Meer zu ihrer Rechten eingehend zu betrachten. Die herbe Schönheit der Gegend verschlug ihr den Atem. Irgendwo weit draußen auf dem Wasser glänzte ein winziges Segel.

Gah Ran ging noch tiefer herunter. »Vielleicht hatte Brahan ein kleines Boot, denn die großen Schiffe wagen sich nicht näher an die Küste heran, hier ist alles voller Klippen und Untiefen. Ich wusste doch, dass man eine Legende nicht als Karte benutzen darf!«

Er schwenkte nach rechts ab, um den Ausläufer eines Berges zu umfliegen. Vor ihnen lag eine kleine Bucht. Das Wasser war an dieser Stelle ruhiger, trotzdem konnte Linn sich kaum vorstellen, wie es möglich sein sollte, ein Boot durch die Brandung zu manövrieren.

Gleich dahinter öffneten sich die Berge zu einer Art Durchgang. Ein Zittern durchlief den gewaltigen Drachenkörper, als Gah Ran an einem Hang landete, der zu Linns Erstaunen schneefrei war. Als sie die verspannten Muskeln streckte, erkannte sie den Grund dafür. Es war hier merklich wärmer. Ein grünlicher Bach floss in die Bucht; sie tauchte die Finger hinein und stellte verblüfft fest, dass er lauwarmes Wasser führte.

»Ich kann nicht weiter«, bekannte Gah Ran. »Mich von hier aus südlich zu wenden ist unmöglich, der Bann schließt mich aus. Vielleicht könnte ich zu Fuß noch ein Stück vorankommen, aber es ist, als würde ich gegen eine starke Strömung ankämpfen. Schon jetzt will sie mich fortspülen. Dagegen war der Bann, der auf dem Schloss lag, gar nichts. Ich fürchte, ich kann euch nicht helfen. Aber ich vermute, dass ihr, wenn ihr dem Bachlauf folgt, Brahans Moor finden werdet. Es liegt ein merkwürdiger Geruch in der Luft.«

Arian verzog das Gesicht. »Er kann uns also nicht beistehen. Für wen machen wir das hier eigentlich? Seit wann sind wir die Diener eines Drachen?«

»Wenn Ihr Euren Thron zurückwollt, solltet Ihr hoffen, dass unsere Reise von Erfolg gekrönt ist«, sagte Nival. »Würdet Ihr nicht mit allen Kräften mithelfen, einen Verbündeten gegen Scharech-Par zu finden, der das Problem für Euch aus der Welt schaffen kann?«

Arian zuckte mit den Schultern. »Das kommt mir irgendwie reichlich unwahrscheinlich vor. Ich würde lieber selbst in Schenn gegen ihn kämpfen. Aber mir ist schon klar, dass ich bei dir keine Einsicht erwarten kann.«

Nival bückte sich am Ufer des Zulaufs und schnupperte an seinen Fingern. »Trinken würde ich dieses Wasser nicht«, sagte er. »Wie sieht es mit Proviant aus? Wir sind schon in den letzten Tagen nur mit karger Kost ausgekommen.« Gah Ran hatte ihnen Fisch gefangen und mit seinem eigenen Feuer gebraten. »Wenn uns ein schwieriger Weg bevorsteht, und davon gehe ich aus, sollten wir bei Kräften sein.«

»Wir könnten jagen – hier gibt es sicher Kaninchen oder Ähnliches«, schlug der Prinz vor. »Wenn wir Glück haben, fangen wir vielleicht sogar ein Schneehuhn. Wasser sollten wir auch ausreichend mitnehmen.«

Zwei Tage dauerten die Vorbereitungen, bevor sie sich auf den Weg machten.

Linn verabschiedete sich von Gah Ran. Sie sah zu ihm auf, in seine zauberhaften Augen, und langsam wurde ihr bewusst, was es hieß, ohne ihn weiterzuziehen. Sie hatte sich schon so sehr an seine Unterstützung gewöhnt, ebenso an seine trockenen Kommentare, und es war fast, als würde sie wieder eine Art Zuhause verlassen, auch wenn es nur in seiner Freundschaft bestand.

»Verzweifle nicht«, sagte sie zu ihm. »Wir werden mit einer Antwort zurückkommen.«

»Geh«, sagte er rau. Auch Gah Ran war nicht gut im Abschiednehmen.

Linn seufzte und folgte den beiden Männern, die bereits einen Weg entlang des Bachlaufs suchten.

Das Moor erstreckte sich vor ihnen in einer Tiefebene, in die sie vom Hang hinuntersteigen mussten. Die Gipfel der Berge verschwanden in den Wolken, und man konnte hier unten rasch vergessen, dass es diese Größe und Majestät gab, den Schnee und die Kälte. Das Moor war erfreulich warm – jedenfalls so lange, bis man sich daran gewöhnt hatte und seine trügerischen Eigenschaften zu fürchten lernte. Überall blubberte es. Übelriechende Gase stiegen aus der Erde hoch, und Blasen zerplatzten in den unzähligen Tümpeln und Teichen, zwischen denen die drei Wanderer nach festem Boden suchten.

»Es ist wie ein Kessel, in dem sich die Götter etwas Merkwürdiges kochen«, meinte Arian. »Ich möchte allerdings nicht derjenige sein, der es essen muss.«

»Vorsicht.« Nivals Hand schnellte vor, er packte Linn am Ärmel, bevor sie den nächsten Schritt tun konnte. Der Boden vor ihr war dunkelgrün und dampfte.

»Irgendwie müssen wir aber weiter.« Vorsichtig tastete sie mit der Schuhspitze über den weichen Grund. »Wenn Brahan einen Weg hier hindurch gefunden hat, können wir es auch.«

»Brahan hatte den Himmel auf seiner Seite«, erinnerte Arian, der einige Yags zurückgeblieben war. Er hatte einen Stock gefunden, mit dem er in einer Vertiefung herumstocherte. »He, etwas zerrt an meinem … Jetzt ist er weg.«

Sie und Nival drehten sich zu ihm um. »Kannst du bitte aufhören, Unsinn anzustellen?«, fragte Linn seufzend.

»Ich mache doch gar nichts! Dieser Tümpel hat meinen Stock in sich aufgesogen.«

Ein Schauer lief ihr über den Rücken. »Wir sollten vorsichtig sein.«

»Noch vorsichtiger?«

Sie kamen auch so schon kaum voran. Zwischen den Teichen waren die begehbaren Streifen derart schmal, dass ein einziger falscher Schritt fatal gewesen wäre. Das Moor hatte die Struktur einer riesigen aufgeschnittenen Wabe – die Zwischenwände, die dem Gebilde Halt gaben, galt es zu finden, ohne in einem der Löcher zu versinken.

Dass es so warm war, förderte nicht gerade ihre Konzentration. Linns dicke Kleidung war ihr bald hinderlich, sie schwitzte so stark, dass sie schon wieder fror. Den beiden Männern erging es da besser, ihnen schien es auch nicht so viel auszumachen, auf jeden Schritt zu achten. Nival bewegte sich mit schlafwandlerischer Sicherheit voran, Arian war dicht hinter ihr und hätte sie bestimmt längst überholt, wenn es genügend Platz dafür gegeben hätte.

»Wir sollten rasten«, sagte er schließlich. »Es wird schon dunkel.«

Nival blieb stehen und spähte nach vorne. Das Ziel war nicht mehr zu erkennen, die Berge waren von den Dämpfen verborgen, wie in einem dichten Nebel sahen sie nur wenige Gildreks weit. Ein paar niedrige, knorrige Bäume schienen vor ihnen zu wachsen.

»Vielleicht können wir uns an die Bäume binden, damit wir nicht in den Morast fallen«, hoffte Nival.

Doch die Gewächse entpuppten sich als lange, hohle Stängel irgendeiner Sumpfblume, sie ließen sich so leicht abknicken wie Strohhalme. Die Dunkelheit senkte sich jetzt immer schneller über den Talkessel, und aus einigen Tümpeln stieg ein phosphoreszierendes Leuchten auf. Irgendein Tier gab seltsame klagende Geräusche von sich – ein Frosch, ein Vogel? –, versteckte sich jedoch vor ihnen.

»Wir können uns nicht hinsetzen«, sagte Linn, »aber mir tun die Beine weh, und ich weiß nicht, wie ich weitergehen soll.«

»Das ist auch nicht ratsam, im Dunkeln«, meinte Nival.

»Ich habe noch nie erlebt, dass du dich beschwerst, noch bei keiner einzigen Drachenjagd«, sagte Arian, als müsste er betonen, dass sie schon so einiges gemeinsam durchgemacht hatten.

»Ich weiß auch nicht.« Das dunkelgrüne, schleimige Wasser schien ihr entgegenzufallen. Mit ausgestreckten Armen kämpfte sie um ihr Gleichgewicht. »Mir ist schwindelig.«

»Zieh deinen Mantel aus«, schlug Nival vor. »Wir setzen uns darauf, das müsste die Feuchtigkeit abhalten. Ohne Rast geht es nicht. Hat jemand Durst?«

Er reichte ihr einen Lederschlauch, der klares Wasser enthielt. Süßes, reines, herrliches Wasser – den geschmolzenen Schnee, den er mitgenommen hatte und mit dem sie sparsam umgehen wollten. Trotzdem konnte Linn sich kaum bremsen. Der üble Geschmack in ihrem Mund wollte dennoch einfach nicht verschwinden.

Sie lehnte sich gegen Nival. Es würde schwierig werden, hier auf diesem schmalen Streifen Land zu schlafen, ohne auf dem rutschigen Grund den Halt zu verlieren.

»Hast du was dagegen, wenn ich deinen Mantel in Streifen schneide?«, fragte Nival. »Damit jeder von uns ein Stück davon bekommt?«

»Bitte schön. Ich werde schon nicht frieren.« Was später in den Bergen sein würde, durfte sie jetzt nicht kümmern.

»Wir sollten abwechselnd wachen.« Linn vermisste Gah Ran. Solange sie mit dem Drachen unterwegs gewesen waren, hatten sie auf diese übliche Vorsichtsmaßnahme verzichten können.

»Ich übernehme die erste Wache«, meinte Arian sofort.

Im grünlichen Schein des Sumpfes wirkte sein Gesicht fremd und rätselhaft. Nival trug immer noch die Maske – es war, als wäre Linn von grünen, drachenähnlichen Wesen umgeben.

»Traust du mir nicht? Glaubst du, ich mache mich davon, sobald ihr schlaft?«

»Wohin?«, fragte sie. »Im Dunkeln wäre es lebensmüde weiterzugehen. Also gut.«

Zum Glück war es wenigstens warm genug, um ohne Feuer auszukommen. Linn war so erschöpft, dass ihr die Augen zufielen, sobald sie sich auf dem Mantel ausstreckte, Kopf an Kopf mit Nival. Seine Haare kitzelten ihre; eine kleine Intimität, die sie genoss.

Irgendwann weckte Arian Linn aus unruhigen Träumen. »Vorsicht.« Da merkte sie, dass ihre Hand bereits ins Wasser gesunken war.

»Danke.« Sie setzte sich auf. »Du bist noch da, wie ich sehe.«

Nival schlief wie ein Stein. Der Prinz ließ sich vorsichtig auf ihrem Mantelabschnitt nieder.

»Eine ruhige Wache?«, fragte sie.

»Seltsame Geräusche«, sagte er. »Dort hinten leuchtet immer wieder ein Licht auf, als würde jemand eine Laterne schwenken. Einmal dachte ich sogar, ich hörte jemanden flüstern. Ihr zwei wart das wohl nicht?«

»Nein, wir waren's nicht. Es sei denn, einer von uns hat im Schlaf gesprochen.«

Arian hatte das Kinn in die Hand gestützt und starrte auf das Moor hinaus, das zurückzustarren schien. Linn hatte das Gefühl, von tausend Augen beobachtet zu werden.

»Ich bin kein Verräter«, sagte er. »Dass es dich überrascht, dass ich noch hier bin, kränkt mich.« Er seufzte. »Aber ich leugne nicht, es zieht mich zurück nach Lanhannat. Ich muss nach Schenn und mich um mein Königreich kümmern. Ich will meinen Vater sehen. Kannst du dir vorstellen, wie es ist, wenn man jemanden betrauert hat und dann erfährt, dass er noch lebt? Ich kann es immer noch nicht recht glauben, ich muss es mit eigenen Augen sehen, ich muss ihn anfassen, verstehst du?«

»Wenn dein Vater gar nicht tot ist«, sagte sie leise, »hat ihn auch niemand ermordet.«

Er schwieg eine Weile. »Du trägst mir das also immer noch nach, die Sache mit deinem kleinen Freund?«

»Natürlich, was dachtest du denn? Macht es für dich denn keinen Unterschied, dass Jikesch unschuldig war?«

»Das konnte ich nicht wissen«, sagte Arian. »Das Recht war auf meiner Seite, Linnia, das müsste dir klar sein. Du hast keinen Grund, mir zu grollen. Du hättest dasselbe mit dem Mörder deines Vaters getan, gib es zu.«

»Aber du hast dich geirrt.«

»Das muss sich erst noch herausstellen.«

Linn hatte gehofft, wenigstens einen Anflug von Reue, von Nachdenklichkeit bei Arian herauszuhören, das Eingeständnis, dass er voreilig gehandelt hatte, dass er unnötig grausam gewesen war – vielleicht sogar eine Entschuldigung.

»Ist dir denn nicht wenigstens einmal der Gedanke gekommen, dass jemand ihm die Sache in die Schuhe schieben wollte? Dass der wahre Schuldige woanders zu suchen sein könnte? Weil du deine Rachsucht ausgelebt hast, hast du es versäumt, zu fragen und nachzuforschen und die Wahrheit herauszubekommen! Nein, ich finde keineswegs, dass du das Recht auf deiner Seite hattest. Ein guter König muss Fragen stellen und nicht nur dem Anschein trauen.«

»Jetzt hast du es mir aber gegeben«, murmelte Arian. Sein Lächeln wechselte von Grün zu Schwefelgelb, während vor ihnen aus dem Teich eine leuchtend gelbe Blase aufplatzte. »Ich habe meinen Vater durch die Stadt begleitet, auf seiner letzten Ehrenrunde«, sagte er traurig, »ich habe ihn zur letzten Ruhe gebettet, unter seinen Ahnen in der Gruft der Könige. Soll ich daran glauben, dass alles Trug war – oder dass dieser neue Gedanke eine Lüge ist, die meine Wunden wieder aufreißt und mich zurückträgt in jene schlimme Zeit nach seinem Tod? Woran soll ich glauben – an die Hoffnung, während wir durch diese Gegend des Todes wandern? Ich frage mich, worauf ich noch hoffen könnte. Ich dachte, du liebst mich, bis du uns alle verraten hast. Ich dachte, Chamija wäre im Kampf gegen Tijoa unschätzbar – aber es wurde alles nur noch schlimmer. Was soll ich von wem denken? Niemand ist das, was er zu sein scheint, das ist wohl die einzige Erkenntnis, die ich mitnehmen kann. Verbündete erklären mir den Krieg, Tote leben, Mörder sind unschuldig, schöne Frauen sind böse Zauberinnen … Soll ich etwa denen trauen, die ich für Verräter gehalten habe, oder gar niemandem mehr?« Er streckte die Hand aus und legte sie an ihre Wange.

»Tu das nicht«, sagte sie.

»Er schläft. Verrate mir eins, wer ist er wirklich? Doch kein Müllerbursche aus der Provinz?«

»Hättest du was dagegen?«

»Ich kenne nicht viele Leute aus Nelcken«, gab Arian zu, »aber eins ist mir bei allen aufgefallen: Bei jeder Gelegenheit rufen sie Arajas an. Du machst das auch – er dagegen nicht. Er hat euren Gott bisher kein einziges Mal erwähnt.«

»Das tun viele, aber beileibe nicht alle«, sagte sie schnell, doch er schüttelte nur den Kopf.

Arian war, bei allen seinen Fehlern, jedenfalls nicht dumm. Linn hoffte nur, dass diese Reise nicht zu lange dauerte und der Prinz doch noch herausfand, wer Nival war.

16

Sie kamen immer langsamer vorwärts. Die anfangs noch gut sichtbaren Pfade wurden zusehends schmaler, zugewachsener, von Schlingpflanzen überwuchert, sodass sie mit dem grünlichen Schlick verschmolzen. Schließlich blieb Nival, der wie jeden Tag an der Spitze ging, stehen.

»Dort vorne geht es nicht weiter.«

»Das Grüne da – ist das wohl fest?« Arian wies auf eine dunkelgrüne Erhebung. »Wenn man weit genug springt, könnte man es erreichen.«

»Ich fürchte, wir müssen schwimmen«, meinte Nival.

Linn hatte sich vor diesem Moment gefürchtet, seit sie sich ins Moor gewagt hatten. »Das kann nicht dein Ernst sein.«

»Es ist mein bitterer Ernst. Wir stehen hier auf einer Kante, die so schmal ist, dass uns das Wasser in die Schuhe dringt, und es geht nirgends weiter. Wollt ihr zurück und einen anderen Weg suchen? Das wäre ein Umweg von mehreren Stunden, ohne die Garantie, dass wir nicht doch wieder an einer ähnlichen Stelle landen und vor derselben Entscheidung stehen.«

Misstrauisch beäugte Linn das dunkle Gewässer, aus dem Blasen aufstiegen, manche von den Ausmaßen einer Faust oder eines Kinderkopfes, andere wie Murmeln oder Perlen, als würden dort unten große und kleine Tiere atmen, die nichts vom Licht des Himmels wussten.

Nival zog sich bereits die Schuhe aus. »Glaubt ihr, mir macht das Spaß? Der Überbringer schlechter Nachrichten muss damit rechnen, dass man ihn hasst. Ich bin nur derjenige, der das Offensichtliche ausgesprochen hat.«

»Ich will nicht«, jammerte Linn und schämte sich gleichzeitig für ihr Widerstreben, in die undurchsichtige Brühe zu steigen. Es wäre so viel einfacher gewesen, den Part des schwierigen Reisegefährten Arian zu überlassen, der sich jedoch ohne ein Wort die Stiefel aufschnürte und die Vorräte in sein Mantelstück einwickelte.

Nival band seine Schuhe zusammen und schleuderte sie gezielt auf den verheißungsvollen dunkleren Abschnitt, wo sie sowohl ankamen als auch liegenblieben. Alle drei beobachteten die Stelle sorgsam.

Auf dieselbe Weise beförderte er auch sein Vorratsbündel nach drüben.

»Es ist unklug, alles rüberzuwerfen, bevor wir wissen, ob man sicher dort ankommt. Ich werfe meine Sachen erst, wenn ihr drüben seid«, sagte Arian. »Falls ich danebentreffe, kommt ihr heran, bevor sie versinken.«

»Schade, dass wir kein Seil haben, mit dem ihr mich absichern könntet.« Vorsichtig ließ Nival sich ins Wasser hinein. Nichts zog ihn nach unten. Er kam zwar nur langsam vorwärts, aber es war ihm möglich zu schwimmen. »Jede Menge Pflanzen, die man von außen nicht sieht. Man muss aufpassen, dass sie sich einem nicht um die Beine wickeln. Gleich bin ich drüben.«

Linns Herz klopfte schneller, während sie ihn beobachtete, bis er auf der anderen Seite die Böschung hochkletterte, aber es stockte, als sie selbst an der Reihe war.

»Nach dir«, sagte Prinz Arian.

Linn ließ sich in die warme Brühe hinunter – ein unangenehmeres Bad hatte sie nie genommen. Mit ein paar kräftigen Schwimmzügen wollte sie die Strecke hinter sich bringen, aber Nivals Warnung war nicht umsonst gewesen – die vielen

Schlingpflanzen zwangen sie zur Vorsicht. Erleichtert atmete sie auf, als sie endlich Nivals Hand ergriff. Er zog sie hoch, und triefend kletterte sie aus dem Wasser.

Sie blickte sich um.

»Wo ist Arian?«

Er stand nicht mehr am Ufer, das sie gerade verlassen hatte, und schwamm ihr auch nicht nach.

»Vielleicht ist er untergegangen. Wir müssen ihn suchen!«

»Der ist nicht untergegangen«, sagte Nival. »Bevor er ins Wasser gestiegen wäre, hätte er uns sein Bündel zuwerfen müssen.«

Linn konnte es nicht fassen, dass der Prinz sie so unvermittelt im Stich gelassen haben sollte.

»Arian!«, rief sie halblaut. Doch nur das Gurgeln und Platschen des Sumpfes antwortete ihr.

»Verdammt, er hat die Hälfte des Wassers«, sagte Nival. »Und die Hälfte der Vorräte.«

Zwei weitere Tage kämpften sie sich vorwärts. Sie redeten kaum, da Linn hinter Nival herstapfte und zu sehr auf ihre Füße achten musste, um sich eine Ablenkung zu erlauben. Der Sumpf nahm kein Ende; sie fragte sich schon, ob sie nicht im Kreis liefen. Immer wieder kamen sie an Stellen, an denen es nicht weiterging und sie schwimmen mussten.

»Dieses Mal müssen wir unsere Sachen irgendwie mittragen«, meinte Nival. »Das Ufer ist zu weit entfernt. Jedenfalls kann ich es nicht sehen.«

»Falls dahinten überhaupt ein Ufer ist.« Die nebligen Dämpfe versperrten ihnen wieder einmal die Sicht, sie waren so dicht, dass sie jegliche Orientierung unmöglich machten. »Hoffen wir, dass wir eins finden.«

Die beiden blieben dicht beieinander. Nival hatte aus einigen Binsen ein kleines Floß für ihr Bündel gebaut, das er nun vor sich herschob. Viel besaßen sie nicht mehr; von Tag zu Tag wurde ihr Gepäck leichter.

»Es kribbelt so komisch«, sagte Linn. »Das sind hoffentlich keine Tiere.«

»Nein«, meinte er, »das …«

Eine gewaltige Eruption unterbrach ihn. Eine Schlammfontäne schoss dicht neben ihnen in die Höhe, und eine dicke, zähe Brühe schwappte über Linns Kopf. Sie versuchte, an die Oberfläche zurückzuschwimmen, aber auf einmal wusste sie nicht mehr, wo oben und wo unten war. Ein Sog erfasste sie, zog sie immer tiefer hinab, als würde etwas sie einsaugen. Sie strampelte, während eine weitere Welle über sie hinwegging, und einen schrecklichen Moment lang wurde ihr bewusst, dass sie sterben könnte. Hier und heute, in einem Schlammtümpel, fern ihrer Heimat. Dann schloss sich eine Hand um ihre, und sie hielt ihrerseits fest, so gut sie konnte. Jemand zog sie hoch, aus dem Morast hinaus, und sie durchbrach die Oberfläche. Ihre Beine suchten nach Halt, fanden jedoch keinen, bis ihre Knie gegen eine Kante stießen. Keuchend und noch blind vom Schlamm in ihren Augen kroch sie über das Hindernis. Sie schnappte nach Luft, krümmte sich hustend – und wurde gewahr, dass ihre Beine dicke, rundliche Stangen berührten.

Schließlich wischte sie sich den Dreck aus dem Gesicht.

Nival kniete neben ihr auf einer Oberfläche aus grünen Stangen und würgte.

Sie hob den Kopf und begegnete dem Blick eines Fremden.

Er sagte etwas in einer Sprache, die sie nicht verstand – es klang hart und rau und alles andere als freundlich.

Linn setzte sich auf. Sie befanden sich auf einem großen Floß. Zwei Männer stakten auf hohen Stangen durch den Sumpf. Sie waren grün gekleidet, sodass sie mit der Umgebung verschmolzen, kleine, schlanke Männer, die ihr kaum bis zu den

Schultern reichten, mit dichten braunen Haarschöpfen und großen, dunklen Augen. Ein dritter, derjenige, der sie offenbar aus dem Tümpel gezogen hatte, bellte einen scharfen Befehl.

Nival hustete und krächzte etwas.

»Du kannst sie verstehen?«, fragte Linn.

Alle drei Männer richteten ihre Aufmerksamkeit auf Nival.

»Sie behaupten, dieser Teil der Welt sei verboten für Reisende. Was wir hier zu suchen hätten, wollen sie wissen. Ich versuche ihnen klarzumachen, dass wir nur auf der Durchreise sind. Offenbar beobachten sie uns schon länger.« Er sprach erneut mit ihren Rettern.

»Was sagen sie?«

»Dass sie nicht erfreut über unser Eindringen sind und das Moor verboten ist. Alles noch einmal. Wenn wir wünschen, dass sie uns hinaushelfen, verlangen sie einen Preis.«

Nival gab im Moment leider keinen ebenbürtigen Verhandlungspartner ab; schlammbedeckt und halb ertrunken, wirkte er eher wie ein Häufchen Elend als wie ein Reisender mit einer unschätzbar wichtigen Mission.

»Sie sollen uns nicht wegbringen, sondern weiter in die Berge! Wir wollen nicht umkehren!«

Linns Mut sank, während sie aus den Mienen der Fremden herauszulesen versuchte, wie das Gespräch verlief.

»Wir haben keine Wahl«, sagte Nival schließlich. »Entweder wir bezahlen sie dafür, dass sie uns auf trockenem Boden aussetzen, oder wir können in den Tümpel zurückkehren. Alles andere ist nicht verhandelbar.«

Er zog sein Messer aus dem Gürtel und legte es vor den Sprecher hin – die Bezahlung, vermutete Linn. Was hatten sie sonst noch? Ihre Vorräte waren unwiederbringlich verloren. Sie hatten kein Wasser, keinen Mantel mehr, gar nichts.

Der Floßführer gestikulierte mit beiden Händen.

»Das reicht ihnen nicht.« Nival zögerte. »Aber das hier

scheint ihnen zu gefallen.« Er nahm die Maske ab und gab sie dem Fremden. Seine Haut darunter war weiß in dem schlammbespritzten Gesicht; es sah aus, als hätte er eine zweite, hellere Maske darunter getragen.

Der kleine Mann befühlte die Gabe und rieb sie mit den Fingern. Nun klang seine Stimme schon etwas freundlicher.

Die Männer an den Stangen bewegten das Floß vorwärts. Ein neuer Ausbruch des Schlammes schleuderte sie alle noch weiter, doch während Linn erschrocken die Luft anhielt, lachten die Einheimischen nur und stakten weiter.

Nival setzte sich zu ihr.

»Sie sprechen eine Art Lonarisch«, erklärte er halblaut. »Einen Dialekt, der es mir schwer macht, sie zu verstehen, aber es geht einigermaßen. Ich glaube, sie bringen uns jetzt auf festen Boden. Wenn wir Glück haben, lassen sie uns einfach gehen.«

»Und wenn wir kein Glück haben? Glaubst du, sie sind gefährlich?« Linn beobachtete die drei Männer verstohlen.

»Es würde sie jedenfalls nichts kosten, uns einfach wieder über Bord zu werfen.«

Der Sprecher wischte die Maske sauber und untersuchte sie eingehend, offenbar fand er Gefallen daran.

»Ich fühle mich nackt«, meinte Nival und strich sich über den Nasenrücken. »Man gewöhnt sich schnell daran, eine Maske zu tragen.«

»Hat dich die Stimme nicht gestört, die nach Tijoa ruft?«

»Seit wir dort waren, ist sie verstummt. Wir haben unsere Schuldigkeit getan, offenbar ist sie zufrieden. Ob dieser kleine Mann wohl den unbezähmbaren Drang verspüren wird, nach Quint zu reisen, sobald er sie aufgesetzt hat?«

»Warten wir's ab.«

»Was ist mit Arian?«

»Was soll mit ihm sein?«, fragte Nival, und wieder einmal wunderte sich Linn darüber, wie sie beide über den Prinzen sprechen konnten, als wäre er ein entfernter, etwas lästiger Verwandter.

»Wir müssen sie bitten, nach ihm zu suchen.«

»Es ist mir eigentlich ganz lieb, wenn er nicht da ist.«

»Glaub mir, es geht mir nicht anders. Aber trotzdem. Wir können ihn nicht allein durch den Sumpf irren lassen. Er findet nie im Leben hier raus.«

»Stört mich das?«, fragte Nival, und zum ersten Mal hatte die zauberhafte Leichtigkeit in seiner Stimme etwas Schneidendes.

»Das sagst du nicht im Ernst.«

»Warum nicht? Ich konnte seine Nähe aushalten, ohne zu brechen oder ihn zu erwürgen, aber muss ich um ihn bangen, wenn er unsere Vorräte stiehlt und sich davonmacht? Solange er keinem unsere Namen und unser Ziel verraten kann, soll mir das recht sein.«

»Du lügst«, sagte sie. »Tu nicht so, als wärst du jemand anders, als du bist. Du hast ihm bitteren Brei zu essen gegeben, aber an jenem Tag, als ich kam, war das Gericht süß und mehr als genießbar. Du hast seine Zellentür geöffnet, als ich es nicht konnte, damit er die Möglichkeit hatte zu entkommen. Natürlich wirst du ihnen sagen, dass noch jemand hier umherirrt.«

Er seufzte und sprach den Floßführer an, der jedoch nur mit einem grimmigen Blick antwortete.

»Mehr kannst du nicht tun?«

»Nicht jetzt. Ich werde es später noch mal versuchen.«

Das Floß kam nur langsam vorwärts. Die Dämmerung kroch heran, die vertrauten Tümpellichter glühten auf. Schließlich schob sich ein dunkles Gebäude in ihr Blickfeld – ein rundes, auf Stelzen gebautes Haus, das mit Flechten und Blättern bedeckt war. An einer Strickleiter stiegen sie hinauf, zunächst auf den balkonartigen Vorbau, der rundherum verlief, und nachdem ihr Retter sich einen Wortwechsel mit jemandem drinnen geliefert hatte, wurde ihnen die Tür geöffnet.

Die Frau, die vor ihnen stand, musterte die beiden eindringlich. Klein, wie sie war, mit den großen, dunklen Augen, erinnerte sie Linn an Mora. Missbilligend betrachtete sie die Schlammabdrücke der bloßen Füße. Ein Bad wäre Linn höchst willkommen gewesen, aber zu ihrer Rettung gehörte nicht, dass sie mit Luxus wie heißem Wasser oder einem üppigen Mahl versorgt worden wären. Die Hütte war innen mit geflochtenen Binsenmatten unterteilt. Sie und Nival wurden in eine kleine Kammer geführt, wo jemand saß, den sie kannten.

»Arian!«

Er hatte die kleine Schüssel Wasser, die ihnen zur Verfügung stand, bereits schlammbraun eingefärbt. Schuldbewusst grinste er sie an. »Also haben sie euch doch gefunden. Ich war mir nicht sicher, ob ich mich verständlich genug gemacht hatte.«

»Du bist einfach abgehauen!«, fuhr Linn ihn an.

»Das bin ich nicht«, widersprach er vehement. »Dein Verlobter hält sich für einen großartigen Moorführer, dabei hat er uns zu den tückischsten Stellen gebracht. Ich fand euren Weg falsch und wollte einen anderen suchen, und dabei bin ich auf diese Leute gestoßen. Freundlich sind sie ja nicht gerade. Mit Händen und Füßen habe ich versucht, ihnen zu erklären, dass ihr noch da draußen seid!«

»Er ist erstaunlich«, sagte Nival. »Erst verrät er uns, und dann tut er so, als ob er sein letztes Hemd dafür gegeben hätte, uns zu retten.«

Arian schnaufte wütend. »Ich wollte euch nicht im Stich lassen. Ich weiß, was ich dem Hohen Spiel schuldig bin. Glaubst du, ich riskiere es, so zu enden wie die Leute in den Geschichten?«

»Ach, Ihr glaubt an Geschichten?«, höhnte Nival.

Linn fand, dass es an der Zeit war einzugreifen. Sie stieß einen schrillen Schrei aus, der die beiden sofort zum Verstummen brachte. »Schluss! Ich werde versuchen, ihnen eine weitere Schüssel Wasser abzuschwatzen. Euer Gezänke im Hintergrund bringt mich dabei nur durcheinander.«

»Überlass das mir«, sagte Nival, schob die Matte beiseite, mit denen die Kammer verschlossen war, und sprach mit den Sumpfleuten.

»Er versteht ihre Sprache? Was kann er denn noch alles?« Arian musterte Nival, als dieser sich zu ihnen umdrehte, eine schwere Wasserschüssel in beiden Händen. »Ich kenne dich«, sagte er langsam. »Es liegt mir auf der Zunge … Ich habe dich im Schloss gesehen. Du bist einer der Schreiber! Natürlich, deshalb ist mir auch dein Name so bekannt vorgekommen. Nival. Ohne die Maske hätte ich dich sofort erkannt. Warst du nicht verunglückt?«

Das Wasser schwappte über den Rand. Hastig sprang Linn hinzu und half Nival, die Schüssel abzustellen. Ihre Blicke begegneten sich. In den grauen Augen lag wütender Hass.

Warnend schüttelte sie den Kopf.

Triumphierend wandte Arian sich an Linn. »Ich habe dir doch gleich gesagt, er ist nicht dein Verlobter aus Nelcken. Was wolltet ihr mir eigentlich weismachen? Was läuft hier? Was hast du mit einem Schreibergesellen meines Vaters zu schaffen?«

Linn tauchte den Finger ins Wasser. »Es riecht süß. Keine fauligen Zusätze.«

»Was bin ich froh«, seufzte Nival.

»Froh? Wir sind hier gefangen. Du hast dein Messer abgegeben, das war nicht besonders schlau.«

»Hätte ich gegen unsere Retter kämpfen sollen? Wir sind am Leben. Wir hatten nichts mehr zu essen, aber sie werden uns wohl kaum verhungern lassen.«

»Vielleicht doch. Oder sie verlangen auch für ihre Gastfreundschaft Bezahlung, und was haben wir noch anzubieten? Gar nichts.«

»He«, rief Arian dazwischen, »sprecht ihr jetzt nicht mehr mit mir?«

»Gib den Mut nicht auf.« Nival legte die Arme um sie und sagte es noch einmal: »Gib nicht auf, Linnia. Wir sind noch lange nicht am Ende.« Mit einem Seufzer wandte er sich an den Prinzen: »Ja, ich war einer der Schreiber, ein Geselle von Findun. Und? Die Gerüchte über meinen Tod waren übertrieben, wie Ihr seht.«

Sie verbrachten die Nacht auf der dünnen Matte, die die vom Sumpf aufsteigende Feuchtigkeit nicht abhalten konnte, nah beieinander, und in Nivals Umarmung fühlte Linn sich getröstet. Sie wagte sogar zu schlafen, obwohl es schwer war, sich fallenzulassen, nachdem sie in den vergangenen Nächten immerzu hatten fürchten müssen, in den Sumpf zu stürzen. Arian lehnte an der Wand, und als ein lauter Ruf sie weckte, sah er so müde aus, wie sie sich fühlte, dunkle Ringe unter den Augen.

Es war mitten in der Nacht. Schlaftrunken schälte sie sich aus Nivals Umarmung. Vor ihnen stand der Fremde, in der Hand hielt er die Maske. Aufgeregt rief er etwas. Hinter ihm drängten sich die übrigen Hausbewohner – die beiden Floßführer und die Frau.

Nival richtete sich auf und antwortete, zu Linns Erstaunen nicht in derselben Sprache, die er am Abend benutzt hatte, sondern mit Silben, die ihr vertraut waren, leise zischend. Die Sprache der Drachen.

Die Reaktion der Einheimischen war überwältigend. Sie beugten die Knie, senkten demütig die Köpfe, und gleich darauf begannen die Annehmlichkeiten der Gastfreundschaft, die Linn so vermisst hatte: Da wurden zwei große Zuber herangeschleppt und mittels einer raffinierten Rohrleitung mit Wasser gefüllt – warmem, zwar nicht klarem, aber auch nicht übelriechendem Wasser –, irgendetwas wurde gebrutzelt und verströmte einen unbekannten, nichtsdestotrotz köstlichen Duft.

»Was ist denn jetzt los?«, fragte Arian verblüfft. »Ist ihnen auf einmal klar geworden, wer ich bin?«

»Ich glaube kaum.« Linn war jetzt hellwach und beobachtete recht verdutzt das eifrige Treiben.

Die Frau gab dem Mädchen zu verstehen, sie sollte die Kleider ausziehen, damit sie sie waschen und ausbessern könne. Zu ihrer Erleichterung wurde Arian aus dem Raum geführt; ein Plätschern verriet ihr, dass er im Nebenzimmer sein eigenes Bad bekam.

Wohlig räkelte sie sich in dem warmen Wasser. »Was hast du ihnen denn bloß gesagt?«

Nival, der es sich in seiner Wanne gut gehen ließ, wirkte ebenso verblüfft wie sie.

»›Die Stimme des Drachen!‹, hat der Kerl gerufen, mehr nicht, und ich habe bloß geantwortet: ›Deshalb weckt Ihr uns?‹, und dann sind sie alle durchgedreht und wurden auf einmal so … so ehrfürchtig. Verstehst du, was hier vor sich geht?«

»Der Mann hat wohl die Maske aufgesetzt«, überlegte Linn. »Er hat sofort erkannt, dass die Stimme einem Drachen gehört.«

»Ich war bloß empört, weil sie uns mitten in der Nacht geweckt haben, und dann noch wegen so etwas. Sind sie etwa keine magischen Masken gewöhnt?«

»Ich wusste ja, dass du viele Sprachen beherrschst, aber seit wann gehört die Sprache der Drachen dazu?«

»Wieso? Sie sprechen Lonarisch, das sagte ich dir doch bereits. Der Ruf in der Maske wird wohl von jedem verstanden.«

Linn rubbelte sich den aufgeweichten Schlamm von der Haut. Wolken von Schaum verdeckten ihren Körper; auch von Nival war außer dem Kopf nichts zu sehen. Gerade tauchte er unter, um sich die Haare zu waschen. Linn musste warten, bis er wieder zum Vorschein kam.

»Ihr habt nicht Lonarisch gesprochen. Vorhin klang das ganz

anders. Ich konnte mal ein bisschen zaubern, Nival, vergiss das nicht.«

Er stutzte. »Ich habe einfach geantwortet. Mir ist dabei gar nicht aufgefallen, dass wir in eine andere Sprache verfallen sind. Ob sie wohl auch zaubern können?«

»Frag sie lieber, warum sie auf einmal so freundlich zu uns sind.«

Linn stieg aus dem Zuber und wickelte sich in das bereitliegende Tuch, das überraschend dick und weich war. Sie konnte Nivals Blick auf sich spüren, während sie ihm den Rücken zudrehte und sich nach etwas zum Anziehen umschaute – ihre eigenen schmutzigen Kleider waren verschwunden, also musste sie sich wohl mit dem großen Tuch begnügen, bis sie ihre Tunika zurückbekam.

»Komm her«, flüsterte Nival. »Oh bei Barradas, bist du schön.«

Seine Stimme klang nach tausend Drachen, nach tausend Gah Rans, und sie alle sangen. Sie riefen den Mond an und malten brennende Streifen an den Himmel, sie sprühten Funken, bis die Luft selbst zu brennen schien und alle Herzen in der Nähe entflammte.

Linn kniete sich neben seinem Zuber nieder, nahm sein Gesicht in ihre Hände und küsste ihn, und sein Kuss war wie seine Stimme, voller Licht, voller Magie, mehr, als ein Kuss zwischen Menschen überhaupt sein dürfte; vielleicht enthielt er eine Ahnung davon, wie Drachen einander lieben.

Dass er sie zu sich ins Wasser gezogen hatte, merkte sie erst, als Nival sie leise lachend von sich wegschob.

»Friss mich nicht auf, meine Liebe. Oh, sie haben uns neue Kleider gebracht, wie ich sehe. Aus feinster Seide. Halten sie uns für Könige?«

»Gütiger Arajas«, stöhnte Linn, »ich glaube, ich sterbe! Sie hätten sich wenigstens räuspern können!«

»Ziehen wir uns an, und finden wir heraus, warum sie nicht eingreifen, wenn jemand sich in ihrem Haus völlig danebenbenimmt. Vielleicht haben sie hier andere Sitten? Immerhin haben sie uns gemeinsam diesen Raum gegeben. Das wäre in Schenn undenkbar. Sie sprechen Lonarisch, aber in Lonar laufen die Dinge ebenfalls anders, und Fremde werden dort auch nicht gerade verwöhnt, die ghenaische Herrschaft über sie wirkt immer noch nach.«

»Wo bist du eigentlich schon überall gewesen?«, fragte Linn und schlüpfte nach einer flüchtigen Trocknung in eins der Gewänder.

»Noch nicht an allen Orten, wo ich sein möchte.«

Um ihre Verlegenheit zu überspielen strich sie sich das nasse Haar aus der Stirn. »Ich habe Hunger. Beeil dich.«

»Geh schon mal vor und kundschafte aus, ob sie uns verwöhnen oder vergiften wollen. Bei Barradas' Esel, ich würde selbst Gift schlucken, wenn es nur gut gewürzt ist.«

Es versetzte Linn einen Stich, wie leicht er über Gifte sprechen konnte, als wäre er nie angeklagt gewesen, den König vergiftet zu haben. Zu gerne hätte sie ihn gefragt, was wirklich an jenem entscheidenden Tag passiert war, aber sie fürchtete sich davor, das Lächeln aus seinem Gesicht zu vertreiben, dieses federleichte Lächeln, für das sie beide so viel bezahlt hatten.

»Barradas hat dich verraten«, sagte sie. »Arian ist misstrauisch geworden, weil du nie Arajas anrufst.«

»Selbst Arian zuliebe würde ich das nicht tun.«

Ängstlich beobachtete sie sein Lächeln. War Arians Name nicht wie ein Schlag für ihn, eine kleine Folter, die ihn an die große erinnerte?

»Ich habe einmal sogar einen neuen Gott erfunden, weißt du noch? Siaweh.« Um den Prinzen zu heilen. Auch das hätte er als Schlag auffassen können, denn immerhin hatte sie ihrer beider Leben riskiert, um Arian zu retten, und den Tod eines Zauberers verschuldet.

»Die lonarische Bratpfanne. Ja, wie könnte ich das vergessen.« Das Lächeln war nun nicht mehr auf seinen Lippen, dafür glänzte es aus seinen Augen. Nein, es war nicht bitter. Dunkel ja, und tiefer, als es sein sollte, aber nicht bitter. »Ich werde nie einen anderen Namen anrufen als Barradas«, sagte er leise. »Er ist unser Gott, der Gott der Tensi. Wir sind das Volk, das mit dem Wind zieht, von einem Ort zum anderen, und niemals ankommt. Ich bin in seine Arme gesprungen, und er hat mich erneut in den Wind geworfen, in einen Sturm, in dem ich federleicht bin. Hat es dir nicht in den Zehen gekribbelt, als wir uns geküsst haben? War dir nicht auch, als könntest du fliegen, leichter als ein Drache, bis in das Land hinter dem Mond, wo Fliegen dasselbe ist wie Träumen?«

»Du sprichst wie ein Drache«, flüsterte sie, »wie Gah Ran. Aber du küsst wie Nival.«

»Nein, ich rede wie ein Narr, und ich küsse wie ein König, oder jedenfalls hättest du das sagen können, wenn ich dir nicht zuvorgekommen wäre, Herbstmädchen.«

Stundenlang hätte sie an der Schwelle stehen und Unsinn reden können wie eine Betrunkene, aber sie schob die geflochtene Wand beiseite und ertappte Arian dabei, wie er bereits speiste, während die Hausherrin Teller und Gefäße füllte, kostete und würzte und ein ganz und gar verzweifeltes Gesicht machte, als erwartete sie, ein leibhaftiger Drache werde gleich auftauchen und alles, was nicht gut genug war, zu Asche verbrennen.

Sie aßen. Arians Gesicht glänzte wieder. »Hast du ihnen gesagt, dass ich der Prinz von Schenn bin? Wie praktisch, dass du ihre Sprache beherrschst.«

Nival lächelte nur. Er bezwang seine vorlaute Zunge, er kaute bedächtig und wechselte einige Worte mit ihren Gastgebern, und weitaus seltener, als Linn lieb war, wandte er sich an sie und übersetzte.

»Sie hoffen, dass alles zu meiner Zufriedenheit ist, und wünschen, dass meine Zauberin nicht so grimmig dreinblicken möge.«

»Deine Zauberin?«, fragte Linn.

»Zu *deiner* Zufriedenheit?«, fragte Arian.

»Ich glaube«, meinte Nival grinsend, »meine neuen Sprachfertigkeiten haben sie auf eine falsche Spur gelockt. Sie scheinen mich für eine hochstehende Persönlichkeit zu halten, eine äußerst hochstehende, nein, eine unfassbar hochstehende. So hoch, dass man fürchten oder hoffen möchte, sie könnte abheben und verschwinden.«

»Du meinst, sie halten dich für einen Drachen? So wie Scharech-Par?«

»Es sieht ganz so aus«, meinte er zufrieden und probierte ein ungewöhnliches Gericht, das einem der Tümpel glich, denen sie vor kurzem erst entkommen waren. »Rumariza, der Kerl, dem ich die Maske gegeben habe, entschuldigt sich außerdem wortreich dafür, dass sie die Schlammspritzer nicht aus meinem Seidengewand herausgewaschen bekommen. Er glaubt, dass ich es unbedingt benötige, und es tut ihm unendlich leid, dass er mich morgen früh in dieser gewöhnlichen schnöden Seide in ihr Ehrenhaus bringen wird, wo uns ihre Höchste Fliegerin empfängt.«

»Ihre höchste was? Sie sind aber keine Drachen, hoffe ich?«

»Unwahrscheinlich. Aber sie wissen, dass es Menschen gibt, die eigentlich Drachen sind. Ob Scharech-Par wohl schon mal hier war?«

»Oder ein anderer ValaNaik?«, ergänzte Linn hoffnungsvoll. Dieser Name bewegte die Gastgeber zu einer Unzahl an Ehrfurchtsbezeugungen. Sie knieten bereits, vollführten dafür aber mit dem Oberkörper jede Menge an demütigen Verbeugungen.

»Sie bringen uns also morgen hier weg«, überlegte sie.

»Nach Schenn«, rief Arian. »Sag ihnen, sie müssen uns nach Schenn bringen!«

»Ihr habt mir hier gar nichts zu befehlen!«, fuhr Nival ihn an.

Die Hüttenbewohner reagierten bestürzt, sie zogen sich ein paar Schritte zurück, und einer – der Sprecher, der die Maske erhalten hatte –, fragte vorsichtig etwas.

»Nein, ich bin nicht wütend«, sagte Nival vor sich hin, »nicht auf euch. Ich werde keinen Bann auf euch legen lassen. Ich will nicht schuld sein an irgendjemandes Tod. Geht in Eure Kammer, Prinz Arian, bevor sie Euch in meinem Namen bestrafen.«

Arian zögerte, blickte verwirrt von einem zum anderen und gehorchte schließlich ohne Widerworte.

Sobald er fort war, atmete Nival auf. Er wandte sich an die Sumpfleute und redete sie in der heiseren Sprache der Drachen an, mit ihrem Zischen, mit ihren uralten Zauberworten, und sie nickten mit den Köpfen, erschrocken und einverstanden, mit allem einverstanden. Die Frau blieb, die drei Männer verschwanden.

»Sie haben angeboten, ihn zurück in den Sumpf zu bringen, weil er mein Missfallen erregt hat. Meine Güte verwirrt sie. Anscheinend sind sie es nicht gewöhnt, einen Drachen gnädig zu erleben. Am liebsten würde ich ihr Angebot annehmen, weißt du?«

»Nein«, widersprach Linn, »das würdest du nicht. Du kannst nicht am Tod eines Menschen schuld sein.«

Er sah sie direkt an. »Ich habe ihn getroffen, den Tod. Dachtest du, er sei ein Bote der Götter? Das ist er nicht. Sie kommen selbst, weißt du. Sie legen ihre Arme um dich. Nicht alle, sondern dieser eine, dessen Namen in deinem Herzen ist. Barradas. Er drückt seinen Kuss auf deine Stirn … und die Krähen rufen so laut, dass du mit ihnen singen willst. Der Tod ist weder Freund noch Feind, er ist nichts als eine ausgestreckte

Hand, die zu dir kommt als Wind oder als Sturm oder als Flüstern …« Nival erbebte, und als er weitersprach, wurde seine Stimme wieder lauter und munterer. »Wenn der Tod zu Brahans Erben kommt, dann wird es nicht so schlicht zugehen wie bei mir. Vielleicht erheben sich sämtliche Götter von ihrem Lagerfeuer und beobachten ihn, wie er sich nähert, und begrüßen ihn als Helden. Oder auch nicht.« Er seufzte. »Gönne ich ihm nicht einmal das, einen Tod in den Armen des weichen Moores, warm und einhüllend? Ohne dass ich jemals die Gelegenheit hatte, ihm die Nase zu brechen? Irgendwann tue ich das, ich schwör's.«

»So sei es«, meinte Linn und sank schlaftrunken gegen seine Schulter.

17

»Ich melde mich zur Berichterstattung.« Agga klang wie ein Soldat. Sie hatte sich vor Rinek aufgebaut und blickte ihn herausfordernd an, wobei sie vorgab, Sion, die neben ihm saß, nicht zu bemerken. »Es war kein Problem, eine Anstellung als Dienstmädchen im Schloss zu ergattern«, verkündete die junge Frau stolz. »Obwohl Scharech-Par ständig darauf herumreitet, dass er Larans wahrer Erbe ist, sind nicht alle davon begeistert, einem Tijoaner zu dienen, erst recht nicht nach den jüngsten Geschehnissen im Hof.«

»Ha!«, sagte eine Stimme irgendwo hinter Rinek, dort, wo ein anscheinend leerer Stuhl aufgestellt worden war.

»Vielen bleibt allerdings nichts anderes übrig, als im Schloss zu arbeiten, denn in der Stadt geht alles drunter und drüber. Die Aufbauarbeiten kommen nicht voran, weil so viele Menschen geflohen sind, aber die Drachen treiben zurück in die Stadt, wen immer sie erwischen, und dazu gesellen sich noch die Flüchtlinge aus dem Gebirge und aus den umliegenden Städten. Das macht es nicht besser, denn die Neuen nisten sich in den Ruinen ein, anstatt dass sie damit beginnen, irgendetwas aufzubauen. Wenigstens sind die meisten Feuer inzwischen gelöscht.« Sie seufzte. »Und ich habe noch schlimmere Nachrichten.«

»Welche?«, fragten Rinek und der König gleichzeitig.

Es war noch immer nicht ganz klar, wer das Kommando innehatte. Pivellius beharrte darauf, der Herrscher dieser Stadt zu sein, doch den Befehlen eines Unsichtbaren Folge zu leisten fiel ihnen allen schwer, und nicht nur Agga erstattete lieber Rinek Bericht als dem leeren Stuhl.

»Tijoanische Soldaten treffen nach und nach in der Stadt ein.«

Rinek schlug die Hand vor die Stirn. »Das wäre auch zu schön gewesen, wenn wir nur Drachen und Zauberer gegen uns hätten. Soldaten, natürlich, sonst könnte er die Stadt nicht halten. Wo kommen sie bloß so schnell her?«

»Aus Yan«, antwortete Sion. »Von der Grenze ist es nicht so weit bis nach Lanhannat.«

»Natürlich«, murmelte der König trostlos. »Das musste ja geschehen. Während sich unsere Truppen irgendwo in der Ebene befinden. Ist überhaupt noch jemand von meinen Soldaten am Leben?«

»Die Drachen hindern sie daran, nach Schenn zurückzukehren«, erklärte Sion. »Aber wir haben sie nicht alle massakriert.«

»Wir?«

Dazu schwieg die Drachenfrau, und Rinek lenkte schnell ab, bevor Pivellius weiter nachhaken konnte.

»Also müssen wir einen guten Plan entwickeln, wie wir die Soldaten aus der Stadt und die Zauberer aus dem Schloss werfen. Sagt nicht, das sei unmöglich.« Rinek hatte noch keinen blassen Schimmer, wie er dieses Ziel erreichen konnte, aber schwierigen Herausforderungen konnte er nun mal nicht widerstehen. »Wir haben hier den rechtmäßigen König, ein paar alte Krieger, mich mit meinem, äh, Holzbein, und wir haben Informationen von der Gegenseite …«

»Ich bin keine Verräterin!«, fauchte Sion. »Ich bin …«

Alle sahen sie erwartungsvoll an.

»Ja?«, fragte Lireck.

»Das würde ich auch gerne wissen«, murmelte Agga.

»Seine, ähm … Getreue?« Sion suchte so krampfhaft nach

einem passenden Wort, das sie nicht vollends blamierte, dass Rinek ein Grinsen unterdrücken musste. Ein wenig Unsicherheit stand ihr gut, weckte in Rinek die Hoffnung, sie könnte vielleicht auch anschmiegsam und zärtlich sein. Er konnte die Augen nicht von ihr abwenden, als sie ihr glitzerndes Haar zurückwarf.

»Getreue?«, wiederholte Agga skeptisch.

»Ein Plan«, erinnerte Rinek rasch. »Wo setzen wir an? Wir brauchen zuerst mehr Informationen. Wie viele Soldaten in der Stadt sind, wie Scharech-Par sie einsetzen will. Hat er vor, sie die Stadt wieder aufbauen zu lassen, um sich beliebt zu machen, oder werden sie alles plündern? Wie will er die Flüchtlinge versorgen? Oder kümmert ihn dieses Problem gar nicht erst? Wie will er für Ruhe sorgen? Als Dienstmädchen kannst du vielleicht dabei sein, wenn Scharech-Par mit seinen Untergebenen spricht, aber wenn du dich bei allen wichtigen Gesprächen vordrängelst, wird das bald auffallen.« Er wandte sich zu dem leeren Stuhl um. »Majestät? Agga wird schon genug damit zu tun haben, uns mit Nahrungsmitteln zu versorgen – es sei denn, jeder hier ist auf Dauer mit Fisch zufrieden. Ihr wärt der ideale Spion.«

Eine Pause trat ein, während die Anwesenden auf die Reaktion des Königs warteten.

»Hm«, machte Pivellius schließlich.

Rinek beschloss, sich nicht allzu lange mit den Empfindlichkeiten eines Herrschers abzugeben. »Sobald wir mehr wissen, stricken wir uns einen Plan zurecht. Eins noch, mein König. Erliegt nicht der Versuchung, Euch an Scharech-Par oder die Zauberin heranzuschleichen und einen von ihnen umzubringen. Magier sind stets geschützt, und der Tijoaner war schon einmal tot und ist wieder auferstanden, als wenn nichts wäre. Damit würdet Ihr nur Eure Anwesenheit enthüllen, dabei ist Eure Unsichtbarkeit im Moment die beste Waffe, die wir besitzen.«

Ein Scharren auf dem Boden verriet, dass Pivellius aufgestanden war.

»Bitte seid leise. Man kann Euch zwar nicht sehen, dafür aber hören.«

»Ich bekomme das schon hin«, knurrte der König. »Wenn ich will, bin ich leiser als ein Geist. Macht Euch da nur keine Sorgen.«

»Während Ihr oben das Schloss auskundschaftet, werden wir uns im Labyrinth weiter umsehen. Es gibt doch Gefangene hier unten? Jeder Verbündete, den wir gewinnen, kann uns weiterbringen.«

»Ich erlaube nicht, dass verurteilte Verbrecher entlassen werden!«, rief Pivellius.

»Das müssen wir aber«, sagte Rinek. »Wer wird sie versorgen, wenn sie in ihren Zellen bleiben? Wir sind schon eine ganze Weile hier, und bisher ist mir nicht aufgefallen, dass jemand Wasser und Nahrungsmittel verteilt. Wenn wir sie nicht rauslassen, werden sie verhungern und verdursten.«

»Die meisten Kerker sind feucht genug. Die verdursten schon nicht.«

»Wir lassen sie raus und stellen ihnen frei, sich uns anzuschließen«, sagte Rinek, ohne auf den Einwand zu achten. »Solange ich hier das Sagen habe, erlaube ich nicht, dass Gefangene ums Leben kommen.«

»Äh, und wenn sie gefährlich sind?«, fragte Agga zaghaft.

»Ich glaube kaum, dass sie gefährlicher sind als ich. – Bleibt hier«, befahl er den Alten. »Bereitet Lagerplätze für weitere Verbündete vor. Ganz in der Nähe ist eine schöne, geräumige Höhle, in der Chamija noch vor kurzem einen Drachen gefangen gehalten hat. Wenn ich mich recht erinnere, war sie angenehm trocken. Agga, wenn du ein paar Decken aus dem Schloss stehlen könntest, würde uns das wirklich weiterhelfen. Sion, du kommst mit mir.«

Ob der König sich an die Arbeit machte, konnte Rinek nicht überprüfen, aber die anderen schwärmten folgsam aus.

Die Drachenfrau seufzte. »Das ist nicht dein Ernst, oder? Mit diesen Greisen und einem Dienstmädchen willst du einen Krieg führen? Hat dir schon mal jemand gesagt, dass du verrückt bist?«

»Mehr als einmal«, gab er zu.

»Der König hat recht. Du könntest schlimme Wesen auf die Menschen dort draußen loslassen. Sind die Lanhannater nicht gebeutelt genug?«

Rinek antwortete nicht. Hier brannten Fackeln an den Wänden – jemand kümmerte sich also um diesen Bereich des Labyrinths. Er sprang leichtfüßig eine Treppe hinauf, für die er früher dreimal so lange gebraucht hätte, und fing an, alle Türen aufzureißen, die auf den Gang führten. Hinter den meisten befand sich altes Gerümpel oder gähnende Leere, aber hin und wieder lohnte es sich.

»Ein Weinkeller, wie nett.«

»Du siehst nicht aus wie ein Trinker.«

»Bin ich auch nicht. Aber das kann nützlich sein, wenn wir in Feierlaune sind. Und hier, das finde ich ebenfalls nicht übel. Was wohl in den Kisten ist?«

»Das ist kein Geist.«

Rinek drehte sich um. Auf der Schwelle, den Weg nach draußen versperrend, hatten sich drei Männer aufgebaut, die zerrissene Uniformen der königlichen Wache trugen.

»Nein«, sagte ein anderer. »Nach einem Geist sieht das nicht aus. Eher nach einem Plünderer.«

»Wie viele von euch gibt es hier unten?«, fragte Rinek.

»Das wüsstest du wohl gerne.« Der eine schwang einen Knüppel. »Genug, um alle Eindringlinge davon abzuhalten, sich hier breitzumachen.«

»Ihr lebt hier? Also zündet ihr die Fackeln in den Gängen an?«

»Um die Geister abzuschrecken«, erklärte der Mann und beäugte Rinek misstrauisch.

Ihm war klar, dass er in seiner abgerissenen Kleidung wie ein Bettler aussah. Sion trat aus dem Schatten, wo sie die Kisten untersucht hatte; erschrocken fuhren die drei zurück, dann erkannten sie, dass es sich nur um eine Frau handelte. Rinek zweifelte nicht daran, dass seine Begleiterin auch in dieser Gestalt mit ihnen allen fertig werden würde, aber er wollte keinen Kampf. Er brauchte Krieger.

»Ihr könnt euch uns anschließen«, sagte er. »Wir sind unterwegs zu den Gefangenen, um sie freizulassen. Wer nicht bleiben und sich meinem Kommando unterstellen will, den werden wir aus diesem Labyrinth entfernen. Das gilt auch für euch.«

»Was bildet der Kerl sich ein? Soll das ein Scherz sein?«

»Kein Scherz. Eine Rebellion gegen den neuen König. Ein Tijoaner auf unserem Thron? *Das* klingt für mich nach einem schlechten Scherz. Wir werden uns formieren und zurückschlagen.«

»Wie viele seid ihr denn?«, fragte einer.

Darauf wollte Rinek nicht antworten, um sich nicht der Lächerlichkeit preiszugeben, deshalb sagte er: »Genug, um Scharech-Par wünschen zu lassen, er hätte nie auch nur einen Fuß nach Lanhannat gesetzt. Flüsterwespen sind zwar klein, aber sie können ein Pferd wahnsinnig machen. Das sind wir – die Flüsterwespen von Lanhannat.«

»Aha«, sagte einer der Soldaten mitleidig. »Die Flüsterwespen.«

»Geh zur Seite, Sion.«

Sein Wurzelfuß breitete sich aus und sammelte Kraft. Er sprang aus dem Stand ab, mit dem Kopf voran, die Arme nach vorne gestreckt, und riss alle drei zu Boden. Sein gelenkiger Fuß bemächtigte sich des Knüppels, doch er schlug nicht zu, sondern stand auf und blickte auf sie hinunter.

»Alles klar?«

Verwirrt rappelten sich die Soldaten auf. Einer wollte zornig auf Rinek losgehen, doch die anderen beiden hielten ihren Kameraden fest.

»Du kämpfst also für den König? Für den wahren Erben, der aus Schenn kommen wird, kommen muss?«

»Das tue ich«, sagte Rinek, der ihnen noch nicht verraten wollte, dass Pivellius am Leben war. Männern, die sich vor Geistern fürchteten, würde die Stimme eines Toten eher Angst einjagen, als sie anzuspornen. Wenn sie alle zusammenhielten, war es fast gleich, wen sie am Ende auf den Thron setzten – falls der König sein Unsichtbarkeitsproblem nicht in den Griff bekam, würde es jemand anders sein müssen. »Was wisst ihr über den Verbleib der Fürsten?«

Sie zuckten die Achseln. »Sind sie nicht alle tot?«

»Schließt ihr euch den Rebellen an? Gebt ihr mir euer Soldatenehrenwort?«

»Gegen Scharech-Par? Immer.«

Das musste ihm genügen.

»Gut. Und nun begleitet mich zu den Gefangenen. Wer weiß, wie viele wir heute Abend sind.«

In den ersten Zellen fanden sie ein paar schwache, zerlumpte Gestalten, die nur mühsam auf die Beine kamen. Rinek hielt den Soldaten eine Predigt, weil sie seit Tagen hier unten waren, ohne sich um die Eingesperrten zu kümmern, und riet den Befreiten, bei offener Tür zu warten, bis sie mit Wasser und Nahrungsmitteln versorgt werden konnten. Dasselbe wiederholte sich Zelle für Zelle – mit Männern in diesem Zustand konnte man nicht kämpfen und brauchte sich erst einmal auch nicht gegen sie zu verteidigen. Aus der nächsten Zelle stürmte ihm schreiend eine Frau entgegen, wild wie ein Blätterdachs. Sie war noch gut bei Kräften, lange konnte sie hier unten nicht geschmachtet haben, oder sie war besser versorgt worden als die männlichen Gefangenen.

»Sperrt mich gleich wieder ein!«, rief sie. »Glaubt ihr, ich unterstelle mich dem Feind? Soll sie sich ihre eigene Garde zusammensuchen, aber ich werde nie …«

»Mit Verlaub, meine Dame«, sagte Rinek, »aber hier liegt ein Missverständnis vor.«

»Das ist ja Ritterin Gunya!« Einer der Soldaten hob überrascht die Brauen. »Von der Drachengarde! Was macht Ihr denn hier?«

»Was wohl? Ich sitze hier und warte auf mein Ende!«, schrie sie ihn an. »Schickt Chamija euch, um mich zum Galgen zu bringen?«

»Das ist eine Rebellion«, erklärte der zweite Soldat, bevor Rinek es tun konnte. »Gegen Scharech-Par.«

»Scharech-Par?«, fragte Gunya. »Was ist mit Chamija? Wo ist Prinz Arian? Er hat uns verhaften lassen, weil wir uns geweigert haben, ihr zu gehorchen!«

»Chamija ist tot«, sagte Rinek, »der Prinz wurde schon lange nicht mehr gesehen, und Scharech-Par regiert über die Stadt. Dort draußen liegt alles in Trümmern, und …«

»Wir sind wie Flüsterwespen, wir werden die Tijoaner in den Wahnsinn treiben«, unterbrach der Dritte.

Rinek lächelte. Genau da hatte er sie haben wollen.

»Sind noch mehr von der Garde hier?«, fragte er.

»Alle, die noch am Leben waren«, meinte Gunya. »Nicht mehr viele. Man hat Okanion mit mir zusammen nach unten geschleppt.« Sie drehte sich in die dunkle Zelle um. »Kommt raus, Mädels.«

Die zottigen, zerlumpten Frauen, die in das Licht der Fackel stolperten, waren wohl kaum ebenfalls Ritterinnen gewesen, dazu waren manche von ihnen zu alt und andere wiederum zu jung. Rinek vermutete, dass man Gunya zu den Verbrecherinnen gesteckt hatte.

»Sion?«, fragte er. »Begleitest du sie an den See?«

Sie nickte, nur ein kleines, ärgerliches Funkeln verriet ihm, dass sie solche Dienste für unter ihrer Würde befand. Am liebsten hätte er alles unterlassen, das seine Chancen bei ihr minderte, aber er brauchte jeden Einzelnen. Vielleicht fand sich später noch eine Gelegenheit, ihr das zu erklären.

Mit den Soldaten zog er weiter. Die drei Männer waren immer eifriger dabei, Türen zu öffnen und Gefangene zu zählen.

»Ritter Okanion!«

Geradezu begeistert reagierten sie auf den Mann, der verdrossen im Stroh saß und ihnen sein kluges Gesicht zuwandte, dessen eine Hälfte eine einzige große Brandnarbe war.

»Und wer ist das?«, fragte Okanion und musterte Rinek ebenso intensiv wie dieser ihn.

»Es gibt eine Rebellion, Hauptmann Okanion«, erklärten die Soldaten. Auf einmal schienen sie unsicher, wem jetzt die Aufgabe des Anführers zufallen sollte, denn sie warfen Rinek unbehagliche Blicke zu. »Das, äh, ist …?«

»Rinek Lester«, stellte Linns Bruder sich vor. Er fragte sich, ob der Hauptmann das Kommando für sich beanspruchen wollte und was er selbst in dem Fall tun würde. Wenn man ihn hier nicht brauchte, würde er dann überhaupt bleiben?

»Kein Titel? Kein Rang?«

»Nein«, antwortete Rinek, aber eine Stimme dicht neben ihm widersprach vehement.

»Das ist Hauptmann Rinek Lester, Anführer meiner Rebellentruppe.«

Okanion zuckte zusammen, und die Soldaten fuhren zurück.

»Mein König?«, fragte der Ritter vorsichtig ins Dunkle hinein. »Seid … seid Ihr das?«

»Natürlich, wer sonst?«, knurrte der Gefragte.

Rinek lächelte in sich hinein. Langsam durchschaute er Pivellius. Der alte Mann hatte sich zwar mehr oder weniger zum

Spionieren bereit erklärt, aber die Befreiung seiner Gefangenen hatte er höchstpersönlich überwachen wollen. Dass er bis jetzt nicht eingegriffen hatte, rechnete Rinek ihm durchaus an.

»Ihr seid tot!«, protestierte einer der Soldaten, während die anderen noch weiter zurückwichen.

»Sehe ich so aus?«, rief der König ungehalten, dann fügte er hinzu: »Ich meine, höre ich mich so an? Ich wurde durch einen Trick vor Chamija gerettet. Das hier ist der Anführer des Widerstands, den ich zum königlichen Hauptmann ernannt habe. Er hat vor, Scharech-Par zu vertreiben, also gehorcht ihm gefälligst!«

»Welche Ehre«, murmelte Rinek, während die Soldaten schon die nächsten Türen öffneten, wo sie ein paar geschwächte, übelgelaunte Fürsten in den Zellen vorfanden.

»Wenn ich das nicht getan hätte«, knurrte Pivellius, »würdest du auf eigene Faust mitmischen, habe ich recht? So bleibst du wenigstens unter Kontrolle.«

»Der König lebt?«, riefen die Fürsten durcheinander. »Was ist mit Chamija? Wo ist Arian?«

Es dauerte eine Weile, sie über den neuesten Stand der Dinge zu informieren; weil Chamija sie aus dem Weg haben wollte, saßen sie schon seit geraumer Zeit hier fest.

»Woher habt Ihr diese Kette?«, flüsterte Okanion, als sie sich alle auf den Weg zum See machten.

»Ich hoffe, ich kann sie eines Tages meiner Schwester zurückgeben.«

»Linnia ist Eure Schwester? Linnia Harlon?«

»Jawohl«, sagte Rinek.

»Das habe ich gehört«, sagte der König hinter ihm, Entsetzen in der Stimme. »Du bist also auch ein Verbannter? Gerade eben habe ich dir eine Hauptmannsstelle gegeben!«

»Keine Panik«, entgegnete Rinek. »Ich bin kein Harlon. Keine Blutsverwandtschaft. Ich bin nur das, was mein Landvogt und seine Kollegen im Umkreis einen notorischen Unruhestifter nennen.«

»Na, Belim sei Dank«, murmelte der König und sagte nichts mehr.

Rinek nahm an, dass das dezente Lachen, das er nicht unterdrücken konnte, den stolzen Unsichtbaren vertrieben hatte. Doch dann wurde er schlagartig wieder ernst. Irgendwie musste er Agga beibringen, dass alle diese Leute Hunger hatten und ihrem geliebten Schwein Übles bevorstand.

Pivellius tobte. Die am See versammelte Menge war damit beschäftigt, sich häuslich einzurichten, viele schliefen, andere unterhielten sich leise. Der Wutschrei des Königs schreckte alle auf, und auch diejenigen, die sich bisher geweigert hatten, daran zu glauben, dass er noch lebte, fragten verwirrt ihre Nachbarn: »War das nicht der König?«

»Dieser Schuft!«, schrie Pivellius. »Larans Erbe? Dass ich nicht lache! Ein verdammter Tijoaner, das ist er! Ein Zauberer, der an den Galgen gehört!«

»Beruhigt Euch, Majestät«, sagte Rinek. »Erzählt mir, was Ihr erfahren habt.«

Als der König nicht aufhörte, wild herumzubrüllen, wurde auch Rinek lauter. »Schweigt endlich still!«

»Wie redet Ihr mit mir!«, empörte sich der König. »Ich dulde nicht, dass …« Er brach ab, als ihn ein Schwall Wasser traf.

Sion grinste frech, den Eimer noch in der Hand. »Entschuldigung«, sagte sie trocken.

»Kommt mit mir, Majestät«, sagte Rinek in die plötzliche Stille hinein. »Wenn es schlechte Neuigkeiten gibt, müssen wir sie nicht vor allen erörtern.«

Die platschenden Schritte an seiner Seite wiesen darauf hin, dass der alte Mann ihm folgte. Rinek führte den König in eine Nebenkammer und erklärte den Ort kurzerhand zum geheimen Beratungszimmer. Sion schlüpfte mit hinein und schloss die Tür.

Er hob die Brauen.

»Was denn? Ich muss dich beschützen.«

»Sion, das ist der König. Du musst mich nicht beschützen.«

Stur blieb sie an der Tür stehen, und er wandte sich dorthin, wo ein stetiges Tropfen jemanden mit nassen Kleidern verriet.

»Er will die Schatzkammer plündern«, sagte Pivellius, der zu Rineks Erleichterung kein Wort über die ihm zugefügte Untat verlor. »Scharech-Par will mein Gold dafür nutzen, die tijoanischen Soldaten zu bezahlen! Sie haben schon angefangen, das Schloss auszuräumen, Bilder, Teppiche, Vasen …« Seine Stimme brach beinahe, aber er fing sich wieder. »Meine Eltern und Großeltern, mehrere Generationen haben diese Dinge zusammengetragen!«

»Werden sie die Stadt aufbauen?«, fragte Rinek. »Mit dem Geld?«

»Was sollten sie damit kaufen?«, fragte der König zurück. »Es gibt hier nichts mehr. Er wird es verteilen, und seine Leute werden es nach Tijoa mitnehmen, wenn sie gehen.«

»Sie ziehen also bald wieder ab?«, warf Sion ein. »Das klingt doch eigentlich ganz gut.«

»Versteht ihr denn nicht! Sie berauben mich! Soll ich tatenlos zusehen, wie sie alles forttragen, was mir gehört?«

»Nein«, sagte Rinek langsam, »gewiss nicht tatenlos, und nein, wir werden nicht zusehen. Scharech-Par räumt das Schloss aus? Das können wir schon lange.« Er wandte sich an Sion. »Frag Gunya, wie viele Diebinnen in ihrer Zelle gesessen haben. Wir werden sie in Dienstmädchenkleidung stecken und nach oben schicken.«

»Scharech-Par ist ein mächtiger Zauberer«, wandte der König ein.

»Dann zeigen wir ihm mal einen Trick, den er vielleicht noch nicht kennt«, meinte Rinek. »Lassen wir verschwinden, was nicht niet- und nagelfest ist. Hier unten ist Platz genug. Richten wir uns ein Schloss ein!«

»Ihr seid ja verrückt«, murmelte Pivellius. »Was erwartet Ihr, dass ich da oben herumschleiche und Wache schiebe, während sich die Diebe bedienen? Ich kann kaum gehen. Ich bin ein alter Mann!«

Rinek strich sich nachdenklich übers Kinn. Er wollte ungern Kraft opfern, aber diese Tat würde sich lohnen. »Wenn mir jemand alles Nötige besorgt«, sagte er und blickte dabei Sion an, »könnte ich Euch vielleicht heilen.«

»An den Mauern hängen genug Drachenschuppen ohne Bestimmung«, meinte Sion. »Wenn wir es geschickt anstellen, müsste es möglich sein, eine oder sogar ein paar zu besorgen.«

»Wie wollt Ihr mir helfen? Mit Zauberei? Verflucht! Geh zur Seite, Frau, ich will hier raus.«

Sion rührte sich nicht von der Stelle. »Ihr hört ihn an, bis zum Ende.«

»Ich werde Euch nichts aufzwingen«, sagte Rinek. »Wenn Ihr nicht wollt, dürft Ihr Eure Schmerzen gerne behalten. Überlegt es Euch. Allerdings betrifft das nur Eure eigene Person. Für die Sicherheit der anderen werde ich ein paar Vorbereitungen treffen. Ohne Zauberei werden wir es nicht schaffen, Eure Schätze zu retten. An die Sache mit der Unsichtbarkeit traue ich mich nicht heran, aber es gibt sicher noch andere Möglichkeiten, einen Diebstahl zu erleichtern. Ein Zauber, der die Schritte unhörbar macht. Oder die Wächter blind für das, was sich vor ihren Augen abspielt. Dazu ein Zauber, der eine schwache Diebin stark genug macht, um eine ganze Kiste voller Goldstücke wegzuschleppen. Ich lasse mir etwas einfallen, für Vorschläge bin ich offen.«

Sion grinste anerkennend. Den mürrischen Gesichtsausdruck des Königs konnte Rinek sich gut vorstellen.

»Dann los. Weihen wir die anderen ein.«

Es dauerte noch einige Tage, bis sich die ehemaligen Gefangenen so weit erholt hatten, dass sie für Rineks Vorhaben bereit waren. In der Zwischenzeit arbeitete Agga brav in ihrer neuen Stelle im Schloss und erwirkte eine Anstellung für zehn weitere Mädchen und acht Männer. Dem König fiel es hörbar schwer, die Verbrecher in der Riege der Rebellen zu akzeptieren – er zog sich zurück, wann immer es ging, und man hörte ihn schnaufend und schimpfend durch die Gänge des Labyrinths geistern. Rinek hoffte nur, dass er nicht stürzte und irgendwo verletzt liegen blieb.

»Wir sind bald so weit«, verkündete Gunya, die besonders eifrig mitgewirkt hatte, von einer fast unheilvollen Rachsucht besessen. »Der Wachmann unten am Portal zum Keller gehört zu uns.« Sie grinste. »Scharech-Par hat alle wichtigen Türen mit seinen eigenen Leuten besetzt, aber dass es hier unten etwas Bedeutendes geben könnte, davon hat er keine Ahnung. Ich habe mit allen gesprochen, sie sind bereit für den Zauber. Wenn wir es diesen Zauberern nur zeigen können, indem wir zu denselben Mitteln greifen, soll uns das recht sein. Welche Arten von Magie habt Ihr für uns, Herr Rinek?«

»Für all das, was mir vorschwebt, bräuchte ich eine Armee von Zauberern«, seufzte er.

»Wenn wir vorher schon eigene Zauberer gehabt hätten, wäre das alles gar nicht passiert«, warf Nezky ein, einer der befreiten Fürsten. Er zählte zu den wenigen, die offen darüber zu sprechen wagten, wie nützlich Zauberei war, selbst in der Gegenwart des Königs. Das Rebellenleben unter der Erde hatte viele Menschen innerlich aufgewühlt, die alten Regeln galten nicht mehr, und während manche sich verzweifelt an die Traditionen und das Gewohnte klammerten, streiften andere die Fesseln ab und zeigten ihr wahres Gesicht.

»Es war ein Fehler, die Magier hier bei uns auszurotten, während sie in Tijoa immer stärker wurden«, sprach Nezky weiter, ermutigt von einigen, die zustimmend nickten. »Nun brauchen wir jeden, der auch nur ein wenig schwaches Talent zeigt, um gegen den mächtigsten Zauberer überhaupt antreten zu können.«

»Machen wir jetzt das Beste draus«, sagte Rinek, bevor sich eine Diskussion über die Fehler der Vergangenheit entspinnen konnte.

Wenig später nahm ihn der Fürst beiseite. »Ich hoffe, es war vorhin nicht zu deutlich, dass ich auf der Seite der Zauberer stehe. Der König könnte schlecht über mich denken.« Er blickte sich hektisch um. »Er ist nicht hier, oder?«

»Ich glaube nicht. Ich sollte diesen Beratungsraum gegen das Eindringen unsichtbarer Spione absichern. Wisst Ihr vielleicht, wie das geht?«

»Ich?«, japste Nezky.

»Habt Ihr magisches Talent?«

Der Mann seufzte. »Merkt man das? Ich konnte mich vorhin einfach nicht zurückhalten.«

»Also seid Ihr auch ein Zauberer«, stellte Rinek zufrieden fest. »Das ist gut. Ich brauche Unterstützung dabei, die Leute auszurüsten. Ich bin ein Anfänger, vergesst das nicht, und mein Talent ist nicht besonders ausgeprägt. Ihr werdet mir helfen müssen.«

Nezky verzog das Gesicht. »Ich weiß nicht … Ich habe nie die Grenzen meiner Gabe erprobt.«

»Dann tut Ihr es eben jetzt.«

»Der König darf nichts davon erfahren! Jetzt duldet er alles, weil ihm nichts anderes übrigbleibt, aber was wird später sein?«

»Er wird doch gewiss nicht vergessen, wer ihm zum Sieg verholfen hat?«

Der Fürst zuckte mit den Achseln. »Weiß man es? Der König ist der König.«

Rinek verbot sich, darüber nachzugrübeln, was das für sein eigenes Schicksal bedeuten mochte. »Gut. Dann helft Ihr mir eben heimlich, so gut es geht. Ihr seid für die Verzauberung von Gegenständen zuständig, ich kümmere mich um die Menschen.«

Nezky nickte zaghaft. »Viele Zauber kenne ich nicht.«

»Ich habe eine gute Beraterin.« Rinek wusste, wie Agga reagieren würde, wenn er noch mehr Zeit mit Sion verbrachte, aber daran führte kein Weg vorbei.

»Ein paar weitere Zauberer wären mir lieber.«

Einen kurzen Moment lang dachte Rinek an Moras Küche. An Agga, die backte, und den König, der würzte. *Caness.* Sollte er Nezky mitteilen, dass auch Pivellius magisches Talent besaß? Oder würde das den König am Ende dermaßen in Wut versetzen, dass er versuchte, alle Mitwisser zu beseitigen?

Rinek beschloss, dieses kleine Geheimnis lieber für sich zu behalten. »Legen wir los«, sagte er. »Zeigen wir Scharech-Par, dass er nicht der einzige Zauberer hier ist.«

18

Das verwaschene Licht über dem Sumpf deutete darauf hin, dass die Mittagszeit nicht weit war. Einen Moment lang lag Linn träge da und fragte sich, was das Rauschen, das sie geweckt hatte, zu bedeuten hatte. Es dauerte eine Weile, bis sie darauf kam, dass es zu gewaltigen Flügeln gehören könnte. Außerdem wackelte das Haus, als würde ein Sturm daran rütteln. Ein Schrei ertönte, der ihr das Blut in den Adern gefrieren ließ. Sie rollte sich herum und stellte fest, dass Nival bereits verschwunden war. Hastig wusch sie sich das Gesicht und fuhr sich in Ermangelung eines Kamms mit den Fingern durch die Haare.

Als sie nach draußen auf den Balkon trat, prallte sie fast zurück.

Auf der Brüstung, die um das runde Haus verlief, hockte ein Vogel, der das ganze Gebäude in Schwingungen versetzte. Er war riesig – nicht mit einem Drachen vergleichbar –, aber sein Leib war größer als der eines Menschen, und die ausgebreiteten Flügel, mit denen er das Gleichgewicht hielt, maßen drei oder vier Gildreks. Der Schnabel des gewaltigen Tieres war nach unten gebogen, sonst hätte es dem Sumpfmann, der es zwischen den Augen kraulte, die Brust damit durchbohren können.

Der Vogel war so abgrundtief hässlich, dass Linn ihn nur voller Entsetzen anstarren konnte.

»Damit fliegen wir«, sagte Nival vergnügt. Er kam hinter

dem Haus hervor, wo ein lautes Krächzen die Anwesenheit eines weiteren gigantischen Exemplars verriet. »Unsere Gastgeber haben sich gewundert, dass ich keinen Drachen dabeihabe, und sie wollten keine Garantie dafür übernehmen, dass die Geier mich tragen, aber die Tiere sind erstaunlich friedlich mir gegenüber.«

»Es sind also Geier?«

»Kappengeier. Der hier wird dein Reittier sein. Ist er nicht süß?«

Der Vogel krächzte; es klang wie eine unheilvolle Drohung.

»Nie im Leben steige ich auf dieses Vieh.«

»Du musst«, sagte Nival. »Sie erweisen uns eine große Ehre damit. Niemand sonst fliegt mit den Geiern als das Felsvolk selbst. Arian wurde übrigens bereits weggebracht. Es ist üblich, dass Diener vor ihren Herren ankommen, damit sie alles vorbereiten können.«

»Felsvolk? Ich dachte, sie leben im Sumpf.«

»Das hier ist nur eine Art Außenposten. Es gibt viele davon in diesem Moor, das sie übrigens Suppenkessel nennen. Sie überwachen ihre Grenzen sehr sorgfältig. Anscheinend wussten sie schon seit Tagen von unserer Anwesenheit und haben interessiert zugesehen, wie wir uns behaupten. Das tut ihnen jetzt natürlich unendlich leid. Aber sie sind es nicht gewöhnt, dass Drachen oder Zauberer zu Fuß kommen.«

»Werden sie nicht langsam misstrauisch?«

»Das wird nicht ausbleiben, fürchte ich.« Nival lächelte Rumariza, der ehrerbietig wartete, huldvoll zu. »Aber solange es klappt, werden wir das ausnutzen. Steig jetzt endlich auf das verdammte Vieh und tu, als könnte dich nichts schrecken. Du bist eine Zauberin, vergiss das nicht.«

Der Geier trug einen Sattel, wie Linn jetzt bemerkte. Einen geflochtenen Sitz aus leichten Binsen, der am Leib des Vogels festgeschnallt war.

»Ich würde lieber gegen einen Drachen kämpfen«, murmelte sie, während sie sich von Nival auf die Brüstung helfen ließ und von dort aus auf den Sattel kletterte. Zum Glück gab es einen Knauf, an dem sie sich festhalten konnte, und auch eine Art Steigbügel. Verkrampft presste Linn die Schenkel gegen den Vogelkörper.

»Ich sterbe«, murmelte sie. »O Arajas, sei mir gnädig.«

Von hier aus konnte sie sehen, wie Nival behände auf das Geländer sprang und sich leichtfüßig auf den Rücken des Geiers schwang. Bei ihm sah alles so einfach aus, so selbstverständlich. Sie dagegen zuckte schon zusammen, als der Vogel nur den Kopf wandte und sie mit seinem starren goldenen Auge prüfte – er schien zu überlegen, ob er sie als Reiterin oder als Beute betrachten sollte.

Vielleicht war Nival dafür geboren, aber sie nicht. Sie auf jeden Fall nicht.

Mit einem Schrei näherte sich ein dritter Geier, und Rumariza stieg in den Sattel. Er bellte einen Befehl, dem die Tiere von Linn und Nival unverzüglich Folge leisteten. Sie schwangen sich in die Luft und folgten dem erfahrenen Reiter, und Linn war so sehr damit beschäftigt, sich im Sattel zu halten, dass sie gar keine Zeit mehr dafür hatte, sich zu fürchten.

Berge, so weit das Auge reichte. Schnee. Felsen. Schroffe Hänge, Schluchten, schneebedeckte Plateaus. Linn krallte sich an den Sattelknauf und hatte keinen Blick für die Schönheit dieser Gegend. Als es im Sturzflug hinunterging, hoffte sie nur, nicht ohnmächtig zu werden – ein Wunsch, der in Erfüllung ging. Trotzdem war ihr schwarz vor Augen, und matt hing sie auf dem Vogelrücken und wartete darauf, dass die Welt sich aufhörte zu drehen.

»Du kannst absteigen«, sagte Nival. »Wir sind da.«

Ich kann nicht. Nein, nicht einmal auszusprechen vermochte sie das, sich nicht rühren, sie musste warten, bis er sie aus dem Sattel hob, und undeutlich wurde ihr bewusst, dass eine ganze Delegation festlich gekleideter Felsleute zusah.

Irgendwie schaffte sie es, sich gerade zu halten und an Nivals Seite die Stufen hochzusteigen, die Hand auf seinem Arm. Außer diesen Stufen sah sie gar nichts, Stufen aus Fels, glatt poliert von den unzähligen Füßen, die hier schon entlanggegangen waren. Erst als sie oben angelangt waren, drehte sie sich um.

Vor ihren Augen breitete sich eine Stadt aus. Eine Stadt im Fels. In die Berge eingefügt wie eine Maßanfertigung.

Die Häuser, flach und grau wie Steine, waren kaum von der Umgebung zu unterscheiden. Bunte Tücher an den Fenstern wehten im Wind wie gefangene Schmetterlinge. Linn nahm auch endlich das Gebäude wahr, an dem sie hochstiegen – das höchste Haus von allen, das nur aus Treppen zu bestehen schien. Aus breiten, geraden, gekrümmten, schmalen, jeder erdenklichen Art von Stufen und Vorsprüngen, und überall dort, wo Platz war, hockten Kappengeier. Ihre grellen Kopffedern leuchteten mit den Stofffetzen an den Häusern um die Wette. Zwischen ihnen kletterten kleine, pelzige Affen umher, die den hackenden Schnäbeln geschickt auswichen.

»Seid willkommen.« Die tiefe Stimme gehörte einer Frau. Sie konnte nicht viel älter als Linn sein, doch ihr steingraues Gewand war mit unzähligen Edelsteinen besetzt und wies sie als bedeutende Persönlichkeit aus. Linn fand sie recht hübsch – sie hatte ein schmales, fast kindlich wirkendes Gesicht, das von ihrem üppigen schwarzen Haar fast verdeckt wurde. »Seid willkommen«, wiederholte sie, legte die Handflächen aneinander und kniete vor Nival nieder.

»Ihr sprecht unsere Sprache?«, fragte Linn verblüfft.

Die Frau erhob sich wieder. Sie warf Nival einen kurzen fragenden Blick zu, als sei sie sich unsicher, welche Antwort darauf die richtige war. »Ich bin Hariza, Höchste Fliegerin des Felsvolks. Es entspricht meiner Position, mit allen Völkern südlich des Stillen Meeres verhandeln zu können, deshalb beherrsche ich natürlich die wichtigsten Sprachen. Auch wenn der Tag in weiter Ferne liegen sollte, waren wir stets darauf bedacht, unsere Pflichten zu erfüllen, und wenn es nötig ist, können wir wieder unsere Aufgaben übernehmen, wie wir es immer getan haben.«

»Wir bewundern Eure Weitsicht und Euer Wissen«, sagte Nival höflich.

»Worte fliegen leicht«, erwiderte Hariza und verbeugte sich noch einmal.

Zusammen mit der wartenden Schar Felsleute betraten sie den steinernen Palast.

Es war kein Palast für eine Königin. Jedenfalls nicht sichtbar. Die Ausstattung des großen Saales, in den man sie führte, war bemerkenswert schlicht. Die mit bunten Tüchern verhängten Wände boten ansonsten nichts, woran das Auge hängen bleiben konnte – keine Gemälde, keine Verzierungen, nichts. Der Boden war glatt poliert, aber weder aus Marmor noch aus kostbaren Hölzern. Für die Möbel hatte das Felsvolk Material aus dem Sumpf hergeschafft – alle Sitzgelegenheiten und sogar die Tische waren aus Binsen geflochten. Hariza besaß weder einen Thron noch sonst ein Merkmal ihrer Würde. Sie geleitete ihre Gäste an den Tisch, auf dem in schlichten Schüsseln etwas zu essen bereitstand. Linn, die lieber nicht ans Essen denken wollte, betrachtete stattdessen lieber die kunstvoll gebogene Lehne ihres Stuhls. Hinter Nivals Platz stand Arian, ebenfalls leicht grün um die Nase von dem Flug. Sie zwinkerte ihm zu, aber er machte ein grimmiges, abweisendes Gesicht. Irgendjemand musste ihm erklärt haben, dass er während der ganzen Mahlzeit stehen musste, um seinen Herrn zu bedienen.

»Was ist das?«, fragte Nival erschrocken.

In einer Ecke des Saals hockte auf einem Lager aus Stroh ein unglaublich hässliches, nacktes Wesen, das seltsame Geräusche von sich gab.

»Eins unserer Küken«, erklärte Hariza liebevoll. »Sie werden zahmer, wenn sie bei Menschen aufwachsen. Wir füttern es mit Speiseabfällen.«

»Oh.« Der kleine Geier machte selbst Nival sprachlos. »Nun ja, es ist … entzückend.«

Linn überließ Nival die höfliche Plauderei bei Tisch. Er schlug sich tapfer, fand sie, doch vielleicht kam ihr das auch nur so vor, weil die Felsleute allem, was er sagte, voller Ehrfurcht zustimmten. Dass Arian die ganze Zeit hinter ihm stand, schien ihn nicht im Geringsten nervös zu machen.

Linn trank ein wenig von dem kalten Wasser, dem einzigen Getränk, das hier zur Verfügung stand, und wünschte sich, Nival würde auf irgendeine geschickte Art endlich herausfinden, wo Steinhag lag und wie sie dorthin gelangen konnten. Doch er hielt sich zurück, was wahrscheinlich klüger war. Dieses merkwürdige Volk, das sich offenbar als Diener der Drachen betrachtete, durfte auf keinen Fall merken, dass der angebliche Drachenmensch keine Ahnung hatte, wo sich seine eigene Heimat befand.

Arian hatte sich unterdessen wohl von dem Flug erholt. Er nahm Haltung an, hob stolz das Kinn, und weder Hunger noch Erschöpfung waren in seinem Gesicht zu lesen, als er sich nach vorne beugte und fragte: »Darf ich Euch einschenken, der Herr?«

»Bitte sehr«, meinte Nival freundlich.

»Welch erlesene Gesellschaft für einen Schreibergesellen«, zischte der Prinz.

»Rumariza wird Euch herumführen«, sagte Hariza. Der Floßführer, der sie im Sumpf aufgelesen hatte, nickte ehrfürchtig.

»Wenn Ihr ihm bitte folgen wollt? Euer Diener kann inzwischen Euer Gemach herrichten.«

Arian schaffte es davonzuschreiten, als würde ihm dieser Palast gehören.

Er tauchte den ganzen Nachmittag nicht mehr auf. Während Linn und Nival sich die Nester der Geier auf dem Palastfelsen ansehen durften, glänzte der Prinz durch Abwesenheit. Erst am Abend trafen sie wieder aufeinander. Die Dämmerung kam früh, Dunkelheit kroch über das Tal, und eine Felsfrau zeigte ihnen ihre Gemächer. Auch hier gab es keinen Reichtum zu bewundern, aber Linn merkte, dass ihre Gastgeber sich Mühe gemacht hatten, alles zu ihrer Bequemlichkeit zu gestalten. Das breite Bett – aus irgendeinem Wassergras geflochten – war mit üppigen Decken und Kissen bestückt.

»Ein Zimmer für euch beide.« Arian trat aus einer Nebentür. »Sie ziehen rasch ihre Schlüsse, das muss man ihnen lassen. Ich durfte übrigens den Boden fegen. Dafür haben sie mich sogar neu eingekleidet.« Sein Gewand war felsgrau und reichte ihm bis zu den Knien. Die Stiefel machten beim Gehen keine Geräusche. Sein schwarzes Haar war ordentlich geschnitten, er hatte sich rasiert, und die dunklen Brauen beschatteten seine finsteren Augen. »Was führen wir hier eigentlich für eine Maskerade auf?«

»Eine, die andauern muss, bis wir alles erfahren haben, was wir wissen müssen«, sagte Nival, der sich eine Waschschüssel besah, die durch über die Wand fließendes Wasser gespeist wurde.

»Ich werde keinen Augenblick länger deinen Diener spielen!«

»Oh doch«, sagte Nival, »das werdet Ihr. Sag's ihm, Linnia. Er muss dir gehorchen.«

»Es tut mir leid, Arian«, sagte sie. »Es geht nicht anders.«

»Ach ja?«, fragte er wütend. »Tust du neuerdings alles, was dieser Kerl will? Es geht ihm nur darum, mich zu demütigen! Was schadet es, wenn sie wissen, wer ich bin? Ich könnte ein Abkommen mit ihnen schließen.«

»Nein, das könnt Ihr nicht«, meinte Nival.

»Siehst du? Das tut er ständig!«, rief Arian wütend und ballte die Fäuste.

»Jetzt vertragt euch!« Linn legte dem Prinzen die Hand auf den Arm. »Hier ist nicht der richtige Ort, um sich zu prügeln!«

»Dafür scheint mir jeder Ort richtig!« Arian streckte die Hand aus und zupfte an Linns Kleid. »Was ist das für ein Stoff? Hütten, in denen es so gut wie nichts gibt, aber Gewänder, die ein Vermögen kosten. Wir sind hier in Berat. Ich dachte, die Leute im Gebirge jagen Hühner und Schneeziegen. Sie treiben Handel mit Tijoa, das war mir bekannt. Ich wusste nur nicht, womit. Ihr könnt mir nicht die Gelegenheit verwehren, ein Abkommen mit Berat zu schließen!«

»Dieser Ort mag zum Königreich Berat gehören, aber diese Leute sind keine Berater«, sagte Nival. »Sie sprechen einen altertümlichen lonarischen Dialekt, und wie ich den Gesprächen entnehmen konnte, haben sie seit alters her den Drachen gedient.«

»Wir sind also bei Drachendienern?« Arian lächelte verächtlich. »Vielleicht hätten sie mich nicht freilassen sollen. Immerhin bin ich ein Drachenjäger.«

»Verratet das bloß keinem«, warnte Nival. »Sie halten mich für einen Drachen, nur deshalb wurden wir hier aufgenommen.«

»Du ein Drache?« Arian lachte schallend.

Nival hob warnend die Hand. »Nicht so laut. Es könnte bei unseren Gastgebern übel ankommen, wenn jemand den Drachen anschreit. Schon im Sumpf wollten sie Euch dafür an den Kragen. Geht lieber wieder in Eure eigene Kammer zurück, bevor unsere Tarnung auffliegt. Morgen stehen uns wichtige Gespräche bevor.«

»Den Drachen anschreien«, murmelte Arian höhnisch. »Ja, in der Tat, wie kann ich es nur wagen. Was glauben diese verrückten Felsleute, dass Drachen von Zauberern in Menschen verwandelt werden können? Wie unsinnig ist das denn? Das ist noch unglaublicher, als dass irgendein Mensch sich zum Diener eines Drachen machen lässt.«

»Scharech-Par ist ein Drache«, sagte Linn. »Das hast du doch mitbekommen.«

Der Prinz lächelte noch ein wenig breiter, als hätte er es mit Kindern zu tun, die ein bisschen begriffsstutzig waren. »Ihr seid verrückt«, sagte er. »Ihr alle. Es ist ansteckend, Linnia. Ich sollte dich einfach packen und mitnehmen. Schließlich ist es meine Pflicht, auf dich aufzupassen.«

»Raus hier«, sagte Nival mit Autorität, und zu Linns Erstaunen gab Arian nach und verschwand durch dieselbe Tür, durch die er eingetreten war.

»Es war ein Fehler, ihn mitkommen zu lassen. Ich traue ihm nicht. Leider tut er nichts, um sich bei uns beliebt zu machen.« Er zögerte. »Ich sollte mich inzwischen an seine Anwesenheit gewöhnt haben, aber jetzt erst merke ich, wie gut ich mich gefühlt habe, als er weg war.«

»Ja«, sagte sie. »Ich weiß. Doch nun sind nur wir beide hier.«

Sie wollte ihn küssen, aber Nival drehte das Gesicht weg. »Ich kann nicht.« Er sprach so leise, dass sie ihn kaum verstehen konnte, und der Zauber in seiner Stimme war plötzlich verschwunden.

Endlich haben wir ein Bett, dachte sie, *ein richtiges Bett, und Arian schläft nebenan.* Sie wollte sich nicht erlauben, enttäuscht zu sein, denn auf einmal war er wieder der scheue Nival, der Mann, der verschwinden würde, wenn sie ihn festhielt.

»Wegen Arian.« Es war eine Feststellung, keine Frage. Die

Nähe des Prinzen machte ihn wieder zu einem Fremden, der unter ihrer Berührung erschauerte, zu jenem Mann, den sie gerettet hatte und der deshalb so fremd war, dass sie nicht wusste, ob sie diese Hürde jemals würde überwinden können.

Nival schwieg, und sie wusste, dass ein einziges falsches Wort ihn aus dem Zimmer treiben konnte.

»Weißt du noch«, flüsterte sie, »als wir auf unser Du getrunken haben?«

»Ja.« Endlich wieder ein kleines Lächeln in seiner Stimme. »Wie könnte ich jene Nacht jemals vergessen.«

»Komm«, flüsterte sie. »Ich erwarte nichts. Nur dass du bei mir bist. Sonst nichts.« *Nur dass du vergisst, dass Arian dort hinter der Wand ist, vielleicht mit einem Ohr an der Tür ... Dass du ihn vergisst, nicht, dass du ihm vergibst. Hab keine Angst,* wollte sie sagen, wie zu einem scheuen Tier, das zitternd nach einem Ausweg Ausschau hielt, aber auch das wäre eine Demütigung gewesen, die sie ihm nicht antun konnte.

Sie legte sich neben ihn auf die weichen Kissen und lehnte die Wange an seine Schulter.

Wirst du mir jemals verzeihen, was ich für dich getan habe?, dachte sie, und auf einmal war sie fast froh über seinen Schmerz, denn wenn sie ihn doch nicht vollständig geheilt hatte, wenn diese dunklen Türen in seiner Seele sich manchmal öffneten und alles verdarben, wenn er dagegen ankämpfen musste, alleine, ohne dass sie ihm dabei helfen durfte – dann war alles, was er daraus machte, seine eigene Entscheidung, etwas, das er nicht ihr verdankte. Vielleicht hatte ihre Liebe ja doch eine Chance.

Sie erwachten Seite an Seite. Linn streckte sich gähnend und betrachtete Nival, bevor er die Augen aufschlug. Keine einzige Narbe verunstaltete seine Wangen. Das blonde Haar lag federleicht über seinen Lidern, und wieder kam er ihr vor wie ein Vogel, der gleich aus dem Fenster fliegen könnte – kein Geier, sondern vielleicht eine Affendrossel, die schelmisch flötete und dann in die Wolken stieg. Wolken, in denen es vor Drachen wimmelte. Wie konnte man einen anderen Menschen nur so sehr lieben? Und es gleichzeitig aushalten, diese Liebe an die Kette zu legen? Die Hände auszustrecken und ihn nie festzuhalten? Er kam ihr vor wie ein Tag im Sommer, hell und voller Gesang, der vorüber war, ohne dass man nach ihm greifen konnte.

Nival blinzelte. »Guten Morgen, schöne Frau«, sagte er schläfrig.

Sie versuchte, seine Stimmung einzuschätzen. Waren die düsteren Schatten verflogen? Konnte sie offen mit ihm reden?

»Willst du in meinen Kopf hineinschauen und meine Gedanken lesen?«, fragte er munter. »Das würde nichts nützen. Ich denke Lonarisch. Ich denke Drachisch. Ich denke tausend Wörter, die alle irgendwie durcheinandergeraten sind. Was tun wir heute?«

»Wir sollten nachsehen, was unsere Gastgeber so treiben, und herausfinden, wie wir nach Steinhag gelangen. Hoffentlich geht es auch ohne Geier. Und dann müssen wir die übereifrigen Drachendiener irgendwie loswerden.«

»Das wird kein Problem. Sie sind so bemüht, mir zu gefallen, dass ich mir da keine Sorgen mache.« Er sprang aus dem Bett und schlüpfte in seine Kleider.

Sie zwang sich dazu wegzusehen. *Wir sind nur Freunde. Manchmal etwas mehr … fast … und manchmal nur das, und sollte es nicht genügen?*

Das würde es nie.

Sieh nicht hin. Du kennst diesen Körper, viel zu gut kennst du ihn, aber sobald er sich daran erinnert, warum, werden ihn die Schatten wieder einholen.

Linn trat ans Fenster, das schmal in den Fels gehauen war

und den Blick aufs Tal gewährte. Sie befanden sich nicht so weit oben, wie sie gedacht hatte – gestern waren es ihr wie tausend Stufen vorgekommen. Ein Geier flog vorüber, auf dem Rücken einen grau gekleideten Felsmann – vielleicht auch eine Frau, so rasch konnte sie das nicht erkennen.

Auf einem Tischchen fand sie einen Handspiegel und eine Bürste. Nival sah andächtig zu, wie sie sich durch die Haare fuhr.

»Offen stehen sie dir viel besser als der Zopf.«

»Dabei gibt es hier niemanden, den es interessiert, ob ich eine Narbe am Hals habe oder nicht.« Auf einmal dachte sie: *Wir haben so viel miteinander durchgemacht. Haben wir es nicht verdient, dass wir ein bisschen verwöhnt werden? Kann nicht auch einmal etwas leicht sein? Kann nicht ein einziges Mal etwas gut ausgehen?*

Linn legte das weiche Gewand an, dessen graue Farbe ihr vielleicht nicht schmeichelte, das aber angenehm auf der Haut lag. Nival, ebenfalls bereit, drückte ihre Hand.

»Dann mal los, meine Zauberin«, rief er munter. »Verzaubern wir diese Steinleute mit unserem Charme. Ich bin sogar bereit, dieses grässliche Küken zu füttern, wenn ich dadurch etwas erfahre.«

Sie traten in einen leeren Gang hinaus. Linn hatte sich den Weg gemerkt; es war nicht weit bis zum Saal, in dem sie am vergangenen Tag gespeist hatten.

Hariza war damit beschäftigt, den Tisch zu decken, was Linn wunderte, da sich Anführer normalerweise für solche Tätigkeiten zu schade waren.

»Ah, ihr seid da«, begrüßte sie die beiden. »Ich hoffe, ihr habt eine angenehme Nacht verbracht.« Sie wechselte in die Sprache der Drachen, in der Nival ihr freundlich antwortete.

»Sie fragt, ob du ihr eine Kostprobe deines Könnens geben magst. Wenn ich damit einverstanden bin.«

»Was?«

Hariza lächelte entschuldigend. »Bitte verzeiht diesen ungewöhnlichen Wunsch.«

Nival setzte sich und zog den silberfarbenen Teller näher zu sich heran. »Das ist in der Tat … ungewöhnlich. Ich denke nicht, dass ich das erlauben werde. Wir müssen sparsam umgehen mit unseren Mitteln.«

Linns Herz schlug schneller. Natürlich konnte sie nichts vorführen. Hoffentlich gab die Felsfrau sich mit der Absage zufrieden.

Hariza füllte ihre Becher mit klarem Wasser. »Nur ein ganz kleiner Zauber … das sollte doch möglich sein?«

»Ich sagte nein.«

Die Höchste Fliegerin beugte sich vor und sprach Linn direkt an. »Ihr tragt nichts bei Euch, womit man zaubern könnte. Diese Gewänder stammen von uns, sie besitzen keine Taschen, in denen man Schuppen oder Pulver aufbewahren kann. Ihr habt überhaupt nichts mitgebracht. Warum nicht? Welcher Magier kommt mit leeren Händen?«

»Ich … habe alles verbraucht«, stammelte Linn, aber sie hielt dem scharfen Blick der anderen Frau stand.

»Ihr geht ins Moor und bringt Euch in Lebensgefahr, schlimmer noch, Ihr bringt einen Drachen in Gefahr! Was seid Ihr bloß für eine Zauberin? Die anderen, die ich kennengelernt habe, waren weitaus mehr um ihren Herrn besorgt. Chamija hätte, wenn sie denn überhaupt durchs Moor gekommen wäre, eine Brücke unter ihren Händen entstehen lassen oder ein Boot aus einem Stück Holz gezaubert. Ich kenne auch Wea – nie und nimmer würde sie dem König zumuten, durch den Sumpf zu schwimmen oder auf den Rücken eines Geiers zu steigen. Wo sind Eure Drachen? Warum kommt Ihr nicht über die Berge geschwebt, wie es angemessen wäre?«

Linn fand den Tonfall Harizas alles andere als angemessen.

War sie gestern nicht noch unterwürfig und übertrieben höflich gewesen?

»Ich weiß noch nicht lange, wer ich bin«, sagte Nival. Seine Stimme warb um Glauben, um Zustimmung, sie war angehaucht von Drachenmagie, von einer Macht, die alle in die Knie zwang.

Hariza war dagegen gefeit.

»Nein«, widersprach sie. »Ich glaube, Ihr wisst sehr wohl, wer Ihr seid – ein Drache jedenfalls nicht. Diese Teller und Becher sind aus Eisen gefertigt, und Ihr habt Euch nicht daran gestört. Ein wahrer Drache hätte sie mir ins Gesicht geworfen!«

Sie waren nicht mehr allein im Saal. Aus sämtlichen Türen strömten Felsleute, bis an die Zähne bewaffnet. Mehrere Dutzend Pfeile richteten sich auf Linn und Nival.

»Ich habe keine Ahnung, wieso Ihr die heilige Sprache der Drachen beherrscht. Möglicherweise habt Ihr dieses Wissen gestohlen, Betrüger, die Ihr seid. Führt sie ab!«

Linn hätte die Frau am liebsten angebettelt, ihr zuzuhören, ihr zu glauben, dass sie im Auftrag eines Drachen hier waren – doch wer war Gah Ran gegen Scharech-Par? Ein Niemand, schlimmer noch, ein Verräter. Es gab nichts, das sie zu ihrer Verteidigung vorbringen konnte.

»Wie habt Ihr es herausgefunden?«, erkundigte sich Nival neugierig. »Habe ich einen Fehler gemacht?«

»Ja, das hast du.« Zwischen den Felsleuten stand Arian. Seine Augen blitzten triumphierend. »Indem du getan hast, als seist du der Herr und ich nur ein kleiner Gefolgsmann. Ich habe dieser geschätzten Fliegerin hier gesagt, wer ich bin und dass du nichts als ein Betrüger bist.«

»Bringt sie alle nach unten in die Zellen«, wies Hariza ihre Gefolgsleute an. »Beenden wir diese Farce.«

»Lasst mich los!«, schnappte Arian, als die Wachen auch ihn

am Ellbogen packten. »Ich bin der Prinz von Schenn! Und diese Frau gehört zu mir! Ich will Verhandlungen, ich will …«

»Und ich«, unterbrach ihn Hariza, »bin Scharech-Par verpflichtet. Hinaus mit ihnen.«

Der Prinz schimpfte wütend, während sie alle drei von den Felsmännern aus dem Saal gescheucht wurden. Die Treppe nach unten kam Linn diesmal endlos vor. Wenn sie ihr Gemach in der Nacht schlicht gefunden hatte, war das nichts gegen die aus grobem Fels gehauene Kammer, in die man sie nun stieß.

Hinter ihnen schloss sich die Tür mit einem unheilvollen Knarzen.

»Wie könnt ihr es wagen!«, rief Arian, doch niemand öffnete ihnen. Schließlich drehte er sich zu Linn und Nival um.

»Ich hätte versucht, ein Handelsabkommen mit ihnen zu schließen«, sagte er fassungslos. Es klang fast wie eine Entschuldigung. »O ihr Götter, Linnia, ich wollte nicht, dass sie dir irgendetwas tun!«

Nival lehnte sich gegen die Wand und seufzte. »Weil Ihr nie die Regeln des Spiels brechen würdet.«

»Ganz recht«, sagte Arian steif. »Das würde ich niemals tun. O Linnia, es tut mir ja so leid! Ich dachte, ich muss die Sache in die Hand nehmen, um dich unbeschadet hier rauszubringen.«

»Das war dann wohl nichts«, giftete Nival. »Euch ist schon klar, was sie tun werden? Wenn sie es nicht bereits getan haben?«

»Was?«, fragte Arian trotzig.

»Sie werden Scharech-Par benachrichtigen«, antwortete Linn an Nivals Stelle.

»Das kann dauern. Bis dahin müssen wir hier irgendwie raus«, knurrte der Prinz und begann die Wände abzutasten. Er sah zu dem Schacht hoch, aus dem spärliches Licht in die Zelle fiel.

»Ich glaube nicht, dass es lange dauern wird«, meinte Nival. »Sie haben ihre Geier, und wer weiß, wie weit die Drachen ins

Gebirge hineinfliegen? Sie müssen nur einem Drachen mitteilen, dass wir hier sind, und Scharech-Par ist in Kürze informiert. Wusstet Ihr, Königliche Hoheit, dass Linnia des Todes ist, sobald er sie in die Hände bekommt? Wusstet Ihr das, der Ihr eigentlich ihr Diener sein solltet?«

»Ich wollte dafür sorgen, dass wir alle heil hier rauskommen«, meinte der Prinz. Er stand unter dem Schacht und starrte sehnsüchtig in die Höhe.

»Dann hättet Ihr das lieber uns überlassen sollen!«

»Einem Schreibergesellen? Ich weiß ja nicht einmal, wer du bist!« Arian baute sich vor Nival auf. »Was weiß ich von deinen Absichten? Woher kennst du die Drachensprache? Kein Schreiber in meinem Schloss ist so wie du! Wie kann ich wissen, ob Linnia bei dir sicher ist? Bist du ein Zauberer? Heraus mit der Sprache!«

»Besser ein Zauberer als ein Verräter«, sagte Nival, und ehe Linn einschreiten konnte, holte er aus und schlug den Prinzen mitten ins Gesicht.

Arian ließ das nicht auf sich sitzen. Linn wich zur Seite, als die beiden über den Boden rollten und wild aufeinander einprügelten. Vielleicht hatte Arian erwartet, dass er mit Nival leichtes Spiel haben würde, doch er hatte nie den Affen von Lanhannat kennengelernt, diesen schnellen, wendigen Kämpfer, der so manchen Krieger auf den Boden der Tatsachen zurückgeholt hatte.

»Hört auf! Bei Arajas, habt ihr denn den Verstand verloren? Aufhören!«

Mit blutverschmierten Gesichtern starrten die beiden Männer einander an.

»Damit ist keinem gedient!«, rief Linn.

»O doch, mir schon«, sagte Nival trocken.

»Trau ihm nicht«, meinte Arian und befühlte seine Nase. »Er ist nicht das, was er scheint. Ein Schreiber? Dass ich nicht lache. Er hat einen Schlag wie ein Söldner aus Jagor. Was kann er noch? Uns hier rausbringen? Kannst du das, he?«

»Vielleicht.« Der angebliche Söldner ließ sich nicht provozieren, sondern legte das Ohr an die Tür, dann prüfte er ihre Stabilität. Sie war aus Rohr geflochten und wirkte leicht und zerbrechlich, doch er schüttelte den Kopf. »Ohne Werkzeug bekommt man sie nicht auf. Sie ist sehr biegsam. Rinek könnte sie vermutlich aus den Angeln reißen, aber er ist leider nicht hier. Ein Drache würde sie wegpusten, aber keiner von uns ist ein Drache. Auch ein Zauberer wäre bestimmt in der Lage, etwas damit anzustellen.«

»Kannst du wirklich nicht zaubern, Linnia?«, fragte Arian.

»Nicht mehr.«

»Ach. Schade.«

»Ich hätte nicht gedacht, das ausgerechnet von dir zu hören.«

»Im Moment bin ich durchaus bereit, mit ein paar Prinzipien zu brechen.« Arian winkte Nival, zur Seite zu treten, stieß einen Schrei aus und sprang mit den Beinen voran gegen die Tür. Unsanft prallte er auf den Boden und hielt sich stöhnend den Rücken.

»Ich sagte doch, ohne Werkzeug geht es nicht.«

»Spar dir deine Schadenfreude.«

Leise knarrend schwang die Tür auf, ein Felsmann spähte herein und fragte etwas. Nival antwortete ihm, der Mann nickte und schob die Tür wieder zu.

»Machst du etwa gemeinsame Sache mit unseren Feinden?«, knurrte der Prinz.

»Er wollte nur wissen, was der Lärm zu bedeuten hatte und ob jemand verletzt ist. Anscheinend legen sie Wert darauf, dass sie uns in einem Stück an Scharech-Par ausliefern können.«

Arian blinzelte aus seinem zugeschwollenen Auge und tupfte sich mit dem Ärmel über das Kinn. »Kannst du den kleinen Mann dazu bringen, uns hier herauszulassen? Versprich ihm, was er will. Sobald ich meinen Thron zurückhabe, kann er mit einer üppigen Belohnung rechnen.«

Nival rief etwas durch die Tür, doch alles blieb still.

»Sie sind wohl immun gegen Bestechungsversuche.«

»Niemand ist dagegen immun. Es kommt nur auf den Preis an.«

»Was ist Euer Preis?«, fragte Nival.

»Könnt ihr das bitte lassen?«, ging Linn dazwischen. »Wir müssen hier raus, bevor Scharech-Par uns holen lässt, daher sollten wir zusammenarbeiten und unsere Zeit nicht mit Streit vergeuden.«

»Sie hat wahr gesprochen«, sagte Arian.

»Das hat sie.« Nival verdrehte die Augen und seufzte. »Also, hat jemand einen Plan?«

Der Felsmann öffnete die Tür und spähte vorsichtig hindurch. Sie hatten den Eingang ausdauernd bearbeitet und dabei jede Menge Lärm gemacht. Nun herrschte seit einer geraumen Weile Schweigen, und ihre Hoffnung bestand darin, dass einer ihrer Bewacher nachsah, was los war.

Inzwischen war es dunkel, und der Mann konnte nicht sofort erkennen, wo sich jeder von ihnen befand. Nicht, dass Nival sich direkt über der Tür an den Fels klammerte, und so stieß er einen überraschten Schrei aus, als sich der Gefangene von oben auf ihn fallen ließ und damit plötzlich auf der anderen Seite der Tür war.

Linn und Arian stürzten ebenfalls vor. Sie rannten auf den Flur, wo Nival den Wächter bereits außer Gefecht gesetzt und ihm die Waffen abgenommen hatte; er reichte Arian das kurze Schwert. Zwei weitere Felsleute, ein Mann und eine Frau, eilten ihrem Kameraden zur Hilfe. Ein Fehler, denn mit ihren kleinen Bögen hätten sie schießen können, ohne sich in die Nähe der Flüchtlinge zu begeben. Arian war nicht umsonst der beste

Fechter der Drachengarde. Er drängte die beiden zurück, und vielleicht hätte er sie niedergestreckt, wenn Linn ihm nicht in den Arm gefallen wäre.

»Töte sie nicht.«

»Wir kommen nicht weit, wenn sie die ganze Felsstadt alarmieren.«

»Trotzdem.« Wie konnte sie es ihm erklären, rasch genug, während er die Entwaffneten abwechselnd bedrohte? Dass diese Menschen nicht ihre Feinde waren, dass sie von ihnen gerettet, versorgt und aufgenommen worden waren? Selbst jetzt, wo sich das Blatt gewendet hatte, zählte das noch etwas.

Es musste reichen, dass sie es ihm verbot. Ihre Blicke trafen sich, und einen Moment lang war er ein Krieger, wild und entschlossen, und ein Prinz, den niemand ungestraft einsperren durfte – dann veränderte sich etwas in seinem Gesicht, er nickte und senkte das Schwert.

Nival sprang vor. Er berührte die beiden Wächter, die daraufhin bewusstlos zusammenbrachen.

»Was war das?«, fragte Arian verwundert.

»Rennt!«

Der Gang verlief leicht abfallend. Es widerstrebte Linn, sich nach unten zu wenden, wo sie zwangsläufig irgendwann in der Falle saßen, doch von weiter oben hörten sie Stimmen.

»Es ist eine größere Gruppe«, meinte Linn, die angestrengt horchte. »Gegen Pfeile ist keiner von uns gefeit.«

Sie wichen zurück, den Gang hinunter, der an vielen Türen vorbei immer weiter in die Tiefe führte. Noch befanden sie sich über der Erde, wie der Blick durch ein schmales Fenster verriet. Die Sterne draußen waren groß und hell wie magische Leuchtkugeln, doch die Dämmerung zog bereits auf, und durch die schmale Ritze sah Linn Schatten über der Stadt kreisen.

Sie kannte diese Umrisse zu gut, um auch nur einen Moment zu glauben, es könnten Geier sein.

19

Düster sah Rinek ihnen nach. Zu gerne wäre er dabei gewesen, Scharech-Par die Überraschung seines Lebens zu bereiten, aber der Tijoaner kannte ihn und würde sich von keinem Zauber blenden lassen. Sion dagegen hatte ihm versichert, dass niemand sie je in ihrer jetzigen Gestalt gesehen hatte – außer den Drachen, und die konnten glücklicherweise nicht ins Schloss hinein. Obwohl sie dazu neigte, ihn wie eine überfürsorgliche Mutter zu bewachen, hatte sie es sich nicht nehmen lassen, bei diesem Raubzug dabei zu sein.

Drachen und Schätze. Er hätte damit rechnen müssen, dass sie darauf bestand mitzukommen.

Die unterirdische Höhle wirkte ungewöhnlich leer und still, so sehr hatte er sich schon an die vielen Menschen gewöhnt. Die drei Alten schliefen, ebenso alle anderen, die zu schwach oder krank waren, um sich zu beteiligen. Okanion, der ebenfalls allzu leicht erkannt werden konnte, marschierte mit düsterem Gesicht durch die Gänge.

»Rinek!«

Agga eilte auf ihn zu; in ihrer schwarzen Dienstmädchentracht erinnerte sie ihn an eine grimmige Soldatin.

»Warum bist du nicht oben im Schloss?«, fragte er streng.

»Du kannst mitkommen! Äh, ich meine, Ihr, Herr Rinek. Die Luft ist rein. Scharech-Par ist gar nicht da, und er hat die Zauberin mitgenommen. Wir haben freie Bahn! Was kümmern uns die tijoanischen Soldaten, bei den ganzen Zaubern, die uns schützen? Komm, äh, kommt!«

»Wie lange werden sie weg sein? Nicht, dass es eine Falle ist und etwas durchgesickert ist.« Er grinste, die Vorfreude pulsierte wie Branntwein in seinen Adern. »Tja, das müssen wir wohl riskieren, wie?«

»Wartet noch«, flüsterte eine Stimme. »Könnt Ihr … wegen meiner Hüfte … kurz mal nachsehen?«

Rinek drehte sich zu dem unsichtbaren Sprecher um. »Ihr wollt mit Zauberei geheilt werden, Majestät? Wirklich? Nicht, dass Ihr mir dafür den Kopf abschlagen lasst, wenn das alles hier vorbei ist.«

»Ihr habt auch ohne das schon genug getan, wofür man Euch den Kopf abschlagen müsste«, knurrte der König.

Rinek hätte ihn am liebsten ein wenig betteln lassen, aber er verkniff sich weitere Bemerkungen. »Gut«, sagte er, »legt Euch dort auf eine freie Matte. Ich hole etwas von dem Zeug, das Sion mir besorgt hat. So, was macht Euch denn am meisten zu schaffen?«

»Die Hüfte. Bei jedem Schritt fährt es mir durch Mark und Bein.«

Rinek tastete die Gestalt auf der Matte ab. Er erschrak darüber, wie dünn und ausgezehrt der König war, nur noch Haut und Knochen. Er war in keiner guten Verfassung. Der Verlust von nahezu allem hatte ihn ausgezehrt – oder war es der Zauber, den er auf sich trug? Gegen Trauer und Melancholie gab es, soviel Rinek wusste, kein Heilmittel, auch nicht gegen das Alter. Aber er konnte, wie er es auch für die Greise tat, die Schmerzen lindern und den Körper stärken.

»Besser?«

Pivellius rappelte sich auf. »Zauberei ist eine Gabe der dunklen Götter, egal, was Ihr damit anstellt.« Seine Laune hatte sich jedenfalls nicht gebessert.

»Nein«, widersprach Rinek. »Das ist sie nicht. Habt Ihr je einen Zauberer gefragt, woher seine Kraft kommt? Warum er zu solchen Dingen fähig ist?«

»Die Zauberer haben uns wiederholt in Kriege gestürzt«, sagte der König trotzig.

»Das war nicht die Frage. Nun?«

»Die dunklen Götter helfen ihren Dienern«, setzte Pivellius erneut an.

»Es ist die Macht der Drachen«, erklärte Rinek. »Es sind ihre Worte, die diese Macht in Kraft setzen. Glaubt mir, ich weiß das auch noch nicht lange. Ich hätte nie gedacht, dass ich magisches Talent besitze. Noch vor ein paar Jahren hätte mich das entsetzt, aber wenn die ganze Welt auseinanderbricht und keine Ordnung mehr zählt, ist man eher bereit, das Unglaubliche hinzunehmen.«

»Wenn alles von den Drachen kommt, wozu dann noch Talent?«

»Nicht jeder kann die Macht in die gewünschten Bahnen lenken«, sagte Rinek, »denn nicht jeder ist dafür empfänglich. Aber sehr viele sind es, wenn auch in unterschiedlichem Maße. Natürlich kommt es auch darauf an, ob man es anwendet und dazulernt. Ohne die passenden Wörter und ohne die magische Kraft von Drachenschuppen nützt einem selbst das größte Talent nichts.«

»Es ist böse«, flüsterte der König.

»Es ist natürlich«, widersprach Rinek. »Die halbe Bevölkerung ist talentiert, habe ich mir sagen lassen. Dass man dazugehört, erkennt man daran, dass gewisse Wörter auf der Zunge brennen. Wörter wie *Caness.*«

»Nein! Nein! Meine Vorväter haben es verboten, sie hatten ihre Gründe dafür! Dieses Gesetz war die Grundlage des Friedens, es hat uns in ein neues Zeitalter geführt. Wir werden nicht zu jenen barbarischen Zeiten zurückkehren!«

»Aber …«

»Still!«, schrie der König. »Seid endlich still! Die Zauberer haben mir meine Frau genommen, ich werde ihnen nie verzeihen! Schweigt, ich will nichts mehr davon wissen!«

Man hörte ihn davonstapfen. Agga warf Rinek einen vorwurfsvollen Blick zu und eilte dem entthronten Monarchen nach.

»Wartet, bitte! Majestät, kommt mit mir, bitte! Wir gehen hoch in Euer Schloss und überwachen die Räumung, ja? Ihr kennt die Sachen, die von Wert sind, am besten, wir brauchen Euch, damit den Feinden nichts bleibt, worauf Ihr nicht verzichten mögt! Bitte, legt die Hand auf meinen Arm, damit ich spüren kann, dass Ihr noch da seid. Ja, so ist es gut. Kommt, hier die Stufen hinauf.«

Sie verschwand aus seinem Blickfeld. Rinek seufzte. Es gehörte nicht zu seinen Lieblingsbeschäftigungen, sich mit der Obrigkeit anzulegen, und dennoch geschah es immer wieder.

»Ihr seid nicht zum Hauptmann geboren.« Okanion war aus seiner Nische aufgetaucht und lehnte am Felsen. »Ein Hauptmann vergisst nie, wem er dient, und er stellt die Anweisungen seines Herrn nicht in Frage. Befehle erteilt er seinen Untergebenen, nicht seinen Vorgesetzten.«

Rinek lachte leise. »Ich habe mich nicht um diesen Posten gerissen. Allerdings bezweifle ich, ob ein Haufen von Betrügern und Diebinnen Euch mit Kusshand gefolgt wäre. Die passen besser zu mir. Soll ich etwa darauf stolz sein? Jedenfalls ist es so.«

Okanion nickte. Seine zerstörte Gesichtshälfte lag im Schatten. Von hier aus war er zu Rineks Erstaunen sogar ein recht gut aussehender Mann.

»Wenn es zu einer Schlacht kommt, seid Ihr hoffentlich nicht zu stolz, um Rat anzunehmen.«

»Ihr meint, es wird auf eine Schlacht hinauslaufen? Wir sind nur ein paar Dutzend Leute, und da draußen sind Hunderte von Soldaten.«

»Genau das ist Euer Problem«, sagte Okanion, aber sein Gesicht verzog sich zu einem schiefen Lächeln. »Für Euch ist das alles immer noch ein Spiel. Rebellen, die sich Flüsterwespen nennen. Den Feind ärgern und in den Wahnsinn treiben. Goldene Vasen aus dem Schloss stehlen. Ihr seid kein Krieger, aber wir befinden uns hier im Krieg.«

Rinek erwiderte den Blick des Ritters. Ein Drachenjäger. Er hatte unglaubliche Geschichten über ihn gehört, über den Mann mit dem Narbengesicht.

»Ich bin kein Narr«, sagte er. »Ich weiß, wann es ernst wird. Ihr habt recht, von meinem Wesen her bin ich ein Spieler. Ich habe einen guten Schlag, aber ich bin ein Einzelkämpfer. Anführer zu sein ist für mich eine völlig neue Erfahrung – allerdings habe ich schon mal eine kleine Gefängnisrevolte angezettelt.«

»Wie ist die ausgegangen?«

»Oh, fragt lieber nicht. Fünf Männer, knapp vor dem Verhungern, gegen drei kräftige Wärter. Immerhin haben wir das Mitleid einer Dienstmagd erregen können.« In der Erinnerung an jene Begebenheit lächelte er. »Wir hatten nichts zu verlieren. Das ist nun anders.«

»Diese Stadt bedeutet Euch nicht mehr als eine Gefängniszelle, oder?«

Rinek ließ den Vorwurf auf sich wirken. Was war Lanhannat für ihn? Ein aufregendes Pflaster, als er hergekommen war, voller neuer Möglichkeiten und Herausforderungen. Was würde er empfinden, wenn sie aufgeben mussten, weil sie nichts gegen Scharech-Par ausrichten konnten? Dort draußen gab es noch andere Städte, andere Königreiche zu entdecken.

»Ich bin nicht Euer Gegner«, sagte er. »Der König meinte, ich könnte nützlich sein, und ich habe nicht vor, der Sache zu schaden. Wenn es wirklich hart auf hart kommt, solltet Ihr das Kommando übernehmen.«

Okanion musterte ihn, und Rinek fragte sich, ob er die Prüfung bestand. »Wenn wir in Gefahr sind, wenn es schnell gehen muss, wenn man Truppen einteilt und ihnen Aufgaben zuweist, darf es keinen Streit darüber geben, wer das Sagen hat.«

»Den wird es nicht geben«, versicherte Rinek. »Solange wir spielen, lasst mich das tun. Ich bin ganz gut darin. Wenn es zum Kampf kommt, seid Ihr an der Reihe.« Er streckte die Hand aus. »Abgemacht?«

»Was ist mit Euch? Werdet Ihr Euch dann ebenfalls meinem Kommando unterstellen?«

Die Frage war heikel. Rinek hatte eher daran gedacht, sich zu diesem Zeitpunkt zu verabschieden. Sich jedoch von einem Vorgesetzten auf irgendeinen Posten stellen zu lassen, ohne Widerspruch?

»Selbst wenn ich es jetzt versprechen würde, in der besten Absicht, es zu tun, würde ich vermutlich, sobald es so weit ist ...«

»Ja? Was würdet Ihr dann?«

»Schwierig werden«, räumte Rinek ein. »Die Fairness gebietet mir, Euch das jetzt schon mitzuteilen. Ich tauge nicht zum Soldaten. Wenn Ihr mir etwas befehlen würdet, was ich nicht einsehe, würde ich den Befehl nicht ausführen.«

»Was soll ein Hauptmann mit solchen Leuten anfangen? Nichts, sie sind wertlos für ihn.« Okanion machte eine Pause, um seine Worte wirken zu lassen, und sprach dann weiter. »Die Soldaten haben mir erzählt, wie Ihr sie mühelos überrumpelt habt. Wenn ich hier das Sagen haben sollte, werde ich gewiss nicht auf Euch verzichten. Ich werde Euch dort einsetzen, wo ich es für richtig halte.«

»Aber ...«

»Kein Aber. Jetzt seid Ihr hier der Hauptmann, und den Zeitpunkt, ab wann ich es sein werde, bestimmen wir beide gemeinsam. Ihr seid nicht machtgierig, also sollte das kein Problem sein. Von da an gehorcht Ihr mir, so wie ich Euch im Moment gehorche.« Er griff nach Rineks Hand, bevor dieser protestieren konnte. »Also abgemacht.«

»Dann … gehe ich mal nachsehen, wie unser kleiner Streich abläuft.«

Rinek hatte das Gefühl, eine Art Armdrücken hinter sich zu haben. Hatte er verloren? Wahrscheinlich. Dieser Okanion konnte nicht nur mit Drachen, sondern auch mit Menschen umgehen. Störte es ihn? Eher weniger. Während er die Stufen hinaufsprang, war ihm vielmehr, als sei ihm eine Last von den Schultern gefallen.

Im Schloss herrschte geschäftiges Treiben. Rineks Dienstmädchen und Kammerdiener, deren abgehärmtes Aussehen in Friedenszeiten nicht so recht zu königlichem Personal gepasst hätte, fielen gegenüber den übrigen Dienstboten nicht so sehr auf, wie er befürchtet hatte. Alle in der Stadt hatten gelitten. Auffallend waren höchstens die vielen Körbe und Kisten, die mit Decken verhüllten Bilder und Vasen, die sie durch die Flure trugen. Die nicht Eingeweihten merkten nichts davon, denn über allen von der unterirdischen Truppe hatte Rinek den Zauber der Harmlosigkeit ausgesprochen. Deshalb hielten die tijoanischen Soldaten nicht einmal das Mädchen auf, in dessen Wäschekorb es verdächtig klirrte. Wenn ihre Kraft nicht verstärkt worden wäre, hätte sie unmöglich so viel Gold auf einmal schleppen können.

»Darf ich mal sehen?«

Sie grinste ihm verschwörerisch zu, und Rinek lüftete das Tuch, das über der Beute lag. Harmlos zu wirken bedeutete nicht, dass nicht doch einer der Tijoaner misstrauisch werden konnte, wenn der Diebstahl allzu offensichtlich vor sich ging.

»Das ist … die Krone?«

»Pst.« Die junge Diebin zwinkerte ihm zu. »Der König will nicht, dass jemand sie anfasst.«

»Ab mit dir ins Labyrinth.«

Sie schaute alarmiert auf, denn ein hochgewachsener Kammerdiener mit arroganten Gesichtszügen marschierte an ihnen vorbei. Rinek versetzte dem Mädchen einen Klaps aufs Hinterteil, um nur ja nicht wie ein verräterischer Verschwörer zu wirken.

Der Mann warf ihnen einen verächtlichen Blick zu und ging etwas schneller.

Die Kleine kicherte.

»Weiter.« Die strenge Stimme gehörte dem König.

Rinek schalt sich dafür, dass er daran nicht gedacht hatte. Natürlich ließ Pivellius seine wichtigsten Besitztümer keinen Moment aus den Augen. Schließlich hätten die zweifelhaften Gestalten, die sie aus den Verliesen befreit hatten, sich damit aus dem Staub machen können.

Aber ihm konnte das nur recht sein. Sollte der König ruhig den Wächter für seine Schätze spielen, Rinek hatte noch etwas anderes vor.

Er huschte weiter den Gang entlang. Die Schatzkammer zu finden wäre heute nicht schwer gewesen, denn von da aus strömten die reich bepackten Dienstmädchen die Treppe hinunter und auch wieder hinauf – eine Art Ameisenstraße, untermalt vom Kichern der jungen Frauen. Aber Rinek hatte ein anderes Ziel. Da er sich im Schloss nicht auskannte, hatte er sich die Freiheit genommen, den kleinen praktischen Zauber anzuwenden, den Sion ihm beigebracht hatte. *Hara* – ein unübertrefflicher Zauber, um ans Ziel zu gelangen. Die Drachenschuppe, die er verborgen in der Hand hielt, zog ihn bei jeder Abzweigung in die richtige Richtung. So fand er den Weg in die königlichen Gemächer und schließlich auch in Scharech-Pars Schlafzimmer.

Der Wächter vor der Tür hielt ihn auf. »Was wollt Ihr hier?«, fragte er schroff.

Rinek musterte ihn von oben bis unten. Ein Tijoaner, natürlich. Der neue Herrscher hätte keinem Schenner seinen Schlaf anvertraut.

»Äh … das da.« Die Drachenschuppe in seiner Hand verstärkte den Schlag noch – ungünstig für den Wächter, der mit dem Kopf hart gegen die Tür prallte. Dass er seinen Angreifer später würde beschreiben können, störte Rinek nicht. Scharech-Par kannte seinen Feind und sollte ruhig wissen, dass er noch in der Nähe war.

Das Gemach war prunkvoll ausgestattet – ein üppiges Himmelbett, der Boden mit glänzendem Holz ausgelegt, seidene Vorhänge.

»Hübsch hier.«

Er drehte sich um. Sion stieg über den ohnmächtigen Wächter und betrachtete bewundernd die Deckenmalerei.

»Wie schade, dass es keine Königin gibt.« Sie setzte sich auf die Bettkante und klopfte auf die dicke Matratze. »Ob Scharech-Par seine Zauberin wohl mit ins Bett nimmt? Wundern würde es mich nicht, sie ist attraktiv genug. Sicherer ist es allemal, eine Zauberin an seiner Seite zu haben.«

Rinek schaute aus dem Fenster in den Hof hinaus. Von hier aus hatte man einen grandiosen Blick auf die Stadt, über der ein paar Drachen kreisten.

»Ich dachte, ich überlasse ihn dem unguten Gefühl, hier könnte irgendein Zauber gegen ihn gewirkt worden sein.«

»Wie nett. Was hast du vor? Soll er es nur befürchten, oder heckst du etwas aus?«

»Was hältst du von Flüsterwespen?«

Sion zog die Brauen hoch. »Es ist nicht die richtige Jahreszeit für Wespen.«

»Macht das etwas aus? Ich könnte das Bett so verzaubern,

dass es sich anfühlt, als würden Wespen darin herumkrabbeln. Ist das möglich?«

»Du kannst keine Schuppen in Lebewesen verwandeln. Das geht nicht.«

»Aber kann ich nicht Lebewesen in andere verwandeln? Kann ich eine Schabe glauben lassen, sie sei eine Wespe? Oder den Betrachter das zumindest denken lassen? Oder, noch besser, es ihn *fühlen* lassen?«

»Du bist so gemein«, sagte Sion bewundernd, als Rinek aus seiner Tasche einen kleinen Krug hervorholte, der randvoll mit Schaben gefüllt war. »Wo hast du die denn her?«

»Aus der Küche. Mit einem kleinen Lockzauber sind sie alle freiwillig in den Topf gekrochen.«

»Du lernst schnell. Aber vergiss nicht: ein Zauberspruch, und sie sind alle wieder weg«, erinnerte ihn Sion.

»Ich weiß«, sagte Rinek. »Es ist nichts weiter als eine Warnung. Ein Scherz, wenn du so willst. Sag mir bitte nicht, dass mit ihm nicht zu spaßen ist – wenn er sich überhaupt nicht ärgert, wäre es schade um die gute Idee.«

Er streute geriebenes Drachenhorn in den Krug und murmelte etwas, bevor er ihn unter der Decke ausschüttete.

»Kindskopf«, rügte sie ihn. »Allerdings ...« Ihre Augen leuchteten auf. »Falls die Zauberin doch nicht hier schläft, ist er den Viechern erst mal ausgeliefert. Es wird peinlich sein, mitten in der Nacht zu ihr zu rennen und um Hilfe zu bitten, besonders für einen so stolzen Mann wie Scharech-Par. Und erst die Beulen ...«

Sion bekam einen Lachanfall.

»Warum sollte er Chamija rufen? Er kann doch selbst zaubern.«

Sion sah ihn nachdenklich an. »Nein, Rinek, das kann er nicht. Ich habe es dir immer noch nicht erklärt. Ich zögere, denn die Geheimnisse der Drachen sind so tief in uns verankert, dass es sich komisch anfühlt, ein Wort mehr zu sagen, als ich muss. Er ist kein Zauberer, denn kein Drache kann zaubern. Er ist unser König, Rinek.«

Rinek nickte langsam. Da er Sion kannte, war es für ihn nicht mehr so überraschend, dass ein Drache menschliche Gestalt annehmen konnte. Änderte das etwas? Mussten sie ihren Kampf gegen Scharech-Par anders führen? »Ist er unsterblich?«, fragte er.

»Nein, das ist er nicht.«

»Wir haben beide gesehen, wie er gestorben ist!«

»Er muss zwei Herzen haben. Das kommt vor, nicht nur bei den ValaNaiks.«

»Wenn also jemand das zweite Herz erwischt, ist er tot?«

»So einfach ist es leider nicht. Seine Zauberin wird dafür gesorgt haben, dass er geschützt ist. Sonst hätte er in dieser Gestalt nie achthundert Jahre überlebt, er wäre viel häufiger herausgefordert worden, trotz seiner Macht über uns alle. Nicht jeder beugt sich freiwillig den ValaNaiks. Seine Macht ist anderer Art. Er kann über den Schwarm herrschen, er kann uns rufen und uns Befehle erteilen. Es ist schwer, sich dem zu widersetzen, obwohl es im Laufe der Geschichte immer wieder Drachen gegeben hat, die das gewagt haben.« Sie sprang auf, als sich eine der umgewandelten Flüsterwespen ihrer Hand näherte, und brachte sich in Sicherheit, bevor sie leise fortfuhr. »Er hat die Macht, uns zu verbannen.«

»Verbannen? Was heißt das?«

»Aus Steinhag. Nicht, dass wir es noch betreten könnten, in unserer jetzigen Gestalt …« Sie sah an sich herunter, lachte auf und meinte: »Na ja, für mich gilt das wohl nicht mehr. Aber ich wünschte, er wäre nicht so schlecht auf mich zu sprechen, denn bestimmt hat er die Verbannung bereits erwirkt. Nun bin ich eine Frau und kann trotzdem nicht zurück … Das ist bitter.« Etwas Dunkleres, Heiseres trat in ihre Stimme. »Solange ich es nicht sicher weiß, werde ich mir einfach vorstellen, dass er vergessen hat, mich zu bestrafen.«

Auf einmal wirkte sie gar nicht mehr so stark und rau, sondern auf eine beunruhigende Weise verletzlich. Er legte ihr die Hände auf die Schultern.

»Er hat es vergessen«, versicherte Rinek, obwohl er sich kaum vorstellen konnte, worum es ging. Es musste etwas Furchtbares sein, und er fragte sich, wozu Scharech-Par in der Lage war, wenn die Drachen ihm dienten, nur um zu verhindern, dass er ein solches Urteil über sie verhängte.

»Also dient ihr ihm nicht freiwillig?«

»Er herrscht seit nahezu achthundert Jahren über uns«, sagte sie leise. »Wir glaubten, es gäbe keinen König mehr, bis er uns rief. Chamija stand an seiner Seite und lächelte. Er machte uns klar, dass wir mit ihm zu rechnen hätten, dann entließ er uns, bis zu einem Zeitpunkt, den er selbst bestimmen wollte. Wir haben uns natürlich gedacht, dass er nach einer Möglichkeit sucht, den Fluch aufzuheben, der uns alle fesselt – uns an die Drachengestalt, ihn an die eines Menschen. Wir haben ihn beneidet und er uns. Drachen ohne König sind nicht sehr gefährlich, Rinek. Wir tun uns normalerweise nicht zusammen, jeder führt sein eigenes Leben, jeder kümmert sich um sich selbst. Aber mit einem ValaNaik … o ja, es gab einige, die haben es begrüßt, als er uns nach Tijoa rief. Uns Aufgaben erteilte. Das Warten schien ein Ende zu haben … doch jetzt bin ich die Einzige, die erlöst ist, und dafür wird er mich bis ans Ende der Welt verfolgen. Uns beide.«

»So schnell wird er uns nicht erwischen«, sagte Rinek, und als sie den Kopf an seine Brust lehnte, streichelte er vorsichtig ihr knisterndes Haar.

»Da hatten wohl einige dieselbe Idee.« An der Schwelle stand Agga, blass und zornig.

»Ich bin hier, um ein paar Sachen abzuholen«, sagte Pivellius. »Lasst euch von mir nicht stören«, fügte er süffisant hinzu.

»Oh, wir machen gar nichts«, versicherte Rinek und ließ Sion so hastig los, dass er fast hintenüber gefallen wäre. Aggas starrer Blick trieb ihm die Röte bis unter die Haarwurzeln. »Bleibt vom Bett weg, Majestät.«

»Ich hatte nicht die Absicht«, knurrte der König. »Den goldenen Leuchter und die Seidenvorhänge will ich hier raushaben.« Ein Kerzenständer bewegte sich durch die Luft und landete in Aggas Armen. »Wer nimmt die Vorhänge ab? Ihr, Herr Hauptmann, oder seid Ihr gerade zu beschäftigt?«

»Ich übernehme das«, sagte Sion und kletterte behände auf das Sims. »Kümmere du dich um deine Freundin, bevor sie einen Anfall bekommt.«

Agga drehte sich abrupt um, ehe Rinek sie erreichen konnte, und stapfte davon.

»Agga!«

Er rannte ihr nach. Sein Wurzelfuß verkrampfte sich und verfing sich in den Fransen des Läufers. Der Länge nach schlug er zu Boden.

Sofort kamen ein paar Wächter um die Ecke gerannt, erblickten ihn und den bewusstlosen Posten vor der offenen Tür zum Schlafgemach und zogen ihre Waffen.

Blöde lag er da; ihm fiel nicht einmal ein passender Zauberspruch ein. Er sah nur Agga, die kopfschüttelnd zurücksah und dann ungerührt weiterging, während er plötzlich vier Gegner vor sich hatte.

»Eindringling!«, riefen sie. »Was tust du hier?«

»Ähm«, sagte er, während er sich aufrappelte, »ich, äh …«

Er hätte sich keine Sorgen zu machen brauchen. Sion war sofort zur Stelle, und jemand, dessen Hüfte er vorhin erst geheilt hatte, verteilte eine Menge unsichtbarer Schläge.

Das unterirdische Quartier der Rebellen war nicht mehr wiederzuerkennen. Es hatte sich in ein Schloss verwandelt, das dem überirdischen in nichts nachstand. Die Gemälde lehnten an den Wänden, statt daran zu hängen, und in Ermangelung von Fenstern dienten die seidenen Vorhänge nur dazu, Nischen zu verbergen. Im See spiegelten sich die silbernen und goldenen Leuchter, die ein paar Frauen rings um das Ufer aufgestellt hatten. Die Gänge und Räume waren mit edlen Teppichen ausgelegt, und sie aßen nun alle von goldenen Tellern. In einer Höhle, in die man die kostbarsten Schätze geschleppt hatte, hatte der König sein Lager aufgebaut und trat jedem, der die Nase dort hineinsteckte, gegen das Schienbein.

»Das ist ja Scharech-Par«, sagte Agga. Sie stand vor einem sehr großen, golden eingerahmten Gemälde, die Hände in die Seiten gestützt, und betrachtete die Szene, die, nach den prächtigen Gewändern zu urteilen, anscheinend zwei Könige darstellte. Der eine trug die Krone, die Rinek kürzlich erst im Wäschekorb einer verkleideten Diebin gesehen hatte, der andere hatte eine Samtmütze auf dem braunen Haar.

»Auf dem Bild? Bist du sicher?« Rinek, der sich bis jetzt vorsichtshalber von ihr ferngehalten hatte, wagte sich näher.

»Mit Euch spreche ich nicht«, erklärte sie schnippisch. »Ich bin nur eine Magd und tue, wofür ich bezahlt werde. Gespräche fallen nicht darunter.«

»Du wirst überhaupt nicht bezahlt, jedenfalls nicht von uns, sondern von denen da oben im Schloss«, versetzte Rinek. Er tat, als würde er das Bild eingehend betrachten, dabei fiel ihm auf, dass sie recht hatte. Das Gesicht eines der Männer wies eine frappierende Ähnlichkeit mit dem Mann auf, der ihn im Hof hatte töten wollen. »Das ist er ja wirklich«, rief er überrascht. »Was hat er auf diesem Bild zu suchen? Wo ist Sion? Sie könnte …«

»Hat sie es gemalt?«, unterbrach Agga schroff. »War sie dabei, als es gemalt wurde? Was hat sie damit zu tun?«

Vielleicht weiß sie, was er die letzten achthundert Jahre getrieben hat, wollte er antworten, verkniff es sich aber.

Inzwischen hatten sich noch einige andere Neugierige eingefunden.

»Das ist nie und nimmer Scharech-Par«, sagte einer der Soldaten. »Seht ihr nicht, wie der Mann angezogen ist? Das ist ein König aus Wellrah, zusammen mit König … ähm?« Er forschte in seinem Gedächtnis. »König Anguan?«

»Pivellius der Zweite.« Die Stimme des Königs erklang zwischen ihnen. »Dieses Bild dokumentiert den Friedensvertrag mit Wellrah im Jahr siebenhundertundzwei. Rechts im Bild ist mein Vorfahr, links König Tarian von Wellrah. Damals beschlossen sie die Ächtung der Zauberei, mit der das Ende der Zaubererkriege eingeleitet wurde und das neue Zeitalter des Friedens.«

»Der Kerl sieht aber nach Scharech-Par aus«, beharrte Agga.

Ihr eindringlicher Blick gemahnte Rinek, sich auf ihre Seite zu stellen.

»Das finde ich auch«, sagte er. »Sollte das ein Zufall sein? Ich glaube nicht, dass er mit dem Königshaus von Wellrah verwandt ist.«

»Es ist ein Zufall«, knurrte der König. »Was soll es sonst sein?«

Sion trat zwischen die Menschen, von denen einige sich bereits abwandten; die Ähnlichkeit ihres Feindes mit einem uralten, längst verstorbenen Verbündeten interessierte die wenigsten.

»Das wusste ich nicht«, murmelte sie. »Ich habe keine Ahnung, was er in den vergangenen Jahren getan hat.« Sie fuhr mit dem Zeigefinger über die angestaubte Oberfläche der Leinwand. »Kein Zweifel. Diese Augen, dieses Kinn … der Maler hat ihn gut getroffen. Was ist das für ein alberner Hut?«

»Das Zeichen der Königswürde von Wellrah«, knurrte Pivellius. »Wie oft soll ich es denn noch sagen? Das ist ein bedeutender Moment, einer der wichtigsten in unserer Geschichte! Das ist König Tarian!«

»Wie ist er König geworden?«, erkundigte sich Sion. »Ich nehme an, er war kein Sohn des vorherigen Königs?«

»Natürlich nicht. In Wellrah erben die Töchter. Jeder König hat zuvor die älteste Prinzessin geheiratet.«

»Also weiß niemand, wo dieser Tarian herkam?« Plötzlich stutzte Sion und begann zu lachen. »Tarian? Er hat sich wirklich Tarian genannt?«

»Ich dulde nicht, dass Ihr darüber lacht!«, rief Pivellius. »Das war die Geburtsstunde des Friedens! Was meint ihr, woher ich meinen Namen habe!«

»In meinem Dorf gibt es eine Frau namens Taria«, sagte Rinek. »Und der Sohn des Landvogts heißt Pivell. Viele Kinder werden immer noch nach den beiden genannt.«

»Seht Ihr! Darüber wird nicht gespottet, ich verbiete es!«

Sion lachte immer noch. Sie krümmte sich, stützte sich gegen Rinek, dem Aggas Stirnrunzeln nicht entging, und stürzte sich schließlich kopfüber in den See.

»Was hat sie bloß?«, fragte Borlin, den der Aufruhr geweckt hatte. Die Alten schliefen jetzt meist auch tagsüber viel.

Die Drachenfrau tauchte wieder auf und schüttelte ihr nasses Haar. Die silbernen Fäden darin schienen zu glühen.

»Was hat dieser Tarian getan?«, fragte sie. »Einen Vertrag geschlossen? Worüber? Ach, und lasst mich noch eine andere Frage stellen: Hatte er Kinder? Wer hat Wellrah nach ihm regiert? Keine eigene Tochter nebst Schwiegersohn, darauf möchte ich wetten! Und … nein, er ist nicht in Wellrah geblieben, bis er hundert war? Er ist verschwunden?«

»Das stimmt«, gab der König mürrisch zu. »Obwohl die Chroniken da nicht viel preisgeben. Er blieb kinderlos und verschwand nach einem Unfall, wenige Jahre nach dem Vertrag. Seine Witwe heiratete noch einmal, und die Tochter aus der zweiten Ehe übernahm später den Thron.«

»Ha!«, rief Sion. »Wer will da noch zweifeln? Natürlich sind Tarian und Scharech-Par ein und dieselbe Person. Er musste sich aus dem Staub machen, bevor auffiel, wie langsam er altert, und unsereins bekommt sehr selten Nachwuchs. Ihr seid mir allerdings die Auskunft schuldig geblieben, wie genau er diesen Frieden eingeleitet hat.«

»Sagte ich das nicht bereits? Nach den Zaubererkriegen wurde die Magie verboten, um …«

»Die Magie wurde verboten?«, unterbrach sie ihn und brach erneut in schallendes Gelächter aus. »Er hat diesen Auftritt inszeniert, um die Magie in Schenn zu verbieten? O Pivellius, Eure Vorfahren sind auf einen Betrüger hereingefallen, auf einen Mann, dem Jahrhunderte nur wenig bedeuten. Er hatte damals schon vor, dieses Königreich einzunehmen – um ungestört nach dem grünen Stein suchen zu können, nehme ich an. Von langer Hand hat er dafür gesorgt, dass Schenn schutzlos ist, wenn er kommt. Solange sich Hunderte von Zauberern hier herumtrieben, hatte er selbst mit Chamija an seiner Seite keine Chance.«

»Das glaube ich alles nicht«, murmelte der König. Zweifel und Zorn stritten in seiner Stimme, die dadurch rau und brüchig klang.

»Wie alt ist er denn?«, rief jemand.

Sion schwamm auf der Stelle. Die glitzernden Wellen spiegelten sich in leuchtenden Bändern auf ihrem Gesicht und ihrem Haar. Trotzdem kam sie Rinek in diesem Moment nicht einfach nur schön vor, sondern alt und gefährlich, ein Wesen, das sich von der Leidenschaft seiner Gefühle jederzeit dazu hinreißen lassen konnte, sich zu verwandeln. Aus genau diesem Grund war sie ins Wasser gesprungen, vermutete er.

»Ich will diese Frage einmal anders beantworten«, sagte Sion.

»Scharech-Par ... Was ist das für ein Name? Für jemanden, der durch die Jahrhunderte irrt, gefangen von einem Fluch, dem er nicht entkommt? Er ist mächtiger, als ihr alle ahnt, aber diese Beschränkung konnte er einfach nicht abstreifen, diese Fessel, die ihn daran hindert, vollständig zu sein. Zu sein, was er wirklich ist ... Wie viele Leben hat er wohl geführt, in wie vielen Königreichen? Ob er gereist ist, seine Zauberin an seiner Seite, und gesucht hat ... Oder hat er sich darum bemüht, zu vergessen und hin und wieder ein paar Jahre lang glücklich zu sein? Wie viele falsche Namen hat er wohl getragen? Scharech-Par. In unserer Sprache hat das eine Bedeutung, die euch überraschen wird: Mantel aus Stein.« Sion blickte Rinek in die Augen. »Er ist der Einzige, der nicht fliegen kann. Der Einzige, der nie ein Drache war. Der Mächtigste meines Volkes und zugleich der Verletzlichste und Schwächste. Er trägt den Fluch wie eine Fessel ... wie ein Gebirge auf sich, wie eine ganze Welt, die er nicht abwerfen kann. Fast könnte ich um ihn und sein Schicksal weinen.«

»Wie lautet denn sein richtiger Name?«, fragte Rinek, während die anderen schwiegen – verwirrt, denn noch konnte niemand das Geheimnis begreifen, das Sion endlich preisgegeben hatte. Um ihn her bemerkte er nur ratlose Gesichter.

»Er ist Rean Tar«, sagte Sion. »Rean Tar, Larans Sohn, der als das Kind von Het-Kion in die Chroniken einging.« Sie lächelte traurig, und das Lachen perlte von ihr ab wie Wassertropfen. »Das Kind mit dem einzigartigen Schicksal, dass der Fluch an ihm vorüberging – und vielleicht war das der schlimmste Fluch überhaupt. Wir leiden alle darunter, dass wir nicht nach Steinhag zurückkehren können, er dagegen kann es – doch was will er dort, allein? Es gibt immer Einsiedler, in jeder Generation, aber die ValaNaiks sind nicht dafür geschaffen.«

»Rean Tar?«, fragte der König und dann noch einmal: »Rean Tar?«

Sion antwortete nicht mehr. Sie tauchte unter, ein Kräuseln auf der Wasseroberfläche verriet, dass sie fortschwamm. Die Vorstellung war zu Ende.

»Er hat seinen Namen einfach umgedreht«, sagte Agga. »Tarian. Rean Tar. Ist das zu glauben? Kann irgendjemand so alt sein? Über achthundert Jahre?«

»Sion ist sogar noch älter«, sagte Rinek leise.

»Oh.«

»Glaub mir, ich interessiere mich nicht so sehr für uralte Frauen.«

»Oh«, sagte sie wieder.

»Das glaube ich jetzt nicht«, flüsterte Pivellius. »Das war der Beginn des Friedens. Wir mussten die Magie aufgeben, wir mussten die Zauberer daran hindern weiterzukämpfen! Es war richtig so, es war nötig!«

»Die Zauberer sind Schenns einziger Schutz gegen die Drachen«, sagte Rinek. »Damals wie heute.«

Der König verstummte. Seine schlurfenden Schritte entfernten sich. Dass man sie hören konnte, hieß, dass er nicht über die Teppiche ging, sondern daneben, auf dem kahlen Fels, als sei er nicht länger würdig, ein Herrscher zu sein in einem verratenen Land.

20

»Die Drachen sind hier? So schnell?« Die drei Flüchtlinge hasteten weiter in die Tiefe. »Wir sitzen also in der Falle. Gibt es denn keinen Hinterausgang?«

Der Gang endete unvermittelt an einer Felswand. Eine Sackgasse. Hinter ihnen kamen die Stimmen ihrer Verfolger immer näher.

»Hier ist eine Kellerluke.« Arian bückte sich über eine quadratische Platte im Boden.

»Da sitzen wir erst recht in der Falle«, meinte Linn, während die Männer schon ein dunkles Loch freilegten.

»Vielleicht finden sie uns nicht und glauben, wir wären auf einem anderen Weg entkommen. Welche Wahl haben wir denn?« Der Prinz beugte sich über die Öffnung. »Ich kann leider nichts sehen. Aber ich glaube, es ist kein Keller, sondern ein Schacht.«

»Das nützt uns jetzt auch nichts«, meinte sie. »Was wird das, Nival?«

Er zog sich gerade die Schuhe aus. »Ich erkunde, wie weit es hinunter geht. Das ist der einzige Weg, der uns bleibt, wenn wir es nicht mit der ganzen Stadt aufnehmen wollen – und mit Scharech-Par und allen seinen Drachen.« Er ließ bereits die Beine in den Schacht hinab und stemmte die Arme gegen die Wand, um Halt zu finden. Linn hielt den Atem an, während er sich nach unten vorarbeitete. Schon bald war er verschwunden.

Dafür bogen jetzt die ersten Verfolger um die Ecke und rannten mit erschreckend hoher Geschwindigkeit auf sie zu.

»Kommt runter«, erklang Nivals Stimme aus der Tiefe.

»Wie denn?«, fragte sie verzweifelt, denn dass sie sich blindlings in den bodenlosen Schacht stürzen sollten, konnte er doch nicht meinen. Da war sie lieber bereit, es mit den Wächtern aufzunehmen.

»Kommt!«, drängte Nival.

»Na, dann mal los«, sagte Arian und sprang mutig ins Dunkle.

Linn ließ sich einfach fallen, mit den Füßen voran. Sie rauschte durch den engen Schacht, dann folgte das Gefühl freien Falls, und unerwartet schlug Wasser über ihr zusammen. Prustend arbeitete sie sich an die Oberfläche.

Es war nicht ganz dunkel. Am Ufer eines tiefschwarzen Sees saß Nival, Arian kletterte gerade aus dem Wasser. Mit ein paar Schwimmstößen folgte Linn ihm.

»Du hättest uns wenigstens warnen können, Nival. Ich dachte, ich sterbe.«

»Es ist nicht kalt«, erwiderte er lächelnd. »Lasst uns weitergehen, bevor sie auf die Idee kommen, uns nachzuspringen.«

»Wo sind wir hier überhaupt?«

Sie Linn sah sich um. Nein, eine Felsgrotte, die den grob behauenen Gängen im Stufenpalast ähnelte, war dies hier nicht. Über ihnen wölbte sich wie ein Dach eine glitzernde Kuppel; mehrere Öffnungen führten wohl in ähnliche Schächte wie jenen, durch den sie gekommen waren. Der kreisrunde Teich lag in der Mitte, umgeben von einem breiten, marmorverzierten Rand, von dem aus es zu einem Dutzend Eingänge ging, alle hoch und von geschnitzten Pfosten gesäumt. Woher das dämmerige Licht kam, war nicht ersichtlich.

»Welchen nehmen wir?«

»Irgendeinen«, entschied Arian ungeduldig. »Nur weg von hier.«

Sie hasteten durch den nächsten Eingang, einen goldverzierten Torbogen, der sie in einen breiten Gang führte, auf dem sie bequem nebeneinanderher gehen konnten. Sie nahmen sich jedoch nicht die Zeit, die feinen Wandmalereien zu betrachten, die aus sich heraus zu glimmen schienen, sondern eilten im Laufschritt weiter, bis die Erschöpfung sie zum Anhalten zwang.

»Kommt uns jemand nach?« Arian starrte den Gang hinunter. »Ich kann niemanden hören, aber weit können sie eigentlich nicht sein, oder?« Er legte die Hände an die schimmernde Wand. »Ob es hier unten jemals dunkel wird? Das könnte es schwierig machen, uns zu verstecken.«

»Wenigstens die Drachen können hier wohl kaum rein. Und mit Geiern können sie uns auch nicht verfolgen.« Linn versuchte, der Situation etwas Positives abzugewinnen. Sie schienen in einem außergewöhnlichen Labyrinth gelandet zu sein. Kein Wunder, dass der Palast Harizas so karg ausgestattet war – alle Reichtümer befanden sich hier unten.

»Ist euch auch aufgefallen, dass wir noch keinem einzigen Felsmann begegnet sind? Wenn dies hier ihre richtige Stadt ist, wo sind sie dann?«

»Seht her.« Nival wies auf die Wand. Darauf waren Schriftzeichen, kunstvoll ausgestaltet, mit Ornamenten und glitzernden Steinen geschmückt. »Das ist eine Geschichte.«

»Ich kann das nicht lesen«, meinte Arian.

»Ich schon«, sagte Linn, die langsam begriff. »SaiHara Wina-Beret. SaiHara Wintika. SaiHara Caness. SaiHara-der-alles-zerbricht, SaiHara-der-alles-ganz-macht, SaiHara-der-alles-verwandelt. Als er, der unendliche Verschwender und vielgestaltige Verwandler, der Zeuger und Zerstörer, die Welt erschuf, machte er die Gebirge und die Täler aus seinen Knochen. Die Menschen und die Tiere formte er aus seinem Fleisch.«

»Eine Schöpfungsgeschichte?«, fragte der Prinz. »Ist dies ein Tempel der Felsleute?«

»Eine Schöpfungsgeschichte, ja«, bestätigte Linn, »aber nicht des Felsvolks, das wir kennengelernt haben.«

»Wir sind in Steinhag«, flüsterte Nival ehrfürchtig. »Im Reich der Drachen. Wir müssen es nicht länger suchen, wir sind bereits da.«

»Steinhag«, wiederholte Linn. »Ein Tal, von Bergen umgeben … Wir haben es nicht erkannt, weil wir dachten, es gehört diesen Fliegern. Aber sie sind bloß die Diener der Drachen. Sie bewachen die Eingänge.«

»Ihr meint, sie wohnen gar nicht hier?«, fragte Arian. Während seine Hände auf den Schriftzeichen ruhten, glitten sie auf einmal wie Vorhänge auseinander, und vor ihnen bildete sich ein Eingang in einen weiteren Raum.

»Du hast magische Hände, Arian«, sagte Linn überrascht.

»Habe ich nicht! Es hat sich einfach geöffnet.«

Staunend stiegen sie über die hohe Schwelle in einen Saal, der ganz mit Gold ausgekleidet war. Die Wand hinter ihnen schloss sich lautlos. Falls es hier je Schätze gegeben hatte, waren sie nicht mehr vorhanden. Bis auf einige Statuen war das Gewölbe völlig leer; es mochte so groß sein wie der Thronsaal in Lanhannat. Linn trat vor eine der Statuen und betrachtete die Figur eines jungen Mannes aus dunklem rötlichem Marmor. Er stand sehr aufrecht und schien nachdenklich in die Ferne zu blicken. Sein hochmütiges, markant geschnittenes Gesicht erinnerte entfernt an Scharech-Par.

»Ein Drachenkönig?«, fragte sie leise.

Nival tastete über den Sockel. »Hier ist eine Inschrift. Ein ValaNaik. KianRan.«

»Ob er ein Vorfahre von Scharech-Par ist? Sein Vater oder Großvater?«, fragte Linn hoffnungsvoll. »Dann hätten wir unseren ValaNaik gefunden!«

»Sehr umgänglich sieht er nicht gerade aus«, merkte Nival trocken an.

»Hier sind noch mehr.« Arian betrachtete eine weitere Gestalt, die ganz ähnlich gearbeitet war, jedoch aus anderem Marmor. Dieses Material war von einem so dunklen Grün, dass es fast schwarz wirkte, von goldenen Adern durchzogen und dadurch weniger massiv, fast so, als könnte die Statue jeden Augenblick auseinanderbrechen. Das Gesicht besaß das gleiche energische Kinn und die auffälligen Wangenknochen, aber die Figur schaute nicht in die Ferne, sondern war vielmehr bei sich. Sie hatte den Kopf geneigt und schien etwas zu betrachten, das sie in den Händen hielt.

»Er hat da wirklich etwas«, murmelte Linn. »Es scheint kein Teil der Statue zu sein. Eine Kette vielleicht? Leider komme ich nicht heran.«

Nival kletterte ohne Umstände auf den Sockel, es sah aus, als wollte er den steinernen König umarmen, als er die Hand ausstreckte. »Ich habe es. Ja, eine Kette.«

»Mit einer Schuppe?«, fragte Linn hoffnungsvoll. Die Möglichkeit, dass sie hier eine zweite Schuppe finden könnten, traf sie wie ein Blitz – doch diese Hoffnung wurde ebenso schnell zunichtegemacht.

»Ein Medaillon«, sagte Nival. Behutsam hielt er das Fundstück fest und betrachtete es mit glänzenden Augen. »Es lässt sich sogar öffnen. Dabei muss es uralt sein. Ein Bild.«

Er reichte es an Linn weiter. Das Gold fühlte sich kühl an, es glänzte wie eben erst poliert. Das Gemälde darin war nicht größer als ein Taubenei. In allen Einzelheiten genau, mit äußerst feinem Pinselstrich, war das Gesicht eines ernst dreinblickenden Mädchens mit schwarzem Haar abgebildet.

»Recht hübsch, aber was soll das?«, fragte Arian. »Seine Geliebte? Seine Königin? Dort drüben stehen auch ein paar weibliche Figuren.«

»Das ist Wani«, sagte Linn mit einer Sicherheit, die sie selbst überraschte. »Prinzessin Wani.«

»Dann müsste ja das hier … Brahan sein?« Ungläubig musterte der Prinz die Statue. »Der Heilige Brahan?«

»Nein«, entgegnete sie. »Nicht Brahan. Dairan. Dairan Vala-Naik, der Drachenkönig.«

»Ich kann keine Inschrift entdecken«, meinte Nival, der einmal um die Figur herumgegangen war.

»Er ist es.«

Etwas an diesem Mann berührte ihr Herz. Dies war der mächtige Drache, der die Welt mit Feuer überzogen hatte, der sein eigenes Volk unter einen fürchterlichen Fluch gestellt hatte, der Mann, der Vernichtung und Krieg heraufbeschworen hatte – aber ohne das Medaillon in seinen Händen kam er ihr arm und verloren vor.

»Gib ihm seine Prinzessin zurück«, sagte sie.

»Nein!«, rief Arian. »Habt ihr eine Ahnung, was das wert ist? Wenn das hier tatsächlich Wani ist … meine Urahnin, die Gründerin meiner Familie, dann habe ich einen Anspruch darauf!«

Doch Nival nickte Linn zu. »Ich verstehe, was du meinst. Sie gehören zusammen.«

»Wie das? Sie war Brahans Prinzessin. Er hat sie aus der Drachengrube befreit, er …«

»Drachengrube?«, unterbrach Nival. »Das nennt Ihr eine Grube? Es ist ein Palast unter den Bergen, ein ganzes Königreich. Dies ist der Ort, an den sich die Drachen zurücksehnen.«

»Falls es ihnen je gelingen sollte, dann sollen sie ihren König mit dem Medaillon finden«, ergänzte Linn. »Und sich daran erinnern, was damals geschehen ist.«

Nival kletterte noch einmal auf die Statue. Erkannte Arian denn nicht die Bewegungen des Narren, der regelmäßig die Götter im Hof erklommen hatte? Nein, er sah nicht einmal hin.

Zornig und ohne die übrigen Figuren zu beachten stapfte er zu der Stelle in der Wand, durch die sie gekommen waren.

»Was ist? Eure Begeisterung kann ich nicht teilen. Wir müssen einen Ausgang nach oben finden.«

»Im Gegenteil«, meinte Linn, »wir müssen forschen, ob es weitere ValaNaiks gibt, und da sind wir in diesem Saal wohl richtig. Hier, der da ... Er ist noch größer als die anderen. Was die Inschrift angeht, bin ich mir nicht ganz sicher. Belian Ran ValaNaik? Aber die Statue wirkt extrem alt, zu alt, um unser Mann zu sein. Seine Haare und die Kleidung sind vergoldet!«

»Gold kann man nicht essen«, bemerkte der Prinz trocken. »Solange wir bei Kräften sind, sollten wir uns darum kümmern, wo wir Nahrung und Wasser finden. Ich habe nicht vor, zu diesem Teich zurückzukehren, wo sie bestimmt schon auf uns warten.«

»Na gut. Aber wir sollten uns noch einmal hier umschauen, sobald das geklärt ist.«

Wenn wir diesen Saal überhaupt wiederfinden, dachte Linn, als sie hinter Arian durch die Wand stieg, die sich lautlos wieder schloss, als er sie berührte.

»Das ist keine Magie, oder?«, fragte er bang.

»Was, wenn doch?«

Entsetzt starrte er sie an. »Ich hoffe nicht«, flüsterte er.

»Vermutlich ist dieser ganze Ort so davon getränkt, dass wir gerade durch Drachenmagie waten«, sagte sie. »Wir sollten vorsichtig sein, was wir berühren.«

Der Gang führte eine Zeit lang geradeaus und endete an einer Treppe, die mit unzähligen flachen Stufen in die Tiefe führte. Es war, als stünden sie an einem Berghang und blickten ins Tal hinunter – in einen riesigen unterirdischen Kessel, den ein sanftes grünliches Licht erhellte. Ein Luftzug wehte Linn ins Gesicht; irgendwie wurde dieses Gewölbe mit Frischluft gespeist.

»Ich finde nicht, dass wir da runtergehen sollten«, meinte Arian.

Nival hob die Hand und neigte lauschend den Kopf. »Vielleicht doch. Hinter uns sind Schritte zu hören. Wir haben zu viel Zeit bei den Statuen verloren.«

Der Prinz verkniff sich eine weise Bemerkung und machte sich an den Abstieg.

Es war unmöglich, schnell vorwärtszukommen. Vielleicht hatten die Drachen diese Treppe im Flug überwunden, zu Fuß war es jedenfalls eine Tortur, für die äußerste Konzentration nötig war, um nicht zu stolpern und den Rest zu fallen.

Linn wäre dieselbe Strecke lieber aufwärts geflohen statt abwärts. Der Boden der riesigen Halle schien mehrere Yagons entfernt. Doch als sie stehenblieb und zurücksah, stellte sie überrascht fest, dass sie schon beinahe ein Drittel geschafft hatten.

Oben standen zwei Gestalten, die sie trotz der Entfernung mühelos erkannte.

»Da sind sie.« Scharech-Pars kühle, unaufgeregte Stimme erklang von oben, sie hallte durch das ganze Gewölbe. »Schneide ihnen den Weg ab.«

Ein Flattern, ein Rauschen, als würde ein Drache sich durch die Luft bewegen. Einen Moment lang glaubte Linn schon, sie habe sich getäuscht, in allem, was sie von Gah Ran erfahren hatte, und ihr Feind könnte sich trotz allem verwandeln.

Doch es war Wea. Wea, die mit flatternden Kleidern über sie hinwegschwebte und vor ihnen in der Luft stehenzubleiben schien, die Hände drohend ausgestreckt. Ein Teil in Linn, der seltsam unbeteiligt blieb, fragte sich: *Wie macht sie das? Ist das eine Version von Pai Ri Ko Res? Ein Sturm in der Luft, von dem sie sich tragen lässt?*

»Nun, wo bleibt dein Kampfgeist?«, fragte Wea. »Willst du mir nicht gegenübertreten, von Zauberin zu Zauberin? Lass uns das ein für alle Mal klären.«

Sie senkte die Hand, und Linn sah, dass sie einen Armreif aus vielen kleinen bunten Drachenschuppen trug – genug Vorrat an Magie, um sie alle zu töten. Ein Blitz fuhr in die Stufen zwischen den drei Flüchtlingen. Arian stürzte und rollte ein paar Gildreks, fing sich jedoch wieder und blieb auf einer Stufe liegen.

»Tu etwas!«, schrie er Linn an.

Nival sprang nach vorne, erwischte Wea an ihrem Umhang, und riss sie mit in die Tiefe. Sie kämpfte mit ihrem Zauber dagegen an, sank aber immer weiter. Linn eilte zu Arian und half ihm hoch.

Sie hasteten weiter hinunter, vor sich das denkwürdige Schauspiel von flatternden Gewändern, wütenden Schreien und einer Zauberin, die ihren frechen Widersacher nicht loswurde. Nival war an ihr hochgeklettert wie an einer Statue und hielt ihr den Mund zu, damit sie keine Zauberworte rufen konnte, während der Wirbel sie hochtrug und wieder fallen ließ, wie ein Herbststurm, der unentschlossen Blätter fegt. Wea versuchte, ihn zu beißen und abzuschütteln. Ein Anblick, der Linn zum Lachen gebracht hätte, wenn ihre Lage nicht so ernst gewesen wäre. Sie und Arian mussten unbedingt verschwinden, bevor Scharech-Pars Gehilfin weiterzaubern konnte.

Der Prinz hinkte und hinterließ eine Blutspur; schließlich blieb er stehen und stützte sich schwer auf Linns Arm.

»Nach unten schaffen wir es nicht rechtzeitig«, sagte er. »Nival kann Wea nicht mehr lange festhalten. Warum gehen wir nicht wieder nach oben?«

»Zu Scharech-Par?«, fragte sie entsetzt.

»Ja, warum nicht? Solange seine Zauberin beschäftigt ist? Oder siehst du noch irgendwelche anderen Wachen?«

Sie konnte kaum glauben, was er da vorschlug. Ob der Tijoaner wirklich allein war? Oder würden die Felsleute aus allen Nischen und Türen strömen und sich auf sie stürzen?

Sie nickten einander zu. So waren sie früher auf Drachenjagd gegangen, einvernehmlich, eine Truppe, in der jeder sich auf jeden verlassen konnte.

Sie drehten sich um und rannten die Treppe wieder nach oben.

Scharech-Par nahm sie gar nicht wahr, so sehr war er auf den seltsamen Kampf seiner Zauberin fixiert. Gerade gelang es Wea, einen Zauberspruch durch Nivals Finger zu pressen. Gemeinsam fielen sie gegen die Treppe; Steine spritzten auf, als sie mehrere Stufen hinunterschlitterten. Linn musste sich zwingen, nicht stehenzubleiben und Nival zur Hilfe zu eilen, sondern weiterzulaufen.

Nur noch wenige Stufen.

Die beiden Kämpfer erhoben sich wieder in die Luft und sanken erneut in einem rasend schnellen Strudel nach unten.

In diesem Moment bemerkte Scharech-Par, wie nah ihm Linn und Arian schon gekommen waren – keine Gejagten mehr, sondern Jäger. Er starrte sie an, sein Blick fiel auf Arians blutendes Gesicht, auf das Kurzschwert, das er zog, dann glitt ein höhnisches Grinsen über sein Gesicht.

»Stellt Euch mir!«, rief der Prinz.

»Dachtet Ihr, ich laufe vor Euch davon?« Der Tijoaner schlug seinen Mantel zurück und griff nach dem goldenen Schwert an seiner Seite.

»Das ist meins!«, rief Linn aus. »Woher habt Ihr mein Schwert?« Sie hatte es in Quint zurücklassen müssen – doch dass er es nun benutzte, war mehr als dreist.

»Gefunden«, erwiderte der Drachenkönig mit einem seidigen Lächeln. Er wartete nicht, bis Arian den oberen Absatz erreicht hatte, sondern eröffnete den Kampf von seiner überlegenen erhöhten Position aus. Klinge traf auf Klinge. »Nun seid Ihr des Todes, Vetter!«

»Ich bin nicht Euer Vetter!«, keuchte Arian.

Im Gegensatz zu ihnen hatte Scharech-Par nicht Hunderte von Stufen hinter sich gebracht, er konnte es sich leisten, seinen Atem mit langen Reden zu verschwenden.

»Wusstet Ihr, dass man Euch in Lanhannat gar nicht vermisst? Die Leute sind zufrieden damit, endlich von Larans langersehntem Erben regiert zu werden.«

»Das ist eine Lüge!«

Linn wich ein paar Schritte zurück. Sie war unbewaffnet; eigentlich hatte sie damit gerechnet, dass der Drachenkönig es auch sein würde. Arian erholte sich schnell von der Überraschung. Sein Schwert war kürzer als das seines Gegners, aber er machte das Beste daraus. Doch die anstrengende Flucht forderte ihren Tribut. Er war zu langsam, während der Tijoaner um ihn herumtänzelte und ihn weiter die Stufen hinabtrieb.

Linn blieb außerhalb der Reichweite des goldenen Schwertes. Sie wusste nur zu gut, wie scharf und tödlich diese Klinge war und dass es keine Solidarität zwischen Waffen und ehemaligen Besitzern gab.

Dennoch musste sie handeln, sonst war Arian verloren. Von Wea und Nival war nichts zu sehen, von ihm war keine Hilfe zu erwarten.

Linn lief ein paar Stufen nach unten und bückte sich nach den Steinen, die sich bei dem Kampf gelöst hatten und bis zu ihnen heraufgeflogen waren. Mit einer Handvoll kehrte sie rasch zurück. Scharech-Par hatte Arian inzwischen noch weiter in die Enge getrieben. Er war ein erstaunlich guter Kämpfer; auch ausgeruht hätte der Prinz es schwer gehabt, gegen ihn zu bestehen. Der erste Stein traf den Drachenkönig in die Seite. Arian nutzte den Moment sofort und landete einen Treffer gegen die Beine seines Gegners.

»Das Herz!«, rief Linn. »Du musst auf sein Herz zielen. Er ist ein Drache!«

Auch die nächsten Steine trafen, aber sie waren zu klein, um Scharech-Par aus dem Konzept zu bringen.

»Deine Stadt«, sagte er zu Arian, »nein, deine ehemalige Stadt, schmiegt sich unter meine Hand wie ein zutraulicher Welpe. Die Fürsten überschlagen sich, meine besten Freunde zu sein. Die adligen Damen führen mir ihre Kleider vor, als könnte ich eine von ihnen zur Gemahlin wählen – aber ich glaube, jeder Einzelnen von ihnen würde es auch genügen, wenn sie sich meine Geliebte nennen dürfte. Man versucht meinen Geschmack zu treffen, indem man tijoanische Gerichte kocht.«

»Lass dich nicht reizen, Arian!«, rief Linn und warf einen größeren Stein. Sie hatte Scharech-Par am Kopf treffen wollen, doch er wich geschickt aus, und der Stein polterte die Stufen hinunter. »Gib mir das Schwert!«

Arian kämpfte weiter, und sie glaubte schon, er wollte versuchen, es bis zum Ende durchzustehen – doch dann sprang er mit letzter Kraft zur Seite, wo ihn die Streiche der goldenen Klinge nicht erreichen konnten, und übergab ihr im fliegenden Wechsel das Kurzschwert. Sie hatte gerade genug Zeit, die Finger darum zu schließen und es hochzureißen.

»Auch zu zweit kommt ihr nicht gegen mich an«, meinte Scharech-Par höhnisch. »Ihr wollt Drachenjäger sein? Das ist lächerlich.«

Er bewegte sich unglaublich schnell und geschickt. Wendig, aufmerksam, hochkonzentriert, selbst wenn er beiläufig plauderte – ein Drache in anderer Gestalt. Linn fragte sich, ob sie ihn, wenn sie es nicht bereits gewusst hätte, spätestens jetzt als einen solchen erkannt hätte. Auch wenn sie es nicht gewöhnt war, dass die Drachen ihrerseits zum Schwert griffen.

Arian kroch aus der Kampfzone. Von nun an konnte sie nicht mehr auf ihn achten, so sehr war sie damit beschäftigt, sich ihrer Haut zu wehren.

»Warum zauberst du nicht?«, fragte Scharech-Par. »Fehlen dir Drachenschuppen? Hat dein geliebter Gah Ran keine einzige mehr abgeben mögen? Mir an deiner Stelle würde es zu denken geben, dass er lieber deinen Tod in Kauf nimmt, als ein paar Unannehmlichkeiten zu erdulden, die dir das Leben retten könnten. Ein Schutz gegen Angriffe wäre sinnvoll, meinst du nicht?«

Linn konnte seine Worte nicht ausblenden, vor allem nicht das Gift darin, aber sie hatte nicht vor, Kraft zu verschwenden, indem sie ihm antwortete. Stattdessen konzentrierte sie sich darauf, jeden seiner Ausfälle abzuwehren. Ihre Arme erlahmten schnell, kein Wunder, dass Arian solche Schwierigkeiten gehabt hatte.

»Haltet durch!« Nivals Stimme erfüllte den Saal. »Ich komme!«

Er musste irgendwo ganz unten sein. Der Weg war zu lang, um sie rechtzeitig zu erreichen.

Linn schluckte das Gefühl der Verzweiflung herunter und wehrte einen erneuten Schlag ab, der von oben auf sie herabzischte. Die ganze Welt bestand nur noch aus dem goldenen Schwert, das um sie herumtanzte, und dazwischen blitzte Scharech-Pars Lächeln auf.

»Denk an Brina«, flüsterte er. »Denk daran, wie sie geflogen sind, über die Dächer, wie alles in Flammen aufgegangen ist. Hast du je daran gezweifelt, dass die Drachen meinem Befehl gehorchten? Dann tu es nicht mehr. Ich bin das Feuer über deinem Leben. Mir gehörten die Drachen, die deinen Vater jagten, mir gehörten die Drachen, die dir auf den Fersen waren. Ich war es, der Akir auf die Reise schickte. Dachtest du, du könntest es mit mir aufnehmen – mit einem ValaNaik?«

Da schrie Linn auf und vollführte eine hektische Drehung, um nach ihm zu schlagen. Sie traf seinen Arm, aber er lachte nur, und auf einmal saß die goldene Klinge an ihrer Kehle. Seine Hand krallte sich um ihre Schulter, und die feine Schneide der vertrauten Waffe ritzte ihr in den Hals. Dicht vor ihr glänzten seine Augen, die ihr nicht mehr menschlich vorkamen, sondern die einer fremdartigen Kreatur gehörten, die nur zufällig und unfreiwillig in dieser Gestalt feststeckte.

»Wie konntet ihr es wagen herzukommen«, flüsterte er. »Dies ist mein Reich. Steinhag gehört mir, und kein Mensch darf es ohne Einladung betreten. Kein Mensch, der diese Schätze gesehen hat, darf es je wieder verlassen. Ihr seid direkt in euren Tod marschiert.«

Das Schwert löste sich aus ihrer Hand, und in einem entfernten Winkel ihres Verstandes wunderte sie sich darüber, dass sie nicht hörte, wie es auf den Felsboden prallte.

»Ich fürchte Euch nicht«, flüsterte sie.

Ein fragender Ausdruck trat auf Scharech-Pars Gesicht. Er stieß sie von sich und drehte sich um. Dort stand Arian, das Kurzschwert in der Hand, einen Triumphschrei auf den Lippen, der abrupt verstummte.

»Du wolltest mich erstechen?«, fragte Scharech-Par belustigt. »Damit?«

»Ich habe …«, stammelte Arian, »ich dachte …«

»Dass du mich umgebracht hättest? Ich habe mich natürlich von einem neuen Zauber schützen lassen, nachdem sich der Schutzzauber, den Chamija um mich gewoben hatte, mit ihrem Tod aufgelöst hatte. Du kannst mich nicht töten. Niemand vermag das.«

Arian wich zurück. Linn schob sich schnell rückwärts von Scharech-Par fort und eilte an die Seite des Prinzen.

»Ich sehe, ihr habt mich unterschätzt«, sagte der Tijoaner. »Ihr dachtet wohl, dass ich ohne Zauberin hilflos bin, euch ausgeliefert, nichts als ein Mensch? Oh, ihr irrt euch sehr. Ich bin der Herr der Drachen. Ich gebiete über die Macht, diese Welt zu zerstören oder zu heilen, Königreiche zu zerschlagen oder zusammenzufügen. Schreckt euch das nicht? Ich bin kein Mensch. Menschen sind nichts als das Holz, das die Flammen nährt. Ich bin in der Lage, nicht nur die Welt zu vernichten, sondern eure Welt. Würdest du Lanhannat wiedererkennen, solltest du jemals zurückkehren, Prinz?«

»Lasst mein Volk in Ruhe!«, stieß Arian hervor.

»Soll das ein Befehl sein? Niemand sagt mir, was ich zu tun habe. Habt ihr denn immer noch nicht begriffen, wer ich bin? Den ValaNaik wurde die Macht über alles in die Hände gelegt. Ich werde jetzt gehen. Ihr habt eine letzte Chance, euch zu ergeben. Kommt mit, als meine Gefangenen, und wenn ihr Glück habt, werde ich gnädiger sein, als ihr erwartet. Vielleicht wird euer Betteln und Flehen mich dazu bewegen, etwas von dem übrigzulassen, was ihr liebt.« Er sah von einem zum anderen, in ihre hasserfüllten Gesichter, und nickte langsam. »Das habe ich auch nicht wirklich erwartet.«

Er tat, was er angekündigt hatte: Er wandte sich um und schritt davon.

»Wir können ihn nicht einfach so gehen lassen«, krächzte Arian, der auf einmal keine Stimme mehr hatte.

»Wie sollen wir ihn besiegen, ohne Magie?«, flüsterte Linn, die den Verlust ihrer Macht so schmerzlich fühlte, als hätte sie ihren Schwertarm verloren. »Er ist ein Drache. Zauber gegen Zauber, das ist der einzige Weg. Er muss uns nicht einmal töten, um uns zu besiegen.«

Arian starrte dem Drachenkönig nach, der in einem der Gänge verschwand – lässig schritt er aus, als ginge er nach Hause.

»Hat er das wohl ernst gemeint, dass kein Mensch dieses Reich wieder verlässt?«

Linn fühlte einen kalten Schauer über ihren Rücken laufen. Sie berührte ihren Hals und besah sich ihre blutigen Finger. »Er hätte mich umbringen können, statt bloß zu reden. Gnade war das mit Sicherheit nicht. Er weiß, dass er uns längst in der

Hand hat, egal was wir tun. Wenn die Felsleute oben alle Ausgänge bewachen, werden wir hier unten verhungern.«

»Dann müssen wir eben einen Ausgang finden, den sie nicht bewachen.«

Linn spähte die endlose Treppe hinunter. »Da kommt uns jemand entgegen. Ist es Nival?«, fragte sie gedämpft.

»Nein«, bestätigte Arian das, was sie ohnehin wusste.

Sie begegneten Wea irgendwo im letzten Viertel der Treppe. Die junge Frau schleppte sich mit müdem Gesicht die Stufen hoch, das lange Gewand gerafft. Linn fürchtete einen Moment, die Zauberin könnte sie angreifen wollen, dann bemerkte sie, dass das glitzernde Armband fehlte. Nival musste es ihr abgenommen haben.

»Können wir sie nicht als Geisel nehmen?«, fragte Arian.

»Nur zu«, höhnte Wea, in deren Augen schlagartig Kampfgeist aufleuchtete. »Versucht es!«

»Ach, Wea.« Linn seufzte müde. »Müssen wir denn Feindinnen sein? Siehst du nicht, wem du dienst? Als wir uns kennenlernten, hattest du ein großes Herz für eine Fremde.«

»Schon damals«, meinte Wea, »wusstest du nicht, wann es besser ist aufzugeben. Ihr wollt mich gefangen nehmen? Ich bin unbewaffnet. Wenn ihr mich zwingen wollt, mit euch zu kommen, dann tut es.«

Linn versuchte im Gesicht ihrer ehemaligen Freundin etwas Vertrautes zu entdecken, die Freundlichkeit und das Mitgefühl, das ihr damals so sympathisch gewesen war. Vielleicht konnte sie Wea die Augen öffnen, was Scharech-Par betraf, und ihr altes Ich, das irgendwo noch in ihr verborgen sein musste, wieder hervorlocken?

»Er hat sich nicht darum gekümmert, dich mitzunehmen. Er hat dich einfach hiergelassen!«

»Vielleicht will er sogar, dass sie in unserer Nähe bleibt«, vermutete Arian hinter vorgehaltener Hand. »Sein Zauber hat ihr den Verstand geraubt, und sie wird gegen uns arbeiten, wenn wir uns mit ihr belasten.«

Linn nickte. Er hatte recht. So verlockend es auch war, etwas gegen Scharech-Par in der Hand zu haben, so ungern wollte sie in diesem undurchschaubaren Labyrinth eine widerwillige Gefangene mit sich herumschleppen.

»Wir lassen dich gehen, Wea«, sagte sie schließlich. »Willst du wissen, warum? Nicht, weil ich fürchte, du könntest dich gegen uns wenden. Sondern weil ich mir ziemlich sicher bin, dass uns gegen Scharech-Par überhaupt keine Geisel nützen würde. Es wird ihn gar nicht kümmern.«

»Du bist nur ein Mensch«, sagte Arian, »hast du nicht gehört, was er über Menschen denkt? Dass wir nicht mehr wert sind als Holz, das Feuer mit Nahrung versorgt?«

An Wea gingen diese Worte vorbei. Sie ließ den Blick mit nahezu ausdrucksloser Miene auf Linn ruhen, dann raffte sie ihr Gewand und schritt weiter die Stufen hinauf.

Arian sah ihr nach, das Schwert in der Hand. »Wir könnten es auch beenden. Sie ist immerhin eine Zauberin, und er wird sie wieder gegen uns einsetzen.«

»Wenn nicht sie, dann jemand anders«, gab Linn zu bedenken. »Wea ist nicht die Erste, und sie wird auch nicht die Letzte sein. Auch wenn sie vergessen hat, dass uns einst Freundschaft verbunden hat, ich habe es nicht.«

»Aus diesem Grund wirst du nie irgendeine Schlacht gewinnen«, sagte Arian. »Vielleicht den einen oder anderen Kampf, aber gewiss nicht den Krieg.«

Dazu schwieg sie.

»Es gibt keine Freundschaften, wenn es um Macht geht«, teilte er ihr mit, als brauchte sie eine Lektion darin, wie man seine Feinde besiegte. »Der Stärkste beherrscht die Welt. Hast du Scharech-Par nicht zugehört? Für ihn zählen keine alten Verpflichtungen oder Verträge. In meinem Schloss hat er mit mir an einem Tisch gesessen! Er hat ein Bündnis mit mir geschlossen, um seinen Krieg einzuleiten, dennoch würde er nicht zögern, uns umzubringen, wenn es ihm nützt. Dass er es bisher nicht getan hat, lag nur daran, dass wir ihm nicht die Mühe wert waren. Um uns seine Überlegenheit zu demonstrieren und dass er solche wie uns nicht einmal genug fürchtet, um sich ihrer rasch zu entledigen. Glaubst du, er hätte Hemmungen, unseren Zauberer zu beseitigen, wenn wir einen hätten?«

Von hier aus konnten sie Nival sehen, der am Fuß der Treppe mit irgendetwas beschäftigt war. Linns Herz machte einen Sprung, und Arian fragte leise: »Bist du dir sicher, dass du ihm trauen kannst?«

»Natürlich. Warum?«

»Hast du gesehen, wie er die Zauberin mitten im Flug erwischt hat? Wie er klettert, wie er kämpft? Mit einem Griff kann er seine Gegner bewusstlos machen! Er spricht Tijoanisch – das habe ich in Quint erlebt –, den Dialekt der Felsleute und die Sprache der Drachen. Ich will gar nicht wissen, was er noch alles kann. Er mag Schreibergeselle im Schloss gewesen sein, aber dann ist er der ungewöhnlichste Schreiber, der jemals dort gearbeitet hat. Bei Belim, ich traue dem Kerl nicht. Er scheint auf unserer Seite zu stehen, aber kannst du mit Gewissheit sagen, dass er nicht ganz andere Ziele verfolgt?«

»Welche zum Beispiel?« Linn hoffte nur, dass Arian niemals darauf kommen würde, wer sich hinter Nival verbarg. Für beide Männer hoffte sie das.

»Keine Ahnung. Ich möchte ihn nicht als Feind haben, so viel steht fest. Dann schon lieber Scharech-Par mit seinem protzigen Getue wegen seiner unglaublichen Macht als so jemanden, der herumschleicht und völlig unberechenbar ist.«

Er hatte ihn sich bereits zum Feind gemacht, auch das stand fest. Wenn Nival nicht der gewesen wäre, der er war, hätte Arian das längst zu spüren bekommen.

Endlich erreichten sie den Grund des Gewölbes. Hinter ihnen ragte die Treppe wie eine vierte Wand in die Höhe. Nival war dabei, zwischen den Fetzen eines bunten Gewandes die Stücke von Drachenschuppen aufzusammeln, die die Zauberin verloren hatte. Wie viel hatte er wohl gehört?

»Nival!« Linn mochte ihn nicht vor dem Prinzen umarmen, aber sie umfasste seine Hand. Er unterdrückte einen Aufschrei, und schuldbewusst erinnerte sie sich, dass die Zauberin ihn gebissen hatte. Der Kampf mit Wea hatte ihn in Mitleidenschaft gezogen. Ein blutiger Kratzer zierte seine Wange, seine Haare waren staubig und zerzaust, und auch das Lächeln, das sie so sehr liebte, hatte gelitten.

Nivals Aufmerksamkeit war auf Arian gerichtet. »Man hört hier alles, was auf der Treppe geredet wird«, sagte er kühl. »Ihr wisst also nicht, wer ich bin und warum ich kann, was ich kann. Ich fürchte, damit werdet Ihr leben müssen.« »Kämpfst du für Schenn?«, fragte Arian geradeheraus.

»Nein.«

»Wofür dann? Erkläre dich endlich. Mir wirfst du vor, dass ich euch verraten habe, aber was bitte schön legst du in die Waagschale, das mich sicher machen kann, dass du für mein Königreich eintrittst? Ich habe das Hohe Spiel verloren, aber nicht einmal die Strafe der Götter kann mich davon abhalten, weiterhin zu versuchen, nach Schenn zurückzukehren und mich auf den Thron zu setzen, der meiner Familie gehört!«

Nival blickte Arian nachdenklich an. Linn wollte etwas sagen, entschied sich dann aber, es nicht zu tun.

Die beiden mussten für sich klären, ob sie Gegner sein wollten oder nicht. Auf einmal schien die Möglichkeit zu bestehen, dass Nival dem Prinzen die Wahrheit sagen würde. *Ich bin Jikesch, ich bin der Narr, den du mit Füßen getreten hast, dem du die Seele aus dem Leib geprügelt hast, den du am Turm baumeln ließest …*

Doch als Nival zu sprechen begann, wusste sie, dass er es nicht tun würde. Er hatte als Narr gelebt, aber er war keiner.

»Ich bin kein Schenner. Keiner Eurer loyalen Untertanen, und wer auf Eurem Thron sitzt, kümmert mich nicht.«

»Da hast du's«, murmelte Arian bitter.

»Vielleicht bin ich so etwas Ähnliches wie ein Sammler«, gab Nival zu. »Ich bin durch viele Länder gereist und habe überall Kenntnisse erworben, die nützlich sein können – Sprachen, Kampftechniken, Wissen über Tiere und Pflanzen, Menschen und Dinge. Falls Ihr fürchtet, dass mich ein anderer Herr bezahlt – nein, da irrt Ihr Euch. Ich habe keinen Herrn.«

»Was hast du in Schenn gelernt?«, fragte der Prinz. »Deiner schlauen Rede entnehme ich, dass du eine Art Spion bist. Also, was hast du uns an Wissen gestohlen, das du jetzt gegen uns verwenden könntest?«

»Das wollt Ihr wirklich wissen?«

»Ja, das will ich!«

»Na gut. Was ich über euch Schenner gelernt habe? Dass ihr dumm seid. Zu dumm, um Freund oder Feind zu erkennen. Ihr habt die Zauberer vernichtet, euer einziges Bollwerk gegen die Macht der Drachen. Damit habt ihr selbst die Schilde gesenkt und es euren Feinden ermöglicht, euch anzugreifen. Ihr habt euch hinter Reichtum und höfischem Getue verschanzt, und aus der Drachenjagd habt ihr ein Spiel gemacht, bei dem der König die Ehre bekommt und die Feinde einen Haufen ungenutzter Drachenschuppen völlig legal erwerben können, um ihre Magie zu mehren. Jetzt habt ihr sie da in Lanhannat – die Drachen und die Zauberer, und niemand ist mehr da, der gegen sie kämpfen könnte. Keine Magier, die loyal sind, weil sie ihre Heimat verteidigen, sondern nur ausländische Zauberer, die euch hassen – Zauberer aus Tijoa oder Khanat oder den anderen Städten der Ebene, die ihr in eurem Größenwahn erobern wolltet. Ja, ich habe genug gesehen, als ich Schreiber im Schloss war, mehr, als ich je wissen wollte.«

Arian starrte ihn mit brennenden Augen an. »Dann haben sie das also von dir? Dass wir schutzlos sind, dass sie nur zugreifen müssen?«

»Nennt Ihr mich einen Spion für Tijoa?« Nival lachte heiser. »Es gab eine Zeit, da habe ich wie Ihr gehofft, man könnte alte Feindschaften begraben und die uralten Geschichten ruhen lassen. Auch ich habe mich geirrt … aber glaubt Ihr im Ernst, ich würde in Scharech-Pars Diensten stehen? Dann habt Ihr mir nicht zugehört. Ich habe keinen Herrn. Ich bin frei, ich diene niemandem.«

»Warum bist du dann hier, wenn dich das Schicksal von Schenn nicht kümmert?«

»Es ist ein Spiel, oder nicht?« Sein Lächeln war eindeutig Jikeschs Lächeln, doch ohne die weiße Schminke wirkte es fein und leicht. »Nichts auf der Welt wird mich davon abhalten mitzuspielen. Ein Spiel, das wir miteinander spielen und gegeneinander. Gerade haben wir ein paar Punkte verloren und wiederum einige gewonnen.« Er öffnete die Hände, in denen wie Splitter vieler bunter Edelsteine die Drachenschuppen lagen. »Ihr Armband ist gerissen«, erklärte er. »Das gibt einen Punkt für uns.«

»Wer soll damit zaubern?«, fragte Linn.

Nival blickte an ihr vorbei auf Arian. »Er.«

»Ich?«, fragte der Prinz entsetzt.

»Ihr habt gut gekämpft«, sagte Nival. »Jetzt solltet Ihr endlich begriffen haben, wer Scharech-Par wirklich ist. Wer ich bin, braucht Euch nicht zu interessieren, das müsste inzwischen auch geklärt sein. Wenn Ihr nun noch eingesteht, wer Ihr selbst seid, könnt Ihr uns wirklich helfen.«

»Ähm«, machte Arian. »Ich … wie meinst du das?«

»Magisches Blut«, sagte Nival zufrieden. Es schien, als würde ihn diese Entdeckung mehr freuen als alles andere, was er Arian hätte antun können. »Brahans Erbe. Ich bin mir sicher, dass schon Euer Ahnherr es hatte, sonst hätte er Steinhag niemals gefunden. Damals stand ihm zwar noch keine Drachenmagie zur Verfügung, aber es gab eine altertümliche Form der Zauberei, die er, davon bin ich überzeugt, benutzte, um herzukommen. Also, was tut Ihr mit Eurem zauberhaften Erbe?«

»Das ist nicht wahr!«, keuchte der Prinz.

Linn beschloss, ihn lieber abzulenken, bevor sich daraus ein neuer Streit entspinnen konnte. »Wohin gehen wir jetzt?«

Sie hielt auf gut Glück auf den nächsten Eingang zu, einen dunklen Torbogen, der von oben wie eine von vielen Türen gewirkt hatte, beim Näherkommen jedoch in die Höhe wuchs und es mühelos mit dem Tor des Schlosses von Lanhannat aufnehmen konnte. Die Flügel des Portals waren mit glitzernden Farbsteinen bedeckt, die verschlungene Muster bildeten. Linn legte die Hand darauf und drückte, doch die Tür war zu schwer und bewegte sich kein Stück. Hoffnungsvoll sah sie sich um, aber die anderen Türen waren ähnlich groß, und keine stand offen.

»Ihr seid dran«, sagte Nival. »Hier, nehmt ein Stückchen Drachenschuppe. Öffnet sie, indem Ihr *Diarai Erim* sagt.«

»Ihr seid ja verrückt«, meinte Arian, aber zu Linns Überraschung gehorchte er. *»Diarai Erim?«* Bei ihm klang es wie eine Frage. »Au, es brennt!«

Nival lachte leise, als Arian mühelos einen der gigantischen Türflügel aufschob. Sie schlüpften hindurch und standen in einem hohen Gang, dessen Decke sich mosaikverziert über ihnen wölbte.

»Fast könnte ich ihn mögen«, sagte Nival kichernd.

»Das hatte nichts mit Zauberei zu tun. Ihr seid einfach zu schwach«, meinte der Prinz.

Um Nivals Mundwinkel zuckte es.

Arian seufzte. »Suchen wir uns ein Versteck«, sagte er schroff. »Wenn du wirklich so schlau bist, wie du tust, kannst du dann aus diesen ganzen Schriftzeichen nicht herauslesen, wo es hier Wasser gibt?«

21

»Scharech-Par ist immer noch nicht zurück. Wir können erst mal weitermachen. Dort oben gibt es nach wie vor genug Dinge, die wir holen können.«

»Es wird schwieriger«, meinte Gunya. »Die Wachen sind verstärkt worden, sie sehen genauer hin, und einige unserer Mädchen wurden durchsucht, obwohl sie den Harmlosigkeits-Zauber tragen. Zum Glück hatten sie nichts Verdächtiges bei sich. Ich bin der Meinung, wir sollten uns mit dem zufriedengeben, was wir bereits haben.«

Rinek fühlte die Blicke der anderen auf sich. Nun war es seine Entscheidung.

»Ich will niemanden in Gefahr bringen«, sagte er. »Unsere Stärke liegt in der Heimlichkeit, wir sind nicht genug Leute für einen offenen Kampf. Andererseits – wie lange haben wir noch freie Bahn, ohne dass diese Zauberin uns dazwischenfunkt? Wir sollten jede Stunde nutzen, die sie nicht hier ist. Die Drachen können nicht ins Schloss. Wir haben also nur die tijoanischen Soldaten hier und, machen wir uns nichts vor, eine Menge Schenner, die es für recht und billig halten, Larans Erben zu unterstützen. Wenn Sion die Wahrheit sagt – und ich persönlich glaube ihr –, ist Scharech-Par in der Tat Larans Erbe, und wir müssen Verständnis für diejenigen aufbringen, die ihn anerkennen.« Er wartete auf einen Einspruch des Königs, aber falls Pivellius zuhörte, machte er sich nicht bemerkbar. »Für viele ist außerdem kein anderer König denkbar, da sie unseren alten Herrscher für tot halten und Arian möglicherweise ebenfalls. Es wird irgendwann dazu kommen, dass Schenner andere Schenner töten.« Er blickte in betroffene Gesichter. »Wir sind Rebellen. Niemand ist gezwungen mitzumachen. Ich für mein Teil gehe hinauf ins Schloss und werde so viele Tijoaner aufmischen, wie ich nur kann. Sollen sie sich in ihren Albträumen daran erinnern, dass wir Widerstand geleistet haben. Wer möchte, kann sich mir anschließen, aber ich nehme es niemandem übel, der lieber hier unten warten möchte.« Leise fügte er hinzu: »Worauf warten? Das ist die Frage. Wollen wir hier Jahre verbringen, schöne Bilder betrachten, auf Seidenteppichen gehen, von goldenen Tellern essen, von den Resten leben, die wir aus der königlichen Küche stehlen? Wollen wir für immer auf die Sonne verzichten?«

»Nein«, sagte Agga neben ihm, und Sion lachte leise.

»Es ist herrlich hier«, meinte sie. »Ich lege mein Ohr an den Fels und höre ihm zu. Der Gesang des Gesteins. Der Geruch von Stein. Alter. Nicht Jahrzehnte oder Jahrhunderte, sondern Jahrtausende. Zeiträume, die unvorstellbar sind. Ich kann mich heimisch fühlen in diesem Stein, aber ihr nicht. Ihr seid nicht von Dauer, ihr braucht die Erde, die um euch her zerfällt. Bäume, die wachsen und verfaulen … leben und sterben, unaufhörlich. Dieses Reich hier wurde nicht für euch geschaffen. Natürlich müsst ihr einen Weg finden, die Stadt zurückzuerobern. Oder fortgehen. Es gibt genug Ausgänge, weit von Lanhannats Toren entfernt, zwischen den Hügeln. Ihr solltet fliehen, bevor Scharech-Par entdeckt, was sich unter seinem Thron befindet.«

Ihre Augen schienen in die Ferne zu blicken, an ihm vorbei. Wieder einmal wurde ihm bewusst, wie alt sie war, wie fremd. Eine Kreatur, die sich nur zum Schein mit der Schönheit einer Frau schmückte.

»Wir sollen vor ihm fliehen?«, fragte er. »Meinst du das ernst?«

Sie erwiderte seinen Blick, ihre Aufmerksamkeit kehrte zu ihm zurück. »Du wirst nicht fliehen«, stellte sie fest.

Mehr gab es nicht zu sagen. Rinek teilte die Freiwilligen ein, und erneut machten sie sich daran, das Schloss von Lanhannat heimzusuchen.

»Bleib neben mir«, sagte er zu Sion, während sich die anderen zerstreuten. Nicht einmal Aggas Seufzen hielt ihn davon ab, eine neue Idee umzusetzen.

»Fast genauso gut wie Unsichtbarkeit«, lobte die Drachenfrau.

Rinek hatte sich, in Anlehnung an den Richtungszauber, der ihn beim letzten Mal bis ins Schlafzimmer geführt hatte, einen neuen Zauber überlegt: »der Weg, auf dem niemand mich sieht«. Die neue Schuppe in seiner Hand leitete ihn zielsicher durch die Gänge, ohne dass er auf Wachen oder Dienstboten traf. Kombiniert hatte er diesen Zauber mit einem weiteren, obwohl Sion Zweifel angemeldet hatte.

»Du weißt gar nicht, ob so ein Raum überhaupt existiert. Wohin soll dich der Zauber führen, wenn nicht? Zielloser Zauber ist gefährlich. Wie oft soll ich dir noch sagen, dass es keine harmlosen Worte gibt? Lass uns lieber die Schatzkammer besuchen. Vielleicht haben die Mädchen etwas Interessantes übersehen.«

»Du bist kein Drache mit einem Schatz in seiner Höhle.«

»Nein, aber …«

»Pass auf.« Die Schuppe zog seine Hand nach rechts, und eilig schlüpfte er in die Nische, die sich dort befand, und zog Sion mit sich. Sie hielten den Atem an, bis der Wachtrupp, der just in diesem Moment um die Ecke bog, außer Sicht war.

»Ein Weg, auf dem niemand dich sieht, zu einem Ort, der nur in deiner Fantasie existiert«, spottete Sion. Wenn sie nicht so hinreißend gewesen wäre, hätten ihre Worte wehgetan.

Er hielt die Hand nach vorne gestreckt und wartete auf das sachte Ziehen, das ihm die Richtung vorgab.

»Nichts. Hm.« Rinek drehte sich um, und sofort setzte das Drängen des Zaubers wieder ein. »Geht es hier weiter? Durch die Wand?« Sorgfältig tastete er über die Vertäfelung.

»Da ist keine Tür.«

Das Holzpaneel schwang auf und gab den Blick in einen dunklen Gang frei. »Doch.«

»Ich warte auf: Ich hab's ja gesagt.«

Er grinste. »Komm. Leise. Es ist dunkel, geh du am besten vor.«

Sie stiegen durch die Öffnung, die Rinek hinter sich schloss. Vorsichtig tappten sie weiter.

»Ist rechts etwas?«, wisperte er. »Meine Hand geht nach rechts.«

»Ja, hier ist eine Abzweigung. Da ist übrigens eine Schwelle.«

»Au. Ja, du hast recht.«

»Auf diese Weise können wir noch viel mehr stehlen«, freute sich Sion. »Schau mal hier durch.«

Rinek blickte durch ein kleines Loch in Augenhöhe in ein herrschaftlich eingerichtetes Zimmer. »Die Wachen finden uns nie, wenn wir diese Geheimgänge benutzen. Ein Weg, auf dem niemand uns sieht. Der Zauber funktioniert tadellos.«

»Dieser schon, aber der andere nicht.«

Nachdem sie stundenlang – so kam es ihm jedenfalls vor – durch die Gänge geschlichen waren, führte die Schuppe sie wieder zu der Nische zurück, in der sie den Gang betreten hatten.

»Der Zauber hat dir einen Weg gezeigt. Aber nicht zu dem geheimnisvollen Raum, den es gar nicht gibt.«

»Vielleicht ist er gar nicht im Schloss.« Rinek ließ sich alles noch mal durch den Kopf gehen. »Nival war davon überzeugt, dass ein Teil des Zauberkrams in Zieges Keller, der leider in die Luft geflogen ist, aus Chamijas Herstellung stammte.«

»Ziege?«

»Ist nicht so wichtig. Es geht um Folgendes: Wenn die Unsichtbarkeit so schwer zu bewerkstelligen ist, wie du glaubst, warum sollte dann ein mieser Gauner wie Ziege eine solche Macht besessen haben? Doch wenn er das Mittel von Chamija bekommen hat – wo hat sie es hergestellt?«

»Sie kann es genauso gut hergebracht haben.«

»Töpfe voller *Caness*-Staub und Creme? Gut, das kann in ihrem Reisebeutel Platz gefunden haben. Aber ich meine immer noch, sie muss eine Werkstatt gehabt haben. Nur wo? In der Stadt?«

»Sehen wir nach. Dafür wirst du eine weitere Schuppe opfern müssen.«

»Ich war schon lange nicht mehr richtig draußen.« Man gewöhnte sich schnell an, von einem Versteck zum anderen zu huschen. Sich zu ducken. Die Stimme zu dämpfen.

»Vorsicht.« Sion zog ihn zurück, im letzten Moment hörte er die Schritte eines Wachtrupps. Er war so in Gedanken versunken gewesen, dass er auf das warnende Ziehen der Schuppe gar nicht geachtet hatte. »Träum nicht.«

Sie waren schon fast in der Nähe des Kellerportals angelangt, als sie in eine Reihe Tijoaner hineinplatzten.

»Verdammt«, rief Rinek, während die Ausländer unverständliche Wörter bellten. Ihre Waffen sprachen allerdings eine eindeutige Sprache.

»Verlass dich nie auf einen Zauber«, lachte Sion, die ihn am Arm packte und mit sich zog. »Ein gutes Ohr ist besser!«

Rinek versuchte gar nicht erst, den Kampf gegen acht Soldaten aufzunehmen, denn er war kein ausgebildeter Krieger. Die Flucht in den Keller blieb ihnen verwehrt, wenn sie nicht sämtlichen Verfolgern ihr Versteck offenbaren wollten, also traten sie den Rückzug an. Sie stürzten durch den Saal, lieferten den Soldaten ein Zickzack-Rennen um die Säulen herum und stolperten durch das große Eingangsportal, an dem die Handwerker arbeiteten, nach draußen in den Hof.

»Haltet sie!«, schrie jemand. »Eindringlinge! Feinde!«

Sie rannten so schnell sie konnten, aber von allen Seiten stürzten Soldaten auf sie zu. Trotzdem verspürte Rinek zu seinem eigenen Erstaunen keine Furcht. Es fühlte sich an wie ein großartiges Spiel, zu laufen, mit diesem herrlichen Bein, das ihn in großen Sprüngen vorwärtstrug, und der Gedanke durchzuckte ihn, wie es wäre, im Laufen zu sterben, vielleicht von einem Pfeil durchbohrt, denn für einen Moment war ihm die Vergänglichkeit von allem extrem bewusst. Hinter ihnen das Schloss mit dem beschädigten Portal, vor ihnen die großen Statuen, die ihm schon bei seinem ersten Besuch mit Yaro aufgefallen waren, diese riesigen Figuren, denen Köpfe oder Arme fehlten. Die Zeit schien einen Herzschlag lang stillzustehen, während er die Hand ausstreckte und an einen Riss im Marmorsockel legte – in diesem Augenblick war die ganze Welt nichts als ein Spiel der Götter, die mit ihren Figuren achtlos umgingen. *Oder,* dachte er wie in einem Rausch, *bin ich eine Kugel, die über den Tisch rollt und gleich hinunterfällt? Wird Okanion die Rebellen anführen? Was können wir ausrichten gegen die Mächte, die über uns wie eine Gewitterwolke herrschen?*

Fühlst du es auch?, wollte er Sion fragen, doch da blitzte es vor ihm silbergrün auf, und ein Drache riss ihn hoch und trug ihn in den Himmel.

Sie landeten draußen in den schneebedeckten Hügeln. Sion verwandelte sich und rollte durch den Schnee, hysterisch lachend, bis sie in einer Verwehung verschwand. Sie lachte immer noch, während sie Schnee um sich herum aufhäufte, das Gesicht gerötet von der Kälte und dem Vergnügen, und er dachte: *O Arajas, ich könnte mich in sie verlieben.* Ihm war, als ob sein Herz brannte. Wie ein Betrunkener warf er sich neben sie in den Schnee und starrte in den hellgrauen Himmel, der etwas Unentschiedenes, Schwebendes hatte, als könnte er sich nicht entscheiden, ob es schneien sollte oder nicht, ob die Wolken aufreißen sollten oder nicht, ob heute ein Tag zum Sterben war oder nicht.

Der Schnee durchnässte seinen langen Mantel.

»Frierst du nicht?«, fragte er.

»Ich hasse es, keine Kleider anzuhaben, danach«, meinte sie, aber in ihrem Gesicht war weder Hass noch Ärger, sondern ein Lächeln, das aus ihrem tiefsten Innern kam, ein verzücktes Lächeln, wie Rinek es sonst nur von einem Mann aus Brina kannte – dem Priester.

»Du siehst aus, als hättest du eine Vision gehabt«, sagte er und fragte sich gleichzeitig, ob nicht er vorhin zwischen den Statuen etwas Ähnliches erlebt hatte – doch war es schon eine Vision, um seine Sterblichkeit zu wissen? Ein Spiel der Götter, vielleicht. Ein Spiel, über das man lachen konnte oder weinen. Ihm war, als würde sein Herz brechen, weil er wusste, wie nah der Tod war. Eben schlich man triumphierend durchs Schloss und narrte seine Feinde, und gleich darauf durchbohrte einen die Klinge von jemandem, der weder schneller noch klüger war, sondern einfach nur mehr Glück hatte.

»Verwandlung«, flüsterte sie. »Verwandlung ist das Größte. Es ist unbeschreiblich. Wir waren schnell, weißt du, und es war unglaublich, die Stärke der Muskeln zu fühlen, wie das Herz pocht und die Lungen arbeiten … und dann fliegen! Fliegen! Was will man mehr? Was will irgendein Drache, wenn nicht das? Beides zu sein, Mensch und Drache und Drache und Mensch, bis einem schwindlig wird?« Sie beugte sich vor und küsste ihn. Ihre Lippen waren kalt und schmeckten nach Schnee. Schnee lag auf ihren Wimpern, blühte wie weiße Blumen auf ihrem Haar. Aber alles andere an ihr war überhaupt nicht kalt.

Rinek gab Sion seinen Mantel, obwohl sie behauptete, sie würde nicht so schnell frieren wie ein Mensch. Ihre bloßen Füße hinterließen zierliche Abdrücke im Schnee, während sie den nächsten Eingang hinunter ins Labyrinth suchten.

»Wir hatten Kleider aus Seide«, sagte sie. »Aus Drachenseide, gewebt und genäht im Mondschein. Der einzige Stoff auf der Welt, der sich mit verwandelt.«

»Ich dachte, die Seide lähmt Euch?«, fragte er verwirrt. »Was ist mit dem Mantel, mit dem wir Chamija gebannt haben? Das war immerhin deine Idee. Ich hatte bei unserer vorigen Diebestour schon danach gesucht, ihn aber nicht mehr gefunden.«

»Scharech-Par hat ihn natürlich verbrennen lassen. Kein Drache würde eine solche Waffe in seiner Nähe dulden. Es kommt darauf an, wie man sie herstellt«, sagte sie leise. »Die meisten Dinge auf dieser Welt sind zweischneidig. Wenn es nur der Bann der Seide wäre, hätten wir die Raupen längst ausgerottet, doch was sollen wir tun, wenn wir sie auf der anderen Seite brauchen?«

»Worin besteht der Unterschied?«

»Man düngt die Bäume, von denen sie fressen, mit Drachenblut«, sagte Sion. »Mit nichts anderem kann man die Wirkung erzielen, dass der Stoff sich unserer Verwandlung anpasst. Deshalb war es der teuerste, den es gab, am schmerzhaftesten bezahlt … Ohne Drachenblut ist es nur ganz gewöhnliche Seide.«

»Ich vermute, du wirst mir nicht verraten, wie man daraus die Sorte Seide macht, mit der man euch bannen kann.«

»Ich müsste es dir sagen, wenn du es mir befiehlst«, erwiderte sie. »Aber bevor du mich fragst, werde ich nicht wissen, ob ich es tun werde.«

Sie schwiegen eine Weile, und da er die entscheidende Frage nicht stellte, sprach sie schließlich weiter. Rinek meinte, die Erleichterung aus ihrer Stimme herauszuhören.

»Scharech-Par hat Vorbereitungen getroffen für die Verwandlung unseres Volks«, sagte sie. »Deshalb gibt es kaum noch gewöhnliche Seide. So wie damals. Auch damals hat uns das nicht gestört. Steinhag war das reichste Königreich unter dem Himmel.«

»Weil ihr Schätze geraubt habt?«

»Wir haben nach Gold geschürft. Tief unter den Bergen. Wir und unsere Sklaven. Wir haben Edelsteine ans Licht geholt, herrlicher als die Sterne. Kristalle, die von sich aus leuchten. In den allertiefsten Seen haben wir die blinden Schlangen gehütet, deren Gift das stärkste Heilmittel der Welt ist – Leben für den, der es braucht, und Tod für den, der es leichtfertig zu sich nimmt. Wir haben Dinge geschaffen, die es längst nicht mehr gibt, und wenn ein Mensch sie heutzutage sieht, wüsste er nichts mehr damit anzufangen. Wir waren mächtig, Rinek, aber nicht grausam. Nur die Einsiedler haben sich benommen wie wilde Tiere und unter den Menschen gewütet, Einsiedler und Verbannte. Wir in Steinhag waren … wie Könige. Selbst der Geringste von uns war reicher und mächtiger als der Kaiser von Bet-Jar.« Sion seufzte. »Ich wäre selbst fast verbannt worden … aber KianRan hatte schließlich doch Mitleid mit mir und konnte Veira dazu überreden, mir zu verzeihen.«

»KianRan?«

»Unser König. Der Vater von Dairan. Ungeduldig, jähzornig, unberechenbar – ein Drache eben. Ich hätte nicht gedacht, dass er mir das durchgehen lässt. Veira hätte nicht auf ihn hören müssen, die Priesterin ist die Einzige, die dem ValaNaik nicht zu gehorchen braucht. Sie steht nicht unter ihm, sondern neben ihm, und ihre Macht ist seiner gleich. Sie zu verprellen war oftmals gefährlicher, als sich gegen den König aufzulehnen. Wie konnte ich es wagen, so jung, wie ich war? Oder wollte ich verbannt werden? Später habe ich oft darüber nachgedacht, ob ich es nicht herausgefordert habe. Ich sollte die nächste Priesterin werden, weißt du. Lange Zeit war ich das einzige Drachenmädchen in ganz Steinhag, sonst nur Männer und Menschenfrauen, deshalb sollte mir die Aufgabe zufallen, aber ich war verliebt. Vielleicht auch nur trotzig, etwas tun zu müssen, während alle anderen frei waren. Ich habe die goldene Maske einmal aufgesetzt, ich habe Hay Ran Birayiks Stimme gehört … das hat mir gereicht. Ich hätte mich geehrt fühlen sollen, aber ich fand es nur entsetzlich.«

Sie bückte sich und kratzte Schnee von der Einstiegsluke, zu der der neue Richtzauber sie beide geführt hatte. Viele Drachenschuppen hatte er nun nicht mehr in der Tasche, er würde bald Nachschub benötigen.

»Also bist du nicht Priesterin geworden«, sagte er. »Hast du es je bereut?«

Der Schnee schmolz in Sions Haar. Er rann tropfenweise an den silbernen Strähnen herunter, als würde darin Drachenfeuer glühen.

»Wenn ich fühle, wie ich nun wieder ich bin, frage ich mich durchaus, ob ich nicht manchmal zu trotzig war.« Sie trat einen Schritt zur Seite, damit Rinek die Luke aufreißen konnte. Darunter gähnte ein dunkles Loch.

Merkwürdig, dachte er, *dass man schon so wenig als Heimat empfinden kann. Wie ein Kaninchen.*

»Nichts von alldem wäre geschehen, wenn ich Priesterin gewesen wäre. Ich hätte den Fluch aufheben können. Nein, ich will lieber nicht darüber nachdenken, auf was ich alles verzichtet habe, um ihm nicht die Macht zu geben.«

»Eurem Drachengott?«

»Auch«, flüsterte sie. Sie war stehengeblieben, und in der Finsternis prallte er wieder einmal gegen sie und nutzte die Gelegenheit, um die Arme um sie zu schließen.

»Ich wollte keinem Gott gehören, ich wollte meine Freiheit nie aufgeben.«

Ihm wurde ein wenig anders. »Und Scharech-Par? Hat er dir diese Freiheit gelassen?«

»Kein ValaNaik lässt einem die Freiheit zu sein, wer man sein will.« Ihre Stimme wurde noch leiser. »Prinz Rean Tar. Sein Drachenname ist Rean Tar Ran ValaNaik. Ein stolzer Name, aber was ist mit meinem Stolz? Einer, der herrscht. Einer, der kein Nein gelten lässt. Hätte er eine Drachenfrau gehen lassen?«

»Aber … er ist ein Mensch, und du warst ein Drache!«

»Wenn der Fluch aufgehoben worden wäre, dann nicht mehr«, flüsterte sie.

»Du … du hättest ihn aufheben können? Obwohl du nicht die Priesterin bist?«

»Ich muss dir etwas sagen.« Sie näherte ihren Mund seinem Ohr. »Etwas, das niemand erfahren darf. Ich war dabei, damals. Ich sah, wie Laran flog, durch die Wolken. Alle dachten, er sei tot, Dairan hätte ihn umgebracht, aber ich sah ihn fliegen. Es gibt keine Freiheit, Rinek, nicht von den ValaNaiks. Bis heute ist mir, als würde er über mir schweben, schwarz wie eine Gewitterwolke. So schwarz wie Kohle, aus den Tiefen der Erde geborgen. Laran ValaNaik.«

»Unser Held? Er lebt?«

»Nicht euer Held. Unser Fluch und unser Verderben, die Finsternis, die über uns kam. Nein, er lebt schon lange nicht mehr. Aber er wurde nicht verbrannt. Ich bin die Einzige auf dieser Welt, die davon weiß. Eine Schuppe von seinem toten Leib genügt, um mein Volk zu erlösen.«

22

Der Gang hatte sie immer tiefer hinuntergeführt, durch Räume beispielloser Pracht bis in schwarze Tunnel, wo sie sich vorwärtstasteten und Linn das Gefühl hatte, dass die Finsternis nach ihr griff. Eine stille, uralte Finsternis, die achthundert Jahre lang niemand gestört hatte. Einmal hatte sie sogar den Eindruck, dass die Schatten sich feindselig um sie verdichteten, und sie stieß Nival vorsichtig an.

»Sag etwas«, flüsterte sie und begann gleichzeitig, sämtliche Drachenwörter zu murmeln, die ihr einfielen. *Sai-Hara Caness. Sai-Hara Wina-Beret …*

Nival übernahm, als sie schließlich verstummte, und sprach in dieser mittlerweile so vertrauten Sprache weiter, auch wenn sie nicht verstand, was er sagte.

»Was soll das?«, fragte Arian dazwischen.

»Spürst du es denn nicht? Es ist, als dürften wir diese Gebiete nicht betreten. Ist es ein Zauber? Wenn, dann ein uralter und fremdartiger Zauber. Vielleicht erkennt etwas in diesem Labyrinth die Drachensprache als Berechtigung an, dass wir hier sein dürfen.«

»Wir könnten es auch als Wink nehmen und tatsächlich umkehren. Ich hatte die Hoffnung, dass wir einen Ausgang finden, und nicht, dass wir irgendwann unten aus der Welt herausfallen.«

»Wir werden auf Wasser stoßen«, gab sich Nival überzeugt.

»Hier haben die Drachen gelebt, und auch wenn sie magischer sind als irgendetwas sonst, werden sie nicht darauf gewartet haben, dass man ihnen Eimer nach unten schleppt. Hier gibt es keine Rohrleitungen oder Kanäle. Es muss dort sein, wo sie gewohnt haben.«

»So tief unten?«, bezweifelte Arian.

»Je tiefer, desto besser«, meinte Nival. »Etwas ist in mir, das es spüren kann. Ein Durst in meinem Mund, ein Prickeln auf der Zunge.«

»Ein Ruf«, ergänzte Linn. »Ich kann ihn hören, so leise, dass nur die Stimme da ist, ohne Worte. Dort unten ist das Zentrum. Dort ist alles, was wichtig ist. Nicht in Tijoa. Hier. Nicht in Schenn oder Lonar oder Jagor, sondern hier.«

»Jetzt sind alle verrückt geworden. Macht euch der Durst wahnsinnig?«

»Es ist die Maske, die wir beide getragen haben – ich viel länger als er. Dairan ist hier gegangen, durchs Dunkel. Wie eine Ahnung ist ein Teil seiner Gegenwart hängengeblieben. Dieser Ort hat ihn umgeben wie ein Mantel, dieser Fels war sein Panzer, während er in menschlicher Gestalt durch das Gestein schritt.«

Arian seufzte, und sie erinnerte sich daran, wie wenig er von all diesen Dingen wusste – und dass es nicht unbedingt nötig war, ihm alles zu erklären. Alles verstand sie ja selbst nicht. Dieses Labyrinth musste weitaus älter sein als achthundert Jahre, vielleicht sogar mehrere tausend. Vielleicht, dachte sie und erschauerte, Hunderttausende von Jahren. Und wer weiß, ob nicht ebenso lange die ValaNaiks hier entlanggeschritten waren, eine halbe Ewigkeit bevor dort draußen in der Welt des Tageslichts, die unendlich weit entfernt schien, Könige herrschten und Müller ihr Mehl mahlten und Zauberer die Wirkung von Drachenschuppen erforschten.

Linn hatte jegliches Gefühl für Zeit verloren. War Tag oder Nacht? Wie lange war es her, dass sie gegen Scharech-Par gekämpft hatten und Wea wie ein seltener bunter Vogel die gewaltige Treppe hinuntergeschwebt war? Stimmen schienen in den Schatten zu flüstern und zu zischen. Auf einmal dachte sie an Gah Rans Empörung über die Dinge, die sie ihm zumutete, an seine stolze Entgegnung: Ich habe neben dem ValaNaik gesessen … Jetzt erst begann sie zu erahnen, was das bedeuten mochte. Gah Ran hatte sich als Freund Dairans bezeichnet. Kein Wunder, dass er nicht zugeben mochte, was danach noch alles passiert war. Dass er Dairans Braut hatte entkommen lassen und verbannt wurde …

Eine unendliche Trauer überfiel sie.

»Warum will ich weinen?«, wisperte Arian verstört. »Lasst uns fliehen, solange noch Zeit ist.«

»Nehmt die Steine, Prinz«, befahl Nival. »Sprecht mir nach: *Hara Ilas Naik.*«

»Hara Ilas Naik«, flüsterte Arian.

»Geht vor.«

Der Königssohn gehorchte wieder. Er führte sie durch die dunklen, stillen Gänge, bis es vor ihnen gelblich schimmerte.

»Da ist Licht«, sagte Arian ehrfürchtig. »Habe ich etwas damit zu tun?« Er klang verstört. »Das war jetzt aber nicht gezaubert, oder?«

Als sie näher kamen, wurde das Licht immer strahlender und goldener. Sie beschatteten ihre Augen, als sie in eine Halle hinaustraten. Linn erwartete eine vergoldete Decke, stattdessen hing über ihnen der Nachthimmel. Was sich zwischen ihnen und dem Himmel wirklich befand, konnte sie nicht erkennen – eine Schicht aus Kristall vielleicht, denn obwohl sich zu allen Seiten schneebedeckte Hänge erhoben, war es nicht kalt, und kein Wind wehte.

Die Sterne über ihnen spendeten das zauberhafte Licht. Größer hatte Linn sie nie zuvor gesehen, sie flackerten wie Laternen im Luftzug. Wie in einem Spiegel gab es sie zweimal, oben und vor ihnen am Boden, der in Licht und Feuer zu brennen schien.

»O ihr allmächtigen Götter«, sagte Arian. »Wie können wir hier unten die Sterne sehen?«

»Durch Schächte«, mutmaßte Nival. »Die sie mehrfach spiegeln und das Bild nach hier unten leiten. Man sieht ja sogar die Berge ringsum. Das hier ist ein unterirdischer See, über dem die Sterne scheinen.«

Er bückte sich und tauchte den Finger ins Wasser.

»Es ist sogar warm genug, um darin zu baden.«

Arian, dem man den Kampf mit Scharech-Par immer noch ansah, wusch sich das Blut aus dem Gesicht, nachdem er sich auf der glatten Oberfläche betrachtet hatte, und trank aus der gewölbten Hand.

»Es ist süß.«

»Ob unser Feind wohl schon an diesem Ort war?«, fragte Linn. »Mir ist gar nicht wohl bei dem Gedanken, dass er hier auftauchen könnte.«

»Warum sollte er nicht hier gewesen sein? Das ist Familienbesitz der ValaNaiks, nehme ich an. Für einen gewöhnlichen Drachen würde niemand einen solchen Aufwand treiben.« Er zögerte. »Wer weiß, ob Scharech-Par nicht hier gewohnt hat, bevor er König von Tijoa wurde? Ich kann mir nicht vorstellen, dass er erst vierzig Jahre alt ist.«

»Aber falls doch, wo ist dann sein Vater? Und sein Großvater? Wo sind die anderen ValaNaiks, die wir finden müssen? Weist irgendetwas darauf hin, ob sie hier waren oder ob Dairan der letzte Bewohner war?«

Linn ging um das Ufer herum und spähte in eine der Grotten, die sich dort auftaten. »Es ist alles eingerichtet, als wäre der Bewohner nur kurz abwesend und würde gleich wiederkommen.«

Arian spähte über ihre Schulter. »Felle auf der Liegestatt,

Decken und Kissen, Seidenteppiche … Ein König würde nicht mehr besitzen können.«

»Hier hat ja auch ein König gelebt, der bedeutender war als jeder menschliche Herrscher.«

»Ich kann es immer noch nicht fassen. Ihr sprecht über diese Drachenmenschen, als wäre das alles wirklich wahr«, protestierte der Prinz.

»Ich dachte, du glaubst es? Du hast Scharech-Par doch selbst erlebt!«

Arian seufzte. »Ich weiß nicht mehr so recht, was ich glauben soll. Brahan, mein Held, mein Vorfahr – sich ihn in diesem Palast vorzustellen ist etwas ganz anderes, als das, was ich von den Bildern im Schloss her kenne. Dort ist eine Grube noch … eine Grube. Ein Loch mit Feuer und scheußlichen Gestalten, und es ist ein ungeheures Wagnis, dort einzudringen.«

Unzufrieden blickte er sich um, und sie verstand, was er meinte. Die Schönheit dieses Ortes war betörend. Es war keine *Grube.* Wäre es nicht unterirdisch gewesen, hätte man es nahezu himmlisch nennen können.

»Dein komischer Freund hat gefragt, ob ich an Geschichten glaube«, sagte Arian. »Vielleicht wäre es weniger schlimm festzustellen, dass sie nicht wahr sind, als zu erkennen, dass ihre Wahrheit eine andere ist als gedacht.«

»Ich glaube, es war nicht weniger gefährlich herzukommen. Dieser Ort ist voller Zauber. Sieh nur, alles ist vollständig erhalten.«

Linn betrat das mit üppigen Kissen ausgestattete Felsgemach. Im Gegensatz zu den Räumen in der Nähe des Eingangs fand sie es bemerkenswert schlicht. Keine goldenen oder mosaikverzierten Wände, keine Schriftzeichen oder Gemälde, sondern nur der nackte, grob behauene Fels. Als sie die Kissen berührte, hätte es sie nicht gewundert, wenn diese zu Staub zerfallen wären, doch die Seide war weich und vollkommen wie jenes Tuch, das Arian ihr einmal geschenkt hatte.

Leider konnte sie nicht darauf hoffen, dass es hier Nahrungsmittel gab, die die Zeit ebenso unbeschadet überstanden hatten. Das nagende Gefühl in ihrem Magen ließ sich von Wasser nicht auf Dauer besänftigen.

»Tijoanische Seide«, stellte Arian fest, der sich neben ihr auf den Kissen niederließ und prüfend daraufklopfte. »Allein das Zeug in diesem Raum ist ein Vermögen wert. Sieh dir nur mal diesen Teppich an. Der dort ist aus Seide, aber dieser hier, aus welcher Wolle ist er wohl gewebt? Wir sollten mitnehmen, so viel wir tragen können, und dann den Schacht suchen, durch den das Sternenlicht auf den See fällt. Wenn wir irgendwie hochklettern können, kommen wir zwischen den Bergen heraus, fern vom Dorf der Felsleute.«

»Hat jemand Hunger?« Nivals Gesicht leuchtete, er sah aus wie ein kleiner Junge, der zum Laranstag ein besonders großes Geschenk bekommen hat. »Lust auf«, er schnupperte an einem großen Beutel, »Beerenbrot, Kaninchenbraten oder lieber knusprige Vogelbeine? Oder doch eher Eierspeise?«

Linn und Arian sprangen auf.

»Woher …? Du scherzt!«, rief sie, aber der Duft all der aufgezählten Gerichte stieg ihr in die Nase, und wenn das Magie sein sollte, war es die echteste, unglaublichste, die ihr je begegnet war.

»Oder möchte jemand zuerst den anderen Raum besichtigen, den ich gefunden habe – mit einem interessanten steinernen Sitz, unter dem Wasser fließt?«

»Barbaren sind sie nicht«, murmelte der Prinz neidisch.

»Jetzt zeig schon!«, rief Linn.

Nival breitete das Essen auf einem der edlen Teppiche aus und benutzte dabei den großen Stoffbeutel als Tischdecke.

»Das habe ich gefunden«, sagte er stolz. »In einem der Nebenräume, der offenbar als Esszimmer dient. Es lag dort in einer Vertiefung in der Wand. Ist es zu fassen? Ich sage euch, diese Höhlen werden benutzt, und erst kürzlich muss jemand hier gewesen sein!«

»Scharech-Par«, nannte Linn den einzigen Namen, der ihr einfiel.

»Wie das? Er ist erst nach uns im Tal der Felsleute eingetroffen. Er kann unmöglich hier unten gewesen sein. Alles ist ganz frisch, diese Keulchen sind sogar noch warm! Von seinem letzten Besuch kann er die Sachen nicht übriggelassen haben.«

Während sie aß, war Linn völlig egal, woher das Essen stammte. Sie musste sich dazu zwingen, langsam zu kauen und sich den köstlichen Geschmack zu vergegenwärtigen, statt alles hinunterzuschlingen. Schließlich leckte sie ihre Finger ab und ließ sich wieder rücklings auf die Kissen fallen.

»Ah! Hier lässt es sich leben!«

»Beunruhigt dich nicht, dass hier außer uns noch jemand sein könnte?«, fragte Nival, aber erst, nachdem er die letzten Krümel verputzt hatte.

»Unser tijoanischer Freund?«, warf Arian ein. »Er wird nicht lockerlassen. Das nächste Mal wird seine Zauberin besser gewappnet sein. Ich verstehe übrigens immer noch nicht, warum du ihr nicht Paroli bieten kannst, Linnia. Hast du nicht sogar Drachen mit deiner Magie besiegt? Ich gebe es ungern zu, aber im Moment wäre es mir durchaus recht, wenn du zaubern könntest.« Und nicht ich. Der Zusatz, den er nicht aussprach, hing in der Luft, ein vages Eingeständnis, das noch nicht den Weg über seine Lippen fand.

Du bist schuld daran, hätte sie ihm nur zu gerne an den Kopf geworfen, aber sie begnügte sich damit, seine Frage zu ignorieren.

»Natürlich werden sie kommen und uns suchen, und vielleicht gehen sie sogar davon aus, dass wir diesen Ort hier finden«, meinte Nival. »Wir sollten Wachen aufstellen und einen Fluchtweg auskundschaften. Aber ich meine nicht Scharech-Par, sondern denjenigen, der dieses Essen bereitgestellt hat und dann verschwunden ist. Womöglich wird er hier gleich hereinschneien und sich erkundigen, warum wir ihm nichts übriggelassen haben.«

Das wohlige Gefühl wich allmählich. Widerstrebend ließ Linn sich von der Gefahr in die Wirklichkeit zurückrufen. »Er könnte höchst ungehalten sein, dass wir hier so einfach eingedrungen sind. Da wir etwas von ihm wollen, war es vielleicht nicht klug, dass wir uns so unverschämt bedient haben.«

»Diese Räume haben etwas Besonderes an sich«, sagte Nival leise. »Ich will nicht behaupten, etwas Heiliges. Aber ich gehe davon aus, dass niemand außer uns sich je hier heruntergewagt hat. Die Felsleute wachen über die Eingänge. Die Berge und der Sumpf sind so gut wie unüberwindlich. Höchstens ein Drache hätte einen Menschen herbringen und ihm helfen können, hier hereinzukommen – wie Gah Ran es wollte, aber leider nicht kann. Und höchstens ein Drache, der es vermag, Menschengestalt anzunehmen, kann die Eingänge passieren.«

»Dann muss es noch mehr ValaNaiks geben.« Linns Herz schlug unwillkürlich schneller. »Die hier unten leben – einer, zwei, vielleicht noch mehr?« Sie lauschte unwillkürlich. Gleich würden sie Schritte hören, gleich würde ein Fremder vor ihnen stehen, ein Mann mit markantem Kinn und arrogantem Lächeln.

Der Moment verging.

»Vielleicht ist er unsichtbar?«, meinte Nival zweifelnd.

Eben noch war Linn müde gewesen, jetzt wusste sie, dass sie selbst auf den weichen Kissen keinen Schlaf finden würde. »Willst du mir Angst machen? Bei der Vorstellung, dass hier unsichtbare ValaNaiks leben könnten, wird mir nicht gerade wohler.«

»Ich hasse Zauberei«, knurrte Arian.

»Ist das ein Witz?«, fragte Nival heiter.

Der Prinz seufzte. »Wir sollten schlafen, solange wir können, um uns für die nächste Auseinandersetzung mit Scharech-Par zu rüsten. Wer übernimmt die erste Wache?«

»Ich«, sagte Nival und starrte den Prinzen, der sich auf einer Decke ausstreckte, herausfordernd an.

»Was denn?«

»Es gibt hier noch mehr solche Schlafräume. Nebenan sind mindestens ebenso hübsche Kissen wie hier.«

Arian rollte mit den Augen und erhob sich träge. »Es ist ja eigentlich sicherer, wenn wir zusammenbleiben. Aber wie es dir beliebt, Herr Sammler-großer-Weisheiten.«

Nival blieb am Eingang der Grotte stehen, bis der Prinz verschwunden war.

»Musst du ihn immer so ärgern?«, fragte sie leise.

»Ja«, gab er zu, »das muss ich, und du weißt das sehr gut. Es fällt mir schwer, es zuzugeben, aber eigentlich ist er kein schlechter Kerl – auf seine eigene, fiese Art. Schlaf ein wenig, meine Liebe, ich werde dich später wecken.«

Linn gähnte unwillkürlich. Vielleicht würde sie doch schlafen können, unsichtbare Drachenkönige hin oder her.

Die nächsten Tage verbrachten sie damit, diesen Teil des unterirdischen Reichs auszukundschaften. Kein Raum glich dem anderen. Vergoldete Festsäle wechselten sich mit bizarren Tropfsteinhöhlen ab, heiße, sprudelnde Quellen mit klaren Rinnsalen, die von der Decke tropften, Grotten aus lavendelfarbigem Gestein mit schwarzem Fels, durch den sich goldene Adern zogen. Sie entfernten sich nicht allzu weit von der Sternenkuppel, wo sie den ValaNaik zu treffen hofften, doch weder dort noch woanders fanden sie einen Hinweis auf weitere Besucher.

»Hier steht schon wieder eine neue Mahlzeit«, stellte Arian am dritten Tag fest. »Diesmal hat sich der Koch wieder selbst übertroffen. Diesen, äh, etwas streng riechenden Käse halten vermutlich alle außer mir für eine außergewöhnliche Delikatesse. Wenn ich ehrlich sein soll, wäre mir eine schlichte Pastete, wie es sie bei uns zu Hause gab, viel lieber.«

Es schmerzte wie am ersten Tag, als Linn an Mora dachte. Auch Nival zuckte kaum merklich zusammen.

Selbst Arian spürte die plötzlich angespannte Atmosphäre. Sie aßen schweigend, und in der Stille blühte etwas auf ... Musik. Linn neigte den Kopf. »Hört ihr das auch?«

Wie ein Summen erreichte etwas ihr Ohr, eine Melodie lag in der Luft. Worte, so leise, dass sie nur eine Ahnung waren.

»Woher kommt das?« Arian sah Nival an, der die Schultern hob.

»Wie soll ich das wissen? Magie?«

Sie hörten auf zu essen und lauschten, dann sprangen sie gleichzeitig auf.

»Wartet!«, rief Nival ihnen nach, aber Linn rannte schon in die eine Richtung und Arian in die andere davon.

Sie eilte den Gang hinauf. In jedem Raum, den sie betrat, erwartete sie, ein Fest vorzufinden, lachende Menschen und Spielleute, nein, keine Menschen, sondern Männer mit arroganten Augen und Mädchen – wie würden die Mädchen aussehen? Es war eine Frau, deren Lied durch die Säle und Grotten hallte, so leise, so vorsichtig, als würde sie ihr Kind in den Schlaf singen. Ein Wiegenlied? Linn hielt inne, fast war es ihr, als würde die Melodie ihr bekannt vorkommen.

»Am Bach dreht sich die Mühle, es drehn sich die Mädchen im Tanz ... und auf den Wellen spiegelt sich die Sonne in ihrem Glanz ...«

Wie war es möglich, dass sie ein Lied aus ihrer Kindheit zu hören glaubte, eine alte Weise aus Brina?

Die Stimme wehte durch die vergoldeten Festsäle, durch die edelsteinfunkelnden Grotten, sie schwebte über unterirdischen Kanälen und Teichen. Dann stockte sie, und gespannt lauschte Linn und fürchtete, die Stimme würde für immer verklingen – doch da war sie wieder und lockte sie weiter.

»Es drehn sich die Mädchen im Tanz …«

Bildete sie sich das ein? Ob Nival wohl ein Lied hörte, das seine Mutter sang, und Arian vielleicht Königin Irana oder eine Amme? Leider konnte sie die beiden nicht fragen. Ihr war, als hörte sie jemanden ihren Namen rufen.

Linn atmete tief durch. Wenn das hier Zauberwerk war, konnte es ebenso gut Wea sein, die sie zum Narren hielt, es musste nicht unbedingt etwas mit den Drachen zu tun haben. Nein, hier gab es keine tanzenden Drachenmenschen, keine ValaNaiks, die sich um eine junge Priesterin stritten … ihr war, als stünde Gah Ran dort, an die Wand gelehnt, und beobachtete ein Mädchen, das einen Korb mit Beeren trug …

Nein, ihre Fantasie ging mit ihr durch. Linn hob den Kopf und erblickte eine schwarze Öffnung in Deckennähe, einen kleinen Schacht. Von dort kam das Lied. Offenbar wurde es durch ein verzweigtes Tunnelsystem in die Räume getragen. Das hieß, je näher sie der Quelle kam, umso lauter und deutlicher musste es eigentlich werden.

»Ich stehle dir ein Band, mein hübsches Mädchen, und trage es wie Silber und wie Gold. Lächle, meine Schöne, lächle weiter …« Die Stimme brach ab.

Jemand weinte, und in jedem Raum hörte Linn, wie das Weinen lauter wurde. War auch das ein Zauber? Dass die Sängerin nach Luft schnappte, dass sie schluchzte und leise weitersang, als fehlte ihr die Kraft dazu, als müsste sie sich die Worte von Tanz und Lächeln unter größten Schmerzen abringen …

Wieder blieb Linn stehen, und die Angst griff wie mit Krallenhänden nach ihrem Herzen.

Es konnte nicht sein, dass sie diese Stimme kannte. Wie hätte das sein können, hier, Tausende von Schritten unter der Erde, im alten Reich der Drachen?

Ein Mädchen. Sie rennt durch die Straßen, ihr blondes Haar weht hinter ihr her. Es brennt. Ihr Haar steht in Flammen, rot und prächtig wie eine Mähne aus Gold, und über ihr fliegt Ojia Ban … In ihren Händen hält sie den Glücksstein und weiß nicht, dass er die Drachen zu ihr lockt …

»Binia«, flüsterte Linn.

Sie hatte nie besonders gut singen können. Doch ihre kleine Schwester hatte viel gesungen, ihre Stimme fein und hell, und sie traf jeden Ton. Fein und hell und golden, so wie ihr Haar …

»Binia!«

Linn rannte schneller, sie hetzte durch die Gänge, dem Lied nach, der Melodie und den Schluchzern, die ihr ins Herz schnitten. Immer lauter wurde es, die Worte, die aus den kleinen Öffnungen oberhalb der Wände perlten, wurden klarer, und schließlich folgte Linn dem Klang, der direkt vor ihr war und nicht mehr über ihr, und stolperte in jenen riesigen Saal hinaus, in dem sie mit Scharech-Par und Wea gekämpft hatten.

Zuerst erkannte sie gar nichts, sie musste blinzeln, denn die gleißende Helligkeit der Decke blendete sie. Auf den ersten Blick schien die Halle leer, doch das Lied war da, und dieses Lied lenkte ihre Schritte zu einer der mächtigen Säulen. Daran führte ein gewaltiges Rohr in die Höhe und verschwand irgendwo in Deckennähe, doch das nahm Linn nur beiläufig wahr. Ihre Aufmerksamkeit galt dem Käfig, der am Fuß der Säule stand und im Vergleich dazu winzig wirkte.

In diesem Käfig saß ein Mädchen.

Linn kannte sie und kannte sie zugleich nicht.

Sie war nicht mehr zwölf. Die Sängerin, die schlagartig verstummte, als sie Linn bemerkte, war eine junge Frau von vielleicht sechzehn, siebzehn Jahren. Sie trug einen dunklen Rock und eine bestickte Weste, und nein, da war kein einziges blondes Haar, nur ein Kopftuch, das sie fast bis über die Augen gezogen hatte. Die waren strahlend blau, so wie Linns Augen, wie Merinas Augen, und etwas an dem Lächeln des Mädchens erinnerte Linn an ihre Mutter.

»Linn! Linni! Bist du es wirklich?«

Linn streckte die Hände durch die Gitterstäbe, und die vertraute Fremde umklammerte sie, drückte sie und küsste sie sogar, und ihre Tränen fielen auf Linns Finger.

»Wie geht es Mutter? Und Lester? Was macht Merok, hat er sein Mädchen geheiratet? Steht die Mühle noch? Ist Yaro heil zu Hause angekommen?«

Die Fragen sprudelten aus Linn heraus wie ein Schwall, noch bevor sie sich auf die wichtigste Frage von allen beschränken konnte: »Wie kommst du hierher?« Sie atmete tief durch. Ihre Augen konnten sich nicht sattsehen an Binias Gesicht, an ihrer schönen, hellen Haut, den vorwitzigen Sommersprossen auf ihrer Nase, den Tränen auf ihren langen Wimpern. »Warum singst du?«, fragte sie. »Ich meine, warum bist du denn bloß hier, und warum singst du?«

»Er hat mir befohlen zu singen, in dieses Rohr«, erklärte Binia und lächelte mit feuchten Wangen. »Er sagte mir, wenn ich singe, so laut und so schön, wie ich kann, würde er dafür sorgen, dass ich geheilt werde.«

»Sie hat es sich verdient, nicht wahr?« Über den Marmor schritt Scharech-Par, ein freundlicher König – wie gelang es ihm nur, so viel Güte und Wohlwollen in sein Gesicht zu zaubern? »Wie hübsch sie singt, die kleine Lerche. Wie sie wohl erst tanzen wird, wenn sie statt der grässlichen Narben schöne, glatte Haut am Rücken hat? Wenn nicht mehr jede Bewegung schmerzt, wenn die Muskeln heil und stark sind?«

Er öffnete den Käfig, und Binia flog in seine Arme.

Linn trat einen Schritt zurück. »Was geschieht hier? Ich dachte, du bist seine Gefangene! Ich dachte, du weinst, weil du eingesperrt bist, weil …«

»Eingesperrt?« Scharech-Par lachte. »O Linnia, ich würde doch niemanden einsperren. Die Tür war nicht verschlossen, ist dir das nicht aufgefallen? Das Gitter diente nur ihrem eigenen Schutz, denn sie fürchtet sich in dieser leeren Halle, und wenn die wilden Gebirgsaffen, die hier hausen, um einen herumtollen, ist es besser, geschützt zu sein, nicht wahr?«

»Binia, komm zu mir!« Linn streckte die Hand nach ihrer Schwester aus, doch diese blieb bei Scharech-Par.

Ihre Augen strahlten. »Linni, er sagt, ich kann geheilt werden! Er ist der König, und er sagt, seine Heiler können alles, selbst das! Er tut es deinetwegen, wegen des großen Gefallens, den du ihm erwiesen hast. Du bist seine beste Drachenjägerin! Oh, ich danke dir, ich danke dir so sehr!«

Binia umarmte Linn überschwänglich. Dabei verrutschte das Kopftuch, und ein Stück ihrer zerfurchten roten Kopfhaut wurde sichtbar.

»Komm!« Linn zog an Binias Hand. »Komm mit, rasch. Vertrau mir. Es ist nicht so, sondern …«

Erneut unterbrach Scharech-Par sie mit seinem Lachen, und schon hielt er Binia wieder an der Hand und setzte eine liebevolle, väterliche Miene auf.

»Geh ruhig vor, meine Liebe«, sagte er zu dem Mädchen, »ich muss noch kurz mit deiner Schwester reden. Du hast wunderbar gesungen, die Magie deines Liedes ist der erste Schritt zur Heilung. Morgen ist der nächste Schritt dran.«

Binia strahlte ihn vertrauensvoll an. »Es war herrlich«, meinte sie, »als Ihr in unser Dorf gekommen seid, mit Geschenken für alle! Diesen Tag werde ich nie vergessen!« Sie nickte Linn zu und ging zur Treppe hinüber, schwerfällig und in einer erschreckend gebückten Körperhaltung. An der untersten Stufe wartete Wea, was Linn davon abhielt, ihrer Schwester zu folgen. Das Lächeln der Zauberin war tief und wissend, als sie den Arm um Binia legte und ihr bei dem schweren Aufstieg half.

Scharech-Par wirkte nachdenklich, während er die beiden beobachtete. »Du bist überraschend klug«, sagte er schließlich. »Das wundert mich, nachdem du bisher so wenig Respekt vor meiner Macht gezeigt hast. Kein Geschrei, kein Kampf? Du versuchst ausnahmsweise einmal nicht, mich zu erstechen?«

»Lasst sie gehen«, flehte Linn, »oh bitte, sie hat Euch doch nichts getan. Lasst sie nicht dafür leiden, was ich gemacht oder gesagt habe, bitte!«

»Hast du den Eindruck, dass sie gehen möchte? Bevor sie geheilt ist? Sie ist so voller Hoffnung mitgekommen – möchtest du ihr wirklich zumuten, dass sie abreist, ohne dass ihr dieses Wunder gewährt wird? Sie hat extreme Schmerzen, wusstest du das nicht? Immer noch. Es hört und hört nicht auf, und trotzdem kann sie noch ein bisschen singen. Ich habe ihre Stimme gehört, als ich nach Brina kam. Eine wunderbare Stimme, so zart wie sie selbst. Sie hat die Küche gefegt, langsam wie eine uralte Frau, und dabei gesungen, während der Schmerz ihr die Tränen in die Augen getrieben hat. Eure Mutter wollte sie gar nicht mitkommen lassen, aber wie lange kann jemand Widerstand leisten, der hört, was er hören möchte? Mit einer Stimme, in der die Macht eines ValaNaik mitschwingt?«

»Ist meine Mutter auch hier?«, fragte Linn tonlos.

»Was kümmert es dich, wer alles hier ist und wer dort geblieben ist? Meine Drachen fliegen schnell. Mein Befehl ergeht im Nu, vor allem, wenn ich gereizt bin und die Beherrschung verliere.« Er beugte sich zu ihr vor. »Habe ich dich nicht gewarnt? Habe ich nicht gesagt, ich hätte die Macht, die Welt zu zerstören – deine Welt?«

»Bitte. Oh bitte, bitte nicht Binia!«, flehte sie. »Was wollt Ihr? Was soll ich tun?«

Scharech-Par zuckte die Achseln. »Was kümmert es mich, was du tust?« Er wandte sich zum Gehen.

Linn streckte die Arme aus, sie wollte ihn packen, schütteln, ihn irgendwie bezwingen … aber sie ließ die Hände wieder sinken. Am Fuß der Treppe wandte er sich noch einmal um.

»Gönnst du deiner Schwester nicht, dass sie geheilt wird? Morgen, oben im Sonnenlicht. Es wird der schönste Tag ihres Lebens.«

Schwungvoll stieg er hinauf und holte das Mädchen in dem dunklen Rock und die Zauberin in dem wallenden Umhang bald ein. Linn stand immer noch wie gelähmt da, als sie alle die oberste Stufe erreichten und aus ihrem Blickfeld verschwanden.

»ValaNaik!« Sie rief es, rief es unablässig, während sie durch die Gänge irrte, blind vor Tränen. »ValaNaik, zeig dich endlich!«

»Linnia, halt still. Linnia!«

Sie schüttelte die Hände ab, die nach ihr griffen, und eilte weiter, sie konnte den Ruf nicht aufgeben, bevor sie nicht Gehör gefunden hatte. »ValaNaik! Wo bist du, Drache? Wo seid Ihr, Drachenkönig? Zeigt Euch, oh bitte, bitte, bitte …«

»Linnia!«

Kaltes Wasser klatschte in ihr Gesicht.

»Tut mir leid«, entschuldigte sich Arian, eine Schüssel in den Händen.

Nival legte die Hände an ihre Oberarme und wartete, bis ihr Blick sich klärte, bis sie ihn ansah. »Was ist passiert? Linnia! Rede endlich mit uns! Du siehst aus, als hättest du einen Geist gesehen!«

»Keinen Geist«, widersprach sie. »Es ist Binia.«

»Binia? Deine Schwester? Sie kann unmöglich hier sein!«

Linn ließ sich einfach zu Boden sinken; erst da merkte sie, dass sie sich wieder in ihrem Schlafgemach befand. *Warum ist der Teppich nass?*, dachte sie verwirrt, tastete nach ihren ebenfalls durchnässten Haarsträhnen und blickte schließlich Arian an, der die Brauen runzelte.

»Er hat gesagt, er würde es tun. Ich habe ihm nicht geglaubt. Ich habe nicht gewusst, was ein Drachenkönig tun kann, weißt du? Jetzt erst ist mir klar, was er ist und was er alles vermag. Ich dachte, ich hätte keine Angst. Wir sind hier für Gah Ran, wir sind hier, um einen Ausweg zu finden, jemanden, der stärker ist als Scharech-Par. Aber bis heute wusste ich nicht, dass ich nur diese einzige Hoffnung habe, bevor alles zerbricht. Er wird sie töten, Nival. Er wird sie alle töten. Vielleicht hat er es schon getan? Er war in Brina. Er war in Brina, in der Küche meiner Mutter!«

Nival stöhnte auf.

»Er hat ihr versprochen, sie zu heilen«, sagte Linn. »Ich hätte nie gedacht, wie hübsch Binia ist, wie erwachsen sie geworden ist. In meinen Träumen ist sie immer noch zwölf, sie rennt durch das brennende Dorf … Aber sie ist hier und singt und versteckt sich unter einem Kopftuch. Warum bin ich nicht nach Brina gegangen, als ich mein Talent entdeckt habe? Warum bin ich nicht zurück nach Hause und habe sie geheilt?«

»Du hättest es nicht tun können, ohne einen Drachen«, sagte Nival leise.

»Ich weiß!«, schrie sie. »Ich hätte es trotzdem tun müssen. Ich hätte bei ihnen sein müssen! Warum war ich nicht da? Warum habe ich sie nicht gewarnt? Warum habe ich sie nicht alle weggeschickt, damit sie sich irgendwo verstecken, wo er sie niemals findet?«

»Sie wären nicht gegangen«, sagte Nival. »Wovon hätten sie leben sollen? Du konntest dein Dorf damals nicht beschützen, und du kannst es auch heute nicht – gegen einen Drachen, ja, vielleicht auch gegen zwei, aber nicht, wenn der König der Drachen gegen dich ist.«

»Daran musst du mich nicht erinnern«, sagte sie bitter.

Sie grub die Finger in die seidenen Kissen, denn sie konnte sie nicht stillhalten, ihre zitternden Hände, die nach einem Schwert gierten, um zu kämpfen, oder nach einer Drachenschuppe, um zu zaubern – als wären sie nicht ein Teil von ihr, sondern selbstständige Wesen, die nichts davon wussten, dass sie nicht mehr über Magie gebot und dass Waffen nichts nützten.

»Worauf warten wir? Wir müssen das Mädchen befreien!«, verkündete Arian.

»Der andere ValaNaik …«

»Er ist nicht hier, oder?« Arian hatte nie so gehofft und gebangt wie sie. Für ihn war dieses Unternehmen von vornherein sinnlos gewesen.

»Vielleicht haben wir auf die falsche Weise gesucht. Vielleicht war er hier und ist wieder gegangen, vielleicht …«

»Es gibt keinen anderen Drachenkönig«, sagte Linn leise. »Oder? Wir sind allein hier unten. Niemand wird uns helfen. Selbst wenn es jemanden gäbe, der so mächtig ist wie Scharech-Par … trüge er nicht dasselbe Lächeln in seinem Gesicht und hätte er nicht dieselben Augen? Wenn er freundliche Worte an uns richten würde, woher wüssten wir, dass er uns nicht das Messer in den Rücken stoßen wird? So, wie ich es getan habe«, murmelte sie trostlos. »So wie ich. Ich wollte Rinek beschützen, sonst nichts. Ich wusste doch nicht … O Arajas, wie hätte ich wissen können, dass Scharech-Par weiterlebt und sich nicht an mir, sondern an meiner Familie rächt? Dass ich meinen Bruder rette, um meine Schwester zu opfern?«

»Es muss noch jemand hier sein«, beharrte Nival. »Jemand, der sich uns nicht zeigt. Jemand, der …«, sein Blick blieb an Arians Schwert hängen, »Eisen hasst?«

Linn hob den Kopf. »Das ist wahr. Die Drachen hassen es, und sie können es über eine recht große Entfernung wahrnehmen. Deshalb hat Brahan also sein Schwert abgelegt, bevor er die Drachengrube betrat? Ich meine, bevor er herkam? Bestimmt wusste er nicht alles über die Drachen – nicht das, was wir wissen, sonst hätte er Laran nie als sein eigenes Kind akzeptiert. Aber er wusste immerhin, dass er ohne Schwert sicherer war als mit. Er hatte nichts mehr aus Metall bei sich, als er hier ankam, weder Schild noch Rüstung. Wir hätten besser auf die Legende hören sollen.«

»Jetzt ist es vermutlich zu spät«, meinte Arian und fuhr mit dem Daumen zärtlich über die Klinge. »Selbst wenn ich es weglege. Er weiß jetzt, dass wir hier sind – immer vorausgesetzt, es gibt diesen Er überhaupt. Heimlich anschleichen ist unmöglich. Er weiß, wer wir sind, er hat uns mit Sicherheit schon beobachtet, er kennt unsere Absichten. Also, warum zeigt er sich nicht? Wenn er gegen uns ist, hätte er uns längst im Schlaf überwältigen können, und wenn er für uns ist, benimmt er sich jedenfalls nicht so.«

»Was, wenn er sich einfach in einen anderen Winkel der Stadt zurückgezogen hat?«

»Warum versorgt er uns dann mit Essen? Das lässt auf eine freundliche Person schließen. Wenn er uns übel gesinnt wäre, könnte er uns hier einfach unserem Schicksal überlassen.«

»Wir müssen noch mal in die Halle mit den Statuen«, sagte Nival. »Wie viele ValaNaiks gab es dort? Außerdem sollten wir nach Wänden suchen, auf denen vielleicht ein Stammbaum verzeichnet ist. Ich habe mir nicht die Mühe gemacht, sämtliche Zeichen, an denen wir vorbeigekommen sind zu lesen. Irgendwie müsste man herausfinden, wer hier regiert hat und wie lange, und ob noch jemand am Leben ist.«

»Ich kann diese Zeichen nicht so gut lesen«, bekannte Linn. »Jedenfalls ist mein Wortschatz nicht größer als die wenigen Texte, die Nat Kyah mich gelehrt hat. Bei Arajas! Gah Ran hat mir gesagt, Steinhag sei wie ein riesiges Zauberbuch. Darin wären alle Antworten zu finden. Doch nun sind wir hier, und es kommt mir vor, als wäre ich blind.«

Ein verbündeter ValaNaik würde Binia retten können. Was war wichtiger, nach ihm Ausschau zu halten – längst hatten sie nicht alle Winkel dieser weitläufigen unterirdischen Stadt erforscht – oder einen Plan zu ihrer Befreiung zu schmieden? Gegen eine Zauberin und ein ganzes Heer von Drachen?

»Ich suche nach einem Ausgang«, erbot sich Arian. »Während ihr nach dem Stammbaum forscht, kann ich euch sowieso nicht helfen. Es muss mehr Zugänge als diesen Schacht geben, durch den wir gekommen sind. Wie sonst sollte irgendjemand wieder nach oben gelangen? Scharech-Par und Wea sind gewiss nicht dort hinaufgeflogen.«

»Lasst Euer Schwert hier«, sagte Nival. »Damit er Euch nicht spürt, wenn er in der Nähe ist.«

»Das gefällt mir nicht«, sagte der Prinz, aber er legte die Waffe zwischen die Kissen. »Auf«, meinte er dann entschlossen, »wir haben keine Zeit zu verlieren.«

In ihrem Kopf versuchte Linn eine Karte der Gänge und Räume zu zeichnen, aber es war unmöglich. Die Erbauer dieses Reichs mussten es absichtlich als Labyrinth angelegt haben, um Eindringlinge zu verwirren, oder vielleicht musste man nur lange genug hier gelebt haben, um sich zurechtzufinden. Doch wenn sie nicht versuchte, einen bestimmten Weg zu beschreiten, sondern sich ihrem Gefühl überließ, irrte sie nicht mehr herum. Wenn man sich treiben ließ, kam man zum Ziel. Immerhin gelang es ihnen schon seit einigen Tagen, den Sternensee zielsicher anzusteuern – manchmal war Linn ganz überrascht, wieder am Ufer zu stehen.

Sie hoffte, dass es genauso leicht sein würde, den Saal der Statuen wiederzufinden. Sich einfach den Wegen überlassen, sich dem Wechsel von Licht und finsteren Tunneln anvertrauen, sich in die Magie fügen, die das Gestein durchdrang. Dann stand man irgendwann vor einer Wand, auf der Drachenschriftzeichen prangten, die Schöpfungsgeschichte, die Silben des Namens »SaiHara« sprangen ihr ins Auge.

Wie hatte Arian noch mal die Wand geöffnet? Die Hände auf das Gestein gelegt, in etwa so … doch bei ihr geschah nichts.

»Brauchst du Hilfe?«

Sie fuhr herum. Da stand Wea, ernst und fremd, und Linns erster Gedanke war: *Wenn Arian jetzt Binia findet, kann er sie mitnehmen …*

»Ich frage mich, warum du nicht zauberst«, sagte Wea. In dem goldenen Licht sah sie schöner und jünger aus als je zuvor, ein Mädchen, das würdig gewesen war, von einem Drachen entführt zu werden. »In den Zeichnungen ist genug Drachenstaub enthalten. Du musst nur die Hände dort auflegen. Das ist bei vielen Eingängen hier der Fall. Ich glaube nicht, dass es früher so gedacht war – den Drachen hat der Stein gehorcht, bevor irgendein Mensch auf die Idee kam, ihre Macht auszunutzen. Wir dagegen müssen uns mit Magie behelfen, um nachzuahmen, was sie getan haben.«

Das undurchdringliche Gestein schien zu flackern; ein Durchgang öffnete sich.

»Siehst du? So einfach ist es. Welchen Zauber hast du nur benutzt, um deine gesamte Kraft zu verlieren? Was kann so gewaltig gewesen sein?«

»Das geht dich nichts an«, sagte Linn, die Wea in den Saal der Statuen folgte.

»Warum bist du so unhöflich zu mir? Wir waren einmal Freundinnen. Sagst du mir wenigstens, ob es sich gelohnt hat, dafür all deine Macht zu verlieren?«

Linn dachte an Binia, die Scharech-Par gefolgt war, vertrauensselig wie ein Kind. Eine Fremde, für die das Wort ihrer älteren Schwester nicht galt.

Doch hatte es das je? Nein, Binia hatte ihr nie gehorcht.

Ich hätte sie retten können. Ich hätte kämpfen können …

»Ja«, sagte sie trotzdem, »es hat sich gelohnt.«

Wea wanderte durch den Saal. »Ich bin schon einmal hier gewesen, mit Scharech-Par. Hast du deshalb gewusst, dass hier ein verborgener Raum liegt?« Ihre Stimme wurde eine Spur schärfer. »Habt ihr uns beobachtet?«

Linn wollte schon verneinen, zwang sich jedoch zu einer möglichst unverfänglichen Antwort. Warum sollte sie Wea auf die Idee bringen, dass Nival den Drachen näher stand als sonst irgendein Mensch und dass in seinen Worten Drachenzauber lag? Oder dass Arian magisches Blut besaß? Sie tat, als wollte sie die Statue des Belian eingehend betrachten. »Und wenn?«

Nein, es war gar nicht Belian. Er sah nur ganz ähnlich aus, ein genaues Gegenstück. Dieser ValaNaik glich dem anderen wie ein Zwilling, aber sein Name war Biniras Ran ValaNaik.

»Wollen wir nicht endlich mit offenen Karten spielen?« Die Zauberin wandte sich zu Linn um, in ihrem Rücken die Statue einer grimmig dreinblickenden Königin, die Linn seltsamerweise bekannt vorkam. »Wir haben euch bisher am Leben gelassen – wobei ihr mittlerweile durch den Hunger so geschwächt sein müsstet, dass ihr kaum noch zum Kämpfen in der Lage seid. Wasser gibt es hier genug, trotzdem läuft euch die Zeit davon. Ihr seid hier gefangen, ohne Ausweg. Warum seid ihr überhaupt in diese Berge gekommen? Das möchten wir gerne wissen. Sucht ihr vielleicht dasselbe wie wir?«

»Was sucht ihr denn?«, fragte Linn vorsichtig.

»Diese grüne Schuppe war alles, was Scharech-Par wollte. Sie zu vergeuden war das Schrecklichste, was irgendein Mensch jemals getan hat.«

»Es könnte eine weitere Schuppe geben? Hier? Hätte dein Herr sie dann nicht längst gefunden?«

»Das dachten wir auch. Aber warum seid ihr sonst hier? Was

weiß dein roter Freund, was Scharech-Par nicht weiß? Es muss wichtig sein, wenn er euch allein in den Sumpf schickt. Also, ich an deiner Stelle wäre etwas offener, Linnia.«

Wea musste sie nicht daran erinnern, dass Binia in ihrer Gewalt war.

»Wenn ihr meine Schwester umbringt, erfahrt ihr es nie.« Auf einmal hatte sie wieder eine Waffe, ein Pfand, auch wenn Gah Rans Hoffnung vielleicht weniger wert war als nichts. Scharech-Par wusste über seine Vorfahren sicherlich genau Bescheid – ihm nützte diese Information gar nichts. Linn bluffte, aber das konnte Wea nicht wissen.

»Du stellst hier nicht die Bedingungen. Scharech-Par erwartet, dass ihr ihm mitteilt, was ihr wisst, ohne dass er groß danach fragen muss. Dass ihr zu ihm kommt und ihm alles sagt – oder alles gebt, was ihr habt.« Sie strich nachdenklich über das schlanke Marmorbein, das eine hellgraue Königin unter dem halb geöffneten Gewand hervorstreckte. »Wie hübsch sie ist. Es waren wahre Künstler, die diese Statuen gefertigt haben. Auf eine alte, erschreckende Weise. Schau nur, wie grimmig ihr Gesicht ist! Wie eine Göttin. Vielleicht sind die Felsleute deshalb das einzige Volk weit und breit, das einer Göttin huldigt, Andiria mit den Schwingen. Diese Frau hat sogar einen ganz ähnlichen Namen – Andia Ran VeaNaik. Sie sieht aus, als würde sie gleich die Flügel ausbreiten und sich wie ein Geier auf alles stürzen, was sich bewegt. Diese alten Drachen waren zornige, herrschsüchtige Könige, mit denen sicher nicht gut Kirschen essen war.«

Linn ließ Wea reden, ohne sie zu unterbrechen. Nachdenklich fuhr sie die eckig gearbeiteten Zehen eines barfüßigen Königs namens TaRan nach. Auch er war ihr auf eine unheimliche Weise vertraut. War denn die ganze Welt voller ValaNaiks, denen sie immer und überall begegnete, ohne es zu merken? Waren sie gar nicht hier, sondern da draußen, hatte sie sie auf der Straße getroffen, war es ein Wirt in einem Gasthaus gewesen, ein Soldat im Hof, ein Wanderer auf dem Weg?

Schließlich schwiegen sie beide.

»Du weißt genau, was er ist«, sagte Linn. »Wie kannst du bloß auf seiner Seite stehen? Nur wegen Khanat? Weil jemand deine Stadt vor einem fremden König gerettet hast, suchst du dir deinen eigenen König?«

»Er hat wirklich vor, das Mädchen heilen zu lassen«, sagte Wea. »Er hat sogar von irgendwoher eine Zauberin herfliegen lassen, um mich nicht zu schwächen. Also, denk darüber nach. Ihr wärt längst alle tot, wenn es nur um Rache ginge.«

Sie bedeutete Linn, durch die Felswand zu steigen.

»Ich könnte dich hier einsperren, aber ich tue es nicht. Denkst du wirklich, alle anderen sind grausam und verdorben, und nur du hast ein reines Herz?« Wea lachte leise. »Ach, Linnia, mach dir nichts vor. Wir verfolgen alle unsere Ziele, und wir alle sind bereit, dafür zu kämpfen. Du willst Scharech-Par töten, und ich will sein Herz auf eine andere Weise – macht mich das wirklich zu deiner Feindin? Gib ihm, was er will, und alles wird gut.«

23

»Ich habe einen Ausgang gefunden.« Arian erstattete als Erster Bericht. »Wir sind schon häufig daran vorbeigelaufen, doch mir ist nie aufgefallen, dass dort ein Luftzug weht und das Licht anders ist. Ein Gang, der oben in einem der Häuser endet. Er schien nicht bewacht zu sein, aber mein Gefühl sagt mir, dass er es doch ist. Ich würde nur ungern hindurchgehen.«

Nival nickte. »Habt Ihr den Weg durch Zauberei entdeckt?«

Der Prinz wurde glühend rot und antwortete nicht.

»Mit welchem Wort?«

»Hara Ilas Naik«, gab er schließlich zu.

»Der Weg zum König? Na, wunderbar. Er würde uns also direkt zu Scharech-Par führen. Gut, dass Ihr rechtzeitig umgekehrt seid. Und bei dir, Linn?«

Von ihrer Begegnung mit Wea mochte sie nicht erzählen. Stattdessen beschränkte sie sich auf die Statuen, die sie sich angesehen hatte, während die Zauberin mit ihrer Rede beschäftigt war.

»In dem Saal gibt es dreiundzwanzig ValaNaiks. Man erkennt große Unterschiede in der Machart – die Königinnen sind, glaube ich, noch viel älter als die Statuen, die wir uns das letzte Mal angesehen haben. Die Gesichter gröber, so …« Sie suchte nach einem passenden Wort dafür. »Primitiv. Alt. Wild. Wahrscheinlich sind sie mehrere tausend Jahre alt. Die Männer wirken dagegen feiner und jünger und eher wie … Söhne.«

Es war ungemein schwierig, die Eindrücke in Worte zu fassen, aber es half ihr, an Wea zu denken, die mit ihrem luftigen seidenen Gewand zwischen den Bildnissen umherspaziert war wie ein kleines Mädchen.

»Als wären wir alle Kinder gegen sie. Wenn sie hier gelebt haben, wenn sie dieses Reich geschaffen haben … dann kann ich mir nur wünschen, dass sie wirklich tot sind und uns nicht zürnen, weil wir uns hier breitmachen. Ich kann Scharech-Pars Zorn verstehen. Das sind seine Ahnen.«

»Was ist mit den jüngeren Statuen?«, fragte Nival, bevor sie sich in den Gedanken an diese riesigen schrecklichen Frauen verlieren konnte.

»Dairan. Dieser andere, den wir auch letztes Mal betrachtet haben, KianRan. Ein dritter, dem allerdings Teile des Gesichts fehlten, und die Inschrift im Sockel war ebenfalls beschädigt. Aber danach scheinen sie viel älter zu sein. Natürlich, wenn Dairan vor achthundert Jahren gelebt hat, müssen die anderen Statuen viele tausend Jahre alt sein.«

»Es sei denn, sie sind nach ihm gekommen«, meinte Nival nachdenklich.

»Du hast den Stammbaum gefunden?«

Er seufzte. »Malereien von Menschen und Drachen, von Thronen und Bergen. Aber nicht das, worauf ich gehofft habe. Sie werden alt, und sie haben ein gutes Gedächtnis. Vielleicht haben sie sich die Namen ihrer Könige von Kind auf eingeprägt und brauchten keine Tafeln, die sie daran erinnert haben. Das meiste klingt nach alten Legenden und Liedern. Über den Mond und das Land dahinter, über SaiHara und wie schön sich das Silberlicht des Mondes auf den Wellen spiegelt.«

Arian verdrehte die Augen. »Gedichte? Drachen sind poetisch veranlagt?«

»Der Glanz auf den Wellen, Wege des Lichts«, zitierte Nival. »So in der Art. *Mahiria Kinias* – das Wasser der Stille. Sie werden nicht müde, es zu besingen. Interessanter als das, was ich gefunden habe, ist jedoch, was ich nicht gefunden habe.«

»Und das wäre?«

»Ein Friedhof. Eine Gruft. Irgendetwas, das mir verrät, wo alle diese edlen Könige geblieben sind. Wurden sie begraben, in ihrer menschlichen Gestalt? In ihrem Drachenkörper? Auch Drachen sind nicht unsterblich. Wo sind sie?«

»Verbrannt«, sagte Linn. »Wusstest du das nicht?«

»Aber einen ValaNaik kann man nicht verbrennen! Erinnerst du dich an die Prüfung, der Nat Kyah die gefälschte Schuppe unterzogen hat? Er erwartete, dass sie nicht schmelzen würde!«

Linn seufzte. »In ihrer menschlichen Gestalt könnte man sie durchaus verbrennen.« Niemals würde sie preisgeben, was Gah Ran getan hatte. »Doch auch wenn sie als Drachen gestorben sind: Wenn es einen Friedhof gäbe, in dem sämtliche ValaNaiks lägen, würde die Macht ihrer Schuppen so weit strahlen, dass es bis zum Mond reichen würde. Dann hätten die Drachen diesen Friedhof längst gefunden und die Zauberer ihn geplündert. Es gibt ihn nicht, Nival. Ein lebendiger ValaNaik ist noch stärker als ein toter, er kann seinen toten Vater mit seinem Feuer verbrennen. Das haben sie getan, eine Generation nach der nächsten.«

Nival ließ den Kopf hängen. »Dabei dachte ich schon, ich wäre dem Geheimnis auf der Spur, das uns retten kann.«

»Gah Ran hatte gehofft, hier einen Hinweis darauf zu finden, wie man die Schuppe einsetzt, welche Art von Zauber sein Volk erlösen kann. Dafür sollte mein Vater herkommen. Gibt es irgendeinen Hinweis in diese Richtung?«

»Die Wände sind voller Geschichten und Bilder«, sagte Nival. »Über die Schöpfung, über die Götter, über die Verwandlung, über das Mondlicht. Die Drachen haben sich nicht gern mit Flüchen und dunklen Geheimnissen beschäftigt, scheint mir.«

Aber sie wollte die Hoffnung nicht aufgeben. »Wir könnten Binia immer noch retten, wenn wir ihm etwas Wertvolles anbieten.«

»Das glaubst du doch nicht wirklich«, sprach Nival ihre eigene Gewissheit aus. »Außerdem ist er ein ValaNaik. Er weiß mit Sicherheit selbst, wie man den Fluch aufhebt.«

»Wir können ihr nur helfen, wenn wir den Ort finden, wo er sie festhält, und mit ihr fliehen«, meinte Arian.

Nival schüttelte sorgenvoll den Kopf. »Dass wir nach einem anderen ValaNaik suchen, nützt ihm nicht das Geringste.«

»Ich habe Wea gegenüber angedeutet, es wäre etwas anderes.«

»Eine Schuppe vielleicht? Bei Barradas, Linnia, wir haben keine zweite Schuppe! Es gibt sie nicht! Genauso wenig wie einen anderen ValaNaik! Er würde doch nicht ohne Diener … o nein.« Unvermittelt stand er auf und ging aus dem Raum.

Arian blickte ihm überrascht hinterher und folgte ihm dann. Linn wartete verdutzt, dann rappelte sie sich ebenfalls auf.

Die beiden Männer befanden sich im Speisezimmer. Nival klopfte die Wand ab, rings um die Nische, in der sie täglich ihr Essen vorfanden.

»Es ist hohl … darüber.«

»Lass mich.« Arian tastete die Vertiefung ab, und ein Stein glitt lautlos zur Seite und gab einen dunklen Schacht direkt über der Nische frei.

»Er führt nach oben. Wenn jemand aus dem Tal der Felsleute einen solchen Beutel nach unten werfen würde, müsste das Essen nicht breiförmig hier landen?«

»So, wie alles hier ausgeklügelt ist, sicherlich nicht«, meinte Nival. »Wenn es eine Art Rutsche ist, werden die Erbauer dafür gesorgt haben, dass sie auch so funktioniert, dass die königliche Familie alles zu ihrer Zufriedenheit vorgefunden hat. Doch warum sollte jemand Nahrungsmittel nach unten schicken, wenn nicht für eine Person, die hier lebt? Es kann keine Opfergabe sein, sonst hätten wir die Überreste der vergangenen Jahre vorfinden müssen.«

»Durch diesen Schacht müssen wir hoch«, befand Nival. »Er wird hoffentlich nicht bewacht.«

»Es sei denn, derjenige, der uns versorgt, handelt auf Scharech-Pars Befehl, der nicht will, dass wir verhungern, bevor wir nicht gefunden haben, was wir suchen.«

Nival setzte sich in die Nische und spähte hinauf. »Es ist eng, aber es müsste gehen.«

»Bei Arajas, du hast keine Ahnung, wie lang dieser Schacht ist und ob er breit genug für einen Menschen ist.«

»Das ist er.«

»Was, wenn er es nicht bleibt? Wenn du irgendwann feststeckst?«

Nival wandte sich ihr zu, er legte die Hände an ihre Wangen. »Linnia, hab keine Angst. Durch diesen Schacht wurde der König der Drachen versorgt. Glaubst du, sie haben ihm kleine Beeren einzeln nach unten gerollt? Da wird durchaus mal ein ganzer Hirschbraten, ein Wildschwein oder sonst etwas dabei gewesen sein. Wir gehen hier hoch.«

»Wir?«, japste sie.

»Dazu brauchen wir natürlich ein Seil. Das können wir aus den Stoffüberzügen herstellen, diese Seide ist dermaßen widerstandsfähig, das müsste halten. Ich gehe als Erstes, und ihr klettert hinter mir und befolgt meine Anweisungen.«

Nicht einmal Arian beschwerte sich darüber. Die Vorstellung, sich durch einen engen, dunklen Schacht zu zwängen behagte keinem von ihnen, und sie wussten beide, dass sie ohne Nival verloren waren.

Das Seil, geflochten aus vielen bunten Seidensträngen, erfüllte schließlich Nivals Erwartungen. Er band es sich um den Leib und verschwand in der Dunkelheit des Schachtes. »Jetzt!«, rief er. »Linnia, du bist an der Reihe. Ich ziehe dich hoch, das letzte Ende ist recht steil. Aber du musst mitarbeiten, sonst geht es nicht.«

Also schlang sie das Seil um ihre Handgelenke und stemmte die Füße gegen die Wand.

Sie brauchten Stunden. Linn war von der Anspannung und der Anstrengung schweißgebadet, aber mitten im Gestein aufzugeben kam nicht in Frage; sie wären gefangen gewesen in den Eingeweiden des Berges. Allein die Vorstellung erfüllte sie mit Entsetzen. So nahmen sie sich einen Abschnitt nach dem anderen vor. Tunnel, in denen es steil bergauf ging, und solche, die Wasser führten. Für die Waren, die auf dem Wasser nach unten getragen wurden, war das sicherlich günstig, doch für sie hätte es hier kein Weiterkommen gegeben, wenn Nival nicht durch sämtliche rutschige Rinnen geklettert wäre, das Seil irgendwo befestigt und ihnen Anweisungen gegeben hätte.

Doch schließlich gelangten sie oben an – oben, das war ein in den Fels gehauener Raum, in den das Tageslicht schien. Keiner von ihnen wäre jetzt noch zum Kämpfen in der Lage gewesen. Ermattet streckten Linn und Arian sich aus, während Nival vorsichtig durch die Fensteröffnung spähte.

»Wir sind hier etwas höher als die Felsstadt«, meinte er. »Ein Weg führt nach unten. Ich kann den Stufenpalast sehen. Am Himmel schweben Geier, aber ich kann keine Drachen erkennen. Und da … oh Barradas. Wir kommen zu spät.«

Linn quälte sich hoch und kroch neben ihn.

Gar nicht weit von ihnen entfernt befand sich ein großer Platz, ein steinernes Plateau, auf dem eine dünne Schicht Schnee lag. Zwei Felsleute fegten ihn gerade beiseite, einige weitere nahmen in einem Halbkreis Aufstellung.

Von der Stadt kam eine Prozession herauf. Scharech-Par und Wea gingen an der Spitze, und hinter ihnen erschienen, umringt von weiteren Felsmännern, zwei Menschen, die Linn nur allzu gut kannte. Binia mit dem Kopftuch und neben ihr eines der Mädchen, die mit Linn und Wea auf Burg Ruath gefangen gewesen waren.

»Das ist Miri aus Wellrah«, murmelte sie. »Sie hatte auch magisches Talent. Demnach ist sie die Heilerin … Es ist also wahr, er wird Binia heilen lassen? Jetzt?«

»Was unternehmen wir?« Arian kniete sich neben sie vor das Fenstersims und lugte über den Rand. »Sie sind in der Überzahl, dagegen kommen wir nicht an. Wenn wir Scharech-Par erledigen könnten, würden die anderen vielleicht nicht weiterkämpfen, aber wie soll uns das gelingen? Von hier aus bräuchten wir einen Bogenschützen.«

Ein Rascheln ließ sie herumfahren. Keiner von ihnen hatte sich die Mühe gemacht, die Höhle zu untersuchen; aus dem tiefen Schatten in ihrem Hintergrund trat eine kleine Gestalt mit dunklem Haar: Rumariza.

Arian sprang auf, doch Nival zog ihn am Arm wieder nach unten. »Lasst nur. Ich rede mit ihm.«

Der Felsmann zog etwas Grünes aus der Tasche, seine Augen leuchteten.

»Er ist derjenige, der uns mit Nahrungsmitteln versorgt hat, durch diesen uralten Schacht«, erklärte Nival. »Es ehrt ihn, dass wir seine Gaben gefunden haben.«

»Warum hat er das getan?«

»Weil ich ihm die grüne Maske geschenkt habe. Jetzt hat er die wahre Stimme des Drachenkönigs gehört, und es ist nicht die Stimme dieses Mannes da draußen. Ein Drache, aber seine Stimme ist wie Musik. Er mag tot sein, doch sein Ruf lebt weiter.«

Rumariza sagte wieder etwas und wedelte aufgeregt mit den Händen.

»Deshalb wagt er es, uns gegen diesen anderen König zu helfen. Gegen den falschen König, wie er ihn nennt. Er kann uns hier raushelfen, mit seinem Geier, allerdings nur einen nach dem anderen. Wenn die Aufmerksamkeit auf das Geschehen dort auf dem Platz gerichtet ist, können wir aus der Höhle schleichen, am Hang hoch und bis zu dem Platz, wo sein Vogel wartet.«

»Ich darf hier nicht weg!«, protestierte Linn.

»Wir können nichts ausrichten«, sagte Arian leise. »Glaubst du nicht, dass ich kämpfen würde wie ein Irrer, wenn Hoffnung bestünde? Aber es gibt nichts.«

Linn musterte den Felsmann. »Er hat einen Bogen.«

»Scharech-Par ist durch einen Zauber geschützt! Das haben wir selbst erlebt, du warst dabei.«

»Ich kann nicht … ich muss … Still!«

Draußen auf dem Platz hatten die Felsleute Aufstellung genommen. Binia kniete in der Mitte. Miri trat vor, in ihrer Hand eine funkelnde rote Schuppe.

»Rot?«, fragte Linn erschrocken. »Wieso rot?«

Nival legte ihr eine Hand auf die Schulter. »Er kann Gah Ran nicht gefangen haben, oder? Hätte er nicht längst damit geprahlt?«

Was kümmert es dich, wer alles hier ist?, hatte Scharech-Par gefragt. Meine Drachen fliegen schnell …

Der Drachenkönig erhob die Stimme. »Falls du zusiehst, Linnia … meinst du nicht, dass es an der Zeit ist, diesem wunderbaren Fest beizuwohnen?«

Linn erhob sich langsam. Nival hielt ihre Hand fest, aber sie schüttelte ihn ab.

»Tu es nicht«, flehte er. »Er kann nicht wissen, dass wir hier sind. Geh nicht. Solange wir frei sind, haben wir eine Chance.«

»Eine Chance?« Sie lachte bitter. »Welche denn? Wir haben nichts gefunden, was uns weiterhilft. Gar nichts. Wir sind mit leeren Händen hier. Er wird sie töten … und Gah Ran. Warum soll ich fliehen und meine Haut retten? Was wäre das für ein Leben?«

»Linnia!«, rief auch Arian, aber da schritt sie bereits über die Schwelle.

»Hier bin ich!«, rief sie laut und spürte die dunklen Augen der Felsleute auf sich. Schlimmer noch war Scharech-Pars kalter Blick, das drohende Lauern einer Echse. »Es … es gibt eine zweite Schuppe!«

Sie schritt durch den Schnee, der den Pfad bedeckte, der scharfe Wind fuhr ihr ins Gesicht, schneidend und unbarmherzig, ihre Augen tränten, und sie konnte nichts sehen außer dem Mädchen mit dem Kopftuch.

»Linn!« Binias helle, frohe Stimme übertönte den Wind. »Du bist da!«

»Natürlich ist sie da«, meinte der Drachenkönig, als hätte er nie daran gezweifelt. »Wie könnte sie sich das entgehen lassen – zuzusehen, wie du geheilt wirst, mein Kind?« Er wandte sich an Linn, die stehengeblieben war, außerhalb des Rings der Felsleute.

Vielleicht konnte sie immer noch davonrennen. Vielleicht konnte sie ihn dazu bringen, Binia gehen zu lassen, und wenn Rumariza seinen Geier rief, konnte wenigstens das Mädchen fliehen.

»Nun, wo ist die Schuppe?«, fragte der König spöttisch. »Wenn du sie bei dir hättest, hätte ich ihre Macht längst gespürt.«

»Sie existiert, aber sie muss erst noch gefunden werden.«

»Ist das so? Oder denkst du dir das gerade aus?«

»Wäre ich hier, wenn es nicht so wäre?«, fragte sie zurück. »Warum hätte ich nach Steinhag kommen sollen, wenn nicht, um danach zu suchen?«

»Wo ist sie?«, fragte er, und nicht einmal seine ruhige Art konnte die wilde Gier in seiner Stimme verbergen.

»Schick Binia zu mir, dann sage ich es dir.«

»Was tust du denn da?«, fragte Binia bestürzt. »Warum stellst du ihm Bedingungen? Er ist unser König!«

»Ich schicke sie zu dir«, sagte Scharech-Par, ohne auf das Mädchen zu achten. »Doch zuerst lasse ich sie heilen, wie ich es versprochen habe. Du bist an der Reihe.«

Er nickte Miri zu, die an Binia herantrat und ihr das Kopftuch abnahm. Sie zog ihr den Überwurf über die Schultern, und während das Mädchen ihn über der Brust zusammenraffte, entblößte die Zauberin den verbrannten roten Rücken.

Sie nahm die rote Schuppe und legte sie Binia auf die Schulter – vielleicht um des dramatischen Effekts willen, denn aus ihrem Gewand holte sie nun einen Tiegel und verstrich die Salbe auf dem vernarbten Gewebe, wobei sie unablässig vor sich hin murmelte.

Es konnte nicht sein – oder etwa doch? War Miri so stark, dass es reichte, so zauberkundig, dass sie wusste, was sie da tat?

Linn hielt den Atem an, als eine Felsfrau mit einer Schüssel Wasser näher trat und Binias Rücken und Kopf mit einem Tuch abwusch. Darunter kam helle, makellose Haut zum Vorschein. Keine Spur von Narben. Keine Überreste von Wunden. Und auf dem Kopf der Schimmer von blondem Haar. Es wuchs so schnell, dass man zusehen konnte, es spross wie Gras aus der genesenen Haut und floss über den geheilten Rücken, und als Binia sich umdrehte, war sie wie verwandelt – ein Mädchen, schöner als der Sonnenaufgang. Miri zog die Kleider wieder zurecht, und Binia lachte, riss die Arme in die Höhe und richtete sich auf – ein Mensch ohne Schmerzen, vollständig geheilt. Linn starrte sie an. Binia drehte sich wie im Tanz, und Scharech-Par fing sie mitten in der Drehung, seine Hände legten sich an ihre Wangen, streichelten ihr goldenes Haar, er drückte ihr einen Kuss auf die Lippen, und dann – es geschah so schnell, dass Linn nicht glauben konnte, was sie da sah – machte er eine rasche Bewegung, es gab einen Ruck, und Binia fiel zu Boden wie eine Marionette, der jemand die Fäden durchgeschnitten hatte.

»Ergreift sie«, sagte er kalt. »Wir haben lange genug gespielt.«

Der Tag zersprang in tausend Stücke. Linn schrie. Sie schrie so laut, dass sie selbst nichts anderes mehr hörte, dass ihr Schrei von den Bergen zurückhallte und sie betäubte. So schnell war sie bei Scharech-Par, mit einigen wenigen Sprüngen, dass die Felsmänner, die nach ihr griffen, zu spät kamen. Linn hechtete ihm an die Kehle, immer noch schreiend, und grub ihre Nägel in sein Fleisch. Sie war unbewaffnet, aber in diesem Moment wurde alles an ihr zu einer Waffe, sie selbst war ein Schwert, eine Klinge, die nichts als töten wollte. Sie warf den König zu Boden, sie hob die Faust, um sie ihm ins Gesicht zu schlagen, um dieses Lächeln zu zerschlagen, dieses kühle Lächeln. Ja, er lachte. Er lachte immer noch, als die Felsmänner sie zurückrissen. Fünf oder sechs von ihnen waren dafür nötig. Sie merkte es gar nicht, die unzähligen Arme, die sich um sie legten. Nur dieses Lachen, das sich mit ihren Schreien mischte. Es klang wie etwas, das er gelernt hatte, als hätte ihm irgendjemand erzählt, es diente dazu, Freude auszudrücken. Aber in seiner Stimme war keine Freude, nicht einmal über seinen Triumph.

Nur Verachtung.

Scharech-Par rappelte sich auf, rieb sich den Hals, stieß Binias zerbrochene Gestalt mit dem Fuß an und schüttelte den Kopf. »Jetzt würdest du dich auch gerne in einen Drachen verwandeln können, wie? Endlich geht es dir mal wie mir.«

Ihr war, als wäre die Kuppel des Himmels zerbrochen, als regnete es große Stücke aus schwarzem Glas auf sie herab. Die Welt war ein Mosaik, in dem nichts mehr zusammenpasste, Bruchstücke aus Finsternis, Geheul und Schmerz. Linn wand sich im unerbittlichen Griff der Felsleute. Sie musste mit ansehen, wie Arian, Nival und der abtrünnige Felsmann aus der Höhle stürmten. Arian schwang sein Schwert und brüllte, Pfeile flogen durch die Luft. Dann stürzten sich unzählige der kleinen Krieger auf die drei.

Linn fühlte die Tränen auf ihren Wangen. Ihr Schrei erstarb, ihre Kehle brannte. Sie hatte keine Kraft mehr, und die Stille, die sich in ihr ausbreitete, war bitter und einsam. Sanft fühlte sie sich und verwundet, und ihr war, als könnte eine einzige Umarmung diese Wunde schließen. Sie streckte die Hände nach ihrer Schwester aus, sie wollte Binia berühren, sie festhalten und in den Arm nehmen, aber die Felsleute hielten Linn unerbittlich fest und zogen sie von Scharech-Par fort.

»Es gibt keine zweite Schuppe«, sagte der Drachenkönig. Seine Augen waren uralt, die Augen eines Wesens, dem menschliche Schmerzen und menschliche Gefühle nie etwas bedeutet hatten. »Wenn es sie gäbe, hätte ich sie längst gefunden. Ich habe in allen Ländern danach geforscht. Sie existiert nicht. Es gibt nur dich und mich und meine Rache.«

In diesem Moment war es Linn egal, ob sie sterben würde. Nein, dass sie sterben musste. Es gab keinen Ausweg, keinen Plan. Nichts als die zierliche Gestalt ihrer Schwester, das weiche blonde Haar, das um Binias Gesicht floss ... Es spielte keine Rolle, was mit ihr selbst geschah, heute, an diesem Tag, als die Welt in Stücke gegangen war. *Er hat ihr das Genick gebrochen. Einfach so.* Es ließ sich nicht denken, nicht glauben. Es konnte nicht geschehen sein. Binia tot? Linn fühlte sich genauso tot, wie ihre Schwester lag sie bereits am Boden. Doch merkwürdigerweise war da immer noch etwas in ihr, das Widerstand leistete, als würde jemand von innen gegen ihren Schädel hämmern und schreien: *Kämpf weiter! Trauern kannst du später, jetzt musst du kämpfen!*

Sie zwang sich dazu, sich von dem Anblick des schönen

Mädchens mit dem goldenen Haar loszureißen. »Du hast mich«, flüsterte sie, mehr gab ihre Stimme nicht her. Sie räusperte sich, versuchte eine Stärke in ihre Worte hineinzulegen, die sie nicht empfand. »Lass die anderen gehen.«

Scharech-Par lächelte immer noch. »Du wirst zusehen, wie sie sterben, einer nach dem anderen. Fangt mit dem kleinen Mann an, der ihnen geholfen hat. Ich dulde keine Verräter in meiner Nähe, auch wenn sein Tun mir sehr zupass kam.«

Linn hörte nur einen kurzen Aufschrei und zuckte zusammen. War ihr Herz nicht mit Binia gestorben? Trotzdem war die Angst um ihre Freunde unerträglich.

Wer würde der Nächste sein? Arian? Nival?

Ihre Erleichterung, als man die beiden Männer zu ihr hinschleppte, war nur kurz. Es war nichts als ein Aufschub. Heute, an diesem Tag, an dem sie alle sterben würden.

»Ihr täuscht Euch«, sagte Nival. »Es gibt diese Schuppe, und wir werden sie Euch bringen, wenn Ihr uns freies Geleit gebt.«

Der Drachenkönig richtete seine Aufmerksamkeit auf den jungen blonden Mann, der neben Arian so unscheinbar wirkte. »Bist du nicht der Held, der es mit Wea aufgenommen hat? Ich weiß Mut durchaus zu schätzen, aber manchmal gehört auch Mut dazu, sein Schicksal anzunehmen. Dairans Leichnam ist verschollen.«

»Es geht nicht um die Schuppe Eures Großvaters Dairan.«

Bei dieser Stimme überlief es Linn kalt. Sie drehte sich mit den anderen um und wollte ihren Augen nicht trauen. Hinter einem Felsen kam ein Drache hervor, ein Drache so herrlich rot und glänzend und mächtig, wie es nur einen gab. Gah Ran. Ein Gah Ran, wie sie ihn noch nie gesehen hatte, mit zornig rollenden Augen, in denen ein tückischer Funke aufblitzte.

»Du bist hier?«, rief sie. »Du bist hier … und greifst nicht ein?«

»Warum sollte ich?«, fragte er. »Alles geschieht so, wie mein

Herr es will.« Der Drache bewegte sich lautlos und geschmeidig über den Schnee.

»Scharech-Par ist ... dein Herr?« Ihre Stimme versagte. *Nicht Gah Ran,* hämmerte es in ihrem Kopf, *oh bitte, nicht Gah Ran!*

»Sagte ich nicht, ich vernichte deine Welt?« Der Drachenkönig lächelte ganz leicht. »Hier ist er, den du für deinen Freund gehalten hast. Er hat sich mir unterworfen, und dafür habe ich seine Verbannung aufgehoben. Er stellt mir sogar seine Schuppen zur Verfügung, wann immer meine Zauberinnen Macht benötigen. Doch nun rede, was ist mit Dairan?«

»Dairan.« Gah Rans Stimme troff vor Verachtung. »Ich war an seiner Seite, viele Jahre lang, und trotzdem dachte er nicht daran, meine Verbannung aufzuheben, als er seinen Vater ablöste. Achthundert Jahre habe ich auf einen neuen König gewartet. Ich hätte nie gegen Euch, den rechtmäßigen Herrscher, gekämpft, wenn ich es früher gewusst hätte.«

Linn starrte ihn an. Das konnte doch nicht wahr sein! Hatte er seinen Freund Dairan am Ende doch absichtlich und heimtückisch umgebracht?

»Dairan war schwach, und am Ende wandte er sich gegen sein eigenes Volk. Selbst wenn es eine Schuppe von ihm gäbe, wollte ich nicht durch sie von dem Fluch befreit werden. Es war Laran, der die wahre Natur seines Vaters erkannte und sich gegen ihn stellte, während alle anderen Dairan noch huldigten. Laran, dessen Name die Tür zur Herrschaft auch über die Menschen öffnet. Es wird Laran sein, der uns erlöst.«

Scharech-Par schüttelte den Kopf. »Du sprichst mir aus der Seele, aber was lässt dich glauben, es gäbe noch eine Schuppe von ihm?«

»Weil er nicht verbrannt wurde, wie alle meinen«, erklärte Gah Ran.

»Dairan kämpfte mit ihm, tötete ihn und setzte seinen Leib unter Feuer!«, rief Scharech-Par.

»Nein. Er kämpfte mit ihm und verletzte ihn, woraufhin Laran fortflog und sich in den Bergen versteckte, um seine Wunden zu lecken, bei der Frau, die ihn großgezogen hatte: Chamija. Die sich Larans Herz nahm, um genauso lange zu leben wie wir.«

»Weißt du das sicher?«, fragte der Drachenkönig. »Das ist … unglaublich!«

»Von wem hätte sie es sonst bekommen können? Ein Herz, so frisch, dass es in ihrer Brust weiterschlug? Von einem Drachen, der sich ganz in ihre Hände gab, der ihr vertraute, der geschwächt und verletzt war und hoffte, dass sie ihn heilte?«

»Aber … dann liegt er immer noch da? Ich hätte ihn längst gefunden!«

»Ich hab da so eine Ahnung … Ganz sicher bin ich mir nicht, Herr, sonst hätte ich Euch längst mitgeteilt, was ich weiß. Ich werde es überprüfen. Allerdings benötige ich dazu menschliche Hilfe.«

Scharech-Par schüttelte den Kopf. »Das wiederum klingt für mich recht durchschaubar. Beleidige nicht meine Intelligenz, Gah Ran. Ich kann dich jederzeit wieder verbannen, solltest du dich als Verräter erweisen. Glaubst du, ich vertraue dir diese Menschen an, damit du dich mit ihnen aus dem Staub machst?«

»Ich dachte an Euch«, sagte Gah Ran würdevoll. »Mit Euch zusammen fliege ich bis ans Ende der Welt.« Er fügte ein Wort in der Drachensprache an, das für Linn wie ein Schwur klang: *»Bari-Hes!«*

Scharech-Par sah von ihm zu Linn und den anderen Gefangenen. »Du hast dich bisher als vertrauenswürdig erwiesen, aber meine Prüfung ist noch lange nicht abgeschlossen. Man braucht also einen Drachen und einen Menschen?«

»Zwei oder drei Menschen wären noch besser«, meinte Gah Ran.

»Ich werde gehen«, sagte Wea eifrig.

»Nein, du bleibst bei mir.« Er nahm Miri in Augenschein, die, wie Linn jetzt erst bemerkte, nach der Heilung kraftlos zusammengebrochen war. »Diese Zauberin ist so gut wie tot. Nutzlos. Tötet sie, damit sie nicht auf die Idee kommt, sich gegen mich zu stellen. Die Felsleute? Sie verlassen diese Gegend nie, schaut mich nicht so erschrocken an, als wüsste ich das nicht. Und ob ihr wirklich so begeistert wärt, wenn die Drachen wieder in Steinhag einziehen? Soll ich glauben, dass ihr euer Bestes geben würdet, um Larans Leichnam zu finden? Nein.« Er starrte erst auf Linn und dann zu Nival und dem Prinzen hinüber.

»Bleibt noch ihr … ja, warum nicht. Prinz Arian, Euch entlasse ich ganz gewiss nicht aus meiner Obhut. Es wäre einfacher, Euch zu töten, aber es gibt da einen Soldaten, der mir von einer geheimnisvollen Stimme erzählt hat … Nein, Euch brauche ich möglicherweise noch. Euch zwei dagegen kann ich leicht entbehren, und wenn ich meinem Drachen den Befehl geben müsste, euch in Asche zu verwandeln, würde mir das keinen Kummer bereiten. Ihr geht. Falls Arian nicht ausreicht, um euch gehorsam zu machen – seid versichert, dass ich mir jederzeit eine andere Geisel besorgen kann. Eine, die dir mehr bedeutet, Linnia.«

Vielleicht hätte Linn etwas empfinden sollen. Hoffnung. Neuen Mut. Doch alles glitt an ihr vorbei, als wäre sie gänzlich unbeteiligt. Sie war bereit gewesen zu sterben, und wie tot stand sie da und wusste nur, dass Binia nicht mehr lebte. Dass Gah Ran nicht einmal versucht hatte, sie zu retten. Dass er sie verraten hatte.

Es gab keine Welt mehr, für die sie hätte kämpfen können.

»Dann werde ich mit diesen beiden losfliegen, Herr«, sagte Gah Ran.

»O nein, nicht so schnell. Du nicht. Ich werde meinen langjährigen Vertrauten auf diese Mission schicken: Ojia Ban. Ich glaube«, sagte er zu Linn, »ihr seid euch schon einige Male begegnet.«

Die Geier verschwanden so hastig, dass Federn durch die Luft stoben, als der blaugrüne Drache sich in die Luft erhob. Das Tal der Felsleute wurde immer kleiner, und schließlich verbargen es die Wolken.

»Machst du dir Gedanken, welche Geisel er wählen wird?«, fragte der Drache munter, während er in immer kältere Regionen aufstieg. In seinen Krallen hockten sie sicher und warm, doch vor seiner Stimme gab es kein Entkommen.

»Er hat schon eine«, rief sie. »Er hat Arian! Ich bin für sein Leben verantwortlich!«

Er gab nicht zu erkennen, ob er sie überhaupt hörte. »Scharech-Par wird mit Gah Ran darüber sprechen, denke ich. Mit jemandem, der weiß, für welchen Menschen du alles geben würdest. Nun, da Chamija nicht mehr ist, kommt ihm ein anderer Ratgeber gerade recht.«

»Mir ist das völlig gleich!«, rief sie gegen die Klaue. Dann verstummte sie wieder, und obwohl Nival neben ihr in der Umklammerung gefangen war, war sie allein mit ihrem Schmerz. *Binia …*

Er berührte ihren Arm, aber sie schüttelte ihn ab. Trost war das Letzte, was sie jetzt wollte. Nein, nicht von ihm. Keine Umarmung, keinen Kuss, kein Verstehen. Nichts davon konnte ihr momentan helfen.

Die Stunden vergingen, wenn auch nichts sonst. Die anstrengende Kletterei im Schacht steckte ihnen noch in den Knochen. Sie schliefen, oder vielleicht kam es Linn auch nur so vor, denn als sie die Augen wieder öffnete, schien alles unverändert. Durch die Ritzen zwischen Ojia Bans Tatzen schimmerte der graue Himmel. Dann geriet alles durcheinander, oben war unten, und unten war oben. Benommen blieb Linn liegen und stellte fest, dass er sie einfach in den Schnee geworfen hatte.

»Wir sind da«, stellte der Drache fest. »Lebt ihr noch?«

Nival half ihr auf die Füße und hielt sie einen Moment länger als nötig, und seine Augen riefen: Ich verstehe dich! Glaub mir, ich verstehe es!

Aber da irrte er sich. Mora war alt gewesen. Das war nicht dasselbe. Nein, das war überhaupt nicht dasselbe, wie ein Mädchen sterben zu sehen, auf dem Gipfel seines Glücks.

»Hier hat Scharech-Pars Großmutter gewohnt«, sagte Ojia Ban.

»Seine Großmutter?«, fragte Linn verwirrt.

»Chamija«, erklärte Nival leise und streckte schon wieder die Hände nach ihr aus.

Sie wich ein paar Schritte zurück und sah sich um.

Die Berge waren niedrig. Baumbestanden, hohe Tannen, auf denen dicker Schnee lag. Wahrscheinlich war es hier im Sommer grün und schattig. Am bergigen Hang vor ihnen führte eine Spalte in den Felsen.

»Wo sind wir genau?«, fragte er.

»Das sind die Ausläufer des Berater Gebirges. Ob das hier Berat ist oder schon Tijoa, darüber sind sich die Menschen nicht ganz einig. Im Moment gehört es zu Tijoa, glaube ich, und wenn nicht, wird Scharech-Par dafür sorgen, dass es bald so ist. Da vorne geht es hinein. Ich komme nicht durch. Gah Ran hatte recht, man braucht einen Menschen dafür.«

»Warum ist Scharech-Par nicht mit dir hergeflogen?«, fragte Nival. »Traut er nicht einmal dir, wenn es um die wertvolle Schuppe geht?«

»Natürlich traut er mir!«, grollte der Drache. »Ich bin hier, wie ihr seht.«

»Mit einer Drachenjägerin«, bemerkte Nival. »Die dich töten könnte, wenn du die Schuppe für dich nehmen wolltest, statt uns zurückzubringen.«

»Sie hat kein Schwert, muss ich extra darauf hinweisen? Also los, geht da rein und schaut nach. Allerdings kann ich keine besondere magische Kraft spüren.«

»Hier hat eine Zauberin gewohnt. Natürlich hat sie ihr Domizil mit Schutzzaubern abgesichert.« Nival stapfte über den Schnee und verschwand in der Felsspalte.

»Worauf wartest du?«, fragte der Drache Linn. »Betrachtest du dich etwa als Geisel, damit er zurückkommt? Das ist nicht nötig.«

»Wenn du nicht dort reinpasst, konnte Laran es auch nicht.«

»Vielleicht gab ein paar Erdbeben in den letzten Jahrhunderten? Was weiß ich.«

Linn wünschte sich eine Waffe. Wenn sie bloß ihr Schwert zur Hand gehabt hätte, ausgestattet mit der Schuppe eines lebendigen Drachen, hätte sie es ihm ohne zu zögern in die Brust gerammt. »Du hast meine Schwester aus dem Dorf geholt.«

»Ja und? Er hat es mir befohlen.«

»Ich werde dich töten, und wenn es das Letzte ist, was ich tue.«

Der Blaugrüne rollte mit den Augen. »Du darfst mich hassen, aber vergiss nicht, warum wir hier sind. Nun geh schon. Wenn Scharech-Par sagt, dass du immer zurückkommen wirst, solange er nur die richtige Geisel hat, dann nehme ich das für bare Münze. Er irrt sich nie.«

Linn senkte den Kopf, um dem Wind auszuweichen, der um die Ecke pfiff, und folgte Nival in die Schlucht.

Im Schutz der Felsen war es nicht mehr ganz so kalt. Nival stand am Eingang einer Höhle, doch wenn Linn gehofft hatte, hier wäre alles genauso unverändert geblieben wie in Steinhag, so wurde sie enttäuscht. Es gab keinerlei Anzeichen dafür, dass jemals jemand in diesem dunklen Loch im Fels gelebt hatte.

»Linnia«, flüsterte Nival.

»Wir werden keinen toten Drachen finden. Wenn er unter Eis und Schnee begraben liegt, was nützt uns das? Oder wenn die Erde selbst ihn verschlungen hat?«

»Linnia«, sagte er noch einmal.

Hör auf, wollte sie rufen, aber sie konnte nicht sprechen.

»Komm her«, sagte er leise, »wir waren so lange nicht mehr allein.«

Sie zitterte, als er sie in die Arme schloss, und fürchtete sich vor dem, was er sagen könnte, doch er schwieg. Er versuchte nicht, sie zu trösten.

»Wir haben nicht gekämpft«, flüsterte sie. »Wir haben es nicht einmal versucht. Wir haben nur zugesehen, wir haben nichts getan … Ich wollte, wir wären mit ihr gestorben!«

»Wir haben zu lange gewartet«, sagte er schließlich. »Auf ein Wunder? Dass er sie wirklich heilen lässt? Doch das Wunder ist nicht eingetreten.«

Er sagte ihr nicht, was sie selbst wusste. Dass sie keine Chance gehabt hatten. Dass ihr Opfer niemandem genutzt hätte. Wieder sah sie, wie Arian und Nival aus der Höhle stürzten, bereit, in diesem Kampf ihr Leben zu lassen, trotzdem wies sie diese Erinnerung zurück, denn sie kamen zu spät. Ihre Freunde waren zu allem bereit gewesen, aber sie wollte es nicht zugeben. Sie wollte nur, dass der Schmerz aufhörte, dass ihr jemand ihre Schwester zurückgab, nur das, so unmöglich es auch war.

Sie weinte, bis sie nicht mehr konnte, bis keine Tränen mehr kamen, und er weinte mit ihr, dort im Dunkeln. Schließlich wurde Linn ruhiger und fühlte sich alt und schwer, als hätte sie seit Jahrhunderten nichts anderes getan, als zu weinen. Vor der Höhle rieb sie sich das Gesicht mit Schnee ab.

»Wenn ein toter ValaNaik hier irgendwo läge, müsste Ojia Ban ihn spüren«, sagte sie schließlich. Sie wunderte sich darüber, dass es möglich war weiterzumachen, so zu tun, als gäbe es Probleme und Rätsel, die gelöst werden mussten, und vorzugeben, sie seien in der Lage dazu.

»Chamija könnte Schutzzauber verwandt haben. Es gibt auch

welche, die nicht mit dem Tod des Magiers enden. War nicht das Schloss von Lanhannat mit solchen Zaubern geschützt?«

»Dann hätte sie einen Drachenkadaver verborgen? Ein toter ValaNaik als Quelle ihrer Macht? Warum hätte sie dann so hinter der grünen Schuppe her sein sollen, wenn sie einen ganzen ValaNaik zur Verfügung gehabt hätte? Das überzeugt mich nicht. Laran ist nicht hier, sonst hätte Chamija das gewusst.«

»Gah Ran wollte uns retten«, sagte Nival. »Deshalb hat er sich diese Geschichte ausgedacht. Er hoffte, Scharech-Par würde ihn mit uns auf die Suche gehen lassen.«

»Gah Ran ist ein Verräter«, meinte sie bitter.

»Nicht unbedingt. Er hat immerhin verhindert, dass der Tyrann uns sofort umbringt.«

»Und Binia? Warum hat er nicht gekämpft, für uns und für sie? Warum hat er …« Hatte sie nicht schon genug geweint? Woher dann diese neuen verzweifelten Tränen?

Weil er keine Chance hatte. Sie wartete darauf, ihn das sagen zu hören, doch Nival tat ihr den Gefallen nicht.

»Er hätte Binia ergreifen und mit ihr davonfliegen können. Warum hat er es nicht getan? Warum wollte er es nicht wenigstens versuchen?«

»Ich weiß es nicht«, gab Nival zu. »Aber der Gah Ran, den ich kenne, verdient es, dass man ihn fragt, statt ihn vorschnell zu verurteilen.«

Linn schluckte alle Widerworte hinunter. Sie hätte sich stundenlang mit ihm streiten mögen, nur um all die bösen Anklagen loszuwerden, um irgendjemanden anzuschreien, aber irgendwie fand sie die Kraft, sich zusammenzureißen.

»Was sagen wir Ojia Ban? Wenn wir ohne eine Antwort zurückkommen, bringt er uns wieder zu Scharech-Par. Wenn klar ist, dass Gah Ran gelogen hat, wird er uns alle bestrafen.«

»Vielleicht hat er gar nicht gelogen«, meinte Nival nachdenklich. »Er wirkte so anders, so … aufgeregt.«

»Mir kam er unnatürlich ruhig vor«, sagte sie verächtlich, »in Anbetracht der Umstände.«

»Nein, wie soll ich es beschreiben. Da war etwas an ihm … Und dann dieses Wort. *Bari-Hes.* Die Wahrheit.«

»Ich kenne es. Das habe ich benutzt, als Gah Ran uns die Wahrheit über die Drachen erzählen sollte. Warum hat er das zu Scharech-Par gesagt? Um ihn davon zu überzeugen, dass er nicht lügt?«

»Vielleicht hat er es gar nicht zu ihm gesagt, sondern zu uns. Um uns mitzuteilen, dass er die Wahrheit sagt.«

»Dann müssen wir weitersuchen.« Linn sah sich in der Schlucht um. Die Felswände ragten steil in die Höhe und verjüngten sich nach oben hin, als würden sich mehrere Reihen von Händen schützend über den Spalt neigen.

»Von dort vorne kann kein Drache hereinkommen«, überlegte sie. »Von oben auch nicht. Aber wo führt diese Schlucht wohl hin? Vielleicht ist dahinten ein weiterer Eingang.«

Sie kamen gut voran, denn unter den überhängenden Felsen lag kaum Schnee.

»Keine Tiere«, sagte Nival. »Das ist auffällig. Man sollte doch meinen, dass in so einem geschützten Bereich Spuren zu finden sind und andere Hinterlassenschaften. Riecht es hier immer noch nach Drache? Für meine Nase jedenfalls nicht.«

»Oder nach böser Zauberei.«

»Können Tiere das riechen? Nun, tatsächlich hat Chamija früher anders gezaubert, das hat sie selbst gesagt. Mit Kräutern und dergleichen, die hatten bestimmt einen besonderen Geruch. Oder sie hat die Tiere hier für ihre Zaubereien gefangen und deshalb …« Er brach ab. »Dort vorne macht der Weg eine Biegung … ist er da zu Ende? Nein, es sieht nicht so aus. Dort gehen die Wände auseinander, da müsste auch ein Drache durchpassen. Allerdings müsste er sich mit Gewalt durchquetschen, je nachdem, wie groß er ist. Das würde er nicht tun, wenn am anderen Ende eine gefährliche Zauberin wartet, oder?«

»Es sei denn, er ist mit ihr verabredet oder ...« Linn verstummte.

Sie strich mit der Hand über den rauen Fels. »Er war hier«, flüsterte sie.

»Das Glitzern«, bestätigte Nival. »Er hat sich durch den Spalt gezwängt und Drachenstaub verloren. Es haftet immer noch daran ... Von oben ist der Durchgang geschützt, und hier weht kein Wind. Eine Spur, die achthundert Jahre alt ist ... Es sei denn, ein anderer Drache ist kürzlich vorbeigekommen, um nachzusehen, ob Laran hier irgendwo liegt.«

Linn betrachtete ihre Finger. »Nein, kein anderer Drache.«

»Dann stammt das von Laran selbst?«

Ihre Haut glitzerte grünlich. Golden, wenn sie die Finger bewegte.

»Dairan. Dairan war hier. Um seinen toten Sohn zu suchen? Die Geschichte könnte also wirklich stimmen.« Linn musste tief durchatmen, um sich zu beruhigen. »Hast du ein Messer? Irgendetwas, um den Staub zu sammeln?«

Seine Augen leuchteten auf. »Du willst *Caness* von Dairan mitnehmen? Glaubst du, das wird reichen, um den Fluch aufzuheben? Braucht man etwa gar keine Schuppe?«

»Nein, das glaube ich nicht. Aber vielleicht können wir es trotzdem nutzen – oder jemanden finden, der es kann. Halte deine Hand darunter.«

»Lass uns das hier nehmen.« Er zog die grüne Maske aus seiner Tunika. »Unser Freund vom Felsvolk hat sie mir zurückgegeben, bevor er starb.«

In Ermangelung eines Messers kratzte sie den Staub vom Felsen und ließ ihn auf die sorgfältig gefaltete Maske fallen.

»Die Augenlöcher sind im Moment sehr unpraktisch«, befand Nival. »Aber es sollte gehen. Ich binde sie zusammen, so, zu einem Päckchen. Einem sehr unauffälligen Päckchen. Wie bedauerlich, dass du nicht mehr zaubern kannst, Linnia.«

»Wem sagst du das.« Sie seufzte. »So, haben wir alles?«

»Ein bisschen lass dran. Ich habe da eine kleine Idee … oder auch nicht. Frag lieber nicht, sie ist noch nicht reif.«

»Laran flüchtete also zu Chamija, und sie gab ihm den Rest und nahm sich sein Herz. Dairan hat irgendwie erfahren, dass er hier ist, und kam, um es zu Ende zu bringen, fand seinen Sohn jedoch tot vor. Dann hat er ihn verbrannt. Und damit endet auch unsere Hoffnung.«

Nival sah sich in der Schlucht um. »Hätte das Feuer eines ValaNaik nicht den ganzen Spalt zerstören müssen? Wir sprechen hier nicht von einem Feuerchen, über dem man ein Huhn braten kann. Ein Bestattungsfeuer, das einen anderen ValaNaik vernichtet hätte, müsste die Felswände hier in Mitleidenschaft gezogen haben, meinst du nicht?«

»Wenn er ihn nicht verbrannt hat, was dann? Hat er der Erde befohlen, sich aufzutun und seinen Sohn zu verschlingen? Ojia Ban hat erwähnt, dass es in dieser Gegend Erdbeben gibt. Oder Laran war gar nicht tot, und sie sind zusammen weggeflogen? Chamija hat sich das eine Herz genommen, während das andere weiterschlug, und Laran hat die Flucht ergriffen und führt seitdem ein schönes Leben auf einer Insel im Stillen Meer?«

»Dann wäre der einzige Drache, der uns gegen Scharech-Par helfen könnte, sein Vater Laran, unser aller Held?« Nival schüttelte den Kopf. »Wenn er noch lebte, würden die Drachen das wissen. Nur der König der Drachen kann über die übrigen herrschen, er allein kann eine Verbannung aufheben, so viel ist klar. Scharech-Par ist der König, sonst hätte er Gah Ran nicht erlauben können, bis ins Tal der Felsleute zu fliegen. Vielleicht hat unser roter Freund sich deshalb bei ihm angebiedert, um genau das herauszufinden. Jetzt wissen wir, dass es keinen älteren lebenden ValaNaik gibt.«

Linn dachte darüber nach. »Ja, das scheint logisch. Ich wünschte nur, Gah Ran hätte einen anderen Weg gefunden, um das zu klären.« Sie war noch lange nicht bereit, ihm zu verzeihen.

»Also, wo ist dann der tote Laran? Hat Dairan ihn aus der Schlucht herausgezogen und irgendwo verbrannt, wo mehr Platz ist? Dann sind wir keinen Schritt weiter als vorher, und es gibt keine Schuppe mehr, die wir Scharech-Par bringen könnten. Wir werden zurückkehren, um die Geisel …« Er stockte.

Sie wussten beide, dass allein die Hoffnung den Drachenkönig davon abgehalten hatte, sie zu töten. Zurückzukehren würde ihrer aller Tod bedeuten.

»Wo seid ihr?« Über ihnen flog Ojia Ban; im Feuerschein seiner eigenen Flammen versuchte er in die Schlucht hinunterzuspähen.

»Wir kommen!«, rief Nival. »Nur Geduld!« Er wandte sich an Linn. »Braucht der Wahrheitszauber viel Kraft?«

»Nein, eigentlich nicht.«

»Vielleicht wollte Gah Ran, dass wir ihn anwenden. Vielleicht meinte er das mit seinem Hinweis. Wir sollten Ojia Ban zum Reden bringen.«

»Aber ich kann nicht. Es ist alles weg.«

»Ein winziger Rest genügt bestimmt. Immerhin ist das hier Staub von einem ValaNaik. Damit müsste eigentlich jeder zaubern können. Versuch es, bitte.«

Linn betrachtete die Felswände, die ganz schwach glitzerten, und legte ihre Hände darauf.

»Bari-Hes«, flüsterte sie und wartete auf das vertraute Prickeln auf der Zunge. Doch sie spürte gar nichts. Nur den Geschmack der vielen Tränen, die sie geweint hatte. Sie schüttelte den Kopf.

»Es war einen Versuch wert«, meinte Nival sichtlich enttäuscht.

»Was sagen wir ihm?«, fragte Linn, während sie den Weg zurückgingen.

»Dass wir etwas gefunden haben natürlich. Ich jedenfalls will noch nicht vor Scharech-Par treten und ihm die schlechte Nachricht bringen.«

Linn überließ Nival das Reden.

»Ich glaube, etwas ist da unten. Unter dem Schnee. Ich habe Magie gespürt, die durch Zauberei gedämpft ist«, erzählte er aufgeregt.

Ojia Bans Augen funkelten. »Wirklich?«

»Wir brauchen Schaufeln, um zu graben. Unter einer Schicht von Schnee und Geröll, versiegelt durch Magie. Kein Wunder, dass ihn bisher niemand gefunden hat. Dass es sich um Laran handelt, weiß ich natürlich nicht sicher.« Frech zählte Nival auf, was sie für die Bergung benötigten. »Schaufeln für uns beide. Bei der gefrorenen Erde kann es lange dauern, also müssten wir Feuer machen können, sowohl auf der Grabungsstelle als auch für uns, um nachts nicht zu erfrieren. Ich nehme nicht an, dass wir uns an dich kuscheln dürfen. Wo war ich? Ach ja, Schaufeln, reichlich Brennholz, Eimer, um den Schutt wegzutragen, Nahrungsmittel für uns, denn diese Aktion könnte ein, zwei Monde dauern. Was habe ich vergessen? Ein Zelt wäre schön, Kochgeschirr, und jemand muss jagen, während wir graben.«

»Sonst noch was?«, fauchte Ojia Ban.

Nival hob entschuldigend die Hände. »Was kann ich dafür, wie ihr mit euren Toten umgeht? Menschliche Tote liegen in angemessenen Gräbern. Wie in der Gruft der Könige in Lanhannat – man geht rein, sucht sich den Sarg aus, an dem man Interesse hat, und schleppt ihn raus, wenn einem danach ist. Was natürlich aus Respekt vor den Toten nie geschieht. Darf man eigentlich an einem Grab herumstochern?«

»Wo ist es?«, fragte der Drache ungeduldig. »Das sehe ich mir an. Ich hole ihn da in einer Nacht raus. Wir brauchen keine halbe Jahreszeit dafür! Geh voraus, Mensch.«

»Du willst es selbst erledigen? Dazu müssen wir von der anderen Seite her kommen, dort ist ein breiter Eingang. Trag uns, dann zeige ich ihn dir, man übersieht ihn leicht.«

Zähneknirschend nahm der Drache sie hoch und flog über die Schlucht, bis Nival ihm zurief, er solle hinuntergehen. Geschickt landete Ojia Ban vor der breiteren Stelle, die ihm Einlass unter den überhängenden Felswänden ermöglichte. Nival und Linn gingen vor, während der Drache sich mühsam um die Biegung wand.

»Das ist zu eng!«, knurrte er.

Nival wandte sich um. »Scharech-Par wird uns töten, wenn wir zurückkommen, ganz gleich, ob wir ihm die Schuppe bringen oder nicht.«

»Natürlich, was dachtet ihr denn?«

»Das ist kein Beweis dafür, dass der Wahrheitszauber funktioniert«, flüsterte Linn ihm ins Ohr.

»Was habt ihr da zu tuscheln?« Ojia Ban steckte immer noch in der Spalte fest.

»Wie wahrscheinlich ist es, dass Dairan Laran nicht verbrannt hat?«, fragte sie laut.

»Was soll die Frage? Natürlich hat er ihn verbrannt. Jeder Sohn tut das für seinen Vater.«

»Aber das war hier nicht der Fall. Dass der Vater den Sohn bestattet – das kommt nicht oft vor, oder? Vielleicht hat Dairan darauf verzichtet, weil es nicht der natürliche Lauf der Dinge ist, dass Eltern ihre Kinder verbrennen.«

Ihr traten wieder die Tränen in die Augen. Nein, es war nicht natürlich, wenn jüngere Menschen vor älteren starben.

»Bei SaiHara, ich stecke fest«, schimpfte Ojia Ban. »Dairan ist hier bestimmt nicht durchgekommen, er war größer als ich.«

»Vielleicht war er nicht so dick.«

»Ich bin nicht dick!« Der Blaugrüne bohrte die Krallen in den Schnee und zog sich noch etwas weiter. »Was soll die Fragerei? Liegt Laran denn nun in dieser Schlucht oder nicht?«

»Was muss mit einem Toten geschehen, damit seine Seele zu den Göttern wandern kann? Muss sein Leib zu Asche zerfallen? Ist es möglich, dass Dairan seinen Sohn nicht verbrannt hat, um seiner Seele diesen Weg zu verweigern? Schließlich waren sie Feinde.«

»Man muss nicht verbrannt werden, um ins Land hinter dem Mond zu gelangen«, schnaubte Ojia Ban, während er versuchte, sich rückwärts zu bewegen. »Die Seele kann auch auf den Mondstrahlen nach oben wandern.«

»Der Glanz auf den Wellen, Wege des Lichts«, flüsterte Nival. Er nahm Linn bei der Hand und zog sie weiter durch die Schlucht.

»He!«, rief der Drache. »Wohin wollt ihr? Wartet!«

Sie begannen zu laufen. Linn ließ sich einfach mitziehen, ihr war nicht ganz klar, warum Nival es auf einmal so eilig hatte.

»Schnell«, keuchte er mitten im Lauf. »Solange er feststeckt. Wir verlassen die Schlucht durch den vorderen Eingang und verstecken uns, bis er die Suche nach uns aufgibt und davonfliegt.«

Entsetzt blieb Linn stehen. »Aber dann wird jemand sterben!«

»Nicht, solange Scharech-Par hoffen kann, dass wir zurückkommen. Ich werde in den Schnee schreiben, dass wir die Absicht dazu haben. Aber willst du Ojia Ban dabeihaben, wenn wir Larans Leichnam finden? Ich jedenfalls nicht.«

»Du weißt, wo er sein könnte?«

»Still. Ich erkläre es dir später. Jetzt lass uns erst einmal verschwinden.«

Sie rannten hinaus in die sternenklare Nacht. Hinter sich hörten sie Ojia Ban toben. Nival schrieb eine Nachricht in den Schnee, dort, wo sie vorher gerastet hatten, und hastete weiter. Hier war der Schnee so dick, dass ihre Spuren sie verrieten, aber sobald sie zwischen den Bäumen waren, würden sie nicht so schnell zu finden sein. Sie kämpften sich einen Hang hinauf und blieben stehen.

Ein Funkenregen erhellte die Nacht. Der Drache war wieder frei und versprühte Zorn und Feuer. »Wo seid ihr? Verräter! Dafür werdet ihr bezahlen!«

»Ich hoffe nicht«, murmelte Nival. »Vor allem hoffe ich, dass nicht jemand anders dafür bezahlen muss.«

»Also, was hat Ojia Ban gesagt, das uns weiterbringt?«

»Die Seele kann auf den Mondstrahlen aufsteigen. Erinnerst du dich an das Gedicht, das ich unten in Steinhag gefunden habe? Nicht aus Zufall – die Wände waren voll ähnlicher Verse. Wellen. Mondglanz. Wasser.«

»Eine … Seebestattung? Feuer oder Wasser, beides geht gleichermaßen? Drachen und Wasser, das scheint nicht so recht zusammenzupassen.« Sie runzelte die Stirn. »In der Legende allerdings schon. Laran rettete seine Geschwister aus dem Feuer, und er rettete sie aus dem Wasser.«

»Sie lieben Wasser, sonst würde es dort unten nicht so viele Seen geben. Der schönste Ort ist dieser Teich unter dem Sternenhimmel. Dort hat Dairan gewohnt, damit sind die Vala-Naiks aufgewachsen.«

»Bis auf Laran. Meinst du, sein Vater wollte ihm diesen Verlust irgendwie ersetzen, nach seinem Tod? Ihm die Schönheit von Wasser unter den Sternen zeigen?« Wieder kamen ihr die Tränen, als sei Dairans Verlust ihr eigener, als wäre dieses Kind, das als Feind zurückgekehrt war, ihr eigenes gewesen. Binia, die lächelnd zu Scharech-Par aufsah … Nein, sie hatte keine Ahnung, was Dairan gefühlt hatte. Jeder war mit seinem Schmerz allein. Und dennoch konnte sie verstehen, warum er es vielleicht nicht über sich gebracht hatte, seinen Sohn zu verbrennen. Sie hatten gekämpft … und dann? Hatte ihn Bedauern übermannt? Er hatte gehofft, Laran lebend zu finden, sich zu versöhnen … und stattdessen einen Toten gefunden. Die Hoffnung war gestorben. Er hatte ihn hochgehoben – war das möglich? Konnte ein Drache so stark sein, einen anderen allein zu tragen? Er war mit Laran fortgeflogen … nur wohin? Hatte er mit ihm gesprochen, mit seinem toten Sohn? Sieh, die Sterne über den Wellen. Sieh ein letztes Mal hin, bevor du diese Welt verlässt …

»Ist hier irgendwo ein See?«

»Mahiria Kinias«, sagte Nival leise. »Diese beiden Wörter habe ich tausendmal gelesen. Wasser der Stille. Es ist kein See, Linnia. Es ist das Stille Meer.«

Sie ließ seine Worte auf sich wirken. »Ich habe mich schon immer gefragt, warum es so heißt, obwohl es alles andere als still ist«, meinte sie schließlich. »Gibt es dort nicht gefährliche Strudel und Strömungen? Es soll ja kaum möglich sein, von Westen her in die Meerenge einzufahren. Es ist nicht still, sondern ein gigantischer Friedhof.« Sie biss sich auf die Lippen. »Aber die Drachen wissen das doch?«

»Sie haben nach Schuppen gesucht, nicht nach einem versenkten Leichnam. Und selbst wenn jemand Zweifel gehabt hätte – auch ein Drache kann nicht den gesamten Meeresboden absuchen.«

»Das gilt gleichermaßen für uns«, gab sie zu bedenken. »Selbst wenn alle ValaNaiks dort unten lägen, würden wir sie nicht finden. Was machen wir denn jetzt?«

Nival beobachtete, wie Ojia Ban seine Kreise über der Schlucht zog.

»Wir gehen weiter«, sagte er. »Nach Norden, bis wir die Küste erreichen. Zu den Häfen. Ich glaube kaum, dass er auf die Idee kommt, uns in dieser Richtung zu suchen.«

24

Agga wusste es sofort. Rinek konnte sich nicht erklären, wie oder woher, aber als Sion und er ins Lager am See zurückkehrten, wurde sie blass und wandte sich ab. Sie wirkte auf eine Weise untröstlich, die ihm näherging, als er sich eigentlich erlauben wollte.

Heute, entschied er spontan, war der richtige Tag, um draußen in der Stadt nach Chamijas Werkstatt zu suchen.

Rinek verließ das Labyrinth in den Hügeln, wanderte ein Stück landeinwärts durch den verschneiten Wald und stieß auf die große Straße, die von den Flüchtlingen aus den Bergen ausgetreten und verbreitert worden war. Dort kamen schon wieder etliche, ein paar Familien mit Eseln und Wagen, ein Mann mit einem Handkarren, eine Gruppe müde aussehender Frauen, die, so vermutete er, ihre Männer an den Krieg mit den Städten der Ebene verloren hatten. Über den Gipfeln schwebte ein Drache, der die Menschen im Auge behielt, dann jedoch in Richtung Stadt abschwenkte. Rinek trat hinter dem Gebüsch hervor. Mit der Reaktion der Flüchtlinge hatte er nicht gerechnet.

»Ein Wegelagerer!«, schrie eine Frau in Panik auf, und die ganze Gruppe hastete davon.

»Wartet! Ich bin kein Straßenräuber, also bitte!«

Nur der Mann mit dem Handkarren kam nicht so schnell hinterher. Er wandte sich um und musterte Rinek. »Bist du nicht … aber das Holzbein?«

»Kennen wir uns?«, fragte er überrascht.

»Ich bin Kesim. Oft genug war ich bei euch im Dorf. Kesim, erinnerst du dich? Der Händler aus Yan. Deine Schwester ist mit mir nach Lanhannat gefahren.« Dann schien er sich an seine guten Manieren zu erinnern und fügte etwas förmlicher hinzu: »Begleitet Ihr mich in die Stadt? Unsicheres Pflaster, wie man mir sagte. Sicher sucht Ihr Linnia? Ich hoffe sie dort zu finden.«

»Nein, sie ist leider nicht in der Stadt.« Rinek hatte Mühe, in der abgehärmten Gestalt den dicken Kaufmann zu erkennen, der regelmäßig nach Brina gekommen war. Er streckte die Hand aus, um dem Mann beim Ziehen zu helfen, aber dieser schoss einen wilden Blick auf ihn ab und ließ die Deichsel nicht los.

»Was habt Ihr da drin? Eure Habseligkeiten? Ich sagte doch, ich bin kein Räuber.«

Kesim seufzte. »Heutzutage sehen alle aus wie Halunken. Wir wurden aus den Dörfern in den höher gelegenen Tälern vertrieben, und seitdem hetzen die Drachen uns vor sich her. Ich bin diese Ungeheuer so was von leid! Was sollen wir alle in Lanhannat? Ich schätze, die Stadt quillt über vor Leuten wie uns, ohne Haus, ohne Hab und Gut.«

»Es sind zu viele geflohen«, erklärte Rinek. »Auf diese Weise will der neue König wohl sicherstellen, dass seine Stadt nicht leer wird.«

»Wie macht er sich denn, der neue König?«

»Tja.«

»Das habe ich mir fast gedacht. Schwere Zeiten brechen an, dabei wollte ich mich endlich niederlassen, mit meiner kleinen … äh, mit meinem kleinen Geschäft …«

»Was für Geschäfte tätigt Ihr?«, erkundigte Rinek sich.

Die Straße machte eine Biegung und führte sie auf einen Hügel hinaus, von dem aus man die Stadt vor sich im Tal liegen sah.

»Ich brauche ein Quartier«, murmelte Kesim. »Ein gutes. Ein sicheres. Nicht irgendwo in einer Hütte. Sicherheit. Schutz.« Er hob den Blick, in den erneut Misstrauen trat. »Was für ein Zufall, dass ich gerade Euch treffe. Hat Linnia Euch geschickt, um mich abzufangen? Linnia weiß es … Die Drachenjäger wissen es … Ob sie geredet haben? Sollt Ihr mich fangen und zum König bringen? Wartet er schon? Wird er sie mir entreißen? Ob ich ihn wohl dazu bringen kann, mir ein Angebot zu machen? Unwahrscheinlich.«

Rinek schüttelte den Kopf; der Kaufmann hörte gar nicht mehr auf, vor sich hin zu brabbeln. »Ich weiß nicht, wovon Ihr sprecht. Niemand soll Euch abfangen.«

Ob Kesim ihm glaubte? Der Mann schwieg trotzig, während sie sich dem Tor näherten. Die Soldaten durchsuchten keinen von ihnen, sondern winkten die Menschen durch; anscheinend hatten sie die Order, sämtliche Flüchtlinge in die Stadt zu lassen.

Kesim hielt sich dicht an Rineks Seite. »Wo ist es sicher?«, flüsterte er.

Sollte er den Mann mit ins unterirdische Labyrinth nehmen? Aber er wirkte mehr als nur ein wenig verrückt. Jemanden, der alle mit seiner Angst ansteckte, konnten sie dort nicht brauchen.

»Ich weiß nicht. Fragt. Hört Euch um.«

Er hatte keine Lust, sich weiter mit dem Yaner abzugeben, schließlich verfolgte er hier sein eigenes Ziel. Nach einer freundlichen Verabschiedung holte er eine der letzten Drachenschuppen aus der Tasche und belegte sie mit einem neuen Richtungszauber. Diesmal sollte es klappen, Chamijas geheimes Versteck zu finden. Falls nicht, hatte er wenigstens Gewissheit, dass er diese Hoffnung aufgeben konnte.

Die Schuppe reagierte. Das Ziehen in seiner Hand lenkte Rinek vorwärts, in die verwinkelten Straßen der Stadt. Überall wimmelte es von Tijoanern, die die Aufräumarbeiten überwachten. Einige Male nahm er einen Umweg in Kauf, um nicht unversehens zur Arbeit herangezogen zu werden. Schließlich fand er sich in einem anderen Stadtteil wieder, das weniger beschädigt war, vor einem Haus, das überhaupt nicht unter dem Feuer gelitten hatte. Es war drei Stockwerke hoch, und obwohl es den Nachbarhäusern rechts und links ähnelte, hatte es etwas Abweisendes, als würde jemand rufen: Geh weiter, bleib nicht stehen, hier gibt es nichts Interessantes!

Gerade dieses Gefühl machte Rinek neugierig. Es musste sich um einen Zauber handeln, der sich bei Chamijas Tod nicht aufgelöst hatte. Vorsichtig stieg er die Stufen zur Eingangstür hoch und legte die Hand an das mit Eisenbeschlägen versehene Holz. Die Magie versetzte ihm einen schwachen Schlag, doch die Tür ließ sich ohne weitere Schwierigkeiten aufschieben.

»Wer wohnt da?«

Rinek fuhr herum. Unten auf der Straße stand Kesim und lächelte einnehmend.

»Ihr seid mir gefolgt?«

»Tut mir leid, ja, das bin ich. Ihr wart so konzentriert, dass Ihr kein einziges Mal nach hinten geschaut habt. Ist das Euer Haus?«

»Könnte schon sein«, sagte Rinek vorsichtig. Wenn sonst niemand Anspruch darauf erhob, ja, warum nicht. »Kommt rein«, forderte er den Händler auf, »bevor jemand auf uns aufmerksam wird.«

»Also ist es nicht Euer Haus«, schloss der Yaner. »Doch wenn Ihr glaubt, ich lasse meinen Karren hier unbewacht stehen …«

Rinek seufzte. Er schritt die Stufen wieder hinunter und hob den kleinen Wagen kurzerhand hinauf. Er war nicht so schwer wie erwartet. Statt Hausrat enthielt er nur …

»Nein!«

»Was ist das?«, fragte Rinek verblüfft.

»Kokons. Seidenkokons«, flüsterte Kesim. »Die Ferrans sind geschlüpft.« Tränen traten ihm in die Augen. »Es war zu kalt … aber sie sind davongeflogen. So schöne Falter, seidengrau, das Schönste, was ich je gesehen habe. Sie sind weg.«

»Ferrans?« Rinek hob eins der seltsamen graubraun gesprenkelten Gebilde aus dem Wagen. Es sah aus wie ein kleines Ei. »Daraus macht man die Seide? Wie?«

»Man macht sie nicht. Es *ist* die Seide. Fäden, so fein wie Nebel. Ich brauche einen Platz, um zu weben. Einen Webstuhl. Nur einen Webstuhl, und dann …« Kesim drehte sich um und verstummte.

»Was?« Rinek hatte sich im Haus noch gar nicht umgeschaut, aber die Geräte in dem großen, hellen Raum waren unübersehbar. »Oh, das … ja, das musste hier stehen. Ich hab mir schon gedacht, dass Chamija einen Ort hatte, wo sie die gefährlichen Tücher hergestellt hat – fern von Scharech-Par und den Drachen. Bestimmt hat sie es nicht einmal selbst getan, sondern einen Zauber für sich arbeiten lassen, denn sie konnte die Fäden nicht berühren. Sie muss Helfer gehabt haben, die sie hier in der Stadt gefunden hat, unter Ziege und seinen Leuten. Bitte schön, dieses Zimmer steht Euch zur Verfügung.«

»Wirklich?« Kesim näherte sich dem Webstuhl ängstlich. »Das … oh, das kann ich nicht annehmen. Wie sich das alles trifft, das muss Zauberei sein, oder? Ihr und dieses Haus und dieser Webstuhl, das ist alles zu schön, um wahr zu sein!«

»Vielleicht«, murmelte Rinek. »Aber ich bin ein Zauberer, wisst Ihr? Ich bin mit einem Zauber heute aus meinem … äh, Quartier herausgetreten, um diesen Ort zu finden. Und ein Wunsch schlummert seit einigen Tagen in mir: meiner Geliebten ein Gewand zu schenken, ein einzigartiges Gewand, das sie unbedingt braucht.« Wie immer, wenn er an Sion dachte, war sein Herz ein unentwirrbares Knäuel aus Ärger, Verlangen, Sehnsucht und Zorn. Er wollte ihr alles zu Füßen legen und fürchtete nichts mehr, als dass sie darüber lachte. Aber ein Kleid wie dieses – darüber würde sie nicht lachen, oder? Ob Kesim wohl damit einverstanden war, es im Mondlicht herzustellen? »Allerdings ... die Ferrans, von denen die Seide stammt, haben nicht zufällig Drachenblut zu sich genommen? Ich glaube, die Bäume müssen damit begossen werden, oder so ähnlich?«

»Drachenblut? O ja«, meinte Kesim. »Reichlich. Mehr als reichlich. Ich fürchtete schon, dass sie sich überfressen haben.«

»Es ist äußerst praktisch, ein Zauberer zu sein, der seine Schritte lenken lässt«, stellte Rinek fest. »Das geht ja fast unheimlich leicht ... wollen wir also über unserer Begeisterung lieber nicht vergessen, vorsichtig zu sein. Bleibt hier, ich will mir das Haus näher ansehen.«

Anscheinend hatte nur auf der Tür ein Zauber gelegen. Es bereitete ihm keine Schwierigkeiten, alles zu durchsuchen.

Eine Werkstatt mit Mörsern, Waagen, Hackbrettern, ein gusseiserner Herd mit großen Töpfen. Von der Decke hingen in Bündeln getrocknete Kräuter, die einen aromatischen Duft verströmten. Rinek suchte nach Drachenschuppen, nach *Caness*, nach Salben zur Wundheilung oder – und diese Hoffnung war es, die ihn hergetrieben hatte – nach einem Mittel gegen Unsichtbarkeit.

Es gab nichts. Überhaupt keine Zutaten für Magie. Nur die Kräuter, und was er in den Tiegeln und Töpfen fand, aromatische Pülverchen und Pasten, hatte ebenfalls nichts mit Drachenmagie zu tun. Ob das hier vielleicht zum Kochen diente?

Enttäuscht wühlte er sich durch jeden Raum. Kein Nachtglanz. Nichts, was mit Unsichtbarkeit oder deren Aufhebung zu tun hatte.

»Gemüse«, murmelte er bitter. »Zu früh gefreut. Es können eben nicht alle Träume in Erfüllung gehen.«

Im Dunkeln kletterte Rinek über die Stadtmauer. Er war noch nie ein besonders geschickter Kletterer gewesen, aber sein Fuß, der sich wie Wurzeln in jeder noch so kleinen Spalte festhaken konnte, erwies sich als äußerst hilfreich. Im Schutz der Nacht lief er zurück zu den Hügeln. Als er sich dem Eingang näherte, den er und Sion beim letzten Mal benutzt hatten, wurde er langsamer. Sein Gefühl warnte ihn, dass etwas nicht stimmte. Je öfter er Magie benutzte, umso zuverlässiger wurde es. Vorsichtig schlich er näher.

Der Drache war im Dunkeln kaum zu erkennen. Er hätte genauso gut ein dunkler Felsen sein können, der im Schnee hockte; nur weil Rinek diese Stelle kannte, merkte er, dass etwas anders war als beim letzten Mal. Der Drache verhielt sich völlig still, und Rinek hielt den Atem an und hoffte, dass das Untier ihn nicht bemerkt hatte.

»Du.« Das Flüstern einer Stimme, die nicht menschlich war, sondern magisch. Wie das Knirschen von Schnee unter behutsamen Schritten, das Knistern brechenden Eises an überfrorenen Ästen. Eine Stimme wie ein vereister See. »Rinek Lester. Komm näher, wenn du dich traust.«

Sich zu ducken nützte nichts. Er versuchte auch nicht zu fliehen. Sein Herz schlug schneller, während er in seiner Tasche nach einer unbenutzten Drachenschuppe tastete.

Augen, in deren Tiefe man versinken wollte, Augen wie Teiche oder wie das Meer, das Rinek nur aus Erzählungen kannte und das er sich vorstellte wie den Himmel, weit und bewegt.

Nie zuvor war er einem Drachen begegnet, dessen Magie so stark zu spüren war, dass es fast schmerzte.

»Du bist aber kein ValaNaik, oder?«, fragte er vorsichtig.

Das Untier lachte, und selbst in seinem höhnischen Gelächter vibrierte der Zauber, so überwältigend, dass sich die Welt um Rinek herum zu drehen schien. Vielleicht hätte ein gewöhnlicher Mensch bloß das Ungeheuer gesehen. Nur jemand, der nicht blind war, konnte geblendet werden.

»Nein«, zischte der Drache.

Solange sie sich unterhielten, würde er hoffentlich nicht angreifen. Rineks Finger erforschten unablässig seine Tasche, dabei hätte er sich längst eingestehen können, dass es keinen Zweck hatte. Keine Schuppe mehr. Das hieß, er war unbewaffnet.

»Ein … Ran, oder? Einer der besonderen Familien?«

»Du kommst der Sache schon näher.« Der Drache untermalte seine Worte, indem er sich dichter an Rinek heranschob. Seine Stimme bebte vor schlecht verhohlenem Zorn.

»Scharech-Par lässt nach mir suchen, vermute ich.« Leider klang Rineks Stimme nicht annähernd so lässig, wie er sich gewünscht hätte. »Hast du vor, mich mitzunehmen, oder willst du mich an Ort und Stelle braten? Dann könntest du vielleicht Schwierigkeiten haben, meinen Tod zu beweisen und deine Belohnung einzufordern.«

»Du überschätzt dich, Rinek Lester«, sagte der Drache. »Auf deinen Kopf ist kein Preis ausgesetzt. Dein Tod ist viel zu selbstverständlich, um dir mehr Aufmerksamkeit zu schenken als nötig.«

Falls das so war, warum lebte er dann noch? Fast hätte Rinek diese Frage gestellt, doch möglicherweise stimmte der Drache ihm darin sofort zu. Hoffnungslosigkeit überfiel ihn bei dem Gedanken, der gleich danach in seinem umnebelten Hirn eintraf: Was war mit den anderen? Dass der Feind ihn hier abfing, konnte nur bedeuten, dass der Zufluchtsort der Rebellen entdeckt worden war. Wenn er tot war, kamen dann die anderen an die Reihe? Würde Scharech-Par seine Soldaten in das unterirdische Schloss schicken?

»Warum bist du allein?«, fragte er. Wenn dieses Ungeheuer das einzige war, das von ihm wusste, durfte er es nicht zurückkehren lassen – wie, das wollte ihm leider nicht auf die Schnelle einfallen. »Warum hast du keine Armee bei dir? Hat dir dein Herr keine mitgegeben? Oder haben die anderen Drachen dir nicht geglaubt, und du bist deshalb ganz allein gekommen? Helfen sie dir nicht, wenn er es ihnen nicht befiehlt? Ein Einzelgänger, wie traurig! Freust du dich schon auf die Rückkehr deines Befehlshabers?«

»Er ist zurück«, sagte der Drache. Seine Wut war wie ein Feuerwerk. Seine Emotionen mischten sich in die Magie, die er ausstrahlte, ein Geflecht aus Zorn und Hass, das die Welt in Stücke sprengen würde, wenn nur ein einziger Funken dazukam. Seine Pranke schoss vor und warf Rinek rücklings in den Schnee. Die Krallen bohrten sich durch seinen Mantel. Es fühlte sich an, als wäre ein Baumstamm auf ihn gefallen. Er ächzte, während die Luft aus seinen Lungen entwich und ein stechender Schmerz durch seine Rippen fuhr. *Das war es dann also,* dachte er verwundert. *Nicht im Kampf und nicht auf der Flucht. Zu viel geredet, wieder mal.*

»Weg von ihm!« Die Luke flog auf, und aus der Öffnung stürzte Sion. Rinek sah sie aus dem Tunnel springen, sie streckte die Arme vor, gleich würde sie sich verwandeln … da ließ sie die Hände wieder sinken. »Gah Ran?«

Der Drache bewegte sich nicht und gab Rinek auch nicht frei. Er erschauerte, und seine Stimme war diesmal weder ein Feuerwerk noch eisig, sondern merkwürdig leer, als er leise sagte: »Sion Ran.«

»Lass ihn sofort los, er gehört zu mir.«

Der Griff lockerte sich, dann hob der Drache die Tatze, verhielt ein wenig, wie eine Katze, die sich nicht recht entscheiden kann, ob es sich lohnt, mit dieser Maus weiterzuspielen, und einen Moment lang dachte Rinek: *Er wird es doch tun. Er wird mich töten, jetzt erst recht.*

»Gib ihn frei!«, fauchte sie. »Du willst nicht mit mir kämpfen!«

»Vielleicht doch«, sagte der Drache. »Möglicherweise will ich genau das.«

Sie starrte ihn an und warf ihr Haar zurück, und es konnte nur Magie sein, denn eigentlich war es viel zu dunkel, um sie so genau zu sehen, doch jetzt war sie schöner als alles. Rinek konnte fühlen, wie das Silber in ihrem Haar funkelte, wie ihr leises Lachen ihm ein Glücksgefühl durch den Leib jagte, von den Zehen bis zu den Haaren. Seine Haut brannte, und das Begehren erfasste ihn; obwohl Rinek immer noch halb unter der gewaltigen Pranke eines Drachen lag, vergaß er sogar, sich zu fürchten.

»Lass das«, sagte Gah Ran zu ihr. Auch er musste es spüren.

»Wie lange hast du mich nicht gesehen«, murmelte Sion, »so, in dieser Gestalt? Hast du nie vergessen, wie ich aussehe, all die Jahre nicht? Du hast keinen einzigen Augenblick gezögert, meinen Namen zu nennen. Hast du von mir geträumt, achthundert Jahre lang?«

»Länger«, flüsterte Gah Ran, die Sehnsucht brannte in seiner Stimme wie geschmolzenes Gold.

»Ach, ich vergaß. Du warst ein Verbannter. Länger als jeder von uns.«

Mit jedem Wort, so grausam es auch war, schien Sion schöner zu werden. *Wie können wir sie beide lieben?*, dachte Rinek. *Aber wie könnte irgendjemand sie nicht lieben?*

»Der edle Fürst mit dem guten Herzen. Welch Ironie, nicht wahr? Du warst menschlicher als jeder andere von uns, und ausgerechnet du bist am längsten ein Drache, und wenn Schar-Par am Ende doch siegen sollte, wirst du ein Verbannter bleiben. Wir alle werden erlöst sein, außer dir.«

In Gah Rans Augen tobte ein Sturm, aber er bezwang sich.

»Der König hat die Verbannung bereits aufgehoben«, erklärte er. »Nach dir sucht man neuerdings, nicht nach mir. Ich diene dem ValaNaik, ich fliege im Schwarm. Ich bin über Steinhag gekreist ... Die Luft riecht immer noch wie damals. Nach Stein und Schnee und dem Gold tief in der Erde. Nach Zauber. Nach uns.«

»Ein *Uns* gab es nur in deinen gewagtesten Träumen«, sagte Sion.

Gah Ran brüllte auf. Rinek fand sich plötzlich in einer Schneewehe wieder. Er wusste nicht, wie ihm geschehen war; der Drache musste ihn fortgeschleudert haben, rasend schnell in seiner wilden Wut.

»Ein Mensch!«, schrie er. »Muss es ein Mensch sein? Endlich bist du frei, endlich bist du erlöst, und dann wählst du ihn? Diesen hirnlosen Trottel, der Dairans Schuppe vergeudet hat?«

»Ah«, sagte Sion, »du weißt es also. Jetzt wird mir endlich klar, warum du dich so aufführst. Woher?«

Sie ging zu Rinek hinüber, reichte ihm die Hand und zog ihn hoch – weniger aus Gefälligkeit und Hilfsbereitschaft, als vielmehr in einer herrischen Geste, um etwas zu überprüfen. Trotzdem war ihre Nähe ein Feuer, das ihn in Brand setzte, und gegen seinen Willen schrie sein Herz vor Entzücken. Sie zog den Kragen seines Mantels auseinander, bevor er protestieren konnte, und berührte mit den Fingerspitzen die silberne Kette.

»Du hast uns also beobachtet. Es hat dich gestört? Nach über achthundert Jahren ärgerst du dich, wenn ich mich dieser Gestalt erfreue, auf die ich so lange verzichten musste? Wie erbärmlich du bist, Gah Ran. Du hattest nie das Recht, eifersüchtig zu sein. Flieg zu Scharech-Par zurück, sei ein braves Schoßhündchen.«

Der Drache stieß eine Rauchwolke aus, in der tausend Funken glitzerten. Dann hob er mit einem wütenden Schnauben die Flügel und warf sich in die Luft.

Sion schüttelte den Kopf. »Dieser verdammte Idiot!«

»Ihr scheint euch gut zu kennen«, bemerkte Rinek.

»Ich hatte nicht bedacht, dass du seine Schuppe um den

Hals trägst. Er hat uns die ganze Zeit beobachten können. Verdammt! Dann weiß er also alles. Jeden Plan, jeden Gang im Labyrinth, er weiß über den König Bescheid, über die Ritter und über den Diebstahl … Alles.«

»Dann nehme ich sie lieber ab.« Rineks Hand griff nach der Kette.

»Gib sie mir.«

»Ich werde sie los, keine Sorge.« Er ließ das Schmuckstück in seine Tasche gleiten. »Was jetzt? Wird er uns an Scharech-Par verraten?«

»Früher hätte ich ohne zu zögern geantwortet: Nein. Jeder, jedoch nicht Gah Ran. Er ist ein besonderer Fall, man weiß nie, was er tun wird. Aber wenn Scharch-Par seine Verbannung aufgehoben hat, wer weiß, was er ihm dafür geboten hat?« Nachdenklich blickte sie zum Himmel hoch. »Warum jetzt? War es die Eifersucht? Hat er alle seine Grundsätze über Bord geworfen, nur weil er durch die Schuppe gesehen hat, dass ich hier bin, als ein Mensch, und endlich tue, wozu ich seit einer Ewigkeit keine Gelegenheit mehr hatte?« Sie lächelte; ihre weißen Zähne schimmerten. »Du hast großes Glück, Rinek, dass er dich am Leben gelassen hat. Er war schon immer extrem eifersüchtig.«

»Wenigstens warst du rechtzeitig da.«

»Das verdankst du dem Hohen Spiel. Ich habe gespürt, dass du in Gefahr warst, und musste nur meinem Gefühl folgen. Genauso gut hätte ich zu spät kommen können. Tu das nie wieder!«

»Was?«

»Dich in solche Gefahr zu begeben! Alleine draußen herumzustreunen. Nimm wenigstens einen Drachenjäger mit – wozu haben wir sie?«

»Müssen wir nicht so schnell wie möglich das Labyrinth verlassen?«, flüsterte er. Solange er die Kette in der Tasche trug, war er sich nicht sicher, wie viel der Drache hören konnte. Weitergehende Pläne hätte er jetzt nicht ausgesprochen, aber dass sie sich ein neues Versteck suchen würden, konnte Gah Ran sich denken. »Wird die Zeit reichen? Die Drachen werden in wenigen Augenblicken hier sein, aber sie können nicht runter ins Labyrinth. Ob sie Soldaten herbringen? Oder nur die Gegend überwachen, damit wir keinen anderen Ausweg nutzen können?«

»Du vergisst, dass er alles weiß«, sagte Sion ungeduldig. »Alles, verstehst du denn nicht? Er kennt das Portal im Schloss, das hinunterführt. Wenn er uns verrät, gibt es keinen Ausweg.«

»Dann müssen wir die anderen warnen!« Rinek kletterte in den Tunnel hinunter. »Komm, wir dürfen keine Zeit verlieren!«

»Beruhige dich.« Sie fasste ihn am Arm. »Er wird uns nicht verraten.«

»Aber …«

»Wenn er uns durch die Kette beobachtet hat, weiß er auch, dass ich dich bis zum Ende beschützen muss. Um an dich heranzukommen müsste er erst mit mir kämpfen, und das wird er nicht tun.«

»Bist du sicher?«

»Er liebt mich«, sagte sie wehmütig. »Das hat er schon immer getan. Ich glaube kaum, dass er einfach so damit aufhören kann, ganz egal, was zwischen dir und mir ist. Gah Ran wird uns nicht verraten. Was meinst du denn, warum er so wütend war? Er gehört zu denen, die niemals einfach das tun können, was richtig und angemessen wäre, weil ihnen ihr Herz immer einen Strich durch die Rechnung macht. Das ist sein persönlicher Fluch – dieses Herz, das nicht aufhören will, menschlich zu empfinden, wo ein anderer Drache einfach alles in Flammen aufgehen lassen würde. Wir waren alle froh, als er verbannt wurde. Nicht einmal Dairan hat je ernsthaft in Erwägung gezogen, ihn zurückzurufen. Gah Ran war die Schwachstelle des alten Drachenreichs. Folgerichtig«, ihr Lächeln vertiefte sich, »ist er nun als Scharech-Pars Gefolgsmann die Schwachstelle unseres Feindes.«

Rinek versenkte die Kette im unterirdischen See. Er beugte sich über die Felskante und tauchte die Hand ins Wasser. Mit Bedauern und Erleichterung verfolgte er, wie das Silber mit den beiden kleinen roten und dem grünen Stein im Wasser verschwand.

»Endlich weg«, sagte Sion. »Dort kann sie wenigstens niemand zufällig finden, der Grund ist viel zu tief. Ich hätte früher daran denken sollen, dass dieser Stein ein Spiegel sein könnte.«

»Ein Spiegel?«

»So nennt man diese Art Zauber. Ein magischer Spiegel. Doch ich bin nicht einmal auf die Idee gekommen. Schließlich sah es danach aus, als wäre die Kette nur zum Schutz der grünen Schuppe zuständig.«

»Ich mache dir keine Vorwürfe.« Rinek hielt die Hand im Wasser und blickte immer noch in die dunkle Tiefe. Er wartete, bis Sion gegangen war, dann zog er die Kette wieder hoch – sie hing an einem dünnen, kaum sichtbaren Faden – und legte sie sich wieder um den Hals.

Der rote Drache. Das war Linnias Drache, das Ungeheuer, das sie seit ihrer Kindheit verfolgt hatte. Seinetwegen war sie verbannt worden, und da seine Schwester ihm traute, würde er das auch tun, selbst wenn er damit Sion hinterging.

Sein Gesicht war ernst und verschlossen, als er die Treppen hochstieg, die zum Schloss führten. Es half alles nichts: Er musste wissen, was Scharech-Par weiter vorhatte. Diesmal konnte er sich nicht mit einem Zauber von Unauffälligkeit umgeben; die Zauberin hätte das sofort gespürt. Diesmal war sein einziger Schutz die Heimlichkeit – aber wozu hatte er die Geheimgänge zwischen den Mauern entdeckt, wenn nicht, um sie zu benutzen?

Am gefährlichsten war noch der Weg aus dem Keller hinaus und in die Nische. Auf leisen Sohlen huschte er im großen Saal von Säule zu Säule. Zum Glück waren zunächst nicht viele Wachen unterwegs, doch als sich forsche Schritte näherten, duckte Rinek sich eilig hinter die nächste Säule.

Eine Stimme, die er kannte. Vertraut war sie ihm noch nicht, und er hätte sich gewünscht, sie nie wieder hören zu müssen. Beim letzten Mal hatte er diesen Mann noch für einen Zauberer gehalten, jetzt wunderte er sich darüber, denn die Stimme gehörte unverkennbar einem Drachen. Kalt und spöttisch, und nicht etwa der tijoanische Akzent verlieh ihr etwas Heiseres, das nicht zu einer menschlichen Kehle passen wollte.

»Spurlos verschwunden«, sagte Scharech-Par. »Du wagst es, mir das ins Gesicht zu sagen, Hauptmann?«

Rinek konnte nicht sehen, wer antwortete. Ein Mann, der zu Pivellius' Garde gehört haben musste, denn er beherrschte die Sprache von Schenn.

»Wir sind nicht gerade gut besetzt«, wandte er ein, vielleicht ließ er sich von der ruhigen Sprechweise des Tijoaners täuschen, vielleicht verwechselte er die eisige Kälte mit Ruhe und Gelassenheit oder gar mit Vernunft. »Wir gehen unsere Patrouille, keiner verlässt seinen Posten, darauf achte ich sehr. Auch wenn Ihr nicht da seid, gibt es gewiss keinen Schlendrian. Ich kann mir nicht erklären, wie das passieren konnte.«

»Das war mein Gold«, sagte Scharech-Par, und wahrscheinlich musste man magisches Talent besitzen, um das Gift der Drachenzunge in seiner Stimme zu hören und die Sehnsucht eines Drachen nach Schätzen.

»Es tut mir unendlich leid, Majestät.«

»Was starrst du mich so an? Stört dich etwas an meinem Aussehen? Glaubst du, ich habe die Beulenpest?«

»Nein, Herr, nein, ich würde es nicht wagen …«

Rinek hatte es erwartet, trotzdem zuckte er zusammen, als er hörte, wie der Mann auf dem harten Marmorboden aufschlug. Ein Helm rollte bis hinter die Säule, und in der Spiegelung auf dem Metall sah er undeutlich drei Gestalten.

»Dafür werden die Schenner bluten«, sagte Scharech-Par so beiläufig, als lege er die Speisenfolge für die nächste Mahlzeit fest. Da wusste Rinek, dass der Drachenkönig keinen Humor besaß und die Flüsterwespen nicht so gut angekommen waren. Dass ein Drache an seinem Gold hing, selbst wenn es ihm nicht gehörte, hätte er sich ebenfalls denken können. »Jeder Einzelne von ihnen. Treibt alle zusammen, die hier im Schloss sind. Danach nehmen wir uns die Stadt vor. Wir werden das Unterste zuoberst kehren, bis mein Eigentum wieder auftaucht. Sie werden bereuen, dass sie sich mit mir angelegt haben.«

»Das könnt Ihr nicht machen!« Diese Stimme klang anders, jung und voller Leidenschaft. »Das dürft Ihr nicht! Es sind nicht Eure Reichtümer, und ich bin stolz auf diejenigen, die sie Euch fortgenommen haben!«

Konnte das der Prinz sein? Rinek streckte vorsichtig den Kopf vor und zog ihn sofort hastig wieder zurück. Er wagte nicht zu atmen.

Arian. Scharech-Par. Die Zauberin.

Was tat Prinz Arian hier, in seinem von Feinden besetzten Schloss?

»Bringt ihn weg«, befahl Scharech-Par. »Sperrt ihn ein. Wachen!«

Laute Schritte kündigten bewaffnete Soldaten an.

»Nein!«, protestierte Arian. »Wie könnt Ihr …« Er wehrte sich lautstark, hatte aber unbewaffnet keine Chance gegen die Wachen.

»Wea, du sorgst dafür, dass er nicht ebenso unauffällig verschwinden kann wie alles andere.«

»Ja, Majestät.« Die Zauberin folgte den Soldaten, die den Prinzen wegschleppten.

Scharech-Par war allein. Einen Moment lang war die Versuchung fast übermächtig, sich auf ihn zu stürzen. Rinek ballte die Fäuste und kämpfte gegen seine Wut an. *Verschwinde, bevor ich mich vergesse. Geh lieber …*

Der neue König machte keinerlei Anstalten zu verschwinden. Er wanderte durch den Saal, schweigend, von finsterer Wut erfüllt, und mit jedem seiner Schritte schien die Kälte im Saal sich zu vertiefen, und die Stille wurde dunkler und älter.

Dann entstand ein Tumult an einer der Türen. Die tijoanischen Soldaten führten eine Gruppe schennischer Wachleute herein, ein paar Diener waren dabei, auch drei Frauen, eine davon erkannte Rinek als eine der Diebinnen, die eine Anstellung als Magd erhalten hatten.

»Ich habe nichts verbrochen, lasst mich gehen! Herr! Majestät! Was …?«

Nach und nach verstummten alle.

Spürten sie etwa die Dunkelheit hier, das Schweigen, das die Gegenwart des Drachen verbreitete, das Einzug gehalten hatte zwischen den Säulen?

Scharech-Par blieb stehen und musterte die Menschen, dann sagte er ein einziges Wort auf Tijoanisch, das Rinek nicht verstand.

Erst in diesem Moment begriff Rinek, dass Scharech-Par es ernst gemeint hatte, als er gesagt hatte: Lasst alle Schenner im Schloss bluten. Jetzt verstand er auch, warum die Rebellen unten im Keller sicher waren, warum nie jemand dort hinunterkam – der neue König brauchte keine Verliese. Er machte keine Gefangenen. Für jedes Vergehen gab es nur eine einzige Strafe.

Scharech-Par sah reglos zu, aber Rinek wandte sich ab, er wartete nicht, bis es vorbei war, sondern rannte einfach los, auf den nächsten Eingang zu. Hinter ihm ertönten Rufe, die er ignorierte. Er hetzte durch den Saal, durch einen weiteren breiten Flur, eine Treppe hoch. Lief fast in ein Dienstmädchen hinein, eine Schennerin, eine junge Frau mit einem Zopf.

»Lauf!«, rief er ihr zu. »Er lässt alle töten, ausnahmslos! Lauf! Lauf doch endlich!«

Weil sie ihn nur entgeistert anstarrte, versetzte er ihr einen Stoß. »Lauf!«, schrie er noch einmal.

Er rannte durch die Flure, riss die Türen auf, rannte Diener und Wächter um. »Lauft! Rettet euer Leben!« Wie in einem Albtraum kam er nicht schnell genug vorwärts, konnte er nicht alle warnen. Dort hinten trieben bereits Tijoaner ihre schennischen Kameraden zusammen.

»Wehrt euch!«, schrie er. »Kämpft! Sie werden euch alle töten. Bei Arajas, kämpft!«

Er konnte nicht mehr sehen, ob sie seinen Rat befolgten, denn hinter ihm holten seine Verfolger auf. Rinek rettete sich in die Nische, die in den Geheimgang führte, und tastete sich durch die Dunkelheit, die ihn nicht störte – *keine Dunkelheit wird mich jemals wieder stören,* dachte er, nach dieser Finsternis, die er im Saal gefühlt hatte, die selbst das Tageslicht überwältigte, das durch die Fenster einfiel. Er stolperte vorwärts, spähte durch alle Ritzen und Öffnungen, riss Türen auf, rief, erschreckte, scheuchte auf. Schließlich fand er sich in einem Nebenraum wieder, von dort war es nur ein kurzes Stück in den Hof. Er rannte hinaus, selbst der Himmel kam ihm dunkel vor. Diesmal war Sion nicht bei ihm. Konnte sie schnell genug sein, um ihn zu retten? Die Menschen strömten über den Hof auf das Tor zu, und er dachte: *Sie schaffen es. Hauptsache, sie schaffen es.*

Bis die Drachen aus den Wolken herabstießen.

»Lauft!« Er packte eine Wäscherin am Arm, eine Köchin am anderen, zog sie mit sich. »Lauft! Da ist das Tor!«

Die Drachen waren über ihnen, ihre Schwingen rissen die

Flüchtlinge von den Füßen, ließen sie hart auf die Knie fallen. Von irgendwoher erklang Scharech-Pars kalte Stimme.

»Tötet sie alle.«

Der Drache vor ihm breitete die Flügel aus, als wollte er ihn umarmen. Rinek sah ihn über sich aufragen, riesig und schrecklich, und ein Teil von ihm - der die Magie wahrnahm – fand ihn herrlich, während alles Menschliche in ihm vor Entsetzen aufstöhnte.

Ein fürchterlicher Schrei zerriss ihm fast das Trommelfell, und während er sich noch wunderte, wer so laut brüllen konnte, sah er den Pfeil aus der Brust des Drachen ragen. Einen Pfeil, verziert mit einer funkelnden Drachenschuppe, einem silbernen Splitter, der seinen Blick einfing.

Er wandte sich um. Da stand Gunya, die Armbrust noch in der Hand, neben ihr Okanion und die Soldaten vom unterirdischen See. Hinter ihnen flog Sion heran, Sion als Drache, silbern wie ein Mondstrahl, grün wie der Frühling, tödlich wie ein Blitz. Sie lachte gellend, und er half den Frauen auf die Füße und wollte weiterlaufen, doch Okanion hob die Hand.

»Zurück! Durchs Portal! Bringt sie nach unten!«

Mit einem Blick erkannte Rinek, dass der Hauptmann recht hatte. Es waren zu viele Drachen, um in die Stadt zu entkommen, und sie hatten nur zwei Drachenjäger, eine Handvoll Soldaten, die es nicht gewöhnt waren, gegen Ungeheuer zu kämpfen, und Sion.

»Aber dann werden sie unser Versteck entdecken!«

Okanion nickte.

Sie sahen einander an, und Rinek wusste, dass der Zeitpunkt gekommen war. »Ihr habt das Kommando«, sagte er.

»Das ist kein Sticheln mehr, das ist Krieg.«

Okanion hatte alle am unterirdischen See versammelt. Ein paar Leute blickten verwirrt von ihm zu Rinek, aber der schüttelte den Kopf. Es war in Ordnung so. Er selbst hätte die Entscheidung, den Zugang zu verraten, nicht getroffen, dieses Portal, das sie nun unter Aufbietung all ihrer Kraft verteidigen mussten. Einige Diener, die Rinek gewarnt hatte, waren nach unten gelaufen und hatten die übrigen alarmiert, so hatten Okanion und Sion rechtzeitig kommen können. Viele der gefährdeten Schenner hatten sie gerettet, doch beileibe nicht alle. Die Stimmung war gedämpft, vor allem unter den Überlebenden, denn die meisten hatten geglaubt, in Larans Erben einem neuen, edlen Herrscher zu dienen, der den Thron rechtmäßig innehatte, und sie konnten es immer noch nicht fassen, dass Scharech-Par den Befehl gegeben hatte, sämtliche schennische Wachen und Diener zu töten.

»Wir werden den oberen Ausgang schließen müssen, daran führt kein Weg vorbei. Wäre ein Zauberbann möglich, der uns von der Schlossseite her unangreifbar macht?«

Okanion wandte sich an Rinek. »Ihr seid der beste Zauberer hier, also, was sagt Ihr?«

»Wir werden keine Möglichkeit mehr haben, Drachenschuppen von den Wänden zu stehlen, wenn wir den Zugang schließen«, sagte Rinek. Er hielt es immer noch für einen Fehler, dass sie diesen Weg an ihre Feinde verraten hatten, obwohl ihm klar war, dass ungefähr zweihundert Menschen dieser Entscheidung ihr Leben verdankten. Es war richtig gewesen, auch wenn es ihm Bauchschmerzen bereitete, und er war dankbar, dass er nicht mehr das Sagen hatte. Niemand machte ihm Vorwürfe. Nicht einmal die Geretteten, die die vermissten Schätze hier unten vorfanden, riefen: Ah, ihr wart es also, ihr habt ihn so gereizt, euch verdanken wir das! Vielleicht fühlten sie sich von Okanions Gesicht eingeschüchtert. Er war als Drachenjäger bekannt, ihm würden sie folgen.

»Rinek?«, fragte Okanion noch einmal.

Er seufzte. »Ein Bann, der diese Zauberin davon abhält, ihn

wieder aufzulösen? Ich weiß nicht, wie wir das bewerkstelligen können.«

»Wir?«, fragte jemand. »Gibt es denn noch mehr Zauberer?«

Fürst Nezky räusperte sich. »Ich. Aber ein ganz bescheidener.«

»Sonst niemand?«, wollte Okanion wissen. »Wurde denn wirklich alles magische Blut in Lanhannat ausgerottet?«

»Ich werde die Menschen testen«, sagte Rinek schließlich. »Mit jenen, die ich finde, so gering ihr Talent auch sein mag, werden wir versuchen, einen Bann zu weben, der die Feinde davon abhält, uns hier zu überrennen. Aber dafür werden wir alle Schuppen verbrauchen, die wir noch haben, und wir werden keinen Nachschub holen können.« Er warf einen Blick zu Sion hinüber, die, in ein einfaches Kleid gehüllt, an einer Wand lehnte.

»Ein toter Drache, und wir werden genug Nachschub haben«, sagte sie.

»Machen wir uns nichts vor«, sagte Okanion. »Als Nächstes ist die Stadt an der Reihe. Die Tijoaner werden nicht einfach nur nach dem gestohlenen Schatz suchen, sondern plündern, morden und Angst und Schrecken verbreiten. Ich werde einige Kampftruppen zusammenstellen, aus euch allen. Niemand ist davon ausgenommen, außer denen, die verletzt, zu alt oder zu jung sind. Ich frage euch nicht, ob ihr freiwillig kämpfen werdet, denn ihr habt keine Wahl. Wohin wollt ihr fliehen? Dort draußen fliegen Hunderte von Drachen. Niemand kann aus dieser Stadt entkommen, dort draußen wartet nur der Tod auf euch. Irgendwelche Fragen?«

Rinek zögerte. Er öffnete schon den Mund, um herauszuschreien, dass er den Prinzen oben im Saal gesehen hatte, doch dann schloss er ihn wieder. Anscheinend wusste man weder in der Stadt noch hier im Labyrinth, dass Arian in Lanhannat war und am Leben; würde es die Kampfeswut der Leute anfachen oder dämpfen, wenn sie erfuhren, was für eine wichtige Geisel Scharech-Par besaß?

Er wusste nicht, ob es richtig war, aber er entschied sich, zunächst einmal zu schweigen.

Okanion entließ die anderen und wandte sich an Rinek. »Ich habe oben an der Treppe fünfzig Leute postiert, die den Eingang verrammeln. Wir brauchen den Bann möglichst schnell. Ihr habt keine Zeit, zweihundert Menschen auf magische Fähigkeiten zu überprüfen. Macht es sofort, mit Nezky zusammen, oder wir brauchen es überhaupt nicht mehr.« Er brachte ein schiefes Lächeln zustande. »Ich hoffe, Ihr grollt mir nicht, dass wir nun dieses Problem haben. Von Sion weiß ich, dass wir in Kürze sowieso aufgeflogen wären, weil einer von Scharech-Pars Drachen unser Geheimnis bereits kennt.«

Rinek nickte. »Ja«, sagte er. »Und nein, ich kann Eure Entscheidung nachvollziehen. Dann mache ich mich jetzt wohl an die Arbeit. Sion?«

Sie trat zu ihm. Etwas in ihrem Gesicht hatte sich verändert, schien es ihm. Schmerz? Oder Freude? Er wollte nicht aufhören, ihr Gesicht zu betrachten, und wandte dennoch den Blick wieder ab, weil er es nicht aushielt.

»Du hast deine Schuppen geopfert«, sagte er leise, während sie ihn an der Hand fasste und zur Treppe zog. Glück flammte in ihm auf.

»Das macht nichts.« Sie lächelte, und auch ihr Lächeln war nicht zu deuten. »Der Zauber wirkt immer noch, weißt du. Ich heile sehr schnell, schließlich hast du die stärkste Schuppe verwendet, die es gibt. Also mach dir um mich keine Sorgen. Komm, rasch, Okanion hat recht, lange werden wir die Tür nicht halten können.«

»Ich weiß ja nicht einmal, wie man einen Bann webt.«

»Ich schon.« Nezky stieg hinter ihnen die Treppe hoch. »Ich habe es noch nie getan, aber mein Großvater gehörte zu den letzten Zauberern, die das Schloss gesichert haben, heimlich, denn Magie war natürlich damals schon verboten. Zum Glück wusste niemand, dass er das tun konnte. Ein Bann gegen fremde Zauberer und Drachen, doch vielleicht lässt er sich auf Soldaten und andere Eindringlinge ausdehnen?«

»Was muss man tun?«

»Kommt. Ich zeige es Euch. Es ist nicht viel anders als das, was Ihr bisher getan habt. Man muss den Zauber in gewisser Weise verdichten und dann ausdehnen. Es kostet weitaus mehr Kraft, einen solchen Bann zu brechen, als ihn zu errichten, daher haben wir vielleicht Glück, und er hält auch den Künsten dieser Zauberin stand.«

25

Das Meer war ein Spiegel des Himmels. Blau und grau und voller Bewegung, ein Spieler.

Ein betrunkener Spieler, dachte Linn, die sich wieder einmal über die Reling beugte. *Ich hasse Schiffe.*

Das Schiff, das sie im Hafen von Wondun an Bord genommen hatte – einer kleinen beratischen Hafenstadt, dreckig und laut –, hatte einen unaussprechlichen Namen, den sie immer noch nicht über die Lippen brachte. Es schlingerte und stampfte und rollte, oder wie auch immer man das nannte, was es einfach unmöglich machte, diese Fahrt zu genießen. Mittlerweile war sie sich nicht einmal sicher, ob sie es überleben würde.

»So schlimm?«, fragte Nival mitfühlend, aber in seinen grauen Augen waren der Himmel und die Wolken und die Schaumkronen auf den Wellen. Er schien hierherzugehören, so wie er auch keine Schwierigkeiten hatte, mit der Mannschaft auszukommen. Er hatte die Fahrt in einer stickigen Hafenspelunke gewonnen, mit irgendeinem Kugelspiel, dessen Regeln sie nicht durchschaute, und erheiterte die Matrosen mit Liedern und kleinen Kunststücken; was Spiele anging, waren sie dagegen nach dem ersten Viertelmond gemeinsam an Bord vorsichtig geworden.

Die meisten Seeleute konnte sie nicht verstehen, denn die Besatzung bestand aus Männern aus Tijoa, Werlis und Ghenai, und während Nival sich mühelos in ihren bunt zusammengewürfelten Dialekt eingefunden hatte, hielt sie sich abseits. Nie war sie einsamer gewesen. Er war immer da, auf diesem Schiff konnten sie sich nie weit voneinander entfernen, aber gerade deshalb wagte sie es nicht, auch nur einen Schritt zu viel auf ihn zuzugehen. Er schien es nicht einmal zu merken, während er mit den Matrosen lachte, während er neben dem Steuermann stand und die Augen zukniff, um das Glitzern der Wellen auszublenden. Sie schlief in einer Hängematte in einer Ecke und er in einer weiteren dicht daneben, zu ihrem Schutz, denn selten genug flüsterten sie vor dem Einschlafen miteinander. Vielleicht sprach sie zu oft davon, dass sie zurückwollte.

»Wir müssen umkehren, Nival.«

Er starrte sie ungläubig an. »Du wirst dich an die Seefahrt gewöhnen, glaub mir, früher oder später. Seit wann gibst du auf?«

Sie wollte ihm sagen, warum. Von diesem Ruf, der sich durch ihr Herz und ihren Verstand fraß, ein Band, das um ihre Beine geschlungen war und sie zurückzog, und da sie in die andere Richtung unterwegs war, zerriss es sie. Jeden Tag ein Stück mehr.

Arian.

Er war in Gefahr, und sie musste zu ihm und an seiner Seite kämpfen. Hätte sie sich je auf das Hohe Spiel eingelassen, wenn sie gewusst hätte, dass es solche Konsequenzen hatte? Schon lange lebte sie mit einer merkwürdigen Unruhe, aber zuerst hatte sie gar nicht verstanden, was das zu bedeuten hatte, denn sie selbst und alle anderen waren eigentlich andauernd in Gefahr. Sie hatte nicht gewusst, dass dieses Gefühl, das sie dazu zwingen wollte, umzukehren und immer schneller zu rennen, von dem Band herrührte, welches das Hohe Spiel zwischen ihnen geschaffen hatte, ein magisches Band, zum Zerreißen gespannt. Woran sie schließlich Arian erkannte, hätte sie selbst nicht sagen können. Vielleicht an der Art seiner Angst, die zur Hälfte aus Empörung bestand.

Er war in Gefahr, aber sie konnte nicht zu ihm, stattdessen war sie an seine Furcht geschmiedet wie an ein sinkendes Schiff.

»Warum willst du zurück?«, fragte Nival.

Von allen Menschen, um die sie sich sorgte, war Arian der letzte, über den sie mit Nival sprechen konnte.

»Sag es mir, bitte.«

Linn konnte den grauen Augen nicht widerstehen, auch wenn sie fürchten musste, ihm wieder Schmerz zuzufügen. »Arian ist in Gefahr. Ich weiß es, durch unsere Verbindung.«

»Natürlich ist er in Gefahr«, sagte Nival leise. »Bei Scharech-Par wird er das immer sein.«

Sie wartete, denn ihr schien, er wollte noch mehr sagen. Eine ganze Weile kämpfte er mit den Worten. »Als wir aus der Höhle gestürmt sind«, meinte er schließlich, »gleichzeitig, ohne dass wir uns abgesprochen hätten, Seite an Seite – da habe ich ihn nicht gehasst.« Er klang erstaunt. »Seitdem warte ich, dass der Hass wiederkommt, aber da ist nichts mehr. Fast vermisse ich dieses Gefühl, ich habe mich so daran gewöhnt.«

Sie legte ihre Hände an seine Wangen. »Ich glaube, jetzt erst bist du geheilt.«

Einen Moment lang fühlte sie sich ihm unglaublich nah, dann wandte er sich plötzlich ab und ging einfach fort. Fast hätte sie annehmen können, sie sei ihm gleichgültig.

Ein einziges Mal versuchte einer der Matrosen, sie anzufassen, und Nival brach ihm daraufhin in einer ordentlichen Prügelei die Nase. In der Nacht darauf kam der Mann zurück, um sich zu rächen. Wenn Linn an jenen Kampf zurückdachte, schauderte sie immer noch. Bei diesem zweiten Mal gab es keine Schlägerei. Nival hatte ihn mit einer einzigen lässigen Bewegung zu Boden gehen lassen, sich über den Matrosen gekniet, und im Schein der kleinen Öllaterne, die unter dem Balken hing, hatte sein Gesicht seltsam verzerrt ausgesehen.

»Bring ihn nicht um!«

War er später deshalb so abweisend gewesen? Weil sie ihm zugetraut hatte, den Mann zu töten, der bereits hilflos in seinem Griff hing?

»Nein«, hatte er nur gesagt, den Kerl von sich gestoßen und war zurück in seine Hängematte geklettert.

Wie viele Matrosen hatten dabei zugesehen? Alle? Oder war den übrigen der Vorfall haargenau berichtet worden? Denn danach hatten sie Respekt, und die Männer machten einen weiten Bogen um die junge Frau.

Am nächsten Tag war Nival sehr nachdenklich und still, und sie fasste sich ein Herz und fragte ihn, ob es ihm gut ging.

»Wer hätte gedacht, dass Grausamkeit aus Liebe erwächst?«, fragte er. »Das ist schwer zu schlucken, wenn man das Opfer ist. Und dennoch«, seine Stimme senkte sich zu einem Flüstern, »ich weiß, wie es ist. Wenn der Wunsch nach Rache dein Herz zerfrisst und die stachelige Haut deiner Seele nach innen kehrt.« Sprach er noch von dem Matrosen? Oder dachte er an Arian? »Fehlgeleitete Liebe«, sagte er. »Liebe, die nicht loslassen kann.«

Da merkte sie, dass er von sich selbst sprach, von sich und seiner toten Mutter, und gleichzeitig auch von Arian. Dass er in diesem Augenblick zugeben musste, wie ähnlich sie sich waren. Die Erkenntnis, dass auch sie selbst damit gemeint sein könnte, traf Linn wie ein vergifteter Pfeil. Harlon. Ihr Dorf Brina. Und Binia. Sie hatte für ihre Rache gelebt, und nun lag dieser Weg wieder vor ihr: für die Rache zu leben und für nichts anderes mehr, und sie fragte sich, zu welchen Grausamkeiten sie fähig sein würde, wenn Scharech-Par ihr jemals in die Hände geraten sollte.

»Man muss es loslassen«, flüsterte er. »Dieses Schwert, das man umkrallt hält, selbst wenn man sich dabei die Finger bricht. Das ist der einzige Weg: weiter statt zurück.«

Um den Groll loszulassen, um den Schmerz wie einen Vogel

in den Himmel zu werfen musste sie ihre Zeit anders zubringen, als herumzusitzen, sich elend zu fühlen und zu grübeln. Linn wusste genau, was ihr Lehrer Bher dazu gesagt hätte, und am nächsten Tag begann sie wieder zu trainieren. Sie besaß kein Schwert, aber sie kämpfte mit allem, was ihr in die Hände geriet – Dolche, lange Messer, sogar mit den Harpunen, die von den Seeleuten zum Fischfang benutzt wurden. Was ihre Gegner anging, war sie nicht wählerisch. Ein alter Lederbeutel, ein Ballen Stroh, das war genug. Umso dankbarer war sie, als Nival sich als Übungspartner anbot. Er war schnell wie ein Drache. Während ihre Beine noch darum kämpften, das Gleichgewicht auf dem schwankenden Deck zu halten, fand sie langsam wieder zu den vertrauten Bewegungen zurück, zu ihrer Schnelligkeit, zu dem Glück, das im Kämpfen lag.

Vielleicht hielt gar nicht Nivals Eingreifen in jener Nacht die Matrosen davon ab, sie zu belästigen, sondern die Schaukämpfe, die sie beide ihnen jeden Tag boten.

»Ghenai«, sagte Nival, während die dunklen Umrisse am Horizont wuchsen. »Dort. Siehst du es?«

Linn starrte zum Horizont, bis ihre Augen tränten. »Ein Schatten?«

»Die Insel Ghenai. Wir sind da, meine Liebe.« Wie leicht er sie so nannte, wie leicht seine Worte flossen. »Dort bin ich noch nie gewesen.«

»Das gibt es also auch, dass ein Land dir fremd ist? Dass du nicht alles weißt, dass du nicht überall zu Hause bist?« Sie schämte sich für ihren schroffen Tonfall, aber langsam hatte sie wirklich genug von ihm. Daran änderten auch seine geröteten Wangen nichts, die neue Bräune auf seiner Haut und wie der Wind in seinem Haar spielte … Auch sein Lächeln, was hätte es daran ändern können, dass sie ihn nie wiedersehen wollte und ihn am liebsten über Bord geworfen hätte?

»Ich bin nirgends zu Hause«, sagte er leise. So wie er sie ansah, wünschte sie sich brennend, sie hätte sich irgendwie hübsch machen können. Seine wehenden Haare sahen eigentlich immer gut aus, aber sie selbst fühlte sich nur zerzaust. Man war nicht schön, wenn man sich übel und elend fühlte, wenn einem der scharfe Wind die Tränen in die Augen trieb, wenn man am liebsten sterben wollte und auch so aussah. Ihr eigenes Elend hatte die Trauer um ihre Schwester überlagert und sich damit vermischt, sodass die vergangenen beiden Monde zu einer einzigen dunklen, albtraumhaften Zeit verschmolzen. Wenn sie nicht so viel trainiert hätte, wäre sie verrückt geworden, das wusste sie.

»Nein? Mir kam es so vor, als seist du für die Seefahrt geboren, im Gegensatz zu mir.«

»Um den Drachenfriedhof zu finden würde ich das Stille Meer kreuz und quer befahren.« Das Lächeln auf seinen Lippen blieb, und sie ertappte sich dabei, dass sie ihn wieder einmal zu lange anstarrte, also wandte sie sich der Insel zu, die sich immer deutlicher am Horizont abzeichnete.

»Die Insel der Magier«, sagte sie. »Ob das wohl stimmt? Können dort alle zaubern?«

»Die Seeleute behaupten es, aber wir wissen, dass man ihnen nicht zu viel Glauben schenken sollte. Doch ein Funke Wahrheit wird wohl dran sein. Die Ghenai zaubern, und sie betreiben Seefahrt. Wenn es irgendwo einen Zauberer gibt, der uns sagen kann, wo er Magie gespürt hat, dann dort.«

»Wir müssen ihn nur finden.«

»Das werden wir«, flüsterte er zuversichtlich. »Glaub mir, das werden wir.«

Sonst war die ganze Reise umsonst, dachte sie. Der Weg durch die Berge, wo sie von Dorf zu Dorf gewandert waren, hungrig und frierend, immer von der Angst getrieben, Ojia Ban könnte sie finden. Dann endlich die Küste. Die fürchterliche Seefahrt.

Nur um in einem fremden Königreich zu stranden und zu erfahren, dass alles vergebens gewesen war? Das durfte nicht sein.

Nival blieb neben ihr an der Reling stehen, während sie sich der Insel näherten, die immer größer und felsiger aus dem Meer emporwuchs, gekrönt von einem gigantischen kegelförmigen Berg, der dunkle Rauchwolken ausstieß.

»Ein Vulkan«, sagte Nival. »So friedlich und verlässlich wie ein zahmer Drache.«

»Also gar nicht? Willst du mir Angst machen?«

Er lachte. »In vielen Ländern bin ich noch nicht gewesen. Im Magen eines Drachen. Im Schlund eines Seeungeheuers. Auf einer Insel, über die wilde Geschichten im Umlauf sind – zumindest in Lonar. Wen wundert es, die Ghenai waren lange Zeit ihre Herren und keinesfalls beliebt. Nein, Zauberer sind nicht immer freundliche alte Herren, die Blumen aus ihren Taschen wachsen lassen. Aber verrückter als Matrosen können sie eigentlich nicht sein.«

Ganz Ghenai war … verrückt. Anders. Fremd. Undurchschaubar. Ja, auch das. Doch ganz sicher verrückt.

Kopfschüttelnd betrachtete Linn das merkwürdige Dorf, in dem sie gelandet waren. Von hier aus war der Vulkanberg bei wolkigem Wetter nicht einmal zu sehen, ein paar aufgefaltete Hügel lagen dazwischen. Nur manchmal bebte die Erde, und ein beunruhigendes Rumpeln unter ihren Füßen ließ Linn zum ersten Mal mit Sehnsucht an das Schiff denken.

Die Ghenai achteten gar nicht darauf. Sie hielten nicht einmal inne in ihrem Tun, als seien sie taub und gefühllos. Konnte man sich wirklich daran gewöhnen? Konnte man in solchen Häusern leben – nicht gemauert und nicht aus Brettern gezimmert, sondern aus einem riesigen gewölbten Knochen, die mit glänzender Haut überzogen waren und nach Fisch stanken?

Alles hier stank nach Fisch. Alles schien nahezu durchsichtig zu sein. Durch die Wände sah man die schemenhaften Umrisse der Bewohner. Die Lichter brannten hell in der Nacht; es musste schon Frühling sein, südwärts in Schenn, aber hier brach die Dämmerung herein, kaum dass der Mittag vorbei war, und zog sich endlos lange hin, ohne dass die Nacht kommen wollte.

»Die Matrosen übernachten auf dem Schiff«, sagte Nival. »Landgänge sind hier nicht begehrt. Aber sie haben mir geraten, mich nach Sekkin zu erkundigen.«

»Wer ist das?«

»Ein berühmter Seefahrer, wenn ich es recht verstanden habe, der angeblich jede Handbreit des Stillen Meeres befahren hat. Und, was für uns noch wichtiger ist, außerdem ein berühmter Zauberer. Wenn jemand uns helfen kann, dann er.«

»Das hast du mir gar nicht erzählt«, sagte sie, und selbst in ihren eigenen Ohren klang sie unerträglich beleidigt.

Nival stutzte, aber Linn tat, als würde sie es nicht bemerken. Angelegentlich betrachtete sie ein paar ghenaische Arbeiter, die merkwürdige Wurzeln sortierten. Komische bunte Wurzeln.

»Hätte ich mehr mit dir reden sollen?«, fragte er.

»Nein, warum denn? Es war eine tolle Fahrt.«

»Ach, Linnia«, sagte er leise. Er streckte die Hand aus und schob ihr eine ihrer zerzausten Haarsträhnen hinters Ohr. Es war eine Geste so voller Zärtlichkeit, dass es sie kalt überlief.

»Tu das nicht«, wisperte sie. »Wir sind nur Freunde, oder? Ich … ich kann es nicht ertragen, wenn du das tust.«

»Drachenmaid«, flüsterte er. »Seit wann sind wir denn nur Freunde? Habe ich nicht schon immer versucht, dir einen Kuss zu stehlen, oder zwei oder drei?« Bevor sie wusste, wie ihr geschah, beugte er sich vor und küsste sie.

Seine Lippen schmeckten nach dem salzigen Wind, und ihr war, als könnte sie seinen Mund nicht nur schmecken, sondern hören – das Rufen der wilden Seevögel, die über den Masten kreisten, das Brausen des Windes, das Knattern der Segel. Es war alles da. Das verlockende Singen von Stimmen, die von überallher und nirgends erklangen. Das heisere Gelächter eines Drachen.

Sie verschränkte die Arme hinter seinem Nacken und versank in diesem Kuss, bis ihr irgendwann bewusst wurde, dass die Arbeiter lachten. Sie starrten zu ihnen herüber und johlten.

»Warum …«, stammelte sie, »ich dachte … auf dem Schiff … Du hast mich ja kaum beachtet. Selbst wenn wir gegeneinander gekämpft haben, warst du wie ein Fremder.«

»Wie oft hätte ich mich prügeln müssen, wenn ich das hier gewagt hätte?«, fragte er. »Hätte ich die Seeleute noch neidischer machen sollen? Ich hätte sie alle töten müssen, und dabei habe ich mir geschworen, nie wieder irgendjemanden umzubringen, und sei es ein räudiger Bastard von einem Matrosen, der es nicht besser verdient hat. Außerdem«, fügte er hinzu, »wie hätten wir denn zwei Monde auf See aushalten sollen? Wenn die Flamme erst brennt, lässt sie sich schwer löschen, und wir waren nie allein. Ich dachte, das wäre dir klar. Was hast du denn gedacht?«

»Wir sind überhaupt nie allein«, sagte sie mit einem Blick auf die neugierigen Ghenaier. »In Schenn hätten wir uns so einen Kuss auf der Straße nicht erlauben dürfen. Wie ist es hier?«

»Noch hat uns niemand verhaftet.« Nival ging auf die grinsenden Zuschauer zu und sprach sie in unterschiedlichen Sprachen an, bis ihm jemand antwortete, ein junger Mann, wie die anderen mit schwarzem Haar und bräunlicher Haut. Sie redeten eine Weile, dann stand der Jüngling auf und bedeutete ihnen, ihm zu folgen.

»Was hat er gesagt?«, erkundigte sich Linn.

»Er spricht Lonarisch. Sie sortieren eine Fracht Korallen, aber er bringt uns zu seinem Haus, wo wir warten können.«

»Er lässt uns einfach so in sein Haus?« Linn war überrascht. Mit so viel Gastfreundschaft hatte sie nicht gerechnet, nach den Erfahrungen mit dem Felsvolk. Sofort wurde sie misstrauisch. »Ist das wohl eine Falle?«

»Wer würde etwas stehlen auf einer Insel voller Zauberer?« Nival lachte leise.

»Er ist auch einer?«

»Keine Ahnung. Vielleicht ist das alles nur ein Gerücht, wie so oft, und die Menschen hier sind völlig harmlos. Wer weiß?«

Sie näherten sich einem der kuppelartigen Häuser und bückten sich, um durch den runden Eingang einzutreten. Das Innere des Hauses roch keineswegs nach Fisch, zwar fremdartig, jedoch nicht unangenehm. Ihr Gastgeber hieß sie auf bizarren Stühlen Platz nehmen, die zu fein gearbeitet schienen, um das Gewicht eines Menschen zu tragen – nicht aus Holz, sondern aus dünnen weißen, leicht gebogenen Stäben.

»Knochen sind das aber nicht, oder?«, flüsterte Linn.

»Es sind Gräten.« Hinter einer Abtrennung aus fließendem Stoff kam ein alter Mann hervor, dessen graues Haar zu einem Pferdeschwanz gebunden war und auf dessen Kinn ein langes, dünnes Bärtchen spross. Seine Haut war braun und faltig, und die vielen Furchen um seine Augenwinkel verrieten, dass er viel in die Sonne gesehen und viel gelacht hatte. »Wir fertigen unsere Häuser und unsere Möbel aus allem, was uns das Meer gibt.«

»Ihr sprecht unsere Sprache!«

Er lächelte und verbeugte sich. »Mein Name ist Sikken. Ich habe mit Leuten aus Schenn zu tun gehabt, wenn man sie auch nicht häufig auf dem Stillen Meer antrifft. Setzt euch. Mein Sohn Rakkin wird für Euer leibliches Wohl sorgen.« Er nickte dem jungen Mann zu, der im hinteren Teil des Hauses verschwand.

»Ich habe hier im Dorf noch gar keine Frauen gesehen«, sagte Linn.

Sikken lächelte. »Dafür seid Ihr zur falschen Zeit gekommen. Unsere Frauen gehen in jedem … wie nennt Ihr ihn, den Lichtmond? In jedem Lichtmond wandern sie hoch zu unserem Berg und bitten die Götter um ein gutes Jahr.« Plötzlich wurde er laut. »Auf dass weder Feuer noch Wasser uns verschlingen möge, hay!«

»Hay«, murmelte Linn. Bei Arajas, war tatsächlich schon Lichtmond? Am liebsten wäre sie sofort mit ihrem Anliegen herausgeplatzt, aber sie hielt sich zurück. Noch wussten sie nicht, ob der alte Mann überhaupt ein Zauberer war.

Rakkin brachte einen Topf mit einer lauwarmen Suppe, in der seltsame Stücke schwammen. Jeder bekam einen Löffel, und alle aßen gleichzeitig aus dem großen Topf. Nach dem Fraß auf Schiff fand Linn dieses beunruhigend aussehende Gericht unerwartet köstlich.

Nival erheiterte die beiden Ghenaier mit einer Beschreibung ihrer Reise, wobei er Linns Elend für seine Geschichte voll und ganz ausnutzte und, wie sie insgeheim zähneknirschend dachte, dabei sogar noch übertrieb.

Sikken wischte sich Lachtränen aus den Augen. »Warum, wenn ich fragen darf, seid Ihr denn auf dieses Schiff gegangen?«

Nival wurde wieder ernst. »Wir suchen Magie.«

»Magie«, wiederholte der Alte trocken. »Im Ernst? Auf dem Meer, oder hier in Ghenai? Magie ist in allem, was lebt und wächst. Jedes Blatt enthält die Kraft der Sonne und die Anmut des Windes und die Ruhe der Erde. Man muss nur wissen, was man wofür verwendet. Doch was könnte es auf dem Meer geben, das zum Zaubern dient?«

»Ihr seid ein Kräuterzauberer?«, fragte Nival.

»Was ist das?«, wollte Linn wissen. »Kräuter? Braucht man nicht Dinge von Drachen? Schuppen, Hörner, Drachenstaub?«

»So zaubert man in den südlichen Ländern. Ja, davon habe

ich gehört. Doch hier folgen wir den alten Wegen. Wir nehmen nichts von den Drachen. Wozu auch? Das ganze Land gehört uns. Ich fürchte, wenn ihr hier seid, um unsere Geheimnisse zu stehlen, werden wir euch nicht weiterhelfen können.«

»Nein.« Linn hob abwehrend die Hände. »Nein, darauf sind wir nicht aus. Es geht uns nicht um Kräuter, sondern um Drachen. Ich habe gar nicht gewusst, dass man auch mit Blättern zaubern kann. Sie tragen Magie in sich? Wie das?« Sie wollte sich zwar nicht von ihrem eigentlichen Anliegen abbringen lassen, aber dieser Aspekt interessierte sie.

»Die Kraft der Sonne«, wiederholte Sikken geduldig. »Die Anmut des Windes. Die Ruhe der Erde. Soll ich Euch etwa während einer Mahlzeit erklären, wofür die Besten von uns Jahre benötigen? Bleibt bei euren Drachen. Die es hier übrigens nicht gibt. Man sieht sie hin und wieder, wenn sie das Meer überfliegen, manchmal kreisen ein paar oben am Berg in den Wolken, doch wir können nicht erlauben, dass ihr sie hier jagt und einen Krieg zwischen Menschen und Drachen entfesselt. Wir lassen sie in Ruhe und sie uns.«

»Ein Drachenfriedhof auf dem Meeresgrund«, sagte Nival. »Habt Ihr je davon gehört?«

Sikken starrte ihn an. »So etwas soll es geben? Ah, ich verstehe. Wenn ihr die Schuppen toter Drachen zum Zaubern braucht, wäre das für euch natürlich wie ein großer Markt, auf dem alle Waren umsonst angeboten werden. Dafür kann man sogar die Seekrankheit in Kauf nehmen … Doch ich muss Euch enttäuschen. Von einem Drachengrab im Meer ist mir nichts bekannt.«

Er wandte sich an seinen Sohn, und sie unterhielten sich eine Weile in ihrer eigenen Sprache.

»Nein, auch Rakkin ist dieser Gedanke neu. Täglich tauchen er und seine Freunde nach Korallen. Sie hätten es gesehen, wenn auf dem Meeresgrund Drachen liegen würden.«

»Korallen, das waren diese bunten Wurzeln? Aber auch die Drachen haben teilweise sehr ungewöhnliche Farben. Vielleicht kann man sie dort unten nicht so gut sehen, zwischen all den Korallen?«

»Wir wissen durchaus, wie Drachen aussehen.«

Linn seufzte. Nein, so schnell konnte sie nicht aufgeben. »Wo gibt es diese Korallen?«

»Unsere Tauchplätze verraten wir nicht an Fremde«, beschied Sikken ihnen.

Er klang jedoch nicht unfreundlich; dass sie damit nichts anfangen konnten, musste ihm bewusst sein. Außerdem hatten sie sein Interesse geweckt, das merkte Linn deutlich. Er beugte sich vor und schob den Suppentopf wieder zu ihnen hin.

»Auch wenn Ihr mit Kräutern zaubert, müsstet Ihr auf irgendeine Art Magie spüren können?«, fragte sie. »Ich weiß nichts über Eure Zauberei, aber wie erkennt man, welche Pflanze man wofür benutzen kann, wenn man nicht ein Gefühl dafür hat?«

»Ich sagte bereits, wir lernen es viele Jahre lang.« Aber in seinen Augen lag ein Funkeln, das ihr verriet, dass sie auf der richtigen Spur war.

»Magisches Blut«, sagte sie leise. »Beim einen schwach, beim anderen stark. Ihr könnt Magie fühlen, nicht wahr? Natürlich muss man einiges lernen, aber es waren die Lehrer, die zuerst auf ihr Gefühl gehört haben, die, vielleicht aufgrund von Gefahr oder Not, es wagen mussten, der Magie zu folgen ... Seid Ihr je einem Drachen begegnet? Habt Ihr gespürt, was er ist? Wenn Ihr uns verbietet, sie zu jagen, dann deshalb, habe ich recht?«

Sikken schwieg lange. Dann sagte er: »Die Beziehung unseres Volkes zu den Drachen ist seit je von Achtung und Respekt gekennzeichnet. Wir würden es nie wagen, sie anzutasten.«

»Dann würdet Ihr auch ihren Friedhof durch Stillschweigen schützen? Wir sind keine Leichenfledderer. Wir suchen einen bestimmten Drachen, und wir brauchen nur eine einzige Schuppe. Außerdem war es der König der Drachen, der uns den Auftrag gab, danach zu suchen.«

Sikken ließ sich das Gehörte durch den Kopf gehen. »Es gibt Gerüchte«, sagte er schließlich. »Von Drachen, die schwerfällig flogen, dem Ende nahe, und ins Meer stürzten. Von Drachen, die im Mondlicht fliegen, körperlosen Drachen, die durch Schiffe hindurchschweben ... Schiffbrüchige haben sie gesehen, Drachen, die weder zum Himmel noch zur Erde gehören, die nur aus Licht geschaffen sind ... Ja, es heißt, sie hätten einen Ort, an dem ihre Seelen frei werden, zu einem Flug über die Wolken hinaus. Doch niemand weiß, wo dieser Ort sich befindet.«

Linn nickte langsam. Sie glaubte ihm.

»Auf all Euren Fahrten über das Meer hattet Ihr nie das Gefühl, Euch dieser Stelle zu nähern? Hattet Ihr auf offener See nie starke Magie, Drachenmagie bemerkt?«

»Habt Ihr eine Ahnung davon, wie tief dieses Meer ist?«, fragte er zurück. »Ich habe tatsächlich schon einmal eine Schuppe in der Hand gehalten, die Schuppe eines toten Drachen. Doch ihre Kraft habe ich erst gespürt, als ich die Finger darum schloss und meine Aufmerksamkeit darauf richtete. Ein Drache unter einem Berg aus Wasser könnte niemals so viel Magie verströmen, dass ein Zauberer oben auf einem Schiff es wahrnehmen kann.«

»Doch wenn es mehrere Dutzend wären? Hunderte? Tausende?«

Sikken wiegte nachdenklich den Kopf und beriet sich erneut mit seinem Sohn.

»Ich habe ihn gefragt, ob er jemals so etwas verspürt hat, doch er verneint«, sagte er dann. »Das wiederum wundert uns beide. Wenn Eure Vermutung stimmt und es einen solchen Friedhof gibt, warum wissen wir dann nichts davon? Ich bin auf allen Routen durch dieses Meer gefahren und nie auf eine Quelle von Magie gestoßen.«

»Vielleicht liegt der Ort jenseits aller Schiffsrouten?«, vermutete Nival.

»Woher kommen dann die Geschichten von geisterhaften Drachen, die durch Schiffe fliegen?«, hielt Linn dagegen. »Zu weit abseits kann es doch eigentlich nicht sein. Ihr habt auch von Schiffbrüchigen erzählt, die solche Geisterdrachen gesehen haben wollen.«

»Schiffe gehen unter, wenn sie vom Kurs abkommen«, sagte Sikken. »Das würde dafür sprechen, dass Euer Friedhof sich jenseits der üblichen Schifffahrtswege befindet. Aber in dem Fall werdet Ihr ihn nie finden.«

Eine Weile widmeten sie sich wieder abwechselnd dem Eintopf, der inzwischen kalt war, was ihm jedoch nicht unbedingt schadete.

»Habt Ihr eine Karte?«, fragte Linn. »Vom Meer? Von gefährlichen Klippen beispielsweise, wo es häufiger zu Unglücken kommt?«

»Das sind geheime Karten«, sagte Sikken. »Allerdings seid Ihr keine Spione und werdet sie sicherlich sofort danach wieder vergessen.«

»Natürlich«, sagte Nival lächelnd.

Der Alte erhob sich ächzend und verschwand wieder hinter dem Vorhang. Wenig später kam er zurück, stellte den Topf zur Seite und breitete eine Rolle auf dem Boden aus.

Das Stille Meer. Ghenai. Die anliegenden Küstenländer. Das offene Meer und die Häfen bis hinunter nach Werlis.

»Hier blüht der Handel.« Mit dem Finger malte er Linien von einer Hafenstadt zur anderen, verband Werlis und die südlichen Inseln mit Lonar, Ghenai mit Tijoa und Jagor, Hak mit Bet-Jar.

»Die kleinen Inseln oberhalb von Berat werden von Fischern bewohnt, da ist nicht viel zu holen. Vielleicht liegt dort irgendwo das Totenreich der Drachen?«

»Was sind das für Kreise?« Linn deutete auf ein paar Kringel, die unterhalb der Insel Ghenai und westlich davon eingezeichnet waren.

»Die Todesstrudel? Die machen die Einfahrt ins Stille Meer gefährlich, nur erfahrene Kapitäne wagen sich an die Route zwischen beiden hindurch. Die meisten wählen allerdings den Weg an der lonarischen Küste entlang oder nördlich über die Küstengewässer von Bet-Jar.«

Er begegnete ihrem fragenden Blick. »Nein, junge Dame. Diese Strudel werden durch die unterseeischen Aktivitäten unseres Vulkans verursacht. Der nördliche entstand vor ungefähr tausend Jahren, als wir hier einen Ausbruch hatten, der südliche existiert, seit es dic Insel gibt.«

»Ihr glaubt, dass es der Vulkan ist«, sagte Linn. »War irgendwann jemand dort unten?«

»Ob jemand dort unten war?«, fragte Sikken entsetzt. »Wir umfahren sie so weit wie möglich!«

»Es kommt aber vor, dass ein Schiff zu nah herangerät und untergeht?«, hakte Nival nach. »Könnten das vielleicht die Schiffsbrüchigen sein, die die wilden Geschichten erzählen?«

»Es gibt selten Überlebende, wenn so etwas geschieht«, sagte der alte Seefahrer leise. »Wir sprechen nicht gerne über die Todesstrudel.«

»Wenn niemand sich in ihre Nähe wagt, kann auch niemand die Magie spüren«, meinte Linn.

»Könnte die Drachenmagie so viel Wasser in Bewegung versetzen?«, fragte Nival und betrachtete die Karte fasziniert.

Linn beobachtete, wie seine schlanken Hände eine ganz andere Route nachzogen, und sie fragte sich, ob das der Weg sein könnte, den er selbst gegangen war, mit seiner Gauklerfamilie. Ein weiter Weg, der in Lanhannat begann und in Lanhannat endete.

Die beiden Ghenaier waren blass geworden. »Wir haben nie daran gezweifelt, dass der Vulkan das Meer in Bewegung setzt«, sagte der ältere.

»Der neuere Strudel, von dem Ihr gesprochen habt, der mit den ungefähr tausend Jahren … waren es wirklich tausend oder eher achthundert?«

»Der Vulkan brach vor über neunhundert Jahren aus, das war seine letzte größere Aktivität, abgesehen von wenigen kleineren danach. Der Strudel entstand den Berichten zufolge eine ganze Weile später. Wir hatten nie Zweifel«, wiederholte er, immer noch fassungslos. »Es gab gar keinen Grund dazu. Aber warum … warum zwei? Haben sie dort einen neuen Friedhof angelegt?«

»Wie kommen wir dorthin?«, fragte Nival.

»Ihr werdet keinen Seefahrer finden, der sein Schiff auf den Meeresgrund setzt, nur damit Ihr Euch dort nach Drachen umschauen könnt. Das würde wenig Sinn ergeben – zu sterben, um nach den Toten zu sehen. Wir sprechen hier nicht von einer kleinen Strömung, die einen unachtsamen Steuermann vor die Klippen schmettert, sondern von einem Krater, so groß wie diese Insel. Von einer Gewalt, gegen die ein Schiff nicht mehr ist als eine Fliege im Sturm. Man wird hinuntergerissen, und selbst wenn jemand das überleben sollte und den Meeresgrund zu sehen bekommt – keine Macht der Welt könnte ihn je wieder nach oben bringen. Ich fürchte, Eure Reise ist hier zu Ende.«

»Gibt es in Ghenai nicht die besten Taucher der Welt?«, fragte Linn herausfordernd.

»Wir sind ein Volk, das mit dem Meer lebt«, gab Sikken zurück. »Wir kennen es. Wir gehen mit ihm um wie auch mit den Drachen: Respektieren wir es, dann respektiert es uns. Ihm den Krieg zu erklären bringt nichts, darunter hätten nur wir zu leiden. Der weise Mensch kennt seine Grenzen. Man kann sich den Todesstrudeln nicht nähern. Sie reißen jedes Schiff in den Abgrund.«

»Vielleicht doch«, sagte Linn. »Wir bräuchten allerdings einen Zauberer dafür. Dort unten liegt möglicherweise die stärkste Magie, die es gibt – ein einziger Drache verursacht diese gewaltige Strömung! Stellt Euch das einmal vor! Wenn dieser zweite Strudel das Grab eines ValaNaik ist, dann wisst Ihr, um was für eine starke Kraft es geht. Angenommen, wir könnten lebend dort ankommen. Angenommen, wir könnten dem toten Drachen auf dem Meeresgrund ein paar Schuppen entreißen – sagen wir zwei. Eine davon benötigen wir später. Die andere könnte uns, mit dem richtigen Zauber belegt, wieder nach oben tragen. Wir brauchen nur einen Magier, der die Schuppe verzaubern kann. Er muss nicht einmal besonders stark sein.«

Sie hielt Sikkens Kopfschütteln aus. Die Augen des jungen Rakkin blitzten – er verstand bestimmt viel mehr von ihrem Gespräch, als er bisher zugegeben hatte.

»Es ist Wahnsinn«, sagte der erfahrene Seemann.

»Das ist es nicht. Ein Risiko, natürlich. Ein Spiel, das man auch verlieren könnte. Aber es klingt machbar. Vorausgesetzt, jemand bringt uns dorthin.«

»Vergesst es«, sagte Sikken streng. »Mit einer Gewalt wie dieser legt man sich nicht an. Das Meer bestraft jeden unerbittlich, der glaubt, es austricksen zu können. Ich gewähre euch Gastfreundschaft für diese Nacht, doch morgen solltet ihr wieder auf das Schiff gehen, das euch hergebracht hat.«

Die Mahlzeit war beendet. Sie erhoben sich von den weißen Stühlen.

»Was war in der Suppe?«, fragte Linn.

»Wie meint Ihr das?«

»Die Drachenzauberer kennen ein Wort, mit dem man jemanden zwingen kann, die Wahrheit zu sagen. Bei euch Kräuterzauberern wird es sicherlich etwas Ähnliches geben.«

»Was veranlasst Euch zu der Annahme, ich hätte einen Zauber eingesetzt?«, fragte Sikken.

»Ihr habt kein einziges Mal an unseren Worten gezweifelt«, sagte sie.

Er lächelte. »Dort hinter dem Vorhang sind Matten und Decken, die Ihr benutzen könnt. Eine gute Nacht.«

Zuerst wusste Linn nicht, was sie geweckt hatte. Dann erkannte sie Rakkin. Nival packte schon ihre Sachen zusammen.

»Leise«, flüsterte der junge Ghenaier. »Kommt mit.«

Sie schlichen aus dem Haus. Über dem Berg ging die Sonne auf und tauchte den Himmel in ein blasses Rosa.

»Wir sollten uns beeilen«, sagte Rakkin. »Mein Vater bringt es fertig, uns alle seine Freunde hinterherzuhetzen, um mich zu retten.«

»Euch zu retten?«

»Vor dieser übergroßen Dummheit, die Ihr mir eingeredet habt.« Er grinste. »Wenn er nicht sogar glaubt, Ihr hättet mich bedroht oder entführt. Er ist sich nicht darüber im Klaren, dass ich besser Schennisch spreche als er.«

»Warum helft Ihr uns?«, fragte Nival, während sie hinter Rakkin her zum Bootsanleger hasteten.

»Ihr habt nichts als die Wahrheit gesagt. Über Euer Ziel und wie man es erreichen könnte. Wie kann man sich so eine Gelegenheit entgehen lassen, auf den Grund des Meeres zu blicken? Dort unten müssen Dutzende von Schiffswracks liegen. Schätze, deren Reichtum alles übersteigt, was man hier an Korallen aus den Riffs ernten kann.«

Er führte sie an drei großen Schiffen vorbei, die im Hafen lagen, dorthin, wo die kleineren Boote der Taucher am flach abfallenden Strand im niedrigen Gras warteten. Boote wie diese hatte Linn noch nie gesehen. Nicht, dass sie sich mit dergleichen ausgekannt hätte, aber in Wondun hatten sie eine Weile verbracht, bevor sich die Mitfahrgelegenheit ergeben hatte, und sie hatte ein paar Tage lang die Fischer beim Ausfahren beobachten können. Dass Boote aus Holz gefertigt waren, hatte sie inzwischen als selbstverständlich angenommen.

Diese hier ähnelten jedoch den Häusern, in denen die Ghenai lebten; jetzt beschlich Linn der Verdacht, dass es sich um umgedrehte Boote gehandelt hatte – aus feinen weißen Gräten, die sanft gebogen waren; die Haut dazwischen, fast durchsichtig, gehörte vielleicht zu irgendeinem Fisch oder Seetier. Rakkins Boot war so leicht, dass er und Nival es trotz seiner Größe gemeinsam ins Wasser heben konnten, und nachdem sie alle eingestiegen waren, entfaltete der junge Taucher ein überraschend großes Segel, das der Schwanzflosse eines Fisches glich. Das Boot schoss davon, und Linn seufzte ergeben.

26

Unter der Wasseroberfläche war die Bootswand durchsichtig. Schwärme von Fischen glitten unter ihren Füßen hinweg.

Rakkin lächelte stolz. »Seht ihr die Korallenbänke dort unten?«

Linn kniff die Augen zusammen. Was dort in der Tiefe lag, viele Gildreks unter ihnen, schien eher ein Wald zu sein, dunkel und geheimnisvoll. Durch die Wipfel huschten bunte Vögel. Sie kam sich wie ein Drache vor, der über die Welt flog und alles von oben herab betrachtete. Rakkin erzählte davon, wie er und seine Freunde Korallen ernteten, wie sie Perlen fanden, und er lachte, als er von einem goldenen Fisch berichtete, der ihm überallhin folgte, sobald sie einander im Wasser trafen. Eine Welt tat sich auf, von der sie nichts gewusst hatte. Die Sonne stieg höher, und Rakkin verstellte das Segel so, dass sie Schatten hatten, während der Wind sie vorwärtstrieb. Dass es ihr erstaunlich gut ging, obwohl sie wieder in einem Boot saß, fiel Linn erst auf, als der Ghenaier den Proviant verteilte und sie tatsächlich etwas essen konnte.

»Warum ist mir eigentlich nicht schlecht?«, fragte sie verwundert und merkte, wie Rakkins Augen belustigt funkelten.

»Ihr habt in meinem Haus gegessen, nicht wahr?«, fragte er zurück.

»Das ist ein … Kräuterzauber?«

»Natürlich. Wir verwenden sie für alles und jedes. Ich wusste, dass Ihr ein Problem mit dem Meer habt, also habe ich ein wenig Salz hinzugefügt, das wir Wellenfreund nennen.«

»Das ist eine Art Heilung!«, stellte sie fest. »Schwächt Euch das nicht?«

Er starrte sie verwirrt an, und sie bemühte sich, ihm zu erklären, wie die Worte der Drachenmagie auf der Zunge brannten, wie ein Zauberer schwach wurde, wenn die Silben, die er benutzte, zu stark waren.

Verwundert schüttelte Rakkin den Kopf. »Die Kraft befindet sich in den Pflanzen. Sie haben die Sonne getrunken, den Wind gesammelt, die Erde gegessen. Warum sollte es mich schwächen, wenn ich ihre Kraft nutze?«

Während er von seiner Magie erzählte, war es Linn fast, als könnte sie es spüren. Der Wind in ihrem Gesicht war wie der Atem eines Drachen, die Sonne wie sein Feuer, der schwankende Boden, auf dem sie kniete, hatte nichts von der Ruhe der Erde, doch auf einmal kam ihr der Gedanke, dass Rakkin, wenn er »Ruhe« sagte, etwas anderes meinte, etwas, das mit Unbewegtheit nichts zu tun hatte; dass die Leute, die im Schatten eines rauchenden Vulkans lebten, sehr wohl die Kraft der Erde kannten, Erdbeben und Tage, an denen selbst der vormals feste Grund Wellen schlug. Einen Moment lang war ihr, als könnte sie es verstehen, was dieses Wort bedeutete, dieses Wissen, das nichts damit zu tun hatte, in welcher Sprache man davon redete …

Dann entglitt ihr alles, als Rakkin fragte: »Wer von euch wird den Zauber wirken, der uns aus dem Strudel retten soll?«

Linn und Nival sahen sich an. Dieser Frage waren sie bisher ausgewichen, und auf einmal erfasste Linn eine brennende Vorfreude, als sie sich vorstellte, wie es sein würde zu zaubern. Eben noch hatte sie das Gefühl gehabt, als wäre die Magie greifbar, von überall, und vielleicht hieß das, dass ihr magisches Blut sich langsam erholte. Um eine so machtvolle Schuppe wie die eines ValaNaik zu benutzen reichte wahrscheinlich ein Funke Zauberkraft.

Nival musterte sie besorgt. »Hat deine Kraft sich erholt?«

»Ich weiß es nicht«, sagte sie ehrlich. »Ich weiß ja nicht einmal, ob das überhaupt möglich ist. Gah Ran war der Meinung, dass das in Steinhag passieren könnte.«

Plötzlich hatte sie ein Bild vor Augen: Nival, wie er in Moras Küche den *Caness*-Zauber sprach, wütend und ungeduldig. Und ein zweites: Nival, wie er auf dem Dachboden versuchte, sein Wurfmesser zu verzaubern. Dass es ihm nicht gelungen war, hatte ihr das Leben gerettet. *Verzauberte Messer treffen immer ins Herz …*

»Du solltest es tun«, sagte sie.

»Aber …«

Dachte er, sie wüsste es nicht? Wie sehr er sich immer danach gesehnt hatte zu zaubern, wie er mit seiner Unfähigkeit gekämpft hatte?

»Du kannst *Caness.* Ein wenig magisches Blut hast auch du. Das reicht.«

»Für einen Zauber dieser Art?«, zweifelte er. »Wenn das Wort zu stark ist, kann es mich töten.«

»Ja, so ist es auch. Aber im Moment bist du stärker als ich. Larans Schuppe wird so viel Macht in sich bergen, dass sie dein Unvermögen bei weitem ausgleicht. Ich habe miterlebt, wie mein Bruder gezaubert hat, dabei wusste ich nicht einmal, dass er Talent dazu hat. Es wird reichen, Nival. Irgendeine Art von Sicherheit gibt es bei diesem Plan sowieso nicht.«

»Wunderbar«, murmelte Rakkin, »ich hatte eigentlich gedacht, einer von euch müsste ein herausragender Zauberer sein, um auf so eine Idee zu kommen. Nun denn, wir haben noch eine ganze Nacht Zeit, um uns zu überlegen, ob wir es wagen wollen oder nicht.«

Diese Nacht erinnerte Linn an den unterirdischen See, über

dem die Sterne schienen. Auch hier sprenkelten sie den Himmel, als hätte jemand eine Schale mit Diamanten ausgeleert, und der Mond, obwohl nicht voll, sondern nur ein Halsreif aus Silber, blendete mit seinem Strahlen. Das Meer war still, eine Fläche aus schwarzem Glas, obwohl ein leichter Wind das Boot vorwärtstrieb, als wäre es ein Messer, um eine Kerbe in das Glas zu ritzen. Die Luft war erfüllt von Licht, ruhig und klar, doch gleichzeitig schien es zu tanzen, immer dort, wo man gerade nicht hinsah, in den Augenwinkeln. Dort flimmerte es, dort huschten formlose silberne Gebilde, sobald Linn allerdings den Kopf drehte, war da nichts. Sie fragte sich, ob die Geisterdrachen der Seeleute nicht doch Einbildung waren, aber manchmal war ihr, als hörte sie das Rauschen mächtiger Schwingen; ein Schatten flog durch das silberne Licht, und sie fühlte sich sehr klein und verwundbar – nur ein Mensch in einem Meer von Magie.

Am nächsten Morgen öffnete sie die Augen und stellte fest, dass sie sehr schnell unterwegs waren. Gischt spritzte ins Boot. Rakkin hatte das Segel eingeholt, doch sie schossen vorwärts, als würden sie einen reißenden Fluss befahren.

»Wir nähern uns dem Todesstrudel«, kündigte er an. Seine Augen leuchteten, und ihr kam der Gedanke, ob sie sich möglicherweise in die Hände eines Verrückten begeben hatten. Vielleicht hatte er ihnen allen auch etwas ins Essen gemischt, das ihnen die Angst nahm, denn, so stellte sie fest, sie hätte sich fürchten müssen. Stattdessen blickte sie mit gespannter Erwartung nach vorne. Dass sie in eine kreisförmige Bahn eingeschwenkt waren, war lange Zeit nicht zu merken, doch irgendwann wurden die Kreise enger, während sie noch mehr Fahrt aufnahmen, und vor ihnen wurde das Meer dunkler, als hätte sich dort ein Loch aufgetan, um die ganze Welt zu verschlingen.

»Das können wir unmöglich überleben«, sagte Nival, auch

sein Gesicht ohne Anzeichen von Angst. Der Wind ließ seine Haare flattern, und durch ihre Vorfreude hindurch erfasste Linn ein altvertrautes Gefühl. Es war, als müsste sie durch alle Widerstände zu ihrer Angst zurückfinden, ihn zu verlieren.

Hinter ihnen lachte Rakkin hell auf, aber Linn griff nach Nivals Hand. »Falls es schiefgeht …«

Sein Lächeln erinnerte sie an den Mond, der den Himmel erleuchtet hatte, geheimnisvoll und von tiefem Ernst erfüllt.

»Wie ein Blatt im Wind«, flüsterte er. »Wie ein Boot im Sturm. Wie ein Drache im Flug, und die Funken verglühen, während sie tanzen. Das ist unser Drache, meine liebste Jägerin, unser Drache dort unten. Laran, der Held, den wir Jahr für Jahr bejubelt haben. Wir haben auf ihn gewartet, wie alle anderen in Schenn, und dabei wartet er hier auf uns. Ist es nicht an der Zeit, ihm unsere Ehrerbietung zu erweisen?« Er warf die Hände in die Luft und schrie: »Prinz, o mein Prinz, wir kommen!«

Der Schlund öffnete sich vor ihnen.

»Legt euch auf den Boden!«, rief Rakkin, und dann tat er etwas Erstaunliches: Er schloss die Bootswände über ihnen, sodass sie wie in einer durchsichtigen Kapsel saßen, in einem hohlen Fisch, der hüpfend in den großen Kreisel eintauchte. So viel Schaum und Gischt war um sie her, dass Linn die Dunkelheit, die sie in rasender Geschwindigkeit umkreisten, nur erahnen konnte, diesen Abgrund, der sie in sich hineinsog, ein Sturm, wie sie ihn einige Male selbst entfesselt hatte, damals noch aus Staub oder Schlamm, doch diesmal aus Wasser und Nacht.

»Wir kommen!«, rief Nival. »Warte auf uns, mein Prinz, mein Held, großer Drachentöter! O wunderbarer Drache!«

Immer tiefer hinunter ging es, immer schneller, während die Zeit stillzustehen schien, während das Meer über ihnen wuchs wie ein Berg und sie sich dem Grund des Meeres näherten, dem Ende aller Dinge – Larans Grab.

Dann war auf einmal alles dunkel. Fielen sie? Schwebten sie? Oder hatten sie aufgehört, sich zu bewegen? Die Stille war so umfassend, so groß und schwer, dass Linns Ohren schmerzten.

Hier, bei mir … Nicht in Jagor, nicht in Tijoa, nicht in Schenn. Hier, bei mir, hier …

Sie hörte die Worte in ihrem Herzen, und eine unerklärliche Ehrfurcht ergriff sie.

»O mein Prinz«, flüsterte Nival, Jubel zitterte in seiner Stimme, »mein herrlicher Prinz.«

Licht glomm vor ihnen auf. Ganz langsam – oder war es schon die ganze Zeit dagewesen? Durch die Wände des Bootes, die wie aus Glas waren, sah Linn hinaus in eine fremde, stille Welt.

Dort lagen die Schiffswracks, auf die Rakkin sich so gefreut hatte. Kaum eins von ihnen schien beschädigt. Es sah aus, als hätten sie hier auch einen Schiffsfriedhof gefunden – überall auf dem weiten Meeresgrund verstreut lagen sie, auf der Seite oder stolz aufgerichtet, hier und da waren sogar noch die Segel intakt und blähten sich in einer unsichtbaren Brise. Doch Linns Augen wurden von etwas anderem angezogen, von der Quelle der Stille und des Sturms, der Magie und des Lichtes, des Brausens und der Dunkelheit. Auf dem Grund, den Sand und Goldmünzen bedeckten, Schätze, die ein Schiff nach dem anderen hier verloren hatte, lag ein Drache.

Er schien zu schlafen, eingerollt wie eine Katze, die Flügel angelegt. Nachtschwarz war er, schwärzer als der Nachthimmel, dunkler als die finsterste See, ein Drache, größer als jeder andere, von einer Magie überschattet, die ihr wie heiße Süße durchs Herz flutete. Er war schön wie ein Gott, und sie verstand, warum Dairan ihn nicht hatte verbrennen können, warum er ihn hergebracht hatte, sein totes Kind, das er in ein Bett aus Gold legte und mit dem Meer zudeckte, unter dem Mond und den Sternen. Vor seinen gewaltigen Pranken, mit denen er die Sonne vom Himmel hätte holen können, lag eine goldene Maske, wie ein Spielzeug, das ein Vater seinem Sohn für bessere Träume überlässt.

»Lar Ran ValaNaik«, flüsterte sie.

Nicht am Ende der Welt, nicht am Ende der Reise, sondern hier, vor dir, von Angesicht zu Angesicht … Drachenprinz, der die Welt in Flammen aufgehen ließ.

In diesem Moment zerbrach die Kapsel.

Es geschah ohne Vorwarnung. Eben noch hatte die schützende Hülle die drei Menschen umgeben, sie hatten Luft geatmet und der Stille zugehört, und kein einziges Mal hatte sie darüber nachgedacht, ob Rakkin dafür einen Zauber benutzte, der verfliegen könnte. Dann war da nur noch Wasser. Kälte. Nach wie vor konnte Linn alles sehen, nach wie vor waren die Schiffe da und das Gold und der schwarze Berg von einem Drachen, dann verwandelte sich alles in ein einziges großes Grab, in dem sie mit ihm eingeschlossen waren.

Nival berührte ihr Gesicht. Seine Haare wogten wie Algen um ihn her. Sie wollte lachen, so fremdartig sah er aus, die grüne Maske über den Augen. Gold rann ihm in Bächen über die Haut. Seine Lippen bewegten sich.

Caness, dachte sie. *Drachenstaub. Dairans Drachenstaub.*

Warum denke ich das? Bin ich nicht tot? Was hat Nival damit angestellt?

Sie sah, wie Nival auf den Drachen zuschwamm, wunderte sich über das Gefühl, das auf ihren Wangen zurückgeblieben war, und tastete danach. Goldstaub flirrte durch das Wasser. Auch sie trug eine Maske, eine andere, die nicht weich war, sondern glatt und fest.

Nival hatte inzwischen den toten Laran erreicht. Mit bloßen Händen berührte er den gewaltigen Leib, und sie dachte: *Nicht einmal eine Dornlanze könnte etwas gegen ihn ausrichten. Wir dürfen nicht …* Doch dann sah sie, wie Nival eine Schuppe in der Hand hielt, glänzend schwarz wie geschmolzene Nacht.

»*Hier bin ich*«, flüsterte die Stimme in ihrem Herzen. »*Hier. Wer bist du, Mädchen? Willst du singen? Willst du tanzen? Willst du Träume, willst du die Bilder sehen und alles verstehen? Hier bin ich. Du und ich. Wir.*«

Was?, wollte sie fragen. Wer spricht da?

Sie hatte nicht einmal gemerkt, dass sie näher geschwommen war, vielleicht hatte die Strömung sie zu ihm getragen, so wie alles zu dem ValaNaik getragen wurde, alles Gold, sämtliche Schätze, weshalb sie sich um ihn häuften wie ein Bett, das immer weicher und goldener wurde. Die Toten mussten um ihn herumtanzen und für ihn singen … Hatte die Stimme das gemeint?

Linn streckte die Hand aus und legte sie auf den schwarzen Panzer, der ihr auf einmal nicht mehr dunkel vorkam, sondern wie ein Spiegel. Irgendjemand weinte in einem dunklen Zimmer, im Labyrinth, jemand weinte bitterlich, untröstlich.

Der Letzte der ValaNaik. Du bist der Letzte. O mein Sohn, mein Sohn …

Eine andere Stimme wisperte, eine Stimme, die ernst war und dennoch lachte, die feierlich klang und dennoch vergnügt: »*Wollen wir tanzen? Für ihn und für sie alle? Schau ins Mondlicht, bis du blind bist für den Tag. Wollen wir nicht spielen? Was setzt du? Dein Herz, dein Leben, die Welt? Komm. Weine nicht, komm.*«

Jikesch?, wollte sie fragen. Bist du das?

Auf ihrer Zunge zitterte ein Zauber. Auf einmal wusste sie, dass der Tod zu ihr sprach. Die Schuppe löste sich so leicht wie ein Blatt vom Baum, und sie hielt sie in der Hand, verwundert, wie ein Stück vom Nachthimmel.

»Wollen wir spielen? Was setzt du, mein Mädchen? So viele Bänder in deinem Haar, gib mir eins davon.«

»Nein«, sagte sie innerlich, *»nein«*, und instinktiv sprach sie den Zauber aus, der ihr immer am nächsten gewesen war: *»Pai Ri Ko Res.«*

Der Wirbel trug Linn nach oben. Wasser und Dunkelheit und Magie, durchzogen von Gold und Licht, eine Kraft, die sie umfing, die mit ihr tanzte, sie beherrschte und doch fügsam war wie ein wildes Pferd, das seine Herrin über alles liebte.

Auf einmal war der Himmel wieder da, über ihr, ein blendendes Blau. Neben ihr tauchte Nival auf, er schoss aus dem Wasser wie ein springender Fisch und landete mit einem lauten Platschen neben ihr. Er schnappte nach Luft, dann lag er auf dem Rücken und ließ sich von den Wellen tragen und schaute nach oben, mit dem verwunderten Blick eines neugeborenen Säuglings.

Linn trat Wasser. Sie versuchte zu erkennen, wo sie waren. Die Strömung zog sanft an ihnen. Irgendwo da vorne musste der Todesstrudel sein.

»Wie schön, dass du über deinen eigenen Wirbel verfügst«, sagte Nival. »Ein Wirbel, wirbeliger als diese Locke, die mir stets die Frisur ruiniert. Musst du mir denn immer zuvorkommen mit deiner Zauberei?«

»Dein Zauber hat bewirkt, dass wir dort unten bleiben konnten«, sagte sie, »aber es war an der Zeit wiederaufzutauchen.«

Sie schwiegen eine Weile, noch kam ihnen all dies vor wie ein Traum.

»Wo ist Rakkin?«, fragte Linn leise.

»Er ist tot«, sagte Nival. »Hast du nicht gemerkt, dass auch der Tod dort unten war? Wie könnte man ihn ausschließen, von einem Drachenfriedhof? Ein goldenes Bett für den ungeratenen Sohn. Ach, dieser Dairan! Musste er das ganze Meer in Unordnung bringen und die Seefahrt stören und tausend Schiffe versenken, nur um diesem schwarzen Ungeheuer ein angemessenes Grab zu bereiten? Haben die beiden nicht genug angestellt zu Lebzeiten, mussten sie die ganze Welt mitreißen in ihren Tod? Eingebildet sind sie alle, die ValaNaiks, beinahe wie die Götter, ich fürchte, dagegen lässt sich nichts machen.«

Linn fühlte, wie ihre Beine müde wurden im kalten Wasser. Der Himmel kam ihr auf einmal sehr fern und sehr leer vor.

»Du hast nicht zufällig noch eine Schuppe mitgebracht, um uns von hier zu retten?«

Nival reichte ihr einen glänzenden Stein. Er war schwarz wie Kohle. In nichts ähnelte er der grünen Schuppe Dairans, in der sich Erde und Himmel begrüßt hatten. Diese verbarg ihre Macht, sie war kühl und verschlossen wie eine Muschel, in der sich vielleicht eine Perle befand und vielleicht auch nicht, dabei tobte in ihrer Mitte ein Sturm, der die Macht hatte, die Welt in Stücke zu reißen.

»Wenn wir sie benutzen, um uns zu retten, war alles umsonst«, sagte er. »Doch wenn wir untergehen, ebenfalls. Solche Spiele kann sich nur Barradas ausdenken! Was wollen wir tun?«

»Ich hatte nicht erwartet, dass wir das Boot verlieren«, sagte Linn. »Nein, ich habe überhaupt nichts von dem erwartet, was da unten passiert ist. Ich dachte nicht, dass ich den Himmel jemals wieder über mir sehen würde. Was hast du da gezaubert, Nival? Konnte ich mit der Maske atmen, oder brauchte ich gar nicht zu atmen? Was ist das überhaupt?« Sie tastete wieder nach ihrem Gesicht.

»Spiel mit mir … Dein Einsatz? Welches Lied wirfst du in die Waagschale, welchen Sommer breitest du vor mir aus, Drachenmädchen?«

Waren sie dem Tod nicht entkommen? Wer sprach da zu ihr?

»Ich habe die grüne aufgesetzt, als ich merkte, dass Rakkins kleiner Zauber nicht hält. Dann fiel mir ein Wort ein. *Zahija.* Ich glaube, es heißt atmen? Es kam mir einfach in den Sinn, und ich habe es ausgesprochen.«

»O Arajas«, flüsterte sie. »Dieses Wort? Das hast du benutzt?« *Zahija* hatte sie in die Knie gezwungen, und ihr Talent war ziemlich groß gewesen. Nival, dem es nie gelungen war, größere Zauber zu wirken als *Caness,* hätte es zweifellos getötet, wenn er nicht ausgerechnet den Staub eines ValaNaik dafür verwendet hätte.

»Ja«, sagte er schlicht. »Ich brauchte etwas, um das Wort zu verankern – meine Maske. Für dich habe ich nach dem nächstbesten gegriffen, nach dieser Maske zwischen Larans Krallen. Aus welchem Schiff sie wohl gefallen ist? Wer würde schon eine Maske aus Gold tragen?« Er schwieg und sagte: »Für unseren Freund Rakkin wollte ich auch etwas suchen, aber ihn habe ich nicht mehr gefunden. Vielleicht ist er zu einem der Schiffe geschwommen und hat nach Schätzen Ausschau gehalten?«

»Mit einem Zauber geschützt, von dem wir nichts wissen«, meinte Linn, die sich von dieser kleinen Hoffnung, der Sohn des Seefahrers könnte doch überlebt haben, ein wenig getröstet fühlte.

»Wir kommen dem Strudel näher«, sagte Nival. »Was hat uns glauben lassen, wir könnten ihm entfliehen?«

»Tanz mit mir …«

Hatte sie etwa vergessen, wie es war, zu tanzen? Dass man sich an den Händen fasste und wieder losließ, dass der Junge das Mädchen an sich zog und wieder von sich stieß?

Ein Schatten schob sich vor die Sonne. Das Rauschen von Flügeln mischte sich in das Brüllen des Mahlstroms. Das Wasser klammerte sich an sie und gab sie doch wieder frei, als Klauen nach ihnen griffen und sie emporrissen.

Der Drache ließ Linn ins Gras fallen. Schmerzhaft rollte sie über Steine. Etwas Blaugrünes verdeckte den Himmel.

Hatte sie gedacht, es sei Gah Ran? Immer war er es gewesen, der aus den Wolken zu ihr kam, doch heute war es Ojia Ban.

Der Drache sah zu, wie sie und Nival sich aufrappelten. »Da bin ich wieder«, verkündete er munter. »Ihr dachtet wohl, ihr wärt mich losgeworden?«

»In der Tat, das haben wir gehofft«, gab Linn unumwunden zu. »Wie kommst du hierher?«

»Ich bin euch gefolgt«, sagte das Untier, sehr mit sich zufrieden. »Ich war da, die ganze Zeit, und habe euch nie aus den Augen gelassen. Ihr seid die Hoffnung meines Volks und damit auch meine. Zeigt mir die Schuppe! Habt ihr sie? Wer von euch?«

Linn öffnete zögernd die Faust. »Ich«, sagte sie.

Lange Zeit starrte der Drache auf die wirbelnde Schwärze in ihrer Hand. »Das ist es?«, fragte er schließlich. »Die Macht ist nicht zu spüren.«

»Ich weiß«, sagte sie. »Er ist ganz anders als Dairan. Alles an ihm ist anders. Er liegt dort unten wie … wie eine Statue aus schwarzem Marmor. Hast du sie beide gekannt?«

Sie hatte nicht vergessen, dass dieser Drache ihr Feind war. Er hatte ihr Dorf überfallen und später Bher, ihren Meister, getötet, sie hatten gegeneinander gekämpft und einander gehasst. Doch in diesem Moment, während er vor ihr stand, schien er klein zu werden, und zum ersten Mal fiel ihr ein, dass auch er vor achthundert Jahren ein Mann gewesen war. Was bedeutete es ihm, dass er diese Gestalt verloren hatte? War er wie Gah Ran verbittert und verzweifelt?

»Natürlich«, antwortete er. »Dairan, ein König, wie es nie jemanden in unserem Volk gegeben hat. Wir wären für ihn gestorben, jeder Einzelne von uns. Und Laran …« Etwas in seiner Stimme veränderte sich. »Der einzige ValaNaik, der nie König gewesen ist. Viel zu sehr Mensch, um je ein richtiger Drache zu sein.«

»Mir kam er sehr wie ein Drache vor«, meinte Nival. »Drachiger geht es kaum. Mit dem Unterschied, dass er tot ist, doch wer würde ein Ungeheuer wie das da lebend auf unserer schönen Erde haben wollen?«

»Es tut unsereins nicht gut, wie ein Mensch zu leben«, sagte Ojia Ban.

»Und Scharech-Par?«, fragte Linn, die versuchte, zwischen seinen Worten die Wahrheit darüber zu entdecken, was dieses blaugrüne Untier wirklich dachte. »Auch er war immer nur ein Mensch. Könnt ihr Drachen ihn wirklich … akzeptieren? So wie Dairan? Würdest du auch für Scharech-Par in den Tod fliegen, wenn er es befiehlt?«

»Wir haben Dairan geliebt«, sagte er. Immer noch wandte er den Blick nicht von der nachtschwarzen Schuppe ab.

»Aber diesen neuen König liebt ihr nicht?«

»Man muss nicht lieben, um zu dienen«, sagte Ojia Ban grollend. Er drehte den Hals und spähte zu dem Vulkanberg hinüber, um den sich dichte Wolken sammelten.

»Wen«, fragte Linn vorsichtig, denn sie hatte auf einmal Angst vor der Antwort, »hat er als zweite Geisel genommen?« Die ganze Fahrt über hatte sie sich gezwungen, diese Frage nicht zu stellen. Einfach nicht darüber nachzudenken. Als könnte ihre Reise anders ausgehen, als am Ende dem Feind gegenüberzutreten und ihm das Pfand seiner Macht auszuhändigen.

»Er hat nur eine«, erwiderte der Drache.

»Wie? Er hat darauf verzichtet, noch jemanden einzufangen?« Sie konnte es kaum glauben. Seit wann war Scharech-Par so freundlich?

»Arian ist tot.«

»Was?« Sie wechselte einen erschrockenen Blick mit Nival.

Ich wusste es. Ich wusste, dass er in Gefahr war, ich konnte seine Todesangst spüren … Erst jetzt fiel ihr auf, dass sie schon länger keine Angst mehr empfunden hatte. Wann hatte es aufgehört? Sie war so auf den Todesstrudel konzentriert gewesen, dass sie alles andere vergessen hatte. *Wie hätte ich ihm zu Hilfe kommen sollen? Ich bin kein Drache, der mit dem Wind fliegt.* Trotzdem verspürte sie den scharfen Stich der Schuld.

»Wen hält er an seiner Stelle fest?«

»Deinen Bruder mit dem Holzbein«, antwortete der Drache und lauerte auf ihre Reaktion. Er beobachtete Linn genau. Die goldene Maske verbarg einen Teil ihres Gesichts, doch ihre Augen mussten sie verraten haben.

»Dachte ich's mir doch«, sagte er. »Gah Ran hat ihm den richtigen Hinweis gegeben.«

Es war ein ungewohntes Gefühl, Gah Ran zu hassen. Nein, berichtigte sie sich, hatte sie ihn nicht seit ihrer Kindheit gehasst, so lange, wie sie zurückdenken konnte? War es nicht immer so gewesen – sie und Gah Ran und der schwelende Zorn, rot wie eine sengende Flamme?

»So kann man sich in anderen täuschen, nicht wahr?«, sagte Ojia Ban, und trotz ihrer Wut und den widersprüchlichen Gefühlen, die Arians Tod in ihr auslösten, nahm sie etwas wahr, das in seinen Worten mitschwang, etwas, das sie nicht erwartet hatte – ein Angebot.

»Du solltest die Schuppe holen und uns töten«, sagte sie. »Jetzt stehst du vor der Schwierigkeit, wie du das machen sollst, ohne dass wir die Schuppe zu unserer Verteidigung einsetzen. Wirst du uns mit dem Tod der Geisel drohen, damit wir dir die Schuppe einfach überlassen? Es wäre natürlich einfacher, wenn du dir so viele Schuppen holen könntest, wie du willst. Eine genügt. Eine einzige, die den Fluch aufheben kann. Du weißt jetzt, wo sie sind, also, was hindert dich daran zuzugreifen?«

»Das dachte ich auch«, sagte Ojia Ban verhalten – er wusste noch nicht, worauf sie hinauswollte. »Allerdings könnte es schwierig sein, in den Strudel zu tauchen. Sehr schwierig, ohne einen Zauber, der mich schützt. Ich schätze, ich muss euch am Leben lassen.«

»Ich sehe, wir verstehen uns.« Linn wagte sich noch einen Schritt weiter. »Ob Scharech-Par wütend wird, wenn du seine Feinde zu ihm trägst? Nein, warum sollte er? Wir haben sowieso keine Chance gegen ihn.«

»Das ist wahr«, sagte der Drache. »Ihr habt keine Chance. Wie auch? Er ist mit einem Zauber geschützt, der es unmöglich macht, ihn zu töten.«

»Jeder Zauber hat eine Schwachstelle, habe ich mir sagen lassen.«

»Was wird das?«, fragte Nival. »Er ist unser Feind, er wird uns nicht helfen.«

»Natürlich nicht«, sagte Ojia Ban. »Ich käme nie auf die Idee, meinen König zu verraten. Er hat uns jahrhundertelang in Ruhe gelassen, warum sollte es mich stören, dass er mich jetzt in seine Dienste genommen hat? Dass er mich herumschickt wie einen Boten, dass er mich behandelt wie einen Hund? Er ist ein Mensch, der sich für einen Drachen hält. Wir sind Tiere für ihn, ganz gleich, wie lautstark er herumtönt, dass wir sein Volk sind. Er behandelt uns wie Tiere. Dairan war einer von uns, geboren in Steinhag, aufgewachsen unter uns, wir haben miterlebt, wie er zum ersten Mal flog, wie er ein Mann wurde. Er hat mit uns gegessen und getrunken, sich mit uns gestritten – niemand musste Angst haben, eine andere Meinung zu äußern –, und wie jeder andere hat auch er am Schmelzofen gearbeitet. Er war sich für nichts zu schade. Er hat die Felsleute geärgert, Prinzessinnen geraubt, mit dem Schwert gekämpft … Dairan war Steinhag. Ja, wir wären für ihn in den Tod gegangen, ohne zu zögern. Ich hätte für ihn gekämpft … ich *habe* für ihn gekämpft. Er war nicht nur unser König, er war das Volk der Drachen. Selbst in seinen Fehlern wurde offenbar, wer wir sind. Aber Scharech-Par?«

Seine Stimme wurde heiserer, erfüllt von Hass und Groll.

»Für ihn bin ich nur eine Waffe! Er schickt mich aus, Dörfer und Städte zu verbrennen – o ja, ich weiß, warum du mich hasst, Linnia. Ich bin ein brennender Pfeil, der abgeschossen wurde und sein Ziel trifft und alles in Flammen aufgehen lässt. Ich bin kein Krieger mehr, sondern ein Sklave! Selbst das wäre ich gerne gewesen für jemanden wie Dairan, doch Scharech-Par trägt nicht einmal seinen Drachennamen! Was bedeutet es ihm, dass er ein Ran ist? Wie kann er darauf verzichten, sich ValaNaik zu nennen? Hat er irgendeine Ahnung davon, was ein ValaNaik ist, was ein Drache ist? Weiß er, was wir verehren und wem wir bereit sind zu dienen? Er herrscht mit der Androhung von Verbannung! Ich hasse ihn!«

Der Drache wurde immer wilder, immer zorniger, während er sprach. Funken sprühten aus seinen Nüstern, seine Augen rollten, sein Leib schien zu glühen. Seine Stimme war wie der Geruch von Asche, schwarz und bitter. »Gib mir einen König wie Dairan, und ich fliege bis zum Ende der Welt! Aber einer wie Scharech-Par? Da wäre es besser, gar keinen König zu haben! Schlimm genug, wie es jetzt ist. Er als Mensch, wir die Drachen. Doch was, wenn er selbst ein Drache ist? Wenn sich sein wahres Wesen entfaltet – verdammt, ich habe genug von seinem Wesen gesehen!«

»Man kann ihn nicht töten?«, fragte Linn vorsichtig.

»Nein, sagte ich das nicht bereits? Kann man nicht!«, schrie er. Dann wurde er plötzlich ruhiger. »Chamija hat ihn geschützt, ihren kleinen Enkelsohn. Lange Zeit. Jetzt hat er diese andere Zauberin. Wie viele Zauberer bräuchte man, um Bann für Bann aufzulösen, als würde man einen Teil seiner Rüstung nach dem anderen abblättern?«

Er stieß einen Feuerstoß aus, der Linn hastig zurückspringen ließ. Hinter ihm grollte der Vulkan zustimmend.

»Das alles ist schlimm genug, aber es kommt noch viel schlimmer: Er wird der mächtigste König der Welt sein, mächtiger als irgendein ValaNaik jemals zuvor! Es gibt keine Priesterin mehr. Raja war die letzte, mit ihr ist das Priestertum gestorben ... Sie waren immer zu zweit, verstehst du? Der König und die Priesterin. Dem ValaNaik gehörte zwar alles, aber sie besaß die Macht, es ihm zu nehmen. Wenn er ja sagte, hatte sie die Macht, nein zu sagen. Wenn er ungerecht gewesen wäre, hätte sie ihn dafür verbannen können. Wenn er gegen die Gesetze verstoßen hätte, hätte sie ihn dafür bezahlen lassen. Es gab nie einen ValaNaik, der tun konnte, was er wollte.«

Mit brennenden Augen starrte er sie an.

»Dann wäre es besser, ihm Larans Schuppe nicht zu bringen«, sagte Linn.

»Ja«, gab Ojia Ban zu, »aber das hieße für uns alle, auf unsere Erlösung zu verzichten. So oder so haben wir einen König über uns, der uns versklavt. Scharech-Par ist unser zweiter Fluch – unser und eurer. Es gibt keine Wahl. Er will fliegen, und wir wollen das sein, was wir einst waren.«

»Gibt es nicht die Möglichkeit, den Fluch aufzuheben – über allen, nur über ihm nicht?«, fragte Nival.

Der Drache wandte sich ihm zu. »Wenn es einen Zauberer gäbe, der das könnte. Bist du so einer? Stark und mächtig und Herr der Worte wie kein anderer? Nein? Dann schweig. Ein Zauberer, der dazu fähig wäre, könnte sich vielleicht sogar dem ValaNaik entgegenstellen, aber es gibt kaum noch jemanden. Viele, die schwach sind, aber niemanden, dessen Kraft Welten verformen kann und den Himmel bezwingt.« Er starrte sie beide an, als hoffte er, sie würden widersprechen, sie würden rufen: Doch, es gibt so jemanden. Einer von uns kann das. Wir können beide Flüche von euch nehmen – kommen sie nicht beide von den ValaNaiks?

Aber sie vermochten es nicht. War er wirklich auf ihrer Seite? Soeben hatte er ihnen säuberlich dargelegt, warum sie auf keinen Fall siegen konnten.

»Fliegen wir«, sagte Ojia Ban heiser.

27

Rinek duckte sich hinter die Mauer. Die Steine waren eingerissen und schwarz vom Brand, immer noch strahlten sie schwach Wärme aus. Einen Augenblick lang gestattete er sich, seine Hände an die warmen Ziegel zu halten, dann umklammerte er wieder den Stock.

»Gleich sind sie da«, flüsterte jemand hinter ihm. »Noch zehn Schritte … fünf … jetzt!«

Sie sprangen hinter ihrer Deckung hervor. Die Soldaten rissen die Schilde hoch, um ihre undurchdringliche »tijoanische Wand« zu errichten, als die Angreifer sich auf sie stürzten. Rineks Holzfuß katapultierte ihn mit solchem Schwung zwischen die Soldaten, dass er drei Männer umriss. Hinter ihm fielen die anderen in diese Lücke ein. Während Rinek seinen langen Schlagstock schwang, benutzten die anderen die Waffen, die Okanion jedem zugewiesen hatte. Schwerter, Lanzen, Messer. Angefangen hatten sie mit den Waffen aus Moras Keller, doch inzwischen hatten sie ihr Arsenal vergrößert.

Agga war hinter der Mauer geblieben und schwang ihre Schleuder; für den Nahkampf war sie zu zierlich, aber sie konnte recht gut treffen. Nichts an ihr erinnerte daran, dass sie ein Dienstmädchen aus besserem Hause gewesen war. Ihr blondes Haar, zu einem Zopf geflochten, kringelte sich in vielen widerspenstigen Locken über ihrer blutverschmierten Stirn. Ihre abgerissene Kleidung war hastig geflickt und wies dunkle Flecken auf. Ein rascher Blick überzeugte Rinek zwischendurch davon, dass mit ihr alles in Ordnung war. Er fühlte sich für alle in der Gruppe verantwortlich, aber wenn Agga dabei war, achtete er besonders auf sie; er konnte nur hoffen, dass sie es nicht merkte.

Die Soldaten wehrten sich erbittert. Leicht war es nie, und selten ging es ohne Verluste ab, aber oft genug erledigten sie eine Gruppe der Besatzer. Eine nach der anderen, immer wieder, eine kleine Schlacht nach der nächsten, blutig und brutal. Danach zerstreuten sie sich, um etwaige Verfolger zu verwirren – meist hatten Drachen den Kampf von oben herab verfolgt, ohne einzugreifen, um die Tijoaner nicht zu verletzen –, und zogen sich wieder in ihre unterirdische Zuflucht zurück.

Rinek machte fast jedes Mal einen Umweg, über den er nie mit irgendjemandem sprach. »Bis gleich.« Die Rebellen nickten sich zu, und Rinek stieg über einen am Boden liegenden Verwundeten, einen Tijoaner, um sich in die nächste Gasse davonzustehlen. Manchmal überkam ihn das Verlangen, die Verletzten zu heilen, aber es wäre sinnlos gewesen, sie erst niederzuschlagen und dann wiederherzustellen. Was Scharech-Par mit seinen Soldaten anstellte, die einen Kampf verloren, wusste er nicht. Schickte er sie nach Tijoa zurück? Hatte er im Schloss ein Lazarett, wo sie sich erholen durften? Niemals war Rinek einem Mann, mit dem er gekämpft hatte, ein zweites Mal begegnet.

Beunruhigt dachte er darüber nach, während er sich zu seinem geheimen Haus schlich. Unbeschadet von Feuer und Straßenschlachten wartete es auf ihn, verlässlich wie eine treue Ehefrau. Kesim öffnete auf sein Klopfen hin.

Sorgenvoll schüttelte er den Kopf. »Wie viele waren es diesmal?«

»Elf.«

»Lohnt es sich, sein Leben zu riskieren, wegen elf Soldaten?

Scharech-Par lässt tausend neue aus Tijoa kommen, habe ich gehört.«

Rinek schritt an ihm vorbei in die Stube. Sein Holzfuß krallte sich in die Teppichfransen. Hastig zog er seinen langen Mantel zurecht, um die ungewöhnlichen Zehen zu bedecken, denn Kesim runzelte irritiert die Stirn.

»So solltet Ihr nicht durch die Straßen laufen. Man sucht überall nach Euch. Nach dem Zauberer mit den Krallenfüßen.« Kesim seufzte und hob abwehrend die Hände. »He, das ist nicht meine Rede.«

»Ich weiß.« Er ließ sich in einen Sessel fallen. »Was sagen die Leute noch?«

»Die Leute, die sich trauen, den Mund aufzumachen? Sie flüstern sich zu, dass der König lebt. Dass er ein zweites Reich unter der Stadt besitzt, in dem er über eine Armee von übermenschlichen Kriegern verfügt.«

Rinek nahm dankbar den Becher Wasser entgegen, den Kesim ihm hinhielt. »Übermenschliche Krieger, ja, das gefällt mir. Und was sagen sie über Scharech-Par? Über Larans Erben?«

»Dass er gelogen haben muss. Keiner mag glauben, dass dieser Mann vom Heiligen Brahan abstammt.«

»Gut«, sagte Rinek leise. »Es wäre schwierig für uns, gegen den neuen König zu kämpfen, wenn die Leute ihn lieben würden.«

»Er macht es einem nicht gerade leicht, ihn zu lieben.« Kesim lachte leise. »Aber es wäre hilfreich, wenn der König sich in der Stadt zeigen würde. Der wahre König, meine ich. Pivellius.«

»Zeigen? Das muss ein Wunsch bleiben.«

»Kann er nicht wenigstens eine Rede halten oder so etwas?«, fragte der Yaner. »Und dem Volk beweisen, dass auch er über Drachen verfügt?«

»Ich konnte Sion noch nicht dazu überreden«, murmelte Rinek. »Was ist mit dem Gewand? Macht Ihr Fortschritte?«

»Es ist bald fertig.« Kesim grinste zufrieden. »Es ist so schön, dass es einer Königin gehören müsste. Wollt Ihr mal schauen?«

Er führte Rinek in den Raum, in dem er arbeitete. Die Seide war ungefärbt, doch so farblos hatte der Briner sich das Ergebnis nicht vorgestellt. Der feine Stoff war fast durchsichtig, er erinnerte an Wasser, auf dessen Oberfläche sich das Licht brach. Ehrfürchtig ließ der junge Mann seine rauen Finger darübergleiten.

»Für eine Königin«, wiederholte Kesim stolz. »Findet Ihr nicht? Das müsste jede Frau für Euch einnehmen.«

»Das wird es«, sagte Rinek zuversichtlich. »Ihr habt Euch das Gold redlich verdient.« Die üppige Bezahlung, die er Kesim versprochen hatte, würde er dem Schatz des Königs entnehmen. Nun ja. Man konnte es als angemessenen Lohn für seine Verdienste um das Königreich betrachten.

Doch Rinek war nicht nur hergekommen, um sich von den Fortschritten seines neuen Freundes zu überzeugen. Vorfreude erfüllte ihn, als er Chamijas Kräuterkammer betrat und sich darin umsah. Mittlerweile kannte er den Geruch der meisten Töpfe und Bündel und hätte sie mit verbundenen Augen unterscheiden können. Heute wählte er ein vertrocknetes Büschel, dessen scharfer, aromatischer Duft ihn zum Niesen reizte, und verrieb die Blätter vorsichtig zwischen den Fingern. Er schloss die Augen und horchte auf das leise Rascheln.

Ein Windstoß. Kühl und mild zugleich. Salzig. Wellen brechen an Steinen. Dazwischen wächst eine Blume, klammert sich mit ihren Wurzeln an die kantigen Felsbrocken …

Er zündete die Öllampe an und gab ein paar Blättchen in die flache Metallschale, die in einem eisernen Gestell darüber hing. Aufregung bemächtigte sich seiner; jetzt würde er etwas herstellen. Etwas … Zauberhaftes. Rinek sah sich um und fügte aus einer kleinen Flasche ein paar Tropfen hinzu. Die Flüssigkeit hatte keinen Geruch, war jedoch von einer dunklen, honigartigen Farbe. Gespannt rührte er um und wartete auf das Ergebnis.

Nach kurzer Zeit begann die Masse sanft zu köcheln. Rinek unterdrückte den Impuls, *Caness* darüber auszusprechen; er hatte auch gar keinen Drachenstaub mit. Die getrockneten Blätter versanken zwischen den Blasen. Das Meeresrauschen wurde lauter, Salz zischte in der Flamme der Lampe, dann wurden die Blasen immer größer, bis er Angst hatte, die Zaubersuppe könnte überkochen. Hastig nahm er die Schale vom Ständer und setzte sie auf einem Schneidbrett ab.

»Wozu das wohl dienen könnte?«, murmelte er und schnupperte daran. Ob er probieren sollte? Vielleicht hatte er aus Versehen Gift hergestellt oder etwas, das ihn in einen Fisch verwandeln würde? Ohne irgendjemanden, der ihn anleitete, konnte er es nicht wissen.

»Hay, hay, hay«, sagte er. »Bleibt mir wohl nichts anderes übrig, als es auszuprobieren, wie?«

Er öffnete die Tür und rief nach Kesim. Anscheinend hatte er alarmiert geklungen, denn der Händler jagte keuchend die Treppe hinauf. »Ja, Herr Rinek? Habt Ihr ein Problem?«

»Stellt Euch bitte dorthin. Falls etwas mit mir geschieht …« Er beendete seinen Satz nicht, sondern tauchte den Finger in die heiße Flüssigkeit und strich sich ein wenig davon auf den Handrücken.

»Was soll denn passieren?«, fragte Kesim neugierig.

»Keine Ahnung.« Rinek betrachtete eingehend seine Hand und wischte den Tropfen dann mit einem Tuch fort. »Nichts. Gar nichts! Ich bin ein wenig enttäuscht, muss ich zugeben.«

Kesim verschwand kopfschüttelnd.

»Vielleicht«, überlegte Rinek weiter, »wenn ich es trinke …?«

Er pustete in die Schale, um die Masse weiter abzukühlen, und tauchte wieder den Finger hinein. Gerade hatte er ihn abgeleckt, als Kesim ins Zimmer stürzte, in der Hand ein großes Buch.

»Vielleicht hilft Euch das hier weiter?«

»Wenn ich lesen könnte, dann bestimmt. Aber gebt trotzdem mal her. Sind da Zeichnungen drin?«

Kesim starrte ihn an wie einen Geist.

»Was ist? Was habe ich denn gesagt?«

»Äh«, krächzte der Yaner. »Äh, Ihr … was habt Ihr getan? Wie sprecht Ihr denn? Was ist denn nun schon wieder?«

»Was?«, fragte Rinek noch einmal.

»Seit wann beherrscht Ihr Yanisch? Ihr sprecht meine Sprache!«

»Im Ernst?« Rinek befühlte seine Kehle, dann betrachtete er die Schale. »Wirklich?« Heiße Freude erfüllte ihn. Er hatte gezaubert – ganz ohne Drachenmagie!

»Gebt mir das Buch!« Es war so groß und schwer, dass er es auf den Tisch legen musste. Doch leider hatte der Zauber nicht bewirkt, dass er nun alle Sprachen und Schriften verstand. Die Buchstaben blieben geheimnisvolle Zeichen, deren Bedeutung sich ihm nicht erschloss. Dafür enthielt das Werk hübsche Zeichnungen von Blättern und Blüten, von Wurzeln und merkwürdigen Gebilden.

»Das ist großartig! Jetzt brauche ich nur noch etwas zum Schreiben – ein bisschen Kohle müsste doch gehen? Dann werde ich notieren, was ich selbst herausgefunden habe.«

»Wie denn? Wo Ihr gar nicht schreiben könnt?«, fragte Kesim skeptisch.

»Ich denke mir einfach ein paar Zeichen aus«, meinte Rinek munter. »Wenn nur ich sie lesen kann, was macht das schon? Außer mir interessiert sich niemand für diese Dinge. Danke, mein bester Kesim!« Er versetzte dem älteren Mann einen freundschaftlichen Schlag auf die Schulter. »Oh, tut mir leid, ich wollte nicht …«

»Ist schon gut.« Kesim, der gegen den Türpfosten geprallt war, rappelte sich ächzend auf. »Eure Begeisterung in Ehren, aber wie wollt Ihr verhindern, dass Ihr Euch vergiftet? Ihr könnt doch nicht einfach alles probieren!«

»Warum nicht? Sehr kleine Mengen werden mich schon nicht umbringen. Es gibt tausend Möglichkeiten, die Kräuter zu kombinieren … Ich werde Jahre brauchen, um das alles zu erforschen! Zu dumm, dass wir Chamija gemeuchelt haben, bevor wir mehr über ihre Geheimnisse herausgefunden hatten.« Bedauernd biss er sich auf die Lippen. »Dass wir uns im Krieg befinden, ist ungünstig. Was, wenn die Tijoaner dieses Haus abfackeln? Wir müssen das Labor ins Labyrinth umsiedeln. Oder werden die Schutzzauber halten? Selbst dann kann das Gebäude versehentlich getroffen werden. O Arajas, was tue ich? Wo fange ich an? Vielleicht finde ich etwas, um den König wieder sichtbar zu machen! Es brennt nicht, versteht Ihr? Diese Art von Zauberei schwächt nicht und verbrennt einen nicht von innen heraus – es ist nicht die eigene Kraft, die dabei verzehrt wird!«

»Äh – ja«, meinte Kesim und lächelte hilflos.

Als Rinek wenig später das Haus verließ, ging er beschwingt und schnell, blind und taub für den Frühling um sich her, denn in seiner Nase war immer noch der Geruch von frischem, salzigem Seewind, in seinen Ohren donnerte die Brandung.

Seine gute Laune hielt an, bis er sich im Schutz der Dunkelheit aus der Stadt geschlichen hatte – dass dabei ein paar tijoanische Soldaten zu Schaden kamen, war durchaus Absicht – und ins Labyrinth hinunterstieg. Eine kleine Feier war im Gange, wie die Musik bewies, die ihn durch die Tunnel anwehte. Rinek trat in die große Höhle rings um den unterirdischen See und stellte fest, dass er nicht der Einzige war, der den heutigen Tag als Erfolg betrachtete. Trotzdem wunderte er sich. Ein paar Mädchen tanzten. Rinek setzte sich neben Okanion, der das Treiben mit ernstem Gesicht beobachtete.

»Wofür ist das?«, fragte er. »Habe ich irgendeinen großen Sieg verpasst?«

»Wir müssen selbst die kleinsten Siege feiern. Ein bisschen Ermutigung zwischendurch ist manchmal nötig«, sagte der Hauptmann. »Die Leute brauchen das. Sie sind keine Krieger, die darauf trainiert sind, mit Rückschlägen fertig zu werden. Die meisten sind einfache Menschen, die in ihr normales Leben zurückkehren möchten.«

»Ihr lasst sie trinken?« Rinek wies auf eine Gruppe ehemaliger Diebinnen, die einander zuprosteten und in lautes Gelächter ausbrachen, als einer der Männer etwas zu ihnen sagte. »Was, wenn wir angegriffen werden?«

»Das kommt noch«, sagte Okanion leise. »Ich weiß aus zuverlässiger Quelle, dass ein großes Heer aus Tijoa zu uns unterwegs ist. Scharech-Par riskiert nicht, die Soldaten, die er hat, hier herunterzuschicken. Er wartet ab. Warum auch nicht? Er kann es sich leisten zu warten.«

Die Euphorie verflog sofort. »Es stimmt also? Die tausend Mann, von denen die Leute in der Stadt sprechen, kommen her?« Damit hatte Kesim recht gehabt. Alle wussten es. »Das hier ist … ein Abschied? Bevor die letzte Schlacht beginnt, die wir nicht gewinnen können?«

»So in der Art.« Okanion nickte, seine Augen blickten düster. »Wir werden untergehen. Ich würde jeden wegschicken, der sich auf den Beinen halten kann, aber wohin? Die Drachen fliegen über allen Straßen, sie werden niemanden durchlassen.«

»Wir könnten uns in der Stadt verstecken.«

Das narbige Gesicht des Ritters war eine Warnung an alle, sich nicht mit den Drachen einzulassen. Sein schiefes Grinsen hatte etwas Unheilvolles. »Glaubt Ihr«, fragte Okanion, »dass die Tijoaner unterscheiden können, wer gegen sie gekämpft hat und wer nicht? Wer ihren König unterstützt und wer nicht?«

Rinek überlief es kalt. »Ihr meint, sie werden die ganze Stadt … vernichten? Wie kann er das nur tun? Über wen will Scharech-Par denn regieren, wenn alle tot sind?«

»Ich glaube nicht«, meinte der Ritter leise, »dass ihn das schert.«

»Ihr wisst es von Sion, oder? Dass die Soldaten kommen?«

Sorge erfasste ihn, dunkel und schwer. »Es ist zu gefährlich für sie zu fliegen. Ihr dürft sie nicht für Kundschafterdienste einsetzen.«

»Ich darf nicht?«

Sie maßen einander mit Blicken. Mit einem unguten Gefühl erinnerte Rinek sich daran, dass er versprochen hatte, dem Befehlshaber nicht reinzureden. Aber Sion … Sion war etwas anderes.

»Nein«, sagte er, »denn wenn sie in Gefahr ist, werde ich nur noch für sie kämpfen können. Und …« Er zögerte. »Ihr seid ein Drachenjäger. Gerade Ihr solltet Sion keine Befehle erteilen wie … wie einem Hund.«

Er konnte ihre Gegenwart spüren, bevor er sie sah. Sion trat aus den Schatten jenseits der Fackeln und Kerzen, der möblierten Höhlen, lautlos wie ein wildes Tier auf Samtpfoten. Okanion wandte den Kopf und schenkte ihr einen nachdenklichen Blick.

»Er hat es nicht verstanden«, sagte Sion, während sie neben Rinek trat und ihm ihre Hand auf die Schulter legte. »Er denkt, er weiß, was ich bin, aber er hat keine Ahnung. Es ist noch lange nicht in seinem Herzen angekommen.«

»Das gibt ihm nicht das Recht, dich zu benutzen«, meinte Rinek grimmig.

»Ich war nicht in Gefahr. Du hättest es gespürt, das weißt du.«

»Er ist weg!«

Sie wandten sich um. Da kam Agga herbeigelaufen, völlig

aufgelöst, sie weinte fast. Rinek wappnete sich für die Vorwürfe, die sie ihm gleich an den Kopf werfen würde – er wusste, dass sie es nicht ertragen konnte, ihn mit Sion zusammen zu sehen, aber stattdessen rief sie: »Der König ist fort!«

»Wie, er ist weg? Er ist unsichtbar.«

Sie schüttelte den Kopf. »Wann habt Ihr ihn das letzte Mal gesprochen? Oder Ihr, Hauptmann Okanion?«

Rinek musste darüber nachdenken. War es gestern gewesen? Vorgestern? »Habt Ihr ihm nach unserem Ausflug in die Stadt Bericht erstattet?«, fragte er.

Okanion schüttelte den Kopf. »Sonst fordert er den Bericht immer ein, diesmal nicht.«

»Bitte, Rinek, Ihr müsst ihn suchen!«, rief Agga. »Ich habe schon eine Menge Leute nach ihm gefragt, und niemand weiß etwas.«

»Halt!«, entschied Okanion, leise, wenngleich sehr bestimmt. »Wir suchen ihn, aber ich will nicht, dass noch mehr Menschen etwas davon mitbekommen. Eine Horde Verzweifelter ist das Letzte, was wir jetzt brauchen können.«

»Was, wenn er verletzt ist?«, fragte Agga. »Wir müssen nach ihm rufen, sonst finden wir ihn nie!«

»Nein. Die Hoffnung, dass er lebt, ist wichtiger als die Person des Königs selbst«, sagte Okanion.

Das Mädchen starrte ihn empört an. »Wie könnt Ihr so etwas sagen! Ich dachte, Ihr seid ein Mann des Königs!«

»Ich diene dem Königtum«, stellte der Ritter richtig. »Der König ist mehr als ein einzelner Mann. Er ist Schenn. Er ist Brahans Erbe, die Tradition, auf die wir vertrauen, der Segen der Götter über uns. Wir können den Feind nur mit Tapferkeit im Herzen bekämpfen.«

Agga wandte sich an Rinek. »Ihr wisst es besser, nicht wahr? Pivellius ist ein alter Mann, der gestürzt sein könnte, der einsam ist und verzweifelt, und«, fauchte sie in Okanions Richtung, »er ist mehr als bloß das Königtum und Schenn und was weiß ich!«

»Keine Sorge«, sagte Rinek, »ich fange sofort an zu suchen.«

Ohne Zauberei hatte er nicht die geringste Chance. Sein Vorrat an Drachenschuppen hatte sich wieder einmal erschöpft, daher würde er zunächst hoch ins Schloss steigen müssen, um sich eine neue zu besorgen. Der Bann vor dem Ausgang hielt immer noch, von hier aus konnte er nicht nach oben gelangen.

»Schau mich nicht so an«, sagte Sion und schüttelte missbilligend den Kopf.

»Du trägst mich hinauf zu den Türmen, ich entferne eine Schuppe aus dem Mosaik, und dann …«

»Und dann bist du tot! Sie werden sich alle auf uns stürzen! Hast du vergessen, dass wir beide momentan diejenigen sind, die Scharech-Par am meisten hasst?« Sie seufzte. »Nein, das hast du nicht. Es ist dir bloß egal.«

»Ich habe versprochen, dass ich Pivellius suche. Ein Richtungszauber ähnlich wie derjenige, den ich schon ein paar Mal angewandt habe, müsste ganz gut funktionieren. Sobald wir die Schuppe haben, fliegen wir zurück zu einem der Eingänge zwischen den Hügeln. Wenn wir schnell genug sind, sind wir wieder weg, bevor die anderen Drachen überhaupt mitbekommen haben, was wir tun.«

Sion warf Agga, die mit herausforderndem Hüftschwung durch den Gang davonschritt, einen mehr als wütenden Blick nach. »Für sie? Doch nicht für diesen verrückten König, der dich hinrichten lässt, falls er jemals wieder auf dem Thron sitzen sollte?«

Rinek fand es nicht nötig, darauf zu antworten. »Komm einfach.«

Sion schimpfte vor sich hin, aber wieder einmal erwies es sich als praktisch, dass sie ihm gehorchen musste. Oft genug schien sie es zu vergessen, aber einem direkten Befehl widersetzte sie sich nie.

Sie wählten einen Ausgang recht weit vom Schloss entfernt, am Waldrand. Sion versteckte ihre Kleidung hinter einem Baumstamm, und Rinek fragte sich, ob er ihr von der Überraschung erzählen sollte, an der Kesim arbeitete, entschied sich aber dagegen. Vielleicht würde sie ihm dann bereitwilliger helfen – aber Überraschung war Überraschung.

»Da bin ich.« Der silbergrüne Drache packte ihn etwas gröber als nötig und schwang sich in die Luft, dann stieg sie steil in die Höhe.

»Die Wolken hängen recht tief. Ich werde in ihrem Schutz bis über das Schloss fliegen und dort im Sturzflug nach unten gehen. Versuch bitte, nicht ohnmächtig zu werden.«

»Ich doch nicht.«

Sie lachte leise, während sie ihren Worten Taten folgen ließ.

Es war ein Flug, der sich anfühlte, als hätten die Götter Rinek in einen Wirbelsturm geworfen. Ihm wurde schwarz vor Augen, als sie sich in die Luft katapultierte, er blinzelte benommen, als sie durch die feuchten Wolken flog, und stieß einen heiseren Schrei aus, als sie wie ein Stein fiel. Das Schloss lag wie eine offene Hand unter ihnen, die Türme wie knochige Finger in die Höhe gereckt. Es schien auf sie zuzuschießen, dann fing Sion sich ab, alles drehte sich, und Rinek krachte über eine steinige Brustwehr und rollte über den Boden.

»Schnell«, zischte Sion ihm zu.

Ein paar Soldaten rannten näher, zögerten jedoch angesichts des Drachen.

Rinek rappelte sich auf, noch immer völlig benommen, und taumelte gegen die mosaikbesetzte Turmwand.

»Beeil dich!«, drängte Sion.

Er versuchte, wieder klar zu sehen. Das Messer lag schon in seiner Hand. Rasch wählte er eine Schuppe aus, doch sobald er sie berührte, konnte er fühlen, dass sie mit einem Zauber belegt gewesen war – ein Schutzzauber, bereits gebrochen. Auch die nächsten waren nicht mehr für eine neue Bestimmung tauglich. Der ganze Turm hatte offenbar der Abwehr von Drachen gedient.

»Ich muss woandershin.«

»Bei SaiHaras Knochen, mach endlich!«

Aus dem Himmel schossen vier Drachen auf sie zu, zwei davon glänzten in Blautönen, einer war braun, der vierte strahlend rot. Sion stieß einen schrillen Schrei aus und wetzte davon. Rinek drückte sich an die Wand; zu seiner Erleichterung folgten sämtliche Ungeheuer seiner Begleiterin. Hastig stolperte er über die Brustwehr, entdeckte eine Treppe und fand sich gleich darauf vor einer anderen Wand wieder, an der einige bunte Schuppen prangten. Diese waren unbenutzt, wie ihm sein magisches Gespür rasch verriet.

»Da ist er!« Einige Soldaten hatten ihn entdeckt. Rinek hebelte die Schuppe mit aller Kraft von der Mauer, steckte sie rasch in seine Manteltasche und ergriff die Flucht.

Die Wachen waren ihm dicht auf den Fersen. Rinek blieb stehen, als auch vor ihm ein Trupp auftauchte.

»Ergreift ihn!« Einen Moment lang wunderte er sich, warum er sie verstand – waren es nicht Tijoaner? Dann fiel ihm der Kräuterzauber wieder ein. Er lachte glücklich auf und wählte den einzigen Weg, der ihm übrigblieb – seitwärts auf die Brüstung.

Unter ihm fiel die Mauer steil ab. Rinek warf einen Blick zurück auf die Feinde und stürzte sich kopfüber hinunter.

»Wo ist er hin?«

Er hörte die Stimmen irgendwo über sich. Unter dem gewölbten Fensterbogen zu hängen wie eine Fledermaus war überraschend bequem. Sein Wurzelfuß hatte Halt in den Mauerfugen gefunden, noch während er fiel, hatten seine Zehen lange Ausläufer gebildet und ihn aufgefangen.

»Das kann er nicht überlebt haben. Das ist zu tief. Wir sollten einen Knappen nach unten schicken, um nachzusehen.«

»Er ist ein Zauberer, wisst ihr das nicht? Vielleicht ist er davongeflogen.«

Sie redeten noch eine Weile, dann wurde es still. Rineks Aufmerksamkeit wandte sich dem Fenster zu, vor dem er hing. Durch die Scheiben blickte er in einen Raum, der verlassen schien. Er beugte sich nach vorne, um Schwung zu holen, stieß sich ab und ließ in dem Moment die Mauer los, als er nach vorne flog.

Klirrend durchbrach er das Fenster und landete auf einem angenehm weichen Teppich. Rinek klopfte sich die Scherben vom Mantel und sah sich um. Der Ausstattung nach musste es sich um das Zimmer eines hochrangigen Fürsten handeln, doch da es keine schennischen Adligen mehr im Schloss gab, stand es leer. Er huschte an die Tür. Bevor er sie öffnete, holte er die Schuppe aus seiner Tasche und belegte sie mit dem Richtungszauber, den er um den Namen »König Pivellius« ergänzte – und um den Zauber, nicht gesehen zu werden. Dieser dreifache Zauber war stärker als erwartet, musste er sich eingestehen, als ihn der Schmerz wie ein Blitzschlag traf und fast in die Knie zwang. Sein Mund brannte wie Feuer, und mit Sehnsucht dachte er an die schlichten Kräuter im Zauberhaus.

»Na los«, flüsterte er, »bezwingen wir auch diesen Drachen, bevor er sich brennend in meinem Herzen niederlässt. Wo ist der König?«

Er hielt die Schuppe vor sich und folgte ihrem leichten Zug. Wenn er Glück hatte, würde sie ihn aus dem Schloss bringen, ohne dass er Soldaten begegnete, und bei noch größerem Glück traf er Sion draußen. Ihre Verfolger musste sie bereits abgehängt haben, denn er verspürte keine Angst um sie.

Leise schlich er über den Gang. Wenn er sich nicht irrte, musste irgendwo eine verborgene Tür zu dem Geheimgang führen, doch die Schuppe leitete ihn daran vorbei. Sie schien nicht die Absicht zu haben, ihn aus dem Schloss hinauszuführen, und er hoffte bloß, dass er den Zauber nicht versehentlich auf Scharech-Par ausgerichtet hatte. Er hatte den alten König zwar beim Namen genannt, aber diese Art von Zauber schien wie dafür geschaffen, alles misszuverstehen. Vor dem neuen König zu landen, das hätte ihm gerade noch gefehlt!

Ob Zaubern ähnlich war, wie mit einem Drachen zu streiten? Der einen irgendwie hereinlegen wollte, verschlagen und grimmig, der freundlich tat und darauf lauerte, einen zu Asche zu verbrennen? Rineks Gaumen fühlte sich jedenfalls so an. Der bittere Geschmack in seinem Mund erinnerte ihn daran, womit er sich hier angelegt hatte. Zu zaubern bedeutete nicht, mächtig zu sein, die Welt zu beherrschen. Es hieß nur, dass man sich mit Dingen umgab, die man weder verstand noch im Griff hatte. Trotzdem folgte er dem Ziehen in seiner Hand. Um die Ecke, eine Treppe hinauf, eine weitere … immer höher, immer weiter weg vom Eingang.

Als würde ihn jemand Unsichtbares an der Hand nehmen, zerrte ihn die Kraft in eine Nische; kurz darauf marschierten ein paar Wachen vorbei. Danach ging es sofort weiter, und schließlich stand Rinek vor einer mit goldenen Ornamenten verzierten Holztür.

»Na wunderbar«, flüsterte er. »Wenn ich sie öffne, steht bestimmt Scharech-Par dahinter und lacht sich eins. Er und seine verdammte Zauberin. Direkt in die Höhle des Drachen.«

Aber vielleicht auch nicht. Wenn er die Tür nicht aufmachte, würde er es nie erfahren. Vorsichtig legte er das Ohr ans Schlüsselloch und erstarrte. Jemand war drinnen, er hörte gedämpftes Gemurmel.

Nun denn. Sehen wir einfach mal nach, welches Untier dort lauert.

Rineks Herz klopfte schneller, als er die Hand an den Griff legte und die Tür aufschob.

Ein großes, luxuriös ausgestattetes Zimmer. Ein Himmelbett, üppig mit Kissen versehene Sofas und Matten. Ein Tisch mit einer Schale voll erlesener Speisen.

Ein Käfig inmitten all dieser Herrlichkeiten, vergoldete Stäbe, ein Käfig für ein seltenes Haustier, vielleicht einen prächtigen bunten Vogel oder eine Katze mit seidigem Fell. Doch darin saß ein Mann, den Rinek zu seiner Verblüffung erkannte.

»Prinz Arian!«

Der junge Mann hinter dem Gitter verzog unwillig das Gesicht. »Wer seid Ihr? Noch einer von Scharech-Pars Handlangern? Hat er nicht alle Schenner getötet und vertrieben?«

Rinek eilte auf den Käfig zu, als etwas ihn festhielt.

»Nicht«, raunte ihm eine Stimme ins Ohr.

»König Pivellius? Ihr hier? Euch suche ich gerade.«

»Du kennst diesen Mann, Vater?«

»Ein Zauberer«, erklärte die Stimme des Königs. »Er ist auf unserer Seite.«

»Kann er den Bann aufheben?«

»Welchen Bann?«, fragte Rinek.

Pivellius zog ihn vom Käfig fort. »Die Zauberin hat den Riegel damit belegt. Ich bin ihr gefolgt, als sie mit den Dienern wegen eines Gefangenen stritt, und habe alles mit angehört. Ich dachte, ich könnte meinen Sohn aus ihren Händen retten … aber den Fluch, den sie auf den Käfig gelegt hat, ist fürchterlich. Sobald jemand ihn öffnet, werden beide sterben – Arian und derjenige, der ihm zur Flucht verhelfen will.«

»Das ist grausam«, flüsterte Rinek entsetzt.

»Es ist eine Falle«, sagte Pivellius heiser. »Für mich. Sie wusste nicht, dass ich dabei war, als sie den Zauber aussprach. Sie und der Tijoaner erwarten mich hier. Deswegen gibt es so wenig Wachen. Sie hoffen, mich eines Tages tot hier im Gemach zu finden, wenn ich versucht habe, meinen Sohn zu befreien.«

»Warum seid Ihr nicht zurück ins Labyrinth gegangen?«, fragte Rinek. »Wir haben uns schreckliche Sorgen um Euch gemacht!«

»Ich werde ihn nicht alleinlassen«, sagte der König.

»Du bist völlig geschwächt, Vater«, meinte Arian. »Du musst gehen. Er isst nichts«, wandte der Prinz sich an Rinek. »Er wagt nicht, von diesen Tellern zu nehmen, damit sie nicht wissen, dass er bereits da ist. Wer du auch bist, bring ihn in Sicherheit. Das ist ein Befehl.«

»Jemand muss diesen Todeszauber aufheben.« Der König klang erschöpft, aber genauso halsstarrig wie sonst auch. »Tu es, Zauberer.«

Vorsichtig näherte Rinek sich dem Käfig. Wenn eine falsche Bewegung den Prinzen das Leben kosten konnte, durfte der Briner seinem Hang, Dinge einfach auszuprobieren, nicht nachgeben.

»Ich wage es nicht«, sagte er leise. »Kommt mit mir, Majestät. Wir werden eine andere Lösung finden.«

»Nein! Tu es jetzt!«

»Ein Wort an dich, Fremder«, sagte der Prinz und winkte Rinek ans Gitter. »Nur, damit ich weiß, dass ich nicht verrückt bin – du hörst ihn auch? Er ist hier?«

»Ja«, sagte Rinek. »Das ist er.«

»Ich war mir nicht ganz sicher. Wenn man länger hier sitzt, völlig allein, kommt einem alles Mögliche in den Sinn. Ich habe ihn zu Grabe getragen, aber er ist kein … Geist?«

»Nein, ist er nicht. Er ist bloß unsichtbar. Ein missglückter Zauber.«

»Wer hat es gewagt, ihm das anzutun?«

Darauf antwortete Rinek lieber nicht. Vor dem Prinzen konnte er den König schließlich nicht als Dummkopf beschimpfen.

Stattdessen suchte er nach dem Unsichtbaren und fasste ihn am Ellbogen. Der alte Mann versuchte ihn abzuschütteln, aber Rinek hielt ihn fest. »Ihr kommt mit.«

»Nein, lass mich los, ich muss bei ihm bleiben, ich …«

»Verzeiht mir«, sagte Rinek und schlug einmal kurz zu.

»Danke«, sagte der Prinz. »Bitte, nimm ihn mit. Auch wenn ich sterbe, soll er wenigstens leben. Bring ihn in Sicherheit, versprich mir das.«

Rinek nickte. »Das werde ich.«

Der König war erschreckend leicht. Ein alter Mann, der nur aus Haut und Knochen bestand. Jetzt musste Rinek ihn bloß noch ungesehen zurück ins Labyrinth befördern.

»Nimm den Geheimgang«, flüsterte der Prinz. »Dort hinten, hinter dem Wandteppich. Dies ist mein Gemach, ich muss es wissen.«

Agga flößte dem König heiße Brühe ein. Einen Löffel nach dem anderen. Die Alten saßen um sie herum und versorgten sie mit guten Ratschlägen.

»Vergiss nicht, ihn gut zuzudecken. Rinek könnte einen Heilzauber anwenden. Könnte er doch?«

»Ich bin nicht krank.« Pivellius war zu schwach, um sich gegen die geballte Fürsorge zu wehren, die ihm zuteil wurde, doch sein Widerspruchsgeist war noch nicht erloschen. »Ich bin nicht … ich muss zu ihm …«

Nachdenklich musterte Rinek die Szene. Verstohlen fanden sich die Labyrinthbewohner ein, um mitzuerleben, wie Agga den Löffel verschwinden ließ, um ihn wieder aus dem Nichts hervorzuholen, und wer bis jetzt daran gezweifelt hatte, dass der König tatsächlich unter ihnen weilte, begann es endlich zu glauben. Auch die Anhänger der Vermutung, es müsse sich um einen Geist handeln, wurden bekehrt, denn nie hatte man einen Geist jemals essen gesehen.

Einer der Soldaten rutschte auf den Knien nach vorne, tastete nach der Hand des Königs und küsste sie ehrfürchtig. »Majestät … für immer der Eure. Sagt, was ich tun soll.«

»Nichts«, flüsterte der König, »gar nichts. Wen auch immer ich schicken wollte, meinen Sohn zu befreien, es würde ihn nur umbringen. Arian ist verloren, so wie wir alle.«

Die Qual in Pivellius' Stimme rührte Rinek gegen seinen Willen. Seine Unfähigkeit, gegen Weas Flüche anzukommen nagte an ihm. Wenn er nur mächtiger gewesen wäre! So mächtig, dass er ihr entgegentreten und sie in einem grandiosen Duell besiegen könnte!

»Vielleicht wäre es besser gewesen, den König zu verlieren, als das da zu gewinnen«, sagte jemand hinter ihm. Gunya, die Ritterin, eine steile Falte zwischen den Augen. »Das soll unsere Hoffnung sein? Ein greinender alter Mann? Das ist Schenns Zukunft? Ich sage Euch, es ist das Gesicht unseres Untergangs. Unsichtbar und heulend. Arian wird sterben, wann immer Scharech-Par es will. Und wir ebenso.«

»Von wegen.« Rinek hatte keine Ahnung, was er tun sollte, tun konnte, doch ihre Worte so stehen zu lassen vermochte er nicht. »Wir holen den Prinzen da raus. Wir retten Lanhannat.«

»Ach ja, und wie? Große Worte von einem Mann, der sich am besten auf das Schleppen von Getreidesäcken versteht.«

»Wir brauchen einen Zauberer!«, rief Pivellius. »Einen starken Zauberer, den stärksten, den es gibt!«

Nezky drängte sich durch die Umstehenden. »Es gibt keine starken Magier mehr, Majestät. Dafür hat Scharech-Par schon vor Jahrhunderten gesorgt.«

»Nein«, sagte Pivellius leise, »dafür habe ich gesorgt. Und daran wird mein Sohn sterben. Daran wird das Königtum zugrunde gehen.«

Die Trostlosigkeit dieses Eingeständnisses war mehr, als Rinek ertragen konnte. »Weg hier! Hier gibt es nichts zu sehen!«

Er scheuchte die Leute davon, schubste jeden, der nicht schnell genug fortkam. Erst dann sprach er seinen Gedanken aus. »Vielleicht sollte man genau das tun«, sagte er.

»Was?« Agga war entsetzt.

»Den Prinzen töten. Manchmal ist der Tod der einzige Weg, um jemanden aus der Hand der Feinde zu reißen.«

Nezky begriff als Erster. »Gift? Dasselbe, mit dem der König in den todähnlichen Zustand versetzt wurde?«

»Das ist die Idee«, bestätigte Rinek.

»Wisst Ihr denn, wie man es herstellt?«, fragte Pivellius.

»Mora ist tot, und das hat sie mir leider nicht beigebracht«, musste Rinek zugeben.

»Vielleicht ist noch ein kleines bisschen übrig«, flüsterte Nezky. Verlegen hob er die Schultern. »Ich habe den Becher aufbewahrt, damals, als es Euch traf, Majestät. Für die Untersuchung. Allerdings gab es nie eine. Der Narr wurde festgenommen, und ich wartete vergebens auf eine Anhörung, niemand fragte nach dem Gift oder danach, wer es Euch verabreicht haben könnte.«

»Wo ist es?«, rief Rinek.

»Ich habe es in meinem Zimmer eingeschlossen, in einem Schrank. Wenn dort keine tijoanischen Wächter einquartiert worden sind, müsste es sich noch immer an Ort und Stelle befinden. Allerdings ist es nicht viel – ein kleiner Löffel voll. Ich habe es übrigens in eine saubere Flasche umgefüllt.«

»Ihr interessiert Euch für Gifte?«, fragte der König. Seine Stimme klang ein klein wenig eisig. Doch dann besann er sich wieder, seufzte und sagte: »Ich werde es meinem Sohn bringen. Hoffen wir, dass Scharech-Par genug Anstand besitzt, um den Käfig zu öffnen, wenn er den Gefangenen für tot hält.«

»Ich werde es Arian überreichen«, sagte Rinek.

»Nein! Ich muss dabei sein! Was, wenn sie ihm etwas antun, um sicherzugehen? Dann muss ich für ihn kämpfen!« Seine

Stimme kam näher; offenbar hatte er sich aufgerappelt. »Sofort. Aus dem Weg – wagt es nicht, mich aufzuhalten. Fordert meinen Zorn nicht heraus!«

Womöglich beschoss Pivellius sie gerade mit wütenden Blicken, doch da niemand es sehen konnte, wagte sogar Agga, sich aufzulehnen.

»So ein Unsinn, Majestät. Ihr seid müde und geschwächt, und Ihr würdet nur alles verderben. Legt Euch sofort wieder hin, bevor irgendjemandem die Hand ausrutscht. Ich bete darum, dass ich nicht diejenige bin. – Geh endlich«, zischte sie Rinek zu, »was stehst du hier noch rum?«

28

»Du schon wieder.« Arian gab sich gelangweilt.

Er betrachtete angelegentlich seine Fingernägel, als Rinek hinter dem Wandteppich hervorkam. Unwillkürlich empfand der Briner Bewunderung für den Prinzen, der seine Angst so gut zu verbergen verstand. In seinem eigenen Gemach eingesperrt zu sein und auf den Tod zu warten hätte ihn selbst, das wusste er, in einen wutschnaubenden Stier verwandelt.

»Ich bringe Euch etwas.« Rinek zog das Fläschchen aus seiner Tasche. »Das müsst Ihr trinken.«

»Warum?« Arian runzelte die Stirn, was ihm ein grimmiges Aussehen verlieh. Er sah auf eine verwegene Weise gut aus – ob er wohl ein Frauenheld war? Rinek konnte sich vorstellen, dass es nicht ganz einfach war, mit ihm auszukommen. »Das riecht nach saurem Wein.« Er schnupperte am Flaschenhals.

»Das ist es auch. Ein Schluck alter Wein.«

»Ich werde hier durchaus gut versorgt. Ich bin kein Trinker, der alles hinunterkippt.«

Letzteres glaubte Rinek ihm gerne, Ersteres weniger. Die goldene Schale mit dem Obst und einer Scheibe duftenden Bratens stand außerhalb Arians Reichweite. In seinem Käfig war nur ein leerer Teller; er musste alles aufgegessen haben, was man ihm gebracht hatte, kein einziger Krümel war übrig. Nein, Scharech-Par verwöhnte seinen Gefangenen ganz sicher nicht.

»Habt Ihr vor, mich zu vergiften?«, erkundigte sich Arian.

»Natürlich«, sagte Rinek.

»Um mir weitere Qualen zu ersparen? Um zu verhindern, dass mein Vater sich herschleicht und sich umbringt, bei dem Versuch, mich zu befreien?«

»Trinkt. Ihr müsst mir einfach vertrauen.«

Arian zögerte. »Was mir in letzter Zeit so alles widerfahren ist, macht es mir nicht gerade leicht, jemandem zu vertrauen.«

»Das ist dasselbe Gift, das Euren Vater getötet hat«, erklärte Rinek.

»Wer behauptet das?«

»Fürst Nezky.«

Der Prinz seufzte. »Also muss ich Euch vertrauen, Fürst Nezky und dem unbekannten Giftmischer. Wie nett.« Er wog die kleine Flasche in seiner Hand, und für einen Moment verrutschte sein gefasstes Gesicht. Schweiß stand ihm auf der Stirn, in seinen Augen lag ein gehetzter Ausdruck. Sein Lächeln war voller Bitterkeit.

»Ich bin so oft dem Tod entgegengetreten«, sagte er leise. »Der Tod war ein Drache, den es zu besiegen galt. Dies ist, als würde ich den Kopf in seinen Rachen stecken und hoffen, dass er das Maul nicht schließt.«

Ein Knarren an der Tür ließ Rinek zusammenfahren. »Beeilt Euch!«, zischte er. »Schnell!«

Arian zögerte keinen Moment länger. Er kippte den Schluck hinunter, während Rinek sich mit einem Hechtsprung hinter den nächstbesten Sessel rettete. Er versuchte, sein hämmerndes Herz, das ihm selbst überlaut in den Ohren dröhnte, zu bezwingen.

»Nun, wie geht es unserem Gast?«, fragte Scharech-Par.

Arian stand noch aufrecht, an die Gitterstäbe gelehnt. Vielleicht war es zu wenig Gift gewesen, vielleicht wirkte es nicht mehr, wie es sollte, denn Rinek hörte den Prinzen antworten.

»Gast?«, fragte er höhnisch. »Euer Gast? Ihr seid derjenige, der sich wie ein Gast benehmen …« Seine Stimme brach. Er ächzte etwas Unverständliches.

Vorsichtig lugte Rinek hinter dem Sessel hervor und sah, wie Arian sich schweratmend an die Gitterstäbe krallte.

Sein Atem setzte aus. Da lag das Fläschchen, auf dem Boden zwischen ihm und dem Käfig. Wenn der Tijoaner es entdeckte, würde er sich zusammenreimen, dass der Prinz Besuch bekommen hatte. Vorsichtig streckte Rinek die Krallen danach aus. Währenddessen beobachtete Scharech-Par seinen Gefangenen mit einem kühlen, ein wenig verwunderten Blick.

»Soll das ein Versuch sein, mich dazu zu bewegen, Euren Käfig zu öffnen? Ich glaube nicht, dass …«

Arian krümmte sich und rutschte tiefer. Er schnappte nach Luft. Seine dunklen Augen begegneten Rineks Blick. Sterbe ich?, schienen sie zu fragen.

Vertraut mir, dachte der Briner, nur um selbst zu erschrecken, als Arians Blick brach.

Der Tod sah so unglaublich echt aus, so unumkehrbar …

Die Flasche schabte leise über den Boden, während er sie heranzog. Mit einem Satz war Scharech-Par bei ihm. Rinek schaffte es gerade noch, den verräterischen Gegenstand unter den Sessel zu schieben, bevor der Tijoaner sich auf ihn stürzte.

»Du! Du schon wieder!«

Er war überraschend stark. Obwohl Rinek um einiges größer und schwerer war, packte der Drachenkönig ihn am Kragen und zerrte ihn über die Lehne des Sessels. Der Briner krachte gegen den Käfig und sah für einen Moment in die starren Augen des Prinzen, dann zog Scharech-Par ihn schon wieder hoch und schleuderte ihn gegen einen marmornen Tisch, der quietschend über den glatten Boden rutschte.

An der Tür erschien eine blonde Frau, die auf dem Kopf zu stehen schien. Rinek blinzelte, dann wurde ihm bewusst, dass er derjenige war, der ungünstig lag. Alles drehte sich um ihn.

»Braucht Ihr Hilfe?«

»Nein, Wea, mit diesem Kerl werde ich schon selbst fertig.«

Rinek fühlte sich erneut hochgerissen. Der Schmerz betäubte ihn für einen Moment, als er mit dem Rücken gegen einen Pfosten des Himmelbettes stieß, dann wurde er dumpf und schwer. Blut lief ihm über die Lippen.

»O nein! Der Prinz!« Die Frau war immer noch da. Wie durch einen Schleier sah Rinek, dass sie die Hand durch den Käfig steckte und Arian berührte. »Er ist wirklich tot! Hat jemand das Siegel gebrochen?«

»Er ist nur aus dem einen Grund gestorben – um mich zu ärgern!«, schnaubte Scharech-Par. »Es sei denn, dieser ungebetene Besucher hier will uns etwas dazu erzählen?« Er legte eine Hand um Rineks Hals. Mit der anderen packte er die silberne Kette und riss sie an sich. »Da ist Dairans Schuppe! Du wagst es herzukommen, mit dieser nutzlosen Schuppe um den Hals? Willst du mich wütend machen?«

»Nun ja … ja«, stammelte Rinek. »Besser, ihn zu töten, als ihn Euch zu überlassen«, keuchte er. Er musste Scharech-Par davon überzeugen, dass der Prinz tatsächlich tot war, oder alles war umsonst.

»Wie hast du ihn getötet?«, wollte Wea wissen.

Rinek hob den Kopf.

Er versuchte zu lachen; mit der unnachgiebigen Hand um seine Kehle geriet das Gelächter so heiser und irre, wie er sich im Moment fühlte. »Das fragt Ihr im Ernst, Zauberin? Ich verrate meine Zaubersprüche nicht. Ganz gewiss nicht an Euch.«

»Ich kenne alle Drachenworte«, sagte Wea stolz. »Alle, die ich wissen muss. Tötet ihn ruhig, Herr, er wird uns nichts Wichtiges sagen können.«

Verzweifelt wünschte Rinek, er hätte noch eine Drachenschuppe in der Tasche gehabt. Vielleicht wäre ihm dazu sogar ein passender Zauber eingefallen, um sich seinen Gegner vom Hals zu schaffen.

»Tötet ihn nicht.« Vor dem Fenster verdunkelte sich der Tag, ein riesiges goldenes Auge spähte herein. Der Drache musste sich an einem Sims festgekrallt haben, er flatterte, um nicht den Halt zu verlieren.

»Ah, Gah Ran«, sagte Scharech-Par. »Du glaubst also, du müsstest dich einmischen?«

»Eine bessere Geisel als ihn gibt es nicht«, meinte der Drache. »Das ist Linnias Bruder. Ihr Lieblingsbruder. Für ihn würde sie sterben. Für ihn wird sie die Schuppe abgeben, ohne Widerstand zu leisten. Wenn Ihr habt, was Ihr wollt, ist noch Zeit genug, um ihn für sein Verbrechen zu bestrafen.«

Scharech-Par zögerte. »Hat Ojia Ban Bericht erstattet?«

»Es wird nicht mehr lange dauern«, sagte Gah Ran. »Die Spur sieht vielversprechend aus.«

»Gut.« Der Tijoaner nickte. Er packte Rinek am Kragen und zerrte ihn zum Fenster. »Bring ihn nach Steinhag.«

»Haltet Ihr das für klug?«, fragte Wea. »Wenn Gah Ran nicht zu trauen ist …«

»Oh, keine Sorge«, versicherte der Drachenkönig. »Nicht wahr? Du fliegst wieder im Schwarm. Du hörst meinen Ruf. Niemand gibt das einfach so auf. – Na los.« Er versetzte Rinek einen Stoß. »Kletter aus dem Fenster. Und merke, was die Macht der Drachen bedeutet.«

Rinek fluchte, doch gehorsam schwang er die Beine über das Sims und stieg in Gah Rans offene Pranke.

»Schafft die Leiche aus meinem Schloss«, hörte er Scharech-Pars letzten Befehl.

Sie flogen. Gah Rans Flügel rauschten im Wind. Mit tränenden Augen hielt Rinek Ausschau nach Sion, die eigentlich hätte spüren müssen, wenn er in Gefahr war.

»Du fürchtest dich erstaunlich wenig«, sagte der Drache.

Er flog tief zwischen den Hügeln hindurch, und fast erwartete Rinek, dass er ihn einfach ins Gras fallen lassen würde. Dort unten war einer der Eingänge ins Labyrinth. Wehmut durchfuhr ihn, als sie schon wieder weiter waren und das Grün des Frühlings sich in das unwirtliche Grau der Berge verwandelte.

»Wirst du mich freilassen?«, fragte Rinek.

»Und Scharech-Par enttäuschen? Warum sollte ich?«

»Ich weiß nicht. Aber etwas an dir ist anders als an den anderen. Außerdem bist du Linns Drache.«

Gah Ran lachte heiser. Die Magie in ihm war so stark, dass Rinek schwindlig wurde – möglicherweise aber auch nur die Auswirkung des Fluges.

»Warum hast du die Kette wieder an dich genommen, obwohl Sion dich über ihre … Wirkung aufgeklärt hat?«

»Warum bist du gekommen, um mich zu retten, als Scharech-Par mir gerade den Garaus machen wollte?«, fragte Rinek zurück.

Wieder dieses heisere, zauberhafte Drachengelächter. »Dafür, dass du kein Harlon bist, bist du ihm überraschend ähnlich. Nun ja«, fügte er hinzu, »warum auch nicht. Warum hätte Merina nicht einen Mann wählen sollen, der sie an ihre erste Liebe erinnert? Großspurige Worte und ein nicht minder großes Herz. Ein Herz, groß genug für die Liebe einer Drachenfrau. Mutig genug für Sions Aufmerksamkeit.«

»Du kannst mich nicht aus dem Weg räumen. Ich bin eine Geisel.«

»Du sagst es.«

Der Drache flog nicht schnell, und dennoch glitten die Bäume unter ihnen hinweg. Das Gerin-Yan-Gebirge wirkte von hier oben sanfter, die schroffen Hänge abgemildert vom Wald, der sich wie eine Decke um die Kanten schmiegte.

»Ich finde es ziemlich kalt«, meinte Rinek mit klappernden

Zähnen. Weiße Flecken zeigten sich unter ihm auf den Hängen, und je weiter sie kamen, umso mehr wurden es.

»Wunderbar. Soll ich mich mütterlich fühlen?«

Der Drache legte die Tatzen übereinander, und in der so entstandenen Höhle wurde es merklich wärmer, im Gegenzug musste Rinek auf die atemberaubende Aussicht verzichten. Ein schrilles Kreischen schreckte ihn auf. Der Drache schwankte im Flug, sein Griff wurde fester, während er taumelte. Er fauchte. Durch die Zwischenräume der Krallen sah Rinek Feuer aufglimmen, das Gebrüll wurde lauter, und dann öffnete sich die Tatze, und er rollte kopfüber in den Schnee. Sofort schoss Gah Ran wieder in die Höhe, um sich auf den anderen Drachen zu stürzen. Nein, es war nicht bloß ein Angreifer, wie Rinek jetzt feststellte. Es waren mindestens dreißig. Und einer davon war silbergrün. Rinek blinzelte, aber der Drache verschwand nicht, und er hörte nicht auf, Sion zu sein. Sein Herz machte einen Sprung. Sie war doch gekommen, er hatte es gewusst.

»Gib auf, Verräter!«, zischte sie. »Wir wissen, dass du auf der Flucht bist!«

»Bin ich das?«, fragte Gah Ran. »Dies ist der Weg nach Steinhag, wie du sehr wohl weißt, Sion Ran.« Er betonte ihren Namen, als sei dieser ein Versprechen, eine Verheißung, die sich nie erfüllt hatte.

Wieder ertönte das unmenschliche Kreischen ihrer Wut.

»Was werdet ihr ihm sagen?«, fragte der Rote. »Dass ihr mich dabei erwischt habt, wie ich ihm nicht gehorcht habe? Glaubst du etwa, er durchschaut dich nicht, meine Liebe?«

Die anderen Drachen flogen näher. Sie bildeten einen Kreis um den Roten. Rinek lag rücklings im Schnee und starrte ungläubig auf das Schauspiel, das sich ihm bot. War sie gekommen, um ihn zu retten? Was passierte hier eigentlich?

»Das ist wahr«, gab sie zu. »Er ist ein ValaNaik. Er sieht mehr.

Dachtest du wirklich, er verzeiht dir? Deine Rolle ist zu Ende in diesem Stück.«

Gah Ran, bedrängt von den übrigen Angreifern, landete neben Rinek im Schnee. Er reckte den Hals, und in diesem Moment war er schöner als sie alle, sogar schöner als Sion in ihrem Silberglanz. Er war wie ein Feuer, das den Schnee verzehrte, ein Brand, der zugleich einem Lied glich, einer Melodie, die unvergleichlich war, von der man nie genug bekam.

»Ich hätte mir denken sollen, dass du auf Scharech-Pars Seite bist«, sagte er. »Denn nicht ich hätte diesen Mann aus dem Schloss retten sollen, sondern du. Wo warst du?«

»Er hätte sterben müssen«, rief sie. »Ich hasse dieses Band! Warum hast du nicht zugelassen, dass der König ihn tötet? Dann wäre ich jetzt frei!«

»Was?«, rief Rinek dazwischen. »Ich dachte, du bist hier, um mich aus seinen Klauen zu retten?«

Der silbergrüne Drache wandte ihm den Kopf zu. »Schweig still«, fuhr sie ihn an. »Menschen haben den Mund zu halten, wenn Drachen reden.« Sie wandte sich wieder an den Roten. »Du wirst nie einem ValaNaik dienen, Gah Ran. Immer spinnst du Verrat. Pläne, die dich groß machen sollen und uns andere außer Acht lassen. Was hast du vor? Zu Linnia zu fliegen und dir die Schuppe selbst zu holen, zusammen mit ihrem Bruder? Und dann?«

Rinek wich zurück. Langsam drang die Erkenntnis zu ihm durch, dass Sion seinen Tod wollte. Dass sie ihn absichtlich nicht gerettet hatte, schlimmer noch, dass sie gekommen war, um ihn umzubringen. Ihn und Gah Ran. Er sah sie vor sich, so schön, so herrlich in ihrer Drachengestalt, mächtig und glänzend, und das passte nicht zu dieser dunklen Wahrheit, die allmählich in sein Herz sickerte.

»Du willst meinen Tod?«, rief er. »Ich dachte, du liebst mich!«

Sion lachte nur. »Du bist ein Mensch, nichts als ein Mensch!

Was bildest du dir ein? Ich habe dich nur benutzt, um meinen alten Freund herzulocken. Um ihn in den Dienst des Königs zu zwingen, des wahren Königs. Aber du hast es vermasselt, Gah Ran!«

Die anderen Drachen fauchten und kamen näher. Immer noch zögerten sie, obwohl sie in der Überzahl waren.

»Willst du die Erlösung für dich allein? Ist es das? Verräter!«

»Nein«, sagte Gah Ran. »Ich habe nur nach einem Zauberer gesucht, der den Fluch von uns nimmt. Von uns allen. Und wenn es irgendwie geht, nicht von diesem ValaNaik, der eine Schande ist für unser Volk.«

»Verräter!«, kreischte Sion erneut. Sie warf den Kopf hoch und spie eine hohe Flamme in die Luft. Selbst sie wirkte unsicher, ob sie sofort angreifen sollte.

Rinek rollte sich auf die Knie und stand auf. Er stützte sich gegen den roten Drachen. »Was ist? Kämpfen wir? Ich bin dabei.« Er ballte die Fäuste.

Sein Tod war beschlossene Sache, was er zu sagen hatte, interessierte sie überhaupt nicht. Drachen unter sich. Er war für sie nur Mittel zum Zweck gewesen, ein Gegenstand …

Sein Groll wurde immer größer und bitterer. Wenn sie eine Frau gewesen wäre, er hätte sie gepackt und geschüttelt … aber als er sie gegen die schuppige Pranke trat, merkte sie es nicht einmal. Sie wollte kämpfen? Na gut!

Wie süß ihre Küsse gewesen waren. Und ihre Umarmungen im Schnee … Ihre funkelnden Augen, ihr warmer Leib, ihr silbernes Haar …

»Sion!«, schrie er. »O Sion!« Er wusste nicht, wohin mit diesem Schmerz, als wäre in seinem Herzen ein wilder Drache geboren worden, der seine Flügel ausbreitete und Feuer spie und ihn von innen heraus verbrannte.

»Es ist so schade«, sagte Gah Ran. »Dieser Junge hat sich wirklich in dich verliebt. Ich habe dich durch seine Augen gesehen, voller Bewunderung. Ich habe gehört, wie sein Herz heftiger schlug, wenn er mit dir redete. Er hat sogar eine Überraschung für dich vorbereitet – ein Gewand aus Seide.«

Der silberne Drache fasste Rinek ins Auge. »Ach? Sollte mich das kümmern? Scharech-Par hat für uns alle vorgesorgt. Wir werden wieder leben wie früher. Ohne dich, Gah Ran – so wie damals. Dachtest du denn im Ernst, ich würde mich gegen einen ValaNaik stellen? Ich habe es nicht getan, als Kian König war, und auch nicht, als Dairan sein Nachfolger wurde, und ich tue es jetzt genauso wenig.«

»Ich weiß«, murmelte er. »Du warst immer sehr darauf bedacht, alles richtig zu machen. Hast du nicht deshalb die Priesterinnenwürde abgelehnt? Nicht aus Liebe. Sondern weil du nicht bereit warst, so eine große Verantwortung zu tragen. Eigene Entscheidungen zu treffen. Wie hättest du eine Macht empfangen können, die dich über ihn gestellt hätte? Du warst nie bereit, einem ValaNaik die Stirn zu bieten.«

»Es reicht!«, schrie sie. »Nichts weißt du über mich. Du glaubst, du wüsstest alles, dabei bist du derjenige, der in die Falle gegangen ist!«

»Ja«, sagte Gah Ran leise. »Denn deinetwegen bin ich hergekommen, deinetwegen habe ich Scharech-Par die Treue geschworen. Nicht wegen Steinhag. Sondern um hierher nach Lanhannat fliegen zu können, ohne mich verstecken zu müssen. Als ich deine Stimme durch die Schuppe hörte und dein Gesicht erblickte, traf es mich wie ein Blitz. Ich kam, um dich ein letztes Mal zu sehen, Sion, um mit eigenen Ohren deine Stimme zu hören. Um dein Haar glitzern zu sehen und das Lächeln deiner Lippen … Du bist unvergleichlich, und du weißt es.«

»Hört ihr ihn?« Der silbergrüne Drache lachte höhnisch. »Ein Narr, der über Jahrhunderte hinweg an einer unmöglichen Liebe festhält! Er glaubt, er sei ins Netz gegangen? Dabei weiß er nicht einmal, wie eng ich es gewebt habe. Ich habe dafür gesorgt, dass wir erlöst werden können. Ich habe Rinek von Laran erzählt, in dem Wissen, dass du jedes Wort mithörst. Dachtest du, ich hätte nicht die ganze Zeit von der Wirkung der Kette gewusst? Natürlich solltest du nichts davon ahnen, sonst hättest du nie zugelassen, dass Linnia den Auftrag erfüllt, oder?«

»Scharech-Par wusste es?«, fragte Gah Ran, zum ersten Mal sichtlich erschrocken. Seine Magie veränderte sich, dunkle Schlieren zogen sich hindurch, als hätte jemand das Wasser in einem Teich getrübt, indem er Schlamm aufwirbelte. »Dass Laran nicht verbrannt worden ist?«

»Natürlich. Glaubst du, ich hätte es nicht zuerst ihm gesagt? Denkst du, ich hätte je meinen König hintergangen? Aber wir haben Larans Leichnam nicht gefunden, so sehr wir auch danach gesucht haben. Verzweifelt gesucht. Was haben wir nicht alles angestellt, um Laran aufzustöbern. Wir haben gesucht und gesucht, jahrhundertelang. Keine Zauberin konnte helfen, kein Richtungszauber wirkte …«

»Du wusstest, dass Gah Ran zuhört? Du hast nicht mir die Geschichte von Larans Leichnam erzählt, sondern ihm?«, fragte Rinek dazwischen. Jedes ihrer Worte war wie ein weiterer Hieb.

Sion ignorierte ihn und sprach weiter zu Gah Ran. »Es war ein kleiner Test. Ob du es Scharech-Par erzählst … Zugegeben, du hast ihn bestanden. Jetzt glaubt er umso mehr an deine Loyalität. Aber wir beide kennen die Wahrheit, nicht wahr?«

»Alles, was du mir gesagt hast, war für ihn?«, rief Rinek. »Dabei musstest du doch mir dienen! Du hast das Hohe Spiel mit mir gespielt!«

Siedend heiß fiel ihm ein, wie viel sie wusste. Das Labyrinth, Okanion und die anderen, der unsichtbare König … War sie dabei gewesen, als er den Plan fasste, Arian zu vergiften? Nein, fiel ihm ein, Arajas sei Dank nicht.

»Genug geredet. Ich weiß, du bist kein leichter Gegner, aber am Ende hast du keine Chance gegen uns, Gah Ran. Du bist kein ValaNaik. Hier endet dein Weg.«

Die Drachen stürzten sich aus dem Himmel herab.

Wie ein Sturm wirbelte ihre Magie durch die Luft, aber der Drache neben Rinek verströmte eine gleichmäßige, pulsierende Kraft. Eine lebendige Kraft. Sie drang durch seine Finger. Sie mischte sich mit seiner Wut, mit diesem Schmerz, der ihn blendete, der in ihm tobte.

»Halt still«, rief Rinek, immer noch die Hand an Gah Rans Flanke, der sich duckte, um seinen Angreifern entgegenzuspringen. »Bei Arajas, warte!« Er legte auch die zweite Hand an die glänzenden roten Schuppen, er fühlte die Macht darin. Dumpf war ihm bewusst, dass dies noch nie irgendjemand getan hatte.

Sion, wollte er schreien. O Sion, meine Sion! Doch aus seinem Mund kamen andere Worte, von seinem Zorn und seiner Enttäuschung getragen, wie Steine auf einer Schleuder. Er sammelte seine Wut in sich und ließ dann alles los.

»Qui Ebon!«, rief er. *»Pai Ri Ko Res!«*

Licht flammte auf, heller als ein Blitz, strahlte in alle Richtungen, so blendend, dass er einen Moment lang blind war. Dann sah er, wie das Licht einen Wirbel bildete, einen Strudel aus Licht und Schnee, und die Drachen davontrug.

Er hörte sein eigenes Atmen in der Stille. Der Wirbel riss alle Schreie, alle Geräusche mit sich fort. Schlagartig war es still, und dann sickerte allmählich die blasse Helligkeit des Tages in sein Sichtfeld. Über ihnen wölbte sich der Himmel. Um sie herum war der Hang völlig schneefrei, blanker Stein und mattes, feuchtes Gras lagen wie ihrer Kleidung beraubt vor ihnen.

»Was war das denn?«, fragte Gah Ran verblüfft. »Ich wollte mich gerade in den Kampf meines Lebens stürzen!«

»Ich habe ein wenig gezaubert«, gab Rinek zu. Er fühlte sich leer und ausgelaugt. Der Schmerz war fort. Sion hatte ihn verraten, und er hatte zurückgeschlagen.

»Das habe ich gemerkt«, schnaubte der Drache. »Bei SaiHara, womit hast du gezaubert? Mit mir! Wie kannst du … mit einem lebendigen Drachen?«

»Ich meine, irgendwo gehört zu haben, dass die Schuppen eines lebenden Drachen wesentlich wirkungsvoller sind als die eines toten.«

»Sie sind noch an mir dran! Du hast nicht mit den Schuppen gezaubert, sondern mit mir!«

»Ja. Es ist mir gerade so eingefallen, dass das gehen könnte.«

»Noch nie«, schrie Gah Ran, »noch nie hat jemand so etwas getan!«

Rinek stutzte, als sich der Wutschrei des Drachen in Gelächter verwandelte. »Du bist der Richtige!«, rief er. »Du bist derjenige, der es tun kann!«

»Der was tun kann?«

»Du musst Larans Schuppe nehmen«, sagte Gah Ran. »Du musst zaubern. Du wirst uns erlösen und Scharech-Par dabei außen vor lassen. Du bist der Zauberer, der uns befreien kann, sowohl von dem Fluch als auch von diesem König!«

»Mein magisches Talent ist nicht besonders stark«, gab Rinek zu bedenken.

»Deine Ideen machen das mehr als wett.« Gah Ran blinzelte, etwas hatte ihn abgelenkt.

Rinek drehte sich um und sah den silbernen Drachen davonfliegen, von einer Seite zur anderen schwankend. Er wollte nicht erleichtert sein, er suchte in seinem Herzen nach der Wut, aber er entdeckte nur stille Trauer.

Flieg, Sion. Flieg.

»Sie hat es überlebt. Ich schätze, der Heilzauber schützt sie immer noch. Willst du sie verfolgen?«

Gah Ran schwieg eine Weile. »Nein«, sagte er schließlich mit belegter Stimme. »Sie ist die Anstrengung nicht wert. Lass uns aufbrechen, mein Junge. Nach Steinhag. Dort werden sie die Schuppe hinbringen, sobald sie sie haben.«

»Können wir nicht lieber Linnia suchen und abfangen, bevor die Schuppe in die falschen Hände gerät?«

»Wir können nicht riskieren, sie zu verfehlen. Ich habe keine Ahnung, wo deine Schwester ist. Nein, wir gehen auf Nummer sicher und treffen sie in Steinhag«, sagte Gah Ran. »Deshalb bringe ich dich dorthin, wie ich es Scharech-Par versprochen habe.« Er lachte. »In meinem Herzen mag Verrat wohnen, doch ich bin brav wie der loyalste Diener, den ein Herrscher haben mag.«

»Brav«, wiederholte Rinek skeptisch.

»Nun ja«, gab der Rote zu, »vermutlich werde ich mir so oder so wieder den Fluch der Verbannung zuziehen. Ganz gleich, welcher König auf dem Thron sitzt und sich mit dem Blut der ValaNaik brüstet, ob er mein Freund ist oder mein Feind. Ich tauge nicht dazu, Befehle auszuführen. Doch lass uns die wenigen Tage, die uns bleiben, noch genießen, Rinek Lester. Lass uns tun, als wären wir frei und als könnten wir siegen.«

Wieder flogen die zerklüfteten Täler unter Linn vorbei, verschmolzen zu einem Bild aus Grau und Weiß, das ein verrückter Maler auf eine gefaltete und zerknüllte Leinwand gepinselt hatte. Weit in alle Richtungen breitete sich die Stadt der Felsleute aus. Dort war der Stufenpalast … und da der Platz, auf dem Binia gestorben war. Ausgerechnet hier setzte Ojia Ban zur Landung an. *Denk nicht daran …* Es schien unendlich lange her, und trotzdem war der Schmerz frisch wie gestern, eine Wunde, die sofort zu bluten begann, wenn man sie berührte.

»Wird es jemals besser?«, fragte sie.

»Nein«, antwortete Nival. »Dafür gibt es keinen Zauberspruch und kein Heilmittel. Du wirst das Geschehene in dir tragen bis ans Ende deines Lebens. Es liegt an dir«, fügte er hinzu, »ob du damit weitergehst oder stehenbleibst.«

Linn nickte. Die Wahrheit war ihr lieber als ein falscher Trost. Sie dachte an die Türen, von denen er einmal gesprochen hatte, hinter denen sein eigener Schmerz eingeschlossen war, und wünschte sich, sie hätte eine Tür in ihrer Seele, hinter der Binia wohnte. Nicht Binia, wie sie starb. Nicht Binia, wie sie litt, mit der verbrannten Haut, ohne Haare. Sondern das Mädchen, das sein blondes Haar schüttelte und die Arme hob und tanzen wollte.

Warte auf mich, sagte Linn in Gedanken. *Warte hinter der Tür. Ich werde zuschauen, wie du tanzt. Aber nicht jetzt.* Sie wagte es, den Blick zu heben und sich umzusehen. Nichts verriet mehr, was hier passiert war. Kein Blut im Schnee, keine Spuren davon, wie Scharech-Par seine Macht und seine Grausamkeit gezeigt hatte.

Tust du das für mich, Binia? Warte hinter der Tür. Ich darf nicht weinen. Ich muss stark sein.

Natürlich, antwortete Binia. Ihr Gesicht war zart und hell, und die Haare wogten um ihre geröteten Wangen. Mach dir keine Sorgen um mich.

»Sorge dich nicht. Sie ist hier.«

Linn erschrak. Wem gehörte diese Stimme? Fremd hallte sie in ihren Gedanken wider. *»Sie ist da. Ich bin da.«*

»Dairan?«, fragte sie leise, aber sie wusste, dass er es nicht sein konnte; diese Stimme klang ganz anders als das Flüstern der grünen Maske.

»Ich kenne dich. Weißt du denn nicht, wer ich bin? Halte mich ruhig für einen Drachen, für einen Drachen, der in deine Gedanken passt und in dein Herz. Welcher Drache ist wohl am gefährlichsten, der größte oder der kleinste oder der unsichtbarste?«

Das Lachen klang nicht unsympathisch, und trotzdem wurde ihr kalt; es war wie der Kuss eines Fremden. Einen Moment erwog sie, die Maske abzunehmen, doch es gab nirgendwo einen sicheren Ort für diese Kostbarkeit, kein Versteck, nur ihr Gesicht. Trotzdem wünschte sie, nicht alle Masken, die etwas mit den Drachen zu tun hatten, würden reden, und noch lieber als dieses herrlich verzierte Gold hätte sie Nivals Ledermaske angelegt, die nur an ihn erinnerte und an nichts sonst. Aber hatte nicht schon jene Maske den Ruf nach Lanhannat in sich getragen?

»Und du?«, fragte sie leise. »Wohin rufst du mich? Nach Tijoa? Zurück zum Meer? Wer bist du – Laran?« Sie hoffte inständig, dass die Maske, die neben seinem Leichnam gelegen hatte, nichts mit dem riesigen schwarzen Ungeheuer zu tun hatte. War es seine Stimme, leise und neckend? Sie hätte jedenfalls besser zu Jikesch gepasst als zu dieser mächtigen Bestie von ValaNaik.

Die zahlreichen Drachen, die über den Steinhäusern schwebten, wirkten unruhig und aufgeregt. Irgendwo schrie ein Kappengeier; Linn fragte sich, ob er womöglich empört war über die Anwesenheit der riesigen Ungeheuer.

»Da sind sie schon«, sagte der blaugrüne Drache.

Den breiten Weg von der Stadt hierher kam ein Trupp Felsleute herauf. In ihrer Mitte führten sie einen Mann mit sich, der sie um einiges überragte, einen Mann mit schwarzem Haar und einem unverschämten Grinsen im Gesicht. Hinter den Felsmännern bewegte sich ein Drache, ungewöhnlich elegant und geschmeidig für ein so großes Wesen. Linn erstarrte. Der Drache war rot.

Hariza ging an der Spitze. Sie trat ihnen stolz lächelnd entgegen, doch ihre Augen weiteten sich, als Linn ihr das Gesicht mit der goldenen Maske entgegenhob, und sie schnappte nach Luft.

»Hay Ran Birayik«, murmelte sie, streckte die Hände aus und ließ sie wieder sinken.

»Wir bringen etwas, das Scharech-Par bestellt hat«, sagte Nival freundlich. »Ist er zufällig hier, oder weilt er im schönen Schenn und spielt den rechtmäßigen Erben, Larans Sohn?«

»Laran«, flüsterte die Felsfrau, ihre Augen weiteten sich. »Kann ich … darf ich … es sehen?«

Linn öffnete die Hand, auf der die schwarze Scheibe lag, ein Stück vom Nachthimmel, dunkel und fern, sie hielt sie und dennoch schien sie nicht greifbar.

Ich könnte sie behalten. Ich könnte … was? Ich vermag nicht zu zaubern. Nival könnte es versuchen, aber wenn es nicht klappt und sich alle auf uns stürzen, haben wir nichts gewonnen. Rinek. Was, wenn Rinek es versucht?

Sie sah zu ihrem Bruder hinüber. Er war vielleicht wirklich dazu in der Lage. Doch bevor sie auch nur einen Schritt auf ihn zumachen konnte, fiel ihr auf, dass die Felsmänner alle bewaffnet waren. Pfeil und Bogen. Lanzen. Messer.

Wetten, sie sind schnell? Schneller, als ich es je sein könnte?

Wieder sah sie vor sich, wie Binia gestorben war. Nicht weit von ihr entfernt und dennoch unerreichbar.

Nein, sie konnte es nicht riskieren. Scharech-Par hatte ihr genau die richtige Geisel vor die Nase gesetzt.

»O ihr Götter.« Hariza fiel heute völlig aus der gewohnten Rolle der arroganten Herrscherin. Sie wich zurück, als könnte sie sich an der Drachenschuppe verbrennen, die Linn ihr überreichte.

»Was ist mit der Geisel?«, fragte Linn möglichst forsch.

Die Felsfrau schenkte ihr einen merkwürdigen Blick. »Ja«, sagte sie schließlich. »Er ist da. Natürlich.«

Sie winkte ihren Kriegern, und vor Rinek bildete sich ein Gang, durch den er auf Linn zuschritt. Ihr fiel auf, dass er nicht hinkte und keine Krücke benutzte. Leichtfüßig, geradezu federnd kam er auf sie zu, sein Lächeln wurde breiter.

»Rinek! Ich hatte schon Angst, du könntest …« Ihre Stimme

brach. Sie klammerte sich an ihren Bruder, sie wollte ihn niemals wieder loslassen.

»Ist gut«, flüsterte Rinek. »Ich lebe ja noch. Wer bist du, schöne Frau? Linni?« Zärtlich strich er ihr übers Haar. »Meine Linni?«

»Sie ist's«, erklärte Nival. »Vergoldet, doch ansonsten unverkennbar dieselbe.«

Ihr war nicht nach Scherzen zumute. »Rinek, ich muss dir etwas sagen. Binia ...«

»Ich weiß«, unterbrach Rinek leise. »Gah Ran hat es mir erzählt.«

»Gah Ran?« Sie fuhr zurück. »Du hast mit ihm gesprochen? Er war es, der dich als Geisel vorgeschlagen hat!«

Sie sah an ihm vorbei auf den Drachen, der sie beobachtete. Die Felsleute zogen ab. Ojia Ban schwang sich in die Luft und hielt auf den Stufenpalast zu. Linn zweifelte nicht daran, dass er derjenige sein würde, der die Schuppe zu Scharech-Par brachte. Doch Gah Ran wartete immer noch.

»Ja«, sagte Rinek, »damit hat er mir das Leben gerettet.«

»Du traust ihm?«, fragte sie entgeistert. »Aber er ...«

»Er ist auf unserer Seite, Linn.«

»Er hat nichts getan, um Binia zu retten! Gar nichts! Er hat nicht gekämpft, er hat es nicht einmal versucht!«

»Hätte er sie denn retten können?«, fragte Rinek eindringlich. »Sei ehrlich! Hätte er es gekonnt?«

Gah Ran kam näher, vorsichtig, als fürchtete er sich vor ihren Anklagen.

Sie wollte nichts von Vernunft wissen. »Er hat nicht gekämpft.«

Nival legte ihr die Hand auf die Schulter. »Lass gut sein, Linnia. Er hat ein Herz wie ein Löwe, doch wenn er gekämpft hätte, während Scharech-Par und die Zauberin dabei waren, wären wir alle ums Leben gekommen.«

Besser, gemeinsam unterzugehen, als zuzulassen, dass jemand so brutal aus unserer Mitte gerissen wird. Sie öffnete den Mund, um ihm diese Wahrheit ins Gesicht zu schmettern.

»*Bei mir*«, flüsterte die Stimme. Zärtlich. Lockend. »*Sie tanzt hinter der Tür. Sie flicht die Sterne in ihr Haar, Bänder aus Licht. Lass sie spielen. Heute ist ein anderer Tag, ein Tag für die Jäger, die etwas Größeres fangen wollen als einen Vogel, der singt. Gibst du mir nicht recht?*«

Linn verstummte verwirrt. Sie wandte sich ab und nahm die Maske von ihrem Gesicht. Die leeren Augenhöhlen schienen sie anzustarren. Wieder einmal war sie von der Schönheit dieses Gegenstands fasziniert.

»Wir dachten übrigens alle, du seist tot, mein Freund«, meinte Rinek zu Nival. »Die Überraschung hat Gah Ran für mich aufgespart. Hast du am Ende selbst das Gift zu dir genommen, das den Tod nur vortäuscht?«

»Das ist eine lange Geschichte«, sagte Nival. »Dafür haben wir jetzt keine Zeit. Linnia? Hörst du mich, oder verstopft der Anblick deines unvergleichlichen Schatzes dir die Ohren?«

Gah Ran kam noch näher, er schien immer langsamer zu werden. Nein, nicht schuldbewusst, sondern fassungslos starrte er sie an.

»Woher hast du das?«, fragte er heiser.

»Was?«, fragte sie trotzig.

»Diese Maske. Sie war verschollen seit Rajas Tod. Sie …«

»Das ist wohl das Einzige, was dich interessiert?«, fuhr sie ihn an.

»Ich erwarte nicht, dass du mir verzeihst«, sagte er. Es war seine Stimme, die sie zur Besinnung brachte. Weich. Er klang sehr verletzlich, und obwohl sie denken wollte: *Ich hasse ihn!*, vermochte sie es nicht. »Bitte, dies ist sehr wichtig. Hört mir alle zu. Ihr habt die Schuppe gefunden, ihr habt sie weggegeben. Hättet ihr selbst damit zaubern können? Wahrscheinlich nicht. Scharech-Par hat, was er wollte, und ihr seid überflüssig. Jetzt kommt der Zeitpunkt, an dem ich einen Befehl ausführen müsste, der Scharech-Par von meiner grenzenlosen Loyalität überzeugen würde.«

»Davon bin ich schon überzeugt«, sagte sie bitter.

»Linn«, erwiderte er, »ach, Linn ... Wenn ich mit deiner Schwester davongeflogen wäre, hätte Scharech-Par den Fluch der Verbannung über mich verhängt. Sofort. Ich wäre abgestürzt.«

Es war nicht einfach, dem Drachen zu verzeihen. Sie wusste nicht einmal, wie sie damit beginnen sollte.

»Du sollst uns also töten?«, fragte Nival.

Gah Rans grimmiges Lächeln war nicht auf seinem Maul sichtbar, aber es schwang in seiner Stimme mit. »So ist es geplant. Ihr wusstet doch, dass es so kommen würde, also tut jetzt nicht überrascht.«

»Dort oben ist alles voller Drachen«, sagte sie. »Sie werden sich auf uns stürzen, falls wir fliehen wollen.«

Rinek grinste wieder. »Das kümmert uns nicht, was, Gah Ran? Wir sollten nur Ojia Ban einen kleinen Vorsprung geben, damit wir die Schuppe nicht in der ganzen Stadt suchen müssen.«

Die Hoffnungslosigkeit, die Linn überfallen hatte, als sie die Schuppe hergegeben hatte, wich einer gespannten Erwartung.

»Ich nehme euch hoch«, kündigte der Drache an. »Rinek, mach dich bereit.«

Linn beobachtete, wie ihr Bruder auf Gah Rans andere Pranke kletterte. Unter seinem langen Mantel verbarg sich ein sehr merkwürdig aussehender Fuß. Doch bevor sie danach fragen konnte, schwang Gah Ran sich schon hoch. Er stieg in die Luft, mitten hinein in den bunten Schwarm der Drachen. Einen Moment lang war um sie her ein Chaos aus Flammen und Gekreisch, dann ging die Welt in einem Blitzgewitter aus Licht und Feuer unter. Gah Ran tauchte aus einer feurigen Wolke hindurch und segelte in raschem Tempo weiter.

»Was war das?«, fragte Nival benommen.

Gah Ran stieß einen schrillen Schlachtruf aus, der wie Gelächter klang. »Dort vorne ist Ojia Ban.« Er wurde schneller, mühelos holte er den blaugrünen Drachen ein.

Sobald Ojia Ban sah, von wem er verfolgt wurde, landete er auf einem schneebedeckten Plateau. Gah Ran ging in einer weißen Wolke aus aufgewirbeltem Schnee neben ihm nieder.

»Ich will keinen Kampf«, rief Ojia Ban. »Ich bin nicht so wahnsinnig, allein gegen dich anzutreten, Gah Ran. Bei Sai-Hara, was war das über Steinhag? Ich habe Licht gesehen, als wäre ein Stern dort abgestürzt!«

»Ich habe einen Zauberer«, sagte Gah Ran zufrieden. »Einen erstaunlichen Zauberer. Gib mir die Schuppe.« Er entließ die drei Menschen aus seinen Tatzen und machte sich bereit.

Ojia Ban zögerte. »Hältst du das für klug? Was hast du vor? Sie zu benutzen?«

»Natürlich«, sagte Gah Ran. »Dieser Junge hier kann es. Hast du Angst, ich würde ihn darum bitten, dich nicht zu erlösen? Sei unbesorgt. Ich bin zwar nachtragend, aber nicht einmal dir würde ich das verwehren.«

Es hatte eine Zeit gegeben, in der Linn geglaubt hatte, sie könnte nicht weiterleben, wenn sie diesen blaugrünen Drachen nicht zur Strecke brachte. Ihn und den roten, den schlimmsten von allen. Doch hier stand sie, und weder Hass noch Rache waren mehr wichtig. Nur die Frage, wie sie dieses kostbare schwarze Ding am besten nutzen konnten. Die Welt gehörte ihnen. Niemals hätte sie geglaubt, dass Rinek derjenige sein würde, der alles veränderte.

Dabei war sie dagewesen, im Hof, als er mit der grünen Schuppe den silbernen Drachen geheilt hatte. Wahrscheinlich hätte er in dem Moment die Macht besessen, alle Verwundeten im Umkreis zu heilen, aber der Zauber hatte nur diesen einen Drachen betroffen. Ihr Bruder konnte es, Gah Ran hatte recht. Den Fluch aufheben und Scharech-Par dabei ausnehmen.

Der Blaugrüne hatte seine Pranke zur Faust geballt. Es war schwierig, mit so einer großen Tatze etwas so Kleines festzuhalten. Wenn er die Schuppe verlor, würde er sie unmöglich aus dem Schnee herausklauben können.

»Damit können wir den Fluch aufheben«, sagte er. »Du willst es, Gah Ran, und ich will es auch. Aber ein Zauber, der den ValaNaik ausschließt, ist nicht die Lösung. Ob mit Verwandlung oder ohne, er wird unvergleichlich mächtig sein.«

»Sie kann ihn in die Schranken weisen«, sagte Gah Ran. »Sie könnte ihn sogar verbannen, wenn er gegen die Gesetze verstößt.«

»Ich?«, fragte Linn. »Wie das?«

»Sie kann keine Priesterin sein«, entgegnete Ojia Ban. »Sie ist keine Drachenfrau. Wir müssen Sion die Maske geben.«

»Sion?« Gah Ran lachte böse. »Vor wenigen Tagen hat sie versucht, mich umzubringen. Sion wird nie im Leben Hay Ran Birayiks Priesterin!«

»So oder so, wenn Scharech-Par überlebt, wirst du niemals nach Steinhag zurückkehren können, Gah Ran. Nicht, wenn du ihm offenbarst, wie du wirklich über ihn denkst.« Er lachte. »Hast du das nicht bereits getan? Was auch immer du dort im Tal getan hast. Nur jemand wie Scharech-Par konnte glauben, dass du es ernst meinst mit deiner Kapitulation. Weil er weiß, dass ihm alle Ehre gebührt. Es will nicht in seinen Kopf hinein, dass irgendjemand ihm verweigern könnte, was ihm zusteht. Ein ValaNaik, wie er im Buche steht.«

»Ich behaupte nicht, dass ich dich durchschaue«, meinte Gah Ran und musterte Ojia Ban. »Gib die Schuppe her.«

»Wir müssen auch Scharech-Par erlösen«, sagte Ojia Ban. »Nur wenn er ebenfalls befreit wird, werden die Zauberbanne erlöschen. Nur dann wird er angreifbar. Damit es so kommt, können wir ihm genauso gut die Schuppe bringen, und er wird weiterhin denken, dass du auf seiner Seite stehst.«

Wieder zögerte Gah Ran. »Wie sollen wir gegen einen Vala-Naik kämpfen, der ein Drache ist?«

»Wenn wir alle zusammenhalten, kann es gelingen. Und wenn die Priesterin auf unserer Seite ist.«

»Ich bin keine Priesterin!«, protestierte Linn.

Gah Ran wirkte müde und traurig, als er nickte. »Das ist wahr, das bist du nicht. Eine Maske macht noch keine Priesterin. Was soll ich tun, Linn? Scharech-Par wird so oder so gewinnen, selbst wenn wir ihm seinen größten Wunsch nicht erfüllen. Wir werden ihn nicht besiegen, indem wir ihn von der Verwandlung ausschließen. Er wird mich nur wieder verbannen.«

Sie hörte die Trostlosigkeit in seiner Stimme. Auf einmal wurde ihr bewusst, dass alle sie ansahen. War dies ihre Entscheidung? Rinek war derjenige, der zaubern konnte. Die Drachen betraf die Verwandlung. Und Nival …

Sie drehte sich zu ihm um.

»Wenn nur ein Teil des Fluches aufgehoben wird, bleibt die Magie der Drachen für die Zauberer verfügbar. Dann wärst du nicht gefährdet«, sagte sie. War es nicht das, was sie wollte? Das, worum es ihr ging?

Alles konnte bleiben, wie es war. Scharech-Par als wütender Mensch, dem die Drachen gehorchen mussten. Zauberer konnten mit Hilfe von Schuppen kämpfen. Nival behielt seine Stimme. Das war zwar kein Sieg, aber dafür das, was sie sich wünschte.

»Rinek«, flüsterte sie. »Tu es. Jetzt.«

»Gah Ran wird nie nach Steinhag zurückkehren können, wenn der Drachenkönig von seinem Verrat erfährt«, sagte ihr Bruder. »Hat dein Vater nicht für ihn gekämpft? Für seinen Freund?«

Wem würden wir was antun?

Alles drehte sich um sie, diese Entscheidung war unmöglich zu treffen.

»Wir werden Scharech-Par täuschen«, sagte sie schließlich. »Wir fliegen nach Lanhannat. Gah Ran landet im Hof, wo wir uns hinter den Statuen verstecken. Er übergibt die Schuppe, damit der Drachenkönig glaubt, dass Gah Ran sein gehorsamer Diener ist. Dann springst du vor, Rinek, und zauberst, ehe Wea es tun kann.«

»Riskant«, murmelte Gah Ran. »Aber es könnte klappen.«

29

Die Sonne ging bereits unter, als sie Lanhannat erreichten. Die Drachen waren nebeneinander geflogen, schnell wie der Wind, getragen von einem Sturm, der ihnen folgte. Linn hatte den Verdacht, dass Rinek etwas damit zu tun hatte, doch da sie und Nival sich in Gah Rans anderer Pranke befanden, konnte sie ihn nicht fragen. Sie konnte auch nicht rufen, als sie von weitem etwas sah, das ihr das Blut in den Adern gefrieren ließ. Etwas Dunkles, das auf der breiten Straße von Yan nach Schenn vorwärtskroch, das in die Schlucht im Gebirge Einzug hielt. Etwas Dunkles, Vielgestaltiges, wie eine Ameisenstraße.

Soldaten.

Tijoanische Soldaten.

Vergiss sie. Vergiss, dass nichts von dem, was ihr vorhabt, diese Soldaten davon abhalten wird herzukommen. Scharech-Par wird immer noch König sein. Und Schenn immer noch verloren.

Aber wir haben einen mächtigen Zauberer, oder?

Ihr Herz schlug schneller, als sie die vertraute Stadt erblickte, das helle Schloss, märchenhaft schön, man konnte kaum glauben, wer dort wohnte …

Wie besprochen landete Gah Ran zwischen den Statuen. Er öffnete seine Klauen; die drei Menschen torkelten davon. Ojia Ban stolzierte bereits vor das Portal. Es war unversehrt. Linn vermutete, dass Wea die Handwerker mit Zauberei unterstützt hatte, denn so makellos hätten sie es in diesen wenigen Monden kaum hinbekommen können. In der Luft lag der milde Hauch des nahen Sommers, der würzige Duft von Gras und Blumen. Erwachen.

Ja, dachte sie, *heute lassen wir die Vergangenheit erwachen.*

Doch der Gedanke an die Soldaten schmerzte immer noch. *Sieht so unser Sieg aus?*

»Es ist das Richtige«, sagte Nival leise und drückte ihre Hand.

»Was ist mit dir?«, flüsterte die Stimme in ihr. *»Wie wach bist du? Bist du bereit?«*

»Wozu bereit?«, fragte sie zurück.

Doch die Antwort blieb aus, und verwirrt schob sie sich neben Nival und Rinek hinter die Säule.

»Was ist?«, wisperte Nival.

Ich rede mit einer Maske, dachte Linn. Nein, das würde sie ihm lieber nicht verraten. *Es wird immer schlimmer. Die grüne Maske hat nur gerufen, aber diese hier verlangt sogar, dass ich mich am Gespräch beteilige.*

»Ähm«, sagte Rinek, »was soll ich eigentlich für ein Wort benutzen?«

Sie starrte ihn an. Er wusste es nicht?

»Du warst in Steinhag, nicht ich. Ich dachte, dort erhält man alle Antworten?«

»Nein, dort haben wir nur Geschichten über die Schöpfung gefunden, und ständig geht es um Verwandlung, und da waren unzählige Gedichte über das Meer ...«

Linn erstarrte. »Verwandlung. Alles hat damit zu tun. *Caness.* Sag *Caness.* Damit kannst du jeden Zauber und jeden Fluch aufheben. Einfach nur *Caness.*«

Sie wandte ihre Aufmerksamkeit nach vorne. Der blaugrüne Drache kauerte vor den Stufen. Gah Ran stellte sich neben ihn, und wie zwei Brüder auf ihren Vater warten, warteten sie auf Scharech-Par.

Als die Wächter die Torflügel für ihn öffneten, erinnerte sie sich daran, wie sie diesem Mann das erste Mal begegnet war. Damals hieß er noch Nexin, und sie hatte ihn für den Assistenten des Botschafters gehalten. Ein Ausländer, über den die hübschen Gräfinnen tuschelten. Selbst mit dem Wissen, das sie jetzt über ihn hatte, wirkte Scharech-Par unauffällig. Durchaus attraktiv, wenngleich erst beim zweiten Hinsehen. Vielleicht glänzte sein Haar etwas zu metallisch. Vielleicht wohnte der Drache in seinen Augen, die mit einem Blick die ganze Welt zu seinem Eigentum erklärten.

Es wird ihn so wütend machen wie sonst nichts, wenn wir auch diese zweite Schuppe verschwenden, dachte Linn. *Aber es ist richtig.*

Die Soldaten. Was würde er sie tun lassen, wenn er wütend war?

Nein, die Drachen würden sich nicht dem Heer entgegenstellen. Sie würden nach wie vor ihrem König gehorchen, erlöst oder nicht. Wenn er es verlangte, würden sie Lanhannat dem Erdboden gleichmachen.

Aber es musste richtig sein. Es musste einfach. Denn wenn die Magie fort war, konnte niemand mehr gegen Scharech-Par und die Drachen kämpfen, und dann würde alles nur noch schlimmer werden.

»Sieh an, ihr seid zurück.«

Sie schlichen näher, geduckt, während die Aufmerksamkeit sich auf die beiden Boten richtete.

»Wir haben sie«, sagte Ojia Ban und öffnete seine Klaue. Die schwarze Schuppe wirkte klein und sehr dunkel gegen seine himmelfarbene, schlangengemusterte Haut.

Scharech-Par wandte sich an Gah Ran. »Du erwartest vielleicht, mich erstaunt zu sehen. Aber das bin ich nicht. Kein Drache kommt ewig gegen die Macht der ValaNaiks an. Du wirst bei mir sein, an meiner Seite, wenn wir nach Steinhag fliegen. – Wea, nimm die Schuppe.«

Die Frau neben ihm machte einen Schritt nach vorn.

»Lauf!«, zischte Linn Rinek zu. »Schnapp sie dir!«

Er rannte vorwärts, die Hand ausgestreckt. Noch achtete niemand auf ihn, alle Augen waren auf Wea gerichtet, die die Stufen zu Ojia Ban hinunterschritt. Rinek war schon fast bei ihm, als der Blaugrüne seine Pranke vorschnellen ließ. Die Schuppe segelte durch die Luft, direkt auf Wea zu.

Rinek sprang.

Wea sprang.

Scharech-Par schrie: »Nein! Haltet ihn!«

Dann verschwand die Schuppe, mitten im Flug. Rinek und die Zauberin prallten aufeinander und rollten gemeinsam die Stufen hinunter. Linn war, als würde die Zeit stehenbleiben. Der Drachenkönig öffnete den Mund, um etwas zu rufen. Doch dann hörten sie alle eine andere Stimme, eine, die Linn schon lange nicht mehr vernommen hatte – die Stimme des Königs.

»Caness.«

Es bedurfte nur dieses einen Wortes. Der Zauber wirkte nicht mit Blitz und Feuer, mit Donnergrollen und Getöse. Er kam leicht wie ein Frühlingswind, leicht wie Salz, das auf der Zunge schmilzt. Verwandlung. Und die Welt verwandelte sich. Pivellius erschien vor ihnen, ein alter Mann in einem zerschlissenen Gewand, mager und bleich, mit weit aufgerissenen, funkelnden Augen.

Ihm gegenüber jedoch stand ein Drache. Ein Drache, wie Linn noch nie einen gesehen hatte. Er war riesig, fast so groß wie der tote Laran auf dem Grund des Meeres, aber dieser Drache war überaus lebendig. Er war weiß und doch nicht weiß, bei jeder Bewegung schimmerte er wie Perlmutt in allen Farben des Regenbogens. Er war das Schönste, was sie je gesehen hatte, was sie je erträumt hatte, was es im Himmel und auf Erden geben konnte, herrlich und mächtig wie ein Gott. Mit einer einzigen Drehung schleuderte er Gah Ran und Ojia Ban zur Seite und wandte sich Pivellius zu, der wie gelähmt zu ihm aufsah.

»König Pivellius? Solltet Ihr nicht schon lange tot sein?«

Es war Scharech-Pars Stimme, und zugleich war sie es doch nicht. Aus dem Rachen dieses Ungeheuers klang sie tausendfach zauberhafter. Unwiderstehlich. Eine Verlockung ohnegleichen. Niemand konnte sich ihm widersetzen. Niemand konnte ihm widersprechen oder gegen ihn antreten.

Ich wusste es nicht, dachte Linn benommen. *Ich wusste bis jetzt nicht, was ein ValaNaik ist. Wie konnten wir es wagen, gegen ihn zu kämpfen? Wie konnten wir davon träumen, ihn zu besiegen?*

Sie machte einen Schritt nach vorne. War es nicht Zeit, sich niederzuwerfen und anzuerkennen, was sie schon längst hätte tun müssen? Dass Scharech-Par der König war, über Schenn und genauso über jedes andere Königreich, das er haben wollte? Er musste nur die Hand danach ausstrecken, und es gehörte ihm.

»Was hast du vor?«, erkundigte sich die Stimme der Maske.

»Er ist ein ValaNaik«, antwortete Linn dumpf.

Die Stimme in ihrem Inneren lachte leise. *»Na und? Was ist denn ein ValaNaik, wenn nicht eine Perle in meiner Krone? Eine Münze in meinem Beutel? Hältst du ihn für allwissend? Er schaut dich an und weiß nicht einmal, was er sieht. Hältst du ihn für unsterblich? Für einen Gott?«*

»Ja«, flüsterte sie.

»Niemals«, sagte die Stimme streng, *»erlaube ich, dass die Drachenpriesterin vor dem König auf die Knie fällt.«*

»Ich bin nicht …«

Niemand bewegte sich. Alles war still um sie her, als wäre die ganze Welt eingefroren in diesem einen Augenblick. Doch Nival drehte sich zu ihr um und lachte.

»Drachenmaid!«

Sie wusste nicht, ob es seine Stimme war oder die der Maske. Für einen Moment waren beide eins, dieselbe muntere, stets zu Scherzen aufgelegte Stimme.

»Weißt du nicht, wer deine Freunde sind? Weißt du nicht, wer deine Feinde sind – immer noch nicht? Wie kannst du nur vergessen haben, wer du bist?«

Dann war auf einmal alles klar. Die Welt drehte sich weiter, und vor ihr nahm Scharech-Par ihr gesamtes Blickfeld ein. In letzter Zeit hatte Linn ständig Dinge tun müssen, die ihr nicht lagen. Der Gang durchs Moor, die Seefahrt, der Flug auf den Geiern. Sie hatte sich krank und elend gefühlt, und schlimmer noch, schwach. Aber das war sie nicht – sie war bloß nicht für Schiffe oder Geier geschaffen. Sie war etwas ganz anderes, und nun erinnerte sie sich wieder daran. An das, was sie war.

Es zählte nicht, ob er ein ValaNaik war und nahezu göttlich. Es ging auch nicht um Hass und Rache oder um die Rettung all dessen, was sie kannte und liebte. Eigentlich zählten nur zwei Tatsachen:

Er war ein Drache.

Und sie eine Drachenjägerin.

Die säuselnde, zischende Stimme hatte ihren Zauber verloren. Linn trat vor, setzte einen Fuß vor den anderen und lenkte seine Aufmerksamkeit von Pivellius ab, auf sich.

»Die Statuen!«, rief sie. »Jetzt erkenne ich sie!«

Verwundert betrachtete Scharech-Par sie. War er überrascht, weil sie noch lebte oder weil sie es wagte, ihn anzusprechen?

»Ihr wart es«, sagte sie. »Die ValaNaiks. Wie waren ihre Namen? Belian Ran ValaNaik. Ich habe ihn unten in Steinhag gesehen. Und Biniras Ran ValaNaik, seinen Bruder. Und TaRan. Sie alle stehen in der Halle der Statuen – und im Schlosshof von Lanhannat. Wir alle kennen ihre Namen. Belim und Bellius heißen sie jetzt, nicht wahr? Treas und Trinias. Die VeaNaik-Königinnen dagegen sind so schrecklich alt, dass ihre Namen in Vergessenheit geraten sind. Deshalb haben wir keine Göttinnen mehr.«

»Was?« Auch Pivellius erwachte aus seiner Erstarrung. »Was

haben die Drachen mit unseren Göttern zu tun? Nichts! Gar nichts!«

Der perlmuttfarbene Drache lachte. Sein Gelächter war wie Feuer, wärmend, wie ein Sonnenaufgang über den Bergen, aber obwohl sie seinen Zauber immer noch wahrnahm, erlag sie ihm nicht länger.

»Wie oft kamen sie her, um die Welt der Menschen mit ihrer Anwesenheit zu beehren?« Sie schob Pivellius zur Seite. »Geht«, flüsterte sie. »Langsam. Nicht, als wenn Ihr fliehen würdet. Wendet ihm nicht den Rücken zu.«

Der König starrte sie einen Moment an, dann wich der glasige Ausdruck aus seinen Augen. So viele Dinge nahm sie gleichzeitig wahr. Wie Nival die Arme ausstreckte, bereit, den alten Mann in Sicherheit zu bringen. Auch er war ganz bei sich. Auf den Stufen rappelte sich Rinek auf. Er zog den Saum seines Mantels hoch und betrachtete sein Holzbein, das keine Ähnlichkeit mehr mit der seltsamen Wurzel hatte, die sie hin und wieder erspäht hatte. Jetzt war es nur noch ein dicker Stumpen aus Holz. Rinek seufzte. Neben ihm auf den Stufen saß Wea und wirkte auf einmal klein und schwach. Vor ihr lagen ein paar Stofffetzen. Scharech-Par musste sie verloren haben, als er sich verwandelte.

Linn suchte unauffällig den Boden ab. Es musste hier irgendwo sein …

»Ja«, sagte Scharech-Par. »Wir sind eure Götter. Wir, die ValaNaiks. Wir sind es immer noch. Nichts kommt uns gleich. Wir entscheiden über Leben und Tod, über Wohl und Wehe. Wir schicken die Menschen, wohin es uns beliebt. Die letzten Generationen von ValaNaiks haben euch in Ruhe gelassen, sie lebten zurückgezogen in Steinhag. Dairan. Sein Vater Kian. Drachenkönige, die sich damit begnügten, über Steinhag zu herrschen, sich im Labyrinth zu verkriechen. Ihr Reich war unter der Erde, verborgen vor dem Licht des Himmels. Versteckt vor den Menschen. Unterirdisch. Sie haben darauf verzichtet, eure Götter zu sein, sie sind euch fremd geworden. Aber ich kenne die Menschen, vielleicht sogar besser, als sie sich selbst kennen.« Er breitete die Flügel aus. »Ich habe nicht vor, diesen Anspruch aufzugeben. Von nun an werden die Drachen wieder über der Erde herrschen.«

Nichts konnte so schön sein. Nichts so groß und so schrecklich. Das letzte Sonnenlicht fing sich in seinen Schuppen, und etwas auf dem Hofpflaster blitzte auf.

Linn bückte sich danach. Es war das goldene Schwert.

»Was willst du damit?«, fragte Scharech-Par amüsiert. »Willst du es vor mir niederlegen, um mir ewige Treue zu schwören?«

Linn lächelte. Natürlich hatte sie keine Chance, dieses riesige Untier mit dem absurd kleinen Schwert zu besiegen. Sie hielt die Klinge vor sich. Die Bedeutung der Worte kribbelte auf ihrer Zunge. Kein Drachenzauber. Nur ihr Name und der ihres Vaters.

»Ich bin Linnia Adora Merina Harlon«, sagte sie. »Aus Brina in der Provinz Nelcken. Ich fordere dich heraus.« Der einzige Kampf, bei dem er sie nicht töten durfte: das Hohe Spiel.

Er lachte immer noch.

»Nenn deinen Namen, Scharech-Par.«

»Meinen Namen?« Seine Stimme wurde lauter. »Dies ist mein Name, jetzt und für immer: Rean Tar Ran ValaNaik, König der Drachen.«

Dann öffnete er das Maul und tauchte sie in Feuer.

Es war die Flamme eines ValaNaik. Licht flutete um sie. Süß und scharf zugleich wie der Tod, ein Lied voller dunkler Worte. Wärme umgab sie.

Linn stand immer noch aufrecht. Es war nicht zu fassen, dass er das getan hatte, gegen alle Regeln. Zugleich wunderte sie sich, dass das Drachenblut auf ihrer Haut sie sogar gegen einen ValaNaik schützte. Es hätte nicht möglich sein dürfen.

Scharech-Par wusste das ebenfalls. Er schrie vor Wut und hob die Pranke, um sie fortzuschleudern. Da warf sie sich nach vorne, tauchte unter ihm hindurch und schlug mit der goldenen Klinge gegen sein ausgestrecktes Bein.

Blut spritzte über sie hinweg. In diesem Moment merkte er, dass es ernst war. Er schrie wieder.

»Wie geht das?«, brüllte er. »Nichts kann mich verletzen!«

»Alle Zauber sind aufgehoben«, sagte Linn. Aus den Augenwinkeln bemerkte sie eine Reihe von Gestalten, die aus dem Portal herausstürmten. Okanion. Gunya. Soldaten. War nicht sogar Agga dabei? Nein, sie durfte sich nicht ablenken lassen.

»Was hat denn Zauber damit zu tun? Diesen Panzer kann nichts durchdringen!«, schrie er. »Nichts!«

Sie sprang wieder vor, wich seinem Hieb aus und führte einen Streich gegen seine Flanke. Erneut drang die Klinge glatt durch die Schuppen. Scharech-Par brüllte vor Schmerz. Etwas veränderte sich. Sein Zorn durchdrang die Luft wie mit stechenden Nebelschwaden. War es der Abend, die Dämmerung, die über die Stadt fiel wie ein Schleier, oder die Wut des Drachenkönigs? Alles wurde dunkel. Doch das goldene Schwert blitzte und funkelte. Es durchschnitt die Nacht. Es tanzte. Es stach ihn mit tausend Nadelstichen. Aber so schnell sie auch war, Scharech-Par war schneller. Er fuhr herum, ging auf sie los, hielt inne. Erst jetzt merkte Linn, dass sie Hilfe hatte. Gunya, an eine Dornlanze geklammert, hing an seiner Seite. Okanion kämpfte mit einem schweren Langschwert, das er mit beiden Händen halten musste und mit voller Kraft gegen den Schuppenpanzer krachen ließ.

Nichts davon hätte einem ValaNaik schaden dürfen. Selbst die Schuppe eines lebenden Drachen hätte die Macht der Waffen nicht verstärken können, jetzt, da ihre Magie zu den Drachen zurückgekehrt war – und gegen einen Drachenkönig wäre auch das sinnlos gewesen. Nur ein anderer lebender ValaNaik konnte stark genug sein.

»Tanz!«, jubelte die Stimme hinter ihren Augen. *»Tanz mit ihm! O tanz, Drachenmaid, tanz mit dem kleinen Bruder!«*

Linn gab ihr Bestes. Sie tauchte unter dem nächsten Schlag hindurch, sprang durch die Flammen und führte einen weiteren Streich. Sie glitt in seinem Blut aus, rollte sich herum und tänzelte erneut vor. Wieder rutschte sie aus, und diesmal erwischte die Pranke sie. Sie flog mehrere Gildreks weit, überschlug sich und blieb einen Moment benommen auf dem Pflaster liegen, so erschöpft, dass sie glaubte, nie wieder aufstehen zu können. Die Schmerzen zwangen sie zu Boden, als sie sich auf die Knie rollte. Sie konnte diesen Drachen verletzen, und sie hatte Helfer, aber letztendlich nützte das alles nichts. Es reichte nicht, um ihn zu besiegen. Sie hatte ihn schon einmal ins Herz getroffen, als er ein Mensch gewesen war, ein zweites Mal würde ihr das nicht gelingen.

Der Drachenkönig hatte ihre Schwäche bemerkt und wandte sich ihr zu wie eine Eidechse, die eine vielversprechende Beute entdeckt hat.

Steine flogen durch die Luft. Es war Nival, der Scharech-Par ablenkte, indem er ihn mit Bruchstücken aus der Mauer bewarf. Die Trümmer musste der Drache bei seinen wütenden Bewegungen selbst aus den reparierten Stufen herausgerissen haben. Nival warf die Arme in die Höhe und machte einen Salto, dann schlitterte er über das blutige Pflaster und blieb vor dem Drachen stehen. Sie erwartete, dass er etwas rief, ihn neckte oder provozierte, aber Nival lachte nur laut.

»Wer bist du eigentlich?«, fauchte Scharech-Par. »Ständig tauchst du auf. Was hast du hier zu suchen? Geh mir aus dem Weg, du Narr.«

Er hob die Pranke. Das genügte Linn, um zu sich zurückzufinden. Sie vergaß alle Schmerzen, und mit einem Aufschrei kehrte sie zum Kampfplatz zurück und schlug dem Drachen mit aller Kraft eine Kralle ab. Sein Wutgebrüll ließ das Schloss erbeben. Er fuhr herum, sein Schweif schleuderte Gunya gegen das Portal. Andere Kämpfer traten an ihre Stelle. Jemand warf ein Seil und fing ein zackiges Gelenk seines Flügels ein. Kreischend flatterte Scharech-Par, richtete sich auf und ließ sich auf den Rücken fallen. Linn konnte nur hoffen, dass ihre mutigen Helfer rechtzeitig zur Seite gesprungen waren. Einen Moment lang lag der Drache ausgestreckt da. Sie zögerte nicht. Das Schwert in der Hand, stürmte sie auf ihn zu. Nival beugte sich vor, die Hände verschränkt. Sie trat hinein, und er warf sie nach oben. Sie landete mitten auf Scharech-Pars Bauch, während der Drache sich schon wieder auf die Seite drehte, und rutschte an ihm herunter. Als er sich aufrichtete, stand sie genau unter seiner Brust.

Linn packte ihr Schwert mit beiden Händen, bereit zum Zustoßen. Doch mitten in der Bewegung hielt sie plötzlich inne. Das Hohe Spiel … nein, sie durfte ihn nicht umbringen. »Ergib dich!«

Hinter ihren Augen kicherte etwas. Scharech-Pars Pranke schoss vor und legte sich um sie.

»Hab ich dich«, knurrte er. In seinem Griff kam sie sich klein und hilflos vor.

Die Stimme der Maske lachte leise. *»Das ist vielversprechend. Gute Spieler sind selten.«*

Die Klauen schlossen sich um Linn. Immer fester. Sie sah die Augen des Drachen vor sich, dunkel und kalt, Augen wie Bernstein, in denen seit Jahrhunderten alles Leben erstarrt war.

»Na gut«, hörte sie sich sagen. »Ich ergebe mich. Aber eigentlich habe ich gewonnen, als ich die Klinge an deinem Herzen hatte.«

Scharech-Pars Lachen fehlte jenes leise, wissende Jubeln, dieser Hauch von Geheimnis, von Spiel, der das Gelächter hinter ihren Augen so ansteckend machte.

»Es reicht«, sagte er schroff. »Beenden wir es. Wenn dich

mein Feuer nicht verbrennt, gibt es genug andere Möglichkeiten, um ein lästiges Ding wie dich loszuwerden.«

»Das darfst du nicht«, sagte sie. Woher nahm sie diese Unerschrockenheit? Ihr Herz klopfte zum Zerspringen. O ja, sie war sich durchaus bewusst, wo sie war. Im Griff des mächtigsten Drachen der Welt. »Wir haben das Hohe Spiel gespielt, das ist dir doch klar? Deshalb habe ich dich eben verschont, als dein Leben in meiner Hand war. Aus demselben Grund musst du nun meins verschonen. Du bist jetzt für mich verantwortlich, du …«

»Genug!«, unterbrach er sie. »Ich habe genug gehört!«

Jemand schrie, als er in die Luft stieg.

»Linn!«, rief Rinek. »O nein, nein! Linni!«

Nival stand da und sah ihr ungläubig mit großen Augen nach. Ihre Freunde im Hof wurden immer kleiner.

Sie selbst blieb erstaunlich ruhig. So war auch Königin Irana gestorben, hinabgeschmettert aus der Höhe. Am Ende hatte Nat Kyah für diesen Mord bezahlt, aber wer würde Scharech-Par zur Rechenschaft ziehen? Was er hier tun wollte, war sogar schlimmer als Mord. Niemand durfte die Regeln des Hohen Spiels brechen!

»Rean Tar«, sagte sie, während er sich höher und höher schwang. »Es ehrt mich, dass du mich auf deinen ersten Flug mitnimmst.« Ihre Stimme zitterte mehr, als sie sollte.

Die Nacht war groß und weit. Durch die Sternenfenster schien das Lagerfeuer der Götter. Lanhannat war nur noch ein verschwommener Fleck tief unten, das Schloss etwas Helles, das von der Dunkelheit verschluckt wurde.

»Nun wird es auch dein erster Flug.« Er lachte. Dann ließ er sie los.

Nicht einmal als sie fiel, konnte Linn glauben, dass dies wirklich geschah. Der Boden stürzte ihr entgegen, der Wind pfiff um sie her. Er sang. Nein, irgendetwas sang.

»Ein Spiel«, frohlockte die Stimme. *»Wie geht es aus? Was wollen wir wetten?«*

»Hör auf!«, schrie sie. »Das ist nicht lustig!«

Im selben Moment wurde ihr Sturz gebremst, und sie landete in einer Hand, die sich warm und sicher um sie schloss. Nein, keine Hand. Eine andere Klaue, rot. Herrlich rot. Der schönste Drache der Welt.

»Gut, dass du endlich einen Laut von dir gegeben hast«, sagte Gah Ran. »Ich hätte dich in dieser Finsternis kaum gesehen. Habe ich dir nicht verboten zu sterben?«

»Es kommt mir gar nicht so dunkel vor.« Über ihnen schwebte Scharech-Par, er schimmerte hell wie der Mond. Doch gleichzeitig bemerkte Linn die unzähligen anderen Drachen, die um sie her flogen. Sämtliche Drachen, die in Lanhannat versammelt gewesen waren, hatten sich mit ihnen in die Luft erhoben. Hunderte, nein, Tausende.

»Was haben sie vor?«, fragte sie bang.

Einer flog dicht an ihnen vorbei. »Er hat das Hohe Spiel gebrochen!«, schrie er. »Wir haben es alle gehört! Er hat die Regeln gebrochen!«

Die anderen griffen den Ruf auf. Ihr Schrei klang wie ein Gewitter, ein Getöse, das Linn in den Ohren schmerzte.

»Zurück!«, schrie Scharech-Par, und zum ersten Mal vernahm Linn Angst in seiner Stimme. »Zurück! Ich bin der König! Ich bin der ValaNaik!«

»Er hat es gebrochen!«, schrien die Drachen. Dann stürzten sie sich alle gleichzeitig auf ihn.

Der Drachenkönig spie Feuer, aber es verbrannte die anderen nicht. Er kämpfte, aber nur sein Blut floss. Sie zerfetzten ihm die Flügel, und verzweifelt klammerte er sich an die, die ihm am nächsten waren, aber seine blutgetränkten Krallen glitten ab. Linn sah ihn fallen, kreiselnd wie ein welkes, vom Baum gerissenes, weiß vom Frost überfrorenes Blatt. Er schrie, doch die Drachen schrien noch lauter, sie übertönten seine Stimme, sie hörten nicht auf zu brüllen, und Linn wusste, dass sie diesen Laut niemals vergessen würde. Selbst die Götter mussten es hören und sich über den Rand des Himmels beugen, um nachzusehen. Dann fiel ihr ein, dass die Götter gar nicht dort wohnten, dass sie gestorben und verbrannt worden waren. ValaNaiks.

»Oh, du irrst dich, kleine Drachenmaid«, kicherte die Stimme. *»Die ValaNaiks sind nichts als meine glänzenden Zehennägel, nichts als die Würfel im Becher, als der letzte Schluck des besten Tranks aller Zeiten. Ein Strahl des Mondes und eine Welle im Meer und ein Blatt im Wind. Ich bin das Zentrum. Ich bin, was zählt.«*

»Hay Ran Birayik«, flüsterte sie.

»Na, geht doch«, lachte er. *»Haben wir es nicht gut gespielt, dieses Spiel? Die Würfel sind gefallen. Die Kugeln sind gerollt. Wessen Hand war schnell genug, wessen Finger sind am geschicktesten? Wessen, wenn nicht meine?«*

Gah Ran landete im Hof. Linn stolperte aus seiner Pranke auf das Pflaster und fiel in Rineks Arme.

»Da bist du ja wieder«, sagte er. »Nicht so schnell, wie ich dachte, glücklicherweise.«

»Was … was ist da oben eigentlich geschehen?«, fragte jemand, und zu ihrem Erstaunen erkannte sie Arian.

»Du lebst? Ich dachte, du seist tot!« Sie schnappte nach Luft. »O Arajas! Dann hätte ich das Hohe Spiel gar nicht mit Schach-Par spielen dürfen! Dann habe ich ja selbst die Regeln gebrochen!«

Hay Ran Birayik lachte vergnügt. *»Du wusstest es nicht, deshalb sei es dir verziehen.«*

»Du wolltest, dass ich das Hohe Spiel spiele? Damit er die Regeln bricht?«

»Mit wem sprichst du?«, fragte Arian. »Wie wäre es, wenn jemand mir meine Frage beantwortet?«

Ein Fremder trat aus den Schatten, gehüllt in den Überwurf eines tijoanischen Soldaten. Seine nackten Arme ragten daraus hervor, und er trug keine Schuhe.

»Sie spricht mit dem Gott der Drachen«, erklärte er. »Mit dem Gott des Spiels. Wir haben ihm heute gehuldigt. Unser Leben gehört unserem König, doch wenn er gegen das Hohe Spiel verstößt, kann er nicht länger über uns herrschen.« Der Fremde lächelte grimmig. »Wenn er ein wahrer Drache gewesen wäre, hätte er das gewusst. Nur ein Mensch kann glauben, damit durchzukommen.«

»Ojia Ban?«, fragte Linn ungläubig.

Er sah viel jünger aus, als sie erwartet hatte, wie ein Mann von Ende zwanzig. Obwohl es im Schlosshof fast dunkel war, erkannte sie das leuchtende Himmelblau seiner Augen.

»Und wo …« Sie drehte sich suchend um. »Wo ist Gah Ran?«

»Vermutlich sucht er sich was zum Anziehen«, meinte Ojia Ban und grinste. »Unsere Gewänder sind fertig, soviel ich weiß, aber wir müssen sie erst aus Quint holen. Bis dahin müssen wir nach jeder Verwandlung improvisieren.«

Sie starrte ihn an.

»Was?«, fragte er.

»Ich habe nicht erwartet, dass ich dich mögen könnte«, musste sie zugeben. »Immerhin …«

»Ich weiß, was ich getan habe«, sagte er so leise, dass die anderen ihn nicht hören konnten. »Ich weiß es. Wir alle tun, was wir tun müssen. Außer Gah Ran natürlich.«

Auch Rinek hatte sich davongestohlen, und Linn vermisste noch jemanden. Einige holten Fackeln. In ihrem Licht erkannte sie erst, wie viele Tote es gegeben hatte. Okanion lag lang ausgestreckt über den Stufen, ein schiefes Lächeln auf dem zerstörten Gesicht. Neben ihm ruhte Wea, von einem Trümmerteil getroffen. Keine Schutzzauber hatten sie vor ihrem Schicksal bewahren können, als die Magie zu den Drachen zurückkehrte. Gunya lebte noch, aber sie konnte sich nicht bewegen.

»Es hat sich gelohnt«, flüsterte sie und drückte Linns Hand.

»Jemand muss sie heilen«, forderte König Pivellius. Er strahlte über das ganze Gesicht, nichts von dem ganzen Leid um ihn her konnte ihn berühren. »Vielleicht kann ich es? Ich habe gezaubert«, ließ er jeden wissen, der in seine Nähe kam. »Ich kann *Caness. Caness* hebt alle Zauber auf! Ich habe mich selbst wieder sichtbar gemacht. Ich allein!«

»Heile sie«, forderte Arian und drückte Linns Hand. »Bitte! Ich weiß, dass du es kannst. Du hast auch mir schon einmal das Leben gerettet!«

»Es geht nicht mehr«, sagte Linn traurig. »Durch die Verwandlung der Drachen gibt es keine Zauberei mehr.«

»Was?«, rief der König. »Was ist mit Rinek? Holt ihn! Holt Rinek her! Und Nezky. Holt sie alle!«

»Ich kann ihr nicht helfen«, wiederholte Linn. »Keiner kann das. Wir sind völlig machtlos.«

Nichts stimmte mehr. Die Welt hatte sich verwandelt, und sie standen da mit leeren Händen.

Linn sah sich erneut um. »Nival?«, fragte sie. »Wo bist du?«

30

Gah Ran und Rinek gingen durch die Straßen. Der Briner hatte sich eine Lanze als behelfsmäßige Krücke mitgenommen und kam damit ärgerlich langsam voran. Der Verlust seines verzauberten Beines schmerzte ihn immer noch. Die lebendige Wurzel hatte sich in einen spröden Holzstumpf zurückverwandelt. »Verdammt«, murmelte er, während er sich mühsam über ein paar Trümmer kämpfte. Gah Ran hatte sich einen Mantel um den Leib geschlungen und sich zugleich in Schweigen gehüllt. Sein Gesicht war ernst. Immer wieder betrachtete Rinek ihn verstohlen. Was hatte er erwartet? Rotes Haar? Irgendetwas, woran man den Drachen erkennen konnte, der er jahrhundertelang gewesen war? Das Haar seines Begleiters war pechschwarz, nur durchzogen von einigen wenigen rötlichen Strähnen. *So wie bei Sion,* dachte Rinek.

»Wie kannst du dir so sicher sein?«, fragte er. »Vielleicht ist sie einfach weggeflogen. Vielleicht ...«

»Nein«, sagte Gah Ran. »Das ist sie nicht. Ich habe es ihr erzählt, oder nicht? Was hat mich geritten, es ihr zu verraten? Ich wollte es. In dem Moment wollte ich es! Ich wollte ihren Tod! Wusstest du nicht, dass ich immer alle umbringe, die ich liebe?«

»Sie kann aber nicht wissen, wo ich das Gewand für sie aufbewahre. Es hat nichts zu bedeuten, Gah Ran. Warum nimmst du das Schlimmste an?«

Der andere blieb stehen. »Warum?«, fragte er. Seine Stimme hatte immer noch denselben Klang, den leicht heiseren Akzent, aber aus der Kehle eines Menschen kam sie weniger mächtig. Sanfter. Er wirkte nicht wie ein Krieger, mit dieser sanften Stimme, mit der Verzweiflung in den Augen, doch Rinek begriff, dass er nie etwas anderes gewesen war. Ein Krieger und ein Liebender. Ein Rebell und ein Verbannter. »Warum ich mit dem Schlimmsten rechne? Weil hier ein Gott die Hände im Spiel hat. Unser Gott, und er ist der Gott des Spiels. Nicht nur Scharech-Par hat die Regeln gebrochen. Sion auch. Sie hätte dich retten müssen, als du bedroht warst.«

»Du hast mich gerettet. Ist das denn so unverzeihlich? Vielleicht wäre sie später noch gekommen.«

»Das ist sie, ja«, sagte Gah Ran düster. »Um uns zu töten. Und seitdem hat niemand sie gesehen.«

Rinek blieb vor Chamijas Haus stehen. »Kannst du überhaupt eintreten? Ach, ich vergaß. Sämtliche Schutzbanne sind aufgehoben.« Er klopfte. »Kesim? Kesim, mach auf. Ich bin es!«

Der Yaner öffnete. An seinem Gesicht erkannte Rinek sofort, dass etwas nicht stimmte.

»Ist sie hier?«, fragte Gah Ran und schob den Händler unsanft beiseite. »Sion?«, rief er. »Sion Ran?«

Ein Wimmern antwortete ihm. Er eilte in die Webstube, und Rinek hörte ihn aufschreien.

»Sion! O bitte, Sion! Rinek, komm her!«

Rinek humpelte ihm rasch nach.

Die Drachenfrau lehnte an der Wand, in die Seide gehüllt. Ihre Augen schwammen vor Tränen.

»Nimm es ihr ab!«, schrie Gah Ran. »Ich kann es nicht anfassen. Nimm es weg!«

Kesim tauchte hinter ihnen auf. »Es geht nicht«, sagte er. »Es verschmilzt mit ihrer Haut. Ich habe es schon versucht.«

Rinek kniete sich neben sie auf den Boden. Er streckte die

Hand aus und berührte den Stoff. Sion wich keuchend zurück, sie wurde noch blasser.

»Es tut dir weh?«, fragte er erschrocken. »O Arajas, ich will es doch nur entfernen.«

»Es frisst sich immer weiter durch die Haut«, erklärte Kesim mit belegter Stimme. Auch er war weiß wie nie zuvor. »Ich … ich habe es genau so gemacht, wie wir es besprochen haben. Ich war gerade dabei, es zuzuschneiden und zu nähen, als sie gestern hier hereingestürmt kam. Ich sagte, es ist ein Gewand für eine Königin, aber sie hat es mir aus den Händen gerissen und behauptet, es wäre für sie.«

Sion stieß ein unmenschliches Wimmern aus. Rinek wandte das Gesicht ab.

»Sie wollte es unbedingt haben«, meinte der Händler verstört. »Sie hat mich sogar niedergeschlagen. Was stimmt denn nicht damit? Ist es vergiftet? Wenn ich es anfasse, ist damit gar nichts, es ist die schönste, die vollkommenste Seide, die es gibt.«

»Die Raupen müssen Blätter fressen, von Bäumen, die mit Drachenblut gedüngt wurden«, sagte Rinek. »Dann ist es Drachenseide. Wie konnte Drachenbann daraus werden?«

Gah Ran hob den Kopf. Ein bedrohliches Funkeln lag in seinen Augen, und einen Moment fürchtete der Briner, es könnte heute noch einen Mord geben. Doch dann wandte sich der Drachenmann wieder dem Mädchen zu.

»Sie haben Blut getrunken, diese Ferrans«, sagte er rau. »Drachenblut. Ich habe es gesehen, als Linn noch die Kette trug. Ich wusste es, und trotzdem habe ich Sion den Hinweis gegeben, dass ein Gewand für sie bereitliegt. Drachenbann. Das, was wir am meisten fürchten, das, was uns unweigerlich vernichtet. Und ausgerechnet dieses Kleid hast du bekommen, meine Liebe. Auch Chamija ist durch Drachenbann gestorben. Nur für dich ist es viel schlimmer, Sion. Für unsereins ist es tausendmal schlimmer.« Er strich ihr das Haar aus der verschwitzten Stirn. »Ich wünschte, ich könnte dir helfen. Ich wünschte, ich könnte irgendetwas tun.«

Er setzte sich neben sie an die Wand, ohne sie zu berühren, aber Rinek merkte, wie auch auf seiner Haut feine Schweißperlen entstanden. Die Nähe zu der tödlichen Seide musste ihm unvorstellbare Schmerzen bereiten.

Rinek konnte es nicht länger mit ansehen. Er winkte Kesim und ging hinauf in die Kräuterkammer. Jede Stufe war eine Qual. Er hatte schon beinahe vergessen, wie schlimm es war, ein Holzbein zu haben, doch der Gedanke an Sions Schmerzen verbot ihm jedes Mitleid mit sich selbst.

»O ihr gnädigen Götter«, murmelte der Yaner. »Sie wird sterben, oder?«

»Das wird sie.« Rinek sah sich unter Chamijas Hinterlassenschaften um. »Vielleicht finde ich etwas, um es ihr leichter zu machen.« Er seufzte und ließ sich auf einen Stuhl sinken.

»Sind die Tijoaner schon da?«, fragte Kesim vorsichtig.

»Ach, die gibt es ja auch noch.« Rinek stöhnte. »Ich fürchte, damit muss der König selbst fertigwerden. Immerhin ist er wieder sichtbar.«

»Aber er hat keine Soldaten.«

»Nein. Möglicherweise helfen uns ein paar Drachen, die ihm dankbar sind für die Erlösung. Nur wer wird sie anführen? Ich habe keine Ahnung. Sie haben keinen König, also wird es wohl so sein wie früher – jeder Drache für sich.«

»Nival?«

Linn hatte es den anderen überlassen, sich um die Verwundeten zu kümmern. Sie hatte sich nur davon überzeugt, dass Nival nicht darunter war. Wo konnte er sein? War er in die Stadt hinuntergegangen? Ins Schloss? Oder war er noch irgendwo hier?

Sie rief in der Thronhalle nach ihm, sie hämmerte gegen die Tür seiner Schreibstube. Ohne es zu merken rannte sie fast den König um, während sie wieder nach draußen eilte.

»Nival!«

Ojia Ban winkte sie zu sich. »Falls du deinen komischen Freund suchst, er ist bei den Statuen.« Er zwinkerte ihr zu.

Linns Mut sank, als sie sich den zerbrochenen Göttern näherte. Warum hatte er sich zurückgezogen?

Die Magie gehörte wieder den Drachen. Doch eine Heilung, die seinem Körper geschehen war, musste bestehen bleiben, wenn der Zauber abgeschlossen war. Sonst wäre auch Arian sofort tot umgefallen, und sie selbst ebenso. Seine Stimme hatte er ebenfalls behalten, sie hatte ihn schließlich selbst gehört. Was also war es?

Er saß im Schoß der Marmorgöttin, an den kühlen Stein gelehnt. Über ihm breitete sich die Morgendämmerung aus.

»Nival?«, fragte sie zaghaft.

Er setzte sich auf und schaute auf sie hinunter. Selten war er ihr so fern vorgekommen, so zerbrechlich. Wie sollte sie ihn herunterlocken? Ihn rufen wie eine scheue Affendrossel? Noch während sie überlegte, sprang er mit einem Salto von der Statue und landete vor ihr. Da schlang sie die Arme um ihn und lehnte den Kopf an seine Brust.

Sie wusste es, aber sie wollte es nicht wahrhaben.

»Der Zauber muss dir bleiben«, sagte sie leise. »Ich kann es nicht ertragen, wenn es nicht so ist. Er ist noch da, oder? Ich habe dich gehört. ›Drachenmaid‹, hast du zu mir gesagt. Dass ich mich daran erinnern soll, wer ich bin und wer meine Feinde sind. Weißt du nicht mehr? Da war Scharech-Par schon verwandelt. Du konntest immer noch sprechen!«

Er schaute sie verwundert an und schüttelte den Kopf.

»Nein!«, rief sie. »Das kann nicht sein! Hay Ran Birayik muss dir deine Stimme wiedergeben!«

Er erstarrte in ihrer Umarmung. Linn erschrak, sie wandte sich um. Da stand Pivellius.

»Mein König.« Sie sank auf die Knie.

Aber der König beachtete sie überhaupt nicht. »Ich kenne dich«, sagte er zu Nival.

Der Angesprochene schwieg. Er erwiderte den Blick furchtlos, ein freches Funkeln tanzte in seinen Augen.

»Ich kenne dich«, flüsterte Pivellius noch einmal, drehte sich abrupt um und marschierte davon.

»Die Tijoaner!« Der Ruf breitete sich aus wie ein Waldbrand. »Sie sind da! Tausende! Ein ganzes Heer! Sie nähern sich der Stadt, sie sind bald hier!«

»Zu mir!«, schrie Arian. »Alle zu mir!« Er wandte sich an Ojia Ban. »Gibt es Drachen, die mit uns kämpfen werden?«

Der junge Mann mit den blauen Augen lächelte spöttisch. »Seid Ihr nicht ein Drachenjäger? Warum sollten wir Euch helfen?«

»Nicht mehr«, sagte der Prinz. »Ich bin der Verteidiger von Lanhannat. Das reicht für heute.«

Ojia Ban nickte. »Lanhannat. Eine Stadt mit einem guten Klang in meinen Ohren. Wusstet Ihr, dass die Drachen hier häufig zu Gast waren, bevor Brahan sich auf einen ewigen Krieg mit ihnen einließ? Es gibt sogar ausgedehnte Gastquartiere unter dem Schloss, ausgebaut nach unserem Geschmack.«

»Ist das ein Ja?«

»Für mich schon. Ich erkläre mich sogar bereit, ein paar Freunde zu fragen. Doch bildet Euch nicht ein, wir würden Euch dienen. Wenn wir Euch beistehen, dann als Verbündete.«

»Etwas anderes würde ich auch niemals erwarten«, gab Arian höflich zurück. »Schenn wird sich revanchieren. In welcher Form, sollten wir anschließend besprechen. Die Zeit drängt.«

Linn war nicht nach Kämpfen zumute. Aber danach fragte

niemand. Der Feind stand vor den Toren, in der Erwartung, von Scharech-Par willkommen geheißen zu werden, und musste unverzüglich über seinen Irrtum aufgeklärt werden.

Rinek war über dem Tisch eingeschlafen. Er fuhr hoch, als jemand ihn an der Schulter berührte. »Ist sie …«

Gah Ran nickte. »Es ist vorbei.«

Er ging ans Fenster und blickte hinaus auf die Stadt. »Sie kämpfen immer noch«, sagte er überrascht.

»Ja«, sagte Kesim. »Die Drachen fliegen, aber ausnahmsweise greifen sie nicht uns an.«

»Ich werde warten, bis sie aufgehört haben zu kämpfen«, sagte Gah Ran. »Ich will warten, bis es still ist. Nur in der Stille wird die Seele leicht.«

Kesim erbleichte. »Das kann Tage dauern.«

Der Drachenmann klang sehr sicher, als er sagte: »Nein, das wird es nicht. Tausende können nichts ausrichten, wenn die Drachen kämpfen. Ich sehe Ojia Ban fliegen. Er war nicht umsonst Scharech-Pars beste Waffe. Die Tijoaner werden froh sein, wenn sie zurück nach Hause rennen dürfen.«

»Wenn Ihr es sagt«, meinte Kesim zweifelnd. »Ich, ähm … darf ich Euch etwas zu essen anbieten? Oder isst Euresgleichen nicht?«

»Bring uns, was du hast«, sagte Rinek.

Niemand hatte Hunger. Sie stärkten sich aus purer Notwendigkeit. Kesim versuchte einige Male, ein Gespräch anzufangen, und scheiterte an der Mauer des Schweigens. Schließlich ließ er sie allein.

Irgendwann hob Gah Ran den Kopf. »Was ist das?«, fragte er.

Gesang. Ein Lied, aus der Stube, in der Sion lag. Eine Klage, die all das ausdrückte, was keiner von ihnen aussprechen konnte.

»Er kommt aus Yan«, erklärte Rinek. »Dem Land der Lieder.«

Sie lauschten, während Kesim sang, während draußen der Kampf tobte, während die Sonne über den Himmel zog, unbeeindruckt von Leid oder Sieg.

Schließlich wurde es still, so still, wie Gah Ran es sich gewünscht hatte, und in der weißen Stille des Abends wagten nicht einmal die Vögel zu singen.

»Ich weiß, dass du sie wegen des Drachenbanns nicht forttragen kannst«, sagte Rinek. »Würde es helfen, wenn Kesim und ich sie in ein Tuch legen und … und lange Stricke daranbinden, die du festhalten kannst?«

Gah Ran sah ihn nicht an. »Ja«, sagte er leise. »Das würde helfen.«

Rinek quälte sich die Treppe hinunter; er biss die Zähne zusammen. Mit Kesims Hilfe tat er, was er versprochen hatte. Er wickelte Sion in ein Tuch. Er tupfte ihr die Stirn ab, ordnete ihr Haar. Er legte seine Hand an ihre Wange. Weder seine Gedanken noch seine Gefühle gehorchten ihm. Als Kesim das Tuch zusammennähte, ging jeder Stich mitten durch sein Herz. Der Strick war lang genug, sodass der Drache es festhalten konnte, ohne der lähmenden Seide zu nahe zu kommen. Kesim trug die Tote nach draußen und legte das Bündel in den Staub. Er tupfte sich die Tränen aus den Augenwinkeln, als er zu Rinek zurückkehrte, der an der Haustür lehnte. Keiner von ihnen sprach. Gemeinsam sahen sie zu, wie Gah Ran auf die Straße hinausging, eine schmale Gestalt, ein Mann wie jeder andere. Dann erhob sich der riesige rote Drache in die Luft.

Arian fiel fast vom Pferd. Er war verdreckt und blutverschmiert; nur mit Mühe stieg er ab und torkelte auf das Portal zu.

Die Wachen öffneten ihm. Der König saß auf dem Thron und erhob sich, als der Prinz hereinstolperte.

»Du hast dich heute tapfer geschlagen, mein Sohn«, sagte er.

»Es ist Zeit, dass dieser Thron dir gehört. Der ganze Thron und die Krone und das Zepter.«

Ein müdes Lächeln erschien auf den Lippen des siegreichen Heimkehrers. »Danke, Vater«, sagte er.

»Einen Moment. Zwei Bedingungen stelle ich noch. Du wirst die Prinzessin von Wellrah heiraten.«

Arian nickte ergeben. »Was sonst?«

»Außerdem brauchst du einen Ratgeber.« Er wandte sich Linn und Nival zu, die im Schatten einer Säule standen. Sie hatten beide nicht gewusst, warum sie hergerufen worden waren. »Er ist der Richtige dafür.«

Arian nickte, besonders überrascht schien er nicht zu sein. »Ah, der Sammler von Weisheiten. Nun ja, warum nicht. Dann komm, guter Mann.«

»Aber …« Linn war so erschrocken, dass sie unaufgefordert mit ihrer Meinung herausplatzte. »Aber er kann nicht sprechen!«

»Das macht nichts«, sagte der König ungerührt. »Schreiben kann er doch wohl, oder?«

Linn hielt entsetzt die Luft an. Sie griff nach Nivals Arm, aber das Lächeln auf seinem Gesicht war selbstbewusst; es verlieh ihm etwas Starkes. Er nickte ihr zu, küsste sie auf die Stirn und folgte dem Prinzen durch den Saal.

»Jetzt bist du an der Reihe«, sagte der König. »Komm her.«

Sie trat vor den Thron und kniete nieder.

»Gut gemacht, Ritterin Linnia«, sagte Pivellius. »Ich bin stolz auf dich und froh. Wo ist die goldene Maske? Mir ist aufgefallen, dass du sie nicht mehr trägst.«

»Ich habe sie immer bei mir.« Ihre Hand fuhr in ihre Tasche und berührte das Gold.

Er winkte sie näher, bis er ihr ins Ohr flüstern konnte. »Sie war es, nicht wahr? Die Maske. Mit ihr haben wir den Drachen besiegt. Sie ist stärker, sie kann alles möglich machen. Ist es nicht so?«

»Ja und nein«, begann Linn. Sie wusste nicht, wie sie ihm das Unerklärliche nahebringen sollte. »Solange ich sie getragen habe, war ich so etwas Ähnliches wie Hay Ran Birayiks Priesterin, und …«

»Kann sie den Zauber wieder aufheben?«

»Was? Verzeiht, Majestät, wie meint Ihr das?«

»Du weißt schon. Ich bin ein Zauberer. Viele von uns sind Zauberer! Wir können stärker sein als alle unsere Feinde! Man braucht die Schuppen eines Drachen? Am besten eines ValaNaik? Nun, wir haben einen. Wir müssen bloß einen Suchtrupp losschicken, um seinen Leichnam zu finden, und dann ist die ganze Macht unser.«

»Aber Majestät«, wandte Linn ein, »wir können diese Macht nicht nutzen. Sie gehört jetzt den Drachen. Ihren wahren Eigentümern.«

»Genau da kommst du ins Spiel. Du und deine Maske. Ich habe genau zugehört. Ich war bei vielen Gesprächen dabei, unten im Labyrinth und oben im Schloss. Der ValaNaik und die Priesterin. Macht. Verantwortung. Ein Gegengewicht. Ein ValaNaik konnte diesen Bann verhängen, der den Drachen ihre Macht nahm. Eine Priesterin könnte es auch. Du bist dazu in der Lage, Linnia Harlon. Setz sie auf. Sei die Priesterin. Mach es rückgängig. Scharech-Par ist tot, er wird uns nicht länger schaden. Nein, er wird uns nützen! Die ganze Welt ist voller Macht und Zauber!«

Er redete immer lauter. Linn duckte sich unwillkürlich. Sie verstand die Veränderung, die mit ihm vorgegangen war, nicht recht. War er nicht immer gegen Zauberei gewesen? Hatte er nicht sein Leben lang erbittert dagegen gekämpft? Hatte er nicht Nivals Mutter auf dem Gewissen?

Vielleicht hatten Agga und Rinek ihm etwas zu oft auf den Kopf geschlagen. Der König war völlig verrückt. Doch gleichzeitig war das, was er da vorschlug, geradezu genial. Schenn konnte das mächtigste Reich aller Zeiten werden, und Pivellius hatte erkannt, wie das möglich war. Er hatte alle Vorbehalte, alle Vorurteile aufgegeben. Mit den Schuppen des toten Scharech-Par konnten sie die ganze Welt verändern.

»Majestät«, sagte sie vorsichtig, »lasst es, wie es ist. Die Magie der Drachen gehört ihnen. Niemand sollte damit spielen. Es ist gefährlich, die falschen Spiele zu spielen, und selbst die richtigen können tödlich enden, wenn man die Regeln bricht.«

»Das war keine Bitte«, sagte Pivellius. »Ich will es. Wir werden unsere Verwundeten heilen. Wir werden diese Stadt wieder aufbauen. Wir werden Schenn blühen und gedeihen lassen. Setz die Maske auf und tu es.«

»Nein«, widersprach Linn. »Nein, es wäre nicht richtig.«

Er musterte sie. »Gehe ich recht in der Annahme, dass der junge Nival dir etwas bedeutet?«

»Ja«, sagte sie heiser.

»Und dass seine Stummheit etwas mit der Abwesenheit des Drachenzaubers zu tun hat?«

»Auch das stimmt«, flüsterte sie.

»Dann verstehe ich dein Zögern nicht. Wem würdest du schaden?«

»Den Drachen«, sagte sie. »Begreift Ihr das denn nicht? Es gehört ihnen.«

»Die Drachen«, murmelte er. »Ohne König. Ein paar haben mit uns gekämpft, das gebe ich zu. Aber genauso könnten sie sich gegen uns wenden. Sie verbreiten Schrecken ohne Ende. Und nichts kann sie aufhalten. Rein gar nichts. Wir sind ihnen hilflos ausgeliefert, ohne Zauberer. Wenn ich irgendetwas gelernt habe in den vergangenen Monden, dann das. Wir brauchen die Magie! Wir haben sie nie dringender gebraucht als jetzt!«

Linn dachte an Nival. Stets hatte sie sich für ihn entschieden. Sie war bereit gewesen, die ganze Welt für ihn zu opfern. Um ihm seine Stimme zurückzugeben, würde sie opfern, was immer nötig war.

Drachenmaid. Erkenne, wer du bist …

Eine Liebende? O ja. Eine Kämpferin? Auch das. Harlons Tochter? Und wie. Sie konnte nicht anders.

»Es tut mir leid«, sagte sie leise.

»Kannst du nicht, oder willst du nicht?«, schrie Pivellius.

»Ich weiß nicht, ob ich es kann«, antwortete sie ruhig. »Aber ich will es nicht. Verbannt mich, macht, was Ihr wollt, aber ich werde es nicht tun. Es wäre nicht recht.«

»Ja, ich verbanne dich!«, brüllte er. »Hinaus! Ab mit dir! Sei froh, dass ich dich am Leben lasse! Verräterin! Harlons verfluchte Tochter! Fort, aus meinen Augen!«

Linn wandte sich um und ging aus dem Thronsaal, ohne sich umzudrehen, sie ging, um niemals wiederzukommen.

Nival holte sie ein, als sie fast den Waldrand erreicht hatte. Er saß auf einem der Pferde des Königs. Sie hatten ihn in eine edle Tunika gesteckt, sein Mantel war neu, mit Gold gesäumt. Doch das blonde Haar hing ihm genauso wirr in die Stirn wie immer. In seinen Augen lag so viel Sehnsucht, dass sie sterben wollte.

»Es tut mir leid«, sagte sie. »Hätte ich es tun sollen? Ich kann verstehen, wenn du mir nicht verzeihst. Es hätte alles zunichtegemacht. Alles, wofür wir gekämpft haben. Es hätte mir egal sein müssen … aber ich konnte nicht.«

Er nickte. Tränen glänzten in seinen Augen.

»Ich gehe nach Brina«, sagte sie. »Du hast es sicher schon gehört. Ich bin eine Verbannte. Schon wieder, ist das nicht fast schon lustig?«

Er griff nach ihrer Hand.

»Nein«, sagte sie. »Du kannst nicht mitkommen. Du bist der Ratgeber des Königs. Das kannst du nicht ausschlagen. Wenn

Arian sich nicht zu sehr geändert hat, hat er gute Ratschläge bitter nötig.«

Etwas in Nivals Gesicht flehte sie an, ihn mitzunehmen. Ihn nicht fortzuschicken. Dabei war dort sein Platz. Dort, an der Seite des Königs.

Er reichte ihr einen kleinen Beutel, in dem Münzen klirrten. Sie wollte das Geld nicht annehmen, aber er legte seine Hände um ihre.

»Geh«, sagte sie ein drittes Mal. »Ich muss nach Brina und Yaro heiraten.«

Als hätte Yaros Name einen Zauber gewirkt, gehorchte er ihr endlich. Er stieg wieder auf das Pferd, doch sie sah nicht zu, wie er davonritt. Ihre Augen schwammen von Tränen. Blind wandte sie sich um und prallte gegen einen Mann, der wie aus dem Nichts vor ihr aufgetaucht war.

Linn blinzelte. Ein Fremder mit schwarzem Haar, in dem ein paar einzelne rötliche Strähnen metallisch glänzten. »Ich war mir bis zuletzt nicht sicher, ob du es nicht doch tun würdest«, sagte er. »Für Nival. Geschieht nicht immer alles für ihn?«

Linn holte die goldene Maske aus ihrer Tasche. »Hier«, sagte sie. »Nimm du sie, Gah Ran.«

»Warum?«, fragte er leise.

»Ich liebe ihn, dass mir die Seele schmerzt. Aber auch ohne Stimme ist er, wer er ist … Du dagegen … nach all den Jahrhunderten … Wie hätte ich dir verwehren können zu sein, was du bist?«

Er drückte die Maske an seine Brust und verbeugte sich. »Danke«, sagte er.

»Bring sie zurück«, sagte Linn. »Wirf sie ins Stille Meer, wo niemand sie jemals findet. Ich bin sicher, dass er das so will. Wenn er sie brauchen sollte, wird er schon dafür sorgen, dass sie wieder ans Tageslicht gelangt.«

»Hay Ran Birayik«, flüsterte er. »Man sagt, sein Angesicht

sei dunkel und golden, wie die zwei Seiten der Maske seiner Priesterin, innen und außen. Der Spieler. Und am Ende gewinnt immer er. Er ist der Gott der Drachen, und nun sind wir wieder sein Volk.«

Er streckte die Hand aus und legte sie an ihre Wange. »Danke«, sagte er noch einmal. »Geh zu deiner Familie. Es gibt auf der ganzen Welt keine Familie wie deine.«

»Ja«, stimmte sie ihm zu.

Als er davonflog, herrlich rot wie ein brennender Stern, fühlte sie zum ersten Mal seit langem tiefen Frieden.

31

Sie musste sich bücken, um in die Küche zu treten. Nie zuvor war ihr aufgefallen, wie niedrig alles war, wie klein. Der abgenutzte Tisch. Die Stühle, alt und bequem, keiner von ihnen wackelig. Das Bild an der Wand: Brahan, der legendäre Held, mit dem Medaillon um den Hals. Brahan, der heilige Gründer der Königsfamilie von Schenn.

Die Frau, die am Küchentisch saß und Gemüse schnitt, wandte ihr den Rücken zu. Ihr Haar war von grauen Strähnen durchzogen. Linn trat näher und legte ihrer Mutter eine Hand auf die Schulter.

»Hast du die Zwiebeln mitgebracht, Finera?«, fragte Merina.

»Ich bin es. Ich bin wieder da, Mutter.«

Die Müllerin drehte sich sehr langsam um. »Linn?«

Linn blinzelte die Tränen weg. »Ich bin es«, wiederholte sie.

Ein breiter Weg führte jetzt durch das Gestrüpp, unter den Tannen und dem Weißdorn hindurch, bis zu einem kleinen Haus, das sich unter die Wipfel der großen Bäume schmiegte. Von hier aus war der Blick atemberaubend; die freigelegte Schneise gestattete die Sicht auf die Mühle und das Dorf. Die Häuser kamen ihr ärmlicher vor als früher, kleiner, als sei sie gewachsen. Linn wandte sich der Haustür zu und schob sie leise auf; die Tür war nicht abgeschlossen. In Brina war es nie so gefährlich gewesen wie in Lanhannat. Fast hatte sie vergessen, dass es noch Häuser gab, die nicht verriegelt und verrammelt waren.

Der Innenraum war sehr klein. Eine Kochstelle, ein Holztisch, ein paar Stühle. Zwei weitere Türen führten in winzige Kammern, bestimmt die Schlafstube und vielleicht gar ein Kinderzimmer?

Vorsichtig öffnete sie eine der Türen. Yaro saß auf dem Bett und betrachtete etwas, das er unablässig in den Händen drehte. Etwas Flaches, Rundliches, das glänzte. Er presste es an seine Brust, und schien auf etwas zu warten, das nicht geschah.

»Woher hast du eine Drachenschuppe?«

Er blickte auf. Sein Gesicht war blass, Tränen glitzerten in seinen Augen. »Sie wirkt nicht«, flüsterte er.

»Natürlich nicht«, sagte Linn. »Die Drachen haben ihre Magie wieder bei sich. Kein Drachenzauber funktioniert mehr. Wofür war sie denn gut?«

Er antwortete nicht, sondern starrte die Schuppe noch einmal an und schob sie dann unters Kissen. »Du solltest nicht hier sein, Linn. Die Nachbarn werden reden.«

»Das ist mir gleich.«

»Das darf es aber nicht. Wir sind in Brina, nicht irgendwo da draußen, wo niemand dich kennt.« Er stand auf und schob sie in die Küche.

»In Lanhannat herrschen durchaus strenge Sitten.«

Yaro musterte sie. In seinen Augen lag ein Ausdruck, den sie nicht deuten konnte, aber immer noch waren es die schönsten Augen der Welt.

»Ein gutes Haus.«

»Freut mich, dass es dir gefällt«, sagte er. »Allerdings musste ich es verpfänden. Ich hatte kein Geld, Lester konnte mir fast keinen Lohn bezahlen. Es gehört nicht wirklich mir, sondern dem Landvogt, und ich werde noch viele Jahre brauchen, um es abzubezahlen.«

»Hast du nicht in Lanhannat erzählt, du hättest etwas gewonnen, aus einer Wette?«

»Ja, aber wir haben ständig Geld benötigt. Für Schmerzmittel, für die Heiler, die nichts können … Es ist alles verbraucht. Ich bin völlig mittellos, Linn.«

»Das macht nichts. Ich habe etwas mitgebracht. Wir könnten das Haus kaufen.«

Er schüttelte den Kopf. »Nein, das will ich nicht. Gib es Lester für die Mühle. Er verdient es.«

»Er sagte, du verdienst es.« Sie lachte, aber er lachte nicht mit. Linn zögerte. »Bist du … inzwischen … anderweitig gebunden?«

»Es gibt keine andere«, sagte er leise, etwas in seiner Stimme zitterte, und er trat ans Fenster und konzentrierte sich auf die Aussicht. »Was ist mit dir?«

»Nein. Ich … Nein, ich bin frei.«

»Gut«, sagte er, ohne sie anzusehen.

Sie versuchte sich vorzustellen, wie es sein würde, mit ihm hier zu leben, und zu ihrer eigenen Überraschung konnte sie sich ausmalen, wie es wäre. Morgens an seiner Seite zu erwachen. In der kleinen Küche gemeinsam zu essen. Alles war auf eine seltsame Weise vertraut.

»Meinen Eltern ist nicht nach einem Fest zumute«, sagte sie. »Wir sollten es nicht überstürzen.«

Wie an jedem Tag, an dem der Büttel kam, gab Lester sich seiner miesesten Stimmung hin. Knurrend schlich er durch die Mühle, und man ging ihm am besten aus dem Weg. Merok war es überlassen, den Karren mit den Abgaben für den Sommer zu beladen.

»Nicht gerade viel«, sagte Linn, die ihm dabei zusah. »War es früher nicht mehr?«

Linns jüngerer Bruder war kein garstiger Jugendlicher mehr,

der sie immerzu ärgerte. Jung und blond, mit blauen Augen, sah er aus wie ein Abbild von Binia. Seine Begrüßung war unerwartet herzlich ausgefallen. Als er Linn in die Arme schloss, als hätte er sie unendlich vermisst, fühlte sie sich zu Hause. Sie war nie auf die Idee gekommen, dass ausgerechnet er sie vermissen könnte. Auch mit seiner Frau Finera, einer hübschen, freundlichen Brünetten, kam sie gut zurecht, und der kleine Harli, ihr Neffe, wetteiferte mit den Katzen um ihre Gunst.

»Das Jahr war nicht besonders ertragreich. Viel Korn gab es nicht, weil so viele Bauernsöhne in den Krieg geschickt wurden.«

»Es wird noch eine Weile dauern, bis sie zurück sind. Der Weg von Khanat bis nach Nelcken ist weit.« Linn half ihm beim Ziehen. »Kommt immer noch derselbe Büttel wie früher?«

»Der Rinek eingesperrt hat?« Merok lachte ohne jede Bitterkeit. »Rakion. Genau der. So viel hat sich hier gar nicht verändert, wie du siehst.«

»Ich komme mit.«

»Du machst aber keinen Ärger, hoffe ich?« Er warf ihr einen zweifelnden Seitenblick zu.

»Ich? Wo denkst du hin? Ich muss mich nur wieder richtig eingewöhnen.«

»Wenn du den Büttel beleidigst, landest du im Gefängnis, und die Hochzeit muss abgesagt werden. Ist das die Absicht dahinter?«

»Ich werde ihn nicht beleidigen! Bin ich etwa Rinek?«

Merok lachte leise. »Du könntest seine Zwillingsschwester sein. Abgesehen davon, dass du natürlich hübscher bist. Ich wünsche dir viel Glück. Dir und Yaro.«

Etwas in seiner Stimme ließ sie aufhorchen. »Was ist mit Yaro? Wenn du mir irgendetwas sagen willst, dann heraus damit. Liebt er eine andere? Heiratet er mich nur, weil es so abgesprochen war und er eine alte Verpflichtung erfüllen will? Da stimmt doch was nicht.« Sie drehte ihm freundschaftlich den Arm auf den Rücken, aber dann merkte sie, wie ernst es ihr im Grunde war. »Sag mir die Wahrheit, Merok. Jetzt.«

»Au! Du bist immer noch genauso verrückt wie früher!«

»Was stimmt nicht mit Yaro?«

»Lass mich los! Ich sage es dir ja.«

»Nun?«

Merok bewegte vorsichtig seinen Arm. »Meine Güte, bist du rabiat. Wenn du dich so benimmst, verdienst du die Wahrheit, wirklich, auch wenn es für dich besser wäre, du wüsstest sie nicht. Es war Binia.«

»Binia?« Der Name traf Linn wie ein Pfeil. »Yaro und Binia?«

»Er ahnt nicht, dass ich es herausgefunden habe. Sie dachten beide, dass keiner es merkt, aber ich bin nicht blind, weißt du? Sie waren so schrecklich ineinander verliebt, dass die Luft um sie her in Schwingungen geriet.«

»Aber …« Linn war immer noch wie erschlagen von dieser Nachricht. Flammender Zorn erfüllte sie. Wie konnte dieses kleine Biest es wagen! Sich an Yaro heranzumachen, ihren Yaro! Dabei hatte sie so unschuldig gelächelt, in jener Höhle in Steinhag, und getan, als würde sie sich über das Wiedersehen freuen! Während sie hinter ihrem Rücken mit ihrem Verlobten anbandelte …

Aber Binia war tot.

Ihre Wut verrauchte so schnell, wie sie aufgeflackert war.

»Deswegen ist Yaro damals mit Rinek nach Lanhannat gereist. Kurz vorher fing es an, und ich glaube, er wollte dich suchen und in Erfahrung bringen, ob du immer noch etwas empfindest, ob er noch an eure Verlobung gebunden ist oder nicht. Als er dann zurückkam, ohne Rinek, war er irgendwie verändert. Er hat mir erzählt, dass er auf dem Weg ein paar Wegelagerer getötet hat, die ihn überfallen haben, mit einer verzauberten Drachenschuppe. Ich habe ihm versprochen, es nie jemandem zu verraten, aber wenn du schon alles weißt, solltest du auch darüber Bescheid wissen. Dass er jemanden umgebracht hat, hat Yaro schwer zu schaffen gemacht, und es war wieder Binia, die ihn getröstet hat. Heiraten wollte sie ihn jedoch nicht. Sie hielt sich für hässlich, und sie hatte ständig Schmerzen. Sie konnte nicht arbeiten, an manchen Tagen nicht einmal aufstehen. Sie war der Meinung, dass er eine starke, gesunde Frau verdient.«

Ach Binia … Linn zwinkerte eine Träne weg. *Wie konntest du nur. Ihn lieben und ihm dabei das Herz brechen, meinem Yaro.*

»Er dachte, ich bringe sie zurück. Gesund und geheilt. Das Mädchen, das er geliebt hat.«

»Ja«, sagte Merok. »Das war seine Hoffnung.«

Auf einmal begriff sie es. *Er presst die Drachenschuppe, die tödliche, an sein Herz … und stirbt nicht. Er will sterben, als er erfährt, dass Binia tot ist, aber er stirbt nicht. Stattdessen wird er mich heiraten, und wir leben fröhlich und zufrieden bis an unser Ende.*

Der Schmerz schnürte ihr die Kehle zu. Yaro liebte gar nicht sie, sondern Binia, und er hatte auch nicht auf sie gewartet, sondern auf ein Mädchen, das nicht zurückgekommen war. Linn wankte, sie stützte sich schwer gegen Meroks Schulter.

Er liebt mich nicht … aber er soll mich lieben!

Sie hatte gedacht, sie würde heimkehren, in eine große, gewaltige Liebe, in der sie sich zu Hause fühlen konnte. Yaros Geduld, mit der er angeblich auf sie gewartet hatte … wie rührend. Wie falsch. Seine Liebe, die ihren eigenen Mangel daran ausgleichen sollte …

Ihr war, als hörte sie die Stimme des Narren dicht an ihrem Ohr kichern. *Yaro Tausendschön!* Sie sah Nival und Yaro an einem Tisch sitzen … Warum hatte er es ihr nicht einfach gesagt? *Und du?, wisperte Jikesch. Warum hast du verschwiegen, wie es um dich steht?*

»Es war ein Fehler, es dir zu sagen«, meinte ihr Bruder unglücklich.

»Nein«, widersprach Linn leise. »Ich danke dir.«

Es war vielmehr ein Fehler gewesen herzukommen. Ihr Fehler. Die Sehnsucht nach Nival überfiel sie mit aller Macht. Er hätte hier sein müssen, um sie zu trösten, um sich gemeinsam mit ihr über Yaros Untreue aufzuregen und darüber zu lachen … Am liebsten hätte sie sofort ihr Bündel gepackt und wäre aufgebrochen. Nur wohin? Zurück in die Stadt, zu dem Mann, nach dem ihr Herz schrie? Sie war eine Verbannte. Sie durfte nicht zurück nach Lanhannat.

Linn blinzelte die Tränen weg und atmete tief durch. *Du bist hier, also mach das Beste draus. Yaro hat ein Haus für dich gebaut. Der arme Kerl hat sein Mädchen verloren. Immerhin liebst du ihn genug, um dich um ihn zu kümmern. Du bist dafür verantwortlich, dass er nie wieder eine Drachenschuppe an sein Herz drückt und sich wünscht zu sterben …*

Auf dem Dorfplatz hatte sich schon die wartende Menge versammelt. Es waren viel weniger Menschen als früher, wie ihr schmerzlich auffiel. Doch Rakion, der Büttel, trat noch genauso forsch auf wie vor Jahren. Einen nach dem anderen bestellte er zu sich, ließ die Säcke und Körbe wiegen und brüllte herum.

»Lester von der Mühle.« Misstrauisch hob der Steuereintreiber den Kopf und blickte sich um. Erwartete er vielleicht, Rinek würde ihm wieder entgegentreten und eine Wette fordern?

Linn merkte erst, dass sie einen Schritt nach vorne gemacht hatte, als Merok sie am Arm fasste.

»Was hast du vor?«

»Lass mich nur.« Sie hatte sich wirklich vorgenommen, brav zu sein. Sich anzupassen. Yaro zu heiraten und in diesem Dorf anzukommen. Ihn nicht unglücklich zu machen. Aber verdiente er nicht endlich ein wenig Glück? Das Herz zog sich ihr zusammen vor Mitleid. Binia war tot, und nun würde er also die ältere Schwester heiraten. Aber er sollte es wenigstens nicht bereuen. Er sollte merken, dass sie nicht umsonst so lange weg gewesen war. Ein paar Dinge hatte sie gelernt, die durchaus nützlich sein konnten. Glücklicherweise war die Zeit, die sie mit Arian verbunden hatte, abgelaufen. Wer einmal das Hohe Spiel gespielt hatte, kam nicht mehr los davon. Jetzt erst wurde ihr bewusst, dass sie schon eine ganze Weile nach einem passenden Gegner Ausschau gehalten hatte.

»Herr Rakion? Erinnert Ihr Euch noch an mich? Linnia Harlon, aus der Lester-Familie.«

Der Mann musterte sie abfällig. »Das kleine Mädchen, gegen das ich im Armdrücken gewonnen habe. Aber sicher. Solche denkwürdigen Ereignisse bleiben einem im Gedächtnis.«

Nicht einmal jetzt, Jahre später, konnte er seine Niederlage eingestehen. Ohne Frage verdiente er die Lektion, die sie ihm nun erteilen würde. »Mir schwebt da eine kleine Wette vor. Ein … Schwertkampf.«

»Wie bitte?« Er starrte sie an. »Ich bin Steuereintreiber für den Vogt. Das hier ist keine Vorstellung von Gauklern und Spaßmachern. Verschwinde, bevor ich dich festnehmen lasse.«

»Linni, bitte!«, stöhnte Merok.

»Das hatten wir doch alles schon. Ich habe kein Interesse an Wetten und Schaukämpfen. Wo sind die Steuern der Familie Lester? Wassersteuer, Mahlsteuer, Ölsteuer, Pacht für die Mühle, Pacht für das Land, Steuer für die Erlaubnis, ein Gebäude direkt an der Wand der Mühle zu errichten, Steuer für den König«, leierte er herunter.

»Ich will das Haus am Bach und den Wald«, sagte sie. »Und die Mühle. Dafür trete ich gegen Euch an – gegen Euch und Eure beiden Knechte. Gleichzeitig. Ich setze diesen Beutel mit Gold. Dafür könnte ich mühelos eins von beiden kaufen, aber ich kann mich so schlecht entscheiden.« Sie ließ die Münzen hörbar darin klappern.

Die Umstehenden lachten unsicher.

Rakion schnappte nach Luft. Seine Augen weiteten sich vor

Gier. Jetzt hatte sie ihn. »Drei Männer gegen eine Frau? Im Ernst?«

»Das Haus mit dem Wald. Und die Mühle.«

»Zeig erst den Inhalt«, verlangte er.

Linn schüttete die Münzen vor ihm auf den Boden, sodass er vom Pferd steigen musste, um sie zu untersuchen. Obwohl sie eben noch im Dreck gelegen hatten, scheute er sich nicht, in das Gold zu beißen, um festzustellen, ob es tatsächlich echt war. Die Untersuchung fiel wohl zu seiner Zufriedenheit aus, denn sein Grinsen verbreiterte sich.

»Na schön. Wenn du verlierst, was, wie ich gar nicht groß betonen möchte, unzweifelhaft der Fall sein wird, bekomme ich das Gold. Hast du keinen Mann oder Vater, der dir so ein übles Spiel verbietet?«

»Schlagt Ihr nun ein oder nicht?«

»Tu es nicht«, flüsterte Merok. »Weißt du denn nicht mehr? Der Kerl hält sich nie an die Regeln. Er wird sich herausreden.«

Es erfüllte sie mit ungewohnter Zärtlichkeit für ihren Bruder, dass er an ihren Sieg glaubte.

»Manchen Leuten kann man die Dummheit nicht verbieten«, meinte Rakion selbstgefällig. »Worlin, Serim!« Er nickte den baumlangen Knechten zu, die ihre mächtigen Schwerter von den Gürteln lösten, Waffen, so lang wie ihre Beine und nahezu ebenso breit. Sie waren dafür geschaffen, Eindruck zu schinden, doch Linn bezweifelte, dass man damit besonders gut kämpfen konnte.

Sie löste die Deichsel vom Wagen, eine Metallstange mit einem Griff, und wog sie in der Hand.

»Gestatten, Linnia Adora Harlon. Ich fordere Euch heraus, Rakion von Wirren.« Sie verbeugte sich leicht. »Kämpfen wir um ein Jahr.«

Höhnisch lächelnd zwinkerte er ihr zu. »Nun, Fräulein Harlon, Rakion von Wirren, zu deinen Diensten.«

»Hay«, murmelte sie, »sei mit mir, Hay Ran Birayik, ich grüße dich, großer Spieler.«

»Hay, hay, hay«, rief Merok hinter ihr.

Die beiden Knechte traten vor. Linn wich zurück, während die Zuschauer rasch einen breiten Kreis bildeten, um den Kämpfern Platz zu machen. Der Steuereintreiber war als Adliger zumindest in den Grundbegriffen des Schwertkampfes ausgebildet. Zuerst musste sie daher seine Gehilfen außer Gefecht setzen. Linn hatte nicht vor, die Sache endlos in die Länge zu ziehen. Sie sprang nach vorne, tauchte unter Worlins Schlag hindurch, der ihn selbst mit Schwung vorwärtsriss, und brachte ihn mit dem Griff ihrer Eisenstange vollends aus dem Gleichgewicht. Er schlug der Länge nach hin, und sie bückte sich rasch, um das Schwert fortzuschleudern. Serim fluchte und griff mit einem ohrenbetäubenden Schlachtschrei an. Linn ließ ihn wie einen wütenden Stier herankommen, warf sich im letzten Augenblick zur Seite und wirbelte herum, sodass ihn die Stange in den Rücken traf. Er krachte mit einem dumpfen Ächzen zusammen. Die Zuschauer blieben still, nur Merok rief: »Ja, Linn! Zeig's ihm!«

Nun wandte Linn sich Rakion zu, der wutschnaubend sein Schwert umklammerte.

»Mit mir wirst du nicht so leichtes Spiel haben.«

»Ach, seid Ihr ein Prophet?«

Linn drehte ihre Waffe und packte sie am Griff. Immer noch kein Schwert, aber wenigstens ein behelfsmäßiges. Sie musste sich eingestehen, dass sie es den Sommer über vermisst hatte. Das Geräusch von Stahl auf Stahl. Das wilde Pochen ihres Herzens. Das Gefühl von Kraft in ihren Beinen, während sie vor und zurück sprang. Es hatte nichts von der tödlichen Gefahr eines Drachenkampfes, sondern erinnerte sie an die verhassten Trainingskämpfe im Hof.

Ein Spiel. Nichts als ein Spiel.

Sie tanzte um den Büttel herum. Narrte ihn. Versetzte dem einen Knecht, der mit krummem Rücken heranwankte, einen Tritt in den Magen, den anderen warf sie mit einem gezielten Kinnhaken erneut ins Gras. Mit einem Schwert hätte sie Rakion Stiche versetzt, kleine, blutende Schnitte, doch die Stange verteilte nur schmerzhafte Prellungen. Wenn sie mit ihm fertig war, würde er weder sitzen noch liegen können.

Schließlich warf sie ihre Waffe in die Luft, fing sie am stumpfen Ende wieder auf und ließ den Griff vorschnellen. Sie benutzte sie wie eine Dornlanze – eine rasche Drehung des Handgelenks, und Rakions Schwert flog davon.

»Halt! Das …«

»Ist jetzt meins«, sagte sie und hob es auf.

Er wischte sich den Schweiß von der Stirn. »Du spielst ein gefährliches Spiel, Fräulein. Wer hat dich unterrichtet, um mich hereinzulegen? Jemand aus der Burg des Vogts?«

»Meister Bher aus Lanhannat«, sagte sie. »Ritter Okanion von der Drachengarde. Und, glaubt es oder nicht, den einen oder anderen Kniff habe ich mir bei Prinz Arian abgeschaut.« Sie verbesserte sich: »Bei König Arian, sollte ich wohl besser sagen.« Halb über die Schulter gewandt fügte sie hinzu: »Merok, sammle bitte meine Münzen wieder ein. Ich fürchte, Herr Rakion muss unsere Steuer neu berechnen, in Anbetracht der Tatsache, dass die Mühle nun uns gehört. Der Pachtanteil entfällt. Selbstverständlich entrichten wir nach wie vor die Steuer an den Vogt und an den König, wie es sich gehört.«

»Das dulde ich nicht«, flüsterte Rakion grimmig. »Das ist eine unerhörte Frechheit. Erst führt Ihr mich vor, und jetzt das? Nehmt sie fest!«

Worlin und Serim wichen erschrocken zurück.

»Ihr könnt beim Vogt neue Knechte beantragen«, sagte Linn. »Bewaffnete Knechte, die sich trauen, mich mitzunehmen. Doch dann solltet Ihr ihm auch sagen, dass Ihr das Hohe Spiel mit einem Dorfmädchen gespielt habt und Euren Dienst bei ihm kündigen müsst.«

»Was?«, fragte er entsetzt.

Sie trat näher. »Das Hohe Spiel«, sagte sie. »Ich habe Euch herausgefordert, meinen Namen genannt sowie die Zeitspanne, und Ihr habt angenommen. Bereits beim letzten Mal wusstet Ihr, wie diese Wette eigentlich ausgegangen wäre, als ich noch keine Ahnung hatte, dass es so etwas wie dieses Hohe Spiel überhaupt gibt.« Sie stand jetzt so dicht vor ihm, dass sie seinen Atem riechen konnte. »Hay Ran Birayik war Euch bisher ungemein gnädig. Ich habe mit eigenen Augen gesehen, was mit denen passiert, die die Regeln brechen – ein Ende, wie es übler nicht sein könnte.«

»Droht mir nicht«, protestierte er heiser, aber ihr entging nicht, dass er sie nicht mehr duzte.

»Die Mühle und das Haus fallen an mich. Ich erwarte, dass Ihr unverzüglich in die Burg zurückkehrt und die Dokumente aufsetzt, vom Vogt unterschrieben.«

»Das wird mich ruinieren«, keuchte er.

»Dann hättet Ihr Euch nicht darauf einlassen dürfen. Habt Ihr nichts, was Ihr verpfänden könnt, um den Vogt zu entschädigen? Oh, sicherlich habt Ihr das. Viele ehrliche Menschen leben mit Schulden. Ich weiß, was ich dem Spiel schuldig bin – Euch ins Unglück zu stürzen gehört nicht dazu. Doch Ihr werdet Eure Wettschuld einlösen.«

»Ich wusste nicht, dass Ihr eine Kriegerin seid«, presste er zwischen den Zähnen hervor.

»Ihr dürft jetzt gehen.«

Rakion stolperte davon, die noch ausstehenden Steuern waren vergessen. Er kam gar nicht schnell genug auf sein Pferd und preschte davon, wobei ihm seine Knechte nachhumpelten.

Merok lachte in sich hinein.

Linn wandte sich um und sah Yaro in der Menge stehen. Mit

blassem Gesicht starrte er sie an, dann wandte er sich ab und ging davon.

Linn fand ihn oben im Haus am Bach, wo er seine Sachen zusammenpackte.

»Was tust du da?«, fragte sie. »Das ist jetzt unser Haus! Du warst doch dabei, auf dem Dorfplatz? Es gehört uns!«

»Nein«, sagte er. »Es gehört dir.«

Ohne sein Verhalten zu begreifen sah sie zu, wie er seine Kleider in eine Holzkiste legte. Wie er sie sorgfältig zusammenfaltete, obwohl seine Hände zitterten.

»Ich habe für uns …«

»Nein!«, unterbrach er sie. »Das war meins. Ich hatte es für dich gebaut. Für uns! Jetzt habe ich gar nichts mehr!«

»Aber du hast doch gesagt, es sei verpfändet. Ich verstehe nicht …«

»Ganz recht. Du verstehst es nicht. Du verstehst gar nichts!« Yaro atmete tief durch, zwang sich, sie anzusehen, aber sein Blick irrte von ihr fort, war schon auf der Flucht. »Du hast mich zum Gespött gemacht, vor dem ganzen Dorf. Vor allen! Du hast zwar gesagt, es ist dir egal, was die Leute denken, aber mir nicht! Mir ist es nicht egal!«

»Ich habe Rakion besiegt. Was ist daran so schlimm?«

»Du bist eine Kriegerin. Alle haben es gesehen. Alle! Dass du einen Mann niederschlagen kannst, wenn du willst. Dass du ihn an der Nase herumführen und vor die Wand laufen lassen kannst. Du kannst ihm sein Hab und Gut entreißen und es ihm wieder schenken, wie es dir beliebt. Bei Arajas, Linn! Du kommst hierher wie eine Königin, wie eine Ritterin!«

»Ich bin Drachenjägerin. Das weißt du.«

Warum nur hatte sie geglaubt, er würde stolz und froh sein? Er würde sie in die Arme schließen und herumwirbeln und lachen? Erkennen, dass sie zwar nicht Binia sein konnte, aber dafür viele andere praktische Dinge beherrschte, wie zum Beispiel das Verprügeln von Bütteln? Ihr für das Haus danken und mit ihr gemeinsam eine Zukunft planen, die vielleicht nicht voller Leidenschaft sein würde, aber immerhin ihnen beiden Zufriedenheit schenken konnte?

Yaro widmete sich wieder seiner Kiste. »Es gibt Frauen, die singen«, sagte er leise. »Deren Stimme lieblicher ist als die der Vögel im Wald. Mädchen, die tanzen, mit Bändern im Haar. So habe ich dich immer gesehen. Mit Bändern und Blättern und wie du die Füße ins Wasser gehalten hast …«

»Ich habe nie gesungen«, erinnerte sie ihn.

»Richtig«, sagte er. »Das hast du nicht. Aber du siehst so aus, als könntest du es. Du warst das Mädchen, das mich immer zum Lachen gebracht hat …« Seine Stimme brach.

Worum ging es hier überhaupt? »Ich bin nicht Binia«, sagte sie.

Yaro erstarrte. »Ganz recht«, sagte er schließlich. »Das bist du nicht.«

»Ich dachte, ich könnte deinen Schmerz irgendwie heilen. Es könnte vielleicht«, sie sprach immer leiser, »Glück geben. Nicht sofort. Aber mit der Zeit. Wir können doch nicht immer nur unglücklich sein.«

Er schwieg.

»Yaro … muss ich denn wirklich … *lieblich* sein?«

»Niemand, der dich eben erlebt hat, würde dich noch dafür halten«, sagte er und klappte den Deckel der Kiste zu.

Wie seltsam. Sie liebte ihn nicht. Sie hatte ihn nie geliebt, sie hatte sich nur immer darauf verlassen, dass er hier sein würde. *Yaro wartet …* Wie oft hatte sie das gedacht, es gesagt, es geglaubt, wie an so vieles. Eine Selbstverständlichkeit, so wie die Tatsache, dass die Sonne aufging und wieder unterging.

Yaro Tausendschön. Vielleicht brauchte er einfach nur Zeit, um den Schmerz über Binias Tod zu verarbeiten. Um zu begreifen, dass sie niemals so sein würde wie ihre Schwester, dass sie bei der Arbeit nicht sang, sondern in den Himmel hinaufsah und träumte.

»Ich wusste nicht, dass du so denkst«, sagte sie.

Ein Fremder, wie sie es sich immer gewünscht hatte. Nicht mehr der Freund ihrer Kindheitstage. Erst jetzt, aus der Distanz, die plötzlich zwischen ihnen herrschte, konnte sie begreifen, dass er sich eigentlich gar nicht mal so sehr verändert hatte. War es nicht schon immer so gewesen? Hör auf, von Drachen zu reden. Mach dich nicht zum Gespött der Leute. Mein Vater wird nie mit deinem Vater reden, wenn du dich nicht änderst. Was wird Tante Taria sagen?

Linn hatte Yaro nie geliebt, aber jetzt verstand sie endlich, dass es ihm nicht anders ergangen war. Er hatte immer schon ein anderes Mädchen haben wollen, noch bevor er sich in Binia verliebt hatte. Ein Mädchen, das Linn nicht war und niemals sein konnte.

Sie fühlte ein hysterisches Kichern in sich aufsteigen. »Wusstest du, dass deine Tante nach einem bösen Drachenkönig benannt wurde?«, platzte sie heraus.

Yaro warf ihr einen unbeschreiblichen Blick zu, schulterte die Kiste und ging.

32

Das Blatt lag golden und rötlich in ihrer Hand. Linn betrachtete es, während die Sonne hinter den Tannen vorüberwanderte. *Die Kraft der Sonne. Die Anmut des Windes. Die Ruhe der Erde …*

»Hast du mir irgendetwas zu sagen? Wofür könnte man dich benutzen? Keine Antwort? Das habe ich mir schon gedacht.« Linn warf das Blatt in den Bach, wo die Wellen es schaukelnd davontrugen.

Ein Jahr lang hatte sie Zeit gehabt, sich in Brina einzuleben. Sie langweilte sich selten, seit sie abwechselnd in der Burg Wache schob und auf ihre kleine Nichte Nia, Meroks und Ferinas Tochter, aufpasste, doch manchmal stieg die Sehnsucht in ihr auf, etwas in den Händen zu halten, das nur ihr gehörte. Wie eine Drachenschuppe, glänzend und glatt, etwas, das alles verändern konnte. Ein Zauber, der die Welt bezwang. Ohne Unterricht war es unmöglich, Zugang zu dieser anderen Magie zu finden, die in allem lag, obwohl ihr manchmal fast war, als könnte sie etwas davon spüren. Einen Hauch von Wissen, eine Ahnung, wie eine Einladung, die jemand ihr zurief, der sehr weit entfernt war.

Natürlich achtete sie darauf, dass niemand etwas davon mitbekam. Ihre neue Stelle bei der Burgwache des Vogts konnte nicht davon abhängen, ob sie Zauberei ausübte – die neuen Gesetze waren schließlich auch hier in der Provinz angekommen –, doch das Misstrauen der Dorfbewohner saß tief, und vielleicht hätte Finera gezögert, ihr die Kleine anzuvertrauen.

»O Arajas«, seufzte ihre Mutter regelmäßig. »Du bist schon so alt, Linn! Über zwanzig! Wer wird dich jetzt noch haben wollen? Nach einer geplatzten Verlobung? Nach dieser Geschichte mit Rakion? Wir können nur hoffen, dass die Menschen vergessen. Wenn das Jahr um ist, können wir uns vielleicht vorsichtig in den Nachbardörfern umhören.«

Der Mann, den ich will, wohnt in einem Schloss im fernen Lanhannat … und ich bin eine Verbannte.

Manchmal war die Versuchung fast übermächtig, Nival einen Brief zu schreiben und die Zeilen einem Kaufmann auf der Durchreise in die Hauptstadt mitzugeben. Aber wie hätte sie das tun können? Er glaubte, sie wäre glücklich, und konnte sich auf seine Arbeit konzentrieren, auf seine Berufung, seinen langjährigen Traum – dem König zur Seite zu stehen, in einem Land, in dem Zauberei nicht länger verboten war. Wie hätte sie ihm das verderben können?

»Mutter, ich brauche keinen Mann. Wirklich nicht.«

Es hatte keinen Zweck. *Wenigstens,* dachte Linn, *sieht sie es gerne, dass ich mich um Nia kümmere, wenn ich auch sonst in ihren Augen nichts richtig mache.*

Sie nahm ein neues Blatt auf und hielt es vor das Gesicht des winzigen Mädchens, das mit seinen dicken Händchen danach griff und danebenfasste.

»Konzentrier dich«, befahl Linn liebevoll. »Du schaffst das, mein Äffchen.«

»Linni! Linni!« Harli raste den Waldweg hinauf. »Komm schnell! Komm, da ist einer in der Mühle!«

»Wo? Wer?« Ihr Herz begann wild zu schlagen. Gab es Ärger? Oder – noch wagte sie nicht, die plötzlich aufwallende Hoffnung auszusprechen – war Rinek zurückgekehrt? Sie nahm das Baby hoch und folgte dem aufgeregten Jungen durch den

Wald hinunter ins Tal. Auf der Wiese hinter der Mühle hatten sich sämtliche Kinder des Dorfes eingefunden. Linn drängte sich durch die Menge. Zuerst sah sie den schwarzen Esel, der sich am Gras gütlich tat. Dann den Besucher.

Nein, es war nicht Rinek.

Es war ein Gaukler. Er machte Handstand, wodurch sein Gesicht nur schwer zu erkennen war. Die Glöckchen an seiner Narrenmütze klingelten.

»Euer Dorf ist falsch herum!«, krähte er. »Der Himmel ist unten, und die Häuser sind oben! Da fließt ein Bach, warum fällt denn das Wasser nicht runter? Warum klebt ihr mit euren Hintern an den Wolken?«

»Dreh dich um!«, rief ein Kind. »Wir sind richtig, du bist falsch!«

»Steh auf!«, rief ein zweites.

»Da ist eine Frau«, sagte der Narr. »Was für eine komische Frau, habt ihr so eine je gesehen? Ihre Füße stecken im Himmel, und ihr Haar will Wurzeln schlagen. Sie wächst am Kopf fest! So etwas gibt es nur in Brina!«

Er ließ sich nach hinten fallen, rollte durch das Gras und sprang vor Linn auf die Füße. Die Mütze saß schief auf dem blonden Haar. Das Gesicht war etwas heller gepudert, aber seine feinen Züge waren unverkennbar. Die grauen Augen, in denen der Schalk aufblitzte.

»So ist es richtig!«, rief er. »So muss es sein!«

Die Kinder lachten.

Linn konnte sich nicht von der Stelle rühren. Der Narr beugte sich über das Kind in ihrem Arm und betrachtete es.

Sie brachte kein Wort heraus, während er den aufgeregten Dorfkindern auseinandersetzte, warum das Baby vollkommen sei und etwas ganz und gar Besonderes.

»Es hat Äuglein, welch Wunder!«

»Wir auch!«, schallte es ihm entgegen.

»Ein Näschen! O Barradas, was für ein Näschen, nasiger könnte es beileibe nicht sein. Und einen Mund hat es auch! Sollten sich da etwa Ohren am Kopf befinden, echte Ohren?«

»Haben wir auch!«, schrien die Kinder und zogen zum Beweis an ihren Ohren.

Die kleine Nia beschloss, jämmerlich zu weinen.

»Ich wollte ihn nicht erschrecken«, versicherte der Narr. »Ganz und gar nicht. Weder dich noch ihn.«

»Es ist ein Mädchen«, sagte Linn, aber ansonsten war sie immer noch wie gelähmt, sie versuchte nicht einmal, die Kleine zu trösten. Sie starrte den Mann an, der aus dem Boden geschossen war wie eine unerwartete Frühlingsblume im Spätsommer, und wusste nicht, ob sie noch atmete, ob ihr Herz noch schlug, ob sie überhaupt noch lebte.

»Sie starrt mich an«, sagte der Besucher zu den Kindern. »Ist das etwa höflich, jemanden so anzustarren? Ist es richtig, hier in Brina, macht man das bei euch so?«

»Ja!«, riefen ein paar, während andere lauthals verneinten.

Der Narr streckte die Hand aus und berührte Linns linke Wange.

»Eine Träne«, stellte er sachkundig fest. »Warum? Was hätte ich getan, um dich zum Weinen zu bringen? Euch beide sogar. Seid ihr Zwillinge, einer klein und einer groß, dass ihr immer alles gleichzeitig tut? Ich dachte, du freust dich, wenn ich dich besuche.«

Nun streckte er die zweite Hand aus und wischte auch die Tränen von ihrer rechten Wange.

»Ich bin hergekommen, um mich mit dir zu freuen«, sagte er. »Über dein Glück. Jemand sagte mir einmal, als ich es wagte, ein klein wenig eifersüchtig zu sein: Wärst du ein Freund, würdest du dich freuen. Also habe ich beschlossen, ein Freund zu sein. Oh, ich hoffe, ich bin stark genug.« Seine Augen waren unruhig, sie wanderten von ihr zu dem Kind und wieder zurück. »Doch wenn du stark genug bist, es zu tragen, warum sollte ich nicht stark genug sein, es bloß anzusehen?«

»Linn! Warum lässt du sie weinen?« Finera rannte über die Wiese und riss ihr das Mädchen aus dem Arm. Sie warf dem Fremden einen misstrauischen Blick zu und scheuchte die Kinder fort. Dann verschwand sie wieder, aber Linn merkte auch davon nichts.

»Wer war denn das?«

»Die Mutter«, sagte Linn. »Meine Schwägerin.«

»Es ist gar nicht deins?«, fragte der Narr munter. »Dabei hat es so gut in deinen Arm gepasst. Wart ihr etwa nicht fleißig genug? Wo ist Yaro?«

»Es hat keine Hochzeit gegeben«, brachte sie schließlich heraus.

»Keine Hochzeit? Du bist nicht verheiratet? Wie konnte Yaro Tausendschön es wagen, dich nicht zu heiraten, Drachenmaid?«

»Nival ... Jikesch ...« Sie versuchte, ihren Arm zu bewegen, ihre Hände, und sich über die Augen zu wischen, weil sie kaum noch etwas sah. Zu ihrer Überraschung gelang es ihr. »Wieso hast du deine Stimme wieder? Du bist der Ratgeber des Königs, warum ... Was machst du hier?«

»So viele Fragen«, sagte er leise. »Meine Stimme? Dein Bruder ist ein Zauberer, Linnia, und er wird immer besser. Ich fürchte, bald kann ihm keiner mehr etwas vormachen. Wie er Chamijas Kräuter und Pasten ausprobiert und damit experimentiert, das hast du noch nicht gesehen. Hier bin ich, sein größter Erfolg. Der König? Hört sich meinen Rat an und tut am Ende doch das, was er will. Es ist nicht annähernd so spaßig, der Ratgeber des Königs von Schenn zu sein, wie ich dachte, und so hat mich die Wanderlust gepackt. Bin ich nicht ein Tensi? Der Wind hat mich erfasst und hergeweht. Was ich hier mache? Ich bin gekommen, um dein Glück zu sehen. Dein Glück, Linnia, Drachenmaid. Wo ist es?«

Auf einmal war sie die Stumme. Sie kämpfte mit ihrer Zunge, die ihr nicht gehorchen wollte. »Glück?«, krächzte sie schließlich. »Du Dummkopf! Du Narr! Dachtest du denn, ich könnte glücklich sein – ohne dich?«

»Sie hat mich einen Dummkopf genannt«, flüsterte er zur Seite hin, wo jedoch keine Zuschauer mehr jubelten. In die Stille sprach er es, diese Stille, wie sie es nur in Brina gab, erfüllt vom Rauschen des Baches und dem Klappern der Mühle. »Sie liebt mich, heißt es das?«

»Ja«, sagte Linn trotzig. »Den größten Dummkopf, den ich kenne. Komm, ich zeige dir mein Haus. Yaro hat es gebaut, aber er wollte es nicht geschenkt haben. Bist du auch so stolz?«

»Stolz?« Er lachte und warf sich vor ihr auf die Erde. »Ich bin der Demütigste von allen, Herzallerliebste. Es gibt heute Geschenke? Ringe und Kronen und Schlösser? Immer her damit!«

»Bitte schön. Durch ein Spiel gewonnen, mit deinem Geld gewettet. Ein Haus, einen Wald, einen Bach. Wenn du es denn willst. Aber ich kann nicht singen.« Ihre Stimme wurde immer lauter, immer grimmiger, immer entschlossener. »Willst du es, Jikesch? Willst du alles?«

»Natürlich«, sagte er, und in seinem Lächeln lag noch etwas anderes, das ihr einen Schauer der Erwartung über die Haut jagte. »Schenk es mir, oder ich werde es stehlen. Narren geben sich nie mit weniger zufrieden.«

Merina stand vor der Mühle und schüttelte den Kopf, als ihre Tochter den merkwürdigen Fremden den Weg hinaufführte, zu ihrem einsamen Heim.

»Sie liebt mich«, rief Nival so laut, dass die Müllerin es nicht überhören konnte. »Hört ihr, sie liebt mich!«

Fassungslos verschwand Merina in der Küche.

Linn fühlte ein Lächeln in ihrem Herzen aufsteigen. »Jetzt werden sie reden.«

»Sollen sie ruhig. Keiner redet so viel wie ich, das sollen sie erst mal versuchen.« Das kleine Haus schimmerte durch die Baumstämme. »Wird es denn etwas geben, worüber sie sich das Maul zerreißen können?«, fragte er hoffnungsvoll.

»Darauf will ich wetten«, sagte Linn.

»Halt an«, befahl der Zauberer, als die Straße eine Biegung machte und in den Wald eintauchte. Mühsam kletterte er vom Kutschbock und ließ den Anblick ein letztes Mal auf sich wirken. Die Stadt glühte im Licht der aufgehenden Sonne. Unzählige bunte Steine an den Türmen und Mauern des hellen Schlosses funkelten.

Er lächelte versonnen.

»Jetzt sag nicht, dass du diese Stadt liebgewonnen hast«, neckte ihn der andere Mann.

»Vielleicht doch«, meinte Rinek.

»Wartest du darauf, dass Fräulein Agga dir nachrennt und dich bittet zu bleiben?«

»Nein«, sagte Rinek. »Sie wird nicht kommen.«

»Aber sie liebt dich, dachte ich.«

Wenn Sion nicht gewesen wäre, vielleicht … Es war sinnlos, darüber nachzugrübeln, was hätte sein können. Selbst wenn Agga ihm verziehen hätte, wie hätte er Sions silbernen Glanz vergessen können und ihren Kuss und die Nacht, in der sie starb? Er trug sie mit sich wie seinen eigenen vergifteten Mantel.

»Nein«, wiederholte er. »Agga gehört in diese Stadt, und sie wird die Alten nicht im Stich lassen, so lange einer von ihnen noch atmet.«

Kesim wartete eine Weile, dann sagte er: »Wenn du deinen Entschluss bereust, mein Freund, kannst du immer noch hierbleiben und …«

»Nein«, unterbrach Rinek ihn lachend, »ganz bestimmt nicht. Soll ich darauf verzichten, den Süden zu sehen und die Freien

Städte? Fahren wir weiter, Kesim.« Er warf sein Bündel auf den Wagen, zu den anderen Kisten mit Waren und Zauberutensilien, und kletterte neben den Händler auf den Kutschbock. Wie immer überprüfte er tastend, ob das in Sacktuch eingeschlagene Buch noch da war.

»Ich bin so weit. Los geht's.

Anhang

PERSONEN

Bewohner von Lanhannat

Agga – eine Dienstmagd, die früher fast den König vergiftet hätte
Arian – der Prinz von Schenn
Borlin – war einst ein Knappe und kein Barbier
Gunya – eine Ritterin
Kasidov – uralt, ein ehemaliger Knappe
Lireck – ein uralter Mann, erst mit und dann ohne Drossel
Mora – Zauberin und Pastetenbäckerin
Nezky – ein Fürst mit einem geheimen Talent
Nival – königlicher Schreiber, Moras Neffe
Okanion – der Drachenjäger und Ritter mit dem Narbengesicht
Pivellius – König von Schenn

Menschen aus und in Brina

Binia – Linns jüngere Schwester, kam bei einem Drachenangriff fast ums Leben
Finera – eine junge Frau in Brina
Harli – ein kleiner blonder Junge
Lester – der Müller, Rineks Vater und Linns Stiefvater
Linn – Linnia Harlon, die Drachenjägerin
Merina – Linns Mutter, die Müllerin

Merok – Linns Bruder, war früher eine Nervensäge
Rakion – der Büttel des Landvogts
Rinek – Linns Stiefbruder, verlor bei einem Drachenangriff ein Bein
Serim – ein Knecht des Landvogts
Worlin – der zweite Knecht des Landvogts
Yaro – Linns attraktiver Verlobter

Menschen und Drachen aus anderen Ländern
Chamija – eine Zauberin
Charrin – der Diener des Königs von Tijoa
Gah Ran – der rote Drache
Hariza – die Höchste Fliegerin des Felsvolks
Kesim – ein Kaufmann aus Yan, dessen größte Freude Drachenraupen sind
Miri – eine Zauberin aus Wellrah, die Linn von früher kennt
Ojia Ban – ein blaugrüner Drache
Rakkin – ein Taucher in Ghenai
Rumariza – ein Felsmann
Scharech-Par – der König von Tijoa
Sikken – ein alter Seefahrer aus Ghenai
Sion Ran – ein Drache, der seinen wahren Namen für sich behält
Wea – eine Zauberin

ZAUBERWORTE

Ang-Tiawh – Ausdehnung, Dauer
Bari-Hes – Wahrheit
Caness – Verwandlung
Diarai Erim – Öffnen
Hara – der richtige Weg

Hara Ilas Naik – der Weg zum König
Jagian – Schlaf
Pai Ri Ko Res – Sturmwirbel
Qui Andonaik – Feuer
Qui Ebon – Licht
Wezir-Iess – ohne Schmerz
Wina-Beret – Zerstörung
Wintika – Heilung
Zahija – Atmen

»Überragende Erählkunst und großartige Dialoge machen diesen Roman zu einem Hochgenuss.«

Library Journal

544 Seiten. ISBN 978-3-442-26783-5

Gerade noch rechtzeitig kann Cerris verhindern, dass ein Trupp Söldner seine Familie ermordet. Widerwillig muss er sich eingestehen, dass ihn seine düstere Vergangenheit eingeholt hat. Denn einst war er der Kriegslord Corvis Rebaine, der mit seiner Armee aus Ogern und Barbaren die zivilisierten Reiche erschütterte. Um seine Liebsten zu schützen, sammelt Cerris erneut Menschenfresser, Hexen und Söldner um sich. Doch diesmal will er die zivilisierten Reiche retten – und wenn er sie dafür vernichten muss!

Lesen Sie mehr unter: **www.blanvalet.de**